BESTSELLER

[!]

Matilde Asensi nació en Alicante. Cursó estudios de periodismo en la Universidad Autónoma de Barcelona y trabajó durante tres años en el equipo de informativos de Radio Alicante-SER. Después pasó a RNE como responsable de los informativos locales y provinciales, ejerciendo simultáneamente como corresponsal de la agencia EFE, y colaborando en los diarios provinciales *La Verdad* e *Información*. Ha sido finalista de los premios literarios Ciudad de San Sebastián (1995) y Gabriel Miró (1996), y ha ganado el primer premio de cuentos en el XV Certamen Literario Juan Ortiz del Barco (1996), de Cádiz, y el XVI Premio de Novela Corta Felipe Trigo (1997), de Badajoz. Además de *El último Catón*, esta editorial ha publicado *Iacobus* y *El salón de ámbar*, novelas que han confirmado a Matilde Asensi como la autora de su generación de mayor éxito de crítica y público.

Biblioteca

MATILDE ASENSI

El último Catón

DeBOLSILLO

Diseño de la portada: Departamento de Random House
     Mondadori
Fotografía de la portada: © Corbis/Cover

Primera edición en U.S.A.: septiembre, 2004

Printed in Spain – Impreso en España

ISBN: 0-307-20944-X

Distributed by Random House, Inc.

Para Pascual, Andrés, Pablo y Javier

TABLA GRATULATORIA

Crear mundos, personajes e historias utilizando las palabras como herramientas es una actividad que sólo puede llevarse a cabo en soledad y, en mi caso, además, en silencio y por la noche. Sin embargo, con la luz del sol, necesito a mi alrededor a todas esas personas que, conmigo, comparten este hermoso e increíble proceso que es escribir una novela. Sería, pues, muy egoísta por mi parte ignorar públicamente su colaboración y hacer creer a los lectores que soy la única que está detrás de la obra que ahora tienen entre sus manos. De modo que, en primer lugar, quisiera dar las gracias a Patricia Campos por su incansable apoyo, por leer *todos los días* lo poco o mucho que iba escribiendo y por releer el texto todas las veces que hiciera falta sin quejarse nunca, ofreciéndome acertados comentarios, críticas y sugerencias. En segundo lugar, a José Miguel Baeza, por su inestimable auxilio en las traducciones de griego y latín y por ser el mejor documentalista del mundo: es capaz de encontrar el dato más extraño en el libro más extraño. En tercer lugar, a Luis Peñalver, concienzudo y meticuloso corrector de estilo, argumento y datos históricos; el crítico más duro que puede tener un escritor. No contaré detalles de hasta dónde es capaz de llegar, pero todos los que aparecen en esta página conocen inolvidables anécdotas que nos han hecho reír a carcajada limpia. En cuarto lugar, a esas personas que, con una fidelidad asombrosa, iban leyendo la novela en fascículos y me servían tanto de laboratorio experimental (si ellas no podían resolver ciertas cosas, tampoco podría el lector) como de estímulo constante: Lorena Sancho, Lola Gulias (de la Agencia Literaria Kerrigan) y Olga García (de Plaza & Janés).

Y, por último, sin que esta posición en el ranking suponga una menor importancia sino todo lo contrario, mi agente (o agenta, como yo la llamo), Antonia Kerrigan, una persona en la que confío ciegamente porque, si hoy estoy escribiendo esta tabla de agradecimientos y si los lectores tienen este libro entre sus manos es gracias a ella, a su fe en mí y a su energía a la hora de apostar y luchar por mis novelas.

No podría de ninguna manera terminar esta página sin mencionar a mi editora preferida, Carmen Fernández de Blas. Dicen que las dos cosas más personales que tiene un autor son su agente y su editor. Pues bien, es cierto: Carmen ha sido mi editora desde que publiqué mi primera novela y siempre la consideré como tal aunque los azares del mundillo editorial giren como norias y ella ahora cuide, mime y proteja a otros autores como me ha cuidado, mimado y protegido a mí durante su magnífica etapa en Plaza & Janés. Vaya por delante que pienso seguir llamándola «mi editora» por los siglos de los siglos. Amén.

1

Las cosas hermosas, las obras de arte, los objetos sagrados, sufren, como nosotros, los efectos imparables del paso del tiempo. Desde el mismo instante en que su autor humano, consciente o no de su armonía con el infinito, les pone punto final y las entrega al mundo, comienza para ellas una vida que, a lo largo de los siglos, las acerca también a la vejez y a la muerte. Sin embargo, ese tiempo que a nosotros nos marchita y nos destruye, a ellas les confiere una nueva forma de belleza que la vejez humana no podría siquiera soñar en alcanzar; por nada del mundo hubiera querido ver reconstruido el Coliseo, con todos sus muros y gradas en perfecto estado, y no hubiera dado nada por un Partenón pintado de colores chillones o una Victoria de Samotracia con cabeza.

Profundamente absorta en mi trabajo, dejaba fluir de manera involuntaria estas ideas mientras acariciaba con las yemas de los dedos una de las ásperas esquinas del pergamino que tenía frente a mí. Estaba tan enfrascada en lo que hacía, que no escuché los toques que el doctor William Baker, Secretario del Archivo, daba en mi puerta. Tampoco le oí girar la manija y asomarse, pero el caso es que, cuando me vine a dar cuenta, ya lo tenía en la entrada del laboratorio.

—Doctora Salina —musitó Baker, sin atreverse a franquear el umbral—, el Reverendo Padre Ramondino me ha rogado que le pida que acuda inmediatamente a su despacho.

Levanté los ojos de los pergaminos y me quité las gafas para observar mejor al Secretario, que lucía en su cara ovalada la misma perplejidad que yo. Baker era un norteamericano menudo y fornido, de esos que, por su linaje genético, podían hacerse pasar sin dificultades por europeos del sur, con gruesas gafas de montura de concha y unos ralos cabellos, entre rubios y grises, que él peinaba meticulosamente para cubrir el mayor espacio posible de su pelado y brillante cuero cabelludo.

—Perdone, doctor —repuse, abriendo mucho los ojos—, ¿podría repetirme lo que ha dicho?

—El Reverendísimo Padre Ramondino quiere verla cuanto antes en su despacho.

—¿El Prefecto quiere verme... a mí? —no daba crédito al mensaje; Guglielmo Ramondino, número dos del Archivo Secreto Vaticano, era la máxima autoridad ejecutiva de la institución después de Su Excelencia Monseñor Oliveira y podían contarse con los dedos de una mano las veces en que había reclamado la presencia en su gabinete de alguno de los que allí trabajábamos.

Baker esbozó una leve sonrisa y afirmó con la cabeza.

—¿Y sabe usted para qué quiere verme? —le pregunté, acobardada.

—No, doctora Salina, pero, sin duda, debe ser algo muy importante.

Dicho lo cual, y sin quitar la sonrisa de su boca, cerró la puerta con suavidad y desapareció. Para entonces yo ya sufría los efectos de lo que vulgarmente se denomina terror incontrolable: manos sudorosas, boca seca, taquicardia y temblor de piernas.

Como pude, me incorporé de la banqueta, apagué la lámpara y eché una dolorosa mirada a los dos hermosísimos códices bizantinos que descansaban, abiertos, sobre mi mesa. Había dedicado los últimos seis meses de mi vida a reconstruir, con ayuda de aquellos manuscritos, el famoso texto perdido del *Panegyrikon* de san Nicéforo y me encontraba a punto de culminar el trabajo. Suspiré con resignación... A mi alrededor el silencio era total. Mi pequeño laboratorio —amueblado con una vieja mesa de madera, un par de banquetas de patas largas, un crucifijo sobre la pared y multitud de estanterías repletas de libros—, estaba situado cuatro pisos bajo tierra y formaba parte del Hipogeo, la zona del Archivo Secreto a la que sólo tiene acceso un número muy reducido de personas, la sección invisible del Vaticano, inexistente para el mundo y para la historia. Muchos cronistas y estudiosos habrían dado media vida por poder consultar alguno de los documentos que habían pasado por mis manos durante los últimos ocho años. Pero la mera suposición de que alguien ajeno a la Iglesia pudiera obtener el permiso necesario para llegar hasta allí era pura entelequia: jamás ningún laico había tenido acceso al Hipogeo y, desde luego, jamás lo tendría.

Sobre mi mesa, además de los atriles, los montones de libretas de notas y la lámpara de baja intensidad (para evitar el calentamiento de los pergaminos), descansaban los bisturíes, los guantes de látex y las carpetas llenas de fotografías de alta resolución de las hojas más estropeadas de los códices bizantinos. De un extremo de la tabla de madera, retorcido como un gusano, sobresalía el largo brazo articulado de una lupa del que colgaba a su vez, bamboleándose, una gran mano de cartón rojo con muchas estrellas pegadas; esa mano era el recuerdo del último cumpleaños —el quinto— de la pequeña Isabella, mi sobrina favorita entre los veinticinco descendientes que seis de mis ocho hermanos habían aportado a la grey del Señor. Esbocé una sonrisa recordando a la graciosa Isabella: «¡Tía Ottavia, tía Ottavia, deja que te pegue con esta mano roja!».

¡El Prefecto! ¡Dios mío, el Prefecto me estaba esperando y yo allí, inmóvil como una estatua, acordándome de Isabella! Me quité precipitadamente la bata blanca, la colgué por el cuello de un gancho adherido a la pared y, rescatando mi tarjeta de identificación —en la que se veía una C bien grande junto a una horrible fotografía de mi cara—, salí al pasillo y cerré la puerta del laboratorio. Mis adjuntos trabajaban en una hilera de mesas que se extendía sus buenos cincuenta metros hasta las puertas del ascensor. Al otro lado del cemento armado de la pared, personal subalterno archivaba y volvía a archivar cientos, miles de registros y legajos relativos a la Iglesia, a su historia, a su diplomacia y a sus actividades desde el siglo II hasta nuestros días. Los más de veinticinco kilómetros de estanterías del Archivo Secreto Vaticano daban idea del volumen de documentación conservada. Oficialmente, el Archivo sólo poseía escritos de los últimos ocho siglos; sin embargo, los mil años anteriores (esos que sólo pueden encontrarse en los niveles tercero y cuarto de los sótanos, los de alta seguridad), también se hallaban bajo su protección. Procedentes de parroquias, monasterios, catedrales o excavaciones arqueológicas, así como de los viejos archivos del Castel Sant'Angelo o de la Cámara Apostólica, desde su llegada al Archivo Secreto esos valiosos documentos no habían vuelto a ver la luz del sol, que, entre otras cosas igualmente peligrosas, podía destruirlos para siempre.

Alcancé los ascensores a paso ligero, no sin detenerme un momento a observar el trabajo de uno de mis adjuntos, Guido Buzzonetti, que se afanaba en una carta de Güyük, gran Khan de los mongoles, enviada al Papa Inocencio IV en 1246. Un pequeño frasco de solución alcalina, sin tapón, se hallaba a pocos milímetros de su codo derecho, justo al lado de algunos fragmentos de la carta.

—¡Guido! —exclamé muy sobresaltada—. ¡Quédese quieto!

Guido me miró con terror, sin atreverse ni siquiera a respirar. La sangre había huido de su rostro y se concentraba poco a poco en sus orejas, que parecían dos trapos rojos enmarcando un sudario blanco. Cualquier ligero movimiento de su brazo habría derramado la solución sobre los pergaminos, provocando daños irreparables en un documento único para la historia. A nuestro alrededor, toda la actividad se había detenido y podía cortarse el silencio con un cuchillo. Cogí el frasco, lo cerré y lo dejé en el lado opuesto de la mesa.

—Buzzonetti —susurré, taladrándole con la mirada—. Recoja ahora mismo sus cosas y preséntese al Viceprefecto.

Jamás había consentido un descuido semejante en mi laboratorio. Buzzonetti era un joven dominico que había cursado sus estudios en la Escuela Vaticana de Paleografía, Diplomática y Archivística, especializándose en codicología oriental. Yo misma le había dado clase de paleografía griega y bizantina durante dos años antes de pedirle al Reverendo Padre Pietro Ponzio, Viceprefecto del Archivo, que le ofreciese un puesto en mi equipo. Sin embargo, por mucho que apreciara al hermano Buzzonetti, por mucho que conociera su enorme valía, no estaba dispuesta a permitir que siguiera trabajando en el Hipogeo. Nuestro material era único, irreemplazable y, cuando dentro de mil años, o de dos mil, alguien quisiese consultar la carta de Güyük a Inocencio IV, debía poder hacerlo. Así de simple. ¿Qué le habría pasado a un empleado del museo de Louvre que hubiera dejado, abierto, un bote de pintura sobre el marco de la Gioconda...? Desde que estaba al frente del Laboratorio de restauración y paleografía del Archivo Secreto Vaticano, nunca había consentido errores semejantes en mi equipo —todos lo sabían— y no los iba a consentir entonces.

Mientras pulsaba el botón del ascensor era plenamente consciente de que mis adjuntos no me apreciaban demasiado. No era la primera vez que notaba en mi espalda sus miradas cargadas de reproche, así que no me permitía pensar que contaba con su estima. Sin embargo, no creía que conseguir el afecto de mis subordinados o de mis superiores fuera el motivo por el cual, ocho años atrás, me habían dado la dirección del Laboratorio. Me afligía profundamente despedir al hermano Buzzonetti, y sólo yo sabía lo mal que me iba a sentir durante los próximos meses, pero era por tomar ese tipo de decisiones por lo que había llegado hasta donde me encontraba.

El ascensor se detuvo silenciosamente en el cuarto piso inferior y abrió sus puertas para brindarme paso. Introduje la llave de seguridad en el panel, pasé mi tarjeta identificativa por el lector electrónico y pulsé el cero. Instantes después, la luz del sol, que entraba a raudales por las grandes cristaleras del edificio desde el patio de San Dámaso, se coló en mi cerebro como un cuchillo, cegándome y aturdiéndome. La atmósfera artificial de los pisos inferiores bloqueaba los sentidos e incapacitaba para distinguir la noche del día y, en más de una ocasión, cuando me hallaba ensimismada en algún trabajo importante, me había sorprendido a mí misma abandonando el edificio del Archivo con las primeras luces del día siguiente, totalmente ajena al paso del tiempo. Parpadeando todavía, miré distraída mi reloj de pulsera; era la una en punto del mediodía.

Para mi sorpresa, el Reverendísimo Padre Guglielmo Ramondino, en lugar de esperarme cómodamente en su gabinete, como yo suponía, paseaba de un lado al otro del enorme vestíbulo con un grave gesto de impaciencia en la cara.

—Doctora Salina —musitó, estrechándome la mano y encaminándose hacia la salida—, acompáñeme, por favor. Tenemos muy poco tiempo.

Hacía calor en el jardín Belvedere aquella mañana de

principios de marzo. Los turistas nos miraron ávidamente desde los ventanales de los corredores de la pinacoteca como si fuéramos exóticos animales de un extravagante zoológico. Siempre me sentía muy extraña cuando caminaba por las zonas públicas de la Ciudad y no había nada que me molestase más que dirigir la mirada hacia cualquier punto por encima de mi cabeza y encontrar, apuntándome, el objetivo de una cámara fotográfica. Por desgracia, ciertos prelados disfrutaban exhibiendo su condición de habitantes del Estado más pequeño del mundo y el padre Ramondino era uno de ellos. Vestido de *clergyman* y con la chaqueta abierta, su enorme corpachón de campesino lombardo se dejaba ver a varios kilómetros de distancia. Se esmeró en llevarme hasta las dependencias de la Secretaría de Estado, en la primera planta del Palacio Apostólico, por los lugares más próximos al recorrido de los turistas y, mientras me contaba que íbamos a ser recibidos en persona por Su Eminencia Reverendísima el cardenal Angelo Sodano (con quien, al parecer, le unía una estrecha y vieja amistad), despachaba amplias sonrisas a derecha e izquierda como si desfilara en una procesión provinciana del Domingo de Resurrección.

Los guardias suizos apostados a la entrada de las dependencias diplomáticas de la Santa Sede ni siquiera pestañearon al vernos pasar. No así el sacerdote secretario que llevaba el control de las entradas y salidas, quien tomó buena nota en su libro de registro de nuestros nombres, cargos y ocupaciones. En efecto, nos comentó poniéndose en pie y guiándonos a través de unos largos pasillos cuyas ventanas daban a la plaza de San Pedro, el Secretario de Estado nos aguardaba.

Aunque trataba de disimularlo, avanzaba junto al Prefecto con la sensación de tener un puño de acero oprimiéndome el corazón: a pesar de saber que el asunto que estaba motivando todas aquellas extrañas situaciones no podía estar relacionado con errores en mi trabajo, repasaba mentalmente todo lo que había hecho durante los últimos meses a la búsqueda de cualquier hecho culpable que mereciese una reprimenda de la más alta jerarquía eclesiástica.

El sacerdote secretario se detuvo, por fin, en una de las salas —una cualquiera, idéntica a las demás, con los mismos motivos ornamentales y las mismas pinturas al fresco— y nos pidió que esperásemos un momento, desapareciendo detrás de unas puertas tan ligeras y delicadas como hojas de pan de oro.

—¿Sabe dónde nos encontramos, doctora? —me preguntó el Prefecto con ademanes nerviosos y una sonrisilla de profunda satisfacción en los labios.

—Aproximadamente, Reverendo Padre... —repuse mirando con atención a mi alrededor. Había un olor especial allí, como de ropa recién planchada y todavía caliente mezclado con barniz y ceras.

—Estas son las dependencias de la Sección Segunda de la Secretaría de Estado —hizo un gesto con la barbilla abarcando el espacio—, la sección que se encarga de las relaciones diplomáticas de la Santa Sede con el resto del mundo. Al frente, se encuentra el Arzobispo Secretario, Monseñor Françoise Tournier.

—¡Ah, sí, Monseñor Tournier! —afirmé con mucha convicción. No tenía ni idea de quién era, pero el nombre me resultaba ligeramente familiar.

—Aquí, doctora Salina, es donde con mayor facilidad puede comprobarse que el poder espiritual de la Iglesia está por encima de gobiernos y fronteras.

—¿Y por qué hemos venido a este lugar, Reverendo Padre? Nuestro trabajo no tiene nada que ver con esta clase de cosas.

Me miró con turbación y bajó la voz.

—No sabría decirle el motivo... En cualquier caso, lo que sí puedo asegurarle es que se trata de un asunto del más alto nivel.

—Pero, Reverendo Padre —insistí, tozuda—, yo soy personal laboral del Archivo Secreto. Cualquier asunto de máximo nivel debería tratarlo usted, como Prefecto, o Su Eminencia, Monseñor Oliveira. ¿Qué hago yo aquí?

Me miró con cara de no saber qué responder y, dándome unos golpecitos alentadores en el hombro, me abandonó para acercarse a un nutrido corro de prelados que se encontraba cerca de los ventanales buscando los cálidos rayos del sol. Fue entonces cuando percibí que el olor de ropa recién planchada procedía de aquellos prelados.

Era casi la hora de comer, pero allí nadie parecía preocupado por eso; la actividad seguía desarrollándose febrilmente por los pasillos y dependencias, y era constante el tráfago de eclesiásticos y civiles discurriendo de un lado a otro por todos los rincones. Nunca antes había tenido la oportunidad de estar en aquel lugar y me entretuve observando, maravillada, la increíble suntuosidad de las salas, la elegancia del mobiliario, el inapreciable valor de las pinturas y de los objetos decorativos que allí había. Media hora antes me encontraba trabajando, sola y en completo silencio, en mi pequeño laboratorio, con mi bata blanca y mis gafas, y ahora me hallaba rodeada de la más alta diplomacia internacional en un lugar que parecía ser uno de los centros de poder más importantes del mundo.

De pronto, se oyó el chirrido de una puerta al abrirse y se escuchó un tumulto de voces que nos hizo girar la cabeza en esa dirección a todos los presentes. Inmediatamente, un nutrido y bullicioso grupo de periodistas, algunos con cámaras de televisión y otros con grabadoras, hizo su aparición por el corredor principal, soltando risotadas y exclamaciones. La mayoría eran extranjeros —fundamentalmente europeos y africanos—, pero también había muchos italianos. En conjunto, serían unos cuarenta o cincuenta reporteros los que inundaron nuestra sala en cuestión de segundos. Algunos se pararon a saludar a los sacerdotes, obispos y cardenales que, como yo, deambulaban por allí, y otros avanzaron apresuradamente hacia la salida. Casi todos me miraron a hurtadillas, sorprendidos de encontrar a una mujer en un lugar donde algo así no era habitual.

—¡Se ha cargado a Lehmann de un plumazo! —exclamó un periodista calvo y con gafas de miope al pasar junto a mí.

—Está claro que Wojtyla no piensa dimitir —afirmó otro, rascándose una patilla.

—¡O no le dejan dimitir! —sentenció osadamente un tercero.

El resto de sus palabras se perdieron mientras se alejaban corredor abajo. El presidente de la Conferencia Episcopal alemana, Karl Lehmann, había realizado unas peligrosas declaraciones semanas atrás, afirmando que, si Juan Pablo II no se encontraba en condiciones de guiar con responsabilidad a la Iglesia, sería deseable que encontrara la voluntad necesaria para jubilarse. La frase del obispo de Maguncia, que no había sido el único en expresar tal sugerencia dada la mala salud y el mal estado general del Sumo Pontífice, había caído como aceite hirviendo en los círculos más cercanos al Papa y, al parecer, el cardenal Secretario de Estado, Angelo Sodano, acababa de dar cumplida respuesta a tales opiniones en una tormentosa rueda de prensa. Las aguas estaban revueltas, me dije con aprensión, y aquello no iba a parar hasta que el Santo Padre reposara bajo tierra y un nuevo pastor asumiera con mano firme el gobierno universal de la Iglesia.

De entre todos los asuntos del Vaticano que más interesan a la gente, el más fascinante sin duda, el más cargado de significaciones políticas y terrenales, aquel en el que mejor se muestran no sólo las ambiciones más indignas de la Curia, sino también los aspectos menos piadosos de los representantes de Dios, es la elección de un nuevo Papa. Desgraciadamente, estábamos en puertas de tan espectacular acontecimiento y la Ciudad era un hervidero de maniobras y maquinaciones por parte de las diferentes facciones interesadas en colocar a su candidato en la Silla de Pedro. Lo cierto es que, en el Vaticano, hacía ya mucho tiempo que se vivía con una gran sensación de provisionalidad y de fin de pontificado y aunque a mí, como hija de la Iglesia y como religiosa, tal problema no me afectara en absoluto, como investigadora con varios proyectos pendientes de aprobación y financiación sí me perjudicaba muy directamente. Durante el pontificado de Juan Pablo II —de marcada tendencia conservadora—, había sido imposible llevar a cabo determinado tipo de trabajos de investigación. En mi fuero interno, anhelaba que el próximo Santo Padre fuera un hombre más abierto de miras y menos preocupado por atrincherar la versión oficial de la historia de la Iglesia (¡había tanto material clasificado bajo los epígrafes de *Reservado* y *Confidencial*!). Sin embargo, no albergaba muchas esperanzas de que se produjera una renovación significativa, ya que el poder acumulado por los cardenales nombrados por el propio Juan Pablo II durante más de veinte años convertía en imposible la elección en el Cónclave de un Papa del ala progresista. Salvo que el Espíritu Santo en persona estuviera decidido a un cambio y ejerciera su poderosa influencia en un nombramiento tan poco espiritual, iba a ser realmente difícil que no saliera designado un nuevo Pontífice del grupo conservador.

En ese instante, un sacerdote vestido con sotana negra se acercó hasta el Reverendo Padre Ramondino, le dijo algo al oído, y este me hizo una señal, levantando las cejas, para que me preparara: nos estaban esperando y debíamos entrar.

Las exquisitas puertas se abrieron frente a nosotros

silenciosamente y yo esperé a que el Prefecto entrara en primer lugar, como manda el protocolo. Una estancia tres veces más grande que la sala de espera de la que procedíamos, completamente decorada con espejos, molduras doradas y pinturas al fresco —que reconocí de Rafael—, albergaba el despacho más diminuto que había visto en mi vida: al fondo, casi invisible para mis ojos, una escribanía clásica, colocada sobre una alfombra y seguida por un sillón de respaldo alto, constituía todo el mobiliario. A un lado de la estancia, por el contrario, bajo los esbeltos ventanales que dejaban pasar la luz del exterior, un grupo de eclesiásticos conversaba animadamente, ocupando unos pequeños taburetes que quedaban ocultos bajo sus sotanas. De pie tras uno de aquellos prelados, un extraño y taciturno seglar permanecía al margen de la charla, exhibiendo una actitud tan obviamente marcial que no me cupo ninguna duda de que se trataba de un militar o un policía. Era terriblemente alto (más de un metro noventa de estatura), corpulento y fornido como si levantara pesas todos los días y masticara cristales en las comidas, y llevaba el pelo rubio tan rapado que apenas se le apreciaban algunos brillos en la nuca y en la frente.

Al vernos llegar, uno de los cardenales, al que reconocí inmediatamente como el Secretario de Estado, Angelo Sodano, se puso en pie y vino a nuestro encuentro. Era un hombre de talla mediana y aparentaba unos setenta y tantos años, con una amplia frente producto de una discreta calvicie y con el pelo blanco engominado bajo el solideo de seda púrpura. Usaba unas gafas anticuadas, de pasta terrosa y grandes cristales de forma cuadrangular, y vestía sotana negra con ribetes y botones púrpuras, faja tornasolada y calcetines del mismo color. Una discreta cruz pectoral de oro destacaba sobre su pecho. Su Eminencia lucía una gran sonrisa amistosa cuando se acercó al Prefecto para intercambiar los besos de salutación.

—¡Guglielmo! —exclamó—. ¡Qué alegría volver a verte!

—¡Eminencia!

La satisfacción mutua por el reencuentro era evidente. Así pues, el Prefecto no había fantaseado al hablarme de su vieja amistad con el mandatario más importante del Vaticano (después del Papa, por supuesto). Cada vez me encontraba más perpleja y desorientada, como si todo aquello fuera un sueño y no una realidad tangible. ¿Qué había pasado para que yo estuviera allí?

El resto de los presentes, que también observaban la escena con atención y curiosidad, eran el Cardenal Vicario de Roma y presidente de la Conferencia Episcopal Italiana, Su Eminencia Carlo Colli, un hombre tranquilo de apariencia afable; el Arzobispo Secretario de la Sección Segunda, Monseñor Françoise Tournier (al que reconocí por su solideo color violeta, y no púrpura, exclusivo de los cardenales), y el silencioso combatiente rubio, que fruncía las cejas transparentes como si estuviera profundamente disgustado por aquella situación.

De repente, el Prefecto se volvió hacia mí y, empujándome por el hombro, me adelantó hasta situarme a su altura, frente al Secretario de Estado.

—Esta es la doctora Ottavia Salina, Eminencia —le dijo a modo de presentación; los ojos de Sodano me examinaron de arriba abajo en cuestión de segundos. Menos mal que ese día me había vestido decentemente, con una bonita falda gris y un conjunto de jersey y rebeca de color salmón. Unos treinta y ocho o treinta y nueve años bien llevados, se estaría diciendo, cara agradable, pelo corto y negro, ojos también negros y mediana estatura.

—Eminencia... —musité, al tiempo que hacía una genuflexión e, inclinando la cabeza en señal de respeto, besaba el anillo que el Secretario de Estado había colocado ante mis labios.

—¿Es usted religiosa, doctora? —preguntó por todo saludo. Tenía un ligero acento del Piamonte.

—La hermana Ottavia, Eminencia —se apresuró a aclararle el Prefecto—, es miembro de la Orden de la Venturosa Virgen María.

—¿Y por qué viste de seglar? —inquirió, de pronto, el Arzobispo Secretario de la Sección Segunda, Monseñor Françoise Tournier, desde su asiento—. ¿Acaso su Orden no utiliza hábitos, hermana?

El tono era profundamente ofensivo, pero no me iba a dejar intimidar. A estas alturas de mi vida en la Ciudad, había pasado infinidad de veces por la misma situación y estaba curtida en una y mil batallas por mi género. Le miré directamente a los ojos para responder:

—No, Monseñor. Mi Orden abandonó los hábitos tras el Concilio Vaticano II.

—¡Ah, el Concilio...! —susurró con patente disgusto. Monseñor Tournier era un hombre muy apuesto, un verdadero candidato, por su aspecto, a Príncipe de la Iglesia, uno de esos petimetres que siempre salen espléndidamente en las fotografías—. «¿Está bien que la mujer ore a Dios con la cabeza descubierta?» —se preguntó en voz alta, citando la primera epístola de san Pablo a los Corintios.

—La hermana Ottavia, Monseñor —puntualizó el Prefecto, a modo de descargo—, es doctora en Paleografía e Historia del Arte, además de poseer otras muchas titulaciones académicas. Dirige desde hace ocho años el Laboratorio de Restauración y Paleografía del Archivo Secreto Vaticano, es docente de la Escuela Vaticana de Paleografía, Diplomática y Archivística y ha obtenido numerosos premios internacionales por sus trabajos de investigación, entre ellos el prestigioso Premio Getty, Monseñor, en dos ocasiones, en 1992 y 1995.

—¡Ajá! —exclamó, dejándose convencer, el cardenal Secretario de Estado, Sodano, al tiempo que tomaba asiento despreocupadamente junto a Tournier—. Bueno... Pues por eso está usted aquí, hermana, por eso hemos solicitado su presencia en esta reunión.

Todos me miraban con evidente curiosidad, pero yo permanecí en silencio, expectante, no fuera que por hablar el Arzobispo Secretario citara también en mi honor aquel pasaje de san Pablo que dice «Las mujeres cállense en las asambleas, que no les está permitido tomar la palabra». Supuse que Monseñor Tournier, así como el resto de la concurrencia, preferiría antes que a mí, y con bastante diferencia, a sus propias religiosas-sirvientas, de las que cada uno de los presentes debía tener, como mínimo, tres o cuatro, o a las monjitas polacas de la Orden de María Niña, que, ataviadas con hábito y con toca a modo de tejadillo, se ocupaban de preparar las comidas de Su Santidad, limpiar sus aposentos y tener siempre reluciente su ropa; o a las hijas de la Congregación de las Pías Discípulas del Divino Maestro, que ejercían de telefonistas de la Ciudad del Vaticano.

—Ahora —continuó Su Eminencia Angelo Sodano—, el Arzobispo Secretario, Monseñor Tournier, le explicará por qué ha sido usted convocada, hermana. Guglielmo, ven —le dijo al Prefecto—, siéntate a mi lado. Monseñor, le cedo la palabra.

Monseñor Tournier, con esa certidumbre que sólo poseen quienes saben que su aspecto físico les allana sin dificultades cualquier camino en esta vida, se incorporó serenamente de su asiento y extendió una mano, sin mirar, hacia el soldado rubio, que le entregó, con ademán disciplinado, un abultado dossier de tapas negras. Me dio un vuelco el estómago, y por un momento pensé que, fuera lo que fuera aquello que yo había hecho mal, debía ser terrible y, con seguridad, saldría de aquel despacho con el finiquito en la mano.

—Hermana Ottavia —empezó Monseñor; su voz era grave y nasal, y evitaba mirarme al hablar—, en esta carpeta encontrará usted unas fotografías que podríamos calificar... ¿cómo?, como insólitas, sin duda. Antes de que las examine, debemos informarle que en ellas aparece el cuerpo de un hombre recientemente fallecido, un etíope sobre cuya identidad todavía no estamos muy seguros. Observará que se trata de ampliaciones de ciertas secciones del cadáver.

¡Ah...! Entonces ¿no me iban a despedir?

—Quizá sería conveniente preguntar a la hermana Ottavia —intervino por primera vez el cardenal Vicario de Roma, Su Eminencia Carlo Colli— si va a poder trabajar con un material tan desagradable. —Me miró con una cierta preocupación paternal en el rostro y continuó—: Ese pobre desdichado, hermana, murió en un penoso accidente y quedó muy desfigurado. Resulta bastante enojoso contemplar esas imágenes. ¿Cree usted que podrá soportarlo? Porque, si no es así, sólo tiene que decírnoslo.

Yo estaba paralizada por el estupor. Tenía la profunda sensación de que se habían equivocado de persona.

—Discúlpenme, Eminencias —tartamudeé—, pero ¿no sería más correcto que consultaran con un patólogo forense? No consigo comprender en qué puedo ser yo de utilidad.

—Verá, hermana —me atajó Tournier, retomando la palabra e iniciando un lento paseo en el interior del círculo de oyentes—, el hombre que aparece en las fotografías estaba implicado en un grave delito contra la Iglesia Católica y contra las demás Iglesias cristianas. Lamentándolo mucho, no podemos darle más detalles. Lo que nosotros queremos es que usted, con la mayor discreción posible, realice un estudio de ciertos signos que, en forma de peculiares cicatrices, fueron descubiertos en su cuerpo al quitarle la ropa para practicar la autopsia. Escarificaciones creo que es la palabra correcta para este tipo de, ¿cómo podríamos decirlo...?, de tatuajes rituales o marcas tribales. Parece ser que ciertas culturas antiguas tenían por costumbre decorar el cuerpo con heridas ceremoniales. En concreto —dijo abriendo la carpeta y echando una ojeada a las fotografías—, las de este pobre desgraciado son realmente curiosas: muestran letras griegas, cruces y otras representaciones igualmente... ¿artísticas? Sí, sin duda la palabra es artísticas.

—Lo que Monseñor está intentando decirle —interrumpió de pronto Su Eminencia, el Secretario de Estado, con una sonrisa cordial en los labios—, es que debe usted analizar todos esos símbolos, estudiarlos y darnos una interpretación lo más completa y exacta posible. Por supuesto, puede utilizar para ello todos los recursos del Archivo Secreto y cualquier otro medio del que disponga el Vaticano.

—En cualquier caso, la doctora Salina cuenta con mi total apoyo —declaró el Prefecto del Archivo, mirando a los presentes en busca de aprobación.

—Te agradecemos el ofrecimiento, Guglielmo —puntualizó Su Eminencia—, pero, aunque la hermana Ottavia trabaja habitualmente a tus órdenes, en este caso, no va a ser así. Espero que no te ofendas, pero desde este momento y hasta que termine el informe, la hermana queda adscrita a la Secretaría de Estado.

—No se preocupe, Reverendo Padre —añadió suavemente Monseñor Tournier, haciendo un gesto de elegante desinterés con la mano—. La hermana Ottavia dispondrá de la inestimable cooperación del capitán Kaspar Glauser-Röist, aquí presente, miembro de la Guardia Suiza y uno de los agentes más valiosos de Su Santidad, al servicio del Tribunal de la Sacra Rota Romana. Él es el autor de las fotografías y el coordinador de la investigación en curso.

—Eminencias...

Era mi voz temblorosa la que se había escuchado.

Los cuatro prelados y el militar se volvieron a mirarme.

—Eminencias —repetí con toda la humildad de la que fui capaz—, les agradezco infinitamente que hayan pensado en mí para un asunto tan importante, pero me temo que no voy a poder encargarme de llevarlo a cabo —suavicé aún más la inflexión de mis palabras antes de continuar—, no sólo porque en este momento no puedo abandonar el trabajo que estoy haciendo, que ocupa por completo mi tiempo, sino porque, además, carezco de los conocimientos elementales para manejar las bases de datos del Archivo Secreto y necesitaría también la ayuda de un antropólogo para poder centrar los aspectos más destacados de la investigación. Lo que quiero decir..., Eminencias..., es que no me siento capaz de cumplir el encargo.

Monseñor Tournier fue el único que dio señales de estar vivo cuando terminé de hablar. Mientras los demás permanecían mudos por la sorpresa, él inició una sonrisilla sarcástica que me hizo sospechar su manifiesta oposición a utilizar mis servicios antes de que yo entrara en el gabinete. Podía oírlo diciendo despectivamente: «¿Una mujer...?». De manera que fue su actitud socarrona y mordaz la que me hizo dar un giro de ciento ochenta grados y decir:

—... Aunque, bien pensado, quizá sí podría realizarlo, siempre y cuando me dieran el tiempo suficiente para ello.

La mueca burlona de Monseñor Tournier desapareció como por encanto y los demás relajaron súbitamente sus expresiones tensas, manifestando su alivio con grandes suspiros de satisfacción. Uno de mis grandes pecados es el orgullo, lo reconozco, el orgullo en todas sus variaciones de arrogancia, vanidad, soberbia... Nunca me arrepentiré lo suficiente ni haré la suficiente penitencia, pero soy incapaz de rechazar un desafío o de amilanarme ante una provocación que ponga en duda mi inteligencia o mis conocimientos.

—¡Espléndido! —exclamó Su Eminencia, el Secretario de Estado, dándose un golpe en la rodilla con la palma de la mano—. ¡Pues no hay más que hablar! ¡Problema resuelto, gracias a Dios! Muy bien, hermana Ottavia, desde este instante, el capitán Glauser-Röist estará a su lado para colaborar con usted en cualquier cosa que necesite. Cada mañana, cuando empiecen su jornada de trabajo, él le hará entrega de las fotografías y usted se las devolverá al terminar. ¿Alguna pregunta antes de ponerse en marcha?

—Sí —repuse, extrañada—. ¿Acaso el capitán podrá entrar conmigo en la zona restringida del Archivo Secreto? Es un seglar y...

—¡Naturalmente que podrá, doctora! —afirmó el Prefecto Ramondino—. Yo mismo me encargaré de preparar su acreditación, que estará lista para esta misma tarde.

Un soldadito de juguete (¿qué otra cosa son los guardias suizos?) estaba a punto de poner fin a una venerable y secular tradición.

Comí en la cafetería del Archivo y dediqué el resto de la tarde a recoger y guardar todo lo que tenía sobre la mesa del laboratorio. Aplazar mi estudio del *Panegyrikon* me irritaba más de lo que podía reconocer, pero había caído en mi propia trampa y, en cualquier caso, tampoco hubiera podido escapar de un mandato directo del cardenal Sodano. Además, el encargo recibido me intrigaba lo suficiente como para sentir un pequeño cosquilleo de perversa curiosidad.

Cuando todo hubo quedado en perfecto orden y listo para iniciar una nueva tarea a la mañana siguiente, recogí mis bártulos y me marché. Cruzando la columnata de Bernini, abandoné la plaza de San Pedro por la via di Porta Angelica y pasé distraídamente junto a las numerosas tiendas de *souvenirs* todavía repletas de cantidades abrumadoras de turistas llegados a Roma por el gran Jubileo. Aunque los ladronzuelos del Borgo conocían de manera aproximada a quienes trabajábamos en el Vaticano, desde que había empezado el Año Santo —en los diez primeros días de enero llegaron a la ciudad tres millones de personas— su número se había multiplicado con los peligrosos rateros venidos en masa de toda Italia, así que sujeté el bolso con fuerza y aceleré el paso. La luz de la tarde se difuminaba lentamente por el oeste y yo, que siempre le he tenido un cierto miedo a esa luz, no veía el momento de refugiarme en casa. Ya no faltaba mucho. Afortunadamente, la directora general de mi Orden había considerado que tener a una de sus religiosas en un puesto tan destacado como el mío bien merecía la compra de un inmueble en las inmediaciones del Vaticano. Así que tres hermanas y yo habíamos sido las primeras habitantes de un minúsculo apartamento situado en la Piazza delle Vaschette, con vistas sobre la fuente barroca que antaño recibía la saludable Agua Angelica, de grandes poderes curativos para los trastornos gástricos.

Las hermanas Ferma, Margherita y Valeria, que trabajaban juntas en un colegio público de las cercanías, acababan de llegar a casa. Estaban en la cocina, preparando la cena y charlando alegremente de menudencias. Ferma, que era la mayor de todas con sus cincuenta y cinco años de edad, seguía aferrándose obstinadamente al uniformado atuendo —camisa blanca, rebeca azul marino, falda del mismo color por debajo de la rodilla y gruesas medias negras— que adoptó tras la retirada de los hábitos. Margherita era la Superiora de nuestra comunidad y la directora del colegio en el que las tres trabajaban y tenía sólo unos pocos años más que yo. Nuestro trato había pasado, con el transcurrir de los años, de distante a cordial y de cordial a amistoso, pero sin entrar en profundidades. Por último, la joven Valeria, de origen milanés, era la profesora de los más pequeños del colegio, los de cuatro y cinco años, entre los que abundaban, cada vez más, los hijos de emigrantes árabes y asiáticos, con todos los problemas de comunicación que eso entrañaba en un aula. Recientemente, la había visto leyendo un grueso libro sobre costumbres y religiones de otros continentes.

Las tres respetaban muchísimo mi trabajo en el Vaticano aunque, en realidad, tampoco conocían muy a fondo mi ocupación; sólo sabían que no debían indagar en ello (supongo que estaban advertidas y que nuestras superioras les habían hecho especial hincapié en este asunto) ya que, en mi contrato laboral con el Vaticano, una cláusula muy explícita dejaba claro que, bajo pena de excomunión, tenía prohibido hablar de mi trabajo con personas ajenas al mismo. No obstante, como sabía que les gustaba, de vez en cuando les contaba algo recientemente descubierto sobre las primeras comunidades cristianas o los comienzos de la Iglesia. Obviamente, sólo les hablaba de lo bueno, de lo que se podía confesar sin socavar la historiografía oficial ni los puntales de la fe. ¿Para qué explicarles, por ejemplo, que en un escrito de Ireneo —uno de los Padres de la Iglesia— del año 183, celosamente guardado por el Archivo, se mencionaba como primer Papa a Lineo y no a Pedro, que ni siquiera aparecía mencionado? ¿O que la lista oficial de los primeros Papas, recogida en el *Catalogus Liberianus* del año 354, era completamente falsa y que los supuestos Pontífices que en ella aparecían mencionados (Anacleto, Clemente I, Evaristo, Alejandro...) ni siquiera existieron? ¿Para qué contarles nada de todo esto...? ¿Para qué decirles, por ejemplo, que los cuatro Evangelios habían sido escritos con posterioridad a las Epístolas de Pablo, verdadero forjador de nuestra Iglesia, siguiendo su doctrina y enseñanzas, y no al revés como creía todo el mundo? Mis dudas y mis temores, que Ferma, Margherita y Valeria captaban con gran intuición, mis luchas internas y mis grandes sufrimientos, eran un secreto del que sólo podía hacer partícipe a mi confesor, el mismo confesor que teníamos todos los que trabajábamos en los sótanos tercero y cuarto del Archivo Secreto, el padre franciscano Egilberto Pintonello.

Mis tres hermanas y yo, después de dejar la cena al horno y la mesa puesta, entramos en la capilla de casa y nos sentamos sobre los cojines esparcidos por el suelo, alrededor del Sagrario, frente al cual ardía permanentemente la luz de una minúscula vela. Rezamos juntas los misterios dolorosos del Rosario y, luego, nos quedamos calladas, recogidas en oración. Estábamos en Cuaresma y, esos días, por recomendación del padre Pintonello, andaba yo reflexionando sobre el pasaje evangélico de los cuarenta días de ayuno de Jesús en el desierto y las tentaciones del demonio. No era, precisamente, plato de mi gusto, pero siempre he sido tremendamente disciplinada y no se me hubiera ocurrido contravenir una indicación de mi confesor.

Mientras oraba, la entrevista mantenida aquel mediodía con los prelados volvía una y otra vez a mi cabeza, estorbándome. Me preguntaba si podría realizar con éxito un trabajo del que me ocultaban información y, además, el asunto tenía un cariz muy extraño. «El hombre que aparece en las fotografías —había dicho Monseñor Tournier— estaba implicado en un grave delito contra la Iglesia Católica y las demás Iglesias cristianas. Lamentándolo mucho, no podemos darle más detalles.»

Esa noche tuve unas horribles pesadillas en las que un hombre maltrecho y descabezado, que era la reencarnación del demonio, se me aparecía en todas las esquinas de una larga calle por la que yo avanzaba a trompicones, como borracha, tentándome con el poder y la gloria de todos los reinos del mundo.

A las ocho en punto de la mañana, el timbre de la puerta de la calle empezó a sonar con insistencia. Margherita, que fue quien contestó, entró poco después en la cocina con cara de circunstancias:

—Ottavia, un tal Kaspar Glauser te espera abajo.

Me quedé petrificada.

—¿El capitán Glauser-Röist? —masculló, con la boca llena de bizcocho.

—Si es capitán, no lo ha dicho —puntualizó Margherita—, pero el nombre coincide.

Engullí el bizcocho, sin masticar, y me bebí de un trago el café con leche.

—Cosas de trabajo... —me disculpé, abandonando precipitadamente la cocina bajo la mirada sorprendida de mis hermanas.

El piso de la Piazza delle Vaschette era tan pequeño, que en un suspiro me dio tiempo a ordenar mi habitación y a pasar por la capilla para despedirme del Santísimo. Al vuelo, descolgué de la percha de la entrada el abrigo y el bolso, y salí, cerrando la puerta tras de mí sumida en la confusión. ¿Qué hacía el capitán Glauser-Röist esperándome abajo? ¿Habría pasado algo?

Escondido detrás de unas impenetrables gafas negras, el robusto soldadito de juguete se apoyaba, inexpresivo, contra la portezuela de un ostentoso Alfa Romeo de color azul oscuro. Es costumbre romana estacionar el coche en la misma puerta del sitio al que se va, tanto si molesta al tráfico como si no. Cualquier buen romano explicará cachazudamente que, de ese modo, se pierde menos tiempo. El capitán Glauser-Röist, a pesar de su nacionalidad suiza —obligatoria para todos los miembros del pequeño ejército vaticano—, debía llevar muchos años viviendo en la ciudad, porque había adoptado sus peores costumbres con absoluta placidez. Ajeno a la espectación que estaba despertando entre los vecinos del Borgo, el capitán no movió ni un músculo de la cara cuando, por fin, abrí la puerta del zaguán y salí a la calle. Me alegró mucho comprobar que, bajo los inmoderados rayos del sol, la aparente lozanía del enorme militar suizo quedaba un poco malograda, distinguiéndose en su cara —engañosamente juvenil— los signos del paso del tiempo y unas pequeñas arrugas junto a los ojos.

—Buenos días —dije, abrochándome el abrigo—. ¿Ocurre algo, capitán?

—Buenos días, doctora —pronunció en un correctísimo italiano que, sin embargo, no ocultaba una cierta entonación germana en la pronunciación de las erres—. La he estado esperando en la puerta del Archivo desde las seis de la mañana.

—¿Y por qué tan pronto, capitán?

—Creía que era su hora de empezar a trabajar.

—Mi hora de empezar a trabajar es a las ocho —masculé con un tono desagradable.

El capitán echó una mirada indiferente a su reloj de pulsera.

—Ya son las ocho y diez —anunció, frío como una piedra e igual de simpático.

—¿Sí...? Bueno, pues vamos.

¡Qué hombre tan irritante! ¿Acaso no sabía que los jefes siempre llegamos tarde? Forma parte de los privilegios del cargo.

El Alfa Romeo atravesó las callejuelas del Borgo a toda velocidad, porque el capitán también había adoptado la forma suicida de conducción romana y, antes de poder decir amén, estábamos cruzando la Porta Santa Anna y dejando atrás los barracones de la Guardia Suiza. Si no grité, ni quise abrir la portezuela y tirarme durante el trayecto, fue gracias a mi origen siciliano y a que, de joven, me saqué el carnet de conducir en Palermo, donde las señales de tráfico sirven de adorno y todo se basa en la relación de fuerzas, el uso del claxon y el vulgar sentido común. El capitán detuvo bruscamente el vehículo en un aparcamiento que ostentaba una placa con su nombre y apagó el motor con expresión satisfecha. Aquel fue el primer rasgo humano que pude observar en él y me llamó mucho la atención; sin duda, conducir le encantaba. Mientras caminábamos hacia el Archivo por parajes del Vaticano desconocidos hasta ese momento para mí —atravesamos un moderno gimnasio, lleno de aparatos, y un polígono de tiro que yo ni sabía que existía—, todos los guardias con los que nos íbamos cruzando se cuadraban ante nosotros y saludaban marcialmente a Glauser-Röist.

Uno de los asuntos que más había acuciado mi curiosidad a través de los años era el origen de los llamativos uniformes multicolores de la Guardia Suiza. Por desgracia, en los documentos catalogados del Archivo Secreto no existía ninguna prueba que confirmara o desmintiera que el diseño había sido realizado por Miguel Ángel, como se rumoreaba por ahí, pero yo confiaba que dicha prueba apareciera el día menos pensado entre la ingente cantidad de documentación todavía por estudiar. En cualquier caso, Glauser-Röist, al contrario que sus compañeros, parecía no utilizar nunca el uniforme, pues en las dos ocasiones en que le había visto vestía de paisano y, por cierto, con una ropa indudablemente muy cara, demasiado para el magro sueldo de un pobre guardia suizo.

Cruzamos en silencio el vestíbulo del Archivo Secreto, pasando por delante del despacho cerrado del Reverendo Padre Ramondino y entramos simultáneamente en el ascensor. Glauser-Röist introdujo su flamante llave en el panel.

—¿Lleva usted las fotografías encima, capitán? —pregunté con curiosidad mientras descendíamos hacia el Hipogeo.

—Así es, doctora —cada vez le encontraba un parecido mayor con una afilada roca de acantilado. ¿De dónde habrían sacado a un tipo así?

—Entonces supongo que empezaremos a trabajar ahora mismo, ¿no es cierto?

—Ahora mismo.

Mis adjuntos se quedaron boquiabiertos cuando vieron pasar a Glauser-Röist por el corredor en dirección al laboratorio. La mesa de Guido Buzzonetti estaba dolorosamente vacía aquella mañana.

—Buenos días —exclamé en voz alta.

—Buenos días, doctora —murmuró alguien por no dejarme sin respuesta.

Pero si el silencio más cerrado nos acompañó hasta la puerta de mi despacho, el grito que yo dejé escapar al abrirla se escuchó hasta en el Foro Romano.

—¡Jesús! ¿Qué ha pasado aquí?

Mi viejo escritorio había sido desplazado sin misericordia hasta uno de los rincones y, en su lugar, una mesa metálica con un gigantesco ordenador ocupaba el centro del cuarto. Otros armatostes informáticos habían sido colocados sobre pequeñas mesillas de metacrilato sacadas de algún despacho en desuso y decenas de cables y enchufes recorrían el suelo y colgaban de las baldas de mis viejas librerías.

Me tapé la boca con las manos, horrorizada, y entré pisando con tanta precaución como si estuviera caminando entre nidos de serpientes.

—Vamos a necesitar este equipo para trabajar —anunció la Roca a mi espalda.

—¡Espero que sea cierto, capitán! ¿Quién le ha dado permiso para entrar en mi laboratorio y organizar este lío?

—El Prefecto Ramondino.

—¡Pues podían haberme consultado!

—Montamos el equipo anoche, cuando usted ya se había ido —en su voz no había ni una pequeña nota de aflicción o sentimiento; se limitaba a informarme y punto, como si todo cuanto él hiciera estuviera por encima de cualquier discusión.

—¡Espléndido! ¡Realmente espléndido! —silabeé cargada de rencor.

—¿Desea usted empezar a trabajar o no?

Me giré como si me hubiera abofeteado y le miré con todo el desprecio del que fui capaz.

—Terminemos cuanto antes con todo esto.

—Como usted quiera —murmuró arrastrando mucho las erres. Se desabrochó la chaqueta y, de algún lugar incomprensible, sacó el abultado dossier de tapas negras que Monseñor Tournier me había mostrado el día anterior—. Es todo suyo —dijo, ofreciéndomelo.

—¿Y usted qué va a hacer mientras yo trabajo?

—Usaré el ordenador.

—¿Con qué objeto? —pregunté, extrañada. Mi analfabetismo informático era una asignatura pendiente que sabía que algún día tendría que afrontar, pero, por el momento, como buena erudita, me encontraba muy a gusto despreciando esos diabólicos chismes.

—Con objeto de resolver cualquier duda que usted tenga y facilitarle toda la información existente sobre cualquier tema que desee.

Y ahí quedó eso.

Empecé examinando las fotografías. Eran muchas, treinta exactamente, y venían numeradas y clasificadas por orden temporal, es decir, de principio a fin de la autopsia. Tras una ojeada inicial, seleccioné aquellas en las que se veía, tendido sobre una mesa metálica, el cuerpo entero del etíope en las posiciones de decúbito supino y decúbito prono (boca arriba y boca abajo). A primera vista, lo más destacable era la fractura de los huesos de la pelvis —por el arco poco natural que dibujaban las piernas— y una tremenda lesión en la zona parietal derecha del cráneo que había dejado al descubierto, entre astillas de hueso, la gelatina gris del cerebro. Deseché, por inútiles, el resto de las imágenes, pues, pese a que el cadáver debía presentar multitud de lesiones internas, ni sabía apreciarlas, ni creía que fueran relevantes para mi trabajo. Me fijé, eso sí, en que, probablemente a causa del impacto, se había mutilado la lengua con los dientes.

Aquel hombre jamás hubiera podido hacerse pasar por otra cosa distinta de lo que era —etíope—, pues sus rasgos étnicos resultaban muy acusados. Como a la mayoría de ellos, se le veía bastante flaco y espigado, de carnes magras y fibrosas, y la coloración de su piel destacaba por demasiado oscura. Las facciones de su cara, sin embargo, constituían la prueba definitiva y delatora de su origen abisinio: pómulos altos y muy marcados, mejillas hundidas, grandes ojos negros —que aparecían abiertos en las fotografías, con un resultado impresionante—, frente amplia y huesuda, labios gruesos y nariz fina, casi de perfil griego. Antes de que le raparan la parte de la cabeza que permanecía íntegra, presentaba un pelo áspero y acaracolado, bastante sucio y manchado de sangre; después del rasurado, en el centro mismo del cráneo, podía verse con total claridad una fina cicatriz con la forma de la letra griega sigma mayúscula (Σ).

Aquella mañana no hice otra cosa que observar, una y otra vez, las terribles imágenes, repasando cualquier detalle que me resultara significativo. Las escarificaciones destacaban sobre la piel como líneas de carreteras en un mapa, algunas carnosas y abultadas, muy desagradables, y otras estrechas, casi imperceptibles, a modo de hilos de seda. Pero todas, sin excepción, presentaban una coloración sonrosada, incluso rojiza en algunos puntos, que les confería el repulsivo aspecto de injertos de piel blanca sobre piel negra. A media tarde, tenía el estómago acalambrado, la cabeza embotada y la mesa llena de anotaciones y esquemas de las escarificaciones del fallecido.

Encontré otras seis letras griegas repartidas por el cuerpo: en el brazo derecho, sobre el bíceps, una tau (T), en el izquierdo, una ípsilon (Y), en el centro del pecho, sobre el corazón, una alfa (A), en el abdomen una rho (P), en el muslo derecho, sobre el cuadríceps, una ómicron (O) y en el izquierdo, en idéntico lugar, otra sigma (Σ). Justo debajo de la letra alfa y por encima de la rho, en la zona de los pulmones y el estómago, se veía un gran Crismón, el conocido monograma, tan habitual en los tímpanos y altares de las iglesias medievales, formado por las dos primeras letras griegas del nombre de Cristo, XP —ji y rho—, superpuestas.

☧

Este Crismón, sin embargo, presentaba una curiosa peculiaridad: le habían añadido una barra transversal que ayudaba a componer la imagen de una cruz. El resto del cuerpo, exceptuando las manos, los pies, las nalgas, el cuello y la cara, estaba lleno de otras muchas cruces de la más original factura que hubiera visto en mi vida.

El capitán Glauser-Röist permanecía largos ratos sentado frente al ordenador, tecleando sin descanso misteriosas instrucciones, pero, de vez en cuando, acercaba su silla a la mía y se quedaba contemplando en silencio la evolución de mis análisis. Por eso, cuando, súbitamente, me preguntó si me sería de ayuda disponer de un dibujo del cuerpo humano a tamaño natural para ir señalando las cicatrices, me sobresalté. Antes de responderle, hice un par de exageradas afirmaciones y negativas con la cabeza para aliviar mis doloridas cervicales.

—Es una buena idea. Por cierto, capitán, ¿hasta dónde está autorizado a informarme sobre este pobre hombre? Monseñor Tournier comentó que usted había hecho estas fotografías.

Glauser-Röist se levantó de su asiento y se dirigió hacia el ordenador.

—No puedo decirle nada.

Pulsó varias teclas rápidamente y la impresora empezó a crepitar y a expulsar papel.

—Me haría falta saber algo más —protesté, frotándome el puente de la nariz por debajo de las gafas—. Quizá usted conoce detalles que podrían facilitarme el trabajo.

La Roca no se dejó conmover por mis ruegos. Con trozos de cinta adhesiva que cortaba con los dientes, fue pegando en el dorso de la puerta —el único espacio que quedaba libre en mi pequeño laboratorio— las hojas que salían de la impresora hasta formar la silueta completa de un ser humano.

—¿Puedo ayudarla en alguna otra cosa? —preguntó al terminar, volviéndose hacia mí.

Le miré despectivamente.

—¿Puede usted consultar las bases de datos del Archivo Secreto desde ese ordenador?

—Desde este ordenador puedo consultar cualquier base de datos del mundo. ¿Qué desea saber?

—Todo lo que pueda encontrar sobre escarificaciones.

Se puso manos a la obra sin perder un segundo y yo, por mi parte, cogí un puñado de rotuladores de colores de un cajón de mi mesa y me planté con decisión frente a la silueta de papel. Al cabo de media hora, había logrado reconstruir con bastante fidelidad el doloroso mapamundi de las heridas del cadáver. Me pregunté por qué un hombre sano y fuerte, de unos treinta y tantos años, se habría dejado torturar de aquella manera. Era muy extraño.

Además de las letras griegas, encontré un total de siete bellísimas cruces, cada una completamente diferente a las demás: de forma latina, en la parte interior del antebrazo derecho, y de hechura latina inmmissa (con el travesaño corto en mitad del palo), en el izquierdo; en la espalda, una cruz ebrancada (de troncos) sobre las vértebras cervicales; otra, ansata egipcia, sobre las dorsales y una última, horquillada, sobre las lumbares. Las dos cruces restantes, hasta completar las siete, eran de las llamadas decussatas (en equis) y griegas, y estaban situadas en la parte posterior de los muslos. La variedad era admirable aunque, sin embargo, todas tenían algo en común: estaban encerradas, o protegidas, por cuadrados, círculos y rectángulos —a modo de pequeñas ventanas o troneras medievales—, con una misma pequeña corona radiada en la parte superior, en forma de dientes de sierra, que, en todos los casos, tenía siete puntas.

A las nueve de la noche estábamos muertos de cansancio. Glauser-Röist apenas había localizado algunas pobres referencias a las escarificaciones. Me explicó, someramente, que se trataba de una usanza religiosa circunscrita a una franja del África central en la que, por desgracia para nosotros, no estaba comprendida Etiopía. En esa zona, al parecer, las tribus primitivas acostumbraban a friccionar con cierta mixtura de hierbas las incisiones de la piel, hechas, generalmente, con unas pequeñas cañas tan afiladas como cuchillos. Los motivos ornamentales podían llegar a ser muy complejos, pero, en esencia, respondían a formas geométricas de simbología sagrada, muchas veces en relación con algún rito religioso.

—¿Eso es todo...? —pregunté desengañada, al verle cerrar la boca tras el exiguo informe.

—Bueno, hay algo más, pero no es significativo. Los queloides, o sea, las escarificaciones más gruesas y abultadas, son un auténtico reclamo sexual para los varones cuando las exhiben las mujeres.

—¡Ah, vaya...! —repuse con un gesto de extrañeza—. ¡Eso sí que tiene gracia! Jamás se me hubiera ocurrido.

—De modo... —prosiguió, indiferente— que seguimos sin saber por qué están esas cicatrices en el cuerpo de ese hombre —creo que fue entonces cuando me fijé, por primera vez, en que sus ojos eran de un color gris desteñido—. Otro dato curioso, aunque también irrelevante para nuestro trabajo, es que últimamente esta práctica se está poniendo de moda entre los jóvenes de muchos países. Lo llaman *body art* o *performance art*, y uno de sus mayores defensores es el cantante y actor David Bowie.

—No me lo puedo creer... —suspiré, esbozando una sonrisa—. ¿Quiere decir que se dejan hacer esos cortes por gusto?

—Bueno... —murmuró tan desconcertado como yo—, tiene algo que ver con el erotismo y la sensualidad, pero no sabría explicárselo.

—Ni lo intente, gracias —le dispensé, extenuada, poniéndome en pie y dando por terminada aquella primera y agotadora jornada de trabajo—. Vayamos a descansar, capitán. Mañana va a ser otro día muy largo.

—Permítame que la lleve a su casa. Estas no son horas para que vaya usted sola por el Borgo.

Estaba demasiado cansada para negarme, así que arriesgué de nuevo mi vida dentro de aquel cochazo tan espectacular. Al despedirnos, le di las gracias con algo de mala conciencia por mi forma de tratarle —aunque se me pasó enseguida— y rechacé educadamente su ofrecimiento de venir a buscarme a la mañana siguiente; llevaba dos días sin oír misa y no estaba dispuesta a dejar pasar ni uno más. Me levantaría temprano y, antes de reanudar el trabajo, iría a la iglesia de Santi Michele e Magno.

Ferma, Margherita y Valeria estaban viendo una vieja película en la televisión cuando entré por la puerta.

Habían tenido el detalle de guardarme la cena caliente en el microondas, de modo que tomé un poco de sopa —sin ganas; había visto demasiadas cicatrices ese día— y me encerré un rato en la capilla antes de irme a dormir. Pero aquella noche no pude concentrarme en la oración, y no sólo porque estuviera demasiado cansada (que lo estaba), sino porque a tres de mis ocho hermanos se les ocurrió llamarme por teléfono desde Sicilia para preguntarme si pensaba acudir a la fiesta que, por San Giuseppe, organizábamos todos los años para nuestro padre. Les dije a los tres que sí y me fui a la cama, desesperada.

El capitán Glauser-Röist y yo vivimos unas semanas frenéticas a partir de aquel primer día. Encerrados en mi laboratorio desde las ocho de la mañana hasta las ocho o nueve de la noche, de lunes a domingo, repasábamos los pocos datos que teníamos a la luz de las escasas informaciones que íbamos obteniendo de los archivos. Solventar los problemas de las letras griegas y del Crismón resultó relativamente sencillo en comparación con el titánico esfuerzo que nos supuso resolver el enigma de las siete cruces.

El segundo día de trabajo, nada más entrar en el laboratorio, mientras cerraba la puerta y contemplaba de reojo la silueta de papel pegada en la madera, la solución de las letras griegas me golpeó en la cara como el guante de un desafío de honor. Resultaba tan evidente que no podía creer que la noche anterior no lo hubiera visto, aunque me justifiqué recordando lo muy cansada que estaba: leyendo desde la cabeza hasta las piernas, de derecha a izquierda, las siete letras formaban la palabra griega *STAUROS (ΣΤΑΥΡΟΣ)*, cuyo significado era, obviamente, *Cruz*. A esas alturas, resultaba incuestionable que todo lo que había en aquel cuerpo cobrizo estaba relacionado con el mismo tema.

Algunos días más tarde, tras poner varias veces del derecho y del revés —sin éxito— la historia de la vieja Abisinia (Etiopía), tras consultar la más variada documentación sobre la influencia griega en la cultura y la religión de dicho país, tras permanecer largas horas examinando cuidadosamente decenas de libros de arte de todas las épocas y estilos, extensos expedientes sobre sectas remitidos por los diferentes departamentos del Archivo Secreto y exhaustivos informes sobre crismones que el capitán pudo conseguir a través del ordenador, hicimos otro descubrimiento bastante significativo: el monograma del Nombre de Cristo que el etíope llevaba sobre el pecho y el estómago, respondía a una variedad conocida como Monograma de Constantino y, en lo que a su uso en el arte cristiano se refería, había dejado de utilizarse a partir del siglo VI de nuestra era.

En los orígenes del cristianismo, y por sorprendente que pueda parecer, la Cruz no fue objeto de ninguna clase de adoración. Los primeros cristianos ignoraron completamente el instrumento del Martirio, prefiriendo otros elementos ornamentales más alegres si de representar signos e imágenes se trataba. Además, durante las persecuciones romanas —escasas, por otra parte, ya que se redujeron, poco más o menos, a la conocida actuación de Nerón tras el incendio de Roma en el año 64 y, según Eusebio,[1] a los dos años de la mal llamada Gran Persecución de Diocleciano (del 303 al 305)—, durante las persecuciones romanas, como digo, la exhibición y adoración pública de la Cruz hubiera resultado, indudablemente, muy peligrosa, de modo que en las paredes de las catacumbas y de las casas, en las lápidas de los sepulcros, en los objetos personales y en los altares, aparecieron símbolos tales como el cordero, el pez, el ancla o la

1. Eusebio (260-341), obispo de Cesárea, *Hist. Eccl.; De Mart. Palæstinæ.*

paloma. La representación más importante, sin embargo, era el Crismón, el monograma formado por las primeras letras griegas del nombre de Cristo, XP —ji y rho—, que se usó profusamente para decorar los lugares sagrados.

Existían multiples variaciones de la imagen del Crismón, en función de la interpretación religiosa que se le quisiera dar: por ejemplo, sobre las tumbas de los mártires se representaban Crismones con una rama de palma en lugar de la letra P, simbolizando la victoria de Cristo, y los monogramas con un triángulo en el centro expresaban el Misterio de la Trinidad.

En el año 312 de nuestra era, el emperador Constantino el Grande —adorador del dios Sol—, en la noche previa a la batalla decisiva contra Majencio, su principal rival por el trono del Imperio, soñó que Cristo se le aparecía y le decía que grabara esas dos letras, XP, en la parte superior de los estandartes de sus regimientos. Al día siguiente, antes de la contienda, dice la leyenda que vio aparecer dicho sello, con el añadido de una barra transversal formando la imagen de una Cruz, sobre la esfera cegadora del sol y, debajo, las palabras griegas *EN-TOYTΩI-NIKA*, más conocidas en su traducción latina de *In hoc signo vinces*, «Con este signo vencerás». Como Constantino, incuestionablemente, derrotó a Majencio en la batalla del Puente Milvio, su estandarte con el Crismón, llamado más tarde *Labarum*, se convirtió en la bandera del Imperio. Este símbolo, pues, adquirió una importancia extraordinaria en lo que fueron los restos del Imperio Romano y, cuando la parte occidental del territorio —Europa—, cayó en poder de los bárbaros, continuó usándose en la parte oriental —Bizancio—, al menos hasta el siglo VI, momento en el que, como ya he dicho, desapareció por completo del arte cristiano.

Pues bien, el Crismón que nuestro etíope exhibía en

el torso era precisamente ese que el emperador vio en el cielo antes de la batalla; ese con el travesaño horizontal y no alguna de sus variaciones, y no dejaba de ser un dato curioso —y, más que curioso, extraño—, porque había dejado de utilizarse hacía catorce siglos, como bien atestiguaba el Padre de la Iglesia san Juan Crisóstomo, quien, en sus escritos, afirmaba que, por fin, a finales del siglo V, dicho símbolo había sido sustituido por la auténtica Cruz, expuesta ahora públicamente con orgullo y prodigalidad. Es cierto que a lo largo de los períodos románico y gótico los crismones habían reaparecido como motivos ornamentales, pero con otras formas diferentes a la sencilla y concreta del Monograma de Constantino.

Bien, otro misterio aparentemente resuelto que, sin embargo, como la palabra *STAUROS* repartida en letras por el cuerpo, nos sumía de nuevo en la perplejidad más absoluta. Cada día que pasaba, el deseo de desenredar todo aquel embrollo, de comprender lo que aquel extraño cadáver estaba intentando indicarnos, se volvía más y más acuciante. Sin embargo, el encargo se ceñía a la explicación de los signos, independientemente de lo que todos ellos juntos quisieran decir, así que no quedaba más remedio que seguir adelante, sin salirse del camino señalado, y aclarar por fin el significado de las siete cruces.

¿Por qué precisamente siete y no ocho, o cinco o quince, por ejemplo? ¿Por qué todas diferentes? ¿Por qué todas enmarcadas por formas geométricas, a modo de ventanucos medievales? ¿Por qué todas dignificadas por una pequeña corona radiada...? Jamás lo podríamos averiguar, me decía compungida, era demasiado complejo y demasiado absurdo a la vez. Levantaba la mirada de las fotografías y los croquis y la posaba en la silueta de papel, por si la ubicación de las cruces en el cuerpo me daba la pista; pero no veía nada, o, al menos nada que me ayudara a resolver el jeroglífico, así que bajaba de nuevo los ojos hacia la mesa y me concentraba fatigosamente en el estudio de cada una de las peculiares tronerillas coronadas.

Glauser-Röist apenas pronunció una palabra durante aquellos días; se pasaba las horas muertas tecleando en el ordenador y yo sentía nacer en mi interior un rencor absurdo contra él por perder el tiempo tonteando de aquella manera mientras mi cerebro se iba convirtiendo lentamente en pasta de papel.

A pasos agigantados se acercaba el domingo, 19 de marzo, día de San Giuseppe, y se imponía empezar a preparar mi viaje a Palermo. Iba poco a casa, apenas dos o tres veces al año, pero, como buena familia siciliana, los Salina permanecíamos indisolublemente unidos, para bien o para mal, incluso más allá de la muerte. Ser la penúltima de nueve hermanos —de ahí mi nombre, Ottavia, la octava— tiene muchas ventajas en cuanto al aprendizaje y uso de las técnicas de supervivencia; siempre hay algún hermano o hermana mayor dispuesto a torturarte o a aplastarte bajo el peso de su autoridad (tus cosas son del primero que las coge, tu espacio es invadido por el primero que llega, tus triunfos o fracasos siempre han sido ya los triunfos o fracasos de los que vinieron antes, etc.). Sin embargo, la adhesión entre los nueve hijos de Filippa y Giuseppe Salina era indestructible: a pesar de mi ausencia de veinte años, de la de Pierantonio (franciscano en Tierra Santa) y de la de Lucia (dominica destinada en Inglaterra), se contaba con nosotros para organizar cualquier festejo familiar, comprar cualquier regalo a nuestros padres o adoptar cualquier decisión colegiada que afectara a la familia.

El jueves previo a mi partida, el capitán Glauser-Röist regresó de comer en los barracones de la Guardia Suiza con un extraño brillo metálico en sus ojos grisáceos. Yo seguía tozudamente enfrascada en la lectura de un farragoso tratado sobre el arte cristiano de los siglos VII y VIII, con la vana esperanza de encontrar cualquier alusión al diseño de alguna de las cruces.

—Doctora Salina —musitó nada más cerrar la puerta a su espalda—, se me ha ocurrido una idea.

—Le escucho —repuse, alejando de mí, con las dos manos, el tedioso compendio.

—Necesitamos un programa informático que coteje las imágenes de las cruces del etíope con todos los ficheros de imágenes del Archivo y la Biblioteca.

Enarqué las cejas en un gesto de extrañeza.

—¿Es posible hacer eso? —pregunté.

—El servicio de informática del Archivo puede hacerlo.

Me quedé pensando unos instantes.

—No sé... —objeté meditabunda—. Debe ser muy complicado. Una cosa es escribir unas palabras en un ordenador y que la máquina busque el mismo texto en las bases de datos, y otra es cotejar dos imágenes de un objeto que pueden estar archivadas en tamaños diferentes, en formatos incompatibles, tomadas desde ángulos distintos o, incluso, con una calidad tan mala que el programa no pueda reconocerlas como iguales.

Glauser-Röist me miró con lástima. Era como si, subiendo ambos una misma escalera, ese hombre siempre estuviera unos peldaños por encima de mí y, al volverse para mirarme, tuviera que doblar el cuello hacia abajo.

—Las búsquedas de imágenes no se hacen usando esos factores que usted ha mencionado —en su tono había un matiz de conmiseración—. ¿No ha visto en las películas cómo los ordenadores de la policía comparan el retrato robot de un asesino con las fotografías digitales de delincuentes que tienen en sus archivos...? Se utilizan parámetros del tipo «distancia entre los ojos», «ancho de la boca», «coordenadas de la frente, la nariz y la mandíbula», etc. Son cálculos numéricos los que emplean esos programas de localización de fugitivos.

—Dudo mucho —silabeé enojada— que nuestro servicio de informática tenga un programa para localizar fugitivos. No somos la policía, capitán. Somos el corazón del mundo católico y en la Biblioteca y el Archivo sólo trabajamos con la historia y con el arte.

Glauser-Röist se dio la vuelta y empuñó de nuevo la manija de la puerta.

—¿Adónde va? —pregunté enfadada, viendo que me dejaba con la palabra en la boca.

—A hablar con el Prefecto Ramondino. Él dará las órdenes necesarias al servicio de informática.

El viernes después de comer, la hermana Chiara pasó a recogerme con su coche y abandonamos Roma por la autopista del sur. Ella iba a pasar el fin de semana en Nápoles, con su familia, y estaba encantada de poder viajar acompañada; la distancia entre ambas ciudades no es excesivamente grande, sin embargo se hace aún más ligera si hay alguien al lado con quien conversar. Pero Chiara y yo no éramos las únicas que abandonábamos Roma ese fin de semana. El Santo Padre, cumpliendo uno de sus más ardientes deseos, sacaba fuerzas de flaqueza para peregrinar, en pleno Jubileo, a los sagrados lugares de Jordania e Israel (el monte Nebo, Belén, Nazaret...). Resultaba admirable comprobar cómo un cuerpo en tan lamentable estado y una mente tan agotada y con tan escasos momentos de auténtica lucidez, despertaban y revivían ante la inminencia de un viaje agotador. Juan Pablo II era un auténtico peregrino del mundo; el contacto con las multitudes le vigorizaba. Así pues, la Ciudad que yo dejaba atrás aquel viernes hervía en preparativos y trámites de última hora.

En Nápoles cogí el ferry nocturno de la *Tirrenia* que me dejaría en Palermo a primeras horas del sábado. Aquella noche hacía un tiempo excelente, así que me abrigué bien y me acomodé en una butaca de la cubierta del segundo piso dispuesta a disfrutar de una plácida travesía. Rememorar el pasado no era una de mis aficiones favoritas, sin embargo, cada vez que cruzaba aquel pedazo de mar en dirección a mi casa me invadía la hipnótica ensoñación de los años vividos allí. En realidad, lo que yo quería ser de pequeña era espía: con ocho años, lamentaba que ya no hubiera guerras mundiales en las que participar como Mata-Hari; a los diez, me fabricaba pequeñas linternas con pilas de petaca y minúsculas bombillas —robadas de los juegos de electrónica de mis hermanos mayores—, y me pasaba las noches escondida bajo las mantas leyendo cuentos y novelas de aventuras. Más tarde, en el internado de las monjas de la Venturosa Virgen María, al que me mandaron a los trece años (después de aquella escapada en barca con mi amigo Vito), seguí practicando esa especie de catarsis que era la lectura compulsiva, transformando el mundo a mi gusto con la imaginación y convirtiéndolo en aquello que me hubiera gustado que fuera. La realidad no resultaba ni agradable ni feliz para una niña que percibía la vida a través de una lente de aumento. Fue en el internado donde leí por primera vez las *Confesiones* de san Agustín y el *Cantar de los cantares*, descubriendo una profunda semejanza entre los sentimientos derramados en aquellas páginas y mi turbulenta e impresionable vida interior. Supongo que aquellas lecturas ayudaron a despertar en mí la inquietud de la vocación religiosa, pero todavía tuvieron que pasar algunos años y muchas otras cosas antes de que yo profesara. Con una sonrisa, recordé la inolvidable tarde en que mi madre me arrebató de las manos una libreta escolar emborronada con las aventuras de la espía norteamericana Ottavia Prescott... Si hubiera descubierto una pistola o una revista de hombres desnudos no hubiera resultado más escandalizada: para ella, como para mi padre y el resto de los Salina, la afición literaria era un pasatiempo sin sentido, más propio de gente bohemia y desocupada que de una joven de buena familia.

La luna se exhibía, blanca y luminosa, en el cielo oscuro, y el olor acre del mar, transportado por el aire frío de la noche, llegó a ser tan intenso que me tapé la boca y la nariz con las solapas del abrigo, cobijándome después hasta el cuello con la manta de viaje. La Ottavia de Roma, la paleógrafa del Vaticano, se iba quedando tan atrás como la costa italiana, surgiendo, desde algún lugar remoto, la Ottavia Salina que jamás había abandonado Sicilia. ¿Quién era el capitán Glauser-Röist...? ¿Qué tenía yo que ver con un etíope muerto...? En pleno proceso de transformación, me fui quedado profundamente dormida.

Cuando abrí los ojos, el cielo se iluminaba gradualmente con la luz roja del sol de levante y el ferry estaba entrando a buena marcha en el golfo de Palermo. Antes de atracar en la estación marítima, mientras plegaba la manta y recogía la bolsa de viaje, pude divisar los gruesos brazos de mi hermana mayor, Giacoma, y de mi cuñado Domenico agitándose cariñosamente desde el muelle... Ya no me cabía ninguna duda de que había vuelto a casa.

Tanto los marineros del ferry como el resto del pasaje, los carabineros de la estación y la gente que esperaba al pie de la escalerilla recién tendida, me miraron con una enorme curiosidad mientras descendía; la presencia de Giacoma, la más famosa de los *nuevos* Salina, y de la *discretísima* escolta —dos impresionantes coches blindados de cristales oscuros y dimensiones kilométricas— hacía imposible pasar desapercibida.

Mi hermana me estrechó entre sus brazos hasta casi romperme, mientras mi cuñado me daba cariñosos golpecitos en el hombro y uno de los hombres de mi padre cogía el equipaje y lo metía en el maletero.

—¡Te dije que no vinieras a buscarme! —protesté al oído de Giacoma, que me soltó y me miró sin comprender, exhibiendo una deslumbrante sonrisa. Mi hermana, que acababa de cumplir cincuenta y tres años, exhibía un largo cabello negro como el carbón y tanta pintura en la cara como la paleta de Van Gogh. Aún así resultaba hermosa y hubiera sido muy atractiva de no ser por los veinte o treinta kilos que le sobraban.

—¡Pero qué tonta eres! —exclamó lanzándome a los brazos del grueso Domenico, que volvió a estrujarme—. ¿Cómo vas a llegar tú sola a Palermo y a coger el autobus para ir a casa? ¡Imposible!

—Además —añadió Domenico, mirándome con reproche paternal—, tenemos algunos problemas con los Sciarra de Catania.

—¿Qué pasa con los Sciarra? —quise saber, preocupada. Concetta Sciarra y su hermana pequeña, Doria, habían sido mis amigas de la infancia. Nuestras familias siempre se habían llevado bien y nosotras habíamos jugado juntas muchas tardes de domingo. Concetta era una persona generosa y comprensiva. Desde la muerte de su padre, dos años atrás, ella había asumido el mando de las empresas Sciarra y, por lo que yo sabía, sus relaciones con nosotros eran bastante buenas. Doria, sin embargo, era la cara opuesta de la moneda: retorcida, envidiosa y egoísta, buscaba siempre la manera de que los demás cargaran con las culpas de sus malas acciones y a mí me había profesado una envidia ciega desde pequeña que la llevaba a robarme mis juguetes y mis libros o a romperlos sin el menor miramiento.

—Están invadiendo nuestros mercados con productos más baratos —me explicó mi hermana, impávida—. Una guerra sucia incomprensible.

Enmudecí. Una acción tan grave tenía todo el aspecto de ser una despreciable provocación, aprovechándose, quizá, del inevitable deterioro de mi padre, que ya rondaba los ochenta y cinco años. Pero la buena de Concetta debía saber que, por muy debilitado que estuviese Giuseppe Salina, sus hijos no iban a consentir una cosa así.

Abandonamos la dársena a toda velocidad, sin frenar ante el semáforo en rojo que brillaba en la confluencia con la via Francesco Crispi, que tomamos hacia la derecha en dirección a La Cala. Tampoco en la via Vittorio Emanuele hicimos mucho caso a las señales, pero no había de qué preocuparse: nuestros tres vehículos, por ser de quien eran, disfrutaban de absoluta preferencia en cualquier cruce y de indulgencia plenaria ante las indicaciones de stop. Dejamos a la izquierda el palacio de los Normandos, salimos de la ciudad por Calatafimi, y, a pocos kilómetros de Monreale, en pleno valle de la Conca D'Or —hermosamente verde y cubierto de flores tempranas—, el primero de los coches torció bruscamente a la derecha, tomando la carretera privada que llevaba directamente a nuestra casa, la antigua y monumental Villa Salina, construida por mi bisabuelo Giuseppe a finales del siglo XIX.

—Mientras te arreglas y pones tus cosas en su sitio —me explicó mi hermana, arreglándose el pelo negro con ambas manos—, Domenico y yo iremos al aeropuerto a recoger a Lucia, que llega a las diez.

—¿Y Pierantonio?

—¡Llegó anoche de Tierra Santa! —gritó Giacoma alborozada.

Sonreí ampliamente, feliz como una lagartija al sol. La presencia de Pierantonio, no confirmada hasta el último minuto, convertía en espléndido un encuentro como aquel. Llevaba dos años sin ver a mi hermano, el hombre más bueno y dulce del mundo, con el que, al decir de toda la familia, me unía no sólo un parecido físico extraordinario, sino también una similitud de genio y carácter que, por ende, nos había convertido en inseparables durante toda la vida. Pierantonio entró en la Orden Franciscana a los veinticinco años —cuando yo tenía quince—, una vez acabada brillantemente su carrera de arqueología, y al año siguiente le enviaron a Tierra Santa, primero a Rodas, en Grecia, y más tarde a Chipre, Egipto, Jordania y, por fin, a Jerusalén, donde había recibido, en 1998, el nombramiento de Custodio de Tierra Santa (un cargo instituido en 1342 por el papa Clemente VI para asegurar la presencia católica en los Santos Lugares después de la derrota definitiva de los cruzados). Así pues, mi hermano Pierantonio era una figura realmente importante dentro del mundo cristiano de Oriente, que arrastraba consigo ese olor especial de los personajes santos y polémicos.

—¡Mamá estará contenta! —exclamé alborozada, echando una mirada por el cristal de la ventanilla.

Protegida con verjas de hierro y altos muros de cemento, la vieja casa de cuatro pisos había cambiado mucho en los últimos tiempos: numerosas cámaras de vigilancia, dispuestas a lo largo del perímetro de la villa, examinaban cualquier movimiento que se produjera en los alrededores y las casetas de los guardianes, que en mi infancia eran tan sólo unos destartalados cajones de madera con sillas de enea en su interior, se habían transformado en auténticos puestos de control a ambos lados de la verja corredera, dotados de ordenadores capaces de controlar a distancia cualquier dispositivo de seguridad y alarma.

Los hombres de mi padre hicieron una leve inclinación de cabeza al paso de nuestro coche y yo no pude evitar soltar una exclamación de alegría al reconocer entre ellos a Vito, mi viejo amigo de la niñez.

—¡Es Vito! —grité mientras sacudía frenéticamente el brazo a través del cristal trasero. Vito me sonrió con timidez, de forma casi imperceptible.

—Acaba de salir de la *giudiziarie*[2] —sonrió Dome-

---

2. La *carceri giudiziarie*, situada cerca del puerto de Palermo, es la prisión más sofisticada y mejor guardada de toda Italia y en ella cumplen condena los miembros de la Mafia.

nico, ajustándose la chaqueta a la tripa—. Tu padre está muy contento de tenerle de vuelta.

El vehículo se detuvo por fin frente a la puerta de casa. Mi madre, vestida, como siempre, íntegramente de negro, nos esperaba en la parte superior de los escalones apoyada en su sempiterno bastón de plata. Los setenta y cinco años de intensa vida que agotaban las espaldas de aquella noble dama siciliana —la menor de las hijas de la familia Zafferano—, no habían menguado ni un ápice de su porte altivo.

Subí los escalones de dos en dos y me estreché contra mi madre como si no la hubiera visto desde el día de mi nacimiento. La había echado mucho de menos y sentí un alivio pueril al encontrarla en tan buen estado, al comprobar que sus besos eran firmes y que su cuerpo seguía tan fuerte y enérgico como siempre. Di gracias a Dios, con un nudo de emoción en la garganta, porque no le hubiera pasado nada durante mi ausencia. Ella, sonriendo, se alejó un poco de mí para examinarme con atención.

—¡Mi pequeña Ottavia! —exclamó con una mueca de felicidad—. ¡Tienes un aspecto excelente! ¿Ya sabes que ha venido tu hermano Pierantonio? ¡Está deseando verte! Quiero que los dos me contéis muchas cosas —me puso la mano en el hombro y me empujó suave, pero animosamente, hacia el interior de la casa—. ¿Cómo está el Santo Padre? ¿Se encuentra bien de salud?

El resto del día fue una continua ida y venida de miembros de la familia: Giuseppe, el mayor, vivía en la villa con Rosalia, su mujer, y sus cuatro hijos; Giacoma y Domenico, que también vivían en la villa con nuestros padres, tenían cinco hijos que llegaron desde la Universidad de Mesina y los internados donde estudiaban. Cesare, el tercero, estaba casado con Letizia y tenía otros cuatro buenos elementos que, afortunadamente, residían en Agrigento. Pierluigi, el quinto, llegó a media tarde con su mujer, Livia, y sus cinco hijos. Salvatore, el séptimo —el hermano inmediatamente superior a mí—, era el único que estaba separado, pero, aún así, apareció también por la tarde con tres de sus cuatro hijos. Y, por fin, Águeda, la pequeña —que ya tenía treinta y ocho años—, apareció con Antonio, su marido, y sus tres retoños, el menor de los cuales era mi querida Isabella, de cinco años de edad.

Pierantonio, Lucia y yo éramos los tres religiosos de la familia. Siempre me ha producido una cierta zozobra cotejar las expectativas que mi madre tenía para cada uno de sus hijos con lo que, más tarde, hemos hecho nosotros con nuestras vidas. Es como si Dios otorgara a las madres la clarividencia necesaria para adivinar lo que va a suceder, o, y esto es lo más preocupante, como si Dios ajustara sus planes a lo que las madres desean. Misteriosamente, Pierantonio, Lucia y yo habíamos tomado los votos tal y como mi madre siempre anheló; todavía la recuerdo hablando con mi hermano, cuando este tenía diecisiete o dieciocho años, y diciéndole: «No puedes ni imaginar el orgullo que sería para mí verte convertido en sacerdote, en un buen sacerdote, y podrías serlo porque tienes el carácter perfecto para conducir con mano firme, como mínimo, una diócesis», o peinando el hermoso cabello rubio de Lucia mientras le susurraba al oído: «Eres demasiado lista e independiente como para someterte a un marido; a ti el matrimonio no te va. Estoy segura de que serías mucho más feliz llevando una vida como la de las religiosas de tu colegio: viajes, estudio, libertad, buenas amigas...». Y no hablemos de lo que me decía a mí: «De todos mis hijos, Ottavia, tú eres la más brillante, la más orgullosa... Tienes un carácter tan especial, tan fuerte, que sólo Dios podría hacer de ti la persona que yo desearía que fueras». Todas estas cosas las repetía con la fuerza y la convicción de una pitonisa que vaticinara el futuro. Extrañamente, lo mismo sucedió con el resto de mis hermanos: sus ocupaciones, estudios o matrimonios se ajustaron como un guante a las predicciones maternas.

Me pasé el día entero con la pequeña Isabella en brazos, de un lado a otro de la casa, hablando con los miembros de mi amplia familia y saludando a tíos, primos y conocidos que se acercaban hasta la casa para felicitar por adelantado a mi padre y traerle regalos. Era tanta la gente reunida, que yo apenas pude abrazarle y darle un beso antes de volver a perderle de vista. Sólo recuerdo que mi padre, con un gesto de infinito cansancio, me miró con orgullo durante un segundo, me acarició la mejilla con la rugosa piel de su mano y... fue abducido por el oleaje humano. Aquello, más que una casa, parecía una feria.

A media tarde, tenía un dolor terrible de espalda por culpa del peso de Isabella que, ni por piedad, consintió en soltarse de mi cuello. Cada vez que intentaba dejarla en el suelo, subía las piernas y las ceñía en torno a mi cintura como un pequeño mono. Cuando llegó la hora de preparar la cena, las mujeres nos encaminamos hacia la cocina para ayudar a las sirvientas y los hombres se reunieron en el salón grande para tratar sobre los asuntos y negocios de la familia. No me extrañó, pues, ver aparecer instantes después la alta figura de mi hermano Pierantonio entre las cazuelas y las sartenes. No pude por menos que reconocer que su forma de moverse y de caminar guardaba un cierto parecido con las elegantes maneras de Monseñor Tournier, el Arzobispo Secretario de la Sección Segunda de la Secretaría de Estado. Las diferencias entre ambos eran infinitas, desde luego —uno de ellos, para empezar, era mi hermano favorito, y el otro, no—, pero sin duda existía esa característica común de avanzar por la vida muy seguros de sí mismos y de su carisma.

Mi madre, obviamente, lo miró embelesada mientras se acercaba a ella.

—Mamá —dijo Pierantonio dándole un beso en la mejilla—, permite que me lleve un rato a Ottavia. Me gustaría mucho charlar con ella antes de cenar, dando un paseo por el jardín.

—¿Y a mí quién me ha pedido opinión? —repuse desde el otro lado de la cocina, rehogando unas verduras en la sartén con mano experta—. A lo mejor no quiero ir.

Mi madre sonrió.

—¡Calla, calla! ¿Cómo no vas a querer? —bromeó, como si fuera inconcebible que yo no deseara salir a pasear con mi hermano.

—¡Y a las demás que nos parta un rayo, ¿verdad?! —protestaron Giacoma, Lucia y Águeda.

Pierantonio, muy zalamero, les dio un beso a cada una y, luego, chasqueó los dedos como si llamara al camarero de un bar.

—Ottavia... vamos.

María, una de las cocineras, me quitó la sartén de las manos. Era toda una confabulación.

—No he visto en toda mi vida —empecé a decir mientras me quitaba el delantal y lo dejaba sobre el banco de la cocina— un fraile franciscano menos humilde que el padre Salina.

—Custodio, hermana... —replicó él—, Custodio de Tierra Santa.

—¡Siempre tan modesto! —carcajeó Giacoma, y el resto de la concurrencia le hizo coro con sus risas.

Si hubiera podido mirar a mi familia desde fuera, como una simple espectadora, entre las muchas cosas que me habrían llamado la atención, sin duda alguna hubiese destacado la adoración que todas las mujeres Salina sentían por Pierantonio. Nunca nadie disfrutó de una liga de melosas aduladoras más fervientes y sumisas. Los más nimios deseos del dios Pierantonio eran ejecutados con el fanatismo propio de las bacantes griegas, y él, que lo sabía, gozaba como un niño actuando como un caprichoso Dionisos. La culpa de todo esto era, desde luego, de mi madre, que nos había transmitido, como un virus, la idolatría ciega por su hijo preferido. ¿Cómo no íbamos a concederle al pequeño dios cualquier antojo si, a cambio, nos obsequiaba con sus besos y monerías...? ¡Con lo poco que costaba hacerlo feliz!

El dios me cogió por la cintura y salimos al patio trasero en busca de la puerta del jardín.

—¡Cuéntame cosas! —exclamó pletórico, una vez que pisamos el suave césped que rodeaba la casa.

—Cuéntame tú —repuse mirándole. Tenía unas pronunciadas entradas en el pelo y unas cejas asilvestradas que le conferían un aire salvaje—. ¿Cómo es que el importante Custodio de Tierra Santa abandona su puesto justo cuando el Santo Padre está a punto de llegar a Jerusalén?

—¡Caramba, disparas a matar! —rió, pasándome un brazo por los hombros.

—Me encanta que hayas podido venir —le expliqué—, tú lo sabes, pero me extraña mucho que lo hayas hecho: Su Santidad parte mañana para tus dominios.

Miró hacia el cielo, distraído, haciendo ver que el asunto no tenía ninguna importancia, pero yo, que le conocía bien, sabía que ese gesto suyo implicaba todo lo contrario.

—Bueno, ya sabes... Las cosas no son siempre como parecen.

—Mira, Pierantonio, a lo mejor engañas a tus frailes, pero a mí, no.

Sonrió, sin dejar de mirar al cielo.

—¡Pero bueno...! ¿Me vas a contar de una vez por qué el Ilustrísimo Custodio de Tierra Santa sale de allí cuando el Sumo Pontífice está a punto de llegar? —insistí, antes de que empezara a hablarme de la belleza de las estrellas.

El pequeño dios recuperó su expresión vivaracha.

—No puedo contarle a una monja que trabaja en el Vaticano los problemas que la Orden Franciscana tiene con los altos prelados de Roma.

—Sabes que me paso la vida encerrada en mi laboratorio. ¿A quién iba a contarle esos problemas?

—¿Al Papa...?

—¡Sí, claro! —proferí en mitad del jardín, parándome en seco.

—¿Al cardenal Ratzinger...? —canturreó—. ¿Al cardenal Sodano...?

—¡Venga ya, Pierantonio!

Pero algo debió notarme en la cara cuando mencionó al cardenal Secretario de Estado, porque abrió mucho los ojos y enarcó las cejas maliciosamente.

—Ottavia... ¿conoces a Sodano?

—Me lo presentaron hace algunas semanas... —reconocí, evasiva.

Me levantó la cara, cogiéndome por la barbilla y pegó su nariz a la mía.

—Ottavia, pequeña Ottavia... ¿Por qué frecuentas tú a Angelo Sodano, eh? Intuyo algo muy interesante que no quieres contarme.

¡Qué malo es conocerse!, pensé en aquel momento, y qué malo ser la penúltima de una familia llena de hermanos mayores con experiencia en manipulaciones y abusos.

—Tampoco tú me has contado los problemas que tenéis los franciscanos con Su Santidad, y mira que te lo he pedido —me zafé.

—Hagamos un trato —propuso alegremente, sujetándome por el brazo y obligándome a caminar de nuevo—. Yo te cuento por qué he venido y tú me cuentas de qué conoces al todopoderoso Secretario de Estado.

—No puedo.

—¡Sí puedes! —alborotó, feliz como un niño con zapatos nuevos. ¡Quién diría que aquel explotador de hermanas pequeñas tenía cincuenta años!—. Bajo secreto de confesión. En la capilla tengo los ornamentos. Vamos.

—Escucha, Pierantonio, esto es muy serio y...

—¡Fantástico, me encanta que sea muy serio!

Lo que más rabia me daba era saber que yo misma me había descubierto, que sólo con que hubiera disimulado un poquito más no me habría encontrado en aquella situación. Era yo quien había levantado la liebre para aquel pesado e incansable perro perdiguero, y, cuanta más angustia demostraba, más crecía su curiosidad. ¡Pues bien, se había terminado!

—Basta ya, Pierantonio, en serio. No puedo contarte nada. Precisamente tú, más que nadie, deberías comprenderlo.

Mi voz debió sonar realmente severa porque le vi retroceder en sus intenciones y cambiar drásticamente de actitud.

—Tienes razón... —concedió con cara de arrepentimiento—. Hay cosas que no pueden contarse... ¡Pero nunca hubiera imaginado que mi hermana estuviera metida en los entresijos del poder vaticano!

—Y no lo estoy, es sólo que han requerido mis servicios para una extraña investigación. Algo muy raro, no sé... —murmuré pensativa, pinzándome el labio inferior con el pulgar y el índice de la mano—, lo cierto es que me encuentro desconcertada.

—¿Algún documento extraño...? ¿Algún códice misterioso...? ¿Algún secreto vergonzante del pasado de la Iglesia...?

—¡Qué más quisiera yo! De esos ya he visto muchos. No, es algo bastante más inusitado, y lo peor es que me ocultan la información que necesito.

Mi hermano se detuvo y me observó con un gesto de determinación en la cara.

—Pues pasa por encima de ellos.

—No te comprendo —le dije, deteniéndome yo también y sacudiendo un bichito de la hierba con la punta del zapato. Hacía fresco a esa hora del anochecer. Pronto encenderían las luces del jardín.

—Que pases por encima. ¿No quieren un milagro? Pues dáselo. Mira, yo tengo muchos problemas en Jerusalén, más de los que puedas imaginar —se puso de nuevo en marcha, lentamente, y yo le seguí. De repente, mi hermano parecía más que nunca un importante jefe de Estado agobiado por las responsabilidades—. La Santa Sede nos ha encomendado, a los franciscanos de Tierra Santa, tareas muy diversas y difíciles, desde el restablecimiento del culto católico en los Santos Lugares hasta la acogida de peregrinos, pasando por el impulso de los estudios bíblicos y las excavaciones arqueológicas. Tenemos escuelas, hospitales, dispensarios, casas de ancianos y, sobre todo, la propia Custodia, que entraña multitud de conflictos políticos con nuestros vecinos de otras religiones. ¿Sabes cuál es, en estos momentos, mi problema principal...? El Santo Cenáculo, donde Jesús instituyó la Eucaristía. Actualmente es una mezquita y está administrada por las autoridades israelíes. Pues bien, el Vaticano me presiona continuamente para que negocie un acuerdo de compra. ¿Y acaso me da el dinero...? ¡No! —exclamó enfadado; la frente y las mejillas empezaban a coloreársele de un rojo intenso—. Ahora mismo tengo trescientos veinte religiosos, de treinta y seis países diferentes, trabajando en Palestina-Israel, Jordania, Siria, Líbano, Egipto, Chipre y Rodas, y no pases por alto que Tierra Santa es una zona muy conflictiva, donde se lucha a golpe de fusil, bombas y repugnantes maniobras políticas. ¿Cómo sostengo todo este tinglado de obras religiosas, culturales y sociales...? ¿Crees que mi Orden, que no tiene una lira, puede ayudarme? ¿Crees que tu riquísimo Vaticano me da algo...? ¡Nada, nadie me da nada! El Santo Padre desvió dinero de la Iglesia, millones y millones entregados bajo mano, a través de testaferros, empresas falsas y transferencias bancarias en paraísos fiscales, para sostener al sindicato polaco Solidaridad y hacer caer el comunismo en su país. ¿Cuántas liras crees que nos entrega a nosotros a cambio de lo que nos pide, eh...? ¡Ninguna! ¡Nada! ¡Cero!

—Eso no es del todo cierto, Pierantonio —musité apenada—. La Iglesia realiza una colecta anual en todo el mundo para vosotros.

Me miró con ojos llameantes de ira.

—¡No me hagas reír! —soltó despectivamente, dándome la espalda y tomando el camino de regreso hacia la casa.

—Está bien, pero, al menos, termina de explicarme cómo puedo conseguir la información que necesito —le rogué mientras se alejaba de mí a pasos descomunales.

—¡Sé lista, Ottavia! —exclamó sin volverse—. Hoy día el mundo está lleno de recursos para obtener lo que uno desea. Sólo tienes que priorizar, que valorar lo que es importante y lo que no lo es. Averigua hasta qué punto estás dispuesta a desobedecer o a actuar por tu cuenta, al margen de tus superiores e, incluso... —vaciló— e, incluso, a pasar por encima de lo que te dicta tu propia conciencia.

La voz de mi hermano tenía un profundo tono de amargura, como si tuviera que vivir permanentemente con el peso insoportable de actuar contra su propia conciencia. Me pregunté si yo sería capaz, si tendría el valor de contravenir las instrucciones recibidas y conseguir por mi cuenta la información que deseaba. Pero antes de articular el pensamiento ya sabía la respuesta: sí, por supuesto que sí, pero ¿cómo?

—Estoy dispuesta —declaré en mitad del jardín. Debí recordar esa frase que dice: «Ten cuidado con lo que deseas porque lo puedes conseguir». Pero no lo hice.

Mi hermano se volvió.

—¿Qué quieres? —bramó—. ¿Qué es lo que quieres?

—Información.

—¡Pues cómprala! ¡Y si no puedes comprarla, obtenla por ti misma!

—¿Cómo? —pregunté, desorientada.

—Investiga, indaga, pregunta a la gente que esté en posesión de ella, interrógales con inteligencia, busca en los archivos, en los cajones, en las papeleras, registra los despachos, los ordenadores, las basuras... ¡Róbala si es preciso!

Pasé la noche muy inquieta, sin dormir, dando vueltas y vueltas en mi vieja cama. A mi lado, Lucia descansaba a pierna suelta y roncaba suavemente con el sueño de los benditos. Las palabras de Pierantonio me golpeaban en la cabeza y no veía cómo podría llevar a cabo esas cosas terribles que me había sugerido: ¿cómo interrogar con inteligencia a ese peñasco rocoso de Glauser-Röist? ¿Cómo registrar los despachos del Secretario de Estado o del Arzobispo Monseñor Tournier? ¿Cómo entrar en los ordenadores del Vaticano si no tenía la más remota idea de cómo funcionaban esas dichosas máquinas?

Me dormí, por puro agotamiento, cuando ya entraba la luz a través de las celosías de la ventana. Soñé con Pierantonio, eso sí lo recuerdo, y no fue un sueño agradable, así que me alegré infinitamente cuando, a la mañana siguiente, lo vi fresco y lozano, con el pelo todavía mojado por el agua de la ducha, celebrando misa en la capilla de casa.

Mi padre, el homenajeado del día, se sentaba en el primer banco junto a mi madre. Veía sus espaldas —la de mi padre mucho más encorvada e insegura— y me sentí orgullosa de ellos, de la gran familia que habían formado, del amor que nos habían dado a sus nueve hijos y que ahora daban también a sus numerosos nietos. Los miré y pensé que llevaban toda la vida uno al lado del otro, con sus disgustos y sus problemas, por supuesto, pero indestructibles en su unidad, inseparables.

A la salida de misa, los más pequeños se pusieron a jugar en el jardín, cansados de la inmovilidad de la ceremonia, y los demás entramos en la casa para desayunar. En un rincón de la larga mesa del comedor, formando un grupo al margen de los adultos, se sentaron mis sobrinos mayores. En cuanto se me presentó la ocasión, sujeté por el cuello a Stefano, el cuarto de los hijos de Giacoma y Domenico, y me lo llevé a una esquina:

—¿Estás estudiando informática, Stefano?

—Sí, tía —el muchacho me miraba con cierta preocupación, como si su tía se hubiera trastornado de repente y fuera a clavarle un cuchillo en el estómago. ¿Por qué serán tan raros los adolescentes?

—¿Y tienes un ordenador conectado a Internet en tu habitación?

—Sí, tía —ahora sonreía con orgullo, aliviado al descubrir que su tía no iba a matarle.

—Bueno, pues necesito que me hagas un favor...

Stefano y yo pasamos toda la mañana encerrados en su cuarto, bebiendo Coca-Cola y pegando la nariz al monitor. Era un chico listo que se movía con desenvoltura por la red y que manejaba espléndidamente las herramientas de búsqueda. A la hora de comer, y después de darle a mi sobrino una bonita cantidad de dinero como gratificación por su magnífico trabajo (¿acaso no me había dicho Pierantonio que *comprara* la información?), sabía quién era mi etíope, cómo había muerto y por qué le estaban investigando las Iglesias cristianas. Y aquello era demasiado grave como para que no me temblaran las piernas mientras bajaba las escaleras.

2

Llegué a Roma el lunes por la noche, sumida en un mar de confusiones y temores. Había hecho algo que nunca hubiera esperado de mí misma: había desobedecido, había obtenido una importante información por métodos poco ortodoxos y contra los deseos de la Iglesia. Me sentía insegura, acobardada, como si un rayo divino fuera a reventarme de un momento a otro por mi mala acción. Seguir las normas es siempre mucho más sencillo: te evitas los remordimientos y las culpabilidades, te ahorras las inseguridades y, encima, puedes sentirte orgullosa de lo que has hecho. Yo no me sentía nada satisfecha de mi mezquino trabajo de fisgona ni, desde luego, de mí misma. Estaba bastante preocupada y no sabía cómo iba a encarar a Glauser-Röist. Tenía el convencimiento de que la culpabilidad se me notaría en la cara.

Aquella noche recé buscando el consuelo y el perdón. Hubiera dado cualquier cosa por olvidar lo que sabía y poder retornar al punto en que le había dicho a Pierantonio: «Estoy dispuesta», para, simplemente, darle la vuelta a la frase y recuperar la paz interior. Pero era imposible... Cuando, a la mañana siguiente, cerré la puerta de mi laboratorio y vi la triste silueta pegada con cinta adhesiva a la madera, llena de dibujos y garabatos de rotulador, recordé, contra mi voluntad, el nombre del etíope: Abi-Ruj Iyasus... Pobre Abi-Ruj, me dije encaminándome lentamente hacia la mesa sobre la que descansaban las terribles fotografías de su maltrecho cadáver, había tenido una muerte horrible, de esas que nadie quisiera para sí, aunque, sin duda, en consonancia con la magnitud de su pecado.

Mi sobrino Stefano, con los dos dedos índices de sus manos apuntando al teclado del ordenador y un par de greñas morenas cayéndole sobre los ojos, me había preguntado «¿Qué quieres que busque, tía Ottavia?», y yo le había respondido «Accidentes... cualquier accidente en el que haya muerto un joven etíope». «¿Cuándo fue eso?», «No lo sé», «Y ¿dónde ocurrió?», «Tampoco lo sé», «O sea, que no sabes nada», «Exactamente», respondí levantando los hombros con un gesto de impotencia. Y con esos datos empezó a rastrear miles de documentos a una velocidad vertiginosa. Tenía varias pantallas funcionando a la vez, cada una con un buscador diferente: Virgilio, Yahoo Italia, Google, Lycos, Dogpile... Las palabras de búsqueda eran «accidente» y «etíope», aunque, aprovechando la vastedad de páginas e información en inglés, también «accident» y «ethiopian». Rápidamente, miles de documentos empezaron a llegar al ordenador de Stefano, que, sin embargo, los desechaba a la misma velocidad en cuanto comprobaba que el accidente no tenía nada que ver con el etíope (que venía mencionado, por cualquier otra razón, tres párrafos más abajo) o que el etíope tenía ochenta años o que el accidente y el etíope eran de la época de Alejandro Magno. Sin embargo, aquellas páginas que sí parecían tener alguna relación con lo que yo buscaba, las guardaba en una carpeta —por supuesto virtual— a la que llamó «Tía Ottavia».

La puerta del laboratorio, a mi espalda, se abrió y se cerró suavemente.

—Buenos días, doctora.

—Buenos días, capitán —respondí sin volverme. No podía apartar los ojos del pobre Abi-Ruj.

Stefano se desconectó de Internet cerca de la hora de comer y comenzamos la criba del material archivado. Tras una primera limpieza, nos quedamos sin documentos en italiano; tras la segunda, sumamente concienzuda y meticulosa, obtuvimos, por fin, lo que estábamos buscando. Se trataba de cinco ejemplares de prensa fechados entre el miércoles 16 y el domingo 20 de febrero de ese mismo año: una edición inglesa del diario griego *Kathimerini*, un boletín de la *Athens News Agency*, y tres publicaciones etíopes llamadas *Press Digest*, *Ethiopian News Headlines* y *Addis Tribune*.

El resumen de la historia era el siguiente: el martes, 15 de febrero, una avioneta de alquiler, una Cessna-182, se había estrellado contra el monte Quelmo (Ορος Χελμος), en el Peloponeso, a las 21.35 horas. En el accidente habían resultado muertos tanto el piloto, un joven griego de veintitrés años que acababa de obtener la licencia, como el pasajero, un etíope llamado Abi-Ruj Iyasus, de treinta y cinco años. Según el plan de vuelo entregado a las autoridades del aeropuerto de Alexandroúpoli, al norte de Grecia, la avioneta se dirigía hacia el aeródromo de Kalamata, en el Peloponeso, donde tenía previsto tomar tierra a las 21.45 horas. Diez minutos antes, y sin que mediara previo aviso de socorro, el aparato, que sobrevolaba el boscoso monte Quelmo, de 2.355 metros de altitud, realizó un brusco descenso a 2.000 pies y desapareció del radar. Los bomberos de la cercana localidad de Kértazi, avisados por las autoridades aéreas, se precipitaron al lugar y encontraron los restos de la avioneta, todavía humeantes, desparramados en un radio de un kilómetro, y al piloto y al pasajero, muertos, colgando de unos árboles cercanos. Esta información se recogía, básicamente, en los periódicos griegos, que se hacían eco del suceso a través de los corresponsales de la zona. En el *Kathimerini* venía, además, una instantánea del accidente, muy borrosa, en la que se distinguía a Abi-Ruj en una camilla. Pese a que resultaba dificilísimo reconocerle, no me cupo la menor duda de que se trataba de él: su cara estaba grabada en mi memoria a costa de tanto mirar y remirar una y mil veces las fotografías de su autopsia. El corresponsal de la *Athens News Agency*, más explícito, describía las heridas mortales de los dos hombres, que se correspondían, en el caso del pasajero, con las de mi etíope. Al parecer, las escarificaciones, ocultas bajo las ropas, habían pasado desapercibidas a los periodistas.

—Tengo buenas noticias, doctora Salina.

—¿Ah, sí...? Pues cuénteme —murmuré, sin el menor interés.

Una frase perdida en la noticia de la *Athens News Agency*, sin embargo, llamó poderosamente mi atención: los bomberos habían encontrado, en el suelo, a los pies del cadáver de Iyasus (como si se le hubiera escapado de las manos con el último aliento de vida), una bella caja de plata, que, al abrirse como consecuencia del golpe, había dejado escapar unos extraños pedazos de madera.

Los periódicos etíopes, por el contrario, apenas daban detalles del accidente, que mencionaban casi de pasada, limitándose a demandar la ayuda de los lectores para localizar a los familiares de Abi-Ruj Iyasus, miembro de la etnia oromo, un pueblo de pastores y agricultores de las regiones centrales de Etiopía. Lanzaban su petición, especialmente, a los encargados de los campos de refugiados (una terrible hambruna estaba asolando el país), pero también, y esto era lo más curioso, a las autoridades religiosas de Etiopía, puesto que, en poder del fallecido, se habían encontrado «unas reliquias muy santas y valiosas».

—Quizá debería volverse y mirar lo que le estoy ofreciendo —insistió el capitán.

Me giré a regañadientes, saliendo con dificultades del ensimismamiento, y vi la monumental figura del suizo —que, ¡oh, milagro!, exhibía una enorme sonrisa en los labios— con el brazo extendido, alargándome una fotografía de grandes dimensiones. La cogí con toda la indiferencia de la que fui capaz y le eché una ojeada desdeñosa. Sin embargo, al instante, el gesto de mi cara cambió y solté una exclamación de sorpresa. En la imagen se veía la sección de un muro de granito de color rojizo, brillantemente iluminado por la luz solar, que mostraba, en relieve, dos pequeñas cruces dentro de unos marcos rectangulares rematados por unas pequeñas coronas radiadas de siete puntas.

—¡Nuestras cruces! —proferí, entusiasmada.

—Cinco de los más potentes ordenadores del Vaticano han estado trabajando sin parar durante cuatro días para dar, finalmente, con eso que tiene usted en la mano.

—¿Y qué es lo que tengo en la mano? —me hubiera puesto a dar saltos de alegría si no hubiera sido porque, a mi edad, hubiese quedado fatal—. ¡Dígamelo, capitán! ¿Qué tengo en la mano?

—La reproducción fotográfica de un segmento de la pared sudoeste del monasterio ortodoxo de Santa Catalina del Sinaí.

Glauser-Röist estaba tan satisfecho como yo. Sonreía abiertamente y, aunque su cuerpo no se movía ni un milímetro, tan congelado como siempre —las manos en los bolsillos del pantalón, retirando los extremos de una preciosa chaqueta azul marino—, su cara expresaba una alegría que nunca se me hubiera ocurrido esperar de alguien como él.

—¿Santa Catalina del Sinaí? —me sorprendí—. ¿El monasterio de Santa Catalina del Sinaí?

—Exactamente —repuso—. Santa Catalina del Sinaí. En Egipto.

No podía creerlo. Santa Catalina era un lugar mítico

para cualquier paleógrafo. Su biblioteca, a la par que inaccesible, era la más valiosa del mundo en códices antiguos después de la del Vaticano y, como ella, estaba envuelta en una nube de misterio para los extraños.

—¿Y qué tendrá que ver Santa Catalina del Sinaí con el etíope? —inquirí, extrañada.

—No tengo la menor idea. En realidad, esperaba que ese fuera nuestro trabajo de hoy.

—Bien, pues, manos a la obra —confirmé, ajustándome las gafas sobre el puente de la nariz.

Los fondos de la Biblioteca Vaticana contaban con un abundante número de libros, memorias, compendios y tratados sobre el monasterio. Sin embargo, la mayoría de la gente no sospechaba, ni remotamente, la existencia de un lugar tan importante como ese templo ortodoxo enclavado a los pies del monte Sinaí, en el corazón mismo del desierto egipcio, rodeado de cumbres sagradas y construido en torno a un punto de trascendencia religiosa sin parangón: el lugar donde Yahveh, en forma de Zarza Ardiente, le entregó a Moisés las Tablas de la Ley.

La historia del recinto nos enfrentaba de nuevo con algunos viejos conocidos: en torno al siglo IV de nuestra era, en el año 337, la emperatriz Helena, madre del emperador Constantino (el del Monograma o Crismón del mismo nombre), mandó construir en aquel valle un hermoso santuario, puesto que hasta allí empezaban a desplazarse numerosos peregrinos cristianos. Entre esos primeros peregrinos se encontraba la célebre Egeria, una monja gallega que, entre la Pascua del 381 y la del 384, realizó un largo viaje por Tierra Santa magistralmente relatado en su *Itinerarium*. Contaba Egeria que, en el lugar donde más tarde se levantaría el monasterio de Santa Catalina del Sinaí, un grupo de anacoretas cuidaba de un pequeño templo cuyo ábside protegía la sagrada Zarza, todavía viva. El problema de aquellos anacoretas era que dicho lugar se encontraba en el camino que enlazaba Alejandría con Jerusalén, de modo que constantemente se veían atacados por feroces grupos de gentes del desierto. Por este motivo, dos siglos más tarde, el emperador Justiniano y su esposa, la emperatriz Teodora, encargaron al constructor bizantino Stefanos de Aila, la edificación, en aquel lugar, de una fortaleza que protegiera el santo recinto. Según las más recientes investigaciones, las murallas habían sido reforzadas a lo largo de los siglos e, incluso, reconstruidas en su mayor parte, quedando de aquel primer trazado original, únicamente, el muro sudoeste, el decorado con las curiosas cruces que reproducía la piel de nuestro etíope, así como el primitivo santuario mandado construir por santa Helena, la madre de Constantino, aunque había sido reparado y mejorado por Stefanos de Aila en el siglo VI. Y tal cual se conservaba desde entonces, para admiración y pasmo de eruditos y peregrinos.

En 1844, un estudioso alemán fue admitido en la biblioteca del monasterio y descubrió allí el famosísimo Codex Sinaiticus, la copia completa del Nuevo Testamento más antigua que se conoce —ni más ni menos que del siglo IV—. Por supuesto, dicho estudioso alemán, un tal Tischendorff, robó el códice y lo vendió al Museo Británico, donde se encontraba desde entonces y donde yo había tenido ocasión de contemplarlo con avidez hacía algunos años. Y digo que lo había contemplado con avidez porque en mis manos se hallaba por aquel entonces su posible gemelo, el Codex Vaticanus, del mismo siglo y, probablemente, del mismo origen. El estudio simultáneo de ambos códices me hubiera permitido llevar a cabo uno de los trabajos de paleografía más importantes jamás realizados. Pero no fue posible.

Al terminar el día, reuníamos una abultada e interesantísima documentación sobre el curioso monasterio ortodoxo, pero seguíamos sin aclarar qué tipo de relación podía existir entre las escarificaciones de nuestro etíope de treinta y tantos años y el muro sudoeste de Santa Catalina, levantado en pleno siglo VI.

Mi mente, acostumbrada a sintetizar con rapidez y a extraer los datos relevantes de cualquier maraña de informaciones, ya había elaborado una compleja teoría con los elementos repetitivos de aquella historia. Sin embargo, como se suponía que yo desconocía una buena parte de ella, no podía compartir mis ideas con el capitán Glauser-Röist, aunque me hubiera gustado saber si también él había llegado a similares conclusiones. Ardía en deseos de apabullarle con mis deducciones y demostrarle quién era allí la más lista y la más inteligente. En mi próxima confesión, el padre Pintonello iba a tener que imponerme una durísima penitencia para expiar el orgullo.

—¡Muy bien, esto se ha terminado! —dejó escapar Glauser-Röist a última hora de la tarde, dando carpetazo al grueso volumen de arquitectura que tenía entre las manos.

—¿Qué es lo que se ha terminado? —quise saber.

—Nuestro trabajo, doctora —declaró—. Se acabó.

—¿Se acabó? —farfullé con los ojos abiertos como platos por la sorpresa. Claro que sabía que, antes o después, mi papel en aquella historia iba a terminar, pero ni por un momento se me había pasado por la cabeza que, en un punto tan interesante de la investigación, yo fuera a quedar eliminada del juego de un plumazo.

Glauser-Röist me miró largamente con la escasa simpatía y comprensión que su pétrea naturaleza le permitía, como si entre nosotros dos se hubieran creado, a lo largo de aquellos veinte días, misteriosos lazos de confianza y camaradería de los que yo ni me había enterado.

—Hemos completado el trabajo que le encargaron, doctora. Ya no hay nada más que usted pueda hacer.

Estaba tan desconcertada que no podía hablar. Sentía un nudo en la garganta que se iba cerrando poco a poco, hasta dejarme sin aliento. Glauser-Röist me observaba detenidamente. Sabía que me estaba viendo palidecer hasta la exageración y dentro de un instante creería que iba a desmayarme.

—Doctora Salina… —murmuró azorado el suizo—, ¿se encuentra usted bien?

Me encontraba perfectamente. Lo que pasaba era que mi cerebro estaba funcionando a toda máquina y el resto de la energía y la sangre de mi paralizado organismo se concentraba en la masa gris, que se preparaba así para lanzarse a la conquista del objetivo.

—¿Cómo que ya no hay nada más que yo pueda hacer?

—Lo siento, doctora —musitó—. Usted recibió un encargo que ya hemos cumplido.

Levanté los párpados y le miré con resolución:

—¿Por qué me dejan fuera, capitán?

—Ya se lo dijo Monseñor Tournier antes de comenzar, doctora… ¿No lo recuerda? Sus conocimientos paleográficos resultaban imprescindibles para interpretar los símbolos del cuerpo del etíope, pero esto sólo era una pequeña parte de la investigación que está en marcha y que va más allá de lo que usted pueda sospechar. No puedo contarle nada, doctora, pero, lamentándolo mucho, debe retirarse y volver a sus trabajos habituales, intentando olvidar lo que ha pasado en estos últimos veinte días.

Bien. Me lo iba a jugar a todo o nada. Era arriesgado, desde luego, pero cuando una se enfrenta a una estructura jerárquica tan poderosa e inalterable como la Iglesia Católica, o se salva o termina en el circo con los leones.

—¿Se da usted cuenta, capitán —vocalicé claramente para que no perdiera detalle de lo que le estaba diciendo—, que Abi-Ruj Iyasus, nuestro etíope, no puede ser más que una pieza pequeña dentro de un gran engranaje que, por alguna razón, se ha puesto en marcha y ha comenzado a robar sagradas reliquias de la Vera Cruz? ¿Se

da usted cuenta, capitán —¡Dios mío, cómo me empujaba la desesperación para enfatizar mis palabras de aquella
manera! Parecía un viejo actor de teatro griego dirigiéndome a los dioses—, que detrás de todo esto sólo puede
existir una secta religiosa que se considera a sí misma descendiente de tradiciones que se remontan a los orígenes
del Imperio Romano de Oriente, Bizancio, y al emperador Constantino, cuya madre, santa Helena, además de
ordenar erigir la basílica de Santa Catalina del Sinaí, descubrió la Verdadera Cruz de Cristo en el año 326?

Los ojos grises de Glauser-Röist y su cara descolori-
da, enmarcada por los reflejos rubios y metálicos de la
cabeza y las mandíbulas, parecían más que nunca los de
una de esas feroces cabezas de Hércules, de mármol
blanco, que se exhiben en los Museos Capitolinos del
Palazzo Nuovo de Roma. Pero no le di respiro.

—¿Se da usted cuenta, capitán, de que en el cuerpo
de Abi-Ruj Iyasus hemos encontrado siete letras griegas, $\Sigma TAYPO\Sigma$, que significan «Cruz», siete *cruces* de
siete diferentes diseños que reproducen las del muro sudoeste de Santa Catalina del Sinaí y que cada una de estas cruces está rematada por una coronita radiada de siete puntas...? ¿Se da cuenta de que Abi-Ruj Iyasus estaba
en posesión de importantes reliquias de la Vera Cruz en
el momento de morir?

—¡Basta ya!

Si su mirada hubiera podido matarme, me habría ful-
minado en aquel mismo instante. Las chispas que saltaban del acero y el plomo de sus ojos salían despedidas
hacia mí como dardos incandescentes.

—¿Cómo sabe usted todo eso? —bramó, poniéndose en pie y acercándose amenazadoramente hacia donde
yo me encontraba. Consiguió intimidarme, en serio,
aunque no me arredré; yo era una Salina.

No había sido especialmente complicado relacionar
los extraños pedazos de madera encontrados por los

bomberos a los pies del cadáver de Iyasus con esas «reliquias muy santas y valiosas» mencionadas por los periódicos etíopes. ¿Qué reliquias de madera podrían movilizar al Vaticano y al resto de Iglesias cristianas? Era evidente. Y las escarificaciones de Iyasus lo confirmaban. Según una leyenda generalmente admitida por los estudiosos eclesiásticos, santa Helena, madre de Constantino, descubrió la Verdadera Cruz de Cristo en el año 326, durante un viaje a Jerusalén realizado con objeto de encontrar el Santo Sepulcro. Según la conocida *Leyenda dorada* de Santiago de la Vorágine,[3] en cuanto Helena, que entonces tenía ochenta años, llegó a Jerusalén, sometió a tortura a los judíos más sabios del país para que confesaran cuanto supieran del lugar en el que Cristo había sido crucificado —¿qué importaba que hubieran transcurrido más de tres siglos y que la muerte de Jesús hubiera pasado totalmente desapercibida en su momento?—. Obviamente, consiguió arrancarles la información y, así, la llevaron hasta el supuesto Gólgota, el monte de la Calavera —en realidad, todavía no localizado de manera fehaciente por los arqueólogos—, donde el emperador Adriano, unos doscientos años antes, había mandado erigir un templo dedicado a Venus. Santa Helena ordenó derribar el templo y excavar en aquel lugar, encontrando tres cruces: la de Jesús, por supuesto, y las de los dos ladrones. Para averiguar cuál de las tres era la del Salvador, santa Helena ordenó que un hombre muerto fuera llevado al lugar y, en cuanto lo pusieron sobre la Vera Cruz, el hombre resucitó. Después de este feliz acontecimiento, la emperatriz y su hijo hicieron construir en el lugar del hallazgo una fastuosa basílica, la

3. *La leyenda dorada (Legendi di sancti vulgari storiado)*, escrita en latín en 1264, por el dominico y arzobispo de Génova, Santiago —o Jacobo— de la Vorágine. Famosa colección de vidas de santos, muy popular en su época y en los siglos posteriores.

llamada basílica del Santo Sepulcro, en la que guardaron la reliquia. De ella, con el devenir de los siglos, salieron numerosos fragmentos que se repartieron por todo el mundo.

—¿Cómo sabe usted todo eso? —tronó, de nuevo, el capitán, muy encolerizado, situándose a pocos centímetros de mí.

—¿Acaso Monseñor Tournier y usted han pensado que soy tonta? —protesté con energía—. ¿Creían que negándome la información o manteniéndome al margen iban a poder utilizar sólo la parte de mí que les interesaba? ¡Venga ya, capitán! ¡He ganado dos veces el Premio Getty de investigación paleográfica!

El suizo permaneció inmóvil durante unos segundos interminables, observándome fijamente. Pude adivinar que pasaron muchas cosas por su cabeza durante aquel momento: rabia, impotencia, cólera, instintos asesinos... y, por fin, un rayo de prudencia.

Luego, de repente, en el más absoluto silencio empezó a recoger las fotografías de Abi-Ruj, a arrancar de la puerta las hojas que formaban la silueta del etíope, a guardar en su cartera de piel los papeles de notas, los bosquejos, los cuadernos y las imágenes. Por fin, apagó el ordenador y, sin despedirse, sin decir ni una sola palabra, sin ni siquiera volverse a mirarme, salió de mi laboratorio y cerró con un portazo que hizo temblar las paredes.

En aquel mismo momento supe que había cavado mi propia tumba.

¿Cómo explicar lo que sentí cuando, al pasar, a la mañana siguiente, mi tarjeta identificativa por el lector electrónico, una luz roja comenzó a parpadear en la pequeña pantalla del panel y una sirena, como de coche de bomberos, hizo que todos los que se encontraban en el recibidor del Archivo Secreto se volvieran a mirarme como si fuera una delincuente...? No, no se puede explicar. Es la sensación más humillante que he vivido nunca. Dos integrantes del cuerpo de seguridad, vestidos de paisano, con gafas negras y auriculares de esos que llevan un cordoncillo como de cable de teléfono, se plantaron delante de mí antes de que me diera tiempo a suplicar a Dios que la tierra me tragara y, con muy buenas maneras, me rogaron que les acompañara. Apreté los párpados con tanta fuerza que me hice daño; no, aquello no podía estar pasando, seguro que era una terrible pesadilla y que me despertaría en cualquier momento. Pero la voz amable de uno de aquellos hombres me devolvió a la realidad: debía ir con ellos hasta el despacho del Prefecto, el Reverendo Padre Ramondino.

Estuve a punto de decirles que no hacía falta, que me dejaran marchar, que ya sabía lo que iba a decirme el Reverendo Padre. Pero me callé y les acompañé dócilmente, más muerta que viva, sabiendo que mis años de trabajo en el Vaticano habían llegado a su fin.

No tiene mucho sentido recordar morbosamente lo que ocurrió en el despacho del Prefecto. Mantuvimos una conversación muy correcta y amable en la que fui oficialmente informada de que mi contrato quedaba rescindido (se me pagaría, por supuesto, hasta la última lira de lo que marca la ley para estos casos) y de que mi compromiso de silencio sobre todo lo relativo al Archivo y la Biblioteca permanecería en pie hasta el último día de mi vida. También me dijo que había quedado muy satisfecho con mis servicios y que esperaba, de todo corazón, que encontrara otra ocupación acorde con mis muchas capacidades y conocimientos, y, por último, aplastando una mano fuertemente contra la mesa, me comunicó que sería duramente sancionada e, incluso, excomulgada, si alguna vez se me ocurría hacer el menor comentario sobre el asunto del etíope.

Con un fuerte apretón de manos, me despidió en la puerta de su despacho, donde el doctor William Baker, el Secretario del Archivo, me esperaba pacientemente con una caja de mediano tamaño en los brazos.

—Sus cosas, doctora —declaró con gesto despectivo.

Creo que fue entonces cuando comprendí que me había convertido en una paria, en alguien a quien ya no querían volver a ver en el Vaticano. Me habían condenado al ostracismo y debía abandonar la Ciudad.

—¿Me entrega su acreditación y su llave, por favor? —concluyó Baker, pasándome la caja que contenía mis escasas posesiones personales. El cartón estaba perfectamente sellado con cinta adhesiva ancha. Me pregunté si habrían metido la mano roja del cumpleaños de Isabella.

Pero esto no fue todo; ni todo ni lo peor. Dos días después, la directora general de mi Orden reclamó mi presencia en la casa central. Por supuesto, no me recibió ella —cargada siempre con mil responsabilidades—, sino la subdirectora, la hermana Giulia Sarolli, quien puso en mi conocimiento que debía abandonar el apartamento —y la comunidad— de la Piazza delle Vaschette, puesto que iba a ser destinada, con carácter urgente, a nuestra casa de la provincia de Connaught, en Irlanda, donde debería hacerme cargo de los archivos y bibliotecas de varios antiguos monasterios de la zona. Allí encontraría, añadió la hermana Sarolli, la paz espiritual que tanto estaba necesitando. Debía presentarme en Connaught la próxima semana, entre el lunes, día 27 de marzo, y el viernes, día 31. ¿Para cuándo quería los billetes? A lo mejor deseaba pasar antes por Sicilia, para despedirme de mi familia... Denegué el ofrecimiento con un movimiento de cabeza; estaba tan desmoralizada que no me sentía capaz de hablar.

No tenía ni idea de cómo se lo diría a mi madre. Sentía una pena inmensa por ella, que tan orgullosa estaba de su hija Ottavia. Le iba a doler mucho y me sentía culpable por ese dolor. ¿Y qué diría Pierantonio? ¿Y Giacoma? Lo único bueno que podía encontrar de aquel destierro era que tendría a mi hermana Lucia más cerca de mí —en Londres—, y que ella me ayudaría a superar el bache, a sobrellevar el fracaso. Porque eso es lo que era, lo mirara desde donde lo mirara: un fracaso, y yo, una fracasada. Había fallado a mi familia. No es que fueran a quererme menos por pasar de trabajar en el Vaticano a trabajar en un lugar remoto y perdido de Irlanda, pero sabía que todos mis hermanos, y especialmente mi madre, ya no me verían de la misma manera. ¡Pobre mamá, ella que tanto presumía de Pierantonio y de mí! Ahora tendría que olvidarse de Ottavia y hablar sólo de Pierantonio.

Esa noche, como era viernes de Cuaresma, Ferma, Margherita, Valeria y yo, fuimos a la basílica de San Juan de Letrán para rezar el Via Crucis y participar en la celebración penitencial. Entre aquellos muros cargados de historia me sentí menguar, empequeñecer, le dije a Dios que aceptaba aquel castigo por mi grandísimo pecado de soberbia. Lo tenía bien merecido: me había sentido investida con un poder superior por haber obtenido hábilmente algo que me había sido denegado e, investida con dicho poder, había logrado mi objetivo. Ahora, doblegada y vencida, pedía perdón humildemente, me arrepentía de lo que había hecho a sabiendas de que era un arrepentimiento tardío y de que ya no podía cambiar mi castigo. Sentí temor de Dios, y acepté aquel Via Crucis como una prueba más de la misericordia divina, que me permitía compartir con Jesucristo el dolor y el sufrimiento del Calvario.

Por si algo me faltaba, aquella madrugada, como haciéndose eco del dolor que me roía por dentro, el Etna, el volcán al que los sicilianos, por ser nuestro y por conocerlo bien, miramos siempre con ansiedad y temor, protagonizó una espectacular erupción: un mar de lava descendió por sus laderas hasta el amanecer, mientras su boca escupía fuego y cenizas a 3.200 metros de altura. Palermo, por fortuna, está bastante lejos del volcán, pero eso no libra a la ciudad de sufrir las consecuencias: seísmos, cortes de luz, de agua, de carreteras... Llamé a casa, preocupadísima, y encontré a todos despiertos y pendientes de los boletines informativos de las emisoras de radio y televisión local. Felizmente, me tranquilizaron, nadie había corrido peligro y la situación estaba controlada. Debí decirles en ese momento que abandonaba Roma y el Vaticano para marcharme a Irlanda, pero no me atreví; hasta ese punto temía su decepción y sus comentarios. Cuando estuviera en Connaught, instalada, ya se me ocurriría alguna idea para convencerles de que el cambio era francamente positivo y que estaba encantada con mi nuevo destino.

El jueves siguiente, a la una del mediodía, subí al avión que debía llevarme al destierro. Sólo Margherita pudo venir a despedirme. Me dio dos besos muy tristes y me rogó encarecidamente que no me resistiese a la voluntad de Dios, que intentara adaptarme con alegría a esta nueva situación y que luchara contra mi fuerte temperamento. Fue el vuelo más triste y angustioso que había hecho en toda mi vida. No quise ver la película ni probar bocado de la comida de plástico que me pusieron delante, y mi única obsesión era componer laboriosamente las frases que debería decirle a mi hermana Lucia cuando la llamara y las que debería decir a mi familia cuando fuera capaz de hablar con ellos.

Casi dos horas y media después —las cinco de la tarde en Irlanda—, tomamos tierra, por fin, en el aeropuerto de Dublín y los pasajeros, cansados y nerviosos, entramos en tropel en la terminal internacional para recoger nuestros equipajes de las cintas transportadoras. Sujeté con fuerza mi enorme maleta, di un hondo suspiro y me encaminé hacia la salida, buscando con la mirada a las hermanas que debían haber acudido a recogerme.

En aquel país pasaría, seguramente, los próximos veinte o treinta años de mi vida y, quizá, me decía sin convicción, con un poco de suerte conseguiría adaptarme y ser feliz. Estos eran mis estúpidos pensamientos y, al oírme, sabía que mentía, que me engañaba a mí misma: aquel país era mi tumba, el final de mis ambiciones profesionales, la puerta de salida de mis proyectos e investigaciones. ¿Para qué había estudiado tanto? ¿Para qué me había esforzado durante años y años consiguiendo un título tras otro, un premio tras otro, un doctorado tras otro, si ahora todo eso no iba a servirme para nada en aquel miserable pueblo de la provincia de Connaught en el que me iban a enterrar? Miré con aprensión todo cuanto me rodeaba, preguntándome cuánto tiempo podría soportar aquella deshonrosa situación, y recordé, con negro pesar, que no debía hacer esperar más a las hermanas irlandesas.

Pero, para mi sorpresa, allí no había ninguna religiosa de la Orden de la Venturosa Virgen María. En su lugar, un par de jóvenes sacerdotes vestidos a la antigua, con alzacuellos, sotana y gabardina negra, se apresuraron a hacerse cargo de mi equipaje mientras me preguntaban, por supuesto en inglés, si yo era la hermana Ottavia Salina. Cuando respondí afirmativamente, se miraron con alivio, pusieron mi maleta en un carrito y, mientras uno lo embestía con los brazos extendidos, como si le fuera la vida en ello, el otro me explicaba que debía embarcar en un vuelo de regreso a Roma que salía dentro de una hora.

Yo no entendía nada de lo que estaba ocurriendo, pero ellos aún sabían menos. Durante los minutos que pasé a su lado, antes de entregar la tarjeta de embarque que me habían dado, me explicaron que eran secretarios del Obispado y que les habían enviado al aeropuerto para recogerme de un avión y meterme en otro. La órden la había dado directamente el señor obispo, que se encontraba de viaje por la diócesis y que había llamado desde su teléfono móvil.

Y eso fue todo lo que vi de la República de Irlanda: su terminal de vuelos internacionales. A las ocho de la tarde aterrizaba de nuevo en Fiumicino (¡me había pasado el día volando de un sitio a otro, como los pájaros!) y, para mi sorpresa, un par de azafatas me escoltaron hasta la zona VIPs, donde, en una sala privada, sentado en un cómodo silloncito, me esperaba el Cardenal Vicario de Roma, Su Eminencia Carlo Colli, presidente de la Conferencia Episcopal Italiana, quien, levantándose, me tendió la mano con cierta turbación.

—Eminencia... —dije a modo de saludo mientras hacía la genuflexión y le besaba el anillo.

—Hermana Salina... —balbució azorado—. Hermana Salina... ¡No sabe cuánto lamentamos lo sucedido!

—Eminencia, como supondrá, no tengo la menor idea de lo que me está hablando.

Se refería, por supuesto, al maltrato del que me habían hecho objeto tanto el Vaticano como mi Orden durante los últimos ocho días, pero no estaba dispuesta a ceder fácilmente, así que le di a entender que temía que hubiera ocurrido alguna desgracia por la cual me habían hecho regresar de aquella manera.

—¿Algún miembro de mi familia...? —insinué con cara de infinita preocupación.

—¡No, no! ¡Oh, no, no! ¡Dios bendito! ¡Su familia se encuentra perfectamente!

—¿Entonces, Eminencia?

El Cardenal Vicario de Roma sudaba profusamente a pesar del aire acondicionado de la sala.

—Acompáñeme a la Ciudad, por favor. Monseñor Tournier le explicará.

Salimos directamente de la salita a la calle por una puertecilla y allí, justo delante de nosotros, nos esperaba una de esas limusinas de color negro y matrícula SCV

(Stato della Città del Vaticano) que poseen todos los cardenales para su uso personal, y a las que los romanos, que son gentes muy socarronas, han cambiado el significado por *Si Cristo lo viese...*[4] Algo muy grave debía haber ocurrido, me dije entrando en el vehículo y tomando asiento junto al Cardenal, no sólo porque me habían tenido todo el día cruzando el cielo europeo de un lado a otro, sino porque habían enviado al mismísimo Presidente de la Conferencia Episcopal Italiana a recogerme al aeropuerto (como si para recoger a la sirvienta se presentara el señor conde en persona). Aquello sonaba muy raro.

La limusina cruzó orgullosamente las vías de Roma, abarrotadas de turistas incluso a esas frías horas de la noche, y entró en la Ciudad del Vaticano por la Piazza del Sant'Uffizio, por la llamada Porta Petriano, justo a la izquierda de la plaza de San Pedro, mucho más discreta y desconocida que la Porta Santa Anna. Una vez que los guardias suizos, con sus llamativos uniformes de colores, nos franquearon el paso, ascendimos por las avenidas dejando a nuestra izquierda el Palacio del Santo Oficio y la Cámara de Audiencias, y luego, dando un rodeo, dejamos a la derecha la enorme Sacristía de San Pedro —que, por sus dimensiones, bien podía tratarse de otra basílica más— para desembocar en la espaciosa Piazza di Santa Marta, cuyos jardines y fuentes bordeamos hasta detenernos frente a la puerta principal de la flamante Domus Sanctae Martae.

La Domus Sanctae Martae (llamada así en honor de santa Marta, la hermana de Lázaro, que alojó a Jesús en su humilde casa de Betania), era un espléndido palacio cuya reciente construcción había costado más de 35.000 millones de liras[5] y que se había erigido con el doble

4. En italiano, *Se Cristo Vedesse*.
5. 3.000 millones de pesetas. 18 millones de euros.

propósito de, por un lado, ofrecer un cómodo alojamiento a los cardenales durante el próximo Cónclave y, por otro, servir de hotel de lujo para los visitantes ilustres, los prelados o cualquiera que estuviera en disposición de pagar sus elevadísimas tarifas. O sea, exactamente lo mismo que la humilde casa de Santa Marta.

Al entrar en el recibidor, brillantemente iluminado y decorado con gran suntuosidad, Su Eminencia y yo fuimos recibidos por un anciano portero que nos escoltó hasta la recepción. En cuanto el gerente reconoció al Cardenal, salió de detrás de su elegante mostrador de mármol y nos acompañó, muy solícito, a través del ancho vestíbulo en dirección a unas impresionantes escalinatas curvilíneas que descendían hasta un bar con varias salas. Vislumbré una biblioteca a través de unas puertas abiertas y, en un rincón, la zona de las oficinas administrativas de la Domus. Al otro lado, en penumbra, un salón de congresos de gigantescas dimensiones.

El gerente, siempre un paso por delante de nosotros pero con el cuerpo contorsionado ligeramente hacia atrás para señalar la preeminencia del Cardenal, nos condujo hasta un recinto, dentro del mismo bar, en el que se veían varios reservados. Con gesto respetuoso, llamó a la puerta del primero de ellos, la entreabrió para indicarnos que ya podíamos pasar y, acto seguido, consumó una distinguida reverencia y desapareció.

Dentro del reservado —una especie de sala de reuniones con una pequeña mesa oval acordonada por negros y modernos sillones de respaldo alto—, nos esperaban tres personas: presidiendo la reunión, Monseñor Tournier, sentado en uno de los extremos y con cara de pocos amigos; a su derecha, el capitán Glauser-Röist, igual de pétreo que siempre pero con un aspecto diferente, extraño, que me llevó a examinarlo con mayor atención y a sorprenderme enormemente al reparar en que, como si hubiera estado una semana tomando el sol en alguna playa turística de la costa adriática, exhibía un hermoso bronceado (con partes tirando a rojo-cangrejo) que permitía diferenciar, por fin, las zonas de pelo de las zonas de piel; y, por último, un individuo desconocido, a la derecha de Glauser-Röist, que mantenía la cabeza baja y las manos fuertemente entrelazadas como si estuviera muy nervioso.

Monseñor Tournier y Glauser-Röist se pusieron en pie para recibirnos. Me fijé en las alineadas fotografías que colgaban sobre las paredes color crema: todos los pontífices de este siglo, con sus sotanas y solideos blancos, exhibiendo afables y paternales sonrisas. Hice una genuflexión ante Tournier y luego me encaré con el soldadito de juguete:

—Volvemos a encontrarnos, capitán. ¿Debo agradecerle este interesante vuelo de ida y vuelta a Dublín?

Glauser-Röist sonrió y, por primera vez desde que nos conocíamos, se atrevió a tocarme, sujetándome por el codo y acercándome hasta el asiento donde permanecía inmóvil el desconocido, que se llevó un susto de muerte al vernos avanzar directamente hacia él.

—Doctora, permítame presentarle al profesor Farag Boswell. Profesor... —este se puso de pie tan rápidamente que un bolsillo de la chaqueta se le enganchó en el reposabrazos del sillón y sufrió un brusca frenada en su intento de levantarse. Luchó a brazo partido con el bolsillo hasta que consiguió liberarlo y, sólo después de ajustarse sobre la nariz las menudas gafitas redondas que llevaba, fue capaz de mirarme directamente a los ojos y sonreír con timidez—. Profesor Boswell, le presento a la doctora Ottavia Salina, religiosa de la Orden de la Venturosa Virgen María, de quien ya le he hablado.

El profesor Boswell me tendió una mano temerosa que yo estreché sin demasiado convencimiento. Era un hombre muy atractivo, de unos treinta y siete o treinta y ocho años, casi tan alto como la Roca y vestido de manera informal (polo azul, chaqueta deportiva, pantalones beige anchos, muy arrugados, y un par de botas de campo sucias y gastadas). Parpadeaba nerviosamente mientras trataba de evitar que su mirada huyera despavorida de la mía, cosa que hacía de continuo. Era un tipo curioso aquel profesor Boswell: tenía la piel morena de los árabes y sus rasgos eran un perfecto compendio de morfología judía, sin embargo, su pelo, que le caía suave y suelto a ambos lados de la cabeza, era de un castaño muy claro, casi rubio, y sus ojos eran completamente azules, de un precioso azul turquesa como los de ese actor de cine que hizo aquella película... ¿Cómo se llamaba? No lo recuerdo, pero todos se mataban por la gasolina y viajaban en extraños vehículos. Bueno, el caso era que aquel asombroso profesor Boswell me gustó casi desde el primer momento. Quizá fuera su torpeza (tropezaba con las rayas del suelo aunque no las hubiera) o su timidez (perdía por completo la voz cuando tenía que hablar), pero sentí por él una súbita oleada de simpatía que me sorprendió.

Tomamos asiento alrededor de la mesa, aunque ahora el Arzobispo Secretario cedió la presidencia al cardenal Colli. Frente a mí, Glauser-Röist y el profesor Boswell, y a mi lado, el siempre agradable Monseñor Tournier. Aunque me moría de ganas por saber qué era lo que estaba pasando, decidí que mi actitud debía ser de aparente indiferencia. A fin de cuentas, si estaba allí era porque me necesitaban de nuevo y me habían hecho demasiado daño durante la última semana como para que me rebajara a pedir explicaciones. Por cierto, hablando de explicaciones, ¿sabrían en mi Orden por dónde andaba (o volaba) yo a esas horas...? Recordé que las hermanas irlandesas no habían ido al aeropuerto a buscarme, de modo que debían saberlo, así que dejé de preocuparme.

El primero en tomar la palabra fue el capitán:

—Verá, doctora —comenzó, con su voz de barítono

germano—, los acontecimientos han dado un giro insospechado.

Y, diciendo esto, se inclinó hacia el suelo, recogió su cartera de piel, la abrió parsimoniosamente y sacó de su interior un bulto, del tamaño de una tarta de cumpleaños, envuelto en un lienzo blanco. Si yo esperaba unas disculpas o algún otro tipo de acto de conciliación, desde luego que ya estaba servida. Todos los presentes miraron el paquete como si fuera la joya más preciada del mundo y la siguieron con los ojos mientras se deslizaba suavemente sobre la mesa empujada por las manos del capitán. Ahora estaba justo frente a mí y yo no sabía muy bien qué debía hacer con aquello. Creo que, salvo yo, nadie más respiraba.

—Puede abrirlo —me invitó, tentadoramente, Glauser-Röist.

Por mi cabeza pasaron muchos pensamientos en aquel momento, todos a una velocidad vertiginosa y sin mucha coherencia, pero si de algo estaba segura era de que, si abría aquel envoltorio, volvería a convertirme en un vulgar instrumento de usar y tirar. Me habían hecho volver a Roma porque me necesitaban, pero yo ya no quería colaborar.

—No, gracias —objeté, empujando de nuevo el paquete hacia Glauser-Röist—. No tengo el menor interés.

La Roca se echó hacia atrás en el asiento y se ajustó el cuello de la chaqueta con un gesto duro. Luego, me lanzó una larga mirada de reconvención.

—Todo ha cambiado, doctora. Debe confiar en mí.

—¿Y sería usted tan amable de decirme por qué? Si no recuerdo mal (y tengo una memoria muy buena) la última vez que le vi, hace exactamente ocho días, salía usted de mi laboratorio dando un portazo y, al día siguiente, por casualidad supongo, me despidieron del trabajo.

—Deja que yo se lo explique, Kaspar —atajó de repente Monseñor Tournier, que levantó incluso una mano admonitoria en dirección a la Roca mientras giraba su asiento hacia mí. Había un tono melodrámatico en su voz, de falsa contrición—. Lo que el capitán no quería revelarle es que... fui yo el responsable de su despido. Sí, ya sé que es duro de oír... —en efecto, pensé, el mundo no está preparado para escuchar que Monseñor Tournier ha hecho algo incorrecto—. El capitán Glauser-Röist había recibido unas órdenes muy estrictas... mías, debo añadir, y, cuando usted le confesó que conocía todos los detalles de la investigación, él se vio en la obligación de... ¿cómo lo diría?, de informarme, sí, aunque debe saber que se mostró enérgicamente contrario a su... despido. Hoy he venido para decirle cuánto lamento la equivocada actitud que la Iglesia adoptó contra usted. Fue, sin duda..., un error deplorable.

—De hecho, hermana Salina —terció el cardenal Colli en ese momento—, el capitán Glauser-Röist ha asumido totalmente la dirección de esta investigación, por decisión personal del Cardenal Secretario de Estado, Su Eminencia Reverendísima Angelo Sodano. Monseñor Tournier, si puedo decirlo así, ya no lleva las riendas del asunto.

—Y las dos primeras cosas que he pedido al asumir tal dirección —apostilló Glauser-Röist, enarcando las cejas con aire impaciente—, son su incorporación inmediata a la investigación, como miembro de mi equipo, y la renovación de su contrato con el Archivo Secreto y la Biblioteca Vaticana.

—¡Cierto! —confirmó el cardenal Colli.

—Así que, doctora —terminó la Roca—, si está usted conforme con todo, ¡abra el maldito paquete de una vez!

Y propinándole un brusco empujón al envoltorio, este regresó patinando hasta mi lado de la mesa. Una exclamación de horror salió de la garganta del profesor Boswell.

—Lo siento, he perdido los nervios —se disculpó el capitán.

Sinceramente, estaba tan desconcertada que no sabía qué pensar. Puse las manos sobre el lienzo blanco del paquete y me quedé en suspenso, indecisa. Había recuperado mi trabajo en el Archivo Secreto, había dejado de ser una proscrita en el Vaticano y, además, era miembro de pleno derecho del equipo de investigación de Glauser-Röist en una misión que me había apasionado desde el primer momento. ¡Era más de lo que hubiera esperado aquella misma mañana cuando me levanté de la cama dispuesta a salir hacia el destierro! De repente, mientras sopesaba estas buenas noticias, un ligero cosquilleo en las palmas de las manos me llevó a frotármelas, inconscientemente, para quitar una molesta arenilla que se me había adherido a la piel. Sorprendida, miré los diminutos granitos blancos que caían como nieve sobre la oscura madera bruñida de la mesa.

Glauser-Röist los señaló con el dedo:

—No debería tratar así a la arena sagrada del Sinaí.

Le miré como si no le hubiera visto antes. Mi sorpresa y estupor no tenían límites.

—¿Del Sinaí? —repetí automáticamente, atando cabos a la velocidad del viento.

—Para ser más preciso, del monasterio de Santa Catalina del Sinaí.

—¿Quiere decir...? ¿Quiere decir que usted ha estado en Santa Catalina del Sinaí? —le reproché, apuntándole con el índice de mi mano derecha. ¡Era increíble! Mientras yo pasaba la peor semana de mi vida, él había estado en un lugar que, por derecho, como paleógrafa, me correspondía visitar a mí. Pero la Roca pareció no apercibirse de mi enojo.

—En efecto, doctora —repuso, volviendo a su tono neutro habitual—. Al final, resultó imprescindible. Y como estoy seguro que tendrá muchas preguntas que hacerme, le aseguro que responderé a todo... —se detuvo en seco y giró la cabeza hacia el profesor Boswell, que empezó a menguar en el sillón—, responderemos a todo sin ocultarle ninguna información.

Estaba molesta, desde luego, pero no por ello dejaba de llamarme la atención la nueva actitud de Glauser-Röist hacia Monseñor Tournier y el cardenal Colli. Mientras que en la primera reunión que mantuvimos, aquella en la que también estuvieron presentes Sodano y Ramondino, el capitán se mantuvo en un discreto y disciplinado segundo plano —atento, únicamente, a las órdenes de Tournier—, en el momento presente parecía ignorarlos por completo, igual que si fueran sombras proyectadas contra una pared.

—Muy bien, muy bien... —repuse levantando los brazos en el aire y dejándolos caer pesadamente con un gesto de resignación—. Empiece por Abi-Ruj Iyasus y termine por este envoltorio lleno de arena del Sinaí.

Glauser-Röist elevó la mirada al techo y tomó aire antes de empezar.

—Bueno, veamos... El accidente de la Cessna-182 el pasado 15 de febrero en Grecia fue el verdadero comienzo de esta historia. A los pies del cadáver del ciudadano etíope Abi-Ruj Iyasus, los bomberos encontraron una valiosa caja de plata, muy antigua y decorada con esmaltes y gemas, que contenía unos extraños pedazos de madera sin valor aparente. Como la caja, en realidad, parecía un relicario, las autoridades civiles consultaron a la Iglesia Ortodoxa Griega, por si ellos podían ofrecer alguna explicación, y los ortodoxos se llevaron una sorpresa considerable al comprobar que uno de aquellos fragmentos de madera seca era, nada más y nada menos, que el famoso *Lignum Crucis*[6] del Monasterio Docheia-

6. Del latín, leño o madera de la Cruz. Se llama así a toda reliquia del madero de la Vera Cruz.

ríou, en el monte Athos. Rápidamente, dieron la voz de alarma al resto de los numerosos Patriarcados ortodoxos de Oriente y, al comprobar que, uno tras otro, todos los relicarios con fragmentos de la Verdadera Cruz estaban vacíos, decidieron ponerse en contacto con nosotros, los herejes católicos, dado que estamos en posesión de la mayoría de *Ligna Crucis*[7] del mundo.

El capitán se arrellanó en el sillón, buscando una postura más cómoda, y continuó:

—Todo esto que le estoy contando se llevó a cabo en un tiempo ínfimo: apenas veinticuatro horas después del accidente, Su Eminencia Reverendísima el Secretario de Estado había sido informado por el Santo Sínodo de la Iglesia de Grecia y había dado la orden de que, lo más discretamente posible, todas las iglesias católicas del orbe en posesión de *Ligna Crucis* comprobaran el estado de sus relicarios. El resultado fue de un sesenta y cinco por ciento de estuches vacíos, entre ellos, precisamente, los que contenían los fragmentos más importantes: el *Lignum* de Verona, los *Ligna* de Santa Croce in Gerusalemme y San Juan de Letrán, en Roma, los de Santo Toribio de Liébana y Caravaca de la Cruz, en España, el del monasterio cisterciense de La Boissiere y el de la Sainte-Chapelle, en Francia. Pero, y esto es muy significativo, también Latinoamérica había sido expoliada: se echaron en falta los importantes fragmentos de la Catedral Metropolitana de México y el de la Hermandad de Jesús Nazareno del Consuelo de Guatemala, entre otros.

Jamás he sentido la menor devoción por las reliquias. Nadie en mi familia era partidario de adorar exóticos pedazos de huesos, telas o maderas, ni siquiera mi madre, de gustos tridentinos en cuestiones de religión, y mucho menos Pierantonio, que vivía en Tierra Santa

7. Del latín, plural, leños o maderas de la Cruz.

y era responsable del hallazgo, durante las excavaciones arqueológicas, de más de un cuerpo con olor de santidad. Pero aquella historia que me estaba narrando el capitán resultaba estremecedora. Muchos fieles depositan realmente su fe en esos objetos sagrados y bajo ningún concepto se les debe faltar al respeto por sus creencias. Además, aunque la propia Iglesia, con los años, hubiera ido abandonando estas prácticas tan dudosas, todavía existía dentro de ella una corriente muy proclive a la veneración de reliquias. Sin embargo, lo más sorprendente era que no se trataba del brazo momificado de santa como-se-llame, ni del cuerpo incorrupto de san lo-que-sea. Estábamos hablando de la Cruz de Cristo, de la supuesta madera sobre la cual el cuerpo del Salvador había sufrido tortura y muerte, y resultaba muy extraño que, aunque todos los *Ligna Crucis* del mundo pudieran calificarse *a priori* como falsificaciones o fraudes, aquellos pedazos de madera se hubieran convertido en el objetivo único de una pandilla de fanáticos.

—La segunda parte de esta historia, doctora —continuó Glauser-Röist, imperturbable— es el descubrimiento de las escarificaciones en el cuerpo de Iyasus. Mientras las autoridades griegas y etíopes comenzaban a investigar, sin ningún éxito, la vida y milagros del sujeto, Su Santidad, a través del Secretario de Estado, y a petición de las Iglesias de Oriente (con menos medios para poner en marcha una investigación) decidió que nosotros deberíamos descubrir quién o quiénes estaban robando los *Ligna Crucis* y por qué. La orden del Papa fue, si no recuerdo mal, parar las sustracciones inmediatamente, recuperar las reliquias robadas, descubrir a los ladrones y, por supuesto, ponerlos en manos de la justicia. En cuanto la policía griega descubrió las extrañas cicatrices del etíope, se lo comunicó a Su Beatitud el Arzobispo de Atenas, Christodoulos Paraskeviades, y este, pese a que las relaciones con Roma no son muy buenas, solicitó el envío de un agente especial para que estuviera presente en la autopsia. Ese agente fui yo y lo que viene después ya lo sabe usted misma de primera mano.

No había comido nada en todo el día y empezaba a sufrir una desagradable hipoglucemia. Debía ser tardísimo, pero no quise mirar el reloj para no sentirme todavía peor: me había levantado a las siete de la mañana, había cogido un avión que me había llevado hasta Irlanda, había vuelto a Roma por la noche y... Me sentía tan agotada que me dolía hasta el aliento.

Todavía quedaba mucha historia por contar, recordé viendo el envoltorio blanco delante de mí, pero, a pesar de mi curiosidad, si no comía algo pronto, iba a caer desfallecida sobre la mesa. Así que aproveché el repentino silencio del capitán para preguntar si podíamos hacer un pequeño descanso y tomar algo, porque me estaba mareando. Se produjo un murmullo unánime de aprobación —estaba claro que allí nadie había cenado—, de modo que Su Eminencia el cardenal Colli hizo un gesto al capitán y este, tras quitarme el paquete de las manos y guardarlo de nuevo en su cartera de piel, abandonó unos segundos el reservado, volviendo de inmediato con el encargado del restaurante.

Poco después, un ejército de camareros con chaqueta blanca entraba en la habitación empujando grandes carritos cargados con montones de comida. Su Eminencia bendijo los alimentos con una sencilla oración de agradecimiento, y todos, hasta el tímido profesor Boswell, nos lanzamos sobre los platos con verdadera ansia. Estaba tan hambrienta que, cuanto más ingería, menos saciada me encontraba. No perdí la compostura, pero comí como si no lo hubiera hecho en un mes. Supongo que también se debía a la falta de sueño y al cansancio. Al final, viendo la sonrisita mezquina de Monseñor Tournier, decidí parar, aunque, para entonces, ya me encontraba bastante recuperada.

Durante la cena, y hasta que terminamos el exquisito y humeante café exprés, Su Eminencia el cardenal Colli nos estuvo contando las grandes esperanzas que Su Santidad, Juan Pablo II, tenía puestas en la resolución de este complicado problema de los robos de las reliquias. Las relaciones con las Iglesias de Oriente eran peores de lo que cabría esperar después de tantos años de lucha por el ecumenismo y, si conseguíamos devolverles sus *Ligna Crucis* y acabar con los expolios, quizá el Patriarca de Moscú y de todas las Rusias, Alejo II, y el Patriarca Ecuménico de Constantinopla, Bartolomeos I —los dos líderes ortodoxos más representativos dentro de la pléyade de líderes e Iglesias Ortodoxas—, estuvieran dispuestos al diálogo y a la reconciliación. Al parecer, estos dos patriarcas cristianos estaban actualmente enfrentados entre sí por la repartición de las Iglesias Ortodoxas de los países que pertenecían a la antigua Unión Soviética, pero ambos formaban una coalición inquebrantable frente la Iglesia de Roma por el tema de las reclamaciones de nuestros católicos de rito oriental, los uniatos, que reivindicaban bienes y propiedades incautados en su momento por el régimen comunista y que ahora se encontraban en manos ortodoxas. En fin, que en el fondo se trataba de un vulgar asunto de propiedades y poder. La estructura jerárquica de las Iglesias cristianas Ortodoxas —que, en teoría, al menos, no existía como tal—, era una tupida red formada por urdimbres históricas y tramas económicas: el Patriarcado de Moscú y de todas las Rusias, en manos de Su Santidad Alejo, cobijaba bajo sus alas a las Iglesias Ortodoxas independientes de los países del Este de Europa (Serbia, Bulgaria, Rumania...) y el Patriarcado Ecuménico de Constantinopla, en manos de Su Divinísima Santidad Bartolomeos, a todas las demás (las de Grecia, Siria, Turquía, Palestina, Egipto... incluida la importantísima Iglesia Greco-Ortodoxa de América). Sin embargo, las fronteras no estaban tan claras como a primera vista podría parecer y existían monasterios y templos de ambas facciones tanto en uno como en otro ámbito de influencia. En cualquier caso, el Patriarca Ecuménico de Constantinopla, a pesar de no tener ningún poder sobre ellos, «precedía en honor» a todos los demás patriarcas ortodoxos del mundo, incluido Alejo, pero este parecía ignorar totalmente esta antigua y milenaria tradición, preocupado tan sólo por impedir que las autoridades rusas permitieran la entrada de la Iglesia Católica en su feudo, cosa que, hasta el momento, estaba consiguiendo con bastante éxito.

En fin, un caos; pero nosotros debíamos colaborar al allanamiento de los pedregosos caminos que conducían a la unión de todos los cristianos resolviendo el asunto de los robos, ya que esto serviría de aceite y gasolina para el deteriorado motor del ecumenismo.

Durante las horas que llevábamos en aquel reservado, el profesor Boswell no había despegado los labios como no fuera para comer. Sin embargo, se notaba que estaba perfectamente atento a todo cuanto se iba diciendo pues, de vez en cuando, sin darse cuenta, hacía algún imperceptible gesto afirmativo o denegativo con la cabeza. Era el hombre más silencioso que había conocido en mi vida. Daba la sensación de que aquel entorno le venía grande, de que no estaba cómodo en absoluto.

—Bueno, bueno... profesor Boswell —dejó escapar en aquel momento Monseñor Tournier, leyéndome el pensamiento—. Creo que ha llegado su turno. Por cierto, ¿habla mi idioma? ¿Entiende lo que le estoy diciendo? ¿Entiende algo de lo que se ha dicho aquí esta noche?

Observé que Glauser-Röist entrecerraba los ojos para mirar a Monseñor fijamente y que el profesor Boswell parpadeaba, aturdido, y carraspeaba, aclarándose la garganta en un desesperado intento por dominar la voz.

—Le entiendo perfectamente, Monseñor —balbució

el profesor con un marcado acento árabe—. Mi madre era italiana.

—¡Ah, magnífico, magnífico! —exclamó Tournier, exhibiendo una amplia sonrisa.

—El profesor Farag Boswell, Monseñor —aclaró Glauser-Röist con una entonación cortante que no dejaba lugar a dudas—, además del árabe y el copto, domina perfectamente el griego, el turco, el latín, el hebreo, el italiano, el francés y el inglés.

—No tiene ningún mérito —se apresuró a explicar, tartamudeando, el profesor—. Mi abuelo paterno era judío, mi madre italiana y el resto de mi familia, incluido yo, por supuesto, somos coptos católicos.

—Pero su apellido es inglés, profesor —comenté extrañada, aunque enseguida recordé que Egipto había sido colonia inglesa durante mucho tiempo.

—Esto le gustará, doctora —apuntó Glauser-Röist con una de sus extrañas sonrisas—: el profesor Boswell es biznieto del doctor Kenneth Boswell, uno de los arqueólogos que descubrieron la ciudad bizantina de Oxirrinco.

¡Oxirrinco! Si aquel dato ya resultaba sumamente interesante, lo mejor de todo era ver a Glauser-Röist en aquel nuevo papel de amigo-paladín del egipcio.

—¿Es eso cierto, profesor? —le pregunté.

—Así es, doctora —me confirmó Boswell con una tímida inclinación de cabeza—. Mi bisabuelo descubrió Oxirrinco.

Oxirrinco, una de las capitales más importantes del Egipto bizantino, perdida durante siglos y comida por las arenas del desierto, había vuelto a la vida en 1895, gracias a los arqueólogos ingleses Bernard Grenfell, Arthur Hunt y Kenneth Boswell, y, hasta la fecha, se había revelado como el yacimiento más importante de papiros bizantinos y como una auténtica biblioteca de obras perdidas de autores clásicos.

—Y, naturalmente, usted también es arqueólogo —afirmó Monseñor Tournier.

—En efecto. Trabajo... —se detuvo un momento, frunció la frente y se corrigió—, trabajaba en el Museo Grecorromano de Alejandría.

—¿Ya no trabaja usted allí? —quise saber, extrañada.

—Ha llegado el momento de contarle una nueva historia, doctora —anunció Glauser-Röist. Y volvió a inclinarse hacia su cartera de piel, que descansaba en el suelo, y a sacar el envoltorio de lienzo blanco lleno de arena del Sinaí. Pero esta vez no me lo entregó; lo apoyó cuidadosamente sobre la mesa y, sujetándolo con ambas manos, lo contempló con un intenso destello metálico en sus ojos grises—. Al día siguiente de abandonar su laboratorio, y después de entrevistarme con Monseñor Tournier, como ya sabe, cogí un avión con destino a El Cairo. En el aeropuerto estaba esperándome el profesor Boswell, aquí presente, comisionado por la Iglesia Copto-Católica para servirme de intérprete y guía.

—Su Beatitud Stephanos II Ghattas —le interrumpió Boswell, colocándose nerviosamente las gafas en su sitio—, Patriarca de nuestra Iglesia, me pidió personalmente el favor. Me dijo que hiciera todo cuanto estuviera en mis manos para ayudar al capitán.

—En realidad, la ayuda del profesor ha sido inestimable —añadió el capitán—. Hoy no tendríamos... *esto* —y señaló el paquete con el mentón— si no fuera por él. Cuando me recogió en el aeropuerto, Boswell conocía aproximadamente la tarea que yo tenía que realizar y puso todos sus conocimientos, sus recursos y sus contactos a mi disposición.

—Me gustaría tomar otro café —interrumpió en aquel momento el cardenal Colli—. ¿Quieren ustedes también?

Monseñor Tournier miró rápidamente su reloj de pulsera e hizo un gesto afirmativo. Glauser-Röist volvió a ponerse en pie y a salir del reservado, pero, aunque tardó unos minutos más de lo que, para mí, resultaba soportable con aquella compañía, volvió con una enorme bandeja llena de tazas y una gran cafetera en el centro. Mientras nos servíamos, el capitán continuó hablando.

Entrar en Santa Catalina del Sinaí no había resultado una tarea sencilla, nos explicó Glauser-Röist. Para los turistas existe un horario limitado de visitas y un recorrido más limitado aún del recinto monástico. Dado que ellos no sabían qué era lo que debían buscar, ni cómo buscarlo, necesitaban amplia libertad de movimientos y de tiempo. El profesor, por tanto, había elaborado un arriesgado plan, que, sin embargo, funcionó a la perfección:

Aunque, en 1782, el monasterio ortodoxo de Santa Catalina del Sinaí se había independizado del Patriarcado de Jerusalén por remotas y confusas razones (convirtiéndose en Iglesia autocéfala, la llamada Iglesia Ortodoxa del Monte Sinaí), el Patriarcado seguía conservando cierto ascendiente sobre el monasterio y sobre su cabeza visible, el abad y arzobispo de dicha Iglesia. Pues bien, conociendo esta influencia, Su Beatitud Stephanos II Ghattas había pedido al Patriarca de Jerusalén, Diodoros I, que emitiese cartas de presentación para el capitán Glauser-Röist y el profesor Boswell, de manera que el recinto les abriese completamente sus puertas. ¿Por qué debía Santa Catalina acatar la petición del Patriarcado de Jerusalén? Muy sencillo, porque, de los dos visitantes, uno, el extranjero europeo, era un importante filántropo alemán interesado en donar varios millones de marcos al monasterio. De hecho, en 1997, desesperadamente necesitados de dinero, los monjes habían aceptado —por primera y única vez en su historia—, enseñar algunos de sus más valiosos tesoros en una magnífica exposición que tuvo lugar en el Museo Metropolitano de Nueva York. El propósito de aquella exposición había sido, no sólo conseguir el dinero que había pagado el propio museo por el evento, sino, además, captar inversores dispuestos a financiar la restauración de la antiquísima biblioteca y el extraordinario museo de iconos.

De modo que, con la intención de encontrar alguna pista que diese un nuevo impulso a la investigación, el capitán Glauser-Röist y el profesor Boswell se presentaron en las oficinas que la Iglesia Ortodoxa del Monte Sinaí tenía en El Cairo, y contaron sus mentiras con toda la sangre fría del mundo. Esa misma noche alquilaron un todoterreno preparado para cruzar el desierto y salieron hacia el monasterio. Les recibió el abad en persona, Su Beatitud el arzobispo Damianos, un hombre sumamente atento e inteligente, que les dio la bienvenida y les ofreció su hospitalidad durante todo el tiempo que quisieran. Esa misma tarde, comenzaron a inspeccionar la abadía.

—Vi las cruces, doctora —murmuró Glauser-Röist, claramente emocionado—. Las vi. Idénticas a las del cuerpo de nuestro etíope. Siete en total también, las mismas que reproducían las escarificaciones. Estaban allí, esperándome en el muro.

Y yo no las he visto, pensé. Yo no las he visto porque me dejaron fuera. Yo no he estado en el desierto egipcio, saltando sobre las dunas en un todoterreno, porque Monseñor Tournier valoró que la hermana Salina debía ser despedida por saber más de lo debido, porque desde el principio no le hizo gracia que una mujer se encargara del asunto.

—No debería, pero siento mucha envidia de usted, capitán —reconocí en voz alta, dando un largo sorbo de mi taza de café—. Me hubiera gustado ver esas cruces. Al fin y al cabo, son tan mías como suyas.

—Tiene razón —admitió el capitán—. A mí también me hubiera gustado que las viera.

—De todos modos, hermana —añadió el profesor

Boswell con su marcado acento árabe—, y aunque no le sirva de consuelo, usted... —parpadeó evasivamente y se subió las gafas hasta lo más alto de la nariz—, usted no hubiera podido hacer mucho en Santa Catalina. Los monjes no admiten con facilidad a las mujeres en el recinto. No es que lleguen al extremo de la comunidad del monte Athos, en Grecia, donde ya sabe que ni siquiera pueden entrar las hembras de los animales, pero tampoco creo que la hubieran dejado pernoctar en la abadía ni deambular libremente por el lugar, como afortunadamente pudimos hacer nosotros. Los monjes ortodoxos son muy parecidos a los musulmanes en lo que respecta a las mujeres.

—Eso es cierto —confirmó Glauser-Röist—. El profesor le está diciendo la verdad.

No me sorprendió. Por norma, todas las religiones del mundo discriminaban a las mujeres, bien situándolas en un incomprensible segundo plano o bien legitimando que pudieran ser maltratadas y vejadas. Era algo realmente lamentable a lo que nadie parecía querer encontrar una solución.

El monasterio ortodoxo de Santa Catalina estaba emplazado en el corazón de un valle llamado Wadi ed-Deir, al pie de una estribación del monte Sinaí y era uno de los lugares más hermosos creados por la naturaleza con la colaboración de la mano del hombre. Un perímetro rectangular, amurallado por Justiniano en el siglo VI, cobijaba tesoros inimaginables y una belleza sin fin que dejaba mudos de asombro a quienes traspasaban la puerta y eran admitidos en su interior. La aridez del desierto circundante y las yermas montañas de granito rojizo que lo protegían, preparaban muy mal a los peregrinos para lo que iban a encontrar en el monasterio: una impresionante basílica bizantina, numerosas capillas, un inmenso refectorio, la segunda biblioteca más importante del mundo, la primera colección de bellísimos iconos... y todo ello ornamentado con lámparas de oro, mosaicos, maderas labradas, mármoles, marquetería, plata sobredorada, piedras preciosas... Un festín irrepetible para los sentidos y una exaltación inigualable de la fe.

—Durante un par de días —contaba Glauser-Röist—, el profesor y yo nos recorrimos de arriba abajo el monasterio en busca de algo que tuviese relación con el etíope. La presencia de las siete cruces en el muro sudoeste estaba empezando a perder sentido para mí. Me preguntaba si no sería una ridícula casualidad y si no estaríamos avanzando en la dirección equivocada. Pero el tercer día... —su boca se ensanchó en una deslumbrante sonrisa y se giró para mirar al profesor, buscando su asentimiento—. El tercer día nos presentaron, por fin, al padre Sergio, el responsable de la biblioteca y del museo de iconos.

—Los monjes son muy precavidos —explicó el profesor, casi en un susurro—. Lo digo para que entiendan por qué nos hicieron esperar dos días para enseñarnos sus objetos más preciados. No se fían de nadie.

En aquel momento consulté mi reloj: eran las tres de la madrugada. Ya no podía con mi alma, ni siquiera después de dos tazas de café. Pero la Roca hizo como que no había visto ni mi gesto ni mi cara de agotamiento, y continuó, impertérrito:

—El padre Sergio vino a buscarnos alrededor de las siete de la tarde, después de la cena, y nos guió a través de las estrechas callejuelas del monasterio, iluminándonos con una vieja lámpara de aceite. Era un monje grueso y taciturno, que, en lugar de llevar el bonete negro como los demás, usaba un gorro de lana puntiagudo.

—Y se tironeaba de la barba continuamente —añadió el profesor, como si aquello le hubiera hecho mucha gracia.

—Cuando llegamos frente a la biblioteca, el padre sacó de entre los pliegues de su hábito una argolla de hierro cargada de llaves y empezó a abrir una cerradura detrás de otra hasta completar siete en total.

—Otra vez siete —dejé escapar yo, medio dormida, recordando las letras y las cruces de Abi-Ruj.

—Las puertas se abrieron con un fuerte chirrido y el interior estaba oscuro como la boca de un lobo, pero lo peor era el olor. No pueden imaginárselo... Nauseabundo.

—Olía a cuero podrido y a trapos viejos —aclaró Boswell.

—Avanzamos en penumbra entre las filas de estanterías llenas de manuscritos bizantinos, cuyas letras iluminadas con pan de oro chispeaban con la luz de la lámpara que llevaba el padre Sergio. Por fin, nos detuvimos frente a una vitrina. «Esta es la zona donde conservamos algunos de los códices más antiguos. Pueden mirar lo que quieran», nos dijo el monje. Yo pensé que estaba de broma: ¡pero si no se veía nada!

—Recuerdo que fue entonces cuando tropecé con algo y me golpeé con la esquina de una de aquellas viejas vitrinas —señaló el profesor.

—Sí, fue en ese momento.

—Y entonces le dije al padre Sergio que si querían que el invitado extranjero les entregara su dinero para la restauración de la biblioteca... —carraspeó esforzadamente y se colocó las gafas de nuevo en su sitio—, lo mínimo que podían hacer era enseñársela en buenas condiciones, con luz de día y sin tanta reserva, y entonces el padre Sergio me dijo que debían proteger los manuscritos porque ya les habían robado antes, y que apreciásemos que nos estaba enseñando lo más valioso del monasterio. Pero como yo seguí protestando, al final el monje se acercó hasta un rincón de la pared y pulsó un interruptor.

—Resulta que la biblioteca tiene una deslumbrante luz eléctrica —terminó de explicar el capitán—. Los monjes de Santa Catalina del Sinaí protegen sus manuscritos, sencillamente, enseñándolos sólo a quienes acuden con autorización previa del arzobispo, como era nuestro caso, y, además, mostrándolos en penumbra, para que nadie pueda hacerse una idea de lo que realmente guardan allí. Cuando acude algún estudioso que ha obtenido el permiso, le llevan a la biblioteca por la noche y le mantienen envuelto en sombras mientras consulta el manuscrito en el que estaba interesado. De ese modo, nunca llega a sospechar lo que ha tenido a su alrededor. Imagino que el robo del Codex Sinaiticus por parte de Tischendorff en 1844 dejó una huella dolorosa e imborrable en los monjes de Santa Catalina.

—La misma huella que dejará nuestro robo, capitán —murmuró Boswell con un rictus pesaroso.

—¿Han robado ustedes un manuscrito del monasterio? —pregunté alarmada, despertando bruscamente del dulce sopor en el que me acunaba.

El silencio más profundo respondió a mi pregunta. Les fui mirando uno a uno, confundida, pero las cuatro caras que me rodeaban se habían convertido en inexpresivas máscaras de cera.

—Capitán... —insistí—, contésteme, por favor. ¿Ha sido capaz de robar un manuscrito de Santa Catalina del Sinaí?

—Júzguelo usted misma —respondió fríamente, alargándome la tarta de cumpleaños cubierta por el lienzo blanco—, y dígame luego si no hubiera hecho lo mismo en mi lugar.

Perpleja y sin la menor capacidad de reacción, miré el envoltorio como si fuera una rata o una cucaracha. No pensaba volver a poner las manos encima de *aquello*.

—Ábralo —me ordenó súbitamente Monseñor Tournier.

Me volví hacia el cardenal Colli, buscando su protección, pero tenía la mirada perdida en algún punto bajo la mesa. El profesor Boswell se había quitado las gafas y las estaba limpiando con el faldón de su chaqueta.

—Hermana Salina —exigió de nuevo la voz impaciente de Monseñor Tournier—, le acabo de decir que abra ese paquete. ¿Es que no me ha oído?

No tenía más remedio que hacer lo que me decía. No era el momento para andarse con remilgos ni con problemas de conciencia. El lienzo blanco resultó ser una bolsa y, no bien hube aflojado las cintas que la cerraban, comencé a distinguir la esquina de un códice antiguo. No podía creer lo que estaba viendo... Conforme iba extrayendo el pesado volumen, mi turbación era mayor. Finalmente, sostuve entre las manos un grueso y sólido manuscrito bizantino, de primitiva factura cuadrada, con cubiertas de madera forradas de cuero repujado en el que podían verse, en relieve, las siete cruces de Santa Catalina (dos columnas de tres a cada lado de la cubierta y una más abajo, formando una fila con las cruces de los extremos inferiores), el Monograma de Constantino, en la parte superior central y, debajo, la palabra griega de siete letras que parecía ser la clave de todo aquel asunto: ΣΤΑΥΡΟΣ (STAUROS), *Cruz*. Mirando aquello, con la mente vacía como una cáscara de huevo, me acometió un temblor de manos tan agudo que casi doy con el códice en el suelo del reservado. Intenté dominarme pero no pude. Supongo que, en buena medida, se debió al agotamiento terminal que padecía, pero Monseñor Tournier tuvo que arrebatarme el volumen para salvaguardar su integridad.

Recuerdo que en aquel momento escuché algo que me sorprendió bastante: el capitán Glauser-Röist acababa de soltar su primera carcajada.

Resulta evidente que no está en nuestras manos resucitar a los muertos, porque esa capacidad taumatúrgica sólo pertenece a Dios. Pero aunque no podamos hacer que la sangre vuelva a circular por las venas y que el pensamiento regrese a un cerebro sin vida, sí podemos recuperar los pigmentos que el tiempo borró de los pergaminos y, así, las ideas y pensamientos que alguien plasmó en la vitela. El milagro de reanimar un cuerpo muerto no está entre nuestras facultades, es cierto, pero sí lo está el prodigio de alentar el espíritu que duerme, aletargado, en el interior de un códice medieval.

Como paleógrafa, estaba capacitada para leer, descifrar e interpretar cualquier texto antiguo escrito manualmente, pero lo que no podía hacer de ninguna manera era adivinar qué se había escrito en aquellos pergaminos rígidos, traslúcidos y amarillentos, cuyas letras, difuminadas por los siglos, resultaban prácticamente ilegibles.

El códice Iyasus, como dimos en llamar —en honor a nuestro etíope— al manuscrito robado por Glauser-Röist y Boswell en Santa Catalina, se encontraba en unas condiciones verdaderamente lamentables. Según el capitán, después de explorar la biblioteca del monasterio durante un par de días, el profesor y él descubrieron en un rincón, junto a los montones de leña que los monjes utilizaban para caldear la estancia durante los meses fríos del invierno, unos cestos de pergaminos y papiros desechados, que se utilizaban para encender y avivar el fuego. Con la idea de distraer al padre Sergio mientras Glauser-Röist examinaba el contenido de los cestos, el profesor Boswell llevó a la biblioteca una botella del inmejorable vino egipcio Omar Khayam, un lujoso placer reservado a los no musulmanes y a los turistas (el profesor, tan atento como siempre, había acarreado varias botellas desde Alejandría para obsequiarlas al arzobispo Damianos como regalo de despedida y agradecimiento). El padre Sergio, encantado con aquel detalle, correspondió al profesor con otra botella del vino que elaboraban en el monasterio y, entre una cosa y otra, ambos acabaron achispados perdidos, cantando alegremente viejas canciones egipcias (el padre Sergio antes de ser monje había sido marinero) y soltando exclamaciones de júbilo al ver reaparecer al ausente Glauser-Röist que, para entonces, llevaba el códice Iyasus escondido bajo la camisa, en la espalda.

El códice, según el capitán, se encontraba en uno de aquellos cestos de bagazos, bajo un revoltijo de hojas sueltas y pliegos rotos, así como de otros códices igualmente desechados por los monjes —bien por su mal estado de conservación, como era el caso de nuestro manuscrito, o bien por carecer de valor—. Contaba Glauser-Röist que, cuando vio los grabados de la cubierta del códice, después de quitarles con la mano una gruesa capa de polvo y suciedad, dejó escapar tal exclamación de sorpresa que creyó haber despertado a la comunidad entera de Santa Catalina. Afortunadamente, ni siquiera el padre Sergio y el profesor Boswell, que estaban cerca, se percataron de nada.

Al día siguiente, con las primeras luces, abandonaron el monasterio. Pero algo se barruntaron los monjes al ver la resaca del padre Sergio porque, a pocos kilómetros de El Cairo, cuando ya estaba a punto de anochecer, el teléfono móvil del profesor Boswell comenzó a sonar y resultó ser el secretario de Su Beatitud Stephano II Ghattas, que les informaba de que no debían entrar en la ciudad —ni en ninguna otra ciudad de Egipto—, sino dirigirse, lo más rápidamente posible y por carreteras secundarias, hacia el este, hacia Israel, e intentar cruzar la frontera para escapar de la policía, ya que el arzobispo del Sinaí, el abad Damianos, había denunciado un posible robo de manuscritos por parte de aquellos dos impostores que habían emborrachado al bibliotecario.

Subieron de nuevo hasta Bilbays, cruzaron el canal de Suez por Al'Quantara y condujeron toda la noche hasta Al'Arish, cerca de la frontera israelí, donde un representante de la delegación apostólica de Jerusalén les estaba esperando con pasaportes diplomáticos de la

Santa Sede. Atravesaron el puesto fronterizo de Rafah y, en menos de dos horas, descansaban, por fin, en la delegación. Poco después, mientras yo subía al avión con destino a Irlanda, ellos despegaban, en un Boeing 747 de la compañía israelí El Al, del aeropuerto Ben Gurion, en Tel Aviv, y llegaban, tres horas y media más tarde, al aeropuerto militar de Roma Ciampino, justo cuando yo iniciaba mi vuelo de retorno.

Bien, pues si creíamos que todo aquello habían sido problemas y dificultades, nos estábamos quedando cortos respecto a lo que se avecinaba.

Nada más hojear el códice aquella noche, me di cuenta de que su deterioro era tan acusado que difícilmente conseguiríamos extraer de allí un par de párrafos en condiciones aceptables para que yo pudiera trabajar sobre ellos. Apenas se vislumbraban manchas y sombras, como una acuarela sobre la que se hubieran dejado caer varios vasos de agua. El pergamino, que no deja de ser como la piel tersa de un tambor, es menos permeable a la tinta que el papel y, con el tiempo, esta se difumina y puede llegar a borrarse por completo según los materiales que se hayan utilizado para elaborarla. Si aquel manuscrito había contenido alguna vez información útil sobre por qué Abi-Ruj Iyasus y, seguramente, otros como él, estaban robando fragmentos de la Vera Cruz en la actualidad, desde luego que ya no era así... O eso creía yo, pero, claro, yo sólo era una paleógrafa del Archivo Secreto Vaticano, no una arqueóloga del afamado Museo Grecorromano de Alejandría, y por eso mi conocimiento de los procedimientos técnicos utilizados para recuperar las palabras de los papiros y los pergaminos antiguos dejaba mucho que desear, según puso de manifiesto —sin mala fe, desde luego— el profesor Farag Boswell.

El viernes por la mañana, mientras yo todavía dormía en una de las habitaciones de la Domus Sanctae

Martae, el Reverendo Padre Ramondino descendió hasta el Hipogeo y comunicó a los responsables de los servicios de Informática, Restauración de documentos, Paleografía, Codicología y Reproducción fotográfica que, por el momento, tanto ellos como el personal a su servicio, debían olvidarse de volver a sus respectivos conventos, comunidades o noviciados; se había decretado la ley marcial y de allí no saldría nadie hasta que la tarea que había que hacer estuviera culminada. En cuanto se les informó de la naturaleza de la misma, los responsables de los servicios protestaron alegando que aquello podía suponer, como mínimo, un mes de duro trabajo con dedicación exclusiva, a lo cual el Prefecto Ramondino repuso que tenían solamente una semana y que si en una semana no habían terminado, podían hacer las maletas y olvidarse de sus carreras en el Vaticano. Poco después se demostró que no resultaba necesaria tanta urgencia, pero, en aquel momento, todo parecía poco.

Bajo las órdenes del profesor Boswell, el departamento de Restauración de documentos comenzó por descuadernar el códice, separando los pliegos *in folio*[8] y dejando al descubierto las tablillas cuadradas de la cubierta, que resultaron ser de madera de cedro, como era habitual en los manuscritos bizantinos. El tipo de encuadernación, además, las situaba claramente en torno a los siglos IV o V de nuestra era. Una vez separados los bifolios de pergamino (182 en total, es decir, 364 páginas), fabricados con una excelente piel de gacela nonata que debió tener, en su origen, un color blanco perfecto, el taller fotográfico de reproducción comenzó a realizar pruebas para ver cuál de las dos técnicas posibles, la de fotografía infrarroja o la digital de alta resolución con telecámara CCD refrigerada, permitía una recuperación más completa del texto. Se adoptó, al final, una combi-

8. Doblados una vez sobre sí mismos.

nación de ambas, ya que las imágenes obtenidas por ambos métodos, una vez pasadas por el estereomicroscopio y escaneadas, podían superponerse fácilmente en la pantalla de un ordenador. De este modo, la amarillenta y frágil vitela comenzó a desvelar sus hermosos secretos: de un espacio vacío o, como mucho, lleno de sombras, se pasó, lentamente, a un magnífico boceto de letras unciales[9] griegas, sin acentos ni separaciones entre palabras, distribuidas en dos anchas columnas de treinta y ocho líneas cada una. Los márgenes eran amplios y proporcionados, y se distinguían claramente las letras de inicio de párrafo, ensanchadas hacia la orilla izquierda y pintadas de color púrpura, en contraste con el resto del texto, escrito con tinta negra de polvo de humo.

Cuando se concluyó el primer bifolio, todavía no era posible realizar una lectura completa del texto: había multitud de palabras y frases truncadas, irrecuperables a primera vista, fragmentos enteros donde la luz infrarroja, el estereomicroscopio y la digitalización de alta calidad no habían encontrado nada que resaltar. Entonces le llegó el turno al departamento de informática. Con la ayuda de sofisticados programas de diseño gráfico, empezaron por seleccionar un conjunto de caracteres a partir del material recuperado y, puesto que la escritura era manual —y, por lo tanto, variable—, extrajeron cinco representaciones diferentes de cada letra. Midieron, pacientemente, los trazos verticales y horizontales, los curvos y diagonales y los espacios en blanco de cada carácter; la anchura y altura del cuerpo, la profundidad bajo la línea base de los trazos descendentes y la elevación de los trazos ascendentes y, cuando todo esto estuvo hecho, me llamaron para ofrecerme el espectáculo más curioso que había tenido oportunidad de contem-

9. Mayúsculas modificadas por trazos curvos y ángulos, más fáciles de escribir.

plar en mi vida: con la imagen completa del bifolio en pantalla, el programa probaba automáticamente, a una velocidad vertiginosa, los caracteres que cabían en los espacios vacíos y si se ajustaban a los restos o vestigios de tinta de la vitela, en caso de que los hubiera. Cuando lograba completar la cadena, el sistema verificaba que dicha palabra constaba en el diccionario del magnífico programa *Ibycus*, que contenía toda la literatura griega conocida —bíblica, patrística y clásica—, y, si además había aparecido previamente en el texto, la cotejaba también, para comprobar la exactitud del hallazgo.

El proceso era muy rápido, como ya he dicho, pero, aún así, tremendamente laborioso, de modo que sólo después de un día entero de trabajo pudieron proporcionarme, al fin, una imagen completa del primer bifolio en unas condiciones casi perfectas, con un noventa y cinco por ciento de texto recuperado. El prodigio se había consumado: el espíritu que dormía, aletargado, en el interior del códice Iyasus, había vuelto a la vida, y llegaba el momento de que yo leyera su mensaje e interpretara su contenido.

Estaba realmente conmovida cuando, a mi vuelta al Hipogeo, tras escuchar la misa del cuarto Domingo de Cuaresma en San Pedro, me senté, por fin, ante mi mesa de trabajo y me calé las gafas sobre la nariz, dispuesta a comenzar. Mis adjuntos, que disponían de copias idénticas a la mía, se prepararon también para iniciar el análisis paleográfico, basado en el estudio de los elementos de la escritura: morfología, ángulos e inclinación, *ductus*,[10] ligaduras, nexos, ritmo, estilo, etc.

Afortunadamente, el griego bizantino utilizaba muy poco las abreviaturas y contracciones que tan comunes resultaban en el latín y en las transcripciones medievales

10. Orden, sucesión y sentido de los movimientos que el escribano ejecuta para trazar las letras.

de los autores clásicos. Sin embargo, como contrapartida, las peculiaridades propias de una lengua tan evolucionada como la griega bizantina podía llevar a confusiones importantes, pues ni la forma de escribir ni el sentido de las palabras era el mismo que en tiempos de Esquilo, Platón o Aristóteles.

La lectura del primero de los bifolios del Códice Iyasus me dejó absolutamente encandilada. El escriba, que decía haberse llamado Mirógenes de Neápolis pero que, en el momento de redactar el texto, se daba a sí mismo, repetidamente, el nombre de Catón, explicaba que, por la voluntad de Dios Padre y de Su Hijo Jesucristo, unos cuantos hermanos de buena voluntad, diáconos[11] de la basílica del Santo Sepulcro en Jerusalén y devotos adoradores de la Verdadera Cruz, se habían constituido en una especie de hermandad bajo la denominación de ΣΤΑΥΡΟΦΥΛΑΚΕΣ (STAUROFÍLAKES), o guardianes de la Cruz. Él, Mirógenes, había sido elegido archimandrita de la hermandad, bajo el nombre de Catón, el día primero del mes primero del año 5850.

—¿5850...? —se sorprendió Glauser-Röist.

El capitán y el profesor estaban sentados frente a mí, al otro lado de mi mesa, escuchando la transcripción del contenido del bifolio.

—En realidad —le expliqué, subiéndome las gafas y apoyándolas en los pliegues de la frente—, ese año se corresponde con el 341 de nuestra era. El cómputo temporal para los bizantinos empezaba el 1 de septiembre del año 5509, fecha en la que creían que Dios había creado el mundo.

—De manera que ese tal Mirógenes —concluyó el profesor, cruzando fuertemente los dedos de las ma-

---

11. En la jerarquía eclesiástica, los diáconos venían después de los presbíteros o sacerdotes, y desempeñaban cometidos litúrgicos y administrativos.

nos—, de origen bizantino y diácono de la basílica del Santo Sepulcro de Jerusalén, se convierte en el líder de la Hermandad de los Staurofílakes el 1 de septiembre del año 341, quince años después, si no recuerdo mal, del descubrimiento de la Vera Cruz por santa Helena.

—Y, a partir de ese momento —añadí yo—, se rebautiza como Catón y empieza a escribir esta crónica.

—Deberíamos buscar información adicional sobre esa hermandad —propuso el capitán, incorporándose de su asiento. A pesar de ser el coordinador de la operación, era quien menos trabajo tenía y estaba deseando sentirse útil—. Yo me encargo.

—Es una buena idea —asentí—. Hay que demostrar la existencia histórica de los staurofílakes al margen del códice.

Unos golpecitos discretos sonaron en la puerta de mi laboratorio. Era el Prefecto Ramondino, con una sonrisa de oreja a oreja.

—Quisiera invitarles a comer en el restaurante de la Domus, si les apetece —sugirió contento—. Para celebrar lo bien que marcha todo.

Pero no todo marchaba tan bien como creíamos: aquella misma tarde, mientras yo regresaba con todos los honores al minúsculo apartamento de la Piazza delle Vaschette, el importante *Lignum Crucis* del Convento de Sainte-Gudule, en Bruselas, desapareció de su relicario de plata.

El capitán Glauser-Röist estuvo ausente durante todo el lunes. En cuanto se recibió el aviso del robo en el Vaticano, salió para Bruselas en el primer avión y no regresó hasta el martes a mediodía. Mientras tanto, el profesor Boswell y yo seguimos trabajando en el laboratorio del Hipogeo. Los bifolios restaurados comenzaban a llegar hasta mi mesa cada vez a mayor velocidad, ya que los técnicos iban perfeccionando la manera de acelerar el proceso, y, precisamente por esa celeridad, a veces disponía de apenas dos o tres horas para completar la lectura y transcripción del texto manuscrito antes de que llegara la siguiente hornada de datos.

Creo que fue la noche de aquel lunes de principios de abril cuando el profesor Boswell y yo cenamos completamente solos en la cafetería de personal del Archivo Secreto. Al principio pensé que iba a ser bastante complicado mantener una conversación con alguien tan apocado y silencioso, pero el profesor se reveló pronto como una compañía muy agradable. Hablamos mucho y de muchas cosas. Después de relatarme, de nuevo, la historia completa del robo del códice, me preguntó por mi familia. Quería saber si tenía hermanos y hermanas y si mis padres vivían todavía. En un primer momento, sorprendida por aquel giro personal de la conversación, le hice una descripción abreviada, pero él, al oír el número de miembros que integrábamos la tribu Salina, quiso saber más. Recuerdo que, incluso, llegué a hacerle un esquema en una servilleta de papel para que supiera de quién le estaba hablando en cada momento. No deja de ser extraño encontrar a alguien que sabe escuchar. El profesor Boswell no preguntaba directamente, ni siquiera demostraba una curiosidad excepcional. Se limitaba a mirarme fijamente y a asentir con la cabeza o a sonreír en el momento apropiado. Y, claro, caí en la trampa. Cuando quise darme cuenta de lo que estaba pasando, ya le había contado mi vida. Él se reía, muy divertido, y yo pensé que había llegado el momento de pasar al contraataque porque, de repente, me sentía muy vulnerable, como si hubiera hablado demasiado y me afligiese una cierta culpabilidad. De modo que le pregunté si no estaba preocupado por la posible pérdida de su trabajo en el Museo Grecorromano de Alejandría. Frunció el ceño y se quitó las gafas, pinzándose el puente de la nariz con gesto cansado.

—Mi trabajo... —murmuró, y se quedó pensativo unos instantes—. Usted no sabe lo que está pasando en Egipto, ¿verdad, doctora?

—No. No lo sé —respondí, desorientada.

—Verá... Yo soy copto y ser copto en Egipto es ser un paria.

—Me sorprende, profesor Boswell —repuse—. Ustedes, los coptos, son los auténticos descendientes de los antiguos egipcios. Los árabes llegaron mucho después. De hecho, su lengua, la copta, procede directamente del egipcio demótico, el que se hablaba en tiempo de los faraones.

—Ya, pero... ¿sabe?, las cosas no son tan bonitas como usted las pinta. Ojalá todo el mundo lo viera como lo ve usted. Lo cierto es que los coptos somos una pequeña minoría en Egipto, una minoría dividida, a su vez, en cristianos católicos y cristianos ortodoxos. Desde que comenzó la revolución fundamentalista, los *irhebin*..., los terroristas quiero decir, de la *Gema'a al-Islamiyya*, la guerrilla islámica, no han cesado de asesinar a miembros de nuestras pequeñas comunidades: en abril de 1992 mataron a tiros a catorce coptos de la provincia de Asyut por negarse a pagar «servicios de protección». En 1994, un grupo de *irhebin* armados atacaron el monasterio copto de Deir ul-Muharraq, cerca de Asyut, matando a los monjes y a los fieles —suspiró—. Continuamente hay atentados, robos, amenazas de muerte, palizas... Últimamente, han comenzado a poner bombas en la entrada de las principales iglesias de Alejandría y El Cairo.

Deduje, en silencio, que el gobierno egipcio no debía estar haciendo mucho por impedir esos crímenes.

—Afortunadamente —exclamó, riéndose de repente—, yo soy un mal copto-católico, lo reconozco. Hace muchos años que dejé de acudir a la iglesia y eso me ha salvado la vida.

Siguió sonriendo y se puso las gafas, ajustándolas cuidadosamente en las orejas.

—El año pasado, en junio, *Gema'a al-Islamiyya* puso una bomba en la puerta de la iglesia de San Antonio, en Alejandría. Murieron quince personas, entre ellas mi hermano menor, Juhanna, su mujer, Zoe, y su hijo de cinco meses.

Me quedé muda de asombro y de horror, y bajé la mirada hasta la mesa.

—Lo siento... —conseguí balbucir a duras penas.

—Bueno, ellos... ellos ya no sufren. Quien sufre es mi padre, que no podrá superarlo nunca. Ayer, cuando le llamé por teléfono, me pidió que no volviera a Alejandría, que me quedara aquí.

No sabía qué decir. Ante infortunios semejantes, ¿qué palabras son las apropiadas?

—Me gustaba mi trabajo —continuó—. Pero si lo he perdido, como parece lo más probable, volveré a empezar. Puedo hacerlo en Italia, como quiere mi padre, lejos del peligro. De hecho, tengo también la nacionalidad. Por mi madre, ya sabe.

—¡Ah, sí! Su madre era italiana, ¿verdad?

—De Florencia, exactamente. A mediados de los cincuenta, cuando el Egipto faraónico se volvió a poner de moda, mi madre acababa de terminar la carrera de arqueología y obtuvo una beca para trabajar en las excavaciones del yacimiento de Oxirrinco. Mi padre, que también es arqueólogo, pasó un día por allí, de visita, y, ya ve... ¡la vida es extraña! Mi madre siempre dijo que se había casado con mi padre porque era un Boswell. Pero, claro, bromeaba —sonrió de nuevo—. En realidad, el matrimonio de mis padres fue un matrimonio feliz. Ella se adaptó bien a las costumbres de su nuevo país y de su nueva religión, aunque, en el fondo, siempre prefirió los ritos católicos romanos.

Sentía mucha curiosidad por saber si ese color azul

marino intenso de sus ojos lo había heredado de su madre —muchas italianas del norte tienen los ojos azules— o de su lejano pariente inglés, pero no me pareció correcto preguntárselo.

—Profesor Boswell... —empecé a decir.

—¿Qué le parece si nos llamamos por nuestros nombres, doctora? —me interrumpió, mirándome fijamente, como hacía siempre—. En este lugar, todo el mundo se comporta de una manera demasiado ceremoniosa.

Sonreí.

—Eso es porque aquí, en el Vaticano —le expliqué—, las relaciones personales deben desarrollarse dentro de unos márgenes muy estrictos.

—Bueno, ¿y qué le parece si nos saltamos los márgenes? ¿Cree que Monseñor Tournier o el capitán Glauser-Röist se escandalizarán?

Solté unas grandes carcajadas.

—¡Seguro! —dije entre hipos—. Pero ¡que se fastidien!

—¡Estupendo! —exclamó el profesor—. Así pues... ¿Ottavia?

—Encantada de conocerte, Farag.

Y nos estrechamos las manos por encima de la mesa.

Ese día descubrí que el profesor Boswell —Farag—, era una persona encantadora, completamente diferente del Boswell que aparecía en público. Comprendí que lo que intimidaba al profesor no eran las personas, que le agradaban, sino los grupos, y, cuanto más amplios, peor: tartamudeaba, se ahogaba, parpadeaba, se subía las gafas una y otra vez, dudaba, carraspeaba...

Glauser-Röist volvió de Bruselas al día siguiente. Apareció en el laboratorio con cara de pocos amigos, con el ceño fruncido y los labios apretados en una fina línea prácticamente imperceptible.

—¿Malas noticias, capitán? —le pregunté al verle entrar, levantando los ojos del bifolio (el cuarto) que acababan de traerme.

—Malas, muy malas.

—Siéntese, por favor y cuénteme.

—No hay nada que contar —masculló mientras se dejaba caer en la silla, que crujió bajo su peso—. Nada. No se han encontrado huellas, ni signos de violencia, ni puertas forzadas ni pistas o vestigios de ninguna clase. Ha sido un robo impecable. Tampoco se ha podido comprobar la entrada en el país de ningún ciudadano etíope durante las últimas semanas. La policía belga interrogará a los residentes de dicha nacionalidad por si pudieran facilitar alguna información. Me llamarán si se produce alguna noticia.

—Es posible que el ladrón no fuera etíope esta vez —objeté.

—Ya lo hemos pensado. Pero no tenemos nada más.

Miró a su alrededor, distraído.

—¿Qué tal por aquí? —preguntó, por fin, poniendo los ojos sobre el bifolio que descansaba en mi mesa—. ¿Han adelantado mucho?

—Cada vez vamos más rápidos —repuse satisfecha—. En realidad, yo soy el cuello de botella de la operación. No puedo transcribir y traducir a la velocidad que marcha el resto del equipo. Son unos textos muy complicados.

—¿Alguno de sus adjuntos podría ayudarla?

—¡Bastantes problemas tienen con el análisis paleográfico! De momento están trabajando en el segundo Catón.

—¿El segundo Catón? —preguntó, enarcando las cejas.

—¡Oh, sí! Parece que Mirógenes murió pronto, en el año 344. Después, la Hermandad de los Staurofílakes eligió como archimandrita a un tal Pértinax. Ahora mismo estamos trabajando con él. Según mis adjuntos, Catón II (que de este modo se denomina a sí mismo), era un hombre muy culto, de un vocabulario exquisito. El griego que se usaba en Bizancio —le expliqué— tenía una pronunciación muy diferente a la del griego clásico que, sin embargo, fue con el que se fijaron las normas lingüísticas y lexicográficas —el capitán me miró con cara de no estar entendiendo nada, así que le puse un ejemplo—. Pasaba entonces como pasa ahora con el inglés moderno, que los niños tienen que aprender a deletrear las palabras y, luego, memorizarlas, porque lo que pronuncian no tiene nada que ver con lo que escriben. El griego bizantino, después de tantos siglos de modificaciones, era igualmente complicado.

—¡Ah, ya, ya...!

¡Menos mal!, me dije aliviada.

—Pértinax, o Catón II, debió recibir una buena educación en algún monasterio en el que se copiaban manuscritos. Su gramática es impecable y su estilo muy refinado, al contrario que Catón I, que parecía un hombre poco preparado. Algunos de mis adjuntos opinan que Pértinax, más que un antiguo monje, quizá fuera algún miembro de la familia real o de la nobleza constantinopolitana, porque su *ductus* presenta características muy elegantes, excesivamente elegantes para un monje, se podría decir.

—¿Y qué cuenta Catón II?

—Ahora mismo acabo de terminar su crónica —proclamé satisfecha—. Durante su gobierno, la hermandad creció inusitadamente. Jerusalén recibía innumerables peregrinos en las festividades religiosas y muchos de ellos se quedaban para siempre en Tierra Santa. Algunos de estos extranjeros llegaron a integrarse en la hermandad y Catón II refiere sus dificultades para gobernar una comunidad tan nutrida y diversa. Se plantea, incluso, poner restricciones a la admisión de nuevos miembros, pero no se decide porque el Patriarca de Jerusalén está muy satisfecho con el crecimiento de la hermandad. Por esas fechas... —dije, consultando mis notas—, el Patriarca debía ser Maximos II o Kyril I. Ya he pedido al Archivo que revisen sus biografías, por si encontramos algo.

—¿Alguien ha buscado información directa sobre la hermandad en las bases de datos?

—No, capitán. Esa tarea es cosa suya. ¿No recuerda que se ofreció?

Glauser-Röist se puso en pie pesadamente, como si le costara moverse. Un desconcertante desaliño —por completo desacostumbrado en él— podía observarse en su elegantísimo traje, arrugado y desarreglado por el viaje. Se le notaba deprimido.

—Voy a darme una ducha en el cuartel y volveré esta tarde para ponerme a trabajar.

—El Prefecto, el profesor Boswell y yo subiremos dentro de un momento a la cafetería de personal. Si quiere comer con nosotros...

—No me esperen —declinó saliendo del laboratorio—. Tengo una audiencia urgente con el Secretario de Estado y con Su Santidad.

Después de Catón II, vino Catón III, Catón IV, Catón V... Por alguna razón desconocida, los archimandritas de los staurofílakes habían elegido ese curioso nombre para simbolizar la autoridad máxima dentro de la hermandad. A los títulos consabidos de Papa y Patriarca, se sumaba así el más extraño de Catón. El profesor Boswell se encerró un día en la biblioteca con los siete gruesos tomos de las *Vidas paralelas* de Plutarco[12] y se estudió a fondo las biografías de los dos únicos Catones conocidos de la historia, los políticos romanos Marco Catón y Catón de Útica. Al cabo de bastantes horas, regresó de la biblioteca con una teoría relativamente plau-

12. Biógrafo y ensayista griego (c. 46-125).

sible que, de momento, y a falta de otra mejor, dimos por buena.

—Yo creo que no cabe la menor duda —nos dijo muy convencido— de que uno de los dos Catones sirvió de modelo a los archimandritas de los staurofílakes.

Estábamos en mi laboratorio, reunidos en torno a mi vieja mesa de madera cubierta de papeles y notas.

—Marco Catón, llamado Catón el Viejo —continuó—, era un maldito fanático, un defensor de los más rancios y tradicionales valores romanos, al estilo de esos americanos sudistas que creen en la superioridad de la raza blanca y son simpatizantes del Ku-Klux-Klan. Despreciaba la cultura y la lengua griegas porque decía que debilitaban a los romanos, y también todo lo extranjero por la misma razón. Era duro y frío como una piedra.

—¡Vaya imagen que nos estás dando! —comenté divertida. Glauser-Röist me miró con la misma disgustada extrañeza con que me miraba desde que se había dado cuenta de que Farag y yo habíamos simpatizado más entre nosotros que con él.

—Sirvió a Roma como cuestor, edil, pretor, cónsul y censor entre los años 204 y 184 antes de nuestra era. Teniendo una fortuna, vivía con la máxima austeridad y consideraba superfluo cualquier gasto inútil, como por ejemplo la comida de los esclavos viejos que ya no podían trabajar. Simplemente, los mataba, como parte de su plan de ahorro, y aconsejaba a los ciudadanos romanos que siguieran su ejemplo por el bien de la República. Se consideraba a sí mismo perfecto y ejemplar.

—No me gusta este Catón —afirmó Glauser-Röist, doblando elegantemente en cuatro pliegues una de mis hojas de notas.

—No. A mí tampoco —corroboró Farag, haciendo un gesto de negación con la cabeza—. Creo que, sin duda, la hermandad se fijó en el otro Catón, Catón de

Útica, biznieto del anterior y un hombre ciertamente admirable. Como cuestor de la República, devolvió al tesoro de Roma una imagen de honradez que había perdido muchos siglos antes. Era sumamente decente y honesto. Como juez fue insobornable e imparcial, pues estaba convencido de que, para ser justo, no se necesitaba nada más que querer serlo. Su sinceridad era tan proverbial que en Roma, cuando se quería refutar drásticamente algo, se decía: «¡Esto no es cierto, aunque lo diga Catón!». Fue un ardiente opositor de Julio César, al que acusaba, con razón, de corrupto, ambicioso y manipulador y de querer reinar sin oposición sobre toda Roma, que entonces era una república. César y él se odiaban a muerte. Durante años y años mantuvieron una lucha enconada, uno por llegar a ser el dueño exclusivo de un gran imperio y otro por impedirlo. Cuando, finalmente, Julio César triunfó, Catón se retiró a Útica, donde tenía una casa, y se clavó una espada en el vientre porque, dijo, no tenía la cobardía suficiente para suplicar a César por su vida, ni la valentía necesaria para disculparse ante su enemigo.

—Es curioso... —apuntó Glauser-Röist, que prestaba toda su atención al relato de Farag—. El nombre de César, el gran enemigo de Catón, se convirtió posteriormente en el título de los emperadores romanos, los Césares, igual que Catón se convirtió en el título de los archimandritas de la hermandad, los Catones.

—Es muy curioso, en efecto —asentí.

—Catón de Útica se convirtió en paradigma de la libertad —prosiguió Farag—, de modo que Séneca, por ejemplo, dice «Ni Catón vivió, muriendo la libertad, ni hubo ya libertad, muriendo Catón»,[13] y Valerio Máximo se pregunta «¿Qué será de la libertad sin Catón?».[14]

13. Lucio A. Séneca, *De Const. II.*
14. Val. Max. VI: 2.5.

—O sea, que el nombre de Catón era sinónimo de honradez y libertad como el de César lo era de enorme poder —insinué.

—Efectivamente —repuso el profesor, y se subió las gafas por el puente de la nariz al mismo tiempo que lo hacía yo, ambos con un gesto similar.

—Es... muy extraño, sin duda —confirmó Glauser-Röist, mirándonos alternativamente a uno y a otro.

—Empezamos a tener algunas piezas interesantes de este increíble rompecabezas —comenté para romper el silencio que se había formado—. Lo más fantástico de todo es lo que he averiguado en la crónica de Catón V.

—¿Qué? —preguntó Farag, interesado.

—¡Los Catones escribían sus crónicas en Santa Catalina del Sinaí!

—¿En serio?

Afirmé contundentemente con la cabeza.

—De hecho, yo ya sospechaba algo parecido porque un códice como el Iyasus no podía hacerse fuera de algún centro monástico o de alguna gran biblioteca constantinopolitana. La vitela hay que cortarla y perforarla con minúsculos agujeros que indican el principio y el final del texto en la hoja; hay que pautarla (lo que se conoce como técnica del rayado) para que la escritura no se desvíe; hay que dibujar, o miniar, las grandes letras del principio de cada párrafo... En fin, un trabajo meticuloso que requiere personal experto. Y no olvidemos que también hay que encuadernar los bifolios. Resultaba evidente que los Catones contaban con los servicios de algún centro especializado, y dado que el contenido era supuestamente secreto, sólo podía ser un recinto monástico lo más aislado posible.

—¡Pero había cientos de monasterios que podrían haberlo hecho! —alegó Farag.

—Sí, es verdad, pero Santa Catalina fue erigido por voluntad de santa Helena, la emperatriz que descubrió la Vera Cruz, y no te olvides que fue allí donde lo encontrasteis. Lo lógico era pensar que el códice permanecía en Santa Catalina y que, o bien los Catones se desplazaban allí para escribir su crónica, o bien el códice les era remitido y, más tarde, devuelto al monasterio. Eso explicaría su posterior abandono. Quizá los staurofílakes ya no siguieron escribiendo más crónicas o quizá ocurrió algo que se lo impidió. El caso es que Catón V explica que su viaje hasta Santa Catalina fue azaroso y difícil pero que, siendo ya tan mayor, no podía retrasar más el momento.

—Imagino que las relaciones entre la hermandad y el monasterio debieron ser muy estrechas —comentó Farag—. No creo que sepamos nunca hasta qué punto.

—¿Qué más hemos averiguado?

—Bueno... —consulté mis apresuradas notas, tomadas a vuelapluma de los densos informes que me pasaban mis adjuntos—. Todavía queda mucho por traducir, pero les puedo contar que la mayoría de los Catones apenas llenan unas líneas con sus crónicas, otros una página o un bifolio, otros más, un duerno y, los menos, un terno. Pero todos, sin excepción, viajan a Santa Catalina en los últimos cinco o diez años de vida, y si olvidan, o no pueden, mencionar algo importante, lo relata, al principio de su crónica, el siguiente Catón.

—¿Sabemos cuántos Catones hubo en total?

—No podría asegurárselo, capitán. El departamento de informática no ha terminado de reconstruir el texto completo del manuscrito, pero hasta la captura de Jerusalén en el año 614 por el rey persa Cosroes II, hubo un total de 36 Catones.

—¡36 Catones! —se admiró el capitán—. ¿Y qué pasó en la hermandad durante todo ese tiempo?

—¡Oh, bueno, no gran cosa, aparentemente! Su principal problema eran los peregrinos latinos, que llegaban por millares en las fechas señaladas. Tuvieron que organizar una especie de guardia pretoriana de staurofílakes junto a la Vera Cruz, porque, entre otras barbaridades, muchos peregrinos, en el momento de arrodillarse para besarla, arrancaban astillas con los dientes para llevárselas como reliquias. Hubo una crisis importante en torno al año 570, durante el mandato de Catón XXX. Un grupo de staurofílakes corruptos organizó el robo de la reliquia. Eran antiguos peregrinos que habían entrado en la hermandad años atrás y de los que no se hubiera sospechado nunca de no ser porque los pillaron con las manos en la masa. Se reabrió entonces el viejo debate sobre la admisión de nuevos miembros. Por lo visto, aquello era un coladero para la chusma latina dispuesta a sacar tajada y a medrar. Pero tampoco en esta ocasión, ni en los años sucesivos, se hizo nada al respecto. Había muchas presiones por parte de los Patriarcas de Jerusalén, Alejandría y Constantinopla para que las cosas siguieran como estaban, ya que la función policial que cumplían los staurofílakes era muy apreciada y no les interesaba que se convirtieran en una especie de club privado y restringido.

—¿Y usted, capitán? —preguntó de repente Farag, con mucho interés—. ¿Ha encontrado aquella información adicional sobre los staurofílakes que dijo que iba a buscar?

Durante los últimos días lo habíamos visto trabajando febrilmente con el ordenador, imprimiendo página tras página y repasándolas una y otra vez. Yo había estado esperando que nos informara de algún hallazgo interesante en cualquier momento, pero las jornadas pasaban y la Roca había vuelto a ser la vieja Roca de siempre: silenciosa e inalterable.

—La he buscado, en efecto, pero no he encontrado nada en absoluto —pareció abismarse en alguna reflexión muy profunda—. Bien..., esto no es del todo cierto. Sí encontré una referencia, pero tan insignificante que no creí que valiera la pena mencionarla.

—¡Capitán, por favor! —protesté, llena de justa indignación.

—Bueno, está bien, veamos... —comenzó, y se tironeó de los lados de la chaqueta para ajustársela—. La alusión la encontré en un curioso manuscrito de una monja gallega.

—¿El *Itinerarium* de Egeria? —le interrumpí, mordaz—. Ya le hablé de esa obra cuando investigábamos el monasterio de Santa Catalina del Sinaí.

El capitán asintió.

—Cierto, el *Itinerarium* de Egeria, escrito entre la Pascua del año 381 y la del 384. Bien, pues en el capítulo en que describe los Oficios del Viernes Santo en Jerusalén, afirma que los staurofílakes eran los encargados de custodiar la reliquia y de vigilar a los fieles que se acercaban hasta ella. La monja española los vio con sus propios ojos.

—¡Confirmado! —declaró, lleno de alegría, Farag—. ¡Los staurofílakes existieron! El Códice Iyasus nos está diciendo la verdad.

—Pues manos a la obra —gruñó, con malos modos, Glauser-Röist—. El Secretario de Estado está muy insatisfecho con nuestro bajo rendimiento.

Por primera vez en mi vida, la Semana Santa llegó sin que yo me enterara. No celebré el Domingo de Ramos, ni el Jueves Santo, ni la Pascua de Resurrección; tampoco acudí a las conmemoraciones penitenciales ni a la Vigilia Pascual. Por no hacer, no hice ni mi habitual confesión semanal con el buen padre Pintonello. Todos los que estábamos sumergidos en el Hipogeo, recibimos una dispensa del Papa que nos exoneró de nuestras obligaciones religiosas. Su Santidad, al tiempo que aparecía en todos los medios de comunicación celebrando los Oficios de la Semana Santa (y demostrando que, en contra de lo que opinaba todo el mundo, seguía tan entero como siempre), quería que nosotros continuáramos trabajando bajo tierra hasta que resolviéramos el problema. Y lo cierto es que, a pesar del cansancio, lo intentábamos con verdadero ahínco: dejamos de acudir a la cafetería de personal porque nos bajaban las comidas al laboratorio; dejamos de ir a nuestras casas a dormir porque nos habilitaron unas habitaciones en la Domus; dejamos los ratos de descanso y asueto porque, sencillamente, ya no teníamos tiempo. Éramos prisioneros voluntarios atacados por una fiebre constante: la fiebre del apasionado descubrimiento de un secreto guardado durante siglos.

El único que salía de allí con cierta frecuencia era el capitán. Además de sus acostumbradas entrevistas con el Secretario de Estado, Angelo Sodano, para informarle del estado de las investigaciones, Glauser-Röist dormía por las noches en el cuartel de la Guardia Suiza (los oficiales y los suboficiales del cuerpo disponían de habitaciones individuales) y, a veces, permanecía allí durante varias horas, haciendo prácticas de tiro y resolviendo asuntos de los que nosotros no teníamos ni idea. Era un tipo misterioso el capitán Glauser-Röist: reservado, silencioso, casi siempre taciturno y, de vez en cuando, incluso un poco siniestro. O eso me parecía a mí, porque Farag no opinaba lo mismo. Él estaba convencido de que Glauser-Röist era una persona sencilla y afable, atormentada por el tipo de trabajo que le había tocado hacer. Hablaron mucho en Egipto, durante aquellas largas horas en el todoterreno, mientras cruzaban el país de un lado a otro, y, aunque el capitán no desveló el contenido de sus responsabilidades, Farag intuyó que no le gustaban demasiado.

—Pero ¿te comentó algo más? —le pregunté yo, muerta de curiosidad, una tarde que estábamos los dos en mi laboratorio trabajando, ¡por fin!, en uno de los últimos bifolios del códice—. ¿No te contó algún detalle o te habló de su vida o se le escapó alguna indiscreción interesante?

Farag se rió de buena gana. Sus dientes blancos destacaron sobre su tez oscura.

—Lo único que recuerdo —comentó divertido, intentando erradicar el acento árabe de su pronunciación— es que dijo que había entrado en la Guardia Suiza porque todos los miembros de su familia lo habían hecho desde que su antepasado, el comandante Kaspar Röist, salvó al papa Clemente VI de las tropas de Carlos V durante el Saqueo de Roma.

—¡Caramba! ¡Así que el capitán es de familia de alcurnia!

—También me dijo que había nacido en Berna y que había estudiado en la Universidad de Zurich.

—¿Y qué estudió?

—Ingeniería agrícola.

Me quedé con la boca abierta.

—¿Ingeniería agrícola...?

—¿Qué tiene de raro? —se extrañó—. Bueno, a lo mejor esto te gusta más: me parece que dijo que también era licenciado en Literatura Italiana por la Universidad de Roma.

—No puedo imaginarlo construyendo invernaderos para frutas y hortalizas —atiné a decir, todavía bajo los efectos de la impresión.

Farag se rió tan estruendosamente que tuvo que secarse las lágrimas de los ojos con las palmas de las manos.

—¡Eres imposible! Tu mente es tan cuadrada que... —me miró un instante con los ojos brillantes y, luego, cabeceando, apoyó un dedo sobre el bifolio que habíamos dejado a medias—. ¿Qué tal si volvemos al trabajo?

—Sí, será mejor. Nos quedamos aquí —y marqué con el bolígrafo un punto intermedio de la segunda columna de la página.

Con la toma de Jerusalén por el rey persa Cosroes II en el año 614, la Hermandad de los Staurofílakes entró en crisis. Cosroes, tras la victoria, se llevó la Vera Cruz a Ctesifon, la capital de su imperio, y la puso a los pies de su trono como símbolo de su propia divinidad. Los miembros más débiles de la hermandad, aterrorizados, se dispersaron y desaparecieron, y los pocos que quedaron (bajo el mando de Catón XXXVI), considerándose responsables de la pérdida de la reliquia, se dedicaron a purgar su supuesta incompetencia con terribles ayunos, penitencias, flagelaciones y sacrificios variados. Algunos, incluso, murieron a consecuencia de las heridas que se habían infligido. Transcurrieron quince dolorosos años, durante los cuales el emperador bizantino Heraclio siguió luchando contra Cosroes II hasta vencerlo definitivamente en el año 628. Poco después, en una emotiva ceremonia celebrada el 14 de septiembre de ese año, la Vera Cruz regresó a Jerusalén, llevada en persona por el propio emperador a través de la ciudad. Los staurofílakes honraron el acontecimiento participando activamente en la procesión y en el solemne acto religioso de restauración de la reliquia a su lugar de origen. Desde entonces, ese día, el 14 de septiembre, quedó señalado para siempre en los calendarios litúrgicos como el de la Exaltación de la Vera Cruz.

Pero la época de angustia no había terminado. Sólo nueve años después, en el 637, otro poderoso ejército llegó hasta las puertas de Jerusalén: los musulmanes, comandados por el califa Omar. Para entonces la hermandad contaba con un nuevo Catón, el trigésimo séptimo, llamado anteriormente Anastasios, quien decidió que no había que quedarse quieto viendo llegar el peligro. Cuando las primeras noticias de la nueva invasión empezaron a circular por la ciudad, Catón XXXVII envió una avanzadilla de notables staurofílakes para negociar con el califa. El pacto se firmó en secreto, y la seguridad de la Vera Cruz quedó garantizada a cambio de la colaboración de la hermandad en la localización de los tesoros cristianos y judíos cuidadosamente escondidos en la ciudad desde que se había conocido la proximidad de los musulmanes. Omar cumplió su palabra y los staurofílakes también. Durante muchos años hubo paz y la convivencia entre las tres religiones monoteístas (cristiana, judía y musulmana) fue buena.

A lo largo de este tranquilo período, la hermandad sufrió profundas transformaciones. Aleccionados por la pérdida de la Vera Cruz durante la invasión persa y por el buen resultado de su acuerdo posterior con los árabes, los staurofílakes, convencidos como nunca de que su estricta y simple misión era la seguridad de la Madera Santa, se fueron haciendo más reservados, más independientes de los Patriarcados, más invisibles y también mucho más poderosos. Entre sus filas comenzaron a militar hombres de las mejores familias de Constantinopla, Antioquía, Alejandría y Atenas, y también de las ciudades italianas de Florencia, Rávena, Milán, Roma... Ya no eran un grupo de forzudos dispuestos a comerse a los peregrinos que osaran tocar la Vera Cruz. Eran hombres preparados e inteligentes, más militares y diplomáticos que diáconos o monjes.

¿Cómo lo habían conseguido? Pues haciendo aquello que ya Catón II propuso en el siglo IV: establecieron una serie de requisitos de ingreso. Los nuevos aspirantes tenían que saber leer y escribir, dominar el latín y el griego, conocer las matemáticas y la música, la astrología y la filosofía, y, además, superar determinadas pruebas físicas de resistencia y fuerza. Los staurofílakes se convirtieron, poco a poco, en una institución importante y desvinculada, siempre atenta a su singular misión.

Los problemas volvieron de la mano de nuevas oleadas de peregrinos europeos, gentes de toda clase y condición entre los que predominaban vagabundos, mendigos, ladrones, ascetas, aventureros y místicos; pintorescos personajes que buscaban un lugar donde vivir y morir. Durante los siglos IX y X, la situación empeoró y los califas de Jerusalén dejaron de ser tan magnánimos como Omar, prohibiendo la entrada de latinos en los lugares santos. En el año 1009, el califa Al-Hakem, un demente con el que el Patriarcado de Jerusalén y la propia hermandad ya habían tenido serios problemas, ordenó la destrucción de todos los santuarios no musulmanes. Mientras los soldados de Al-Hakem destruían iglesia tras iglesia y templo tras templo, los staurofílakes corrieron a salvar la Cruz y la escondieron en el lugar que habían preparado en previsión de ocasiones como esta: una cripta clandestina bajo la propia basílica del Santo Sepulcro, donde se albergaba habitualmente la reliquia. Consiguieron librarla de la destrucción, pero a costa de la muerte de varios staurofílakes, que se enfrentaron, cuerpo a cuerpo, con los soldados para que sus hermanos pudieran llegar hasta el escondrijo.

El taller fotográfico de reproducción completó el bifolio 182 —el último—, la tarde del Segundo Domingo de Pascua y mis adjuntos acabaron los análisis paleográficos dos días después, a primeros de mayo. Sólo faltaba terminar mi parte, la más lenta y farragosa, de manera que se produjo una reorganización y, después de liberar a los miembros de los departamentos que ya habían finalizado su trabajo, mi sección al completo se encargó de las traducciones. De ese modo, Glauser-Röist, Farag y yo pudimos sentarnos cómodamente a leer las páginas que nos llegaban desde el laboratorio.

En el año 1054, sin que fuera una sorpresa para nadie, se produjo el Gran Cisma de la Iglesia cristiana. Romanos y ortodoxos se enfrentaron abiertamente por fútiles cuestiones teológicas y de reparto de poder (Roma pretendía que el Papa era el único sucesor directo de Pedro y los Patriarcas rechazaron esta idea, alegando que todos ellos eran sucesores legítimos del Apóstol según el modelo de las primeras comunidades cristianas). Los staurofílakes no se aliaron ni con unos ni con otros, a pesar de la insostenible posición en la que quedaban. Sólo eran fieles a sí mismos y a la Cruz y su actitud hacia el resto del mundo era de una profunda desconfianza, que se volvía más acusada con cada nueva convulsión política o religiosa.

Mientras Catón LXVI estudiaba la adopción de medidas urgentes para proteger a la hermandad de las críticas y los ataques de los que era objeto por parte de las dos facciones cristianas, Tierra Santa volvía a ponerse en pie de guerra: en la primavera del año 1097, cuatro grandes ejércitos cruzados se habían concentrado en Constantinopla con la intención de avanzar hasta Jerusalén y liberar los Santos Lugares del dominio musulmán.

De nuevo, un grupo de negociadores staurofílakes abandonó subrepticiamente la ciudad para dirigirse al encuentro de las innumerables tropas europeas lideradas por Godofredo de Bouillon. Las encontraron dos meses después, poniendo sitio a Antioquía después de haber vencido a las tropas turcas en Nicea y Dorilea. Según la crónica de Catón LXVI, Godofredo de Bouillon no aceptó el trato propuesto por la hermandad. Les dijo que la Verdadera Cruz del Salvador era el objetivo real de aquella Cruzada, cuyo símbolo ostentaban todos los soldados en sus ropas, y que no estaba dispuesto a renunciar a ella por ningún tesoro musulmán, judío u ortodoxo. Les dijo también que, puesto que los staurofílakes no habían querido unirse a la Iglesia de Roma durante el Gran Cisma, en cuanto tomara la ciudad, los consideraría excomulgados y disolvería la hermandad para siempre.

Los negociadores volvieron a Jerusalén con las malas noticias, causando verdadera desolación entre los guardianes de la Cruz. Catón LXVI convocó a todos los staurofílakes a una asamblea (que tuvo lugar en la basílica del Santo Sepulcro la noche del 3 de julio del año 1098) y les anunció los peligros que se avecinaban. Con el apoyo unánime de los asistentes, propuso ocultar la reliquia y pasar a la clandestinidad. Ese fue el momento en que los staurofílakes dejaron de existir públicamente.

Un año después, tras un mes de asedio y con la ayuda de máquinas de asalto, los cruzados tomaron Jerusalén y masacraron, en el sentido más literal del término, a toda su población. La sangre en las calles era tanta, que los caballos se encabritaban y relinchaban espantados y los soldados no podían caminar. En mitad de esta carnicería, Godofredo de Bouillon se dirigió a la basílica del Santo Sepulcro para tomar en sus manos la Vera Cruz, pero no la encontró. Ordenó que todos los staurofílakes que hubieran sobrevivido fueran llevados a su presencia, pero no se halló a ninguno. Sometió a tortura a los sacerdotes ortodoxos hasta que estos confesaron que, entre ellos, había tres staurofílakes camuflados: los tres monjes más jóvenes, llamados Agapios, Elijah y Teófanes, los cuales habían permanecido en Jerusalén para vigilar la reliquia. Godofredo los torturó hasta la muerte, azotándolos, sometiéndolos al fuego y, más tarde, desmembrándolos. Teófanes, el más débil, no lo resistió. Con los brazos y las piernas atados ya a los caballos, en el último momento gritó que la Madera se hallaba escondida en la cripta secreta bajo la basílica. Prácticamente sin sentido y llevado a rastras por los soldados de De Bouillon, señaló a duras penas el lugar. Luego, fue abandonado en la calle, a su suerte, y su suerte fue morir apuñalado por manos desconocidas.

La Vera Cruz se convirtió, de este modo, en la reliquia más importante de los cruzados y estos la llevaron consigo, desde entonces, a todas las batallas. Era mostrada a los soldados antes de las contiendas para que les sirviera de estímulo y, durante más de cien años, gracias a la Madera de Cristo, decían, jamás fueron vencidos.

Multitud de *Lignum Crucis* salieron hacia Europa, enviados como regalo tanto a reyes como a papas, a monasterios y a las familias nobles de Occidente. El Leño Santo fue troceado y repartido como si fuera un pastel, pues allá donde llegaba una de sus astillas, afluía la riqueza en forma de peregrinos y devotos. Los staurofílakes contemplaron a distancia tal segmentación, sin poder hacer nada por impedirla. Su contrariedad derivó en rencor, en resentimiento ciego, y juraron recuperar lo que quedase de la Vera Cruz costara lo que costase. Pero la tarea resultaba, por el momento, imposible.

Según narraba en su crónica Catón LXXII —el septuagésimo segundo—, algunos de los hermanos se infiltraron entre los cruzados para poder vigilar los movimientos de la Madera. Su miedo era que cayera en manos musulmanas durante alguna batalla o escaramuza, pues los árabes y los turcos conocían perfectamente el significado que tenía para los latinos y sabían que, arrebatándosela, mermarían sus victorias. En aquella misma época (en torno al año 1150), otros grupos de staurofílakes partieron rumbo a las principales ciudades cristianas de Oriente y Occidente. Su plan era establecer relaciones con gentes influyentes y poderosas de manera que pudieran mediar en favor de la hermandad o, llegado el caso, exigir la devolución de la reliquia. Aquellos que partieron, con el tiempo, entraron en contacto con algunas de las muchas organizaciones y órdenes religiosas de carácter iniciático que proliferaban en la Europa medieval y cuyas bases estaban firmemente asentadas en el cristianismo: desde los templarios europeos y los cátaros, hasta la Fede Santa, la Massenie du Saint Graal, el Compagnonnage, los Minnesänger o los Fidei d'Amore, casi todos fueron contactados por los staurofílakes, produciéndose intercambios de información y militancias comunes (muchos staurofílakes entraron en estas órdenes u organizaciones y viceversa). Reclutaron también a muchos de los jóvenes más destacados y principales de las ciudades en las que se habían asentado, con el objeto de que madurasen a la sombra de la hermandad antes de ocupar las posiciones de poder que les estaban destinadas por familia y nacimiento, pero para estos muchachos ser guardianes de la Vera Cruz era algo intangible; la Madera Santa continuaba radicada en Jerusalén y Jerusalén quedaba demasiado lejos. Muchos de ellos abandonaban la hermandad a los pocos años de haber entrado y fue, precisamente, uno de estos prófugos quien comunicó a las autoridades eclesiásticas de Milán todo lo que sabía sobre los staurofílakes. Para aquel jovenzuelo su delación no tuvo la menor importancia, su vida no se vio alterada y no volvió a recordar el asunto. Un año después, sin embargo, en Jerusalén y Constantinopla, los miembros de la hermandad, incluido Catón LXXV, fueron detenidos en sus casas y llevados a prisión, donde se les recordó que eran excomulgados y que su hermandad había sido disuelta cien años atrás por Godofredo de Bouillon, por lo que se les consideraba relapsos y, por tanto, reos de muerte. Todos, sin excepción, fueron ajusticiados.

El siguiente Catón, que refería estos tristes acontecimientos al inicio de su escrito, fue uno de los staurofílakes que se había establecido en Antioquía. Convocó a todos los hermanos a una asamblea en esta ciudad a finales del año 1187 y tuvo que empezar su salutación con la terrible noticia que estaba ya en boca de todos: el caudillo ayyubí, Saladino, había derrotado a los cruzados en la batalla de Hattina, en Galilea, y, según los staurofílakes que habían estado presentes, había arrancado de las manos del rey cruzado vencido, Guy de Lusignan, la reliquia de la Vera Cruz. El Madero de Jesucristo había caído en manos musulmanas.

Muchas cosas importantes se decidieron en aquel encuentro de Antioquía, que se prolongó a lo largo de varios meses. Además de elegir a los hermanos que se infiltrarían en el ejército de Saladino para vigilar de cerca la Vera Cruz y, si era posible, robarla (Nikephoros Panteugenos, Sophronios de Teila, Joachim Sandalya, Dionisios de Dara y Abraham Abdounita), se expresó la necesidad de seleccionar cuidadosamente a los aspirantes a staurofílax, de modo que no volviera a producirse nunca la traición que había terminado con la vida de los hermanos de Jerusalén y Constantinopla y con Catón LXXV. Por ello, otros quince hermanos de Roma, Rávena, Atenas, Antioquía y Alejandría se encargarían de preparar un proceso de iniciación lo suficientemente riguroso como para que sólo los mejores y los más devotos entraran realmente en la hermandad. No habría piedad para quien no superara dichas pruebas y su boca sería cerrada para siempre. Un grupo de doce staurofílakes fueron comisionados para encontrar el lugar más recóndito y seguro del orbe, donde sería escondida la reliquia en cuanto fuera recuperada. Una vez que la Verdadera Cruz volviera a manos de la hermandad, nunca más saldría de dicho lugar y nunca más se permitiría que ningún profano pudiera volver a tocarla. Ni a tocarla ni a verla, pues el escondite debía ser realmente inexpugnable. Los doce hermanos recorrerían el mundo hasta hallar el sitio idóneo y, mientras tanto, todos los esfuerzos del resto de staurofílakes debían encaminarse a la recuperación urgente de la reliquia. Más de ochocientos años de existencia no podían terminar con un fracaso.

Al cabo de pocos meses, toda Tierra Santa había caído en poder de Saladino y los cruzados se vieron obligados a replegarse hacia las costas de Tiro, en el Líbano. Los staurofílakes estuvieron detrás de la organización de la segunda Cruzada.

En agosto de 1191, Ricardo Corazón de León puso sitio, por fin, a los ejércitos musulmanes y los derrotó en numerosas batallas. Los musulmanes aceptaron empezar a negociar la devolución de la Vera Cruz y un grupo de enviados del rey cristiano, entre los que había un staurofílax, pudo ver la reliquia y venerarla; pero, entonces, Ricardo, en un gesto absurdo e inexplicable, mató a dos mil prisioneros musulmanes y Saladino rompió las conversaciones.

El grupo de staurofílakes encargado de organizar el proceso de iniciación de los aspirantes a entrar en la hermandad, culminó su trabajo en julio del año 1195. La información se hizo llegar a todos los hermanos a través de emisarios que recorrieron las principales ciudades del mundo y, poco tiempo después, el primer candidato inició las pruebas. Catón LXXVI describía así el contenido de las mismas:

«Para que sus almas lleguen puras hasta la Verdadera Cruz del Salvador y sean dignas de postrarse ante ella, deberán purgar antes todas sus culpas hasta quedar limpias de toda mancha. La expiación de los siete graves pecados capitales se realizará en las siete ciudades que ostentan el terrible privilegio de ser conocidas por practicarlos perversamente, a saber, Roma por su soberbia, Rávena por su envidia, Jerusalén por su ira, Atenas por su pereza, Constantinopla por su avaricia, Alejandría por su gula y Antioquía por su lujuria. En cada una de ellas, como si fuera un purgatorio sobre la tierra, penarán sus faltas para poder entrar en el lugar secreto que nosotros, los staurofílakes, llamaremos Paraíso Terrenal, puesto que de una rama del Árbol del Bien y del Mal, que el arcángel Miguel entregó a Adán y este plantó, nació el Árbol con cuya Madera se construyó la Cruz en la que murió Cristo. Y para que los hermanos de una ciudad conozcan lo sucedido en las ciudades anteriores, al terminar cada lance el suplicante será marcado, en la carne, con una Cruz, una por cada pecado capital borrado de su alma, como recuerdo de su expiación.

Las Cruces serán las mismas que las de la muralla del monasterio de Santa Catalina, en el Lugar Santo del Sinaí, donde Moisés recibió de Dios las Tablas de la Ley. Si el suplicante llega con siete cruces hasta el Paraíso Terrenal, será admitido como uno más entre nosotros, y ostentará para siempre en su cuerpo el Crismón y la palabra sagrada que da sentido a nuestras vidas. Si no llegase, que Dios se apiade de su alma».

—Siete pruebas en siete ciudades... —musitó Farag, impresionado—. Y Alejandría es una de ellas, por el pecado de la gula.

Llevábamos dos días estudiando y analizando la última parte del material, el convulso siglo XII, y todo cuanto leíamos nos acercaba hasta Abi-Ruj Iyasus: las escarificaciones con las siete cruces de Santa Catalina, el Crismón y la palabra Stauros. La sola idea de que los staurofílakes existieran todavía, mil seiscientos cincuenta y nueve años después de su creación, resultaba estremecedora, pero creo que, a esas alturas, ninguno de nosotros dudaba de que eran ellos quienes estaban detrás de los robos de los *Ligna Crucis*.

—¿Dónde estará ese Paraíso Terrenal? —pregunté, quitándome las gafas y frotándome los ojos cansados.

—A lo mejor lo dice el último bifolio —sugirió Farag, cogiendo de la mesa la transcripción hecha por mis adjuntos—. ¡Venga, que ya estamos terminando! ¡Eh, capitán!

Pero el capitán Glauser-Röist no se movió. Tenía la mirada perdida en el vacío.

—¿Capitán...? —le llamé, y miré a Farag divertida—. Creo que se ha dormido.

—No, no... —murmuró la Roca, aturdido—. No me he dormido.

—Entonces ¿qué le pasa?

Farag y yo le contemplábamos sin salir de nuestro asombro. El capitán tenía el semblante demacrado y la mirada insegura. Se puso súbitamente en pie y nos observó, sin vernos, desde lo alto de su inmensa alzada.

—Sigan ustedes. Tengo que comprobar una cosa.

—¿Qué tiene que...? —empecé a preguntar, pero Glauser-Röist ya había salido por la puerta. Me volví hacia Farag, que lucía también una incrédula expresión en la cara—. ¿Qué le pasa?

—Me gustaría saberlo.

En el fondo, la actitud del capitán tenía su explicación: trabajábamos bajo una fuerte presión durante muchas horas al día, apenas dormíamos y nos pasábamos la vida dentro de la atmósfera artificial del Hipogeo, sin ver el sol ni respirar el aire libre. Era todo lo contrario a una saludable excursión por el campo o a un día de playa, pero teníamos prisa, nos esforzábamos por encima de lo recomendable, temiendo que, en cualquier momento, nos dieran la mala noticia de algún nuevo robo de *Ligna Crucis*. Y estábamos, sencillamente, agotados.

—Sigamos nosotros, Ottavia.

El último Catón, curiosamente el que hacía el número 77 de la lista, comenzaba su crónica con una hermosa oración de gracias: la hermandad había rescatado la Vera Cruz en el año 1219.

—¡La recuperaron! —exclamé alborozada. Había olvidado por completo que los staurofílakes eran los «malos».

—Es evidente, ¿no te parece?

—Pues no sé por qué... —repuse, ofendida.

—¡Vaya, pues porque la Vera Cruz desapareció! ¿O es que ya no te acuerdas de la historia? Nunca se supo qué fue de ella.

Farag, claro, tenía razón. La verdad es que estaba tan agotada que mi cerebro parecía zumo de neuronas. La Vera Cruz desapareció misteriosamente durante la quinta y última Cruzada, a principios del siglo XIII. Catón LXXVII lo narraba, por supuesto, desde otro ángulo mucho más parcial. Según él, mientras el ejército del emperador del Sacro Imperio Romano Germánico, Federico II, sitiaba el puerto de Damietta, en el delta del Nilo, el sultán Al-Kamil ofreció devolver la Vera Cruz si los latinos abandonaban Egipto. Poco antes, y tras grandes peligros y dificultades, el staurofílax Dionisios de Dara, uno de los cinco hermanos que treinta y dos años antes se habían infiltrado en el ejército de Saladino, había sido nombrado tesorero por el sultán. Estaba tan asimilado a su papel de importante diplomático mameluco que, la noche que se presentó en la humilde casucha de Nikephoros Panteugenos con un gran paquete entre las manos, este no le reconoció. Ambos se postraron ante la reliquia de la Cruz y lloraron largamente de alegría y, después, salieron en busca de los tres hermanos que faltaban. Con las primeras luces del día, los cinco staurofílakes, disfrazados, se encaminaron hacia Santa Catalina del Sinaí, donde permanecieron ocultos hasta que llegó Catón LXXVII con un nutrido grupo de hermanos. Es entonces cuando Catón LXXVII escribe su feliz crónica, al final de la cual anuncia que la Hermandad de los Staurofílakes va a retirarse para siempre al Paraíso Terrenal, encontrado, al fin, por los otros hermanos.

—¡Pero no dice dónde! —protesté, dando vueltas a la hoja entre las manos.

—Creo que debemos seguir leyendo hasta el final.

—¡No lo va a decir, ya lo verás!

Y, efectivamente, Catón LXXVII no decía dónde se encontraba el Paraíso Terrenal. Sólo mencionaba que era en un país muy lejano y que, por lo tanto, con los preparativos para el largo viaje ya completados, debía poner punto y final a su relato porque partían de manera inmediata. Dejaban el códice al cuidado de los monjes de Santa Catalina, en cuya biblioteca había permanecido desde hacía nueve siglos, y anunciaba, no sin pesar, que ya no seguiría escribiéndose allí la historia de la hermandad. «Mis sucesores —anotaba para terminar— seguirán haciéndolo en nuestro nuevo refugio. Allí protegeremos lo poco que la maldad de los hombres ha dejado de la Madera Santa. Nuestro destino está sellado. Que Dios nos proteja.»

—Y ya está —concluí, dejando caer, descorazonada, el papel de entre las manos.

Como dos estatuas de sal, Farag y yo permanecimos mudos e inmóviles durante un buen rato, incapaces de creer que todo hubiera terminado y que no tuviésemos mucho más que al principio. Donde quiera que estuviese el dichoso Paraíso Terrenal de los staurofílakes, se encontraban también los *Ligna Crucis* robados en la actualidad a las iglesias cristianas, pero, al margen de la satisfacción de conocer a los ladrones, no habíamos recibido ninguna otra alegría.

Meses y meses de investigación, todos los recursos del Archivo Secreto y la Biblioteca Vaticana a disposición de este encargo papal, horas y horas de encierro en el Hipogeo con todo el personal trabajando a destajo... Y tanto esfuerzo apenas había servido para nada.

Suspiré profundamente, dejando caer la cabeza, de golpe, hasta apoyar la barbilla contra el pecho. Mis cansadas cervicales crujieron como cristales pisoteados.

Desde que había empezado toda aquella historia no había conseguido dormir bien ni una sola noche. Cuando no era por insomnio, era porque me despertaba cualquier ruido minúsculo que se oyera en la habitación de la Domus (la pequeña nevera, la madera de los muebles, el reloj de la pared, el viento en la persiana...), y, si no, por unos sueños largos y agotadores en los que me pasaban las cosas más extrañas del mundo. No llegaban a ser pesadillas, pero en muchos de ellos sí sentía miedo de verdad, como en el que tuve aquella noche, cuando me vi avanzando por una enorme avenida levantada en obras, llena de peligrosos socavones que debía salvar cruzando débiles tablazones o colgándome de cuerdas.

Después del frustrante final de nuestra aventura, y sin saber qué había sido del capitán, Farag y yo nos fuimos a la Domus, cenamos y nos retiramos a nuestras habitaciones con un plomizo desánimo pintado en los rostros. Era decepcionante y, aunque Farag intentó confortarme diciéndome que, en cuanto descansáramos, seríamos capaces de sacar de la historia de los Catones lo que estábamos necesitando, me metí en la cama con un profundo abatimiento que me llevó hasta la avenida en obras llena de agujeros.

Estaba yo colgada de una cuerda, con el vacío a mis pies y pensando en retroceder, cuando el sonido del teléfono me hizo dar un salto en la cama y abrir los ojos en mitad de la oscuridad. No sabía dónde estaba ni qué estruendo era el que oía ni si podría impedir que el corazón se me saliera por la boca, pero que estaba despierta, desde luego, y con los sentidos completamente alerta, también. Cuando fui capaz de reaccionar y me ubiqué en el espacio-tiempo, le propiné un golpe al interruptor de la luz y contesté al teléfono de muy malos modos:

—¿Sí? —gruñí, enseñando los colmillos al micrófono.

—¿Doctora?

—¿Capitán...? ¡Pero... por Dios! ¿Sabe qué hora es? —y enfoqué desesperadamente la vista en el reloj que colgaba de la pared de enfrente.

—Las tres y media —respondió Glauser-Röist sin inmutarse.

—¡Las tres y media de la madrugada, capitán!

—El profesor Boswell bajará dentro de cinco minutos. Estoy en la recepción de la Domus. Le ruego que se dé prisa, doctora. ¿Cuánto tardará en estar lista?

—¿En estar lista para qué?

—Para ir al Hipogeo.

—¿Al Hipogeo? ¿Ahora...?

—¿Va a venir o no? —El capitán estaba perdiendo la paciencia.

—¡Voy, voy! Deme cinco minutos.

Me encaminé hacia el cuarto de baño y encendí las luces. Un chorro de fría claridad de neón me golpeó en los ojos. Me lavé la cara y los dientes, me pasé el cepillo por el pelo enmarañado y, de nuevo en la habitación, me vestí rápidamente con una falda negra y un grueso jersey de lana, de color beige. Cogí la chaqueta y el bolso y salí al pasillo, aturdida aún por una vaga sensación de irrealidad, como si hubiera pasado directamente de los andamios de la avenida de mi sueño al ascensor de la Domus. Oré mientras descendía, pidiéndole a Dios que no me abandonara aunque yo, por puro cansancio, le abandonara a Él.

Farag y Glauser-Röist me esperaban en el enorme y reluciente vestíbulo, hablando agitadamente en susurros. Farag, medio dormido, se echaba las greñas despeinadas hacia atrás con gestos nerviosos, mientras que el capitán, impecable, exhibía un sorprendente aspecto fresco y despejado.

—Vamos —soltó nada más verme llegar, y echó a andar en dirección a la calle sin comprobar si le seguíamos.

El Vaticano es el estado más pequeño del mundo, pero si recorres un buen trecho a pie, cerca de las cuatro de la madrugada, con frío y en total silencio, te parece que vas de costa a costa de Estados Unidos, en un viaje sin paradas. Nos cruzamos con algunas limusinas negras con matrículas *Si Cristo lo viese*, que nos iluminaron fugazmente con sus faros y se perdieron por las callejuelas de la Ciudad huyendo de nuestra presencia.

—¿Dónde irán esos cardenales a estas horas? —pregunté, sorprendida.

—No van a ningún lado —respondió Glauser-Röist, secamente—. Vuelven. Y mejor será que no pregunte de dónde vuelven porque la respuesta no le gustaría.

Cerré la boca como si me hubieran cosido y me dije que, a fin de cuentas, el capitán tenía razón. Las vidas privadas de los cardenales de la Curia eran ciertamente desordenadas e indecorosas, pero allá ellos con sus conciencias.

—¿Y no temen el escándalo? —quiso saber Farag, a pesar del tono cortante empleado por el capitán—. ¿Qué pasaría si algún periódico lo contase todo?

Glauser-Röist siguió andando en silencio durante unos instantes.

—Ese es mi trabajo —le espetó, por fin—: impedir que salgan a la luz los trapos sucios del Vaticano. La Iglesia es santa, pero, sin duda, sus miembros son muy pecadores.

El profesor y yo nos miramos significativamente y no volvimos a despegar los labios hasta que no nos hallamos en el Hipogeo. El capitán tenía las llaves y las claves de todas las puertas del Archivo Secreto y, viéndole avanzar con esa seguridad de un lugar a otro, se comprendía que no era la primera noche que se colaba solo en aquellas dependencias.

Por fin entramos en mi laboratorio —que ya no era, ni de lejos, aquel pulcro despacho que fue meses atrás— y me llamó la atención un grueso libro que descansaba sobre mi mesa. Caminé hacia él, atraída como un imán, pero Glauser-Röist, más rápido, me adelantó por la derecha y lo cogió entre sus manazas, sin dejarme verlo.

—Doctora, profesor... —empezó la Roca, obligándonos a tomar asiento apresuradamente para prestarle atención—. Tengo entre las manos un libro, una especie de guía de viaje, que nos va a llevar hasta el Paraíso Terrenal.

—¡No me diga que los staurofílakes han publicado una Baedeker![15] —comenté con sorna. El capitán me fulminó con la mirada.

15. Famosas guías de viaje de bolsillo que se editan en Alemania desde 1829.

—Algo parecido —repuso, girando el volumen para mostrarnos la portada.

Por un instante, Farag y yo nos quedamos en suspenso, sin decir nada, tan sorprendidos por lo que veíamos como un par de colegiales ante una ceremonia vudú.

—¿La *Divina Comedia* de Dante? —me extrañé. O el capitán se estaba riendo de nosotros, o, lo que era peor, se había vuelto completamente loco.

—La *Divina Comedia* de Dante, en efecto.

—Pero... ¿la de Dante Alighieri? —preguntó Farag, más asombrado que yo, si cabe.

—¿Acaso hay alguna otra Divina Comedia, profesor? —arguyó Glauser-Röist.

—Es que... —balbució Farag, mirándole con incredulidad—. Es que, capitán, reconozca que no tiene mucho sentido —se rió bajito, como si acabara de escuchar un chiste—. ¡Venga, Kaspar, no nos tome el pelo!

Por toda respuesta, Glauser-Röist se sentó sobre mi mesa y abrió el libro por la página que tenía una marca adhesiva de color rojo.

—*Purgatorio* —recitó como un escolar aplicado—. Canto I, versos 31 y siguientes. Dante llega con su maestro Virgilio a las puertas del Purgatorio y dice:

> *Vi junto a nosotros a un anciano solitario,*
> *digno al verle de tanta reverencia,*
> *que más no debe a un padre su criatura.*

> *Larga la barba y blancas las greñas*
> *llevaba, semejante a sus cabellos,*
> *que al pecho en dos mechones le caían.*

> *Los rayos de las cuatro luces santas*
> *llenaban tanto su rostro de luz,*
> *que le veía como al Sol de frente.*

El capitán nos miró, expectante.

—Muy bonito, sí —comentó Farag.

—Poético, sin duda —confirmé, cargada de cinismo.

—Pero ¿no lo ven? —se desesperó Glauser-Röist.

—Pero ¿qué es lo que quiere que veamos? —exclamé.

—¡Al anciano! ¿Es que no lo reconocen? —ante nuestras miradas atónitas y nuestros gestos de total incomprensión, el capitán suspiró resignadamente y adoptó un aire de paciente profesor de escuela primaria—. Virgilio obliga a Dante a que se postre frente al anciano muy respetuosamente y el anciano les pregunta quiénes son. Entonces Virgilio se lo explica y le dice que, a petición de Jesucristo y de Beatriz (la amada muerta de Dante), le está mostrando a este cómo son los reinos de la ultratumba —pasó una página y volvió a recitar:

> *Ya le he mostrado la gente condenada;*
> *y ahora pretendo las almas mostrarle*
> *que se purifican bajo tu mandato.*
>
> *Dígnate agradecer que haya venido:*
> *busca la libertad, que es tan preciada,*
> *como sabe quien a cambio dio su vida.*
>
> *Tú lo sabes, pues por ella no fue amarga*
> *tu muerte en Útica; allí dejaste*
> *tu cuerpo que radiante será un día.*

—¡Útica! ¡Catón de Útica! —grité—. ¡El anciano es Catón de Útica!

—¡Por fin! Eso era lo que quería que descubrieran —explicó Glauser-Röist—. Catón de Útica, el que dio nombre a los archimandritas de la Hermandad de los Staurofílakes, es el Guardián del Purgatorio en la *Divina Comedia* de Dante. ¿No les parece significativo? Ya saben que la *Divina Comedia* está compuesta de tres partes: el *Infierno*, el *Purgatorio* y el *Paraíso*. Cada una de ellas se publicó por separado, aunque formando parte del conjunto. Observen las coincidencias entre el texto del último Catón y el texto dantesco del *Purgatorio* —pasó hojas hacia delante y hacia atrás, y buscó sobre mi mesa la copia transcrita del último bifolio del Códice Iyasus—. En el verso 82, Virgilio le dice a Catón: «Deja que andemos por tus siete reinos», pues Dante debe purgar los siete pecados capitales, uno en cada círculo o cornisa de la montaña del *Purgatorio*: soberbia, envidia, ira, pereza, avaricia, gula y lujuria —enumeró. Luego cogió la copia del bifolio y leyó—: «La expiación de los siete graves pecados capitales se realizará en las siete ciudades que ostentan el terrible privilegio de ser conocidas por practicarlos perversamente, a saber, Roma por su soberbia, Rávena por su envidia, Jerusalén por su ira, Atenas por su pereza, Constantinopla por su avaricia, Alejandría por su gula y Antioquía por su lujuria. En cada una de ellas, como si fuera un purgatorio sobre la tierra, penarán sus faltas para poder entrar en el lugar secreto que nosotros, los staurofílakes, llamaremos Paraíso Terrenal».

—¿Y la montaña del *Purgatorio* de Dante tiene en su cima el Paraíso Terrenal? —preguntó Farag, interesado.

—En efecto —confirmó Glauser-Röist—, la segunda parte de la *Divina Comedia* termina cuando Dante, después de purificarse de los siete pecados capitales, llega al Paraíso Terrenal, y desde allí ya puede alcanzar el Paraíso Celestial, que es la tercera y última parte de la obra. Pero, además, escuchen lo que el ángel guardián de la puerta del Purgatorio le dice a Dante cuando este le suplica que le deje pasar:

Siete P, con la punta de la espada
en mi frente escribió: «Lavar procura
estas manchas —me dijo— cuando entres».[16]

»¡Siete P, una por cada pecado capital! —siguió diciendo el capitán—. ¿Lo entienden? Dante se verá libre de ellas, una por una, a medida que vaya expiando sus pecados en las siete cornisas del *Purgatorio* y los staurofílakes marcan a los adeptos con siete cruces, una por cada pecado capital superado en las siete ciudades.

Yo no sabía qué pensar. ¿Acaso Dante había sido un staurofílax? Sonaba un poco absurdo. Tenía la sensación de que navegábamos sobre aguas turbias y de que estábamos tan cansados que carecíamos de perspectiva.

—Capitán, ¿cómo está tan seguro de lo que afirma? —pregunté sin poder evitar que todas esas dudas se reflejaran en mi voz.

—Mire, doctora, conozco esta obra como la palma de mi mano. La estudié a fondo en la universidad y puedo garantizarle que el *Purgatorio* de Dante es la guía Baedeker, como usted ha dicho, que nos llevará hasta los staurofílakes y los *Ligna Crucis* robados.

—Pero ¿cómo puede estar tan seguro? —insistí, terca—. Podría ser una casualidad. Todo el material que Dante utiliza en la *Divina Comedia* forma parte de la mitología cristiana medieval.

—¿Recuerda que a mediados del siglo XII varios grupos de los staurofílakes partieron desde Jerusalén hacia las principales ciudades cristianas de Oriente y Occidente?

—Sí, lo recuerdo.

—¿Y recuerda también que esos grupos entraron en contacto con los cátaros, la Fede Santa, la Massenie du Saint Graal, los Minnesänger o los Fidei d'Amore, por

16. *Purgatorio*, Canto IX, 112-114.

mencionar sólo a algunas de esas organizaciones de carácter cristiano e iniciático?

—Sí, también lo recuerdo.

—Bien, pues déjeme decirle que Dante Alighieri formó parte de los Fidei d'Amore desde su más temprana juventud y llegó a ocupar un puesto muy destacado dentro de la Fede Santa.

—¿En serio...? —balbució Farag, parpadeando aturdido—. ¿Dante Alighieri?

—¿Por qué cree usted, profesor, que la gente no entiende nada cuando lee la *Divina Comedia*? A todos les parece un bonito y larguísimo poema cargado de metáforas que los estudiosos interpretan siempre como alegorías referidas a la Santa Iglesia Católica, a los Sacramentos o a cualquier otra tontería semejante. Y todo el mundo piensa que Beatriz, su amada Beatriz, fue la hija de Folco Portinari, que murió de sobreparto a los veinte años. Pues no, no es así, y por eso no se entiende lo que el poeta dice, porque se lee desde la perspectiva equivocada. Beatriz Portinari no es la Beatriz de la que habla Dante, ni tampoco es la Iglesia Católica la gran protagonista de la obra. La *Divina Comedia* hay que leerla en clave, como explican otros especialistas —se alejó de la mesa y sacó un papel meticulosamente doblado del bolsillo interior de su chaqueta—. ¿Sabían ustedes que cada una de las tres partes de la *Divina Comedia* tiene exactamente 33 cantos? ¿Sabían que cada uno de esos cantos tiene exactamente 115 o 160 versos, la suma de cuyos dígitos es 7? ¿Creen que esto es casualidad en una obra tan colosal como la *Divina Comedia*? ¿Sabían que las tres partes, el *Infierno*, el *Purgatorio* y el *Paraíso*, terminan exactamente con la misma palabra, «estrellas», de simbolismo astrológico? —respiró profundamente—. Y todo esto no es más que una pequeña parte de los misterios que contiene la obra. Podría mencionarles decenas de ellos, pero no terminaríamos nunca.

Farag y yo le mirábamos embobados. Nunca se me hubiera ocurrido pensar que la obra cumbre de la literatura italiana, la que llegué a aborrecer en el colegio de tanto como nos la hacían estudiar, podía ser un compendio de sabiduría esotérica... ¿o no lo era?

—Capitán, ¿nos está diciendo que la *Divina Comedia* es una especie de libro iniciático?

—No, doctora, no les estoy diciendo que es *una especie* de libro iniciático. Les estoy diciendo, taxativamente, que lo es. Sin ningún género de dudas. ¿Quiere más pruebas?

—¡Yo sí! —pidió Farag, entusiasmado.

El capitán volvió a coger el libro, que había dejado sobre la mesa, y lo abrió por otra de las marcas.

—Canto IX del *Infierno*, versos 61 a 63:

> *Vosotros que tenéis la inteligencia sana*
> *observad la doctrina que se esconde*
> *bajo el velo de estos versos enigmáticos*

—¿Eso es todo? —pregunté, decepcionada.

—Observe, doctora —me explicó Glauser-Röist— que estos versos se encuentran en el Canto Noveno, un número de gran importancia para Dante, pues, según afirma en todas sus obras, Beatriz es el nueve, y el nueve, en la simbología numérica medieval, es la Sabiduría, el Conocimiento Supremo, la Ciencia que explica el mundo al margen de la fe. Además, esta misteriosa afirmación se encuentra entre los versos 61 y 63 del Canto, la suma de cuyos dígitos es siete y nueve, y recuerde que, en Dante, nada es casual, ni siquiera una coma: el *Infierno* tiene nueve círculos, donde se alojan las almas de los condenados según sus pecados, el *Purgatorio* siete cornisas, y el *Paraíso*, otra vez nueve círculos... Siete y nueve, ¿se dan cuenta? Pero les prometí más pruebas y se las voy a dar —me estaba poniendo nerviosa con tanto paseo arriba y abajo, pero no creí oportuno pedirle que se quedara quieto; parecía hondamente concentrado en lo que nos estaba contando—. Según confirma la mayoría de los especialistas, Dante ingresó en los Fidei d'Amore en 1283, a los 18 años, poco después de su teórico segundo encuentro con Beatriz (el primero ocurrió, según cuenta él mismo en *La Vita Nuova*, cuando ambos tenían nueve años, y, como verán, el segundo tuvo lugar otros nueve años después, a los 18). Los Fidei d'Amore constituían una sociedad secreta interesada en la renovación espiritual de la cristiandad. Piensen que estamos hablando de una época en la que ya la corrupción ha hecho mella en la Iglesia de Roma: riquezas, poder, ambición... Era la época del papado de Bonifacio VIII, de terrible memoria. Los Fidei d'Amore pretendían combatir esta depravación y restituir el cristianismo a su primitiva pureza. Se dice, incluso, que los Fidei d'Amore, la Fede Santa y los franciscanos eran tres ramas distintas de una misma Orden Terciaria de los Templarios. Pero esto, naturalmente, no se puede demostrar. Lo cierto es que Dante se formó en los franciscanos y que siempre mantuvo con ellos una estrecha relación. Integraban los Fidei d'Amore los poetas Guido Cavalcanti, Cino da Pistoia, Lapo Gianni, Forese Donati, el propio Dante, Guido Guinizelli, Dino Frascobaldi, Guido Orlandi y otros más. Guido Cavalcanti, que siempre tuvo fama de extravagante y herético, era el jefe florentino de los Fidei d'Amore, y fue el que admitió a Dante en esta sociedad secreta. Como hombres cultos, como intelectuales de una nueva sociedad medieval en desarrollo, eran inconformistas y denunciaban a gritos la inmoralidad eclesiástica y los intentos de Roma por impedir las nacientes libertades y el conocimiento científico. ¿Podría ser, pues, la *Divina Comedia*, como dicen, esa gran obra religiosa en la que se ensalza a la Iglesia Católica, así como a sus valores y virtudes? Yo creo que no y, de hecho, la lectura más sencilla del texto pone de manifiesto el rencor de Dante contra numerosos papas y cardenales, contra la podrida jerarquía clerical y contra las riquezas de la Iglesia. Sin embargo, los estudiosos oficiales han retorcido tanto las palabras del poeta que le hacen decir lo que no dice.

—Pero ¿qué tiene que ver Dante con los staurofílakes? —quiso saber Farag.

—Discúlpenme... —musitó el capitán—. Me estoy dejando llevar. Lo que quiero decir es que Dante sí tuvo relación con los staurofílakes. Los conoció y es posible, incluso, que perteneciera a la hermandad durante un tiempo. Pero, desde luego, más tarde los traicionó.

—¿Los traicionó? —me sorprendí—. ¿Por qué?

—Porque contó sus secretos, doctora. Porque explicó detalladamente, en el *Purgatorio*, el proceso iniciático de la hermandad. Algo parecido a lo que hizo Mozart en su ópera *La flauta mágica*, contando el ritual iniciático de la masonería, de la que era miembro. ¿Recuerdan que también la muerte de Mozart presenta numerosos aspectos enigmáticos? Dante Alighieri, sin ningún género de dudas, fue un staurofílax, y se aprovechó de sus conocimientos para triunfar como poeta, para enriquecer su obra literaria.

—Los staurofílakes no se lo hubieran permitido. Hubieran terminado con él.

—¿Y quién le ha dicho que no lo hicieron?

Abrí la boca de par en par.

—¿Lo hicieron?

—¿Sabe que después de publicar el *Purgatorio*, en 1315, Dante desapareció durante cuatro años? No se vuelve a saber nada de él hasta enero de 1320, cuando... —tomó aire y nos miró fijamente—, cuando reaparece, por sorpresa, en Verona, pronunciando una conferencia sobre el mar y la tierra en ¡la iglesia de Santa Helena! ¿Por qué precisamente allí, después de cuatro años de silencio? ¿Estaba intentando pedir perdón por lo que había hecho en el *Purgatorio*? Nunca lo sabremos. Lo cierto es que, nada más terminar su discurso, parte, a uña de caballo, hacia Rávena, ciudad gobernada por su gran amigo Guido Novello da Polenta. Es obvio que buscaba protección, porque, ese mismo año recibió una invitación para dar algunas clases en la Universidad de Bolonia y rechazó el ofrecimiento alegando que tenía miedo porque, si salía de Rávena, correría un grave peligro, un peligro que nunca especificó y que, históricamente, es incomprensible —el capitán se detuvo un momento, reflexionando—. Por desgracia, un año después, su amigo Novello le pidió el favor especialísimo de que intercediera ante el dogo de Venecia, que estaba a punto de invadirles. Dante salió, pero del viaje volvió mortalmente enfermo, con unas fiebres terribles de las que falleció muy poco después... ¿Saben qué día murió?

Farag y yo no dijimos ni media palabra. Creo que ni respirábamos.

—El 14 de septiembre, fiesta de la Exaltación de la Vera Cruz.

3

Naturalmente, ni el profesor ni yo nos presentamos en el Hipogeo a la mañana siguiente, ya que nos habíamos retirado a dormir cerca de las seis de la madrugada y con los nervios de punta por los increíbles descubrimientos del capitán. A mediodía, sin embargo, allí estábamos de nuevo los tres, reunidos en torno a una de las mesas del comedor de la Domus, con unas caras de sueño que habrían espantado a los fantasmas. Sin embargo, Glauser-Röist, que fue el último en llegar, más que cara de sueño propiamente dicha, lo que exhibía era un rictus gélido que me preocupó.

—¿Ha pasado algo, capitán? Tiene mala cara.

—No —respondió secamente, tomando asiento y desplegando la servilleta sobre sus rodillas. Ya estaba dicho todo, era evidente. Farag y yo nos miramos y nos leímos el pensamiento: más valía no insistir. De modo que entablamos una conversación sobre el futuro del profesor Boswell en Italia mientras la Roca permanecía encerrado en su mutismo. Sólo en los postres se dignó a despegar los labios y fue, naturalmente, para transmitirnos una mala noticia:

—Su Santidad está muy disgustado —nos espetó a bocajarro.

—No creo que tenga motivos —protesté—. Trabajamos todo lo rápido que podemos.

—Pues no es suficiente, doctora. El Papa me ha comunicado que no está nada satisfecho con el resultado de nuestra labor. Si en un plazo breve de tiempo no ofrecemos resultados, pondrá otro equipo a trabajar en la operación. Además, la noticia de los robos de *Ligna Crucis* ha estado a punto de saltar a la prensa.

—¿Cómo es posible? —me alarmé.

—Mucha gente conoce ya el asunto en todo el mundo. Alguien ha hablado más de lo debido. Hemos conseguido pararlo en el último minuto, pero no sabemos por cuánto tiempo.

Farag se pinzaba el labio inferior, meditabundo.

—Creo que vuestro Papa se equivoca —dijo al fin—. No entiendo que pretenda amenazarnos con otro equipo de investigación. ¿Imagina que así trabajaremos más? A mí no me molestaría compartir con otros lo que sabemos. Cuatro ojos ven más que dos, ¿no es cierto? O vuestro Pontífice está muy disgustado, o nos trata como a niños pequeños.

—Está muy disgustado —le aclaró la Roca—. Así que volvamos al trabajo.

En menos de media hora estábamos en el sótano del Hipogeo, sentados los tres en torno a mi mesa. El capitán propuso empezar con una lectura completa e individual de la *Divina Comedia*, tomando notas de todo cuanto nos llamara la atención y reuniéndonos al final del día para poner en común nuestras apreciaciones. Farag discutió la idea, argumentando que la única parte que nos interesaba era la segunda, el *Purgatorio*, y que las otras dos, el *Infierno* y el *Paraíso*, debíamos examinarlas de pasada, sin perder tiempo, concentrándonos de manera sumaria en lo importante. Viendo el cielo abierto ante mí, adopté una actitud más tajante todavía: con el corazón en la mano, admití que odiaba a muerte la *Divina Comedia*, que, en el colegio, mis profesoras de literatura me habían hecho aborrecerla y que me sentía incapaz de leer ese mamotreto, de modo que lo mejor que podíamos hacer era ir directamente al grano y saltarnos todo lo demás.

—Pero, Ottavia —protestó Farag—, podemos dejar escapar inadvertidamente un montón de detalles importantes.

—En absoluto —afirmé con rotundidad—. ¿Para qué tenemos con nosotros al capitán? A él no sólo le apasiona este libro sino que, además, conoce la obra y al autor como si fueran de su familia. Que el capitán haga una lectura completa mientras nosotros trabajamos sobre el *Purgatorio*.

Glauser-Röist frunció los labios pero no dijo nada. Se le notaba bastante disgustado.

De ese modo empezamos a trabajar. Esa misma tarde, la Secretaría General de la Biblioteca Vaticana nos proporcionó dos ejemplares más de la *Divina Comedia* y yo afilé mis lápices y preparé mis libretas de notas, dispuesta a enfrentarme, por primera vez después de veinte años —o más—, con lo que consideraba el tostón literario más grande de la historia humana. Creo que no dramatizo en exceso si digo que se me abrían las carnes sólo de pensar en echar un vistazo a aquel librillo que, mostrando en la cubierta el enflaquecido y aguileño perfil de Dante, descansaba amenazador sobre mi mesa. No es que no pudiera leer el magnífico texto dantesco (¡cosas mucho más difíciles había leído en mi vida, volúmenes completos de tedioso contenido científico o manuscritos medievales de pesada teología patrística!), es que tenía en mi mente el recuerdo de aquellas lejanas tardes de colegio en las que nos hacían leer una y otra vez los fragmentos más conocidos de la *Divina Comedia* mientras nos repetían hasta la saciedad que aquello tan pesado e incomprensible era uno de los grandes orgullos de Italia.

Diez minutos después de haberme sentado afilé otra

vez los lápices y, al terminar, decidí que debía ir al aseo. Volví, al poco, y ocupé de nuevo mi lugar, pero, cinco minutos más tarde los ojos se me cerraban de sueño y decidí que había llegado el momento de tomar algo, así que subí a la cafetería, pedí un café exprés y me lo bebí tranquilamente. Regresé con desgana al Hipogeo y me pareció una idea excelente ordenar en ese momento los cajones para deshacerme de esa ingente cantidad de papeles y cachivaches inútiles que se acumulan durante años en los rincones como por arte de magia. A las siete de la tarde, con el alma atravesada por la culpabilidad, recogí mis cosas y me fui al piso de la Piazza delle Vaschette (por el que hacía demasiados días que no aparecía), no sin antes despedirme de Farag y del capitán que, en los despachos contiguos al mío, leían, absortos y profundamente conmovidos, la obra magna de la literatura italiana.

Durante el corto trayecto hasta casa, me fui sermoneando severamente acerca de asuntos tales como la responsabilidad, el deber y el cumplimiento de las obligaciones adquiridas. Allí había dejado a aquellos pobres desgraciados —así los veía en aquel momento—, bregando a conciencia, mientras que yo huía despavorida como una colegiala melindrosa. Me juré a mí misma que, al día siguiente, de buena mañana, me sentaría frente a la mesa de trabajo y me pondría manos a la obra sin más zarandajas.

Cuando abrí la puerta de la casa, un fuerte olor a boloñesa atacó sobre mi nariz. Mis jugos gástricos se despertaron rabiosos y empezaron a rugir. Ferma apareció de medio cuerpo al final del pequeño y estrecho pasillo, y me sonrió a modo de bienvenida, aunque sin ocultar un gesto de preocupación que no me pasó nada desapercibido.

—¿Ottavia...? ¡Cuántos días sin saber de ti! —exclamó alborozada—. ¡Menos mal que has aparecido!

Me acerqué para husmear el agradable olorcillo que salía de la cocina.

—¿Podría cenar un poco de esa apetitosa boloñesa que estás preparando? —pregunté, quitándome la chaqueta mientras seguía avanzando hacia la cocina.

—¡Si sólo son unos vulgares spaghetti! —protestó con falsa humildad. Lo cierto es que Ferma cocinaba de maravilla.

—Bueno, pues necesito un plato de esos spaghetti caseros a la boloñesa.

—No te preocupes porque ahora mismo cenamos. Margherita y Valeria no tardarán mucho en volver.

—¿Dónde han ido? —quise saber.

Ferma me miró con reproche y se detuvo en seco un par de pasos tras de mí. Me dio la impresión de que tenía el pelo más canoso cada día, como si las canas se le multiplicaran por horas o por minutos.

—Ottavia... ¿Es que no te acuerdas de lo del domingo?

El domingo, el domingo... ¿qué teníamos que hacer el domingo?

—¡No me hagas pensar, Ferma! —me quejé, renunciando, por el momento, a la cena y dirigiéndome hacia el salón—. ¿Qué pasa el domingo?

—¡Es el Cuarto Domingo de Pascua! —exclamó como si fuera a terminarse el mundo.

Me quedé helada, sin reacción. El domingo era la Renovación de Votos y yo lo había olvidado.

—¡Dios mío! —susurré con un gemido.

Ferma abandonó el salón, balanceando la cabeza con pesar. No se atrevió a reprocharme nada, sabiendo que tan desgraciado descuido por mi parte se debía a ese extraño trabajo en el que estaba metida y por el cual había desaparecido de la casa y me mantenía al margen de ellas y de mi familia. Pero yo sí me recriminé. Por si algo me faltaba aquel día, Dios me castigaba con una nueva culpabilidad. Cabizbaja y sola, me olvidé de cenar por el momento y me fui directamente a la capilla, a pedir perdón por mi falta. No se trataba tanto de haber olvidado la renovación jurídica de los votos —un mero acto formal que iba a tener lugar el domingo—, como del olvido de un momento muy importante que, todos los años, desde que había profesado, había sido gozoso y pleno. Es cierto que yo era una monja un tanto atípica por lo excepcional de mi trabajo y por el trato de favor que me dispensaba mi Orden, pero nada de lo que constituía mi vida tendría el menor sentido si lo que era la base y el fundamento —mi relación con Dios— no era lo más importante para mí. Así que recé con el peso del dolor en el corazón y prometí esforzarme más en seguir a Cristo para que mi cercana Renovación de Votos fuera una nueva entrega, llena de júbilo y alegría.

Cuando oí que Margherita y Valeria entraban en casa, me santigüé y me levanté del suelo, apoyándome en los cojines en los que había estado sentada, no sin sufrir múltiples y variados dolores articulares. Quizá sería buena idea, me dije, sustituir de una vez por todas esa decoración moderna de la capilla por una más clásica, con sillas o reclinatorios, pues la vida sedentaria que estaba llevando últimamente empezaba a pasarme factura: además de las cervicales destrozadas, comenzaban a fallarme las rodillas y a dolerme después de un rato de inmovilidad. Me estaba convirtiendo, a marchas forzadas, en una vieja achacosa.

Después de cenar con mis hermanas, y antes de retirarme a mi pequeña habitación que ya se me estaba volviendo extraña, llamé a Sicilia. Hablé, primero, con mi cuñada Rosalia —la mujer de mi hermano mayor, Giuseppe—; luego, hablé con Giacoma, que le quitó el teléfono de las manos y que me atizó una buena riña por desaparecer durante tantos días y no dar señales de vida. De golpe, sin venir a cuento, me espetó un brusco «¡Adiós!» y, a continuación, escuché la voz dulce de mi madre:

—¿Ottavia...?

—¡Mamá! ¿Cómo estás, mamá? —pregunté contenta.

—Bien, hija, bien... Aquí todo está bien. ¿Cómo estás tú?

—Trabajando mucho, como siempre.

—Bueno, pues sigue así, eso es bueno —su voz sonaba alegre y despreocupada.

—Sí, mamá.

—Bueno, cariño, pues cuídate. ¿Lo harás?

—Claro que sí.

—Llama pronto, que me gusta mucho oírte. Por cierto, ¿el próximo domingo es tu Renovación de Votos?

Mi madre jamás olvidaba ciertas fechas importantes de las vidas de sus hijos.

—Sí.

—¡Que seas muy feliz, hija mía! Pediremos todos por ti en la misa de casa. Un beso, Ottavia.

—Un beso, mamá. Adiós.

Aquella noche me dormí con una sonrisa feliz en los labios.

A las ocho en punto de la mañana, tal y como me había prometido a mí misma la tarde anterior, estaba sentada frente a mi mesa con las gafas caladas en la nariz y el lápiz en la mano, lista para cumplir con mi obligación de leer la *Divina Comedia* sin más dilaciones. Abrí el libro por la tersa y nacarada página 270, en cuyo centro podía leerse, en un tipo de letra minúsculo, la palabra *Purgatorio* y, dando un suspiro, armándome de valor, pasé la hoja y empecé a leer:

> *Per correr miglior acque alza le vele*
> *omai la navicella del mio ingegno,*
> *che lascia dietro a sé mar sì crudele;*

> *e canterò di quel secondo regno*
> *dove l'umano spirito si purga*
> *e di salire al ciel diventa degno.*[17]

Así apuntaban los primeros versos de Dante. El viaje por el segundo reino daba comienzo, según nota aclaratoria a pie de página, el 10 de abril del año 1300, domingo de Pascua, en torno a las siete de la mañana. En el Canto I, Virgilio y Dante acaban de llegar, procedentes del Infierno, a la antesala del Purgatorio, una suerte de llanura solitaria donde inmediatamente encuentran al guardián de aquel lugar, Catón de Útica, que les reprocha agriamente su presencia. Sin embargo, tal y como nos había contado Glauser-Röist, una vez que Virgilio le ofrece todo tipo de explicaciones y le dice que Dante debe ser instruido en los reinos de ultratumba, Catón les facilita toda la ayuda posible para iniciar el duro camino:

> *Puedes marchar, mas haz que este se ciña*
> *con un delgado junco y se lave el rostro,*
> *y que se limpie toda la suciedad;*
>
> *porque no es conveniente que cubierto*
> *de niebla alguna, vaya hasta el primero*
> *de los ministros del Paraíso.*
>
> *Alrededor de aquella islita de allá abajo,*
> *allí donde las olas la combaten*
> *crecen los juncos sobre el blanco limo.*

17. Por surcar mejor agua alza las velas
la navecilla de mi ingenio, ahora
que deja en pos de sí un mar tan cruel;

y cantaré de aquel segundo reino
donde se purifica el espíritu humano
y de subir al cielo se hace digno. (*Purgatorio*, Canto I, vv. 1-6.)

Virgilio y Dante se dirigen, pues, llanura abajo, hacia el mar, y el gran poeta de Mantua pasa las palmas de las manos por la hierba cubierta de rocío para limpiar la suciedad que el viaje por el Infierno ha dejado en el rostro del florentino. Después, llegados a una playa desierta, frente a la cual se halla la islita, le ciñe un junco como había ordenado Catón.

En los siete Cantos siguientes, desde el amanecer de aquel día hasta el anocher, Virgilio y Dante recorren el Antepurgatorio, cruzándose con viejos amigos y conocidos con los que entablan conversación. En el Canto III llegan por fin al pie de la montaña del Purgatorio, en la que se encuentran los siete círculos o terrazas donde las almas se limpian de sus pecados para poder entrar en el cielo. Dante observa entonces que las paredes son tan escarpadas que difícilmente podría nadie escalarlas. Mientras piensa en esto, se les aproxima una turba de almas que camina hacia ellos lentamente: son los excomulgados que se arrepintieron de sus culpas antes de morir, condenados a dar vueltas muy despacio en torno a la montaña. En el Canto IV, Dante y Virgilio encuentran una angosta senda por la que inician el ascenso, y tienen que servirse de pies y manos para poder seguirla. Al final, alcanzan una amplia explanada y, nada más llegar, tras tomar aire, Dante se queja del terrible cansancio que siente. Entonces, una voz misteriosa les reclama desde detrás de una roca y, acercándose hasta allí, descubren un segundo grupo de almas, las de los negligentes que tardaron en arrepentirse. Un poco más de camino y, en el Canto V, se topan con los que murieron de muerte violenta y se retractaron de sus pecados en el último segundo. En el Canto VI tiene lugar un encuentro sumamente emotivo: Dante y Virgilio hallan el alma del famoso trovador Sordello de Gioto, que les acompañará, en el Canto VII, hasta el valle de los príncipes irresponsables y que les explicará que, en la montaña del Purgatorio, en cuanto la luz del atardecer desaparece, deben detener su camino y buscar refugio, «pues subir por la noche no se puede».

Después de algunas conversaciones con los príncipes del valle, comienza el Canto IX, en el cual, para seguir fiel a su número favorito —el nueve—, Dante sitúa, por fin, la verdadera entrada al Purgatorio. Naturalmente, no lo pone nada fácil: según otra nota a pie de página, en la *Comedia*, en ese momento, son alrededor de las tres de la madrugada y Dante, que es el único mortal presente, no puede evitar dormirse como un niño sobre la hierba. Entonces sueña, y ve un águila que, descendiendo como un rayo, le atrapa con sus garras y le eleva hacia el cielo. Despavorido, se despierta y descubre que ya es la mañana del día siguiente y que está contemplando el mar. Virgilio, tranquilo, le conmina a no asustarse, pues han llegado, por fin, a la ansiada puerta del Purgatorio. Entonces le cuenta que, mientras él dormía, vino una dama que dijo ser Lucía[18] y que, tomándolo en sus brazos, lo ascendió cuidadosamente hasta donde ahora se encontraban y que, después de dejarlo sobre el suelo, con los ojos le señaló a Virgilio el camino que debían seguir. Me gustó la mención a la santa protectora de la vista, pues es una de las patronas de Sicilia, junto con santa Águeda, y de ahí el nombre de mis dos hermanas.

El caso es que, despejado ya Dante de las tinieblas del sueño, Virgilio y él avanzan hacia donde indicó Lucía y se encuentran con tres escalones, encima de los cuales, delante de una puerta, se halla el ángel guardián del Purgatorio, el primero de los ministros del Paraíso que ya les había anunciado Catón.

> *Decidme desde ahí: ¿Qué deseáis?*
> *—él empezó a decir— ¿y vuestra escolta?*
> *No os vaya a ser funesta la venida.*

18. Santa Lucía.

Una dama del Cielo, que esto sabe,
—le respondió mi maestro— nos ha dicho
hace poco, id por allí, que está la puerta.

El ángel guardián, que empuñaba en la mano una espada desnuda y fulgurante, les invita a subir hasta donde él se encuentra. El primer escalón era de reluciente mármol blanco, el segundo de piedra negra, áspera y reseca, y el tercero de un pórfido tan rojo como la sangre. Al parecer, también según nota a pie de página, todo este pasaje alegorizaba el Sacramento de la Confesión: el ángel representaba al sacerdote y la espada simbolizaba las palabras del sacerdote que mueven a la penitencia. Seguramente por eso recordé, en aquel momento, a la hermana Berardi, una de mis profesoras de literatura, que, al explicarnos este pasaje, decía: «El escalón de mármol blanco significa el examen de conciencia; el de piedra negra, el dolor de contrición; el de pórfido rojo, la satisfacción de la penitencia». ¡Qué cosas retiene la memoria! Quién me iba a mí a decir que, al cabo de tantos años, recordaría a la hermana Berardi (muerta de vejez tiempo atrás) y sus aburridas clases de literatura.

En ese momento, llamaron a mi puerta y apareció Farag, exhibiendo una gran sonrisa.

—¿Cómo lo llevas? —preguntó irónicamente—. ¿Has conseguido superar tus traumas infantiles?

—Pues no, no lo he conseguido —repuse, echándome hacia atrás en la silla y apoyando las gafas en las arrugas de la frente—. ¡Esta obra me sigue pareciendo un tostón insoportable!

Me miró largamente de una forma muy rara, que no conseguí identificar, y, luego, como quien despierta de un largo sueño, parpadeó y se atragantó.

—¿Por... por dónde vas? —quiso saber, metiendo las manos en los amplios bolsillos de su vieja chaqueta.

—Por la conversación con el guardián del Purgatorio, el ángel de la espada que está sobre los escalones de colores.

—¡Ah, magnífico! —repuso entusiasmado—. ¡Esa es una de las partes más interesantes! ¡Los tres escalones alquímicos!

—¿Los tres escalones alquímicos? —rechacé, arrugando la nariz.

—¡Oh, venga, Ottavia! No me digas que no sabes que esos tres escalones representan las tres fases del proceso alquímico: Albedo, Nigredo y Rubedo. La Obra en blanco u Opus Album, la Obra en negro u Opus Nigrum y... —se detuvo viendo mi cara de sorpresa y, luego, volvió a sonreír—. Te sonará de algo, ¿verdad? A lo mejor, conoces más los nombres en griego: Leucosis, Melanosis e Iosis.

Me quedé meditando un momento, recordando todo lo que había leído sobre alquimia en los códices medievales.

—Claro que me suena —repuse, al cabo de un rato—, pero nunca hubiera imaginado que los escalones del *Purgatorio* fueran eso. Si precisamente estaba recordando que simbolizaban el Sacramento de la Confesión...

—¿El Sacramento de la Confesión? —se extrañó Farag, acercándose más a mi mesa—. Mira lo que pone aquí: el ángel guardián apoya los pies en el escalón de pórfido y está sentado sobre el umbral de la puerta, que es de diamante. Con la Obra en rojo, que es la última etapa de la alquimia, la de sublimación, se alcanza la piedra filosofal, cuyo cuerpo es de diamante, ¿no te acuerdas?

Me quedé perpleja.

—Sí, desde luego...

No salía de mi asombro. Jamás hubiera sospechado algo así. Obviamente, esta interpretación resultaba mucho más plausible que la otra, la de la Confesión, bastante forzada por otra parte.

—¡Veo que te he deslumbrado! —exclamó, contento—. Bueno, pues te dejo trabajar. Sigue con la lectura.

—Sí, vale. Nos vemos a la hora de comer.

—Pasaremos a recogerte.

Pero yo ya no le oía, ya no podía hacerle ningún caso. Miraba, alucinada, el texto del *Purgatorio*.

—¡He dicho que Kaspar y yo pasaremos a recogerte para ir a comer! —repitió Farag desde la puerta, con una voz bastante alta—. ¿De acuerdo, Ottavia?

—Sí, sí... para ir a comer, de acuerdo.

Dante Alighieri acababa de renacer para mí bajo un nuevo aspecto y comencé a pensar que quizá la Roca había tenido razón al asegurar que la *Divina Comedia* era un libro iniciático. Pero, ¡Dios mío!, ¿qué relación podía tener todo aquello con los staurofílakes? Me masajeé el puente de la nariz y volví a ponerme las gafas en su sitio, dispuesta a leer con mayor interés, y con otros ojos, los muchos versos que aún tenía por delante.

Farag me había interrumpido cuando Virgilio y Dante estaban frente a los escalones. Pues bien, una vez que los han subido, Virgilio le dice a su pupilo que pida humildemente al ángel que les abra el cerrojo.

> *A los pies santos me postré devoto;*
> *y pedí que me abrieran compasivos,*
> *mas antes di tres golpes en mi pecho.*

> *Siete P, con la punta de la espada,*
> *en mi frente escribió: «Lavar procura*
> *estas manchas —me dijo— cuando entres».*

De debajo de sus vestiduras, que eran del color de la ceniza o de la tierra seca, el ángel saca entonces dos llaves, una de plata y otra de oro; primero con la blanca y luego con la amarilla, explica Dante, abre las cerraduras:

Cuando una de las llaves falla
y no gira en la cerradura
—dijo él—, esta puerta no se abre.

Una de ellas es más rica; pero la otra requiere
más arte e inteligencia antes de abrir
porque es la que mueve el resorte.

Pedro me las dio, y me dijo que
más bien me equivocara en abrir la puerta
que en cerrarla, mientras la gente se prosterne.

Después la empujó hacia el sagrado recinto
diciéndonos: «Entrad, mas debo advertiros
que quien mira hacia atrás vuelve a salir».

Bueno, me dije, si aquello no era una auténtica guía para entrar en el Purgatorio, no sé qué otra cosa podía ser. A pesar de mi desconfianza, debía admitir que Glauser-Röist tenía toda la razón. O, al menos, lo parecía, porque aún nos faltaba lo principal: ¿dónde se encontraban, en realidad, el Antepurgatorio, los tres escalones alquímicos, el ángel guardián y la puerta de las dos llaves?

A mediodía, mientras caminábamos por el vestíbulo del Archivo Secreto en dirección a la cafetería, recordé que debía comunicarle a Glauser-Röist mi baja temporal en el equipo.

—El Domingo celebro mi Renovación de Votos, capitán —le expliqué—, y debo hacer retiro durante algunos días. Pero el lunes, sin falta, estaré de vuelta.

—Vamos muy mal de tiempo —masculló, enfadado—. ¿No podría tomarse sólo el sábado?

—¿Qué es eso de la Renovación de Votos? —quiso saber Farag.

—Bueno... —respondí, azorada—. Las religiosas de la Venturosa Virgen María renovamos votos todos los años —para una monja, hablar de estas cosas era hablar de lo más privado e íntimo de su vida—. Otras órdenes hacen votos perpetuos o los renuevan cada dos o tres años. Nosotras lo hacemos todos los cuartos Domingos de Pascua.

—¿Los votos de pobreza, castidad y obediencia? —insistió Farag.

—Estrictamente hablando, sí... —repuse, cada vez más incómoda—. Pero no es sólo eso... Bueno, sí que es eso, pero...

—¿Acaso entre los coptos no existen religiosos? —salió en mi defensa Glauser-Röist.

—Sí, claro que sí. Discúlpame, Ottavia. Sentía mucha curiosidad.

—No, si no importa, de verdad —añadí, conciliadora.

—Es que creía que eras monja para siempre —añadió el profesor, bastante inapropiadamente—. Está muy bien eso de la Renovación de Votos anual. De ese modo, si algún día ya no quieres seguir, puedes marcharte.

La sólida luz del sol, que entraba oblicuamente por los cristales, me cegó durante un momento. Por alguna razón, no le dije que no había ni un solo caso de abandono en toda la historia de mi Orden.

¡Es tan difícil entender los designios de Dios! Vivimos inmersos en una ceguera total desde el día de nuestro nacimiento hasta el día de nuestra muerte y, en el breve intermedio que llamamos vida, somos incapaces de controlar lo que sucede a nuestro alrededor. El viernes a media tarde sonó el timbre del teléfono de casa. Yo estaba en la capilla, con Ferma y Margherita, leyendo algunos fragmentos de la obra del padre Caciorgna, el fundador de nuestra Orden, e intentando prepararme, para la ceremonia del domingo. No sé por qué, pero cuando escuché la llamada supe, instintivamente, que había pasado algo grave. Valeria, que estaba en ese momento en el salón, fue quien descolgó. Instantes después, la puerta de la capilla se entreabrió con suavidad.

—Ottavia... —susurró—. Es para ti.

Me incorporé, me santigüé y salí. Al otro lado del hilo telefónico, la voz de mi hermana Águeda sonaba afligida:

—Ottavia. Papá y Giuseppe...

—¿Papá y Giuseppe...? —pregunté, viendo que mi hermana se quedaba callada.

—Papá y Giuseppe han muerto.

—¿Qué papá y Giuseppe han muerto? —pude articular, al fin—. Pero ¿qué estás diciendo, Águeda?

—Sí, Ottavia —mi hermana había empezado a llorar quedamente—. Los dos han muerto.

—¡Dios mío! —balbucí—. ¿Qué ha pasado?

—Un accidente. Un terrible accidente. Su coche se salió de la carretera y...

—Tranquilízate, por favor —le dije a mi hermana—. No llores delante de los niños.

—No están aquí —gimió—. Antonio se los ha llevado a casa de sus padres. Mamá quiere que vayamos todos a la finca.

—¿Y mamá? ¿Cómo está mamá?

—Ya sabes lo fuerte que es... —resumió Águeda—. Pero tengo miedo por ella.

—¿Y Rosalia? ¿Y los hijos de Giuseppe?

—No sé nada, Ottavia. Están todos en la finca. Yo me voy para allá ahora mismo.

—Yo también. Cogeré el ferry de esta noche.

—No —me reprendió mi hermana—, no cojas el ferry. Coge un avión. Yo le diré a Giacoma que mande algunos hombres al aeropuerto para recogerte.

Pasamos toda la noche velando y rezando el rosario en el salón del primer piso, a la luz de unos cirios dispuestos, a nuestro alrededor, sobre las mesas y la chimenea. Los cadáveres de mi padre y de mi hermano continuaban en las dependencias forenses de Palermo, aunque el juez le había asegurado a mi madre que, a primera hora de la mañana, nos harían entrega de los cuerpos para proceder a su inhumación en el cementerio de la villa. Mis hermanos Cesare, Pierluigi y Salvatore, que volvieron al amanecer del depósito, nos dijeron que estaban muy desfigurados por el accidente y que no sería conveniente exponerlos con las cajas abiertas en la capilla ardiente. Mi madre llamó a una funeraria —que, al parecer, era nuestra—, para que los maquilladores recompusieran los cadáveres todo lo posible antes de traerlos a casa.

Mi cuñada Rosalia, la mujer de Giuseppe, estaba destrozada. Sus hijos la rodeaban y la atendían, desconsolados, temiendo que pudiera pasarle algo, pues no paraba de llorar y de mirar el vacío con los ojos desorbitados de una demente. Mis hermanas, Giacoma, Lucia y Águeda, acompañaban a mi madre, que dirigía el rosario con el ceño fruncido y la cara convertida en una máscara de cera. Mis otras cuñadas, Letizia y Livia, atendían las numerosas visitas de familiares que, a pesar de las horas, acudían a nuestra casa para dar el pésame y para sumarse a los rezos.

¿Y yo...? Bueno, yo paseaba por el caserón, subiendo y bajando escaleras como si no pudiera quedarme quieta, con el corazón dolorido. Cuando llegaba a la azotea, me asomaba para mirar el cielo por la ventana del altillo y, luego, daba media vuelta y volvía a bajar hasta el recibidor, acariciando con la palma de la mano la barandilla, de madera suave y brillante, por la que nos habíamos deslizado todos cuando éramos pequeños. Mi mente permanecía ocupada rescatando lejanos recuerdos de mi infancia, recuerdos de mi padre y de mi hermano. No cesaba de repetirme que mi padre había sido un buen padre, un padre inmejorable, y que mi hermano Giuseppe, a pesar de haber adquirido con los años un carácter huraño, había sido un buen hermano, un hermano que, cuando yo era pequeña, me hacía cosquillas y me escondía los juguetes para hacerme rabiar. Los dos se habían pasado la vida trabajando, manteniendo y agrandando un patrimonio familiar del que se sentían profundamente orgullosos. Esos eran mi padre y mi hermano. Y estaban muertos.

Los pésames y los llantos siguieron sucediéndose al día siguiente. Todo era tristeza y dolor en Villa Salina. Decenas de vehículos campaban aparcados por el jardín, cientos de personas estrecharon mi mano, besaron mi cara y me abrazaron. No faltó nadie, a excepción de las hermanas Sciarra, y eso me dolió mucho, porque Concetta Sciarra había sido mi mejor amiga durante años. De Doria, la pequeña, no digo que no lo hubiese esperado —lo último que había sabido de ella era que había abandonado Sicilia nada más cumplir los veinte años, y que, dando tumbos por aquí y por allá, tras acabar la carrera de historia en no sé qué país extranjero, trabajaba ahora como secretaria en una embajada remota—, pero ¿de Concetta? De Concetta, no. Ella quería mucho a mi padre, igual que yo apreciaba al suyo, y, a pesar de los problemas de negocios que pudiera tener con nosotros, yo no hubiera dudado de su asistencia ni aunque me lo hubieran jurado.

El sepelio tuvo lugar el domingo por la mañana, porque Pierantonio no pudo llegar desde Jerusalén hasta bien avanzada la noche del sábado y mi madre estaba empeñada en que fuera él quien celebrara el oficio de difuntos y la misa previa al entierro. No recuerdo mucho de lo que pasó hasta la llegada de Pierantonio. Sé que mi hermano y yo nos abrazamos estrechamente, pero, a continuación, se lo llevaron de mi lado y tuvo que sufrir los besamanos y las reverencias propias de su cargo y de las circunstancias. Luego, cuando le dejaron en paz y tras comer algo, se encerró con mi madre en una de las habitaciones y yo ya no les vi salir porque me quedé dormida en el sofá en el que estaba sentada rezando.

El domingo por la mañana, muy temprano, mientras nos arreglábamos para acudir a la iglesia de casa, donde iban a tener lugar los funerales, recibí una inesperada llamada del capitán Glauser-Röist. Mientras acudía al teléfono más cercano, me preguntaba, molesta, por qué me llamaba a esas horas y en un momento tan inconveniente: me había despedido de él antes de salir de Roma y le había contado lo ocurrido, de modo que su llamada me pareció una falta de respeto y una torpeza lamentable. Naturalmente, así las cosas, no estaba yo para andarme con cortesías.

—¿Es usted, doctora Salina? —preguntó al oír mi breve y seco saludo.

—Por supuesto que soy yo, capitán.

—Doctora —repuso, ignorando mi desagradable tono de voz—, el profesor Boswell y yo estamos aquí, en Sicilia.

Si me hubieran pinchado, no me habrían sacado ni gota de sangre.

—¿Aquí? —inquirí, atónita—. ¿Aquí, en Palermo?

—Bueno, estamos en el aeropuerto de Punta Raisi, a unos treinta kilómetros de la ciudad. El profesor Boswell ha ido a alquilar un coche.

—¿Y qué hacen aquí? Porque, si han venido al funeral de mi padre y de mi hermano, es un poco tarde. No llegarán a tiempo.

Me sentía incómoda. Por un lado, agradecía su buena voluntad y su deseo de acompañarme en un momento tan triste; por otro, me parecía que su gesto era un poco desmesurado y que estaba fuera de lugar.

—No queremos molestarla, doctora —se oía, por encima del vozarrón de Glauser-Röist, el bullicio de los altavoces del aeropuerto, llamando a embarcar a los pasajeros de varios vuelos—. Esperaremos a que terminen los funerales. ¿A qué hora calcula usted que podrá encontrarse con nosotros?

Mi hermana Águeda se puso delante de mí y me señaló insistentemente su reloj de pulsera.

—No lo sé, capitán. Ya sabe usted como son estas cosas... Quizá a mediodía.

—¿No podría ser antes?

—¡Pues no, capitán, no puede ser antes! —repliqué, bastante enfadada—. ¡Mi padre y mi hermano han muerto, por si no lo recuerda, y estamos de funeral!

Me pareció verle al otro lado del hilo telefónico, armándose de paciencia y resoplando.

—Verá, doctora, es que hemos encontrado la entrada al Purgatorio. Y está aquí, en Sicilia. En Siracusa.

Me quedé sin respiración. Habíamos encontrado la entrada.

No quise ver a mi padre ni a mi hermano cuando abrieron las cajas para que nos despidiéramos. Mi madre, llena de entereza, se acercó a los ataúdes y se inclinó, primero, sobre el de mi padre, al que dio un beso en la frente, y, luego, sobre el de mi hermano, al que también intentó besar, pero entonces se derrumbó. La vi tambalearse y apoyar la mano firmemente en el borde de la caja, aferrándose con la otra a la empuñadura del bastón. Giacoma y Cesare, que estaban detrás, se abalanzaron hacia ella para sujetarla, pero con un gesto fulminante los despidió. Doblegó la cabeza y se echó a llorar en silencio. Yo nunca había visto llorar a mi madre. Ni yo, ni nadie, y creo que eso nos dolió más que todo lo que estaba sucediendo. Desconcertados, nos mirábamos unos a otros sin saber qué hacer. Águeda y Lucia también se echaron a llorar y todos, ellas y yo incluidas, hicimos el gesto contenido de dar un paso hacia mi madre para sostenerla y consolarla. Sin embargo, el único que de verdad llegó hasta ella fue Pierantonio, quien, corriendo desde detrás del altar y bajando precipitadamente los escalones, la rodeó por los hombros y le secó las lágrimas con su propia mano. Ella se dejó confortar, como una niña, pero todos supimos que aquel día se había producido una inflexión, una fisura irreparable que había iniciado algún tipo de cuenta atrás y que no se recuperaría nunca de aquellas muertes.

Cuando la ceremonia y el entierro hubieron terminado, y mientras entrábamos en casa y servían la comida, le pedí a Giacoma que me dejara un coche para ir a Palermo, porque había quedado con Farag y Glauser-Röist, a las doce y media, en el restaurante La Góndola, en la via Principe di Scordia.

—Pero ¿tú estás loca? —exclamó mi hermana con los ojos abiertos de par en par—. ¡Hoy no es día para ir de restaurantes!

—Es por trabajo, Giacoma.

—¡Me da lo mismo! Llama a tus amigos y diles que vengan a comer aquí. Tú no puedes salir, ¿me oyes?

Así que llamé al móvil de Glauser-Röist y le expliqué que, por evidentes motivos familiares, no podía abandonar la villa, y que el profesor y él estaban invitados a comer en casa. Le expliqué lo mejor que pude la forma de llegar y me pareció notar, repetidamente, ciertas reticencias en su tono de voz que me impacientaron.

Llegaron, por fin, cuando estábamos a punto de sentarnos a la mesa. El capitán iba, como siempre, impecablemente vestido, luciendo un aspecto soberbio, mientras que Farag había cambiado su estilo habitual de funcionario de algún remoto país africano por el de valeroso expedicionario y aguerrido conductor de jeeps. Apenas entraron en la casa, inicié las presentaciones. Al profesor se le veía desconcertado y cohibido, sin embargo, en su mirada se percibía claramente la curiosidad del científico que estudia una nueva especie de animal desconocida. Glauser-Röist, por el contrario, era dueño de la situación. Su aplomo y seguridad resultaban gratificantes en un ambiente tan triste y cargado como el que teníamos. Mi madre los recibió con afabilidad, y Pierantonio, que estaba a su lado, para mi sorpresa, saludó al capitán muy cordialmente, como si ya le conociera, aunque de una manera demasiado artificial. Tras el saludo, ambos se separaron como si fueran los polos idénticos de dos imanes.

Yo, que había querido hablar con mi hermano Pierantonio desde el día anterior sin conseguirlo, me encontré, de pronto, acorralada por él en una esquina del jardín, al que habíamos salido para tomar el café después de la comida aprovechando el buen tiempo. Mi hermano no gozaba de su lozano aspecto habitual. Se le veía ojeroso y con unas marcadas arrugas en el ceño. Me clavó la mirada y me sujetó con cierta brusquedad por una muñeca.

—¿Por qué trabajas con el capitán Glauser-Röist? —me espetó a bocajarro.

—¿Cómo sabes que trabajo con él? —repuse, sorprendida.

—Me lo ha dicho Giacoma. Y ahora, responde a mi pregunta.

—No puedo darte detalles, Pierantonio. Tiene que ver con aquello que hablamos la última vez, el día del santo de papá.

—Ya no me acuerdo. Refréscame la memoria.

Con la mano que me quedaba libre hice un gesto de incomprensión, levantando la palma hacia arriba y dejándola en el aire.

—¿Qué te pasa, Pierantonio? ¿Estás mal de la cabeza o qué?

Mi hermano pareció despertar de un sueño y me miró, desconcertado.

—Perdóname, Ottavia —balbució, soltándome—. Me he puesto nervioso. Lo lamento.

—Pero ¿por qué te has puesto nervioso? ¿Por el capitán?

—Lo siento, olvídalo —replicó, alejándose.

—Ven aquí, Pierantonio —le ordené, con un tono de voz serio y autoritario; se detuvo en seco—. No te vas a marchar sin darme una explicación.

—¿La pequeña Ottavia se insubordina ante su hermano mayor? —celebró, con una sonrisa muy graciosa. Pero yo no me reí.

—Habla, Pierantonio, o me enfadaré de verdad.

Me miró muy sorprendido y dio dos pasos hacia mí, frunciendo de nuevo el ceño.

—¿Sabes quién es Kaspar Glauser-Röist? ¿Sabes a qué se dedica?

—Sé —comenté— que es miembro de la Guardia Suiza, aunque trabaja para el Tribunal de la Rota, y que coordina la investigación en la que yo participo como paleógrafa del Archivo Secreto.

Mi hermano agitó pesarosamente la cabeza varias veces.

—No, Ottavia, no. No te equivoques. Kaspar Glauser-Röist es el hombre más peligroso del Vaticano, la mano negra que ejecuta las acciones inconfesables de la Iglesia. Su nombre está asociado con... —se detuvo en seco—. ¡Esta sí que es buena! ¿Qué hace mi hermana trabajando con un sujeto al que temen cielo y tierra?

Me había convertido en una estatua de sal y no podía reaccionar.

—¿Qué me dices, eh? —insistió mi hermano—. ¿No puedes darme tú ahora ninguna explicación?

—No.

—Bien, pues se acabó esta conversación —concluyó, distanciándose de mí y yendo a sumarse al corro de gente que charlaba en torno a la mesa del jardín—. Ten cuidado, Ottavia. Ese hombre no es lo que aparenta.

Cuando pude salir de mi estupor, divisé a lo lejos las figuras de mi madre y de Farag, enzarzados en una animada charla. Con paso vacilante, me encaminé hacia ellos, pero antes de que pudiera llegar, la inmensa mole del capitán se interpuso en mi camino.

—Doctora, deberíamos marcharnos cuanto antes. Se está haciendo muy tarde y pronto no quedará luz.

—¿De qué conoce a mi hermano, capitán?

—¿A su hermano...? —se asombró.

—Mire, no se haga el despistado. Sé que conoce a Pierantonio, así que no me mienta.

La Roca examinó los alrededores con gesto indiferente.

—Deduzco que el padre Salina no le ha dado esta información, de modo que no seré yo quien lo haga, doctora —bajó la mirada hasta mí—. ¿Nos vamos, por favor?

Asentí, y me pasé las manos por la cara con gesto de consternación.

Dije adiós a todos, uno por uno, y subí en el vehículo que el capitán y Farag habían alquilado en el aeropuerto, un Volvo S40, de color plata y cristales oscuros. Cruzamos la ciudad para coger la carretera 121 hasta Enna, en el corazón de la isla, y, desde allí, tomar la autopista A19 hasta Catania. Glauser-Röist, que disfrutaba enormemente conduciendo, encendió la radio y dejó sonar la música hasta que abandonamos Palermo. Una vez en la carretera, bajó drásticamente el volumen y, Farag, que viajaba en la parte trasera, se inclinó hacia adelante, apoyando los brazos en los respaldos de nuestros asientos.

—En realidad, Ottavia, no sabemos por qué estamos aquí —empezó a explicarme—. Hemos venido a Sicilia para verificar una inspiración, pero seguramente haremos el más grande de todos los ridículos.

—No le haga caso, doctora. El profesor ha encontrado la entrada al Purgatorio.

—No le hagas caso a él, doctora. Te aseguro que dudo muchísimo que encontremos la entrada en Siracusa, pero el capitán se ha empeñado en comprobarlo *in situ*.

—Está bien —consentí, suspirando—. Pero dame, al menos, una explicación que me convenza. ¿Qué hay en Siracusa?

—¡Santa Lucía! —celebró Farag.

Giré la cabeza hacia él, con bastante fastidio.

—¿Santa Lucía?

Estaba tan cerca del profesor, que pude respirar su aliento. Me quedé paralizada. Una vergüenza terrible me sofocó de repente. Hice un esfuerzo sobrehumano para volver a mirar la carretera que tenía delante sin que se notara mi turbación. Boswell tenía que haberse dado cuenta, me dije espantada. Era una situación violenta, y el silencio de él empezaba a volverse insoportable. ¿Por qué no hablaba? ¿Por qué no seguía contando su historia?

—¿Por qué santa Lucía? —pregunté precipitadamente.

—Porque... —Farag carraspeó y se ofuscó—. Porque sí. Porque...

No podía verle las manos, pero estaba segura de que le temblaban. Ya lo había observado en otras ocasiones.

—Yo se lo explico, doctora —medió Glauser-Röist—. ¿Quién lleva a Dante hasta la puerta del Purgatorio?

Hice memoria rápidamente.

—Santa Lucía, es verdad. Lo traslada por los aires desde el Antepurgatorio mientras él está dormido y lo deja frente al mar. Pero ¿qué tiene que ver con Sicilia? —hice memoria de nuevo—. Sí, bueno, santa Lucía es la patrona de Siracusa, claro, pero...

—Siracusa está mirando al mar —observó el profesor, aparentemente recuperado por completo—. Además, después de dejar a Dante en el suelo, santa Lucía, con los ojos, le señala a Virgilio el camino que deben seguir para llegar hasta la puerta de la doble llave.

—Bueno, sí, pero...

—¿Sabías que Lucía es la patrona de la vista?

—¡Qué pregunta! Naturalmente.

—Todas las imágenes la representan llevando sus ojos en un platillo.

—Se los arrancó ella, durante el martirio —precisé—. Su prometido pagano, que fue quien la denunció por cristiana, adoraba sus ojos, de modo que ella se los arrancó para que se los hicieran llegar.

—«Que santa Lucía nos conserve la vista» —recitó Glauser-Röist.

—Sí, en efecto, esa es la advocación popular.

—Sin embargo... —enfatizó Farag—. La santa patrona de Siracusa aparece siempre con sus propios ojos bien puestos y bien abiertos y, lo que lleva en el platillo, es otro par de repuesto.

—Bueno, eso es porque no van a pintarla con las cuencas vacías y sangrantes.

—¿Ah, no? Pues no será porque la iconografía cristiana no haya puesto siempre el acento en la sangre y el dolor físico.

—Bueno, pero ese es otro tema —protesté—. Sigo sin saber adónde quieres llegar.

—Es muy sencillo. Verás, según todos los martirologios cristianos que dan cuenta del suplicio de la santa, Lucía jamás se arrancó los ojos, ni los perdió en modo alguno. En realidad, lo que dicen es que las autoridades romanas al servicio del emperador Diocleciano intentaron violarla y quemarla viva, pero que, por intercesión divina, no lo consiguieron, así que tuvieron que clavarle una espada en la garganta que acabó con su vida. Era el 13 de diciembre del año 300. Pero de los ojos, nada de nada. ¿Por qué, pues, es la patrona de la vista? ¿No será que estamos hablando de otro tipo de visión, una visión que no es la del cuerpo, sino la de la iluminación que permite acceder a un conocimiento superior? De hecho, en el lenguaje simbólico, la ceguera significa ignorancia, mientras que la visión es equivalente al saber.

—Eso es mucho suponer —objeté. No me encontraba bien. Toda aquella verborrea de Farag caía como arena en mi cerebro. Todavía estaba muy afectada por las muertes de mi padre y de mi hermano, y no tenía ganas de escuchar sutilezas enigmáticas.

—¿Mucho suponer...? Vale, pues oye esto: la fiesta de Santa Lucía se celebra el supuesto día de su muerte, el 13 de diciembre, como ya te he dicho.

—Ya lo sé, es el santo de mi hermana.

—Bien, pero lo que quizá no sabes es que, antes del ajuste de diez días que introdujo el calendario gregoriano en 1582, su fiesta se celebraba el 21 de diciembre, día del solsticio de invierno, y, desde la antigüedad más remota, el solsticio de invierno era la fecha en la que se conmemoraba la victoria de la luz sobre las tinieblas, porque, a partir de ese momento, los días se iban haciendo cada vez más largos.

No dije ni media palabra. No conseguía entender nada de aquel galimatías.

—Ottavia, por favor, eres una mujer culta —me exhortó Farag—. Utiliza todos tus conocimientos y verás que lo que digo no es ninguna tontería. Estamos hablando de que Dante hace de santa Lucía su misteriosa porteadora hasta la entrada del Purgatorio, pero nos dice, además, que después de dejarle a él en el suelo, todavía dormido, *con los ojos* le indica a Virgilio la senda que deben tomar para llegar hasta la puerta en la que se hallan los tres escalones alquímicos y el ángel guardián con la espada. ¿No es una referencia clarísima?

—No lo sé —declaré, sin darle más importancia—. ¿Lo es?

Farag se quedó en silencio.

—El profesor no está seguro —murmuró Glauser-Röist, apretando el acelerador—. Por eso vamos a comprobarlo.

—Hay muchos santuarios de Santa Lucía en el mundo —rezongué—. ¿Por qué tiene que ser precisamente el de Siracusa?

—Además de ser el lugar de nacimiento de la santa y la ciudad donde vivió y fue martirizada, hay algunos otros datos que nos hacen sospechar de Siracusa —puntualizó la Roca—. Cuando Dante y Virgilio se encuentran con Catón de Útica, este recomienda a Dante que, antes de presentarse ante el ángel guardián, se lave el rostro para limpiarse de toda suciedad y se ciña con un junco de los que crecen alrededor de una islita que hay cerca de la orilla.

—Sí, lo recuerdo.

—La ciudad de Siracusa fue fundada por los griegos en el siglo VIII antes de nuestra era —continuó Farag—. En aquel entonces le dieron el nombre de Ortigia.

—¿Ortigia...? —repuse, intentando evitar el gesto involuntario de volverme hacia él—. ¿Pero Ortigia no es la isla que hay frente a Siracusa?

—¡Ajá! ¡Tú lo has dicho! Frente a Siracusa hay una isla llamada Ortigia en la cual, además de los famosos papiros, que todavía se cultivan, crecen abundantemente los juncos.

—Pero Ortigia es hoy un barrio de la ciudad. Está totalmente urbanizada y unida a tierra por un gran puente.

—Cierto. Y eso no quita ni un ápice de importancia a la pista que Dante puso en su obra. Y todavía falta lo mejor.

—¿Ah, sí? —lo cierto es que me estaban convenciendo. Con toda aquella sarta de barbaridades conseguían que, poco a poco, sin darme cuenta, dejara atrás mi pena y volviera a la realidad.

—Tras la desaparición de Imperio Romano, Sicilia fue tomada por los godos y, en el siglo vi, el emperador Justiniano, el mismo que encargó edificar la fortaleza de Santa Catalina del Sinaí, ordenó al general Belisario que recuperase la isla para el Imperio Bizantino. Pues bien, nada más arribar a Siracusa las tropas constantinopolitanas, ¿sabes qué fue lo que hicieron? Construyeron un templo en el lugar del martirio de la santa y ese templo...

—Lo conozco.

—... sigue en pie hoy día aunque, por supuesto, con múltiples restauraciones llevadas a cabo a lo largo de los siglos. No obstante —Farag estaba imparable—, el atractivo mayor de la vieja iglesia de Santa Lucía radica en sus catacumbas.

—¿Catacumbas? —me extrañé—. No tenía ni idea de que hubiera catacumbas bajo la iglesia.

Nuestro vehículo acababa de entrar a buena velocidad en la autopista 19. La luz del sol empezaba a declinar.

—Unas notables catacumbas del siglo III, apenas examinadas en algunos de sus tramos principales. Se sabe, eso sí, que fueron ampliadas y modificadas, curiosamente, durante el período bizantino, cuando ya no había persecuciones y la religión cristiana era la fe del Imperio. Por desgracia, sólo están abiertas al público durante las fiestas de Santa Lucía, del 13 al 20 de diciembre, y no totalmente. Quedan varios pisos por explorar y muchísimas galerías.

—¿Y cómo vamos a entrar?

—Quizá no haga falta. En realidad, no sabemos lo que vamos a encontrar. O mejor dicho, no sabemos lo que debemos buscar, como cuando estuvimos en Santa Catalina del Sinaí. Curiosearemos, pasearemos y ya se verá. A lo mejor nos acompaña la suerte.

—Me niego a ceñirme con un junco y a lavarme la cara con el rocío de la hierba de Ortigia.

—Pues no se niegue tanto —vibró, colérica, la voz de

Glauser-Röist—, porque eso va a ser, precisamente, lo primero que hagamos al llegar. Por si no se ha dado cuenta, si tenemos razón con lo de santa Lucía, antes de la noche estaremos metidos de lleno en las pruebas iniciáticas de los staurofílakes.

Opté por no despegar los labios durante el resto del camino.

Era ya tarde cuando entramos en Siracusa. Miedo me daba pensar que la Roca quisiera internarse a esas horas en las catacumbas, pero, gracias a Dios, cruzando la ciudad, se encaminó directamente hacia la isla de Ortigia, en cuyo centro, a poca distancia de la famosa fuente Aretusa, se encontraba el Arzobispado.

La iglesia del Duomo era de una gran belleza, a pesar de su original mezcla de estilos arquitectónicos acumulados unos sobre otros a lo largo de los siglos. La fachada barroca, con seis enormes columnas blancas, y una hornacina superior con una imagen de santa Lucía, resultaba grandiosa. Pero no entramos en ella. Siguiendo a pie a Glauser-Röist, que había dejado el coche aparcado frente a la iglesia, nos encaminamos hacia la cercana sede del Arzobispado, donde fuimos recibidos en persona por Su Excelencia Monseñor Giuseppe Arena.

Aquella noche fuimos agasajados por el Arzobispo con una cena exquisita y, poco después, tras una conversación insustancial acerca de asuntos de la archidiócesis y un recuerdo muy especial a nuestro Pontífice, que ese próximo jueves cumplía 80 años, nos retiramos a las habitaciones que habían sido dispuestas para nosotros.

A las cuatro en punto de la madrugada, sin un miserable rayo de sol que entrara por la ventana, unos golpes en la puerta me arrancaron de mi mejor sueño. Era el capitán, que ya estaba listo para empezar la jornada. Le oí llamar también a Farag y, al cabo de media hora, ya estábamos los tres de nuevo en el comedor, listos para tomar un abundante desayuno servido por una monja dominica al servicio del Arzobispo. Mientras que, para variar, el capitán tenía un aspecto espléndido, también para variar Farag y yo apenas éramos capaces de articular un par de palabras seguidas. Deambulábamos como zombis por el comedor, dando tumbos y tropezando con las sillas y las mesas. El silencio más absoluto, roto sólo por los suaves pasos de la monja, reinaba en todo el edificio. Con el tercer o cuarto sorbo de café, me di cuenta de que ya podía pensar.

—¿Listos? —preguntó, imperturbable, la Roca, dejando su servilleta sobre el mantel.

—Yo no —farfulló Farag, sujetándose a la taza de café como un marinero al mastil en mitad de una tormenta.

—Creo que yo tampoco —me solidaricé, con una mirada de complicidad.

—Voy por el coche. Les recogeré abajo en cinco minutos.

—Bueno, pero yo no creo que esté —advirtió el profesor.

Me reí de buena gana mientras Glauser-Röist abandonaba el comedor sin hacernos caso.

—Este hombre es imposible —dije, mientras observaba, sorprendida, que Farag no se había afeitado aquella mañana.

—Mejor será que nos demos prisa. Es capaz de irse sin nosotros, y a ver qué hacemos tú y yo en Siracusa un lunes a las cinco menos cuarto de la madrugada.

—Coger un avión y volver a casa —repliqué, decidida, poniéndome en pie.

No hacía frío en la calle. El tiempo era completamente primaveral, aunque un poco húmedo y con algunos molestos soplos de aire que me sacudían la falda. Subimos al Volvo y dimos una vuelta completa a la plaza del

Duomo para tomar una calle que nos llevó directamente hasta el puerto. Allí aparcamos y fuimos dando un paseo hasta el final de la rada, hasta un rinconcillo donde, a la luz de las farolas todavía encendidas, se distinguía una arena muy fina y blanca y donde, por supuesto, había centenares de juncos. La Roca llevaba entre las manos su ejemplar de la *Divina Comedia*.

—Profesor, doctora... —murmuró visiblemente emocionado—. Ha llegado el momento de empezar.

Dejó el libro sobre la arena y se dirigió hacia los juncos. Con gesto reverente, pasó las manos sobre la hierba y, con el rocío, se limpió el rostro. Luego, arrancó uno de aquellos flexibles tallos, el más alto que encontró, y sacándose la camisa de los pantalones, se lo ató a la cintura.

—Bueno, Ottavia —susurró Farag, inclinándose hacia mí—, es nuestro turno.

Con paso firme, el profesor se dirigió hacia donde estaba la Roca y repitió el proceso. También su rostro, húmedo de rocío, adoptó un cariz especial, como de encontrarse en presencia de lo sagrado. Me sentía turbada, insegura. No entendía muy bien lo que estábamos haciendo, pero no tenía más remedio que imitarles, pues una vez allí, cualquier actitud de rechazo hubiera sido ridícula. Metí los zapatos en la arena y fui hasta ellos. Pasé las palmas de las manos por la hierba húmeda y las froté contra mi cara. El rocío estaba fresco y me despejó de repente, sin previo aviso, dejándome lúcida y llena de energía. Después, elegí el junco que me pareció más verde y bonito, y lo rompí por su base con la esperanza de que la raíz volviera a crecer algún día. Levanté con disimulo el borde de mi jersey y lo sujeté a mi cintura, por encima de la falda, sorprendiéndome por la delicadeza de su tacto y por la elasticidad de sus fibras, que se dejaron anudar sin ninguna dificultad.

Habíamos completado la primera parte del rito.

Ahora sólo faltaba saber si había servido para algo. En el mejor de los casos, me dije para tranquilizarme, nadie nos había visto hacer aquello.

De nuevo en el coche, abandonamos la isla de Ortigia por el puente y entramos en la avenida Umberto I. La ciudad comenzaba a despertar. Se veían algunas luces encendidas en las ventanas de los edificios y el tráfico ya estaba algo revuelto —un par de horas después sería tan caótico como el de Palermo—, sobre todo en las cercanías a los puertos. El capitán torció a la derecha y enfiló la nueva avenida hacia arriba en dirección a la via dell'Arsenale. De repente, pareció sorprenderse mucho al mirar por la ventanilla:

—¿Saben cómo se llama esta calle por la que estamos circulando? Via Dante. Acabo de verlo. ¿No les parece curioso?

—En Italia, capitán, todas las ciudades tienen una via Dante —repliqué, aguantándome la risa. La de Farag, sin embargo, se escuchó perfectamente.

Llegamos enseguida a la plaza de Santa Lucía, justo al lado del estadio deportivo. En realidad, más que una plaza, era una simple calle que encerraba la forma rectangular de la iglesia. Adyacente al pesado edificio de piedra blanca, que exhibía un modesto campanario de tres alturas, se podía contemplar un menudo baptisterio de planta octogonal. La factura de la iglesia no dejaba lugar a dudas: a pesar de las reconstrucciones normandas del siglo XII y del rosetón renacentista de la fachada, aquel templo era tan bizantino como Constantino el Grande.

Un hombre de unos sesenta años, vestido con unos pantalones viejos y una chaqueta desgastada, paseaba arriba y abajo por la acera frente a la iglesia. Al vernos salir del coche, se detuvo y nos observó cuidadosamente. Exhibía una hermosa mata de pelo gris, espeso y abundante, y un rostro pequeño, lleno de arrugas. Desde el otro lado de la calle, nos saludó con el brazo en alto y echó a correr ágilmente hacia nosotros.

—¿El capitán Glaser-Ró?

—Sí, yo soy —dijo amablemente la Roca, sin corregirle, estrechándole la mano—. Estos son mis compañeros, el profesor Boswell y la doctora Salina.

El capitán se había colgado del hombro una pequeña mochila de tela.

—¿Salina? —inquirió el hombre, con una sonrisa amable—. Ese es un apellido siciliano, aunque no de Siracusa. ¿Es usted de Palermo?

—Sí, en efecto.

—¡Ah, ya decía yo! Bueno, vengan conmigo, por favor. Su Excelencia el Arzobispo llamó anoche para anunciar su visita. Acompáñenme.

Con un inesperado gesto protector, Farag me sujetó por el brazo hasta que llegamos a la acera.

El sacristán introdujo una llave enorme en la puerta de madera de la iglesia y empujó la hoja hacia adentro, sin entrar.

—Su Excelencia el Arzobispo nos pidió que les dejáramos solos, así que, hasta la misa de las siete, la iglesia de nuestra patrona es toda suya. Adelante. Pasen. Yo vuelvo a casa para desayunar. Si quieren algo, vivo ahí enfrente —y señaló un viejo edificio con las paredes encaladas—, en el segundo piso. ¡Ay, casi se me olvida! Capitán Glaser-Ró, el cuadro de luces está a la derecha y estas son las llaves de todo el recinto, incluida la capilla del Sepulcro, el baptisterio que tienen ahí al lado. No dejen de visitarlo porque vale la pena. Bueno, hasta luego. A las siete en punto vendré a buscarles.

Y echó a correr de nuevo hacia el otro lado de la calle. Eran las cinco y media de la mañana.

—Muy bien, ¿a qué esperamos? Doctora, usted primero.

El templo estaba a oscuras, salvo por unas pequeñas

bombillas de emergencia situadas en la parte superior, ya que ni por el rosetón ni por los ventanales entraba todavía la luz. El capitán buscó y pulsó los interruptores y, de súbito, el resplandor diáfano de las lámparas eléctricas que colgaban de largos cables desde el techo, iluminó el interior: tres naves ricamente decoradas, separadas por pilastras y con un artesonado de madera orlado con los escudos de los reyes aragoneses que gobernaron Sicilia en el siglo XIV. Bajo un arco triunfal, un crucifijo pintado del siglo XII o XIII, y otro más, al fondo, de época renacentista. Y, por supuesto, sobre un magnífico pedestal de plata, la imagen procesional de santa Lucía, con una espada atravesándole el cuello y, en la mano derecha, una copa con el par de ojos de repuesto, como decía Farag (quien, por cierto, estaba empezando a desprender un cierto tufillo a impío).

—La iglesia es nuestra —murmuró la Roca; su voz, ya de por sí grave, sonó como un trueno en el interior de una caverna. La acústica era fabulosa—. Busquemos la entrada al Purgatorio.

Hacía mucho más frío allí dentro que en la calle, como si hubiera una corriente de aire helado que brotara del suelo. Me dirigí hacia el altar por el pasillo central y una necesidad imperiosa me llevó a arrodillarme ante el Sagrario y a rezar unos instantes. Con la cabeza hundida entre los hombros y tapándome la cara con las manos, intenté reflexionar sobre todas las cosas extrañas que me estaban pasando últimamente. Había empezado a perder el control de mi ordenada vida un mes y pico atrás, cuando me llamaron de la Secretaría de Estado, pero desde hacía una semana la situación se había desbocado por completo. Nada me parecía ya como antes. Le pedí a Dios que me perdonara por el abandono en el que le tenía y le supliqué, con el corazón desolado, que fuera misericordioso con mi padre y con mi hermano. Recé también por mi madre, para que encontrara la fuerza necesaria en estos terribles momentos, y por el resto de mi familia. Con los ojos llenos de lágrimas, me santigüé y me puse en pie, pues no quería que Farag y el capitán tuvieran que hacerlo todo sin mí. Como ellos estaban examinando las naves laterales, yo subí al presbiterio, y allí revisé la columna de granito rojizo en la que, según la tradición, se había apoyado la santa mientras moría apuñalada. Las manos devotas de los fieles habían ido puliendo la piedra a lo largo de los siglos y su importancia como objeto de adoración quedaba patente por la reincidencia de este símbolo en la decoración de toda la iglesia. Por supuesto, además de la columna, la representación de los ojos también menudeaba hasta la saciedad: por todas partes colgaban cientos de esos curiosos exvotos con forma de panecillo llamados «ojos de santa Lucía».

Cuando terminamos de explorar la iglesia, accedimos, a través de una escalerilla, a un estrecho corredor que nos llevó hasta la contigua capilla del Sepulcro. Ambos edificios estaban conectados por aquel túnel subterráneo excavado en la roca. El baptisterio octogonal contenía, únicamente, el nicho rectangular —o lóculo—, donde fue enterrada la santa después de su martirio. Lo cierto es que el cuerpo no estaba en Siracusa. Ni siquiera en Sicilia, pues, por uno de aquellos azares de la vida, una vez muerta, Lucía había recorrido medio mundo y sus restos habían ido a parar a la iglesia de San Jeremías, en Venecia. En el siglo XI, el general bizantino Maniace se los llevó a Constantinopla, donde fueron venerados hasta 1204, año en que los venecianos los trajeron de regreso para quedárselos. Los siracusanos, pues, debían conformarse con honrar el sepulcro vacío, que había sido notablemente ornamentado con un bello retablo de madera colocado sobre un altar, bajo el cual, una escultura en mármol, obra de Gregorio Tedeschi, reproducía a la santa tal y como debió ser enterrada.

Bien, pues ahí terminaba nuestra visita a la iglesia. Ya lo habíamos visto todo y lo habíamos examinado todo minuciosamente, y no parecía haber nada extraño ni significativo que la relacionara con Dante o con los staurofílakes.

—Recapacitemos —propuso el capitán—. ¿Qué nos ha llamado la atención?

—Nada en absoluto —afirmé, muy convencida.

—Pues, en ese caso —declaró Farag, subiéndose las gafas—, sólo nos queda una opción.

—Es lo mismo que estaba pensando yo —observó la Roca, entrando nuevamente en el corredor que llevaba a la iglesia.

Así pues, y contra mis más íntimos deseos, íbamos a adentrarnos en las catacumbas.

Según rezaba el letrero que colgaba de un clavo en la puerta de acceso a los subterráneos, las catacumbas de Santa Lucía estaban cerradas al público. Si alguien sentía mucha curiosidad, añadía el cartel, podía visitar las cercanas catacumbas de San Giovanni. Terribles imágenes de derrumbamientos y aplastamientos cruzaron fugazmente por mi cabeza, pero las deseché por inútiles porque el capitán, usando una de las llaves del manojo que le había dado el sacristán, había abierto ya la puerta y estaba colándose en el interior.

Contrariamente a lo que se suele afirmar, las catacumbas no servían de refugio a los cristianos durante la época de las persecuciones. No era esa su finalidad, ni ellos las construyeron para ocultarse, pues, para empezar, las persecuciones fueron muy breves y muy localizadas en el tiempo. A mediados del siglo II, los primeros cristianos empezaron a adquirir terrenos para enterrar a sus muertos, ya que eran contrarios a la costumbre pagana de la incineración por creer en la resurrección de los cuerpos el día del Juicio Final. De hecho, ellos no llamaban *catacumbas* a estos cementerios subterráneos, que es una palabra de origen griego que significa «cavidad» y que se popularizó en el siglo IX, sino *koimeteria*, «dormitorios», de donde procede *cementerio*. Creían que dormirían, simplemente, hasta el día de la resurrección de la carne. Como necesitaban lugares cada vez más grandes, las galerías de los *koimeteria* fueron creciendo hacia abajo y hacia los lados, convirtiéndose en verdaderos laberintos que podían alcanzar muchos kilómetros de longitud.

—Vamos, Ottavia —me animó Farag desde el otro lado de la puerta, viendo que yo no tenía la menor intención de entrar.

Una bombilla desnuda colgaba del cielo de la gruta ofreciendo una luz muy pobre y llenando de sombras una mesa, una silla y algunas herramientas que descansaban bajo una gruesa capa de polvo junto a la entrada. Por suerte, el capitán había traído en su mochila una robusta linterna que alumbró el espacio como un foco de mil vatios. Unas escaleras excavadas en la roca muchos siglos atrás se precipitaban hacia las profundidades de la tierra. La Roca empezó a descender sin vacilar, mientras Farag se hacía a un lado para dejarme pasar y, de esa manera, cerrar él la marcha. A lo largo de las paredes, multitud de grafitos, esculpidos con puntas de hierro sobre la piedra, recordaban a los muertos: *Cornelius cuius dies inluxit*, «Cornelio, cuyo día amaneció», *Tauta o bios*, «Esta es nuestra vida», *Eirene ecoimete*, «Irene se durmió»... En un rellano donde la escalera giraba a la izquierda, se hallaban amontonadas varias lápidas de las que cerraban los lóculos, algunas de las cuales eran sólo fragmentos. Por fin llegamos al último escalón y nos hallamos en un pequeño santuario de forma rectangular decorado con unos magníficos frescos que, por su aspecto, bien podían ser de los siglos VIII o IX. El capitán los iluminó con la linterna y quedamos fascinados al contemplar la representación del suplicio de los cuarenta mártires de Sebastia. Según la leyenda, estos jóvenes eran los integrantes de la XII Legión, llamada «Fulminada», que prestaban sus servicios en Sebastia, Armenia, en la época del emperador Licinio, el cual ordenó que todos sus legionarios hicieran sacrificios a los dioses por el bien del Imperio. Los cuarenta soldados de la XII Legión se negaron en redondo porque eran cristianos, y fueron condenados a morir de aterimiento, es decir, de frío, colgados de una cuerda, desnudos, sobre un estanque helado.

Resultaba admirable contemplar cómo aquella pintura, hecha sobre el revoque de yeso del muro, se había mantenido en casi perfectas condiciones a lo largo de tantos siglos, mientras otras obras posteriores, efectuadas con más medios técnicos, ofrecían hoy un aspecto lamentable.

—No enfoque los frescos con la linterna, Kaspar —rogó Farag, desde la oscuridad—. Podría dañarlos para siempre.

—Lo siento —repuso la Roca, dirigiendo rápidamente el haz de luz hacia el suelo—. Tiene razón.

—¿Y ahora qué hacemos? —pregunté—. ¿Hemos preparado algún plan?

—Continuar andando, doctora. Nada más.

Al otro lado del santuario se abría una nueva oquedad que parecía ser el principio de un largo corredor. Entramos en el mismo orden en el que habíamos bajado la escalera y lo seguimos durante un largo trecho en completo silencio, dejando a derecha e izquierda otras galerías en las que podían observarse filas interminables de tumbas en las paredes. No se oía absolutamente nada aparte de nuestros pasos y la sensación era asfixiante, a pesar de existir lucernarios en el techo que permitían la ventilación. Al final del túnel, una nueva escalera, obstaculizada por una cadena con un rótulo de prohibido el paso que el capitán ignoró, nos condujo hasta un segundo piso de subsuelo, y allí todo se volvió más opresivo, si cabe.

—Les recuerdo —susurró la Roca, por si no habíamos pensado en ello— que estas catacumbas apenas están exploradas. Este nivel, en concreto, no ha sido estudiado todavía, así que lleven mucho cuidado.

—¿Y por qué no examinamos el piso de arriba? —propuse, notando en las sienes los latidos acelerados de mi corazón—. Hemos dejado muchas galerías por recorrer. A lo mejor la entrada al Purgatorio está allí.

El capitán avanzó unos cuantos metros hacia adelante y, por fin, se detuvo, iluminando algo en el suelo.

—No lo creo, doctora. Fíjese.

A sus pies, encerrado en el intenso círculo de luz, podía distinguirse con total nitidez un Monograma de Constantino, idéntico al que Abi-Ruj Iyasus llevaba en el torso —con el travesaño horizontal— y al que exhíbía la cubierta del códice sustraído de Santa Catalina. No había ninguna duda de que los staurofílakes habían pasado por allí. Lo que no se podía saber, me dije angustiada, era cuánto tiempo hacía que habían pasado, ya que la mayoría de las catacumbas habían caído en el olvido durante la baja Edad Media, después de que, retiradas poco a poco las reliquias de los santos por motivos de seguridad, los desprendimientos y la vegetación condenaron las entradas hasta el punto de perderse completamente el rastro de muchas de ellas.

Farag no cabía en sí de gozo. Mientras avanzábamos a buen ritmo por un túnel de techos altísimos, afirmaba que habíamos descifrado el lenguaje mistérico de los staurofílakes y que, a partir de ahora, podríamos comprender todas sus pistas y señales con bastante acierto. Su voz llegaba desde la cerrada oscuridad que quedaba a mi espalda, pues la única luz que iluminaba aquella galería era la de la linterna del capitán, que caminaba un metro por delante de mí, y cuyo reflejo sobre las paredes de roca permitía que yo pudiera examinar las tres filas de lóculos —muchos de ellos evidentemente ocupados—, que discurrían a la altura de nuestros pies, nuestras cinturas y nuestras cabezas. Leía al vuelo los nombres de los difuntos grabados en las pocas lápidas que aún permanecían en su sitio: Dionisio, Puteolano, Cartilia, Astasio, Valentina, Gorgono... Todas mostraban algún dibujo simbólico relacionado con el trabajo que desarrollaron en vida (sacerdote, agricultor, ama de casa...), o con la primitiva religión cristiana que profesaban (el Buen Pastor, la paloma, el ancla, los panes y los peces...) o, incluso, incrustados en el yeso, podían verse objetos personales de los fallecidos, desde monedas hasta herramientas o juguetes, si es que eran niños. Aquel lugar no tenía precio como fuente histórica.

—Un nuevo Crismón —anunció el capitán, deteniéndose en una intersección de galerías.

A la derecha, al fondo de un pasaje estrecho, se abría un cubículo en el que se distinguía un altar en el centro y, en las paredes, varios lóculos y arcosolios —nichos grandes, con forma de bóveda de horno, en los que solía enterrarse a una familia completa—; a la izquierda, otra galería de altos techos idéntica a la que habíamos venido siguiendo; delante de nosotros, una nueva escalera excavada en la roca, pero, en este caso, una escalera de caracol cuyos peldaños descendían girando en torno a una gruesa columna central de piedra pulida que desaparecía en las oscuras profundidades de la tierra.

—Déjeme verlo —pidió Farag, adelantándome.

El Monograma de Constantino aparecía cincelado exactamente en el primer escalón.

—Creo que debemos seguir bajando —murmuró el profesor, pasándose nerviosamente las manos por el pelo y subiéndose las gafas una y otra vez a pesar de tenerlas pegadas a los ojos.

—No me parece prudente —objeté—. Es una temeridad seguir descendiendo.

—Ahora ya no podemos retroceder —afirmó la Roca.

—¿Qué hora es? —preguntó inquieto Farag, al tiempo que miraba su propio reloj.

—Las siete menos cuarto —anunció el capitán, iniciando la bajada.

De haber podido, habría dado marcha atrás y habría regresado a la superficie, pero ¿quién era la valiente que desandaba sola, y a oscuras, aquel laberinto lleno de muertos, por muy cristianos que fueran? De manera que no tuve más remedio que seguir al capitán e iniciar el descenso, escoltada inmediatamente por Farag.

La escalera de caracol parecía no tener fin. Nos precipitábamos en aquel pozo peldaño tras peldaño, respirando un aire cada vez más pesado y más agobiante, sujetándonos a la columna para no perder el equilibrio y dar un traspiés. Pronto, el capitán y Farag tuvieron que empezar a inclinar las cabezas, pues sus frentes quedaban a la altura de los escalones por los que ya habíamos descendido. Poco después, el ancho de la escalinata comenzó también a decrecer: el muro lateral que la cerraba y la columna del centro se iban uniendo insensiblemente, adquiriendo aquel horrible embudo un tamaño más propio de niños que de personas adultas. Llegó un momento en que el capitán tuvo que seguir bajando encorvado y de costado, pues sus anchos hombros ya no cabían en la abertura.

Si aquello estaba pensado por los staurofílakes, había que reconocer que tenían una mente retorcida. La sensación era claustrofóbica, daban ganas de echar a correr, de salir de allí poniendo pies en polvorosa. Parecía que faltaba el aire y que el regreso a la superficie era poco menos que imposible. Como si nos hubiéramos despedido para siempre de la vida real (con sus coches, sus luces, sus gentes, etc.), teníamos la impresión de estar entrando en uno de esos nichos para muertos del que ya no podríamos salir jamás. El tiempo se hacía eterno sin que viéramos el final de aquella escalera diabólica, que cada vez era más y más pequeña.

En un momento dado, fui presa de un ataque de pánico. Sentí que no podía respirar, que me ahogaba. Mi único pensamiento era que tenía que salir de allí, salir de aquel agujero cuanto antes, volver inmediatamente a la superficie. Boqueaba como un pez fuera del agua. Me detuve, cerré los ojos e intenté calmar los feroces y apresurados golpes de mi corazón.

—Un momento, capitán —solicitó Farag—. La doctora no se encuentra bien.

El lugar era tan estrecho que apenas podía acercarse a mí. Me acarició el pelo con una mano y luego, suavemente, las mejillas.

—¿Estás mejor, Ottavia? —preguntó.

—No puedo respirar.

—Sí puedes, sólo tienes que calmarte.

—Tengo que salir de aquí.

—Escúchame —dijo firmemente, sujetándome por la barbilla y levantándome la cara hacia él, que estaba unos peldaños más arriba—. No dejes que te domine la claustrofobia. Respira hondo. Varias veces. Olvídate de dónde estamos y mírame, ¿vale?

Le obedecí porque no podía hacer otra cosa, porque no había ninguna otra solución. De manera que le miré fijamente y, como por arte de magia, sus ojos me dieron aliento y su sonrisa ensanchó mis pulmones. Empecé a sosegarme y a recuperar el control. En menos de un par de minutos estaba bien. Volvió a acariciarme el pelo y le hizo una seña al capitán para que continuara el descenso. Cinco o seis escalones más abajo, sin embargo, Glauser-Röist se detuvo en seco.

—Otro Crismón.

—¿Dónde? —preguntó Farag. Ni él ni yo podíamos verlo.

—En el muro, a la altura de mi cabeza. Está grabado más profundamente que los otros.

—Los otros estaban en el suelo —apunté—. El desgaste de las pisadas habrá rebajado el tallado.

—Es absurdo —añadió Farag—. ¿Por qué un Crismón aquí? No tiene que indicarnos ningún camino.

—Puede ser una confirmación para que el aspirante a staurofílax sepa que va por buen camino. Una señal de ánimo o algo así.

—Es posible —concluyó Farag, no muy convencido.

Reanudamos el descenso, pero apenas habíamos bajado otros tres o cuatro escalones, el capitán volvió a detenerse.

—Un nuevo Crismón.

—¿Dónde se encuentra esta vez? —quiso saber el profesor, muy alterado.

—En el mismo sitio que el anterior —el anterior estaba, en ese momento, a la altura de mi cara; podía verlo con total claridad.

—Sigo diciendo que no tiene sentido —insistió Farag.

—Sigamos bajando —manifestó lacónicamente la Roca.

—¡No, Kaspar, espere! —se opuso Boswell, nervioso—. Examine la pared. Mire a ver si hay algo que le llame la atención. Si no hay nada, continuaremos descendiendo. Pero, por favor, verifíquelo bien.

La Roca giró la linterna hacia mí y, accidentalmente, me deslumbró. Me tapé los ojos con una mano y solté una ahogada protesta. Al cabo de un momento, escuché una exclamación más fuerte que la mía.

—¡Aquí hay algo, profesor!

—¿Qué ha encontrado?

—Entre los dos Crismones se distingue otra forma erosionada en la roca. Parece un portillo, pero apenas se aprecia.

La ceguera que me había provocado el destello de luz

iba pasándose. Enseguida pude apreciar la figura que decía el capitán. Pero aquello no tenía nada de portillo. Era un sillar de piedra perfectamente incrustado en el muro.

—Parece un trabajo de los *fossores*.[19] Un intento por reforzar la pared o una marca de cantería —comenté.

—¡Empújelo, Kaspar! —le instó el profesor.

—No creo que pueda. Estoy en una posición muy incómoda.

—¡Pues empújalo tú, Ottavia!

—¿Cómo voy a empujar esa piedra? No se va a mover en absoluto.

Pero el caso es que, mientras protestaba, había apoyado la palma de la mano sobre el bloque y, con un mínimo esfuerzo, este se retiró suavemente hacia adentro. El agujero que quedó en la pared era más pequeño que la piedra, que en su cara frontal había sido rebajada por los bordes para que encajara en un marco de unos cinco centímetros de grosor y altura.

—¡Se mueve! —exclamé alborozada—. ¡Se mueve!

Era curiosísimo, porque el sillar resbalaba como si estuviera engrasado, sin hacer el menor ruido y sin rozadura. En cualquier caso, mi brazo no iba a ser lo suficientemente largo para que la piedra llegara hasta el final de su recorrido: debía haber varios metros de roca a nuestro alrededor y el pasadizo cuadrado por el que se deslizaba parecía no tener fin.

—¡Tome la linterna, doctora! —prorrumpió Glauser-Röist—. ¡Entre en el agujero! Nosotros la seguiremos.

—¿Tengo que entrar yo la primera?

El capitán resopló.

—Escuche, ni el profesor ni yo podemos hacerlo, no

19. Excavadores especializados en abrir las galerías de las catacumbas.

tenemos sitio para movernos. Usted está justo delante, así que ¡entre, maldita sea! Después entrará el profesor y, por último, yo, que retrocederé hasta donde se encuentra usted ahora.

De modo que me encontré abriéndome camino, a gatas, por un estrecho corredor de apenas un poco más de medio metro de alto y otro medio de ancho. Tenía que desplazar el sillar con la manos para poder avanzar, mientras empujaba la linterna con las rodillas. Casi me desmayo cuando recordé que llevaba detrás a Farag, y que, a cuatro patas, la falda no debía cubrirme mucho. Pero hice acopio de valor y me dije que no era el momento de pensar en tonterías. No obstante, en previsión de futuras situaciones de ese estilo, en cuanto volviera a Roma —si es que volvía— me compraría unos pantalones y me los pondría, aunque a mis compañeras, a mi Orden y al Vaticano en pleno les diera un ataque al corazón.

Por suerte para mis manos y mis piernas, aquel pasadizo era tan fino y terso como la piel de un recién nacido. El pulido que podía notar tenía tal acabado, que me daba la sensación de avanzar sobre un cristal. Los cuatro lados del cubo de piedra que tocaban las paredes debían estar igual de alisados, y esa era la respuesta a la facilidad con la que movía el sillar, que no obstante, en cuanto apartaba las manos se deslizaba ligeramente hacia mí, como si el túnel fuera adquiriendo una tenue elevación. No sé qué distancia recorrimos en esas condiciones, puede que quince o veinte metros, o más, pero se me hizo eterno.

—Estamos ascendiendo —anunció, a lo lejos, la voz del capitán.

Era cierto. Aquel corredor se volvía más y más empinado y parte del peso de la piedra comenzaba a recaer sobre mis cansadas muñecas. Desde luego, no parecía un lugar para que pasara por allí ningún ser humano. Un perro o un gato, a lo mejor, pero una persona, en absoluto. La idea de que, luego, en algún momento, habría que retroceder todo lo avanzado, volver a la siniestra escalera de caracol, ascenderla y subir dos niveles de catacumbas, me hacía pensar en lo lejos que me hallaba del sol y del aire libre.

Por fin me pareció notar que el extremo opuesto de la piedra salía del túnel. La pendiente estaba para entonces muy realzada y yo apenas podía sujetar el peso del bloque, que se venía continuamente contra mí. En un último esfuerzo, le propiné un empellón, y el sillar cayó al vacío, golpeando enseguida contra algo metálico.

—¡Se acabó!

—¿Qué puede ver?

—Espere un minuto a que recupere el aliento y le contestaré.

Sujeté la linterna con la mano derecha y enfoqué a través del agujero. Como no vi nada, avancé un poco más y asomé la cabeza. Era un cubículo de idénticas dimensiones a los que habíamos visto en las catacumbas, pero este estaba completamente desocupado. Tras una primera ojeada me pareció que sólo eran cuatro paredes vacías, directamente excavadas en la roca, con un techo más bien bajo y un extraño suelo cubierto por una plancha de hierro. Lo curioso es que, en ese momento, no me llamara la atención el hecho de que todo estuviera perfectamente limpio, como tampoco me di cuenta de que me estaba apoyando sobre la misma piedra que había venido empujando durante tantos metros de rampa. Su altura coincidía aproximadamente con la distancia que había desde el suelo hasta la abertura por la que yo emergía.

Inspirando como un saltador antes de tomar impulso, hice una contorsión estrambótica y salté dentro del cubículo con un gran estruendo. Inmediatamente después, salió Farag por el agujero, y luego el capitán, que no tenía muy buen aspecto. Su cuerpo era demasiado grande y, en lugar de gatear, había tenido que reptar como una culebra durante todo el camino, arrastrando, además, su mochila de tela. Farag era casi tan alto como él, pero, al ser más delgado, había podido moverse con mayor facilidad.

—Un suelo muy original —musitó el profesor, zapateando sobre la plancha de hierro.

—Deme la linterna, doctora.

—Toda suya.

Entonces ocurrió algo chocante. Apenas hubo salido el capitán del agujero, oímos un hosco chirrido, algo así como la dolorosa contorsión de unas viejas cuerdas de esparto, y el ruido de un engranaje que se ponía lentamente en marcha. Glauser-Röist iluminó todo el cubículo, girando sobre sí mismo velozmente, pero no vimos nada. Fue el profesor quien lo descubrió.

—¡La piedra, miren la piedra!

Mi querido pedrusco, el que tan amorosamente me había precedido hasta llegar allí, se elevaba del suelo impulsado por una especie de plataforma que lo depositó en la boca del túnel, por el que se deslizó nuevamente desapareciendo de nuestra vista en menos de lo que se tarda en decir amén.

—¡Estamos encerrados! —grité, angustiada. El sillar resbalaría imparablemente por el conducto hasta encajar de nuevo en la moldura de piedra de la entrada y, desde dentro, resultaría imposible moverlo de allí. Aquel marco no estaba pensado para sellar la entrada, descubrí en aquel momento, sino para impedir la salida.

Pero otro mecanismo se había puesto también en marcha. Justo en la pared de enfrente de la abertura, una losa de piedra giraba como una puerta sobre sus goznes, dejando al descubierto una hornacina del tamaño de una persona en la que se observaban, sin ninguna duda, tres escalones de colores (mármol blanco, granito negro y pórfido rojo) y, encima, labrada sobre la roca del fondo, la enorme figura de un ángel que levantaba sus brazos en actitud orante y sobre cuya cabeza, apuntando al cielo, se veía una gran espada. El relieve aparecía coloreado. Tal y como decía Dante en la *Divina Comedia*, las largas vestiduras estaban pintadas del color de la ceniza o de la tierra seca, la carne de rosa pálido y el pelo de un negro muy oscuro. De las palmas de sus manos, que se elevaban implorantes, salían, por unos agujeros practicados en la roca, dos fragmentos de cadena de similar longitud. Una era, indiscutiblemente, de oro. La otra, desde luego, de plata. Ambas estaban limpias y relucientes y centelleaban bajo la luz de la linterna.

—¿Qué querrá decir todo esto? —preguntó Farag, aproximándose a la figura.

—¡Quieto, profesor!

—¿Qué ocurre? —se sobresaltó este.

—¿No recuerda las palabras de Dante?

—¿Las palabras...? —Boswell arrugó el ceño—. ¿No había traído usted un ejemplar de la *Divina Comedia*?

Pero la Roca ya lo había sacado de su mochila y estaba abriéndolo por la página correspondiente.

—«A los pies santos me postré devoto —leyó—; y pedí que me abrieran compasivos, mas antes di tres golpes en mi pecho.»

—¡Por favor! ¿Vamos a repetir todos los gestos de Dante, uno por uno? —protesté.

—El ángel saca entonces dos llaves, una de plata y otra de oro —continuó recordándonos Glauser-Röist—. Primero con la de plata y luego con la de oro, abre las cerraduras. Y dice muy claramente que, cuando una de las llaves falla, la puerta no se abre. «Una de ellas es más rica; pero la otra requiere más arte e inteligencia porque es la que mueve el resorte.»

—¡Dios mío!

—Vamos, Ottavia —me animó Farag—. Intenta disfrutar con todo esto. A fin de cuentas, no deja de ser un ritual hermoso.

Bueno, en parte tenía razón. Si no hubiéramos estado a muchísimos metros bajo tierra, enterrados en un sepulcro y con la salida sellada, quizá hubiera sido capaz de encontrar esa belleza de la que hablaba Farag. Pero la cautividad me irritaba y tenía una aguda sensación de peligro subiéndome por la columna vertebral.

—Supongo —continuó Farag— que los staurofílakes eligieron los tres colores alquímicos en un sentido puramente simbólico. Para ellos, como para cualquiera que llegara hasta aquí, las tres fases de la Gran Obra alquímica se corresponderían con el proceso que el aspirante iba a realizar en su camino hasta la Vera Cruz y el Paraíso Terrenal.

—No te comprendo.

—Es muy sencillo. A lo largo de la Edad Media, la Alquimia fue una ciencia muy valorada y el número de sabios que la practicaron, incontable: Roger Bacon, Ramon Llull, Arnau de Vilanova, Paracelso... Los alquimistas pasaban buena parte de sus vidas encerrados en sus laboratorios entre atanores, retortas, crisoles y alambiques. Buscaban la Piedra Filosofal, el Elixir de la Vida Eterna —Boswell sonrió—. En realidad, la Alquimia era un camino de perfeccionamiento interior, una especie de práctica mística.

—¿Podrías concretar, Farag? Estamos encerrados en un sepulcro y hay que salir de aquí.

—Lo lamento... —tartamudeó, encajándose las gafas en la frente—. Los grandes estudiosos de la Alquimia, como el psiquiatra Carl Jung, sostienen que era un camino de autoconocimiento, un proceso de búsqueda de uno mismo que pasaba por la disolución, la coagulación y la sublimación, es decir, las tres Obras o escalones alquímicos. Quizá los aspirantes a staurofílakes tengan que sufrir un proceso similar de destrucción, integración y perfección, y de ahí que la hermandad haya utilizado este lenguaje simbólico.

—En cualquier caso, profesor —atajó el capitán, adelantándose hacia el ángel guardián—, nosotros somos ahora esos aspirantes a staurofílakes.

Glauser-Röist se postró ante la figura e inclinó la cabeza hasta tocar con la frente el primer escalón. Aquella escena era, realmente, digna de ver. De hecho, sentí una profunda vergüenza ajena, pero, enseguida, Farag le imitó, así que yo no tuve más remedio que hacer lo mismo si no quería provocar una disputa. Nos dimos tres golpes en el pecho mientras pronunciábamos una especie de solicitud misericordiosa para que se nos abriera la puerta. Pero, por supuesto, la puerta no se abrió.

—Vamos con las llaves —murmuró el profesor, incorporándose y subiendo los impresionantes peldaños. Estaba cara a cara con el ángel, pero, en realidad, su atención recaía en las cadenas que le salían de las manos. Eran unas cadenas gruesas y, de cada palma, colgaban tres eslabones.

—Pruebe tirando primero de la de plata y luego de la de oro —le indicó la Roca.

El profesor le obedeció. Al primer tirón de la cadena salió otro eslabón más. Ahora había cuatro en la mano izquierda y tres en la derecha. Farag cogió entonces la de oro y estiró también. Ocurrió exactamente lo mismo: salió un nuevo eslabón, sólo que, esta vez, no fue lo único que pasó, porque un nuevo chirrido, mucho más fuerte que el de la plataforma que se había llevado mi sillar, se escuchó bajo nuestros pies, bajo aquel frío suelo de hierro. La piel se me erizó, aunque, al menos en apariencia, no ocurrió nada.

—Tire otra vez —insistió la Roca—. Primero de la de plata y luego de la de oro.

Yo no lo veía claro. Allí había algo que fallaba. Nos estábamos olvidando de algún detalle importante e intuía que no podíamos andar jugando con las cadenas. Pero no dije nada, de modo que Boswell repitió la operación anterior y el ángel mostró cinco eslabones en cada mano.

De repente sentí mucho calor, un calor insoportable. Glauser-Röist, sin apercibirse de su propio gesto, se quitó la chaqueta y la dejó en el suelo. Farag se desabrochó el cuello de la camisa y empezó a resoplar. El calor aumentaba a una velocidad vertiginosa.

—¿No les parece que aquí pasa algo raro? —pregunté.

—El aire se está volviendo irrespirable —advirtió Farag.

—No es el aire... —murmuró la Roca, perplejo, mirando hacia abajo—. Es el suelo. ¡El suelo se está recalentando!

Era cierto. La plancha de hierro irradiaba una altísima temperatura y, de no ser por los zapatos, nos estaría quemando los pies como si pisáramos arena de playa en pleno verano.

—¡Tenemos que darnos prisa o nos abrasaremos aquí dentro! —exclamé, horrorizada.

El capitán y yo saltamos precipitadamente a los escalones, pero yo seguí subiendo hasta el peldaño de pórfido, junto a Farag, y miré fijamente al ángel. Una luz, una chispa de claridad se iba abriendo camino en mi cerebro. La solución estaba allí. Debía estar allí. Y que Dios quisiera que estuviera, porque en cuestión de minutos aquello iba a convertirse en un horno crematorio. El ángel sonreía tan levemente como la Gioconda de Leonardo y parecía estar tomándose a broma lo que estaba pasando. Con sus manos elevadas al cielo, se divertía... ¡Las manos! Debía fijarme en las manos. Examiné las cadenas minuciosamente. No tenían nada especial, a parte de su valor crematístico. Eran unas cadenas normales y corrientes, gruesas. Pero las manos...

—¿Qué está haciendo, doctora?

Las manos no eran normales, no señor. En la mano

derecha faltaba el dedo índice. El ángel estaba mutilado. ¿A qué me recordaba todo aquello...?

—¡Miren aquella esquina del suelo! —vociferó Farag—. ¡Se está poniendo al rojo!

Un rugido sordo, un fragor de llamas enfurecidas, subía hasta nosotros desde el piso inferior.

—Hay un incendio allá abajo —masculló la Roca y, luego, enfadado, insistió:— ¿Qué demonios está usted haciendo, doctora?

—El ángel está mutilado —le expliqué, con el cerebro funcionando a toda máquina, buscando un lejano recuerdo que no conseguía despertar—. Le falta el dedo índice de la mano derecha.

—¡Pues muy bien! ¿Y qué?

—¿Es que no lo entiende? —grité, girándome hacia él—. ¡A este ángel le falta un dedo! ¡No puede ser una casualidad! ¡Tiene que significar algo!

—Ottavia tiene razón, Kaspar —resolvió Farag, quitándose la chaqueta y desabrochándose totalmente la camisa—. Utilicemos la cabeza. Es lo único que puede salvarnos.

—Le falta un dedo. Estupendo.

—Quizá sea una especie de combinación —pensé en voz alta—. Como en una caja fuerte. Quizá debamos poner un eslabón en la cadena de plata y nueve en la cadena de oro. O sea, los diez dedos.

—¡Adelante, Ottavia! No nos queda mucho tiempo.

Por cada eslabón que volvía a introducir en la mano del ángel, se oía un «¡clac!» metálico detrás. Dejé, pues, un eslabón de plata y estiré de la cadena de oro hasta que se vieron nueve eslabones. Nada.

—¡Las cuatro esquinas del suelo están al rojo vivo, Ottavia! —me gritó Farag.

—No puedo ir más rápida. ¡No puedo ir más rápida!

Empezaba a marearme. El fuerte olor a lavadora quemada me estaba dando angustia.

—No son uno y nueve —aventuró el capitán—. Así que quizá debamos mirarlo de otra manera. Hay seis dedos a un lado y tres al otro del que falta, ¿no es cierto? Pruebe seis y tres.

Tiré de la cadena de plata como una posesa y dejé al aire seis eslabones. Íbamos a morir, me dije. Por primera vez en toda mi vida, empezaba a creer de verdad que había llegado el final. Recé. Recé desesperadamente mientras introducía seis eslabones de oro en la mano derecha y dejaba fuera sólo tres. Pero tampoco ocurrió nada.

El capitán, Farag y yo nos miramos desolados. Una llamarada surgió entonces del suelo: la chaqueta que el capitán había dejado caer de cualquier modo, acababa de prenderse fuego. El sudor me chorreaba a mares por el cuerpo, pero lo peor era el zumbido en los oídos. Empecé a quitarme el jersey.

—Nos estamos quedando sin oxígeno —anunció la Roca en ese momento con voz neutra. En sus ojos grisáceos pude percibir que sabía, como yo, que se acercaba el final.

—Más vale que recemos, capitán —dije.

—Vosotros, al menos... —susurró el profesor, mirando la chaqueta incendiada y retirándose los mechones de pelo mojado de la frente—, tenéis el consuelo de creer que dentro de poco empezaréis una nueva vida.

Un súbito acceso de temor me inundó por dentro.

—¿No eres creyente, Farag?

—No, Ottavia, no lo soy —se disculpó con una tímida sonrisa—. Pero no te preocupes por mí. Llevo muchos años preparándome para este momento.

—¿Preparándote? —me escandalicé—. Lo único que debes hacer es volverte hacia Dios y confiar en su misericordia.

—Dormiré, sencillamente —dijo con toda la ternura de la que era capaz—. Durante bastante tiempo tuve miedo a la muerte, pero no me consentí la debilidad de creer en un Dios para ahorrarme ese temor. Después, descubrí que, al acostarme cada noche y dormir, también estaba muriendo un poco. El proceso es el mismo, ¿no lo sabías? ¿Recuerdas la mitología griega? —sonrió—. Los hermanos gemelos, Hýpnos[20] y Thánatos,[21] hijos de Nyx, la Noche... ¿te acuerdas?

—¡Por Dios santo, Farag! —gemí—. ¿Cómo puedes blasfemar de esta manera cuando estamos a punto de morir?

Jamás pensé que Farag no fuera creyente. Sabía que no era lo que se dice un cristiano practicante, pero de ahí a no creer en Dios mediaba un abismo. Afortunadamente, yo no había conocido a muchos ateos en mi vida; estaba convencida de que todo el mundo, a su manera, creía en Dios. Por eso me horroricé al darme cuenta de que aquel estúpido se estaba jugando la vida eterna por decir esas cosas espantosas en el último minuto.

—Dame la mano, Ottavia —me pidió, tendiéndome la suya, que temblaba—. Si voy a morir, me gustaría tener tu mano entre las mías.

Se la di, por supuesto, ¿cómo iba a negársela? Además, yo también necesitaba un contacto humano, por breve que fuera.

—Capitán —llamé—. ¿Quiere que recemos?

El calor era infernal, apenas quedaba aire y ya casi no veía, y no sólo por las gotas de sudor que me caían en los ojos, sino porque estaba desfallecida. Notaba un dulce sopor, un sueño ardiente que se apoderaba de mí, dejándome sin fuerza. El suelo, aquella fría plancha de hierro que nos había recibido al llegar, era un lago de fuego que deslumbraba. Todo tenía un resplandor anaranjado y rojizo, incluso nosotros.

20. *Hýpnos*, el Sueño.
21. *Thánatos*, la Muerte.

—Por supuesto, doctora. Empiece usted el rezo y yo la seguiré.

Pero, entonces, lo comprendí. ¡Era tan fácil...! Me bastó echar una última mirada a las manos que Farag y yo teníamos entralazadas: en aquel amasijo, húmedo por el sudor y brillante por la luz, los dedos se habían multiplicado... A mi cabeza volvió, como en un sueño, un juego infantil, un truco que mi hermano Cesare me había enseñado cuando era pequeña para no tener que aprender de memoria las tablas de multiplicar. Para la tabla del nueve, me había explicado Cesare, sólo había que extender las dos manos, contar desde el dedo meñique de la mano izquierda hasta llegar al número multiplicador y doblar ese dedo. La cantidad de dedos que quedaba a la izquierda, era la primera cifra del resultado, y la que quedaba a la derecha, la segunda.

Me desasí del apretón de Farag, que no abrió los ojos, y regresé frente al ángel. Por un momento creí que perdería el equilibrio, pero me sostuvo la esperanza. ¡No eran seis y tres los eslabones que había que dejar colgando! Eran sesenta y tres. Pero sesenta y tres no era una combinación que pudiera marcarse en aquella caja fuerte. Sesenta y tres era el producto, el resultado de multiplicar otros dos números, como en el truco de Cesare, ¡y eran tan fáciles de adivinar!: ¡los números de Dante, el nueve y el siete! Nueve por siete, sesenta y tres; siete por nueve, sesenta y tres, seis y tres. No había más posibilidades. Solté un grito de alegría y empecé a tirar de las cadenas. Es cierto que desvariaba, que mi mente sufría de una euforia que no era otra cosa que el resultado de la falta de oxígeno. Pero aquella euforia me había proporcionado la solución: ¡Siete y nueve! O nueve y siete, que fue la clave que funcionó. Mis manos no podían empujar y tirar de los mojados eslabones, pero una especie de locura, de arrebato alucinado me obligó a intentarlo una y otra vez con todas mis fuerzas hasta que lo conseguí. Supe que Dios me estaba ayudando, sentí Su aliento en mí, pero, cuando lo hube conseguido, cuando la losa con la figura del ángel se hundió lentamente en la tierra, dejando a la vista un nuevo y fresco corredor y deteniendo el incendio del subterráneo, una voz pagana en mi interior me dijo que, en realidad, la vida que había en mí siempre se resistiría a morir.

Arrastrándonos por el suelo, abandonamos aquel cubículo, tragando bocanadas de un aire que debía ser viejo y rancio, pero que a nosotros nos parecía el más limpio y dulce de cuantos hubiéramos respirado nunca. No lo hicimos a propósito, pero, sin saberlo, cumplimos también con el precepto final que el ángel le había dado a Dante: «Entrad en el Purgatorio, mas debo advertiros que quien mira hacia atrás vuelve a salir». No miramos hacia atrás y, a nuestra espalda, la losa de piedra se volvió a cerrar.

Ahora el camino era amplio y ventilado. Un largo pasillo, con algún que otro escalón para salvar el desnivel, nos iba acercando a la superficie. Nos hallábamos rendidos, maltrechos; la tensión que habíamos sufrido nos había dejado al borde de la extenuación. Farag tosía de tal manera que parecía a punto de romperse por la mitad; el capitán se apoyaba en las paredes y daba pasos inseguros, mientras que yo, confusa, sólo quería salir de allí, volver a ver grandes extensiones de cielo, notar los rayos del sol en mi cara. Ninguno de los tres era capaz de decir ni media palabra. Avanzábamos en completo silencio —excepto por las toses intermitentes de Farag—, como avanzan sin rumbo los supervivientes de una catástrofe.

Por fin, al cabo de una hora, u hora y media, Glauser-Röist pudo apagar la linterna porque la luz que se colaba a través de los estrechos lucernarios era más que suficiente para caminar sin peligro. La salida no debía estar muy lejos. Sin embargo, pocos pasos después, en lugar de llegar a la libertad, arribamos a una pequeña explanada redonda, una especie de rellano de un tamaño aproximado al de mi pequeña habitación del piso de la Piazza delle Vaschette, cuyos muros estaban literalmente invadidos por los signos griegos de una larguísima inscripción tallada en la piedra. A simple vista, leyendo palabras sueltas, parecía una oración.

—¿Has visto esto, Ottavia? —La tos de Farag se iba calmando poco a poco.

—Habría que copiarlo y traducirlo —suspiré—. Puede ser una inscripción cualquiera o, quizá, un texto de los staurofílakes para aquellos que superan la entrada al Purgatorio.

—Empieza aquí —indicó con la mano.

La Roca, que ya no parecía tan roca, se dejó caer en el suelo, apoyando la espalda contra el epígrafe, y extrajo de la mochila una cantimplora con agua.

—¿Quieren? —nos ofreció, lacónico.

¡Que si queríamos...! Estábamos tan deshidratados que, entre los tres, dimos cuenta completa del contenido del cacharro.

Apenas recuperados, el profesor y yo nos plantamos frente al principio de la inscripción, enfocándola con la linterna:

Πᾶσαν χαρὰν ἡγήσασθε, ἀδελφοί μου, ὅταν πειρασμοῖς περιπέσητε ποικίλοις, γινώσκοντες ὅτι τὸ δοκίμιον ὑμῶν τῆς πίστεως κατεργάζεται ὑπομονήν.

—Πᾶσαν χαρὰν ἡγήσασθε, ἀδελφοί μου... —leyó Farag en un correctísimo griego—. «Considerad, hermanos míos...» Pero ¿qué es esto? —se extrañó.

El capitán sacó de su mochila una libreta y un bolígrafo y se los dio al profesor para que tomara nota.

—«Considerad, hermanos míos —traduje yo, utilizando el dedo índice como guía, pasándolo por encima de las letras—, como motivo de grandes alegrías el veros envueltos en toda clase de pruebas, sabiendo que la prueba de vuestra fe produce constancia.»

—Está bien —murmuró sarcástico el capitán, sin moverse del suelo—, consideraré un gran motivo de alegría haber estado a punto de morir.

—«Pero que la constancia lleve consigo una obra perfecta —continué—, para que seáis perfectos y plenamente íntegros, sin deficiencia alguna.» Un momento... ¡Yo conozco este texto!

—¿Sí...? Entonces ¿no es una carta de los staurofílakes? —preguntó Farag, decepcionado, llevándose el bolígrafo a la frente.

—¡Es del Nuevo Testamento! ¡El principio de la Carta de Santiago! El saludo que Santiago de Jerusalén dirige a las doce tribus de la dispersión.

—¿El Apóstol Santiago?

—No, no. En absoluto. El escritor de esta carta, aunque dice llamarse Iácobos,[22] no se identifica a sí mismo, en ningún momento, como Apóstol y, además, como puedes comprobar, utiliza un griego tan culto y correcto que no hubiera podido salir de la mano de Santiago el Mayor.

—Entonces ¿no es una carta de los staurofílakes? —repitió una vez más.

—Claro que sí, profesor —le consoló Glauser-Röist—. Por las frases que han leído, creo que no es errado suponer que los staurofílakes utilizan las palabras sagradas de la Biblia para componer sus mensajes.

—«Si a alguno de vosotros le falta sabiduría —continué leyendo—, pídala a Dios, que la da a todos en abundancia y sin echárselo en cara, y se la dará.»

---

22. Iácobos, en griego, es Santiago.

—Yo traduciría esta frase, más bien —me interrumpió Boswell, poniendo igualmente el dedo sobre el texto—, como: «Que si alguno de vosotros se ve falto de sabiduría, pídala a Dios, que da a todos generosamente y no reprocha, y le será otorgada».

Suspiré, armándome de paciencia.

—No aprecio la diferencia —concluyó el capitán.

—No existe tal diferencia —declaré.

—¡Está bien, está bien! —se lamentó Farag, haciendo un gesto de falso desinterés—. Reconozco que soy un poco barroco en mis traducciones.

—¿Un poco...? —me sorprendí.

—Según como se mire... También podría decir bastante exacto.

Estuve a punto de comentarle que, con el color opaco que tenían los cristales de sus gafas, era imposible exactitud alguna, pero me abstuve porque, además, era él quien cargaba con la tarea de copiar el texto y a mí no me apetecía en absoluto hacerlo.

—Estamos desviándonos de la cuestión —aventuró Glauser-Röist—. ¿Querrían los expertos ir al fondo y no a la forma, por favor?

—Por supuesto, capitán —declaré, mirando a Farag por encima del hombro—. «Pero pida con fe, sin dudar nada; pues el que duda es semejante al oleaje del mar agitado por el viento y llevado de una parte a otra. No piense tal hombre en recibir cosa alguna del Señor; es un indeciso, inconstante en todos sus caminos.»

—Más que *indeciso*, yo leería ahí *hombre de ánimo doblado*.

—¡Profesor...!

—¡Está bien! No diré nada más.

—«Gloríese el hermano humilde en su exaltación y el rico en su humillación —estaba llegando al final de aquel largo párrafo—. Bienaventurado el que soporta la prueba, porque, una vez probado, recibirá la corona.»

—La corona que nos grabarán en la piel, encima de la primera de las cruces —murmuró la Roca.

—Pues, francamente, la prueba de entrada al Purgatorio no ha sido sencilla y no tenemos niguna marca en el cuerpo que no hubiéramos traído de casa —comentó Farag, queriendo apartar el mal sueño de las futuras escarificaciones.

—Esto no ha sido nada en comparación con lo que nos espera. Lo que hemos hecho, simplemente, es pedir permiso para entrar.

—En efecto —dije, bajando el dedo y la mirada hasta las últimas palabras del epígrafe—. Ya no queda mucho por leer. Sólo un par de frases:

καὶ οὕτως εἰς τὴν Ῥώμην ἤλθαμεν.

—«Y con esto, nos dirigimos a Roma» —tradujo el profesor.

—Era de esperar... —afirmó la Roca—. La primera cornisa del *Purgatorio* de Dante es la de los soberbios, y, según decía Catón LXXVI, la expiación de este pecado capital tenía que producirse en la ciudad que era conocida, precisamente, por su falta de humildad. O sea, Roma.

—Así que volvemos a casa —murmuré, agradecida.

—Si salimos de aquí, sí. Aunque no por mucho tiempo, doctora.

—No hemos terminado aún —señalé, volviendo sobre el muro—. Nos falta la última línea: «El templo de María está bellamente adornado».

—Eso no puede ser de la Biblia —apuntó el profesor, frotándose las sienes; el pelo, sucio de tierra y sudor, le caía sobre la cara—. No recuerdo que en ninguna parte se hable de un templo de María.

—Estoy casi segura de que es un fragmento del Evangelio de Lucas, aunque modificado con la mención a la

Virgen. Supongo que nos están dando una pista o algo así.

—Ya lo estudiaremos cuando volvamos al Vaticano —sentenció la Roca.

—Es de Lucas, seguro —insistí, presumiendo de buena memoria—. No sabría decir qué capítulo ni qué versículo, pero es del momento en que Jesús profetiza la destrucción del Templo de Jerusalén y las futuras persecuciones contra los cristianos.

—En realidad, cuando Lucas escribió esas profecías poniéndolas en boca de Jesús —señaló Boswell—, entre los años ochenta y noventa de nuestra era, esas cosas ya habían ocurrido. Jesús no profetizó nada.

Le miré fríamente.

—No me parece un comentario muy apropiado, Farag.

—Lo lamento, Ottavia —se disculpó—. Creí que lo sabías.

—Lo sabía —repuse, bastante enfadada—. Pero ¿para qué recordarlo?

—Bueno... —tartamudeó—, siempre he pensado que es bueno conocer la verdad.

La Roca se puso en pie, sin meter baza en nuestra discusión, y, recogiendo su mochila del suelo, se la colgó del hombro y se internó por el corredor que conducía a la salida.

—Si la verdad hace daño, Farag —le espeté, llena de rabia, pensando en Ferma, Margherita y Valeria, y en tanta otra gente—, no es necesario conocerla.

—Tenemos opiniones diferentes, Ottavia. La verdad siempre es preferible a la mentira.

—¿Aunque haga daño?

—Depende de cada persona. Hay enfermos de cáncer a los que no se les puede decir cuál es su mal; otros, sin embargo, exigen saberlo —me miró fijamente, sin parpadear por primera vez desde que le conocía—. Creía que tú eras de esta última clase de gente.

—¡Doctora! ¡Profesor! ¡La salida! —voceó Glauser-Röist, a no mucha distancia.

—¡Vamos, o nos quedaremos aquí dentro para siempre! —exclamé, y eché a andar por el corredor, dejando solo a Farag.

Salimos a la superficie a través de un pozo seco situado en mitad de unos montes salvajes y quebrados. Estaba anocheciendo, hacía frío y no teníamos ni la menor idea de dónde nos encontrábamos. Caminamos durante un par de horas siguiendo el curso de un río que, en sus tramos más largos, circulaba por un estrecho cañón, y luego dimos con un camino rural que nos condujo hasta una finca privada, cuyo amable propietario, acostumbrado a recibir senderistas perdidos, nos informó de que nos encontrábamos en el valle del Anapo, a unos 10 kilómetros de Siracusa, y que habíamos estado recorriendo, de noche, los montes Iblei. Poco después, un vehículo del Arzobispado nos recogía en la finca y nos devolvía a la civilización. No podíamos contarle nada a Su Excelencia Monseñor Giuseppe Arena de nuestra aventura, así que cenamos rápidamente en la Archidiócesis, recuperamos nuestras bolsas de viaje y salimos a toda prisa hacia el aeropuerto de Fontanarossa, a 50 kilómetros de distancia, para tomar el primer vuelo que saliera esa noche hacia Roma.

Recuerdo que, ya en el avión, mientras nos abrochábamos los cinturones antes de despegar, me vino a la cabeza, de pronto, el anciano sacristán de Santa Lucía y me pregunté qué le habrían dicho en la Archidiócesis para tranquilizarlo. Quise comentárselo al capitán, pero, cuando le miré, descubrí que se había quedado profundamente dormido.

4

Cuando abrí los ojos al día siguiente —mucho antes de que amaneciera—, me sentí como uno de esos viajeros despistados que, sin entender muy bien el fenómeno, pierden un día del calendario de sus vidas por causa de la rotación de la tierra. Incluso allí, tumbada en la cama de la habitación de la Domus, me encontraba tan agotada que tenía la impresión de no haber dormido nada durante aquella noche. En el silencio, observando las siluetas que la pobre luz de la calle dibujaba en torno a mí, me preguntaba una y mil veces dónde me había metido, qué estaba pasando y por qué mi vida se había desquiciado de aquella manera: había estado a punto de morir —apenas unas horas antes— en las profundidades de la tierra, la muerte de mi padre y de mi hermano se habían convertido en un recuerdo lejano en menos de dos días, y, por si no era bastante, no había realizado mi Renovación de Votos.

¿Cómo podía asimilar todo eso viviendo, como vivía, a un ritmo por completo desacostumbrado para mí? Los días, las semanas, los meses volaban y yo, cada vez, era menos consciente de mí misma y de mis obligaciones como religiosa y como responsable del Laboratorio de restauración y paleografía del Archivo Secreto Vaticano. Sabía que no debía preocuparme por los votos; las causas de fuerza mayor, como la mía, estaban contempladas en los Estatutos de mi Orden y, siempre que firmara la petición en cuanto me fuera posible, se daban por automáticamente renovados *in pectore*. Es cierto que mi Orden me dispensaba de todo, es cierto que el Vaticano también me dispensaba de todo, es cierto que estaba haciendo un trabajo de vital importancia para la Iglesia; pero ¿acaso me dispensaba yo?, ¿acaso me dispensaba Dios?

Por un momento, mientras cambiaba de postura y volvía a cerrar los ojos por ver si conciliaba de nuevo el sueño, pensé que lo mejor sería abandonar aquellas reflexiones y seguir dejando que la vida llevara las riendas en lugar de llevarlas yo, pero los párpados se negaron a cerrarse y una voz en mi interior me acusó de estar actuando como una cobarde, rezongando continuamente por todo y ocultándome tras unos falsos temores y remordimientos.

¿Por qué en lugar de sobrecargar mi conciencia con culpabilidades —actividad que, por lo visto, me encantaba— no me decidía a disfrutar de lo que la vida me estaba ofreciendo? Siempre había envidiado el cariz aventurero de mi hermano Pierantonio: sus trabajos, su cargo en Tierra Santa, sus excavaciones arqueológicas... Y ahora que yo estaba envuelta en una empresa similar, en lugar de sacar a la luz mi parte fuerte y valiente, me envolvía en mis miedos como quien se envuelve en una manta. ¡Pobre Ottavia! Toda la vida metida entre libros y oraciones, toda la vida estudiando, intentando demostrar su valía entre códices, rollos, papiros y pergaminos, y cuando Dios decidía sacarla a la calle y arrancarla por un tiempo de sus estudios e investigaciones, se ponía a temblar como una niña pequeña y a quejarse como una pusilánime.

Si quería seguir investigando los robos de *Ligna Crucis* con Farag y el capitán Glauser-Röist, debía cambiar de actitud, debía comportarme como la persona privilegiada que era, debía ser más animosa y decidida, dejando atrás lamentaciones y protestas. ¿Acaso no lo había perdido todo Farag sin quejarse?: su casa, su familia, su país, su trabajo en el Museo Grecorromano de Alejandría... En Italia sólo contaba con la habitación prestada de la Domus y el subsidio temporal y cicatero que le había concedido la Secretaría de Estado a petición del capitán. Y ahí estaba, dispuesto a jugarse la vida para esclarecer un misterio que, aparte de prolongarse unos cuantos siglos, estaba trastornando a todas las Iglesias cristianas... Y eso que era ateo, recordé sorprendiéndome de nuevo.

No, ateo no, me dije mientras encendía la luz de la mesilla y me incorporaba para saltar de la cama. Nadie era ateo, por mucho que presumiera de ello. Todos, de una manera o de otra, creíamos en Dios, al menos eso era lo que me habían enseñado a pensar, y Farag también creería en Él a su manera, dijera lo que dijese. Aunque, a lo peor, esta opinión, tan propia de nosotros los creyentes, no era más que una actitud intolerante y prepotente y, en realidad, sí que había gente que no creía en Dios, por extraño que fuese.

Dejé escapar un «¡Dios mío!» terrorífico cuando intenté sacar las piernas de debajo de las sábanas y las mantas: tenía agujas clavadas por todo el cuerpo, agujas, alfileres, espinas, pinchos... Toda una batería inimaginable de punzones variados. La aventura del día anterior en las catacumbas de Santa Lucía me habían dejado magullada y dolorida para bastante tiempo. ¡Eh, alto! ¿Qué era lo que me había estado diciendo a mí misma hacía sólo un momento?, me reprendí con dureza. En lugar de volver a quejarme, debería recordar con orgullo lo que había pasado en Siracusa, sintiéndome satisfecha por haber resuelto el enigma y haber salido viva de aquel agujero. Otros, con bastante probabilidad, habían muerto allí mismo sin...

Otros habían muerto allí mismo.

—¿Y sus restos? —pregunté en voz alta.

—No cabe duda de que en Siracusa hay staurofílakes —afirmó el capitán, horas después, reunidos todos, por primera vez desde la semana anterior, en mi laboratorio del Hipogeo.

—Llame al Arzobispado y pregunte por el sacristán de la iglesia —le propuso Farag.

—¿El sacristán? —se extrañó la Roca.

—Sí, yo también creo que tiene algo que ver con la hermandad —afirmé—. Es una intuición.

—Pero ¿para qué quieren que llame? Me van a decir que sólo es un buen hombre que lleva muchísimos años ayudando generosamente en Santa Lucía. Así que, si no tienen otra idea mejor, dejemos el tema.

—Sin embargo, estoy segura de que es él quien mantiene limpio el lugar de la prueba y quien elimina los restos mortales de los que no la superan. ¿No recuerda que las cadenas de oro y plata estaban relucientes...?

—Y, aunque así fuera, doctora —repuso con sarcasmo—, ¿cree que confesaría su condición de staurofílax si se lo preguntamos amablemente? Bueno, a lo mejor podemos conseguir que la policía le detenga, aunque no haya cometido jamás ningún delito y sea el honrado y anciano sacristán de la iglesia de Santa Lucía, patrona de Siracusa. En ese caso, le quitamos la ropa por la fuerza para comprobar si hay escarificaciones en su cuerpo. Aunque, claro, si no está dispuesto a desnudarse, siempre podemos pedir una orden judicial para obligarle. Y, una vez desnudo en la comisaría... ¡Sorpresa! No hay marcas en su cuerpo y sólo es quien dice ser. ¡Muy bien! Entonces nos demanda, ¿de acuerdo?, nos pone una hermosa denuncia que, naturalmente, acaba recayendo sobre el Vaticano y saliendo en los periódicos.

—La cuestión es —zanjó Farag, aplacando al capitán— que, si el sacristán es un staurofílax, me imagino que, además de encargarse de las tareas que ha mencionado Ottavia, también avisará a la hermandad de que alguien ha comenzado las pruebas.

—No debemos ignorar esa posibilidad —asintió el capitán—. Debemos andar con cien ojos aquí en Roma.

—Y hablando de Roma... —los dos me miraron, interrogantes—. Creo que debemos tomar en consideración la idea de que podemos morir en alguna de estas pruebas. No es cuestión de asustarse ni de echarse atrás, pero las cosas deben estar claras antes de seguir.

El capitán y Boswell se miraron, interrogantes, y, luego, me miraron a mí.

—Creí que ese tema ya estaba resuelto, doctora.

—¿Cómo que ya estaba resuelto?

—No vamos a morir, Ottavia —declaró, muy decidido, Farag, subiéndose las gafas—. Nadie dice que no sea peligroso, es cierto, pero...

—... pero, por muy peligroso que sea —continuó la Roca—, ¿por qué no íbamos a superar las pruebas, como han hecho cientos de staurofílakes a lo largo de los siglos?

—No, si yo no digo que vayamos a morir *seguro*. Lo que digo es que podemos morir, simplemente, y que no debemos olvidarlo.

—Lo sabemos, doctora. Y también lo sabe Su Eminencia el cardenal Sodano y Su Santidad el Papa. Pero nadie nos obliga a estar aquí. Si no se siente capaz de seguir, lo entenderé. Para una mujer...

—¡Ya estamos otra vez! —clamé, indignada.

Farag empezó a reírse por lo bajo.

—¿Se puede saber de qué te ríes? —le espeté.

—Me río porque ahora vas a querer ser la primera en superar todas las pruebas.

—¡Pues bueno, sí! ¿Y qué?

—¡Pues nada! —contestó, soltando una enorme carcajada. Lo extraño fue que, antes de que me hubiera dado tiempo a reaccionar, otra carcajada descomunal se escuchó en el laboratorio. No podía creer lo que veía: Farag y la Roca estaban muertos de risa, se coreaban el uno al otro y sus carcajadas no tenían fin. ¿Qué podía hacer yo, además de matarles...? Suspiré y sonreí con resignación. Si ellos estaban dispuestos a llegar hasta el final de aquella aventura, yo iría dos pasos por delante. De modo que, asunto resuelto. Ahora sólo había que ponerse a trabajar.

—Deberíamos empezar a estudiar las notas de la inscripción —sugerí, apoyando los codos pacientemente sobre la mesa.

—Sí, sí... —farfulló Boswell, secándose las lágrimas con el dorso de las manos.

—Una gran idea, doctora —dijo, entre hipos, el capitán. Era bueno saber que la Roca también sabía reír.

—Pues, si ya te has recuperado, lee tus notas, por favor, Farag.

—Un momento... —rogó, mirándome afectuosamente mientras extraía la libreta de uno de los enormes bolsillos de su chaqueta. Carraspeó, se retiró el pelo de la cara, volvió a subirse las gafas, inspiró aire y, por fin, encontró lo que buscaba y empezó a leer—. «Considerad, hermanos míos, como motivo de grandes alegrías el veros envueltos en toda clase de pruebas, sabiendo que la prueba de vuestra fe produce constancia. Pero que la constancia lleve consigo una obra perfecta, para que seáis perfectos y plenamente íntegros, sin deficiencia alguna. Que si alguno de vosotros se ve falto de sabiduría, pídala a Dios, que da a todos generosamente y no reprocha, y le será otorgada. Pero pida con fe, sin dudar nada; pues el que duda es semejante al oleaje del mar agitado por el viento y llevado de una parte a otra. No piense tal hombre en recibir cosa alguna del Señor; es un hombre de ánimo doblado...»

—¿Un hombre de ánimo doblado? Esa no es mi traducción.

—En realidad, es la mía. Como era yo quien tomaba las notas... —señaló, satisfecho—. «... es un hombre de ánimo doblado, inconstante en todos sus caminos. Gloríese el hermano humilde en su exaltación y el rico en su humillación. Bienaventurado el que soporta la prueba, porque, una vez probado, recibirá la corona.» Luego venía aquello de: «Y con esto, nos dirigimos a Roma», que, como ya comentó el capitán, es la pista que indica la ciudad de la primera prueba del *Purgatorio*. Y, por fin, «El templo de María está bellamente adornado».

—Está bellamente adornado —repetí, un tanto desolada—. Se trata de un hermoso templo dedicado a la Virgen. Esta es la clave para localizar el sitio, no hay duda, pero es una clave bastante pobre. La solución no es la frase, sino que está en la frase. Pero ¿cómo averiguarla?

—En Roma todas las iglesias dedicadas a María son hermosas, ¿no es cierto?

—¿Sólo las dedicadas a María, profesor? —ironizó Glauser-Röist—. En Roma todas las iglesias son hermosas.

No me había dado cuenta, pero, sin motivo aparente, acababa de ponerme en pie y levantaba en el aire la mano derecha. Mi mente vagaba por las palabras.

—¿Cómo era la frase en griego, Farag? ¿Copiaste el texto original?

El profesor me miró, frunciendo el ceño y observando mi mano, misteriosamente colgada de algún cable inexistente.

—¿Te pasa algo en el brazo?

—¿Copiaste el texto, Farag? El original, ¿lo copiaste?

—Pues no, no lo copié, Ottavia, pero lo recuerdo de manera aproximada.

—No me sirve de una manera aproximada —exclamé, bajando la mano hasta el bolsillo de la bata, que seguía poniéndome por costumbre; no sabía estar en el laboratorio sin ella—. Necesito recordar cómo estaban escritas, exactamente, las palabras «bellamente adornado». ¿Era *kalós kekósmetai*?[23] ¡Tengo una corazonada!

—A ver... Déjame recordar... Sí, estoy seguro, era «το ιερον της Παναγιας καλως κεκοσμεται», «El templo de la Santísima está bellamente adornado». *Panagias*, la «Toda Santa» o «Santísima», es la forma griega de llamar a la Virgen.

—¡Naturalmente! —proclamé entusiasmada—. *¡Kekósmetai! ¡Kekósmetai!* ¡Santa María in Cosmedín!

—¿Santa María in Cosmedín? —preguntó Glauser-Röist, poniendo cara de no saber de qué le estaba hablando.

Farag sonrió.

—¡Es increíble! —dijo—. ¿Hay un templo en Roma que tiene un nombre griego? Santa María la Bella, la Hermosa... Creí que aquí todo sería en italiano o en latín.

—Increíble es poco —murmuré, paseando arriba y abajo de mi pequeño laboratorio—, porque, además, resulta que es una de mis iglesias preferidas. No voy tan a menudo como me gustaría porque queda lejos de casa, pero es el único templo de Roma en el que se celebran oficios religiosos en griego.

—No recuerdo haber estado allí nunca —comentó la Roca.

—¿Ha metido la mano alguna vez en la «Boca de la Verdad», capitán? —le pregunté—. Sí, ya sabe, esa efigie terrorífica cuya boca, según dice la leyenda, muerde los dedos de los mentirosos.

—¡Ah, sí! Claro que he visitado la «Boca de la Verdad». Es un lugar imprescindible de Roma.

—Bueno, pues la «Boca de la Verdad» está situada en

23. *Kalós kekósmetai*, transcripción fonética de καλως κεκοσμεται, «bellamente adornado».

el pórtico de Santa María in Cosmedín. Gentes de todas partes del mundo descienden de los autocares que abarrotan la plaza de la iglesia, hacen cola en el pórtico, llegan a la efigie, meten la mano, se hacen la foto de rigor y se van. Nadie entra en el templo, nadie lo ve, nadie sabe que existe, y, sin embargo, es uno de los más hermosos de Roma.

—«El templo de María está bellamente adornado» —recitó Boswell.

—Pero bueno, doctora, ¿cómo sabe usted que se trata de esa iglesia? ¡Ya he dicho que hay cientos de iglesias hermosas en esta ciudad!

—No, capitán —repuse, deteniéndome ante él—, no es sólo porque sea hermosa, que lo es y mucho, ni porque fuera embellecida todavía más por los griegos bizantinos que llegaron a Roma en el siglo VIII huyendo de la querella iconoclasta. Es porque la frase de la inscripción de las catacumbas de Santa Lucía la señala directamente: «El templo de María está bellamente adornado», *kalós kekósmetai...* ¿No lo ve? *Kekósmetai*, Cosmedín.

—No lo puede ver, Ottavia —me reprendió Farag—. Yo se lo explicaré, capitán. Cosmedín deriva del griego *kosmidion*, que significa adornado, ornamentado, hermoso... Cosmético, por ejemplo, también deriva de esta palabra. *Kekósmetai* es el verbo en pasiva de nuestra frase. Si le quitamos la reduplicación *ke* con la que comienza, cuya única función es la de distinguir el perfecto de los demás tiempos verbales, nos queda *kósmetai*, que, como verá comparte la raíz con *kosmidion* y con Cosmedín.

—Santa María in Cosmedín es el lugar señalado por los staurofílakes —afirmé, totalmente convencida—. Sólo tenemos que ir allí y comprobarlo.

—Antes deberíamos repasar las notas sobre la primera cornisa del *Purgatorio* de Dante —señaló Farag, cogiendo mi ejemplar de la *Divina Comedia* que estaba sobre la mesa.

Empecé a quitarme la bata.

—Me parece muy bien pero, mientras tanto, yo haré algunas cosas urgentes.

—No hay nada más urgente, doctora. Esta misma tarde debemos ir a Santa María in Cosmedín.

—Ottavia, siempre te escapas cuando hay que leer a Dante.

Colgué la bata y me volví para mirarles.

—Si tengo que volver a arrastrarme por el suelo, bajar escalones polvorientos y recorrer catacumbas inexploradas, necesito una ropa más adecuada que la que uso para trabajar en el Vaticano.

—¿Vas a comprarte ropa? —se sorprendió Boswell.

Abrí la puerta y salí al corredor.

—En realidad, sólo voy a comprarme unos pantalones.

Jamás hubiera ido a Santa María in Cosmedín sin leer antes el Canto X del *Purgatorio* de Dante, pero las tiendas cerraban a mediodía y no me quedaba mucho tiempo para comprar lo que necesitaba. Quería, además, llamar a casa para ver cómo se encontraba mi madre y el resto de mi familia y para eso necesitaba un poco de tranquilidad.

Cuando volví al Archivo, me dijeron que Farag y el capitán estaban comiendo en el restaurante de la Domus, así que pedí un bocadillo en la cafetería de personal y me encerré en el laboratorio para leer tranquilamente la crónica de las desgracias que íbamos a sufrir aquella tarde. No dejaba de rondarme la cabeza el truco de la tabla de multiplicar con el que había resuelto el enigma de la entrada. Todavía podía verme, con siete u ocho años, sentada en la cocina frente a los deberes del colegio, con

Cesare a mi lado explicándome la trampa. ¿Cómo era posible que una simple treta de niños ascendiera a la categoría de prueba iniciática de una secta milenaria? Sólo podía encontrar dos explicaciones: la primera, que lo que siglos atrás se consideraba el *summum* de la ciencia ahora se había reducido al nivel de los estudios primarios, y la otra, inaudita y difícil de aceptar, que la sabiduría del pasado podía cruzar los siglos escondida tras ciertas costumbres populares, cuentos, juegos infantiles, leyendas, tradiciones e, incluso, libros aparentemente inocuos. Para descubrirla, sólo hacía falta cambiar la forma de mirar el mundo, me dije, aceptar que nuestros ojos y nuestros oídos son unos pobres receptores de la completa realidad que nos rodea, abrir nuestra mente y dejar de lado los prejuicios. Y ese era el sorprendente proceso que yo estaba empezando a sufrir, aunque no tenía ni idea de por qué.

Ya no leía el texto dantesco con la indiferencia de antes. Ahora sabía que aquellas palabras ocultaban un significado más profundo del que aparentaban. Dante Alighieri había estado también frente a la imagen del ángel guardián en las catacumbas de Siracusa y había tirado de aquellas mismas cadenas que yo había tenido en mis manos. Entre otras muchas cosas, eso me hacía sentir una cierta familiaridad con el gran autor florentino y me asombraba el hecho de que se hubiera atrevido a escribir el *Purgatorio* sabiendo como sabía que los staurofílakes jamás podrían perdonárselo. Quizá su ambición literaria era enorme, quizá necesitaba demostrar que era un nuevo Virgilio, recibir esa corona de laurel, premio de poetas, que ornaba todos sus retratos y que, según decía él, era lo único que de verdad codiciaba. En Dante existía el irresistible deseo de pasar a la posteridad como el escritor más grande de la historia y así lo manifestó en repetidas ocasiones, por eso debía resultarle muy penoso ver cómo iba pasando el tiempo, como iba cumpliendo años sin alcanzar sus sueños y, al igual que Fausto siglos después, probablemente consideró que podía vender su alma al diablo a cambio de la gloria. Cumplió sus sueños, aunque pagó el precio con su propia vida.

El Canto X daba comienzo cuando Dante y su maestro, Virgilio, cruzaban, por fin, el umbral del Purgatorio. Por el ruido de la puerta al cerrarse a sus espaldas —no podían mirar atrás—, adivinaron que ya no había camino de retorno. Se iniciaba así la purificación del florentino, su propio proceso de limpieza interior. Había visitado el Infierno y había visto los castigos que se inflingían a los eternamente condenados en los nueve círculos. Ahora se le pedía que se purificara de sus propios pecados para poder acceder, totalmente renovado, al reino celestial donde le esperaba su amada Beatriz, quien, según Glauser-Röist, no era otra cosa que la representación de la Sabiduría y el Conocimiento Supremo.

> *Ascendimos por la hendidura de una roca,*
> *que se movía de uno y de otro lado*
> *como la ola que huye y se aleja.*

> *«Aquí es preciso usar la destreza*
> *—dijo mi guía— y que nos acerquemos*
> *aquí y allá del lado que se aparta.»*

¡Dios mío, una roca en movimiento! El trozo de pan que estaba masticando se me volvió amargo en la boca. ¡Menos mal que había comprado aquellos preciosos pantalones de color gris perla! Estaba contenta porque me habían costado muy baratos y me sentaban muy bien. Oculta en el probador de la tienda, yo sola frente al espejo, descubrí que me daban un aspecto juvenil que no había tenido nunca. Deseé con toda mi alma que no existiera ninguna ridícula norma que me prohibiera llevar aquellos pantalones, pero, de haberla, la hubiera ignorado totalmente y sin remordimientos. A mi mente vino el recuerdo de la célebre hermana norteamericana Mary Dominic Ramacciotti, fundadora de la residencia romana *Girls' Village*, que obtuvo un permiso especial del papa Pío XII para poder llevar abrigos de pieles, hacerse la permanente, usar cosméticos de Elizabeth Arden, frecuentar la ópera y vestir con exquisita elegancia. Yo no aspiraba a tanto; me conformaba con llevar unos simples pantalones —que, por cierto, no me había quitado al salir de la tienda.

Tras grandes dificultades Dante y Virgilio llegaban, por fin, a la primera cornisa, al primer círculo purgatorial.

> *Desde el borde que cae sobre el vacío,*
> *hasta el pie del alto muro que asciende,*
> *mediría sólo tres veces el cuerpo humano;*
>
> *y hasta donde alcanzaba con los ojos,*
> *tanto por la izquierda como por la derecha,*
> *esa cornisa igual me parecía.*

Pero enseguida Virgilio le obliga a dejar de curiosear para que preste atención a la extraña turba de almas que, penosa y lentamente, se aproxima hasta ellos.

> *Yo comencé: «Maestro, lo que veo*
> *venir hacia aquí no me parecen personas*
> *y no sé lo que es; se desvanece a mi vista».*
>
> *Y aquel: «La abrumadora condición*
> *de sus tormentos hacia el suelo les inclina,*
> *y aun mis ojos dudaron al principio.*
>
> *Pero mira fijamente y descubre*
> *lo que viene debajo de esas peñas:*
> *podrás verlos a todos doblegados».*

Se trataba de las almas de los soberbios, aplastadas por el peso de unas enormes piedras que les servían de humillación y de purificación de las vanidades del mundo. Avanzaban dolorosamente por la estrecha cornisa, con las rodillas pegadas al pecho y las caras desencajadas por el agotamiento, recitando una extraña versión del Padrenuestro adaptada a su situación: «¡Oh Padre nuestro, que estás en los cielos, aunque no sólo en ellos...»; de este modo empezaba el Canto XI. Dante, horrorizado por su sufrimiento, les desea una rápida transición por el Purgatorio para que puedan alcanzar pronto «las estrelladas ruedas». Virgilio, por su parte, siempre más práctico para estas cosas, pide a las almas que les indiquen la ruta de subida a la segunda cornisa.

> *Dijeron: «A mano derecha, por la orilla*
> *veniros, y encontraremos un sendero*
> *por donde pueda subir un hombre vivo».*

Por el camino, tienen lugar, como en el Antepurgatorio, largas conversaciones con viejos conocidos de Dante o personajes famosos, todos los cuales le previenen contra la vanidad y la soberbia, como adivinando que es esta cornisa la que le tocaría al poeta de no purificarse a tiempo. Por fin, tras mucho hablar y pasear, se inicia un nuevo Canto, el XII, al principio del cual Virgilio conmina al florentino para que deje en paz de una vez a las almas de los soberbios y se concentre en encontrar la subida:

> *Y él dijo: «Vuelve al suelo la mirada,*
> *pues para caminar seguro es bueno*
> *ver el lugar donde pones las plantas».*

Dante, obediente, mira la calzada y la ve cubierta de maravillosas figuras labradas. A partir de aquí se inicia una larguísima escena de doce o trece tercetos en la que se detallan sucintamente las escenas representadas en los grabados de la piedra: Lucifer cayendo desde el Cielo como un rayo, Briareo agonizando tras sublevarse contra los dioses del Olimpo, Nemród enloqueciendo al ver el final de su hermosa Torre de Babel, el suicidio de Saúl tras la derrota en Gelboé, etc. Multitud de ejemplos míticos, bíblicos o históricos de soberbia castigada. El poeta florentino, mientras camina completamente inclinado para no perder detalle, se pregunta, admirado, quién será el artista que con su pincel o buril trazó de forma tan magistral aquellas sombras y actitudes.

Por fortuna, me dije, Dante no tuvo que cargar con ninguna piedra, lo cual era un gran consuelo para mí, pero no se libró de doblar el espinazo durante un largo trecho para mirar los relieves. Si la prueba de los staurofílakes consistía en eso, en caminar encorvada unos cuantos kilómetros, estaba lista para empezar, aunque algo me decía que no iba a ser tan sencillo. La experiencia de Siracusa me había marcado profundamente y ya no me fiaba en absoluto de los hermosos versos.

Total, que los dos viajeros llegan, por fin, al extremo opuesto de la cornisa y, en ese momento, Virgilio le dice a Dante que se prepare, que adorne de reverencia su rostro y su actitud porque un ángel, vestido de blanco y centelleando como la estrella matutina, se acerca hasta ellos para ayudarles a salir de allí:

> *Abrió los brazos, y después las alas*
> *diciendo: «Venid, los peldaños están*
> *cercanos y puede subirse fácilmente.*
>
> *Muy pocos reciben esta invitación.*
> *¡Oh humanos, nacidos para remontar el vuelo!*
> *¿Cómo un poco de viento os echa a tierra?».*

*A la roca cortada nos condujo y
allí batió las alas por mi frente,
prometiéndonos una marcha segura.*

Unas voces entonan el *Beati pauperes spiritu*[24] mientras ellos dos comienzan a subir por la empinada escalera. Entonces Dante, que hasta ese momento ha comentado en diversas ocasiones su gran cansancio físico por las caminatas, se extraña de sentirse ligero como una pluma. Virgilio se vuelve hacia él y le dice que, aunque no se haya dado cuenta, el ángel le ha borrado, con su batir de alas, una de aquellas siete P que lleva grabadas en la frente (una por cada pecado capital), y que ahora lleva menos peso. Así pues, Dante Alighieri acaba de librarse del pecado de la soberbia.

Y en este punto, me dormí sobre la mesa, de puro agotamiento. Yo no tenía tanta suerte como el poeta florentino.

En mi sueño, agitado y lleno de imágenes de la cripta de Siracusa y de peligros indefinibles, Farag aparecía sonriente y me transmitía seguridad. Yo cogía su mano con desesperación porque era la única oportunidad que tenía de salvarme, y él me llamaba por mi nombre con una infinita dulzura.

—Ottavia... Ottavia. Despiértate, Ottavia.

—Doctora, se hace tarde —bramó Glauser-Röist, inmisericorde.

Gemí sin poder salir de mi sueño. Tenía un agudo dolor de cabeza que se intensificaba si trataba de abrir los ojos.

—Ottavia, ya son las tres —seguía diciéndome Farag.

24. Primera bienaventuranza del Sermón de la Montaña, *Bienaventurados los pobres de espíritu...* (Mt. 5, 3).

—Lo siento —mascullé, al fin, incorporándome costosamente—. Me he quedado dormida. Lo siento mucho.

—Estamos agotados —afirmó Farag—. Pero esta noche descansaremos, ya lo verás. Cuando salgamos de Santa María in Cosmedín, nos iremos directamente a la Domus y no nos levantaremos en una semana.

—Se hace tarde —insistió la Roca, cargando su mochila de tela al hombro, que ahora parecía mucho más llena que el día anterior. Debía haber metido un extintor de fuego o algo así.

Abandonamos el Hipogeo, no sin antes haberme tomado una pastilla para el dolor de cabeza, la más fuerte que encontré en el dispensario, y cruzamos la Ciudad hasta el aparcamiento de la Guardia Suiza donde Glauser-Röist tenía su deportivo azul. El aire fresco del exterior me ayudó a despejarme y me alivió un poco el abotagamiento que sentía, pero lo que hubiera necesitado, de verdad, era irme a casa y dormir durante veinte o treinta horas. Creo que fue entonces cuando comprendí en toda su crudeza que, hasta que no finalizara aquella extraña historia, el descanso, el sueño y la vida ordenada se habían convertido en lujos imposibles.

Cruzamos la Porta Santo Spirito y, avanzando por el Lungotévere, llegamos hasta el puente Garibaldi, colapsado, como siempre, por un tráfico salvaje. Tras diez minutos largos de lenta espera, cruzamos el río y enfilamos, a toda velocidad, por la via Arenula y la via delle Botteghe Oscure hasta la piazza de San Marco, dando así un rodeo exagerado que, sin embargo, nos garantizaba una llegada más rápida hasta Santa María in Cosmedín. Las *scooters* nos rondaban y adelantaban como enjambres de avispas enloquecidas pero Glauser-Röist consiguió, milagrosamente, esquivarlas a todas, y, por fin, tras no pocos sobresaltos, el Alfa Romeo se detuvo junto a la acera del parque de la Piazza Bocca della Verità. Allí estaba mi pequeña e ignorada iglesia bizantina, tan armoniosa y sabia en sus proporciones. La contemplé con afecto a través del parabrisas, al tiempo que abría la portezuela para salir.

El cielo se había ido nublando a lo largo del día y una luz oscura y gris aplastaba la belleza de Santa María in Cosmedín, sin por ello menoscabarla en absoluto. Quizá, además del cansancio, era ese ambiente plomizo el motivo de mi dolor de cabeza. Levanté la mirada hasta lo más alto del campanario de siete pisos, que se alzaba majestuoso desde el centro de la iglesia, y reflexioné, una vez más, sobre aquella vieja idea de los efectos del tiempo, ese tiempo inexorable que a nosotros nos destruye y que a las obras de arte las vuelve infinitamente más hermosas. Desde la Antigüedad, en aquella zona de Roma —conocida como Foro Boario por celebrarse allí las ferias de ganado vacuno— había existido una importante colonia griega y un más importante templo dedicado a Hércules Invicto, erigido en honor de aquel que había recuperado los bueyes robados por el ladrón Caco. En el siglo III de nuestra era se construyó, sobre los restos del templo, una primera capilla cristiana, capilla que en etapas posteriores fue creciendo y embelleciéndose hasta convertirse en la preciosa iglesia que era hoy. Sin duda, para Santa María in Cosmedín fue definitiva la llegada a Roma de los artistas griegos que huían de Bizancio escapando de las persecuciones iconoclastas, promovidas por aquellos otros cristianos que creían que representar imágenes de Dios, la Virgen o los santos era pecado.

Farag, el capitán y yo nos acercamos paseando hasta el pórtico de la iglesia, no sin sortear los tirabuzones de apretadas filas de turistas jubilares que hacían cola para fotografiarse con la mano dentro del enorme mascarón de la «Boca de la Verdad», situado en un extremo del pórtico. El capitán avanzaba con la firmeza y la indiferencia de un buque insignia militar, indiferente a todo cuanto nos rodeaba, mientras que Farag parecía no tener ojos suficientes para retener en su memoria hasta los detalles más nimios.

—Y esa boca... —me preguntó, divertido, inclinándose hacia mí—. ¿Ha mordido realmente a alguien alguna vez?

Solté una carcajada.

—¡Nunca! Pero si algún día lo hace, te avisaré.

Le vi reírse y observé que sus ojos azules se habían vuelto más oscuros por el reflejo de la luz y que el vello claro de la barba —que ya mostraba, por aquí y por allá, alguna que otra cana suelta—, resaltaba todavía más sus rasgos semitas y su morena piel de egipcio. ¿Qué vueltas tan extrañas daba la vida que unía en un mismo tiempo y lugar a un suizo, una siciliana y un compendio morfológico racial?

El interior de Santa María estaba iluminado por focos eléctricos colocados en lo alto de las naves laterales y de las columnas, ya que la claridad que se colaba desde el exterior resultaba demasiado pobre para permitir la celebración de los oficios. La decoración de la iglesia era netamente griego-bizantina y aunque por ese motivo todo en ella me gustaba, lo que siempre me atraía como un imán eran los enormes lampararios de hierro, que, en lugar de albergar, como en las iglesias latinas, decenas de velillas aplanadas y blancas, sostenían finos cirios de color amarillo, típicos del mundo oriental. Sin dudarlo un momento, me adelanté hasta el lamparario que se apoyaba contra el pretil de la *schola cantorum* —situada en la nave central, delante del altar—, eché unas liras en el cepillo y, encendiendo una de aquellas luces doradas, entorné los párpados y me sumí en oración para pedirle a Dios que cuidara de mi padre y de mi pobre hermano, y le supliqué también que protegiera a mi madre, que, al parecer, no conseguía recuperarse de sus recientes muertes. Di gracias por estar tan ocupada en una misión de la

Iglesia y poder sustraerme así al constante dolor que su pérdida me hubiera ocasionado.

Cuando abrí los ojos, descubrí que me había quedado completamente sola y busqué con la mirada a Farag y al capitán, que deambulaban como turistas despistados por las naves laterales. Se les veía muy interesados en los frescos de los muros, que representaban escenas de la vida de la Virgen, y por la decoración del suelo, de estilo cosmatesco, pero, como yo ya conocía todo eso, me dirigí hacia el presbiterio para examinar de cerca la peculiaridad más notable de Santa María in Cosmedín: bajo un baldaquino gótico de finales del siglo XIII, una enorme bañera de pórfido color salmón oscuro, servía de altar a la iglesia. Es de suponer que algún rico bizantino —o bizantina— de la época romana imperial se había dado sus buenos baños perfumados dentro de aquel futuro tabernáculo cristiano.

Nadie me llamó la atención por pisar el presbiterio; y es que, en aquella iglesia, salvo a las horas de misa y del rosario, jamás había ni un sacerdote, ni un sacristán, ni ninguna de esas garbosas ancianas que, por unas pocas liras dejadas en el cestillo, pasaban la tarde en su iglesia parroquial tan estupendamente como mis sobrinos pasaban las noches de los sábados en las discotecas de Palermo. Santa María in Cosmedín podía permanecer tranquilamente solitaria porque apenas entraba, de vez en cuando, algún que otro visitante perdido. Y eso que su pórtico siempre estaba lleno de turistas.

Examiné la bañera detenidamente e, incluso, por lo que pudiera pasar, tiré con fuerza de sus cuatro grandes argollas laterales, también de pórfido, pero no ocurrió nada fuera de lo normal. Farag y Glauser-Röist tampoco habían tenido éxito. Parecía que los staurofílakes no hubieran pasado nunca por allí. Mientras estaba inspeccionando el trono episcopal del ábside, mis compañeros volvieron a mi lado.

—¿Algo significativo? —preguntó la Roca.

—No.

Con aire grave, nos dirigimos a la sacristía, donde encontramos a la única persona viva de aquel lugar: el viejo vendedor de la chirriante tienda de regalos llena de medallitas, crucifijos, tarjetas postales y colecciones de diapositivas. Era un anciano sacerdote vestido con una sotana mugrienta, sin afeitar y con el pelo canoso despeinado. Dondequiera que viviese aquel clérigo, la higiene brillaba por su ausencia. Nos observó torvamente cuando entramos, pero, de repente, cambió la expresión y exhibió una amabilidad servil que me desagradó.

—¿Son ustedes los del Vaticano? —inquirió mientras salía de detrás del mostrador para plantarse frente a nosotros. Su olor corporal era repugnante.

—Soy el capitán Glauser-Röist y estos son la doctora Salina y el profesor Boswell.

—¡Les estaba esperando! Estoy a su servicio. Mi nombre es Bonuomo, padre Bonuomo. ¿En qué puedo ayudarles?

—Ya hemos visto la iglesia —le informó la Roca—. Ahora quisiéramos ver todo lo demás. Creo que hay también una cripta.

El clérigo frunció el ceño y yo me sorprendí: ¿una cripta? Era la primera vez que lo oía. No sabía que hubiera tal cosa en Santa María.

—Sí —afirmó el anciano, disgustado—, pero aún no es la hora de visita.

¿*Bonuomo*...?,[25] mejor sería decir *Mal-uomo*. Pero Glauser-Röist ni se inmutó. Se limitó a mirar fijamente al sacerdote sin mover ni un músculo de la cara y sin parpadear, como si el viejo no hubiera hablado y él siguiera esperando la inexcusable invitación. Vi retorcerse

25. Apellido común en Italia que puede traducirse por «hombre bueno».

al cura, torturado entre su obligación de obedecer y su mezquina incapacidad para saltarse el horario.

—¿Hay algún problema, padre Bonuomo? —le preguntó, gélido y cortante, Glauser-Röist.

—No —gimió el viejo, girando sobre sí mismo y guiándonos hasta las escaleras que descendían hacia la cripta. Una vez allí, se detuvo frente a la puerta y, en un panel situado a la derecha, accionó varios interruptores—. Ya tienen luz. Lamento no poder acompañarles; no puedo abandonar la tienda. Avísenme cuando terminen.

Con estas secas palabras, se esfumó de nuestro lado, detalle que yo le agradecí de todo corazón porque respirar continuamente el desagradable olor acre que desprendía me estaba revolviendo el estómago.

—¡De nuevo al centro de la tierra! —exclamó jocoso Farag, iniciando el descenso lleno de entusiasmo.

—Espero volver a ver algún día la luz del sol... —masculló, siguiéndole.

—No lo creo, doctora.

Me volví a mirarle con mala cara.

—Por lo del fin del milenio —me aclaró, tan serio como siempre—. Ya sabe... El mundo será destruido cualquier día de estos. Quizá mientras estamos en la cripta.

—¡Ottavia! —se apresuró a contenerme Farag—. ¡Ni se te ocurra iniciar una discusión!

No pensaba hacerlo. Hay tonterías que no merecen respuesta.

Aquel fatuo sacerdote nos había engañado con lo de la luz. Apenas llegamos al final de la escalera, nos encontramos inmersos en la más completa oscuridad. Lamentablemente, habíamos descendido lo suficiente como para que regresar resultara bastante incómodo. Debíamos estar varios metros por debajo del nivel del Tíber.

—¿Es que no hay luz en este agujero? —dijo la voz de Farag, a mi derecha.

—No hay luz en la cripta —anunció Glauser-Röist—. Pero ya lo sabía, así que no se preocupen. Estoy sacando la linterna.

—¿Y el padre Bonuomo no podía haberlo dicho antes de invitarnos a bajar? —me extrañé—. Además, ¿cómo iluminan a los turistas o a los curiosos?

—¿No se ha dado cuenta, doctora, de que no hay ningún cartel anunciando el horario de visitas?

—Ya lo había pensado. De hecho, he venido muchas veces a esta iglesia y no sabía que tuviera una cripta.

—También es extraño que no tenga ningún tipo de iluminación —continuó Glauser-Röist, encendiendo por fin la linterna que derramó un intenso haz de luz sobre el lugar en el que nos encontrábamos—, y que un sacerdote de la Iglesia se atreva a poner trabas a una orden directa de la Secretaría de Estado, y que ese mismo sacerdote no acompañe durante la visita a unos enviados del Vaticano.

El capitán enfocó hacia el fondo de la cripta y en ese momento entendí mejor que nunca el sentido original de la palabra (derivada de κρυπτη, *kripte*, que quiere decir «esconder», «ocultar»). Lo primero que divisé fue un pequeño altar al fondo, en la nave central, y es que aquel lugar tenía la forma perfecta de una iglesia, en miniatura y como hecha a escala, pero con su división en tres naves mediante columnas de capitel bajo e, incluso, sus correspondientes capillas laterales, completamente a oscuras.

—¿Está insinuando, capitán —quiso saber Boswell—, que el padre Bonuomo puede ser un staurofílax?

—Digo que puede serlo tanto como el sacristán de Santa Lucía.

—Entonces, lo es —afirmé muy convencida, adentrándome en la iglesita.

—No podemos estar seguros, doctora. Es sólo una intuición y con una intuición no vamos a ninguna parte.

—¿Y cómo es que conocía usted la existencia de este lugar casi clandestino? —pregunté con curiosidad.

—Porque busqué en Internet. Se puede encontrar casi cualquier cosa en Internet. Aunque eso usted ya lo sabe, ¿verdad, doctora?

—¿Yo? —me extrañé—. ¡Pero si yo apenas sé manejar el ordenador!

—Sin embargo, fue en Internet donde encontró toda la información sobre los *Ligna Crucis* y el accidente de aviación de Abi-Ruj Iyasus, ¿no es cierto?

Me quedé paralizada por la pregunta a bocajarro. De ningún modo podía confesar que había involucrado a mi pobre sobrino Stefano en la investigación, pero tampoco podía mentir y, además, ¿para qué? A esas alturas mi cara ya debía estar expresando toda la culpabilidad que sentía.

Sin embargo, Glauser-Röist no se quedó a esperar la respuesta. Me adelantó por la derecha y, al pasar, puso en mi mano otra linterna, idéntica a la que también entregó a Farag. De modo que nos dividimos, cada uno se fue hacia un lado y, con el resplandor de los tres focos, el lugar se volvió menos inhóspito.

—Esta cripta es conocida como la Cripta de Adriano, en honor del papa Adriano I que fue quien ordenó su restauración en el siglo VIII —nos fue explicando la Roca mientras registrábamos, metro a metro, todo el recinto—. Sin embargo, su construcción se ha fechado en torno al siglo III, durante las persecuciones de Diocleciano, cuando los primeros cristianos decidieron aprovechar los cimientos de un templo pagano que había en esta zona para edificar una pequeña iglesia secreta. Esos trozos de piedra que resaltan en el enlucido del muro son los restos del templo pagano y el altar del ábside es lo que queda del *Ara Maxima*.

—Era un templo dedicado a Hércules Invicto —le aclaré.

—Exactamente lo que yo he dicho: un templo pagano —repitió.

Con mi linterna iluminé y examiné cada rincón de las tres naves y alguno de los pequeños oratorios laterales de la izquierda. Había polvo por todas partes, así como urnas desvencijadas conteniendo los restos de santos y mártires olvidados muchos siglos atrás por la devoción popular. Pero, aparte de su obvio interés histórico y artístico, aquella discreta capilla no tenía nada digno de mención. Era, simplemente, una curiosa iglesia subterránea sin ningún dato que nos aportara pistas sobre la primera prueba del purgatorio staurofilakense.

Después de un rato de infructuosa búsqueda, los tres nos reunimos en el ábside y nos sentamos en el suelo, junto al *Ara Maxima*, para recapitular. Yo, como llevaba pantalones, me acomodé tranquilamente. Dentro de una arqueta, en el muro, el cráneo y los huesos de una tal santa Cirilla reposaban a mi lado («Santa Cirilla, virgen y mártir, hija de santa Trifonia, muerta por Cristo bajo el príncipe Claudio», rezaba el epitafio latino).

—Esta vez no hemos encontrado ningún Crismón que nos indique el camino —señaló Farag, retirándose el pelo de la cara.

—Algo tiene que haber —repuso, bastante enfadado, el capitán—. Hagamos memoria de todo lo que hemos visto desde que llegamos a Santa María in Cosmedín. ¿Qué nos ha llamado la atención?

—¡La Boca de la Verdad! —exclamó Boswell lleno de entusiasmo. Yo sonreí.

—No me refiero a las atracciones turísticas, profesor.

—Bueno... A mí es lo que más me ha llamado la atención.

—La verdad es que esa tapa de alcantarilla romana tiene su interés —comenté para respaldarle.

—Muy bien —profirió la Roca—. Volveremos arriba y comenzaremos toda la inspección de nuevo.

Aquello era más de lo que yo podía soportar. Miré mi reloj de pulsera y vi que marcaba las cinco y media de la tarde.

—¿No podríamos volver mañana, capitán? Estamos cansados.

—Mañana, doctora, estaremos en Rávena, afrontando el segundo círculo del Purgatorio. ¿No entiende que en este mismo momento, en cualquier parte del mundo, puede estar teniendo lugar otro robo de *Ligna Crucis*? ¡Incluso aquí mismo, en Roma! No, no vamos a parar y tampoco vamos a descansar.

—Estoy seguro de que no tiene importancia... —declaró, de pronto, el profesor, volviendo a sus tics nerviosos del titubeo y las gafas—, pero he visto algo extraño por allí —y señaló uno de los oratorios laterales de la derecha.

—¿De qué se trata, profesor?

—Una palabra escrita en el suelo... Grabada en la piedra, más bien.

—¿Qué palabra?

—No se distingue claramente, porque está muy desgastada, pero parece que pone «Vom».

—¿«Vom»?

—Veámosla —decidió la Roca, poniéndose en pie.

En la esquina interior izquierda del oratorio, justo en el centro de una enorme losa rectangular que hacía ángulo recto con las paredes, podía leerse, en efecto, la palabra «VOM».

—¿Qué quiere decir «Vom»? —preguntó la Roca.

Estaba a punto de responderle cuando, de repente, oímos un chasquido seco y el suelo comenzó a oscilar como si se hubiera declarado un formidable terremoto. Yo solté un grito mientras caía como un peso muerto sobre la losa que se hundía en las profundidades de la tierra, balanceándose furiosamente de un lado a otro. Sin embargo, recuerdo un detalle importante: segundos antes del chasquido, mi nariz percibió, con mucha intensidad, el inconfundible olor acre del sudor y la mugre del padre Bonuomo, que debía encontrarse muy cerca de nosotros.

El pánico me impedía pensar, sólo trataba, angustiosamente, de agarrarme al suelo oscilante para no caer al vacío. Perdí la linterna y el bolso, mientras una mano de hierro me sujetaba por la muñeca, ayudándome a mantener el cuerpo pegado a la piedra.

Estuvimos descendiendo en esas condiciones durante mucho tiempo —aunque, claro, también podría ser que a mí me pareciera eterno lo que sólo duró unos minutos—, y, por fin, la dichosa piedra tocó suelo y se detuvo. Ninguno de nosotros se movió. Sólo podía escuchar las respiraciones agitadas de Farag y del capitán por debajo de la mía. Sentía las piernas y los brazos como si fueran de goma, como si no pudieran volver a sostenerme; un temblor incontrolable me agitaba entera, de los pies a la cabeza, y notaba el corazón desbocado y unas enormes ganas de vomitar. Recuerdo haberme dado cuenta de que me llegaba una luz cegadora a través de los párpados cerrados. Debíamos parecer tres ranas tendidas boca abajo en la batea de un científico loco.

—No... No lo hemos... hecho bien... —oí decir a Farag.

—¿Se puede saber qué está diciendo, profesor? —preguntó la Roca en voz muy baja, como si le faltara fuerza para hablar.

—«... por la hendidura de una roca —recitó el profesor, tomando bocanadas de aire—, que se movía de uno y de otro lado como la ola que huye y se aleja. "Aquí es preciso usar la destreza —dijo mi guía— y que nos acerquemos aquí y allá del lado que se aparta."»

—Dichoso Dante Alighieri... —susurré con desmayo.

Mis compañeros se incorporaron, y la mano de hierro que aún me sujetaba, me soltó. Sólo entonces supe que se trataba de Farag, que se puso frente a mi cara y me tendió la misma mano con timidez, ofreciéndome su caballerosa ayuda para ponerme en pie.

—¿Dónde demonios estamos? —silabeó la Roca.

—Lea el Canto X del *Purgatorio* y lo sabrá —murmuré, todavía con las piernas temblorosas y el pulso acelerado. Aquel sitio olía a moho y a podrido, a partes iguales.

Una larga fila de antorcheros, fijados a los muros por estribos de hierro, iluminaba lo que parecía ser una vieja alcantarilla, un canal de aguas residuales en uno de cuyos márgenes nos encontrábamos nosotros. Dicho margen (¿o quizá debería llamarlo cornisa?), desde el borde que caía sobre el cauce de agua —que todavía fluía, negra y sucia—, hasta la pared, «mediría sólo tres veces el cuerpo humano», que era exactamente la anchura de la losa sobre la que habíamos descendido. Y, desde luego, hasta donde yo alcanzaba con la vista, tanto a derecha como a izquierda, sólo se divisaba la misma monótona imagen de túnel abovedado.

—Creo que ya sé qué lugar es este —afirmó el capitán, colocándose la mochila al hombro con gesto decidido. Farag se estaba sacudiendo el polvo y la suciedad de la chaqueta—. Es muy posible que nos encontremos en algún ramal de la Cloaca Máxima.

—¿La Cloaca Máxima? Pero... ¿todavía existe?

—Los romanos no hacían las cosas a medias, profesor, y, cuando de obras de ingeniería se trataba, eran los mejores. Acueductos y alcantarillados no tenían secretos para ellos.

—De hecho, en muchas ciudades de Europa se siguen utilizando las canalizaciones romanas —apunté. Acababa de encontrar los restos de mi bolso esparcidos por todas partes. La linterna estaba destrozada.

—Pero... ¡La Cloaca Máxima!

—Fue la única manera de poder levantar Roma —seguí explicándole—. Toda el área que ocupaba el Foro Romano era una zona pantanosa y hubo que desecarla. La Cloaca se empezó a construir en el siglo vi antes de nuestra era, por orden del rey etrusco Tarquinio el Viejo. Luego, como es evidente, se fue ampliando y reforzando hasta alcanzar unas dimensiones colosales y un funcionamiento perfecto durante el Imperio.

—Y este lugar en el que estamos es, sin duda, un ramal secundario —declaró Glauser-Röist—, el ramal que los staurofílakes utilizan para que sus neófitos pasen la prueba de la soberbia.

—¿Y por qué están encendidas las antorchas? —preguntó Farag, sacando una de ellas de su antorchero. El fuego rugió en su lucha contra el aire. El profesor tuvo que protegerse la cara poniendo la otra mano a modo de pantalla.

—Porque el padre Bonuomo sabía que veníamos. Creo que ya no cabe ninguna duda.

—Bueno, pues habrá que ponerse en marcha —dije yo, levantando la mirada hacia lo alto, hacia el lejano agujero que no se divisaba por ninguna parte. Debíamos haber descendido una considerable cantidad de metros.

—¿Por la derecha o por la izquierda? —preguntó el profesor, plantándose a medio camino con su antorcha en lo alto. Pensé que guardaba un cierto parecido con la Estatua de la Libertad.

—Definitivamente, por aquí —indicó Glauser-Röist, señalando misteriosamente hacia el suelo. Farag y yo nos aproximamos a él.

—¡No puedo creerlo...! —murmuré, fascinada.

Justo donde comenzaba el margen a nuestra derecha, el suelo de piedra aparecía maravillosamente tallado con escenas en relieve y, tal y como Dante contaba, la primera era la caída en picado de Lucifer desde el cielo. Podía verse el rostro del bellísimo ángel con un terrible gesto de enfado mientras tendía las manos hacia Dios en su caída, como implorando misericordia. Los detalles estaban tan cuidadosamente reflejados que era imposible no sentir un escalofrío ante semejante perfección artística.

—Es de estilo bizantino —comentó el profesor, impresionado—. Miren ese Pantocrátor justiciero contemplando el castigo de su ángel predilecto.

—La soberbia castigada... —murmuré.

—Bueno, esa es la idea, ¿no?

—Sacaré la *Divina Comedia* —anunció Glauser-Röist, acompañando la palabra con el gesto—. Debemos comprobar las coincidencias.

—Coincidirá, capitán, coincidirá. No le quepa duda.

La Roca hojeó el libro y levantó la cabeza con una sonrisa en la comisura de los labios.

—¿Saben que los tercetos de esta serie de representaciones iconográficas empiezan en el verso 25 del Canto? Dos más cinco, siete. Uno de los números preferidos de Dante.

—¡No se vuelva loco, capitán! —le imploré. Había un poco de eco.

—No me vuelvo loco, doctora. Para que lo sepa, la serie en cuestión acaba en el verso 63. O sea, seis más tres, nueve. Su otro número preferido. Volvemos al siete y al nueve.

Ni Farag ni yo prestamos demasiada atención a aquel ataque de numerología medieval; estábamos demasiado ocupados disfrutando de las bellas escenas del suelo. Después de Lucifer, aparecía Briareo, el hijo monstruoso de Urano y Gea —el Cielo y la Tierra—, fácil de reconocer por sus cien brazos y cincuenta cabezas, el cual, creyéndose más fuerte y poderoso, se había sublevado contra los dioses olímpicos y había muerto atravesado por un dardo celestial. Ni que decir tiene que la imagen, a pesar de la fealdad de Briareo, era increíblemente hermosa. La luz que llegaba desde los antorcheros del muro confería a los relieves un verismo aterrador, pero, además, las llamas de la tea de Farag les daba mayor profundidad y volumen, resaltando pequeños matices que, de otro modo, nos hubieran pasado desapercibidos.

La siguiente escena era la de la muerte de los soberbios Gigantes que habían querido terminar con Zeus y habían muerto a su vez, desmembrados, a manos de Marte, Atenea y Apolo. A continuación, Nemrod enloquecido frente a los restos de su Torre de Babel; después, Niobe, convertida en piedra por haber presumido de tener siete hijos y siete hijas delante de Latona, que sólo tenía a Apolo y Diana. Y así seguía el camino: Saúl, Aracne, Roboám, Alcmeón, Senaquerib, Ciro, Holofernes y la ciudad arrasada de Troya, el último ejemplo de soberbia castigada.

Allí estábamos los tres, con la cerviz inclinada como bueyes sometidos al yugo, silenciosos, ávidos de contemplar más y más. Como Dante, sólo teníamos que avanzar admirando aquellos pedazos de sueños o de historia que nos recomendaban humildad y sencillez. Pero después de Troya, ya no había más relieves, así que ahí terminaba la lección... ¿o no?

—¡Una capilla! —exclamó Farag, introduciéndose por una oquedad abierta en el muro.

Idéntica a la Cripta de Adriano en dimensiones y formas, y también en cuanto a disposición de los espacios, otra iglesita bizantina se ofrecía ante nuestros sorprendidos ojos. No obstante, esta capilla presentaba una importante diferencia respecto a su hermana gemela superior: las paredes estaban totalmente cubiertas por tarimas, desde cuyas superficies cientos de cuencas vacías, pertenecientes a otras tantas calaveras, nos observaban impertérritas. Farag me rodeó los hombros con su brazo libre.

—¿Estás asustada, Ottavia?

—No —mentí—. Sólo un poco impresionada.

Estaba aterrada, paralizada de espanto por aquellas miradas vacías.

—Esto es toda una necrópolis, ¿eh? —bromeó Boswell mientras me soltaba con una sonrisa y se acercaba al capitán. Yo corrí tras él, dispuesta a no separarme ni un centímetro.

No todos los cráneos estaban completos, la mayoría se apoyaba directamente sobre algunos dientes del maxilar superior (si los había) o sobre su base, como si hubieran olvidado la mandíbula inferior en alguna otra parte; muchos carecían de un parietal, un temporal o, incluso, de pedazos del frontal o del frontal entero. Pero, para mí, lo peor seguían siendo las cuencas de los ojos, algunas totalmente vacías y otras conservando los huesos orbitales. En fin, espeluznante, y habría, como poco, un centenar de aquellos restos.

—Son reliquias de santos y de mártires cristianos —anunció el capitán, que estaba examinando con atención una fila de calaveras.

—¿Qué dice? —me sorprendí—. ¿Reliquias?

—Bueno, eso parece. Hay una pequeña leyenda grabada delante de cada una con lo que parece ser su nombre: Benedetto *sanctus*, Desirio *sanctus*, Ippolito *martyr*, Candida *sancta*, Amelia *sancta*, Placido *martyr*...

—¡Dios mío! ¿Y la Iglesia no tiene conocimiento de esto? Seguramente da estas reliquias por perdidas desde hace muchos siglos.

—Quizá no sean auténticas, Ottavia. Piensa que estamos en territorio staurofílax. Cualquier cosa es posible. Además, si te fijas, los nombres no vienen en latín clásico, sino medieval.

—No importa que sean falsas —advirtió la Roca—. Eso tiene que decidirlo la Iglesia. ¿Acaso es verdadera la Vera Cruz que perseguimos?

—En eso tiene razón el capitán —asentí—. Esto es cosa de los expertos del Vaticano y del Archivo de Reliquias.

—¿Qué es el Archivo de Reliquias? —preguntó Farag.

—El Archivo de Reliquias es donde se guardan, en vitrinas y anaqueles, las reliquias de los santos que la Iglesia necesita para cuestiones administrativas.

—¿Para qué las necesita?

—Pues... Cada vez que se construye una nueva iglesia en el mundo, el Archivo de Reliquias tiene que enviar algún fragmento de hueso para que sea depositado bajo el altar. Es obligatorio.

—¡Caramba! Me gustaría saber si en nuestras iglesias coptas también tenemos de eso. Reconozco mi ignorancia en estos asuntos.

—Seguramente sí. Aunque no sé si también guardaréis sus...

—¿Qué les parece si salimos de aquí y continuamos nuestro viaje? —atajó Glauser-Röist, encaminándose a la salida. ¡Qué hombre tan pelmazo, por Dios!

Farag y yo, como disciplinados alumnos, abandonamos la capilla detrás de él.

—Los relieves acaban aquí —señaló la Roca—, justo delante de la entrada a la cripta. Y eso no me gusta.

—¿Por qué? —le pregunté.

—Porque me da la impresión de que este ramal de la Cloaca Máxima no tiene salida.

—Ya me había dado cuenta de que el agua del cauce apenas discurre —señaló Farag—. Está prácticamente quieta, como si estuviera estancada.

—Sí que fluye —protesté—. Yo la veo moverse en el sentido de nuestra propia marcha. Muy despacio, pero se mueve.

—*Eppur si muove...*[26] —dijo el profesor.

---

26. «Y, sin embargo, se mueve.» Famosa frase pronunciada en 1632 por Galileo, después de que la Iglesia le obligara a negar que la Tierra giraba en torno al Sol, como afirmaba Copérnico y como él mismo había demostrado.

—Exactamente. En caso contrario, estaría podrida, descompuesta. Y no es así.

—¡Hombre, sucia sí que está!

Y en eso estuvimos los tres de acuerdo.

Por desgracia, el capitán había acertado cuando adelantó que el ramal no tenía salida. Apenas doscientos metros después, topamos con un muro de piedra que bloqueaba el túnel.

—Pero... Pero el agua se mueve... —balbucí—. ¿Cómo es posible?

—Profesor, levante la antorcha todo lo que pueda y llévela hacia el borde mismo del margen —dijo el capitán mientras iluminaba el muro con su potente linterna. Bajo las dos fuentes de luz, el misterio quedó aclarado: en el centro mismo del dique, y como a media altura, se distinguía tenuemente un Crismón de Constantino labrado en la roca y, pasando por su mismo eje, una línea vertical, de bordes irregulares, que partía el muro en dos.

—¡Es una compuerta! —indicó Boswell.

—¿De qué se extraña, profesor? ¿Acaso creía que iba a ser fácil?

—Pero ¿cómo vamos a mover esas dos hojas de piedra? ¡Deben pesar un par de toneladas cada una, por lo menos!

—Bueno, pues habrá que sentarse y meditar.

—Lo que siento es que se nos echa encima la hora de cenar y yo empiezo a tener hambre.

—Pues ya podemos resolver este enigma pronto —advertí, dejándome caer sobre el suelo—, porque si no salimos de aquí, ni cena esta noche, ni desayuno mañana por la mañana, ni comida el resto de nuestra vida. Una vida que, por cierto, desde esta perspectiva se presenta bastante corta.

—¡No empiece otra vez, doctora! Usemos el cerebro y, mientras pensamos, cenaremos unos sándwiches que he traído.

—¿Sabía que pasaríamos aquí la noche? —me extrañé.

—No, pero no podía estar seguro de lo que iba a pasar. Ahora —nos urgió—, intentemos solucionar el problema, por favor.

Estuvimos dando vueltas al asunto de la compuerta durante mucho rato y volvimos a examinarla con cuidado muchas veces. Incluso llegamos a utilizar un pedazo de madera de las tarimas de la cripta para comprobar la parte del dique que quedaba sumergida bajo el agua. Pero, un par de horas más tarde, sólo habíamos conseguido averiguar que las hojas de piedra no estaban perfectamente encajadas y que por ese resquicio minúsculo era por donde se escapaba el agua. Volvimos sobre los relieves una y otra vez —arriba y abajo, abajo y arriba—, pero no conseguimos sacar nada en claro. Eran preciosos pero nada más.

Cerca ya de la medianoche, agotados, hartos y helados de frío, regresamos a la iglesia. A esas alturas, conocíamos el ramal de la Cloaca Máxima como si lo hubiéramos construido con nuestras propias manos y teníamos muy claro que de allí no se salía como no fuera por arte de magia o superando la prueba —si es que conseguíamos averiguar cuál era—, pues si por un lado estaban las compuertas, por el otro, a un par de kilómetros de la losa oscilante, sólo había un desmonte de piedras, un derrumbamiento que filtraba el agua a través de numerosos intersticios. Allí encontramos, en un rincón, una caja de madera llena de antorchas apagadas, y los tres llegamos a la conclusión de que aquello no era buena señal.

Sopesamos la posibilidad de que hubiera que mover aquellos pedruscos enormes para poder salir, ya que los penados de la primera cornisa sufrían precisamente ese castigo por su soberbia, pero llegamos a la conclusión de que era imposible, dado que cada una de aquellas rocas debía pesar el doble o el triple de lo que pesaba cada uno de nosotros. De modo que, estábamos atrapados y como no encontrásemos pronto la solución, allí íbamos a quedarnos para alimento de gusanos.

Mi dolor de cabeza, que había desaparecido durante unas horas, volvió más acusado que antes y yo sabía que era por el cansancio y el sueño atrasado. No tenía ni fuerza para bostezar, pero el profesor sí, y abría la boca desmesuradamente cada vez con más frecuencia.

En la iglesia hacía frío, aunque menos que en el cauce, de modo que llevamos todas las antorchas posibles a uno de los oratorios y las dispusimos en el suelo a modo de hoguera. Aquello calentó el pequeño rincón lo suficiente como para permitirnos sobrevivir a la noche, pero estar rodeada de observadoras calaveras no era, precisamente, lo que yo hubiera necesitado para conciliar el sueño.

Farag y el capitán se enzarzaron en una larga discusión sobre la hipotética naturaleza de la prueba que debíamos superar y que, desde luego, no era otra que abrir las compuertas de piedra del dique. El problema estaba en cómo abrirlas, y ahí era donde no se ponían de acuerdo. No recuerdo mucho de aquella conversación porque yo tenía la sensación de estar a medio camino entre el sueño y la vigilia, flotando en un espacio etéreo iluminado por el fuego y rodeada de calaveras susurrantes. Porque las calaveras hablaban... ¿o eso era parte del sueño? No sé, es obvio que sí, pero el caso era que a mí me parecía que hablaban o que silbaban. Lo último que recuerdo antes de entrar en un coma profundo es haber notado que alguien me ayudaba a tumbarme y me ponía algo blando bajo la cara. Luego nada más hasta que entreabrí los ojos un momento (no debía disfrutar de un descanso muy apacible) y divisé a Farag tumbado a mi lado, dormido, y al capitán leyendo a Dante a la luz de la hoguera, totalmente absorto. No habría pasado mucho tiempo cuando una exclamación me despertó. Inmediatamente se produjo otra, y otra más, hasta que me incorporé, sobresaltada, y vi a la Roca en pie, tan alto como un dios griego, levantando los brazos en el aire.

—¡Lo tengo! ¡Lo tengo! —gritaba entusiasmado.

—¿Qué pasa? —preguntó la voz somnolienta de Farag—. ¿Qué hora es?

—¡Levántese, profesor! ¡Levántese, doctora! ¡Les necesito! ¡He encontrado algo!

Miré mi reloj. Eran las cuatro de la madrugada.

—¡Señor! —sollocé—. ¿Es que nunca podremos volver a dormir seis o siete horas seguidas?

—Escuche atentamente, doctora —clamó la Roca, abalanzándose sobre mí como una fuerza de la naturaleza—: «Veía a aquel que noble fue creado...», «Veía en otro lado a Briareo...», «Veía a Marte, a Atenea y a Apolo...», «Veía a Nemrod al pie de su gran obra...». ¿Qué le parece, eh?

—¿No son esos los primeros versos de los tercetos donde se describen los relieves? —pregunté a Farag que miraba al capitán con un gesto de incomprensión en la cara.

—¡Pero hay más! —continuó Glauser-Röist—. Escuchen: «¡Oh, Niobe, con qué desolados ojos...!», «¡Oh, Saúl, cómo con tu propia espada...!», «¡Oh, loca Aracne, así pude verte...!», «¡Oh, Roboán, no parece que asustaras...!».

—¿Qué le pasa al capitán, Farag? ¡No entiendo nada!

—Yo tampoco, pero escuchémosle a ver dónde quiere llegar.

—Y, por último, *por-úl-ti-mo...* —recalcó, agitando el libro en el aire y volviendo, luego, a mirarlo—. «Mostraba aún el duro pavimento...», «Mostraba cómo se lanzaron...», «Mostraba el crudo ejemplo...», «Mostraba cómo huyeron derrotados...». Y, ¡atención ahora!, es muy, muy importante. Versos 61 a 63 del Canto:

Veía *a Troya en ruinas y en cenizas;*
¡Oh, Ilión, cuán abatida y despreciable
mostrábate *el relieve que veía!*

—¡Es una serie de estrofas acrósticas! —exclamó Boswell, arrebatándole el libro al capitán—. Cuatro versos que empiezan con «*Veía*», cuatro con «*¡Oh!*» y cuatro con «*Mostraba*».

—¡Y un último terceto, el de Troya que les he leído completo, con la clave!

Me dolía mucho la cabeza, pero fui capaz de comprender lo que estaba pasando, e, incluso, descubrí antes que ellos la relación de esas estrofas acrósticas con la misteriosa palabra que Farag había encontrado en la losa oscilante y que nos llevó a los tres a ponernos encima de ella: «VOM».

—¿Qué querrá decir «Vom»? —preguntó el capitán—. ¿Tendrá algún significado?

—Lo tiene, Kaspar, lo tiene. Y, por cierto, que esto me trae a la memoria a nuestro buen padre Bonuomo. ¿A ti no, Ottavia?

—Ya lo había pensado —repliqué, poniéndome dificultosamente en pie y frotándome la cara con las manos—. Y, por eso mismo, me pregunto cuántos pobres aspirantes a staurofílax habrán perdido sus vidas intentando superar estas pruebas. Hay que ser un lince para atar tanto cabo suelto.

—¿Serían tan amables de explicarse, por favor? Ahora soy yo el que no les entiende.

—En latín, capitán, la U y la V se escriben igual, ambas con la grafía V, de manera que «Vom» es lo mismo que «Uom», o sea, *hombre*, en italiano medieval. Nuestro simpático sacerdote se hace llamar Bon-Uomo, o Bon-Uom, es decir, *Buen hombre*. ¿Lo pilla ahora?

—¿A este lo hará detener, Kaspar?

El capitán rehusó con la cabeza.

—Estamos igual que antes. El padre Bonuomo tendrá una coartada sólida y un pasado intachable. Ya se habrá preocupado la hermandad de cubrirle bien las espaldas, sobre todo siendo el guardián de la prueba de Roma. Y él nunca reconocería voluntariamente su condición de staurofílax.

—¡Bueno, señores! —dije con un suspiro—. Se acabó la cháchara. Ya que no vamos a dormir, será mejor continuar con el hilo argumental que habíamos iniciado. Tenemos el acróstico dantesco, tenemos la palabra UOM y tenemos unas compuertas de piedra. ¿Y ahora qué hacemos?

—Se me ocurre que, a lo mejor, alguna de estas calaveras tiene como rótulo «Uom *sanctus*» —sugirió Farag.

—Pues manos a la obra.

—Pero, capitán, las antorchas están casi consumidas. Tardaremos un rato en ir a buscar más.

—Cojan lo que queda en las brasas y empiecen. ¡No tenemos tiempo!

—¡Mire lo que le digo, capitán Glauser-Röist! —exclamé, enfadada—. Si salimos de esta, me negaré a continuar como no descansemos. ¿Me ha oído?

—Tiene razón, Kaspar. Estamos molidos. Deberíamos parar unos días.

—Ya hablaremos de eso cuando salgamos de aquí. ¡Ahora, por favor, busquen! Usted, doctora, empiece por allí. Usted, por el extremo contrario, profesor. Yo examinaré el presbiterio.

Farag se agachó y escogió las dos únicas antorchas que aún ardían entre las brasas; luego, me entregó una a mí y él se quedó con la otra. Sería ocioso señalar que, bastante después, y con todas las reliquias revisadas, no habíamos encontrado ningún santo ni mártir que se llamara Uom. Resultaba descorazonador.

Debía estar saliendo el sol para los felices humanos que podían verlo, cuando se nos ocurrió que quizá Uom no era el nombre que debíamos buscar, sino, como en el acróstico, todos aquellos que empezaran por V o U, por O y por M. ¡Y acertamos! Tras otra larga y tediosa exploración, resultó que había cuatro santos cuyos nombres empezaban por V —Valerio, Volusia, Varrón y Vero—, cuatro mártires que empezaban por O —Octaviano, Odenata, Olimpia y Ovinio— y otros cuatro santos que empezaban por M —Marcela, Marcial, Miniato y Mauricio—. ¿No era increíble? Ya no cabía ninguna duda de que habíamos encontrado el buen camino. Señalamos con hollín las doce calaveras, por si su distribución tuviese algo que ver, pero no seguían ningún orden. La única característica que las igualaba a todas era que los doce cráneos estaban completos y, en aquel almacén de trastos rotos, eso era toda una señal. Pero, después de este gran avance, ya no sabíamos qué hacer. Nada de todo aquello parecía darnos la clave para abrir las compuertas.

—¿Tiene algún sándwich de sobra, Kaspar? —quiso saber Farag—. Cuando no duermo me entra un hambre feroz.

—Algo queda en mi mochila. Mire a ver.

—¿Quieres, Ottavia?

—Sí, por favor. Estoy desfallecida.

Pero en la mochila del capitán sólo quedaba un miserable emparedado de salami con queso, así que lo partimos por la mitad con las manos sucias y nos lo comimos. A mí me supo a gloria bendita.

Mientras Farag y yo intentábamos engañar a nuestros estómagos con aquel magro alimento, el capitán deambulaba por la cripta como una fiera enjaulada. Se le veía concentrado, absorto, y repetía una y otra vez los tercetos de Dante que, obviamente, se había aprendido de memoria. Mi reloj marcaba las nueve y media de la mañana. Arriba, en alguna parte, la vida acababa de empezar. Las calles estarían llenas de coches y los niños entrando en los colegios. Bajo tierra, a bastante profundidad, tres almas agotadas intentaban escapar de una ratonera. El medio sándwich me había matado el hambre y, más relajada, me apoyé, sentada como estaba, contra la pared, contemplando los últimos rescoldos de la hoguera. En muy poco tiempo, se apagarían definitivamente. Sentí un profundo sopor que me obligó a cerrar los ojos.

—¿Tienes sueño, Ottavia?

—Necesito dar una cabezada. ¿No te importa, Farag?

—A mí, no. ¿Cómo me va a importar? Al contrario, creo que haces bien descansando un poco. Dentro de diez minutos te despertaré, ¿vale?

—Tu generosidad me abruma.

—Hay que salir de aquí, Ottavia, y te necesitamos para pensar.

—Diez minutos. Ni uno menos.

—Adelante. Duérmete.

A veces, diez minutos son toda una vida, porque descansé más durante ese tiempo de lo que había descansado en las cuatro horas que habíamos dormido aquella noche.

Revisamos todo de nuevo a lo largo de la mañana y aprovechamos para encender un par de antorchas de las que había en la caja colocada junto al derrumbamiento del fondo del canal. Estaba claro que los staurofílakes tenían meticulosamente programado todo el proceso y sabían con exactitud cuánto podía durar aquella prueba.

Finalmente, desesperados y cabizbajos, regresamos a la iglesia.

—¡Está aquí! —gritó, enfadado, Glauser-Röist, dando una patada contra el suelo—. ¡Estoy seguro de que la solución está aquí, maldita sea! Pero ¿dónde?, ¿dónde está?

—¿En las calaveras? —insinué.

—¡En las calaveras no hay nada! —bramó.

—Bueno, en realidad... —comentó el profesor, pegándose las gafas a los ojos—, no hemos mirado dentro de ellas.

—¿Dentro? —me extrañé.

—¿Por qué no? ¿Tenemos otra posibilidad? Por lo menos podíamos comprobarlo. Agitar los cráneos de esos doce santos y mártires... O algo así.

—¿Tocarlos...? —aquello me parecía una irreverencia mayúscula y, desde otro ángulo, una asquerosidad—. ¿Tocar las reliquias con las manos?

—¡Yo lo haré! —vociferó Glauser-Röist. Se dirigió hacia la primera calavera que tenía una marca de hollín y la levantó por los aires, sacudiéndola con poco respeto—. ¡Hay algo dentro! ¡Tiene algo!

Farag y yo saltamos como empujados por un resorte. El capitán estudiaba el cráneo cuidadosamente.

—Está sellado. Tiene todos los orificios sellados: el agujero del cuello, las fosas nasales y las cuencas de los ojos. ¡Es un recipiente!

—Vamos a vaciarlo en alguna parte —dijo Farag, mirando a nuestro alrededor.

—En el altar —propuse—. Es cóncavo como un plato.

Resultó que Valerio y Ovinio contenían azufre (inconfundible por su olor y color); Marcela y Octaviano, una goma resinosa de color negro que identificamos como pez; Volusia y Marcial, dos pegotes de manteca fresca; Miniato y Odenata, un polvo blanquinoso que le quemó ligeramente la mano al capitán, por lo que dedujimos que se trataba de cal viva, con la que había que llevar mucho cuidado; Varrón y Mauricio, una espesa y brillante grasa negra que, por su intenso olor, era, sin duda, petróleo en bruto, sin refinar, o sea, nafta; y, por último, Vero y Olimpia contenían un polvillo muy fino de color ocre que no logramos identificar. Pusimos todas aquellas sustancias en montoncitos separados y el altar se convirtió en una mesa de laboratorio.

—Creo que no me equivoco —anunció Farag con el

gesto reconcentrado de quien ha llegado a una conclusión preocupante tras mucho pensar—, si les digo que estamos frente a los elementos del Fuego Griego.

—¡Dios mío! —me llevé la mano a la boca, horrorizada.

El Fuego Griego había sido el arma más letal y peligrosa de los ejércitos bizantinos. Gracias a ella consiguieron mantener a raya a los musulmanes desde el siglo VII hasta el XV. Durante centenares de años la fórmula del Fuego Griego fue el secreto mejor guardado de la historia, e incluso hoy no podíamos estar totalmente seguros de conocer la naturaleza de su composición. Una leyenda refería que, en el año 673, hallándose Constantinopla asediada por los árabes y a punto de claudicar, un hombre misterioso llamado Calínico apareció cierto día en la ciudad ofreciendo al apurado emperador Constantino IV el arma más poderosa del mundo: el Fuego Griego, que tenía la particularidad de incendiarse en contacto con el agua y de arder poderosamente sin que nada pudiera apagarlo. Los bizantinos arrojaron la mezcla preparada por Calínico a través de tubos instalados en sus barcos y destruyeron totalmente la flota árabe. Los musulmanes supervivientes huyeron espantados ante aquellas llamas que ardían incluso debajo del agua.

—¿Está seguro, profesor? ¿No podría ser cualquier otra cosa?

—¿Otra cosa, Kaspar? No. De ninguna manera. Estos son todos los elementos que los estudios más recientes dan como ingredientes del Fuego Griego: nafta, o petróleo en bruto, que tiene la peculiaridad de flotar sobre el agua; óxido de calcio, o cal viva, que prende en contacto con el agua; azufre, que, al quemarse, emite vapores tóxicos; pez, o resina, para activar la combustión y grasa para aglutinar los elementos. El polvo de color ocre que no hemos podido identificar es, sin duda, nitrato potásico, es decir, salitre, que, al entrar en combustión, desprende oxígeno y permite que el fuego siga ardiendo bajo el agua. Leí un artículo sobre este tema no hace mucho, en la revista *Byzantine Studies*.

—¿Y para qué nos puede servir el Fuego Griego a nosotros? —pregunté, recordando que también yo había leído el mismo artículo en la misma revista.

—En esta mesa sólo falta un elemento —anunció Farag, mirándome—. Podríamos mezclar todo esto y no pasaría absolutamente nada. A ver si adivinas qué ingrediente prendería la mixtura.

—El agua, por supuesto.

—¿Y dónde hay agua en este lugar?

—¿Te refieres al agua del ramal? —me sobresalté.

—¡Exacto! Si preparamos el Fuego Griego y lo echamos al agua, esta se incendiará con una potencia increíble. Es muy probable que las compuertas se abran por efecto del calor.

—Si no es mucha molestia —le interrumpió la Roca, con cara de preocupación—, antes de llevar a cabo una acción tan peligrosa me gustaría saber por qué debería el calor abrir las compuertas.

—Ottavia, corrígeme si me equivoco: ¿eran o no eran los bizantinos aficionados a la mecánica, a los juguetes articulados y a las máquinas automáticas?

—Cierto. Los más aficionados de la historia. Hubo un emperador que hacía desfilar delante de los embajadores de otros países un par de leones mecánicos que caminaban solos emitiendo rugidos. Otros tenían dispositivos en sus tronos mediante los cuales desencadenaban rayos y truenos a su alrededor provocando el espanto de los cortesanos. Por supuesto, era célebre, aunque hoy casi se ha olvidado, el fantástico Árbol de Oro del jardín real, con sus pájaros cantores mecánicos. Había sacerdotes, por ejemplo, y hablo de sacerdotes cristianos, que hacían «milagros» durante la Santa Misa, como abrir y cerrar las puertas del templo a voluntad y cosas así. Por toda Constantinopla había fuentes dispensadoras de agua que funcionaban con monedas. En fin, sería interminable... Hay un libro muy bueno que habla de esto.

—*Bizancio y los juguetes*, de Donald Davis.

—Ese mismo. Creo que tenemos aficiones y lecturas muy parecidas, profesor Boswell —exclamé con una amplia sonrisa.

—Cierto, doctora Salina —me replicó, sonriendo también.

—Vale, vale... Son ustedes almas gemelas, de acuerdo. Pero ¿les importaría ir al grano, por favor? Hemos de salir de aquí.

—Ottavia se lo ha dicho, Kaspar: había sacerdotes que abrían y cerraban las puertas de los templos a voluntad. Los fieles creían que aquello era un milagro, pero en realidad era un truco muy simple. La cosa estaba en que...

—... al encender un fuego —le quité la palabra de la boca a Farag porque yo conocía muy bien el tema; la mecánica bizantina siempre me había interesado muchísimo—, el calor dilataba el aire de un recipiente que también contenía agua. El aire dilatado, empujaba el agua y la hacía salir por un sifón que iba a dar a otro recipiente suspendido de unas cuerdas. Este segundo recipiente comenzaba a descender por el peso del agua y las cuerdas que lo sujetaban hacían girar unos cilindros que movían los ejes de las puertas. ¿Qué le parece, eh?

—¡Me parece una bobada! —replicó el capitán—. ¿Vamos a preparar una bomba incendiaria sólo *por si* se abren las compuertas? ¡Ustedes están locos!

—Bueno, presente otra alternativa si puede —le desafié con voz gélida.

—Pero ¿no lo entienden? —repitió desolado—. El riesgo es enorme.

—¿Acaso no era yo, capitán, precisamente por ser

mujer, la única de este grupo que tenía miedo a la muerte?

Masculló unas cuantas abominaciones y le vi tragarse la rabia. Aquel hombre estaba perdiendo, poco a poco, el control de sus emociones. Del flemático y frío capitán de la Guardia Suiza, al visceral y expresivo ser humano que ahora tenía delante, mediaba una inmensidad.

—¡Está bien! ¡Adelante! ¡Háganlo de una vez! ¡Deprisa!

Farag y yo no esperábamos otras palabras. Mientras la Roca Agrietada nos iluminaba con la linterna, utilizamos las antorchas apagadas como palas para remover y amalgamar todos aquellos elementos. Noté cierta irritación en los ojos, en la nariz y en la garganta por culpa del polvillo de cal viva, pero tan ligera que no me alarmé. Al poco, una masa grisácea y viscosa, muy parecida a la masa del pan antes de hornear, se adhería a la madera de nuestras rudimentarias espátulas.

—¿Deberíamos partirla en varios pedazos o echamos todo esto en un bloque al canal? —preguntó Farag, indeciso.

—Quizá deberíamos partirla. Así abarcaríamos más superficie. No sabemos cómo funciona exactamente el mecanismo de las compuertas.

—Pues, adelante. Sujeta firmemente tu palo como si fuera una cuchara y vamos.

Aquella masa pesaba poco, pero entre los dos era mucho más fácil de transportar. Salimos de la capilla y avanzamos hacia las compuertas. Una vez allí, dejamos nuestro proyectil en el suelo —cuidando que estuviera bien seco— y lo partimos en tres pedazos idénticos. La Roca cogió uno de ellos con otra tea apagada y, una vez listos, lanzamos al centro del riachuelo aquellos proyectiles pringosos y repugnantes. Probablemente, éramos de las pocas personas que, en los últimos cinco o seis siglos, tenían la oportunidad de ver en acción el famoso

Fuego Griego de los bizantinos, y algo así, desde luego, no dejaba de ser apasionante.

Unas furiosas llamaradas se elevaron hacia la bóveda de piedra en cuestión de décimas de segundo. El agua empezó a arder con un poder de combustión tan extraordinario que un huracán de aire caliente nos empujó contra el muro como un puñetazo. En medio de aquella luminosidad cegadora, de aquel horrible rugido del fuego y del denso humo negro que se estaba formando sobre nuestras cabezas, los tres mirábamos obsesionados las compuertas por ver si se abrían, pero no se movían ni un milímetro.

—¡Se lo advertí, doctora! —gritó la Roca a pleno pulmón para hacerse oír—. ¡Le advertí que era una locura!

—¡El mecanismo se pondrá en marcha! —le respondí. Iba a decirle también que sólo había que esperar un poco, cuando un acceso de tos me dejó sin aire en los pulmones. El humo negro estaba ya a la altura de nuestras caras.

—¡Abajo! —gritó Farag, dejando caer todo su peso sobre mi hombro para derribarme. El aire todavía estaba limpio a ras de suelo, de modo que respiré afanosamente, como si acabara de sacar la cabeza de debajo del agua.

Entonces oímos un crujido, un chasquido que se fue haciendo más y más fuerte hasta superar el bramido del fuego. Eran los ejes de las compuertas, que giraban, y la fricción de la piedra contra la piedra. Nos pusimos rápidamente en pie y, de un salto, descendimos hasta el borde seco del cauce, por el que corrimos en dirección a la estrecha abertura a través de la cual empezaba a colarse el agua hacia el otro lado. El fuego, que flotaba sobre el líquido, se acercaba a nosotros peligrosamente. Creo que no he corrido más rápido en toda mi vida. Medio cegada por el humo y las lágrimas, sin aire para respirar y suplicándole a Dios que volviera ligeras mis piernas para cruzar aquel umbral lo antes posible, llegué al otro lado al borde de un ataque al corazón.

—¡No se detengan! —gritó el capitán—. ¡Sigan corriendo!

El fuego y el humo también cruzaron las compuertas, pero nosotros, por lo que nos iba en ello, éramos mucho más rápidos. Al cabo de tres o cuatro minutos, nos habíamos alejado lo suficiente del peligro y fuimos disminuyendo la velocidad hasta detenernos por completo. Resoplando y con los brazos en jarras como los atletas cuando culminan una carrera, nos volvimos a contemplar el largo camino que habíamos dejado atrás. Un lejano resplandor se adivinaba al fondo.

—¡Miren, hay luz al final del túnel! —exclamó Glauser-Röist.

—Ya lo sabemos, capitán. La estamos viendo.

—¡Esa no, doctora, por el amor de Dios! ¡La del otro lado!

Giré sobre mis pies como una peonza mecánica y vi, efectivamente, la claridad que anunciaba el capitán.

—¡Oh, Señor! —dejé escapar, de nuevo al borde de las lágrimas, aunque estas de auténtica emoción—. ¡La salida, por fin! ¡Vamos, por favor, vamos!

Caminamos apresuradamente, alternando los pasos con las carreras. No podía creer que el sol y las calles de Roma estuvieran al otro lado de aquella bocamina. La sola idea de poder volver a casa ponía cohetes en mis zapatos. ¡La libertad estaba allí delante! ¡Allí mismo, a menos de veinte metros!

Y esto fue lo último que pensé, porque un golpe seco en la cabeza me dejó inconsciente en un abrir y cerrar de ojos.

Percibí luces dentro de mi propia cabeza antes de volver completamente a la vida. Pero, además, aquellas luces se acompañaban de intensas punzadas dolorosas. Cada vez que una de ellas se encendía, yo notaba crepitar los huesos de mi cráneo, como si un tractor lo estuviera aplastando.

Lentamente, aquella desagradable sensación fue aminorando para dejarme percibir otra de similar encanto: una quemazón como de fuego al rojo vivo tiraba de mí desde mi antebrazo derecho para devolverme a la cruda realidad. Con gran esfuerzo, y acompañando el movimiento con algunos gemidos, me llevé la mano izquierda al lugar del intenso escozor pero, nada más tocar la lana del jersey, sentí un dolor tan violento que aparté la mano con un grito y abrí los ojos de par en par.

—¿Ottavia...?

La voz de Farag sonaba muy lejana, como si estuviera a una gran distancia de mí.

—¿Ottavia? ¿Estás... estás bien?

—¡Oh, Dios mío, no lo sé! ¿Y tú?

—Me... me duele... bastante la cabeza.

Divisé su figura a varios metros, tirada como un pelele sobre el suelo. Un poco más allá, el capitán seguía inconsciente. A gatas, como un cuadrúpedo, me acerqué hasta el profesor intentando mantener la cabeza erguida.

—Déjame ver, Farag.

Hizo el intento de girarse para enseñarme la parte de la cabeza donde había recibido el golpe, pero entonces gimió bruscamente y se llevó la mano al antebrazo derecho.

—¡Dioses! —aulló. Me quedé unos instantes en suspenso ante aquella exclamación pagana. Iba a tener que hablar muy en serio con Farag. Y pronto.

Le pasé la mano por el pelo de la nuca y, a pesar de sus gemidos y de que se apartaba de mí, noté un considerable chichón.

—Nos han golpeado con saña —susurré, sentándome a su lado.

—Y nos han marcado con la primera cruz, ¿no es cierto?

—Me temo que sí.

Él sonrió mientras me cogía la mano y la apretaba.

—¡Eres valiente como una *Augusta Basíleia*!

—¿Las emperatrices bizantinas eran valientes?

—¡Oh, sí! ¡Mucho!

—No había oído yo nada de eso... —murmuré, soltándole la mano y tratando de levantarme para ir a ver cómo estaba el capitán.

Glauser-Röist había recibido un golpe mucho más fuerte que nosotros. Los staurofílakes debían haber pensado que para derribar a aquel inmenso suizo había que atizarle con ganas. Una mancha de sangre seca se distinguía perfectamente en su cabeza rubia.

—Ojalá cambiaran de método en las próximas ocasiones... —murmuró Farag, incorporándose—. Si van a golpearnos seis veces más, acabarán con nosotros.

—Creo que con el capitán ya han terminado.

—¿Está muerto? —se alarmó el profesor, precipitándose hacia él.

—No. Afortunadamente. Pero creo que no está bien. No consigo despertarle.

—¡Kaspar! ¡Eh, Kaspar, abra los ojos! ¡Kaspar!

Mientras Farag intentaba devolverle a la vida, miré a nuestro alrededor. Estábamos todavía en la Cloaca Máxima, en el mismo lugar donde habíamos perdido el conocimiento al ser golpeados, aunque ahora, quizá, un poco más cerca de la salida. La luz del exterior, sin embargo, había desaparecido. Una antorcha que no debía llevar mucho tiempo encendida, iluminaba el rincón en el que nos habían dejado. Inconscientemente, levanté mi muñeca para ver qué hora era, y sentí de nuevo aquel terrible escozor en el antebrazo. El reloj me dijo que eran las once de la noche, de manera que habíamos estado desvanecidos más de seis horas. No era probable que fuera sólo por el golpe en el cráneo; tenían que haber utilizado otros métodos para mantenernos dormidos. Sin embargo, no sentía ninguno de los síntomas posteriores a la anestesia o los sedantes. Me encontraba bien, dentro de lo posible.

—¡Kaspar! —seguía gritando Farag, aunque ahora, además, golpeaba al capitán en la cara.

—No creo que eso lo despierte.

—¡Ya lo veremos! —dijo Farag, golpeando a la Roca una y otra vez.

El capitán gimió y entreabrió los párpados.

—¿Santidad...? —balbuceó.

—¿Qué Santidad? ¡Soy yo, Farag! ¡Abra los ojos de una vez, Kaspar!

—¿Farag?

—¡Sí, Farag Boswell! De Alejandría, Egipto. Y esta es la doctora Salina, Ottavia Salina, de Palermo, Sicilia.

—Oh, sí... —murmuró—. Ya me acuerdo. ¿Qué ha pasado?

De manera automática, el capitán repitió los mismos gestos que habíamos hecho nosotros al despertar. Primero frunció el ceño, al ser consciente de su dolor de cabeza, e intentó llevarse la mano a la nuca, pero al hacerlo, la herida del antebrazo rozó la tela de su camisa y le escoció.

—¿Qué demonios...?

—Nos han marcado, Kaspar. Todavía no hemos visto nuestras nuevas cicatrices, pero no cabe duda de lo que nos han hecho.

Renqueando como ancianos achacosos y sosteniendo al capitán, nos encaminamos hacia la salida. En cuanto el aire fresco nos dio en la cara, pudimos comprobar que nos hallábamos en el cauce del Tíber, a unos dos metros sobre el nivel del agua. Si nos dejábamos caer por el terraplén, podíamos llegar, nadando, hasta unas escaleras que había a nuestra derecha, a unos diez metros de distancia. Recuerdo todo esto como un sueño lejano y difuso, sin matices. Sé que lo viví, pero el agotamiento que sentía me mantenía en una especie de letargo.

A nuestra izquierda, mucho más lejos, vimos el Ponte Sisto, de manera que nos hallábamos a medio camino entre el Vaticano y Santa María in Cosmedín. Las hierbas y las basuras acumuladas en la pendiente, nos sirvieron de freno para el descenso. Sobre nuestras cabezas, las luces de las farolas de la calle y la parte superior de los elegantes edificios de la zona eran una tentación irreprimible que nos impulsaba a seguir por encima del cansancio. Caímos al agua y alcanzamos las escaleras dejándonos llevar por la suave corriente de agua gélida. Como no había llovido en los últimos meses, el río llevaba poco caudal, aunque el suficiente para que Farag y yo resucitáramos casi por completo. El que peor estaba era Glauser-Röist, que ni con el chapuzón se espabiló un poco; parecía como borracho y no coordinaba bien ni los movimientos ni las palabras.

Cuando, por fin, llegamos arriba —mojados, ateridos y agotados—, el tráfico del Lungotévere y la normalidad de la ciudad a esas horas tardías nos hizo sonreír de felicidad. Un par de corredores nocturnos, de esos que se ponen calzón corto y camiseta para hacer *footing* después del trabajo, pasaron por delante de nosotros sin ocultar su perplejidad. Debíamos ofrecer un aspecto extraño y lamentable.

Sujetando al capitán por ambos brazos, nos aproximamos al borde de la acera para detener, por la fuerza si era preciso, al primer taxi que pasara.

—No, no... —murmuró Glauser-Röist con dificultad—. Crucen la calle por el siguiente paso de peatones, yo vivo ahí enfrente.

Le miré sorprendida.

—¿Usted tiene una casa en el Lungotévere dei Tebaldi?

—Sí... En el número... el número cincuenta.

Farag me hizo un gesto para que no le obligara a hablar más y nos dirigimos hacia el paso de peatones. Cruzamos la calle —bajo la mirada sorprendida y escandalizada de los conductores detenidos por el semáforo— y llegamos a un hermoso portal de piedra labrada y hierro. Al buscar la llave en el bolsillo de la chaqueta de Glauser-Röist, un papel mojado se cayó al suelo.

—¿Qué pasa? —preguntó la Roca, al ver que me retrasaba en abrir la puerta.

—Se le ha caído un papel, capitán.

—Déjeme verlo —pidió.

—Luego, Kaspar. Ahora tenemos que llegar arriba.

Metí la llave en la cerradura y abrí la puerta con un fuerte empujón. El portal era elegante y espacioso, iluminado con grandes lámparas de cristal de roca y espejos en los muros que multiplicaban la luz. Al fondo, el ascensor era también antiguo, de madera pulida y hierro forjado. El capitán debía de ser muy rico si disponía de una casa en aquel edificio.

—¿Qué piso es, Kaspar? —le preguntó Farag.

—El último. El ático. Necesito vomitar.

—¡No, aquí no, por Dios! —exclamé—. ¡Espere a que lleguemos! ¡No falta nada!

Subimos en el ascensor temiendo que, en cualquier momento, la Roca Agrietada echara el alma por la boca y lo pusiera todo perdido. Pero se portó bien y resistió hasta que entramos en su casa. Entonces, sin esperar más, se deshizo de nosotros con un gesto brusco y, tambaleándose, desapareció en la oscuridad del pasillo. Poco después le oímos vomitar a conciencia.

—Voy a ayudarle —dijo Farag, al tiempo que encendía las luces de la casa—. Busca el teléfono y llama a un médico. Creo que le hace falta.

Recorrí la amplia vivienda con el extraño sentimiento de estar invadiendo la intimidad del capitán Glauser-

Röist. No era probable que un hombre tan reservado como él, tan silencioso y prudente respecto a su vida privada, dejara entrar a mucha gente en esa casa. Hasta ese momento había supuesto que el capitán vivía en los barracones de la Guardia Suiza, entre la columnata de la derecha de la plaza de San Pedro y la Porta Santa Anna, pero no se me había ocurrido que pudiera tener un piso particular en Roma, aunque era algo perfectamente posible, sobre todo, por su grado de oficial, ya que los alabarderos —los soldados—, estaban obligados a residir en el Vaticano, pero los superiores no. En cualquier caso, lo que jamás hubiera imaginado ni por casualidad era que alguien a quien se le suponía un sueldo miserable —el salario de los guardias suizos era famoso por su mezquindad— poseyera un elegante piso en el Lungotévere dei Tebaldi y, encima, amueblado y decorado con evidente buen gusto.

En un rincón del salón, junto a las cortinas de una ventana, descubrí el teléfono y el dietario del capitán y, al lado de ellos, sobre la misma mesa, la fotografía de una joven sonriente dentro de un marco de plata. La chica, que era muy guapa, lucía un llamativo gorro de nieve y tenía el pelo y los ojos negros, de manera que no podía ser familia consanguínea de la Roca. ¿Acaso era su novia...? Sonreí. ¡Eso sería toda una sorpresa!

Nada más abrir la agenda telefónica, un montón de papeles y tarjetas sueltas resbalaron hasta el suelo. Las recogí precipitadamente y busqué el número de teléfono de los Servicios Sanitarios del Vaticano. Esa noche estaba de guardia el doctor Piero Arcuti, a quien yo conocía. Me aseguró que en breves instantes llegaría a la casa y, sorprendentemente, me preguntó si yo creía necesario avisar al Secretario de Estado, Angelo Sodano.

—¿Por qué debería llamar al cardenal? —quise saber.

—Porque en el historial clínico del capitán Glauser-Röist que figura en el ordenador, aparece una nota que dice que, ante cualquier eventualidad de este tipo, hay que avisar al Secretario de Estado directamente, o, en su defecto, al Arzobispo Secretario de la Sección Segunda, Monseñor Françoise Tournier.

—Pues no sé qué decirle, doctor Arcuti. Haga lo que crea más conveniente.

—En ese caso, hermana Salina, voy a llamar a Su Eminencia.

—Muy bien, doctor. Le esperamos.

Nada más colgar, Farag apareció en el salón con las manos en los bolsillos y una mirada interrogante. Estaba sucio y despeinado como un mendigo que viviera de escarbar en las basuras.

—¿Hablaste con el médico?

—Vendrá enseguida.

Rebuscó en los múltiples bolsillos de su cazadora y sacó algo.

—Mira esto, Ottavia. Es el papel que encontraste en la chaqueta del capitán cuando buscabas la llave.

—¿Cómo está Glauser-Röist?

—No muy bien —dijo avanzando hacia mí con la nota en la mano—. Más que dormido, yo diría que está inconsciente. Pierde el sentido una y otra vez. ¿Qué droga nos habrán dado?

—La que sea, sólo le ha afectado a él, porque tú estás bien, ¿verdad?

—No del todo, tengo muchísima hambre. Pero hasta que no mires esto no podré ir a la cocina, a ver qué encuentro.

Cogí la hoja que me entregaba y la examiné. No estaba hecha de un papel normal. Aunque se hubiera empapado de agua, al tacto seguía resultando demasiado gruesa y áspera, y sus bordes eran irregulares, en absoluto cortados por una máquina industrial. La extendí sobre la palma de mi mano y vi un texto en griego apenas despintado por el Tíber.

—¿De nuestros amigos, los staurofílakes?

—Por supuesto.

τί στενὴ ἡ πύλη καὶ τεθλιμμένη ἡ ὁδὸς ἡ ἀπάγουσα εἰς τὴν ζωήν, καὶ ὀλίγοι εἰσὶν οἱ εὑρίσκοντες αὐτήν.

—«¡Qué estrecha es la puerta y qué angosto el camino que lleva a la vida! —traduje, con el corazón en un puño—. ¡Y qué pocos son los que dan con ella!» Es un fragmento del Evangelio de san Mateo.

—Me da lo mismo —susurró Farag—. Lo que me asusta es lo que pueda significar.

—Significa que la siguiente prueba de iniciación de la hermandad tiene que ver con puertas estrechas y caminos angostos. ¿Qué pone debajo...?

—*Agios Konstantínos Akanzón.*

—San Constantino de las Espinas... —murmuré, pensativa—. No puede referirse al emperador Constantino, aunque también sea santo, porque este no lleva ningún añadido después del nombre, y mucho menos *Akanzón*. ¿Será algún patrono importante para los staurofílakes o el nombre de alguna iglesia?

—Si es una iglesia, está en Rávena, porque allí tiene lugar la segunda prueba, la del pecado de la envidia. Y eso de las espinas... —se subió las gafas, se pasó las manos por el pelo mugriento y bajó la mirada hasta el suelo—. Lo de las espinas no me gusta nada, porque en la segunda cornisa de Dante, los envidiosos van con el cuerpo cubierto de cilicios y los ojos cosidos con alambres.

Súbitamente, un sudor frío me cubrió la frente y las mejillas, como si la sangre huyera de mi cara, y mis manos se cerraron de manera compulsiva.

—¡Por favor! —supliqué al borde del desmayo—. ¡Esta noche no!

—No... Esta noche no —convino Farag, acercándose a mí y pasándome un brazo por los hombros—. Esta noche sólo vamos a atacar la nevera de Kaspar y a dormir muchas horas. ¡Venga, acompáñame a la cocina!

—Espero que el doctor Arcuti no se retrase.

La cocina del capitán era realmente de escándalo. Nada más entrar, recordé a la pobre Ferma, que con la tercera parte de espacio y la décima parte de electrodomésticos se esmeraba en preparar unas comidas deliciosas. ¿Qué hubiera hecho si dispusiera de aquella versión doméstica de la NASA? La nevera, descomunal y de acero inoxidable, tenía un dispensador de agua y de cubitos de hielo en la puerta, junto a una pantalla de ordenador que, cuando abrimos para ver qué podíamos comer, pitó suavemente y nos indicó que sería buena idea comprar carne de ternera.

—¿Cómo crees que puede pagar todo esto? —pregunté a Farag, que estaba sacando un paquete de pan de molde y un montón de embutidos.

—No es asunto nuestro, Ottavia.

—¡Cómo que no! —protesté—. Trabajo con él desde hace más de dos meses y sólo sé que tiene la simpatía de una piedra y que actúa a las órdenes de la Rota y de Tournier. ¡Figúrate!

—Ya no está a las órdenes de Tournier.

Farag preparó unos suculentos bocadillos apoyándose en el banco de mármol rojo de la cocina, del que salían, a su lado, seis quemadores de energía dual con mandos de latón y una plancha para asar de centímetro y medio de espesor hecha de roca de lava, según indicaba la chapita de la marca.

—Bueno, pero aún sigue teniendo la simpatía de una piedra.

—Siempre lo has mirado mal, Ottavia. En el fondo creo que no es feliz. Estoy seguro de que es una buena persona. La vida ha debido arrastrarle hasta ese lugar poco recomendable que ocupa.

—La vida no te arrastra si tú no quieres —sentencié, convencida de haber dicho una gran verdad.

—¿Estás segura? —me preguntó, sarcástico, mientras quitaba las cortezas al pan—. Pues yo sé de alguien que tampoco ha sido muy libre a la hora de elegir su destino.

—Si estás hablando de mí, te equivocas —me ofendí.

Él se rió y se acercó hasta la mesa con dos platos y un par de servilletas de colores.

—¿Sabes qué me dijo tu madre el domingo, cuando Kaspar y yo nos presentamos en tu casa después de los funerales?

Algo venenoso se me estaba enroscando en el corazón por segundos. No dije nada.

—Tu madre me dijo que, de todos sus hijos, tú habías sido siempre la más brillante, la más inteligente y la más fuerte —sin inmutarse, se chupó los dedos manchados de salsa picante—. No sé por qué habló conmigo con tanta franqueza, pero el caso es que me dijo que tú sólo podrías ser feliz llevando la vida que llevabas, entregándote a Dios, porque no estabas hecha para el matrimonio y que jamás podrías soportar las imposiciones de un marido. Supongo que tu madre mide el mundo según las reglas de su tiempo.

—Mi madre mide el mundo como quiere —repuse. ¿Quién era Farag para juzgar a mi madre?

—¡No te enfades, por favor! Sólo te estoy contando lo que ella me dijo. Y, ahora, sin esperar más, vamos a cenar estos magníficos, grasientos y picantes bocadillos que llevan bastante de casi todo lo que había en la nevera. ¡Muerde, emperatriz de Bizancio, y descubrirás uno de esos placeres de la vida que desconoces!

—¡Farag!

—Lo... siento —masculló con la boca tan llena que apenas podía cerrarla y sin ninguna apariencia de sentirlo de verdad.

¿Cómo podía estar tan animado mientras que yo me caía de sueño y agotamiento? Algún día, me dije mientras masticaba el primer bocado y me admiraba de lo bueno que estaba, algún día haría un poco de saludable ejercicio. Se había terminado eso de pasarme las horas muertas trabajando en el laboratorio sin mover las piernas. Pasearía, haría alguna tabla de gimnasia por las mañanas y me llevaría a Ferma, Margherita y Valeria a correr por el Borgo.

Casi habíamos acabado de cenar, cuando se oyó el timbre de la puerta.

—Quédate aquí y termina —dijo Farag, levantándose—. Yo abriré.

En cuanto salió por la puerta, supe que iba a quedarme dormida allí mismo, sobre aquella mesa de cocina, así que me tragué el último bocado y salí detrás de él. Saludé al doctor Arcuti, que entraba en ese momento en la casa y, mientras examinaba al capitán, me dirigí al salón, para dejarme caer un momento en alguno de los sofás. Creo que estaba dormida, que caminaba dormida y que hablaba dormida. Necesitaba deshacerme de mi cuerpo en alguna parte. Al pasar junto a una puerta entornada, no pude evitar la tentación de curiosear. Encendí la luz y me encontré en un enorme despacho, decorado con muebles de oficina modernos que, no sé muy bien cómo, combinaban perfectamente con las antiguas estanterías de caoba y los retratos de los antepasados militares del capitán Glauser-Röist. Sobre la mesa había un sofisticado ordenador que le daba vuelta y media al que teníamos en el laboratorio, y a la derecha, junto a un ventanal, un equipo de música con más botones y pantallas digitales que el cuadro de mandos de un avión. Cientos de discos compactos se distribuían en unos extraños clasificadores de formas largas y retorcidas, y, por lo que pude comprobar, había desde música de jazz hasta ópera, pasando por folclores variados (había un

CD de música pigmea, o sea, de los pigmeos auténticos) y mucho canto gregoriano. Acababa de descubrir que la Roca era un gran aficionado a la música.

Los retratos de sus antepasados ya eran otro cantar. La cara de Glauser-Röist, con ligeras modificaciones a lo largo de los siglos, se repetía una y otra vez en sus tatarabuelos o sus tíos bisabuelos. Todos se llamaban o Kaspar o Linus o Kaspar Linus Glauser-Röist y todos tenían el mismo gesto adusto que ponía tan a menudo el capitán. Caras serias, severas, caras de soldados, oficiales o comandantes de la Guardia Suiza Vaticana desde el siglo XVI. No dejó de llamarme la atención el hecho de que sólo su abuelo y su padre —Kaspar Glauser-Röist y Linus Kaspar Glauser-Röist— aparecieran con el uniforme de gala diseñado por Miguel Ángel. Los demás llevaban coraza —peto y espaldar— de metal, como era costumbre en los ejércitos del pasado. ¿Sería posible que el famoso traje de colores fuera un diseño moderno?

Una fotografía de un tamaño más grande de lo normal descansaba entre el ordenador y una espléndida cruz de hierro sostenida por un pedestal de piedra. Como no podía verla, di la vuelta a la mesa y contemplé a la misma chica morena que había descubierto en el salón. Ya no me cabía ninguna duda de que debía tratarse de su novia —no se tienen tantas fotos de una amiga o de una hermana—. De manera que la Roca tenía una casa preciosa, una novia guapa, una familia linajuda, era amante de la música y amante de los libros, que abundaban no sólo en aquel despacho sino por todas las habitaciones. Hubiera esperado encontrar en alguna parte la típica colección de armas antiguas que todo militar que se precie tiene expuesta en su hogar, pero la Roca parecía no estar interesado por estos temas, ya que, aparte de los retratos de sus antepasados, aquella vivienda hubiera dicho de su dueño cualquier cosa menos que era oficial del ejército.

—¿Qué haces aquí, Ottavia?

Di un brinco mayúsculo y me giré hacia la puerta.

—¡Dios mío, Farag, me has asustado!

—¿Y si en lugar de ser yo, hubiera sido el capitán? ¿Qué hubiera pensado de ti, eh?

—No he tocado nada. Sólo estaba mirando.

—Si alguna vez voy a tu casa, recuérdame que *mire* tu habitación.

—No harás eso.

—Sal de aquí ahora mismo, anda —me dijo, invitándome a acompañarle fuera del despacho—. El doctor Arcuti tiene que examinarte el brazo. El capitán está bien. Parece que se encuentra bajo los efectos de algún somnífero muy potente. Tanto él como yo tenemos una preciosa crucecita en la parte interior del antebrazo derecho. ¡Ya verás, ya...! Las nuestras son de forma latina y están enmarcadas por un rectángulo vertical con una coronita de siete puntas en la parte de arriba. A lo mejor a ti te han hecho otro modelo.

—No creo... —murmuré. A decir verdad, ya no me acordaba del brazo. Había dejado de molestarme hacía mucho rato.

Entramos en la habitación de la Roca y le vi durmiendo profundamente sobre la cama, tan sucio como cuando salimos de la Cloaca Máxima. El doctor Arcuti me pidió que me levantara la manga del jersey. Tenía la parte interna del antebrazo un poco inflamada y enrojecida, pero no se veía la cruz porque, sobre ella, me habían colocado un apósito de bordes adhesivos. Para ser una secta milenaria, resultaban muy modernos a la hora de practicar sus escarificaciones tribales. Arcuti despegó la gasa cuidadosamente.

—Está bien —dijo mirando mi nueva marca corporal—. No hay infección y parece limpia, a pesar de esta coloración verdosa. Algún antiséptico vegetal, quizá. No podría decirlo. Es un trabajo muy profesional. ¿Sería mucho preguntar...?

—No, no pregunte, doctor Arcuti —repuse, mirándole—. Es una nueva moda llamada *body art*. El cantante David Bowie es uno de sus mayores valedores.

—¿Y usted, hermana Salina...?

—Sí, doctor, yo también sigo la moda.

Arcuti sonrió.

—Supongo que no pueden contarme nada. Ya me ha dicho Su Eminencia, el cardenal Sodano, que no me extrañara de nada de lo que viera esta noche y que no preguntase. Creo que están realizando una importante misión para la Iglesia.

—Algo así... —musitó Farag.

—Bueno, pues, en ese caso —dijo colocándome un nuevo apósito sobre la cruz—, ya he terminado. Dejen dormir al capitán hasta que se despierte y ustedes también deberían descansar. No tienen muy buena cara... Hermana Salina, creo que sería buena idea que se viniera conmigo. Tengo el coche abajo y puedo dejarla en su comunidad.

El doctor Arcuti, como miembro numerario del Opus Dei —la organización religiosa con más poder dentro del Vaticano desde que fue elegido Juan Pablo II—, no veía con buenos ojos que yo pasara la noche en una casa en la que había dos hombres. Además, esos hombres, para mayor peligro, no eran sacerdotes sino seglares. Se decía que el Papa no hacía nada sin el beneplácito de la Obra (como la llamaban sus seguidores) e, incluso, los miembros más independientes y fuertes de la poderosa Curia Romana procuraban no oponerse abiertamente a las directrices político-religiosas marcadas por esta institución, cuyos miembros —como el doctor Arcuti o el portavoz del Vaticano, el español Joaquín Navarro Valls—, eran omnipresentes en todos los estamentos vaticanos.

Miré a Farag, desconcertada, sin saber qué responder al doctor. En aquella vivienda había habitaciones de sobra y no se me había ocurrido pensar que tendría que marcharme a dormir, con lo tarde que era y lo cansada que estaba, al piso de la Piazza delle Vaschette. Pero el doctor Arcuti insistió:

—Querrá usted quitarse toda esa suciedad y cambiarse de ropa, ¿no es cierto? ¡Ea, no lo piense más! ¿Cómo va usted a ducharse aquí? ¡No, hermana, no!

Me di cuenta de que hubiera sido absurdo oponer resistencia. Además, de negarme, al día siguiente, o esa misma noche, mi Orden habría recibido una severa reprimenda y no estaban las cosas para andarse con bromas. De manera que me despedí de Farag y, más muerta que viva de pura extenuación, abandoné la casa con el médico que, efectivamente, me dejó en la Piazza delle Vaschette con la agradable sonrisa en los labios de quien ha cumplido con su deber. Ferma, Margherita y Valeria, por supuesto, se llevaron un susto de muerte cuando me vieron entrar en esas condiciones. Sé que, efectivamente, me duché, pero no tengo ni idea de cómo llegué hasta la cama.

Fiel a su naturaleza suizo-germánica, el capitán Glauser-Röist se negó a guardar reposo ni un solo día y, pese a las insistencias de Farag y a las mías, a la tarde siguiente, con la cabeza vendada, se presentó en mi laboratorio del Hipogeo listo para seguir adelante y volver a jugarse la vida. Como si en aquella demencial historia hubiera algo más que la caza y captura de unos ladrones de reliquias, el capitán Glauser-Röist estaba consumido por la ofuscación de llegar cuanto antes hasta los staurofílakes y su Paraíso Terrenal. Quizá, para él, aquellas pruebas iniciáticas que simbolizaban la superación de los siete pecados capitales, significaban algo más que un reto personal, pero para mí sólo eran una provocación, un guante arrojado a mis pies que había decidido recoger.

Me desperté el jueves cerca del mediodía, bastante recuperada del terrible desgaste anímico y físico de la última semana. Supongo que también influyó el hecho de abrir los ojos y encontrarme en mi propia cama y en mi habitación, rodeada de mis cosas. Lo cierto es que las once o doce horas de sueño ininterrumpido me habían sentado maravillosamente y, pese a las magulladuras, ciertos calambres musculares en las piernas y mi nueva y curiosa marca corporal, me sentía en paz y relajada por primera vez en mucho tiempo, como si todo estuviera en orden a mi alrededor.

Pero esta agradable sensación duró apenas un momento, porque, desde la cama, tapada hasta las orejas, escuché sonar el timbre del teléfono y adiviné que aquella llamada era para mí. Sin embargo, ni siquiera cuando Valeria entró para despertarme, me cambió el buen humor. Estaba claro que no había nada como un sueño reparador.

Quien llamaba era Farag que, con una sorprendente voz alterada por la furia, me dijo que el capitán quería que nos reuniéramos en el laboratorio después de comer. Fue entonces cuando insistí para que la Roca guardara cama al menos ese día, pero Boswell, más enfadado todavía, me gritó que ya lo había intentado por todos los medios posibles sin ningún éxito. Le supliqué que se calmara y que no se preocupara tanto por alguien que no se tomaba en serio su propia salud. Quise saber cómo se encontraba él y, más tranquilo y apaciguado, me respondió que se había despertado sólo un par de horas antes y que, aparte de la escarificación del brazo, que seguía verdosa pero menos inflamada, si no se tocaba el chichón de la cabeza, no le dolía nada. Había descansado y desayunado copiosamente.

De manera que quedamos en encontrarnos en el laboratorio a las cuatro de la tarde. Hasta entonces, yo comería con mis hermanas, rezaría un rato en la capilla y llamaría a mi casa para ver cómo estaban todos. Me parecía mentira que dispusiera de tres horas libres para reubicarme en el mundo.

Fresca como una rosa y con una sonrisa feliz en los labios, caminé desde mi casa hasta el Vaticano, disfrutando del aire de la calle y del sol de la tarde. ¡Qué poco valoramos las cosas cuando no las hemos perdido! La luz en mi cara me infundía vigor y alegría de vivir; las calles, el ruido, el tráfico y el caos me devolvían la normalidad y el orden cotidiano. El mundo era eso y era así, ¿por qué protestar permanentemente por lo que también podía ser bello, según cómo se mirara? Un asfalto sucio, una mancha de aceite o gasolina, un papel tirado en la acera, si se contemplaban con los ojos adecuados, podían resultar hermosos. Sobre todo si en algún momento se había tenido la certeza de no volver a verlos nunca.

Entré un momento en Al mio caffè para tomar un *capuccino*. El local, por la cercanía a los barracones, siempre estaba lleno de jóvenes guardias suizos que hablaban ruidosamente y reían a carcajadas, pero también había gente que, como yo, iba o venía del trabajo o de casa, y que se detenía en aquel lugar porque, además de ser muy agradable, servían unos magníficos *capuccinos*.

Llegué, por fin, al Hipogeo cinco minutos antes de la hora convenida. La actividad laboral normal había vuelto al cuarto sótano, como si la locura que supuso el Códice Iyasus se hubiera borrado de la mente de todos. Curiosamente, mis adjuntos me saludaron con simpatía y algunos, incluso, levantaron la mano en el aire a modo de bienvenida. Con un gesto tímido y extrañado, respondí a todos y me refugié, volando, en mi laboratorio, preguntándome qué extraño milagro se habría producido para que tuviera lugar aquel insólito cambio de actitud. ¿Quizá habían descubierto que yo era humana o es que mi sensación de bienestar era contagiosa?

Todavía no había terminado de colgar el abrigo y el bolso en la percha, cuando Farag y el capitán hicieron acto de presencia. Un hermoso vendaje cubría la enorme cabeza rubia, pero, bajo las cejas, destellos metalizados presagiaban tormenta.

—Estoy disfrutando de un día hermoso, capitán —advertí por todo saludo—, y no tengo ganas de caras serias.

—¿Quién tiene la cara seria? —repuso agriamente.

Farag tampoco estaba de mejor humor. Al parecer, lo que sea que hubiera pasado en casa de la Roca había sido apocalíptico. El capitán no se quitó la chaqueta ni hizo ademán de sentarse.

—Dentro de quince minutos tengo una audiencia con Su Santidad y con Su Eminencia Sodano —anunció de golpe—. Es una reunión muy importante, de manera que estaré ausente un par de horas. Preparen ustedes mientras tanto la siguiente cornisa de Dante y, cuando yo vuelva, ultimaremos los preparativos.

Sin más, volvió a cruzar el umbral de la puerta y desapareció. Un pesado silencio se hizo en el laboratorio. No sabía si preguntar a Farag qué había pasado.

—¿Sabes una cosa, Ottavia? —comenzó él, mirando todavía la puerta por la que había salido el capitán—. Glauser-Röist está desquiciado.

—No debiste insistir para que descansara. Cuando alguien quiere hacer algo, y es tan terco como el capitán, hay que dejar que lo haga aunque se mate.

—¡No, si no es eso! —me miró con un extraño gesto en la cara y dijo—: «¿Soy yo, acaso, el guardián de mi hermano?» Tengo muy claro que Kaspar ya es mayorcito para hacer lo que le dé la gana. Es... Mira, no sé, pero esta historia de los staurofílakes lo está volviendo loco. O pretende ganar una medalla o demostrarse que es Superman o está utilizando esta aventura como otros utilizan la bebida, para olvidar o autodestruirse.

—Algo así he pensado esta misma mañana... quiero

decir este mediodía —saqué las gafas de su funda y me las puse—. Para ti y para mí todo esto es una aventura en la que nos vemos involucrados voluntariamente por interés y curiosidad. Para él significa algo más. Le da igual el cansancio, le da igual la muerte de mi padre y mi hermano, le da igual que tú hayas perdido tu vida en Egipto y tu trabajo. Nos hace correr contra el tiempo como si el robo de una sola reliquia más fuera una catástrofe insuperable.

—No creo que sea eso —reflexionó Farag, frunciendo el ceño—. Creo que sintió profundamente el accidente de tu padre y tu hermano, y que está preocupado por mi situación actual. Pero es cierto que está obsesionado con los staurofílakes. Esta mañana, nada más despertarse, ha llamado a Sodano. Han estado hablando un buen rato y, durante la conversación, ha tenido que tumbarse un par de veces, porque se caía al suelo. Luego, todavía sin desayunar, se ha metido en su despacho (el que tú curioseaste, ¿recuerdas?) y ha estado abriendo y cerrando cajones y carpetas. Mientras yo comía algo y me duchaba él iba dando tumbos por la casa, soltando exclamaciones de dolor, sentándose un momento para recuperarse y, a continuación, levantándose de nuevo para hacer más cosas. Ni ha desayunado ni ha comido nada desde el sándwich de la Cloaca.

—Está volviéndose loco —sentencié.

Nos quedamos de nuevo en silencio, como si ya no hubiera mucho más que decir sobre Glauser-Röist, pero estoy segura que ambos seguíamos pensando en lo mismo. Por fin, solté un largo suspiro.

—¿Trabajamos? —pregunté, intentando animarle—. Ascenso a la segunda cornisa del *Purgatorio*. Canto XIII.

—Podrías leerlo en voz alta para los dos —propuso, arrellanándose en el sillón y poniendo los pies sobre la caja del ordenador que descansaba en el suelo—. Como yo ya lo he leído, podemos ir comentándolo.

—¿Y tengo que leerlo yo?

—Puedo hacerlo yo si quieres, pero es que ya estoy cómodamente sentado y tengo unas vistas magníficas desde aquí.

Preferí ignorar su comentario, por encontrarlo fuera de lugar, y empecé a recitar los versos dantescos.

> *Noi eravamo al sommo de la scala,*
> *dove secondamente si risega*
> *lo monte che salendo altrui dismala.*[27]

Nuestros *alter ego*, Virgilio y Dante, llegan a una nueva cornisa, un poco más pequeña que la anterior, y avanzan por ella a buen paso, buscando algún alma que pueda decirles cómo seguir subiendo. De repente, Dante empieza a escuchar unas voces que dicen: «*Vinum non habent*»,[28] «Soy Orestes» y «Amad a quien el mal os hizo».

—¿Qué significa esto? —pregunté a Farag, mirándole por encima de la montura.

—En realidad, son referencias a ejemplos clásicos de amor al prójimo, que es de lo que adolecen los protagonistas de este círculo. Pero sigue leyendo y lo entenderás.

Curiosamente, Dante le pregunta a Virgilio lo mismo que yo acababa de preguntarle a Farag, y el de Mantua le responde:

> *En este círculo se castiga*
> *la culpa de la envidia, mas mueve*
> *el amor las cuerdas del flagelo.*

---

27. «Llegamos al final de la escalera, donde por segunda vez disminuye el monte que purifica a quienes lo escalan.» Canto XIII, vv. 1-3.

28. «No tenemos vino», en referencia a las Bodas de Caná.

El sonido contrario quiere ser el freno;
y me parece que podrás oírlo
antes de que llegues al paso del perdón.

Pero mira atentamente y verás gente
sentada delante de nosotros,
apoyada a lo largo de la roca.

Dante escudriña la pared y descubre unas sombras vestidas con mantos del color de la piedra. Se acerca un poco más y queda aterrorizado con lo que ve:

De vil cilicio cubiertas parecían,
y se sostenían unas a otras por la espalda
y el muro a todas ellas aguantaba.

[...] Y como el sol no llega hasta los ciegos
así a las sombras de las que hablo
no quería llegar la luz del cielo,

pues un alambre a todas les cosía
y horadaba los párpados, como
al gavilán que nunca se está quieto.[29]

Volví a mirar a Farag, que me estaba observando con una sonrisa, y gesticulé, denegando, con la cabeza.

—No creo que pueda soportar esta prueba.

—¿Tuviste que cargar con piedras en la primera cornisa?

—No —admití.

—Pues nadie dice que ahora vayan a ponerte una alambrada en las pestañas.

—Pero ¿y si lo hacen?

—¿Te han hecho daño al marcarte con la primera cruz?

29. Era una práctica habitual en cetrería para amansar a las aves.

—No —volví a admitir, aunque debí mencionar el pequeño detalle del golpe en la cabeza.

—Pues sigue leyendo, anda, y no te preocupes tanto. Abi-Ruj Iyasus no tenía agujeros en los párpados, ¿verdad?

—No.

—¿Te has parado a pensar que los staurofílakes nos han tenido en su poder durante seis horas y sólo nos han hecho una pequeña escarificación? ¿Has caído en la cuenta de que saben perfectamente quiénes somos y que, sin embargo, nos están permitiendo superar las pruebas? Por alguna razón desconocida, no sienten ningún miedo de nosotros. Es como si nos dijeran: «¡Adelante, venid hasta nuestro Paraíso Terrenal si podéis!». Se sienten muy seguros de sí mismos, hasta el punto de haber dejado en la chaqueta del capitán la pista para la siguiente prueba. Podían no haberlo hecho —sugirió—, y ahora estaríamos devanándonos los sesos inútilmente.

—¿Nos están retando? —me sorprendí.

—No creo. Más bien parece que nos están invitando —se pasó la mano por la barba, más clara que su piel, e hizo una mueca de desesperación—. ¿Es que no piensas terminar de leer la segunda cornisa?

—¡Estoy harta de Dante, de los staurofílakes y del capitán Glauser-Röist! ¡En realidad, estoy harta de casi todo lo que tenga que ver con esta historia! —protesté, indignada.

—¿También estás harta de..? —empezó a preguntar, siguiendo el hilo de mis quejas, pero se detuvo en seco, soltó una carcajada, que a mí me pareció forzada, y me miró con severidad—. ¡Ottavia, por favor, sigue leyendo!

Obediente, bajé los ojos de nuevo hacia el libro y continué.

Lo que venía a continuación era un largo y tedioso fragmento en el que Dante se pone a hablar con todas las almas que quieren contarle sus vidas y los motivos por los cuales están en ese saliente de la montaña: Sapia dei Salvani, Guido del Duca, Rinier da Cálboli... Todos habían sido unos envidiosos terribles, que se alegraban más de los males ajenos que de sus propias dichas. Por fin, termina ese aburrido Canto XIV y empieza el XV, con Dante y Virgilio de nuevo solos. Una luz brillantísima, que golpea los ojos de Dante obligándole a tapárselos con una mano, se dirige hacia ellos. Es el ángel guardián del segundo círculo, que viene para borrar una nueva P de la frente del poeta y para llevarles hasta el principio de la escalera que conduce a la tercera cornisa. Mientras esto hace, el ángel, curiosamente, se pone a cantar canciones: *Beati misericordes* y *Goza tú que vences*.

—Y ya está —dije, viendo que se terminaba el Canto.

—Bueno, pues ahora tenemos que averiguar qué es *Agios Konstantínos Akanzón*.

—Para eso necesitamos al capitán. Él es quien sabe manejar el ordenador.

Farag me miró sorprendido.

—Pero ¿acaso no es esto el Archivo Secreto Vaticano? —preguntó echando una ojeada a su alrededor.

—¡Tienes toda la razón! —dije, poniéndome en pie—. ¿Para qué están los de ahí afuera?

Abrí la puerta con gesto decidido y salí resuelta a pillar al primer adjunto que se me cruzara en el camino, pero, al hacerlo, choqué frontalmente con la Roca, que se disponía a entrar en el laboratorio como un *bulldozer*.

—¡Capitán!

—¿Iba a algún sitio importante, doctora?

—Bueno, en realidad, no. Iba a...

—Bueno, pues entre. Tengo algunas cosas importantes que comunicarles.

Desanduve el camino y regresé a mi asiento. Farag había vuelto a fruncir el ceño con disgusto.

—Profesor, antes de nada quisiera pedirle disculpas por mi comportamiento de esta mañana —dijo humil-

demente la Roca, mientras se sentaba entre Farag y yo—.
Me encontraba bastante mal y soy un pésimo enfermo.

—Ya lo he notado.

—Verá —continuó disculpándose el capitán—, cuando no estoy bien, me pongo insoportable. No tengo costumbre de guardar cama ni con cuarenta de fiebre. Presumo que he sido un detestable anfitrión y lo lamento.

—Vale, Kaspar, asunto zanjado —concluyó Farag, haciendo un gesto con la mano que quería decir que cerraba esa puerta para siempre.

—Bien, pues ahora —suspiró la Roca, desabrochándose la chaqueta y poniéndose cómodo—, voy a informarles de la situación sin más preámbulos. Acabo de contar al Papa y al Secretario de Estado todo lo que nos ha pasado en Siracusa y aquí, en Roma. Su Santidad ha quedado visiblemente impresionado por mis palabras. Hoy, por si no lo recuerdan, es su cumpleaños. Su Santidad cumple 80 años y, a pesar de sus múltiples compromisos, ha hecho un hueco en su agenda para recibirme. Se lo digo para que vean hasta qué punto este asunto que tenemos entre manos es importante para la Iglesia. A pesar de que estaba muy cansado y de que no se expresaba con claridad, por boca de Su Eminencia, me ha hecho saber que está satisfecho y que va a pedir por nosotros en sus oraciones todos los días.

Una sonrisa de emoción se dibujó en mis labios. ¡Cuando mi madre supiera aquello! ¡El Papa rezando todos los días por su hija!

—Bien, la siguiente cuestión es lo que todavía nos queda por hacer. Faltan seis pruebas por superar hasta llegar al Paraíso Terrenal de los staurofílakes. En caso de que sobrevivamos a las seis, nuestra misión es, naturalmente, recuperar la Vera Cruz, pero también ofrecer el perdón a los miembros de la secta, siempre y cuando estén dispuestos a integrarse en la Iglesia Católica como una Orden religiosa más. El Papa está especialmente interesado en conocer al actual Catón, si es que existe, de manera que debemos traerle a Roma, voluntariamente o por la fuerza. Por su parte, el cardenal Sodano me ha comunicado que, como las pruebas que faltan tienen lugar en Rávena, Jerusalén, Atenas, Estambul, Alejandría y Antioquía, el Vaticano va a poner a nuestra disposición tanto uno de los Dauphin 365 como el propio Westwind de Su Santidad. En cuanto a las acreditaciones diplomáticas...

—¡Un momento! —Farag había levantado el brazo como hacíamos en el colegio de pequeños—. ¿Qué es un Dauphin no-sé-cuántos y un Westwind?

—Lo lamento —la Roca estaba mansa como el agua de un lago; la influencia del Papa siempre resultaba positiva—. No me he dado cuenta de que ustedes no saben nada de helicópteros ni de aviones.

—¡Oh, no! —musité, dejando caer la cabeza pesadamente entre los hombros.

—¡Oh, sí, querida *Basíleia*! ¡Vamos a seguir corriendo contra el tiempo!

Afortunadamente, Glauser-Röist no comprendió el poco apropiado calificativo griego con que Farag me obsequiaba últimamente.

—No tenemos más remedio, profesor. Este asunto debe liquidarse cuanto antes. Todas las iglesias cristianas han sido expoliadas de sus *Ligna Crucis* y los pocos fragmentos que quedan, a pesar de estar siendo cuidadosamente vigilados, continúan desapareciendo. Para su información, hace tres días fue robado el *Lignum Crucis* de la iglesia de St. Michaelis, en Zweibrücken, Alemania.

—¿Siguen robando a pesar de que saben que les estamos persiguiendo?

—No tienen miedo, doctora. St. Michaelis Kirche estaba custodiada por un servicio de seguridad privado contratado por la diócesis. La Iglesia se está gastando mucho dinero en proteger las reliquias. Sin demasiado éxito, como ven. Este es otro de los motivos por los cuales el cardenal Sodano, con la autorización de Su Santidad, pone a nuestro servicio uno de los helicópteros Dauphin del Vaticano y el avión Westwind II de Alitalia que utiliza el Papa para sus desplazamientos particulares.

Farag y yo nos miramos.

—El plan es el siguiente —prosiguió la Roca—: mañana, a las siete de la mañana nos encontraremos en el helipuerto vaticano. Ya saben que se encuentra en el extremo oeste de la Ciudad, justo detrás de San Pedro, en línea recta hasta la muralla Leonina. Allí nos esperará el Dauphin con el que nos trasladaremos hasta Rávena... Por cierto, ¿han resuelto ya la pista para la siguiente prueba?

—No —carraspeé—. Le necesitábamos a usted.

—¿A mí? ¿Para qué?

—Verá, Kaspar, sabemos que la ciudad es Rávena, sabemos que el pecado es la envidia, sabemos que en la prueba hay puertas estrechas y caminos tortuosos, pero lo que parece ser la señal definitiva es un nombre que no conocemos de nada: *Agios Konstantínos Akanzón* o, lo que es lo mismo, san Constantino de las Espinas.

—El segundo círculo es el de los cilicios —afirmó Glauser-Röist pensativo.

—En efecto, así que ya sabemos por dónde van a ir las cosas... o eso creemos. En cualquier caso hay que averiguar quién es este san Constantino. Quizá su vida nos indique lo que tenemos que hacer.

—O quizá —propuse yo—, *Agios Konstantínos Akanzón* sea una iglesia de Rávena. La cuestión es que usted, con ese maravilloso invento llamado Internet, tiene que tratar de averiguarlo.

—Muy bien —repuso la Roca, quitándose la chaqueta y colgándola cuidadosamente en el respaldo de su sillón—. Manos a la obra.

Encendió el ordenador, esperó un momento a que todo el sistema estuviera en marcha y, enseguida, conectó con el servidor vaticano para entrar en la red.

—¿Cómo han dicho que se llamaba ese santo?

—*Agios Konstantínos Akanzón*.

—No, capitán —rechacé—. Pruebe primero con san Constantino de las Espinas. Es más lógico.

Al cabo de un buen rato, cuando Farag y yo ya estábamos cansados de permanecer inmóviles, mirando fijamente una pantalla por la que pasaban rápidamente innumerables documentos, Glauser-Röist lanzó una exclamación de triunfo:

—¡Aquí lo tenemos! —dijo, echándose hacia atrás en el asiento y aflojándose la corbata—. San Constantino Acanzzo, en la provincia de Rávena. Escuchen lo que dice esta guía turística de rutas verdes.

—¿Rutas verdes? —preguntó Farag.

—Ecoturismo, profesor, itinerarios para amantes de la naturaleza: senderismo y barranquismo por parajes naturales poco transitados.

—¡Ajá!

—San Constantino Acanzzo es una antigua abadía benedictina situada al norte del delta del Po, en la provincia de Rávena. Se trata de un complejo monástico, anterior al siglo X, que conserva una valiosa iglesia de estilo bizantino, un refectorio decorado con unos espléndidos frescos y un campanario del siglo XI.

—No me extraña que los staurofílakes eligieran Rávena como una de las ciudades de sus pruebas —comenté—. De hecho, fue la capital del Imperio Bizantino en Occidente desde el siglo VI hasta el siglo VIII. Lo que no entiendo es por qué la consideraron como la metrópoli más representativa del pecado de la envidia.

—Porque Rávena, doctora, durante su período de mayor esplendor, esos dos siglos de Exarcado que usted acaba de mencionar, estableció una verdadera compe-

tencia con Roma, que entonces ya no era más que un reducido villorrio.

—Conozco la historia de Roma —repuse con mala
cara—. Yo soy la única italiana que hay aquí, ¿recuerda?

El capitán ni me miró. Se volvió hacia Farag y me ignoró por completo.

—Como ya sabe, el Imperio Romano de Occidente
cayó en el siglo IV y los bárbaros se apoderaron de toda
la península italiana. Sin embargo, cuando los bizantinos la recuperaron en el siglo VI, en lugar de devolver a
Roma la capitalidad de Occidente, como hubiera sido
de esperar, se la entregaron a Rávena, porque en Roma
gobernaba el Papa y la enemistad entre Bizancio y el
Papa romano ya venía de largo.

—Es que el Papa romano se consideraba, y se sigue
considerando, el único sucesor real de san Pedro, Kaspar, se lo recuerdo —apuntó Farag con sonsonete—. Si
no fuera por ese pequeño detalle, quizá la unión entre
todos los cristianos del mundo sería algo más fácil.

Glauser-Röist le contempló en silencio, con una mirada vacía de expresión.

—Como Bizancio deja a Roma en el olvido —continuó un par de latidos después, como si el profesor Boswell no hubiera dicho nada—, la ciudad decae mientras
Rávena crece, se enriquece y se consolida, pero, en lugar
de conformarse con disfrutar de su gloria, se dedica con
todas sus fuerzas a ensombrecer la pasada grandeza de
su enemiga. Además de llenarse de magníficas construcciones bizantinas que aún hoy son el orgullo de la ciudad y de Italia entera, introducen, como una humillación más, el culto a san Apollinar, santo patrono de
Rávena, en la propia basílica de San Pedro.

Farag soltó un largo y suave silbido.

—Sí —reconoció, atónito—, yo diría que la envidia era
una gran característica de la Rávena bizantina. ¡Qué mala
idea lo de san Apollinar! ¿Y cómo sabe usted todo eso?

—¿Acaso no hay diócesis en Rávena? Mucha gente de todo el mundo trabaja en estos momentos para nosotros, sobre todo en las seis ciudades que todavía tenemos que visitar. Y sepan que, en esas seis ciudades, ya está todo preparado para nuestra llegada —se aflojó aún más la corbata antes de proseguir—. La detención de los staurofílakes es una empresa a gran escala en la que ya no estamos solos. Todas las Iglesias cristianas tienen mucho interés en este asunto.

—Bueno, pero toda esa gente no va a venir con nosotros a jugarse la vida en *Agios Konstantínos Akanzón*.

—Ahora se llama San Constantino Acanzzo —recordé.

—Sí, y con tanta cháchara no hemos terminado de leer la información de Internet sobre esa antigua abadía —rezongó el capitán, volviendo los ojos hacia la pantalla—. Al parecer, el estado del viejo complejo monástico bizantino es ruinoso, pero cuenta todavía con una pequeña comunidad de benedictinos que regentan una hostería para excursionistas. El lugar se halla situado en el centro exacto del Bosque de Palù, que es de su propiedad, cuya extensión es de más de cinco mil hectáreas.

—«¡Qué estrecha es la puerta y qué angosto el camino que lleva a la vida! ¡Y qué pocos son los que dan con ella!» —recordé.

—¿Vamos a tener que cruzar ese bosque? —quiso saber Boswell.

—El bosque es propiedad privada de los monjes. No se puede entrar sin su permiso —aclaró la Roca, mirando la pantalla—. En cualquier caso, nosotros llegaremos a la hostería en helicóptero.

—¡Eso ya me gusta más! —parecía divertido cruzar el cielo en molinillo.

—Pues lo que voy a decirle no creo que le guste tanto, doctora: prepare esta noche sus maletas porque no vamos a volver a Roma hasta que no lo hagamos en compañía del actual Catón. A partir de mañana por la noche, el Westwind II de Alitalia nos estará esperando en el aeropuerto de Rávena para llevarnos directamente a Jerusalén. Son órdenes de Su Santidad.

5

El helipuerto vaticano era una estrecha superficie rom-
boidal totalmente sitiada por la robusta muralla Leonina que separaba la Ciudad del resto del mundo desde
hacía once siglos. El sol acababa de salir por el este y ya
iluminaba un cielo radiante y despejado, de un hermoso
tono azul claro.

—¡Vamos a tener un vuelo visual magnífico, capitán!
—gritó el piloto del Dauphin AS-365-N2 al capitán
Glauser-Röist—. ¡Hace una mañana espléndida!

Los motores del Dauphin estaban en marcha y las palas se movían suavemente, con un ruido semejante al de
un ventilador gigantesco (que en nada se parecía al que se
escuchaba en las películas cuando salía un helicóptero).
El piloto, un joven rubio y grande, muy robusto y de tez
rubicunda, iba ataviado con un mono de vuelo de color
gris lleno de bolsillos por todas partes. Tenía una sonrisa
franca y simpática, y no dejaba de examinarnos a los tres
preguntándose quiénes debíamos ser para que nos dejaran utilizar su brillante Dauphin blanco.

Yo jamás había volado en helicóptero y estaba un
poco nerviosa. A mi lado, Farag examinaba con atención todo cuanto nos rodeaba con la curiosidad propia
del turista extranjero que visita una pagoda china.

La noche anterior había preparado mi equipaje con

una gran inquietud. Ferma, Margherita y Valeria me habían ayudado muchísimo —poniendo lavadoras a toda prisa, planchando, plegando y guardando— y me habían animado con bromas y una buena cena que estuvo llena de risas y buen humor. Hubiera debido sentirme como una heroína que se dispone a salvar al mundo, pero, en lugar de eso, estaba atemorizada, aplastada por un peso interior que no podía definir. Era como si estuviera viviendo los últimos minutos de mi vida y disfrutando de mi última cena. Pero lo peor de todo fue cuando entramos las cuatro a rezar en la capilla y mis hermanas expresaron en voz alta sus peticiones por mí y por la misión que iba a realizar. No pude contener las lágrimas. Por alguna razón desconocida, sentía que no iba a volver, que no volvería a rezar allí donde tantas veces había rezado y que no volvería a hacerlo en compañía de mis hermanas. Intenté quitarme estos vanos temores de la cabeza y me dije que debía ser más valiente, menos asustadiza y menos cobarde. Si no volvía, al menos habría sido por una buena causa, por una causa de la Iglesia.

Y ahora me encontraba allí, en aquel helipuerto, vestida con mis pantalones recién lavados y planchados, a punto de subir en un helicóptero por primera vez en mi vida. Me santigüé cuando el piloto y el capitán nos indicaron que debíamos entrar en el aparato, y me sorprendí al comprobar lo cómodo y elegante que era el interior. Nada de incómodos bancos metálicos ni de aparataje militar. Farag y yo tomamos asiento en unos mullidos sillones de cuero blanco, en una cabina con aire acondicionado, anchas ventanas y un silencio comparable al de una iglesia. Nuestros equipajes fueron cargados en la parte posterior de la nave y el capitán Glauser-Röist ocupó el lugar del segundo piloto.

—Estamos despegando —me anunció Farag, mirando por la ventana.

El helicóptero se apartó del suelo con un leve balanceo y, si no hubiera sido por la fuerte vibración de los motores, ni me habría enterado de que ya estábamos en el aire.

Era increíble volar así, con el sol a nuestra derecha y ejecutando una especie de baile y unos movimientos que jamás podrían realizarse con un avión, mucho más estable y aburrido. El cielo deslumbraba de una manera increíble, de modo que trataba de mirar por la ventana achicando los ojos. De repente, la figura de Farag se interpuso entre la luz y yo y, al mismo tiempo que me clavaba algo en las orejas, me dijo:

—No es necesario que me las devuelvas —sonrió—. Como eres un ratón de biblioteca, sabía que no tendrías.

Y me colocó un par de gafas de sol que me permitieron mirar con naturalidad por primera vez desde que habíamos despegado. Me llamó la atención cómo se reflejaba contra su pelo claro la luz horizontal que se colaba por los cristales.

El sol estaba cada vez más alto y nuestro helicóptero sobrevolaba ya la ciudad de Forlì, a veinte kilómetros de Rávena. En unos quince minutos, nos dijo Glauser-Röist por los altavoces de la cabina, llegaríamos al delta del Po. Una vez allí, nosotros tres desembarcaríamos y el helicóptero volaría hasta el aeropuerto de la Spreta, en Rávena, donde esperaría instrucciones.

Los quince minutos pasaron en un suspiro. De repente, el aparato se inclinó hacia delante y comenzamos una bajada vertiginosa que me aceleró el corazón.

—Hemos descendido a unos quinientos pies de altitud —anunció la voz metalizada del capitán—. Estamos sobrevolando el bosque de Palù. Observen la espesura.

Farag y yo pegamos las caras a las ventanillas y vimos una interminable alfombra verde, formada por unos árboles enormes, que no tenía ni principio ni fin. Mi vaga idea de cuánto podrían ser cinco mil hectáreas resultó sobrepasada con mucho.

—Menos mal que no hemos tenido que cruzarlo andando —musité, sin dejar de mirar hacia abajo.

—No adelantes acontecimientos... —replicó Farag.

—A la izquierda pueden ver el monasterio —dijo la voz del capitán—. Aterrizaremos en el claro que hay frente a la entrada.

Boswell se puso a mi lado para contemplar la abadía. Un modesto campanario de forma cilíndrica, dividido en cuatro pisos y con una cruz sobre el tejadillo, indicaba el emplazamiento exacto de lo que, muchos siglos atrás, debió de ser un hermoso lugar de recogimiento y oración. En la actualidad, sólo permanecía en pie la robusta muralla oval que cercaba el complejo, porque el resto, a vista de pájaro, sólo era un montón de piedras derruidas y de paredes solitarias, aquí y allá, que mantenían difícilmente el equilibrio. Únicamente cuando iniciamos el descenso hacia el claro, provocando con el aire de las palas una gran agitación en el boscaje, divisamos unas pequeñas edificaciones cercanas a los muros.

El helicóptero tomó tierra con suavidad y Farag y yo abrimos la portezuela del compartimiento de pasajeros. No caímos en la cuenta de que las hélices no se habían detenido y que giraban con una potencia salvaje que nos empujó como míseras bolsas de plástico en mitad de un huracán. Farag tuvo que sujetarme por el codo y ayudarme a salir de la turbulencia, porque yo me hubiera quedado, como una tonta, a merced del ciclón.

En la cabina de mando, el capitán se demoraba hablando con el joven piloto que ahora sólo era un casco redondo de visera negra y deslumbrante. El hombre hizo gestos de asentimiento y aceleró de nuevo los motores mientras Glauser-Röist, con menor esfuerzo que nosotros, atravesaba el torbellino. La máquina volvió a elevarse en el aire y, en pocos segundos, ya no era más que una lejana mota blanca en el cielo. Mi primer vuelo en helicóptero había sido apasionante, algo digno de repetir en la primera ocasión, y, sin embargo, en una fracción de segundo mi mente lo había convertido en agua pasada: Farag, el capitán y yo nos encontrábamos frente a la cancela de entrada del solitario monasterio benedictino de *Agios Konstantínos Akanzón* y el único sonido que escuchábamos era el canto de los pájaros.

—Bueno, pues ya hemos llegado —declaró la Roca, echando un vistazo a los alrededores—. Ahora vayamos en busca de nuestro amigo, el staurofílax que vigila esta prueba.

Pero no fue necesario porque, como surgidos de la nada, dos monjes ancianos, ataviados con los hábitos negros de los benedictinos, aparecieron por el camino de piedrecillas que terminaba en la verja.

—¡Hola, buenos días! —exclamó uno de ellos, agitando el brazo en el aire, mientras el otro abría las puertas—. ¿Queréis albergue?

—¡Sí, padre! —le respondí.

—¿Y vuestras mochilas? —preguntó el más viejo de los dos, juntando las manos sobre el pecho y cubriéndolas con las mangas.

La Roca levantó la suya para que la vieran.

—Aquí llevamos todo lo necesario.

Ya estábamos reunidos los cinco junto a la cancela. Los monjes eran mucho más viejos de lo que yo había supuesto, pero exhibían un agradable ánimo jovial y unas sonrisas amables.

—¿Habéis desayunado? —preguntó el que todavía conservaba un poco de pelo.

—Sí, gracias —respondió Farag.

—Pues vamos a la hostería y os daremos habitaciones —nos examinó de arriba abajo y añadió—: Tres, ¿verdad? ¿O alguno de ellos es tu marido, joven?

Yo sonreí.

—No, padre. Ninguno es mi marido.

—¿Y por qué habéis venido en el helicóptero? —quiso saber el otro, el nonagenario, con curiosidad infantil.

—No disponemos de mucho tiempo —le explicó la Roca, que caminaba muy despacio para que sus zancadas no dejaran atrás a los ancianos.

—¡Ah! Pues debéis de ser muy ricos, porque un viaje en helicóptero no puede permitírselo todo el mundo.

Y ambos frailes se rieron a carcajadas como si hubieran oído el chiste más gracioso del mundo. Nosotros, a hurtadillas, intercambiamos miradas perplejas: o aquellos staurofílakes eran unos actores consumados o nos habíamos equivocado por completo de lugar. Yo los examinaba minuciosamente intentando detectar la menor señal de engaño, pero en sus arrugadas caras se reflejaba una total inocencia y sus francas sonrisas parecían absolutamente sinceras. ¿Habríamos cometido algún error?

Avanzamos hacia la hostería mientras los monjes nos contaban de manera sucinta la historia del monasterio. Estaban muy orgullosos de los frescos bizantinos que decoraban el refectorio y del buen estado de conservación de la iglesia, tarea a la que dedicaban su vida entera al margen de la atención a los pocos excursionistas que llegaban hasta allí. Quisieron saber cómo se nos había ocurrido visitar San Constantino Acanzzo y cuánto tiempo íbamos a quedarnos. Por supuesto, nos recalcaron, estábamos invitados a compartir su mesa y, si sus atenciones nos parecían correctas, no estaría de más que, puesto que éramos tan ricos, dejáramos, al irnos, una buena propina para la abadía. Y, después de decir esto, volvieron a reírse como niños felices.

El caso es que, caminando y charlando, pasamos junto a un huertecillo en el que había otro anciano benedictino inclinado sobre una pala que hundía costosamente en la tierra.

—¡Padre Giuliano, tenemos invitados! —gritó uno de nuestros acompañantes.

El padre Giuliano se puso la mano sobre los ojos para mirarnos mejor y emitió un gruñido.

—El padre Giuliano es nuestro abad, así que, acercaos a saludarle —nos recomendó en voz baja uno de nuestros acompañantes—. Lo más probable es que os entretenga un buen rato con preguntas, de manera que nosotros os esperaremos en la hostería. Cuando terminéis, seguid aquel senderillo de allá y luego tomad a la derecha. No tiene pérdida.

El capitán empezaba a dar muestras de impaciencia y de mal humor. La sensación de habernos equivocado y de estar perdiendo el tiempo comenzaba a ser muy acusada. Aquellos monjes no respondían, ni remotamente, al patrón que nos habíamos formado de los staurofílakes. Pero, en realidad, me pregunté mientras nos adelantábamos en el huertecillo, ¿qué idea era la que teníamos de los staurofílakes?

Con total certeza, sólo habíamos visto a uno —nuestro joven etíope, Abi-Ruj Iyasus—, porque los otros dos —el sacristán de Santa Lucía y el cura maloliente de Santa María in Cosmedín—, podían no ser otra cosa que lo que aparentaban.

Los frailes habían desaparecido por el sendero mientras el abad, inmóvil como un monarca en su trono, aguardaba nuestra llegada apoyado en su pala.

—¿Cuánto tiempo pensáis quedaros? —nos preguntó a bocajarro, cuando estuvimos cerca de él.

—No mucho —respondió la Roca, con el mismo mal talante.

—¿Qué os ha traído hasta San Constantino Acanzzo? —por el tono de su voz, aquello parecía un interrogatorio en tercer grado. No podíamos verle bien la cara porque llevaba la cabeza cubierta con la amplia capucha del hábito.

—La flora y la fauna —contestó desabridamente el capitán.

—El paisaje, padre, el paisaje y la tranquilidad —se apresuró a añadir el profesor, más conciliador.

El abad sujetó la pala con las dos manos y, tomando impulso, volvió a clavarla en la tierra, dándonos la espalda.

—Id a la hostería. Os están esperando.

Confusos y extrañados por aquella breve conversación, desanduvimos el camino a través del huerto y enfilamos por la vereda que nos habían indicado. La senda penetraba en un umbrío trecho de bosque y se iba estrechando hasta no ser más que un caminillo.

—¿Qué clase de árboles tan altos son estos, Kaspar?

—Hay un poco de todo —explicó la Roca, sin levantar la cabeza para mirarlos, como si ya los hubiera examinado—: robles, fresnos, olmos, álamos blancos... Pero estas especies no son tan altas. Es posible que la composición química del terreno sea muy rica, o quizá los monjes de San Constantino hayan llevado a cabo alguna selección de semillas a lo largo de los siglos.

—¡Impresionantes! —exclamé, elevando la mirada hacia la compacta cúpula vegetal que sombreaba el camino.

Después de un buen rato de caminar en silencio, Farag preguntó:

—¿No dijeron los monjes que había una bifurcación que debíamos tomar a la derecha?

—Ya no debe faltar mucho —contesté.

Pero sí faltaba, porque los minutos seguían pasando y allí no aparecía el cruce.

—Creo que no vamos bien —dijo la Roca, mirando su reloj.

—Eso ya lo dije yo hace un rato.

—Sigamos andando —objeté, recordando que habíamos tomado bien el sendero.

Sin embargo, al cabo de más de media hora, tuve que admitir mi error. Daba la sensación de que nos estábamos adentrando en lo más profundo del bosque. El camino apenas estaba indicado y, aparte de que el follaje se había vuelto muy espeso, la falta de luz solar, por lo tupido de las copas de los árboles, nos impedía saber en qué dirección caminábamos. Por suerte, el aire era fresco y limpio y la marcha no se hacía pesada.

—Volvamos atrás —ordenó Glauser-Röist con cara de pocos amigos.

Ni Farag ni yo le discutimos porque era evidente que, aunque camináramos todo el día, por allí no llegaríamos a ninguna parte. Lo raro fue que, apenas hubimos retrocedido un kilómetro, más o menos, encontramos la intersección de senderos.

—Esto es una majadería —bramó la Roca—. Antes no pasamos por este cruce.

—¿Queréis saber mi opinión? —preguntó Farag, sonriendo—. Creo que estamos empezando el viaje por la segunda cornisa. Debieron ocultar estos caminos y ahora los han despejado para que los encontremos. Alguno de ellos lleva al lugar correcto.

Aquello pareció serenar un tanto al capitán.

—En ese caso —dijo—, actuemos como se espera que lo hagamos.

—¿Por dónde vamos? ¿Derecha o izquierda?

—¿Y si no es la prueba? —objeté, frunciendo los labios—. ¿Y si, simplemente, nos hemos perdido y estamos viendo visiones?

Por toda respuesta obtuve un silencio indiferente. Cada uno por su lado se puso a husmear, remover y apartar piedrecillas del suelo con los zapatos. Parecían dos exploradores indios o, peor aún, dos perros de caza buscando una presa caída entre la hojarasca.

—¡Aquí, aquí! —gritó de pronto Farag.

Minúsculo como una uña, un pequeño crismón constantineano asomaba en el tronco de un árbol situado junto al camino de la izquierda.

—¡Qué os dije! —continuó, muy satisfecho—. ¡Es por aquí!

Ese «por aquí», sin embargo, resultó un nuevo tramo larguísimo que nos llevó, cerca ya del mediodía, hasta un seto de casi tres metros de altura que se interpuso en nuestro camino. Nos detuvimos frente a él con la misma sensación de asombro que podría tener un tuareg si encontrara un rascacielos en mitad del desierto.

—Creo que hemos llegado —murmuró el profesor.

—Y ¿ahora qué hacemos?

—Seguirlo, supongo. Quizá tenga una abertura. Puede que al otro lado haya algo para nosotros.

Bordeamos el lindero durante unos veinte minutos hasta que, por fin, su perfecta regularidad se rompió. Un acceso de unos dos metros de ancho parecía invitarnos a entrar y un crismón de hierro clavado en el suelo no dejaba lugar a dudas sobre lo que había que hacer.

—El círculo de los envidiosos —murmuré, un tanto acobardada, llevándome la mano izquierda al antebrazo en el que tenía, todavía tierna, la escarificación de la primera cruz.

—¡Vamos, *Basíleia*, que no se diga que somos cobardes! —profirió Farag, alborozado, adentrándose por el hueco.

Un segundo seto se extendía frente a nosotros, sin que se pudiera divisar el final ni por un lado ni por el otro, de manera que, entre ambos, se formaba un interminable pasillo.

—¿Prefieren los señores la derecha o la izquierda? —prosiguió Boswell con el mismo tono de buen humor.

—¿Qué dirección toma Dante cuando llega a la segunda cornisa? —pregunté.

El capitán sacó rápidamente de la mochila su manoseado ejemplar de la *Divina Comedia* y se puso a hojearlo.

—Escuchen lo que dice la tercera estrofa del Canto

—dijo, visiblemente emocionado—. «No había sombras ni señales de ellas: liso el camino, lisa la muralla.» Y cuatro versos más abajo, refiriéndose a Virgilio: «Luego en el sol clavó fijamente los ojos; hizo de su derecha el centro del movimiento y se volvió hacia la izquierda». Convendrán conmigo en que no se puede pedir una indicación más clara.

—¿Y dónde está el sol? —inquirí, buscándolo con la mirada. Los gigantescos árboles estaban dispuestos de tal modo que era difícil adivinar en qué lugar se encontraba en ese momento.

El capitán miró su reloj, sacó una brújula y señaló hacia un punto en el cielo.

—Debe estar más o menos por allí —indicó.

Y sí, era cierto, pues una vez que lo sabíamos, era más sencillo reconocer la fuerza de la luz que atravesaba el ramaje por aquella zona.

—Pero no podemos estar seguros de que la hora a la que Virgilio miró el sol —replicó Farag—, fuera la misma a la que nosotros lo estamos mirando. Este dato podría variar por completo la dirección.

—Dejemos que el azar tire también sus dados —argüí—. Si los staurofílakes quisieran que tomásemos una dirección concreta, nos lo habrían hecho saber.

Glauser-Röist, que seguía consultando la *Divina Comedia*, levantó la cabeza y nos miró con los ojos brillantes:

—Pues, si como usted ha dicho, doctora, el azar ha tirado sus dados, resulta que ha acertado de lleno, porque Virgilio y Dante llegan al segundo círculo exactamente después del mediodía. O sea, casi a la misma hora que nosotros.

Con una sonrisa de satisfacción, me puse de cara hacia el sol, fijé bien el pie derecho en el suelo y giré hacia la izquierda, y la izquierda resultó ser el pasillo de la derecha, de modo que empezamos a caminar por «el liso camino» entre «las lisas murallas», que, sin embargo, sólo eran lisas en apariencia, pues estaban formadas por una prieta enramada. Tampoco «el liso camino» era totalmente liso, ya que, cada cien o doscientos metros, firmemente anclada al suelo de tierra, aparecía una estrella de madera. Al principio nos llamaron mucho la atención esas figuras y nos hicimos cábalas sobre su posible significado, pero, al cabo de más de una hora de paseo, decidimos que, fueran lo que fuesen, nos daba lo mismo.

Caminamos a buen paso durante otra hora más sin que el paisaje sufriera la menor variación: un pasillo de tierra en el centro, salpicado de estrellas, y un par de elevadísimos muros verdes que, por efecto de la perspectiva, terminaban juntándose a cierta distancia delante de nosotros.

El cansancio empezaba a hacer mella en mí. Tenía los pies ardientes y doloridos dentro de los zapatos y hubiera dado cualquier cosa por una silla o, mejor aún, por un cómodo sillón como el del helicóptero. Pero, al igual que Dante y Virgilio —aunque este, por ser un espíritu, nunca desfallecía—, también nosotros, antes de encontrar algo digno de mención, tuvimos que caminar bastante.

—Me estoy acordando de una frase de Borges —murmuró Farag— que dice: «Yo sé de un laberinto griego que es una línea única, recta. En esa línea se han perdido tantos filósofos que bien puede perderse un mero detective». Creo que es de *Artificios*.

—¿Y no recuerdas aquello del «círculo infinito cuyo centro está en todas partes y su circunferencia es tan grande que parece una línea recta»? —yo también había leído a Borges, así que ¿por qué no presumir?

Sobre las cinco de la tarde, y sin que ninguno se hubiera acordado del hambre ni de la sed, por fin, el segundo seto, el interno, nos mostró una irregularidad en su trazado: una puerta de hierro, tan alta como el cercado y de unos ochenta centímetros de ancho. Al empujarla y traspasar el dintel descubrimos, además, un par de cosas interesantes: la primera, que nuestros enormes setos no eran sino muros de gruesa y sólida piedra (de casi medio metro de espesor) enteramente cubiertos por las enredaderas; y la segunda, que aquella puerta estaba diseñada de tal manera que, en cuanto la hubiéramos cerrado a nuestras espaldas, ya no podríamos volverla a abrir.

—Salvo que pongamos un tope —propuso Boswell, que ese día estaba inspirado.

Como no había piedras en las cercanías ni podíamos prescindir de nada de lo que llevábamos encima, y como, para remate, la dichosa enredadera era fuerte como el cáñamo y pinchaba como un demonio, la única solución que encontramos fue poner como traba el reloj de Farag, que lo ofreció generosamente arguyendo que era de titanio y que aguantaría sin problemas. Sin embargo, en cuanto apoyamos la hoja de hierro sobre él, y eso que lo hicimos con muchísima delicadeza, la pobre máquina, aunque aguantó unos segundos, cedió bajo el peso y se descompuso en mil pedazos.

—Lo siento, Farag —le dije, intentando consolarle. Pero él, más que disgustado, parecía confuso e incrédulo.

—No se preocupe, profesor, el Vaticano le indemnizará. Lo malo —concluyó— es que ahora la puerta se ha cerrado y no hay manera de volver a abrirla.

—Bueno, ¿y acaso no quiere eso decir que vamos bien? —repuse, animosa.

Reiniciamos la marcha en el mismo sentido, percatándonos de que este segundo pasillo era algo más estrecho que el anterior. La oscuridad empezaba a volverse peligrosa.

Quizá fuera del bosque todavía hubiera bastante luz,

pero bajo aquel espeso cielo de ramas la visibilidad era muy pobre.

Aún no habíamos caminado cien metros cuando topamos con un nuevo símbolo en el suelo, aunque este era mucho más original:

$$\hbar$$

Por su color y tacto, parecía estar hecho de plomo (aunque no podíamos estar muy seguros) y, desde luego, quien lo hubiera puesto allí se había cerciorado de que fuera imposible moverlo ni un ápice. Parecía formar parte de la tierra, como brotado de ella.

—El caso es que su forma me suena mucho —comenté, examinándolo en cuclillas—. ¿No es un signo zodiacal?

El capitán se mantuvo erguido, a la espera de que los dos expertos en asuntos clásicos dieran su veredicto.

—No. Lo parece, pero no —objetó Farag, limpiando con la palma de la mano la broza acumulada sobre la pieza—. Es el símbolo por el cual, desde la Antigüedad, se conoce al planeta Saturno.

—¿Y qué tiene que ver Saturno con todo esto?

—Si lo supiésemos, doctora, ya podríamos volver a casa —refunfuñó la Roca.

Disimuladamente, enseñé los colmillos en un gesto de desprecio que sólo pudo ver Farag, que sonrió a escondidas. Luego nos pusimos de pie y seguimos andando. La noche se cernía sobre nosotros. De vez en cuando, se oía el grito de algún pájaro y el rumor de las hojas movidas por una racha de viento. Por si algo faltaba, estaba empezando a refrescar.

—¿Tendremos que pasar aquí la noche? —inquirí, subiéndome el cuello de la chaqueta. Menos mal que era de piel y que tenía un buen forro de franela.

—Me temo que sí, *Basíleia*. Espero que usted, Kaspar, haya previsto esta contingencia.

—¿Qué quiere decir *Basíleia*? —preguntó el capitán por toda respuesta.

A mí me temblaron las piernas de repente.

—Era una palabra muy común en Bizancio. Significa «mujer digna».

¡Qué mentiroso!, pensé, al tiempo que daba un silencioso suspiro de alivio. Ni *Basíleia* hubiera podido traducirse jamás por «mujer digna» ni, desde luego, era una palabra común en Bizancio, ya que su sentido literal era «Emperatriz» o «Princesa».

Sólo eran las seis y media de la tarde, pero el capitán tuvo que encender su potente linterna porque estábamos inmersos en la más completa penumbra. Llevábamos todo el día caminando sin llegar a ninguna parte a través de aquellos largos caminos de tierra. Por fin, hicimos un alto y nos dejamos caer en el suelo para tomar la primera comida desde el desayuno en Roma. Mientras masticábamos los que ya empezaban a ser famosos sándwiches de salami con queso (el capitán no cambiaba el menú de una prueba a otra), recapitulamos sobre los datos recogidos aquel día y llegamos a la conclusión de que nos faltaban aún muchas piezas del puzzle. Al día siguiente sabríamos con mayor certeza a qué atenernos. Un termo con café caliente nos devolvió el buen humor.

—¿Qué tal si nos quedamos aquí, dormimos y, en cuanto amanezca, nos ponemos de nuevo en camino? —aventuré.

—Sigamos un poco más —se opuso la Roca.

—¡Pero estamos cansados, capitán!

—Kaspar, opino que deberíamos hacer caso a Ottavia. Ha sido un día muy largo.

La Roca cedió —a disgusto, eso sí—, de manera que montamos allí mismo un improvisado campamento. El capitán empezó por entregarnos un par de buenos gorros de lana que nos hicieron reír y mirarle como si estuviera loco. Por supuesto, se molestó.

—¡Su ignorancia es vergonzosa! —tronó—. ¿No han oído nunca el dicho «Si tienes frío en los pies, ponte el sombrero»? La cabeza es responsable de buena parte de la pérdida de calor del cuerpo. El organismo humano está programado para sacrificar las extremidades si el torso y la espalda se enfrían. Si evitamos la pérdida de calor por la cabeza, mantendremos la temperatura y, por lo tanto, los pies y las manos calientes.

—¡Uf, qué complicado! ¡Yo sólo soy un sencillo hombre del desierto! —se carcajeó Farag, quien, sin embargo, y al mismo tiempo que yo, se caló el gorro hasta las orejas. El que me había dado el capitán me resultaba ligeramente familiar, pero no pude recordar por qué hasta un poco más tarde.

A continuación, la Roca sacó de su mochila mágica lo que parecían unas cajetillas de tabaco y quiso darnos una a cada uno. Por supuesto, rechazamos el ofrecimiento de la manera más amable posible, pero Glauser-Röist, armándose de paciencia, nos explicó que se trataba de mantas de supervivencia, una especie de hojas de materia plástica aluminizada que no pesaban nada pero que mantenían muchísimo el calor. La mía era roja por un lado y plateada por el otro, la de Farag, amarilla y plateada y la del capitán, naranja y plateada. Y, en efecto, resultaron muy calientes, pues entre el gorro y la manta, que, eso sí, crepitaba de manera insoportable cuando te movías, apenas nos enteramos de que estábamos a la intemperie en mitad de un bosque. Apoyando la espalda con mucho cuidado contra la enredadera, me senté entre ambos y el capitán apagó la linterna. Supongo que fui deslizándome despacito, sin darme cuenta, hasta apoyarme contra Farag pero, el caso fue que, en cuanto dejé caer la cabeza sobre su hombro, entre sueños, recordé que el gorro de lana que yo llevaba era el mismo que lucía la chica morena de la foto que había visto en el salón de la casa del capitán.

Empezó a clarear —si se puede llamar clarear a pasar del negro al gris oscuro— sobre las cinco de la madrugada. Nos despertamos los tres al mismo tiempo, seguramente por el bullicioso canto de los pájaros, que era toda un aria coral ensordecedora. Vagamente, medio dormida, recordé que era sábado y que, sólo una semana antes, yo estaba en Palermo con mi familia, en el velatorio de mi padre y de mi hermano. Oré por ellos en silencio e intenté aceptar la realidad demencial que me rodeaba antes de abrir definitivamente los ojos.

Nos incorporamos a trompicones, bebimos un poco de café frío y recogimos los bártulos, poniéndonos en camino a partir del punto donde lo habíamos dejado. Caminamos sin descanso hasta las nueve o nueve y media de la mañana, contabilizando unos treinta y tantos símbolos de Saturno. Descansamos un rato y reanudamos la marcha, preguntándonos si aquella era una prueba purgatorial o una prueba de resistencia. De pronto, al fondo, vimos un muro enorme que clausuraba el pasillo.

—¡Atención! —anunció Farag—. ¡Hemos llegado!

Aceleramos el paso, animados por unas ganas locas de alcanzar la última etapa. Pero no, no habíamos llegado al final porque, aunque aquella muralla cubierta de maleza cerrara el corredor por el que veníamos, una nueva puerta de hierro, idéntica a la que habíamos atravesado el día anterior, se ofrecía a nuestra izquierda. Sabiendo que no podríamos impedir su clausura, la empujamos y cruzamos con resignación, intuyendo que al otro lado íbamos a descubrir un panorama muy similar al que abandonábamos. De hecho, si no hubiera sido porque el nuevo pasillo era aún más estrecho que el anterior, podríamos haber jurado que no habíamos cambiado de lugar.

—Da la impresión de que atravesamos líneas paralelas cada vez más unidas entre sí —señaló Farag extendiendo los brazos de lado a lado para comprobar que, en este tercer callejón, las puntas de los dedos de sus manos quedaban a un palmo de las enredaderas. Pero las enredaderas también habían variado: los muros de tres metros de altitud ya no estaban cubiertos sólo por enrevesados tallos y hojas; ahora también, entrelazadas, enormes matas de espinos, zarzas, abrojos y ortigas amenazaban con aguijonearnos al menor roce.

—Desde luego, los pasillos son más estrechos —convino la Roca, que estaba mirando su brújula—, pero lo que ya no está tan claro es que avancemos por líneas rectas paralelas. Al parecer hemos girado unos setenta grados hacia la izquierda.

—¿En serio? —se sorprendió Farag, que, incrédulo, se puso junto a él para observar la medición—. ¡Es cierto!

—Creo que fui yo la que mencioné el «círculo infinito cuyo centro está en todas partes y su circunferencia es tan grande que parece una línea recta» —comenté burlona, mientras con las yemas de los dedos examinaba uno de los puntiagudos espinos que sobresalían de la barda. Si su origen no hubiera sido claramente vegetal, hubiera apostado por el mejor fabricante de agujas de todos los tiempos. El pincho soltó una suave pelusilla negra que, en cuestión de segundos, enrojeció mi piel y, enseguida, aquella rojez empezó a quemarme como si hubiera tocado la cabeza de una cerilla encendida—. ¡Dios mío, estas ortigas son terribles! ¡Hay que alejarse de ellas!

—Déjeme ver.

Pero mientras el capitán estudiaba mi mano, el rubor y el escozor fueron desapareciendo poco a poco.

—Afortunadamente, el prurito de la ortiga que ha tocado es pasajero, pero no sabemos si el de todas las especies que hay aquí será igual. Lleven cuidado.

Intentando no rozarnos con las plantas espinosas, cuyos floretes podían perfectamente rasgarnos la ropa, caminamos unos cien o ciento cincuenta metros más hasta que el capitán, que iba un paso por delante, se detuvo en seco.

—Otra figura extraña —comentó.

Farag y yo nos inclinamos a observarla. Se trataba de un artístico número cuatro, fabricado con algún nuevo metal de resoles azulados:

$$2\!\!\!\downarrow$$

—El símbolo del planeta Júpiter —señaló Boswell, cada vez más sorprendido—. No sé... Si es cierto que estamos girando y que en cada nuevo pasillo aparece un planeta, es posible que todo esto no sea más que una gran representación cosmológica.

—Quizá —admitió la Roca, tocando la figura con la mano—, pero una representación cosmológica hecha de estaño.

—Saturno era de plomo —recordé.

—No sé, no sé... —repitió Farag, malhumorado—. Todo esto es muy raro. ¿A qué nos están haciendo jugar esta vez?

La siguiente puerta la encontramos unas cinco horas más tarde, tras haber pisado el planeta Júpiter por lo menos treinta veces.

Comimos algo antes de atravesarla, sentados en el suelo huyendo de los matorrales espinosos. El siguiente corredor —o círculo gigantesco, según como se mirara— era un poco más estrecho y las plantas punzantes habían aumentado en densidad y peligro. Aquí, el símbolo era el del planeta Marte y estaba hecho de hierro:

♂

—En fin, creo que ya no hay la menor duda —comentó el capitán.

—Estamos caminando por el sistema solar.

—Creo que no debemos pensar en términos contemporáneos —me corrigió Farag, inclinado sobre la figura—. Nuestros conocimientos actuales sobre los planetas y el universo no tienen nada que ver con lo que se sabía en la Antigüedad. Si se fijan bien, verán que el orden seguido hasta ahora es Saturno-Júpiter-Marte, es decir, que faltan los tres primeros planetas, los más exteriores, Plutón, Neptuno y Urano, descubiertos en estos últimos tres siglos. De modo que yo diría que nos movemos en la concepción universal que imperó desde la Grecia clásica hasta el Renacimiento, es decir, la Esfera de las estrellas fijas, que fue el primer pasillo que recorrimos, los siete planetas y la Tierra.

—Esa es también la concepción que Dante tiene del universo.

—Por supuesto, capitán. Dante Alighieri, como todos antes e, incluso, mucho después de él, creía que había nueve esferas, unas dentro de otras. La más exterior, y que englobaba a todas las demás, era la de las estrellas fijas y la más interior la Tierra, donde vivía el ser humano. Ninguna de estas dos esferas se movía, su posición siempre era la misma. Las que sí se movían, girando, eran las esferas que había entre una y otra, las de los siete planetas conocidos: Saturno, Júpiter, Marte, Mercurio, Venus, Sol y Luna.

—Nueve esferas y siete planetas —observó Glauser-Röist—. Siete y nueve otra vez.

Miré a Farag sin poder ocultar mi profunda admiración. Era el hombre más inteligente que había conocido en mi vida. Todo lo que había dicho, punto por punto, era completamente cierto, lo que indicaba que su memoria era excelente, mejor, incluso, que la mía. Y yo jamás había conocido a nadie de quien pudiera afirmar algo así.

—O sea, que la órbita siguiente será la de Mercurio.

—Estoy seguro de ello, Kaspar, pero además creo que cada vez vamos a avanzar más deprisa, puesto que los círculos se contienen unos a otros y los perímetros, a la fuerza, deben ser más pequeños.

—Y los caminos más estrechos —añadí yo.

—Andando, pues —ordenó la Roca—. Nos quedan cuatro planetas por visitar.

Llegamos a la puerta de Mercurio al atardecer, cuando yo me estaba planteando que Abi-Ruj Iyasus, aquel cuerpo muerto sobre la camilla del Instituto Forense de Atenas, debía ser una especie de Coloso, un verdadero Hércules, si había superado las pruebas de la hermandad, y, con él, el resto de los staurofílakes —Dante y el padre Bonuomo incluidos—. ¿Qué tipo de fe, o de fanatismo, empujaba a esas personas a soportar todas estas calamidades? ¿Y por qué, si eran tan especiales, tan sabios, aceptaban luego permanecer en humildes puestos de vigilancia, llevando unas vidas anodinas y ocultas?

Hicimos noche sobre uno de los símbolos de Mercurio, fabricado esta vez con algún metal de aguas violáceas, muy brillante y bruñido, que no supimos reconocer, y tuvimos que dormir tumbados sobre el suelo, en fila a lo largo del pasillo, porque el margen entre los espinosos muros del corredor ya no permitía demasiadas alegrías.

Al amanecer del día siguiente, domingo, sobresaltados otra vez por el estruendoso canto de los pájaros, con las primeras luces reemprendimos el camino, castigados en todos y cada uno de los huesos y músculos de nuestro cuerpo.

Alcanzamos la quinta órbita planetaria cuando el sol estaba en lo más alto. El capitán nos anunció que habíamos girado más de doscientos grados sobre nuestro punto original, así que ya nos faltaba menos de la mitad para rematar una vuelta completa. En este pasillo de Venus encontramos su símbolo sólo veintidós veces, realizado en cobre de tonalidades pardorrojizas. Pero la gran sorpresa nos esperaba en el siguiente corredor, cuya perspectiva, como el anterior, ya no era de líneas rectas convergentes allá donde la vista se perdía, sino de arcos que giraban ostensiblemente hacia la izquierda. Pues bien, nada más cruzar el umbral y penetrar en este círculo del Sol, observamos, sorprendidos, que una espinosa cubierta de zarzales y abrojos unía ahora, sobre nuestras cabezas, los muros laterales, los cuales, además, estaban ya tan cercanos entre sí que el capitán Glauser-Röist, el más corpulento de los tres, sólo podía avanzar torciendo los hombros. Farag, por su parte, antes de que encontrásemos el primero de los símbolos, ya llevaba desgarradas las mangas de la chaqueta, y yo tenía que andarme con cien ojos si no quería clavarme inadvertidamente algunos cientos de aquellos temibles alfileres.

Y sí, el primer símbolo apareció casi inmediatamente, un sencillo círculo con un punto más sencillo todavía en el centro, pero de oro puro, de un oro purísimo que, incluso en la cerrada penumbra del pasaje centelleaba bajo la poca luz que atravesaba el techo. Si no nos hubiéramos encontrado en una situación tan apurada, con las largas espinas amenazándonos por todas partes, rasgándonos la ropa y arañándonos la piel, seguramente nos habríamos detenido a contemplar tanta riqueza (pues contabilizamos quince de aquellas representaciones solares), pero teníamos prisa por salir de allí, por llegar a algún lugar donde poder movernos sin agobios, sin pinchazos y sin las erupciones que nos producían las ortigas; y, además, la noche se nos estaba echando encima.

En aquellos momentos pensábamos con verdadero pánico en lo que podríamos encontrar al cruzar la puerta del séptimo y último planeta, la Luna, pero cualquier suposición que nos hubiéramos hecho, por terrible que fuera, se quedó corta al lado de la casi increíble realidad. De entrada, la hoja de hierro, como si tuviera un obstáculo detrás, apenas se abría lo suficiente como para dejarnos pasar con bastantes aprietos; pero el obstáculo sólo era la maleza del muro de enfrente: el pasillo era ya tan estrecho que sólo un niño hubiera podido recorrerlo sin arañarse. Los setos de espinos de las paredes y el techo, podados de manera que dejaban en el centro un hueco con forma humana, nos obligaban a caminar con la cabeza enjaulada por dos finos aleros de zarzas que se cerraban en torno al cuello, impidiéndonos cualquier acción que no fuera seguir el camino marcado. Como Farag y el capitán superaban la altura y la anchura de la forma recortada —que se acoplaba a mi cuerpo como un traje ajustado—, me empeñé en darles mi chaqueta y mi jersey para evitarles, en lo posible, los espantosos arañazos que iban a sufrir, y en ponerles encima, sobre todo al capitán, las mantas de supervivencia. Sin embargo, Farag se negó en redondo a dejarse envolver.

—¡Todos vamos a recibir arañazos, *Basíleia*! —me gritó, enfadado—. ¿Es que no ves que la prueba consiste en eso? ¡Forma parte del plan! ¿Por qué tendrías tú que sufrir más que nosotros?

Le miré fijamente a los ojos, intentando transmitirle toda la determinación que sentía.

—Escúchame, Farag: yo sólo recibiré arañazos, ¡pero vosotros vais a tener heridas muy serias si no os tapáis con toda la ropa posible!

—Profesor Boswell —atajó la Roca—, la doctora Salina está en lo cierto. Coja su chaqueta y cúbrase.

—Y los gorros —añadí—, pónganse los gorros sobre la cara.

—Habrá que cortarlos. Hacer agujeros para los ojos.

—Tú también te protegerás la cara con el gorro, Ottavia. No me gusta nada todo esto... —farfulló Boswell.

—Sí, no te preocupes. Yo también me cubriré.

El corredor del séptimo planeta fue una horrible pesadilla, aunque el capitán dijo que los símbolos del suelo, lunas crecientes de plata semejantes a cuencos, eran los más bellos de todo el laberinto. Él podía verlos porque iba el primero y llevaba la linterna, pero supongo que, aunque yo hubiera conseguido inclinar la cabeza para mirarlos —maniobra imposible—, me habría dado exactamente lo mismo. Recuerdo haber sentido ganas, en mi desesperación, de incrustarme contra las plantas para terminar de una vez con aquellos cientos de insoportables pellizcos diminutos, de pinchazos afilados, de cortes que me hacían sangrar por los brazos, las piernas e, incluso, las mejillas, porque no había lana, ni tejido alguno, capaz de parar los asaltos de aquellas dagas. Recuerdo sentir el frío de los hilillos de sangre al secarse, recuerdo haber intentando calmarme pensando en lo que Cristo sufrió camino del Calvario con su Corona de Espinas, recuerdo haberme encontrado al borde de la desesperación, de la histeria incontrolada. Recuerdo, sin embargo, sobre todas las demás cosas, la mano pringosa de sangre de Farag buscando la mía. Y creo que fue entonces, en esos momentos en que no podía ejercer ningún tipo de control sobre mí misma, cuando me di cuenta de que me estaba enamorando de aquel extraño egipcio que parecía estar siempre pendiente de mí y que me llamaba *emperatriz* a escondidas de todo el mundo. Era imposible y, sin embargo, aquello que sentía no podía ser otra cosa que amor, aunque no tuviera ninguna referencia anterior en mi vida con la que poder compararlo. Porque yo nunca me había enamorado, ni siquiera cuando era adolescente, así que jamás entendí el significado de esa palabra, ni tuve ningún problema sentimental. Dios era mi centro y siempre me había protegido de esos sentimientos que volvían locas a mis hermanas mayores y a mis amigas, obligándolas a decir y hacer tonterías y estupideces. Sin embargo, ahora, yo, Ottavia Salina, religiosa de la Orden de la Venturosa Virgen María y con casi cuarenta años a mis espaldas, me estaba enamorando de ese extranjero de los ojos azules. Y ya no sentí más los espinos. Y si los sentí, no lo recuerdo.

Obviamente, el resto del corredor del séptimo planeta fue una larga lucha conmigo misma, una lucha perdida, aunque yo entonces pensaba que todavía podía hacer algo por impedir lo que me estaba ocurriendo, y, de hecho, eso fue lo que decidí antes de que llegáramos frente a la última puerta de aquel diabólico laberinto de rectas: ese desconocido sentimiento que me aturdía, que me aceleraba el corazón y que me daba ganas de llorar, y de reír, y que me hacía existir sólo por aquella mano que todavía apretaba la mía, era el producto absurdo de las terribles situaciones que estaba viviendo. En cuanto esta aventura de los staurofílakes terminara, yo volvería a mi casa y todo sería como antes, sin más arrebatos ni boberías. La vida tornaría a su cauce y yo regresaría al Hipogeo para enterrarme entre mis códices y mis libros... ¿Enterrarme? ¿Había dicho enterrarme? En realidad, no podía soportar la idea de volver sin Farag, sin Farag Boswell... Mientras pronunciaba en voz baja su nombre, para que no me oyera, una sonrisa infantil se dibujaba en mis labios. Farag... No, no podría volver a mi vida anterior sin Farag, pero ¡no podía volver con Farag! ¡Yo era religiosa! ¡No podía dejar de ser monja! Mi vida entera, mi trabajo, giraban en torno a ese eje.

—¡La puerta! —exclamó el capitán.

Hubiera querido volverme para mirar al *profesor*, para sonreírle y hacerle saber que yo estaba allí. ¡Necesitaba verle!, verle y decirle que habíamos llegado, aunque él ya lo supiera, pero si giraba la cabeza un solo centímetro lo más probable era que perdiera la nariz en el intento. Y eso me salvó. Aquellos últimos segundos antes de salir del pasillo de la Luna me devolvieron la cordura. Quizá fue el hecho de estar llegando al final, o quizá, la certeza de que me perdería a mí misma para siempre si seguía dando rienda suelta a esas intensas emociones, así que la sensatez se impuso y mi parte racional —o sea, toda yo— ganó aquella primera batalla. Arranqué el peligro de raíz, lo ahogué en su mismo nacimiento, sin piedad y sin contemplaciones.

—¡Ábrala, capitán! —grité, soltando bruscamente la mano que, un instante antes, era lo único que me importaba en la vida. Y, al soltarla, aunque dolió, se borró todo.

—¿Estás bien, Ottavia? —me preguntó, preocupado, Farag.

—No lo sé. —La voz me temblaba un poco, pero la dominé—. Cuando pueda respirar sin pincharme te lo diré. ¡Ahora necesito salir urgentemente de aquí!

Habíamos llegado al centro del laberinto y di gracias a Dios por aquel amplio espacio circular en el que podíamos movernos y estirar los brazos, y hasta correr si nos apetecía.

El capitán dejó la linterna sobre una mesa que había en el centro y contemplamos el paraje como si fuera el palacio más hermoso del mundo. Lo que ya no resultaba tan agradable era nuestro propio aspecto, parecido al de los mineros a la salida del trabajo. Pero no era hollín lo que nos manchaba, era sangre. Multitud de pequeños cortes goteaban todavía en nuestras frentes y mejillas cuando nos quitamos los gorros de la cara, y también en nuestros cuellos y brazos; incluso bajo los pantalones y los jerséis teníamos heridas que sangraban, además de incontables hematomas y exantemas producidos por el líquido urticante de las plantas. Pero, por si no era bastante con aquellas pintas de *eccehomo*, lucíamos algunas espinas clavadas por aquí y por allá, a modo de sutil toque artístico.

Por suerte, llevábamos un pequeño botiquín en la mochila del capitán, así que, con un poco de algodón y agua oxigenada, fuimos limpiando la sangre de las heridas —todas superficiales, gracias a Dios—, y luego, a la luz de la linterna, les aplicamos una buena capa de yodo. Al terminar, ligeramente recompuestos, y reconfortados por nuestra nueva situación, echamos una ojeada al recinto.

Lo primero que nos llamó la atención fue la rudimentaria mesa sobre la que descansaba la linterna, y que, tras un rápido examen, se reveló como otra cosa muy diferente: se trataba de un antiguo yunque de hierro, bastante grande, duramente castigado en su parte superior por largos años de servicio en alguna herrería. Pero lo más curioso no era precisamente el yunque, que hasta resultaba decorativo, sino un enorme montón de martillos de distintos tamaños apilados descuidadamente en un rincón como si fueran trastos.

Nos quedamos en silencio, incapaces de adivinar qué era lo que se suponía que debíamos hacer con todo aquello. Si al menos hubiera habido una fragua y algún pedazo de metal que moldear, lo habríamos comprendido, pero sólo había un yunque y una montaña de martillos, y eso no era mucho para empezar.

—Propongo que cenemos y que nos vayamos a dormir —sugirió Farag, dejándose caer en el suelo y apoyando la espalda contra la suave y mullida enredadera que ahora cubría de nuevo las paredes circulares de piedra—. Mañana será otro día. Yo ya no puedo más.

Sin pronunciar ni media palabra, totalmente de acuerdo con él, los que faltábamos nos sentamos a su lado y le imitamos al pie de la letra. Mañana sería otro día.

Ya no teníamos ni café frío en el termo, ni agua en la cantimplora, ni sándwiches de salami y queso en la mochila. Ya no teníamos nada, aparte de un montón de heridas, un cansancio abrumador y muchos crujidos en las articulaciones. Ni siquiera las mantas de supervivencia nos habían mantenido calientes durante la noche, pues los desgarrones del día anterior las habían vuelto inservibles. De manera que, o Dios nos ayudaba a salir de allí, o terminaríamos formando parte de los cuantiosos aspirantes a staurofílakes —seguramente demasiados— fallecidos en el intento.

La razón me indicaba que, pese a las apariencias, nuestra situación no había cambiado mucho respecto al círculo de la Luna, pues si en aquel una jaula vegetal nos obligaba a seguir por la fuerza el camino trazado, en este centro aparentemente libre y diáfano, desde el que podíamos divisar la dureza fría y pura del cielo, no había otra cosa que hacer aparte de resolver el problema del yunque y los martillos. O eso o nada. Así de simple.

—Habrá que moverse —murmuró Farag, todavía adormilado—. Por cierto..., buenos días.

Hubiera querido volverme y mirarle, pero sujeté férreamente mi cabeza y resistí las tontas ganas de llorar que me acometieron. Estaba empezando a cansarme de mí misma.

Glauser-Röist se puso en pie e inició unos ejercicios físicos para desentumecer sus músculos. Yo no me moví.

—Podríamos pedir un buen desayuno al servicio de habitaciones.

—¡Yo quiero un café exprés muy caliente con bizco-cho de chocolate! —supliqué, juntando las palmas de las manos.

—¿Y qué les parece si empezamos a trabajar? —nos cortó la Roca, con los brazos detrás de la nuca, intentando arrancarse la cabeza.

—¡Como no quiera que forjemos alguna escultura con el hierro de los martillos! —me burlé.

El capitán se dirigió hacia ellos y se quedó plantado delante, sumamente concentrado. Después se agachó y en ese momento lo perdí de vista porque el yunque le ocultó. Farag se incorporó para seguirle con la mirada y terminó por levantarse y caminar hacia él.

—¿Ha descubierto algo, Kaspar? —le preguntó. Entonces la Roca se puso en pie y volví a verle de medio cuerpo. Llevaba un martillo en la mano.

—Nada en especial. Son martillos vulgares —dijo, sopesando la herramienta—. Algunos están usados y otros no. Los hay grandes, pequeños y medianos. Pero no parecen tener nada extraordinario.

Farag se agachó y se levantó enseguida, llevando otro de esos mazos de hierro en la mano. Lo levantó en el aire, le dio volteretas, lo lanzó hacia arriba y lo recogió con habilidad.

—Nada extraordinario, en efecto —se lamentó y, al hacerlo, dio un paso hacia el yunque y lo golpeó. El sonido retumbó como una campanada inmensa en mitad del bosque. Nos quedamos helados, aunque no así los pájaros, que levantaron el vuelo en manadas desde las altas copas de los árboles y se alejaron chillando. Cuando, segundos después, el estruendo cesó, ninguno de los tres se atrevió a moverse, espantados todavía por lo sucedido, incrédulos, solidificados como estatuas.

—¡Señor...! —balbucí, parpadeando nerviosamente y tragando saliva.

La Roca soltó una carcajada.

—¡Menos mal que no era nada extraordinario, profesor! ¡Si llega a serlo...!

Pero Farag no se rió. Estaba serio e inexpresivo. Sin decir nada, giró sobre sí mismo, le arrebató el martillo de las manos al capitán y, antes de que pudiéramos impedírselo, golpeó de nuevo el yunque con todas sus fuerzas. Me llevé las manos a las orejas en cuanto le vi iniciar el inequívoco movimiento, pero no sirvió de mucho: el golpe del hierro contra el hierro se me clavó en el cerebro a través de los huesos del cráneo. Me puse en pie de un salto y me fui directa hacia él. Prefería mil veces tener una discusión que volver a sufrir aquello. ¿Y si le daba por utilizar todos los martillos?

—¿Se puede saber qué estás haciendo? —le pregunté de malos modos, encarándome con él por encima del yunque. Pero no me contestó. Le vi retroceder hacia el montón de martillos, dispuesto a coger alguno más—. ¡Ni se te ocurra! —le grité—. ¿Es que te has vuelto loco?

Me miró como si me viera por primera vez en su vida y, dando rápido un rodeo al yunque, se plantó delante de mí y me sujetó por los brazos como si se hubiera vuelto loco.

—¡*Basíleia, Basíleia*! —me llamó—. ¡Piensa, *Basíleia*! ¡Pitágoras!

—¿Pitágoras...?

—¡Pitágoras, Pitágoras! ¿No es fantástico?

Mi cerebro rebobinó lo sucedido desde que habíamos descendido del helicóptero, al tiempo que, en segunda pista, repasaba velozmente todo lo que tenía almacenado sobre Pitágoras: laberinto de rectas, el famoso Teorema («el cuadrado de la hipotenusa de un triángulo rectángulo es igual a la suma de los cuadrados de los catetos», o algo así), los siete círculos planetarios, la Armonía de las Esferas, la Hermandad de los Staurofílakes, la secta secreta de los pitagóricos... ¡La «Armonía de las Esferas» y el yunque y los martillos! Sonreí.

—¡Ya lo sabes, ¿eh?! —afirmó Farag, sonriendo también sin dejar de mirarme—. ¡Ya te has dado cuenta! ¿Verdad?

Asentí. Pitágoras de Samos, uno de los filósofos griegos más eminentes de la Antigüedad, nacido en el siglo VI antes de nuestra era, estableció una teoría según la cual los números eran el principio fundamental de todas las cosas y la única vía posible para esclarecer el enigma del universo. Fundó una especie de comunidad científico-religiosa en la que el estudio de las matemáticas era considerado como un camino de perfeccionamiento espiritual y puso todo su empeño en transmitir a sus alumnos el razonamiento deductivo. Su escuela tuvo numerosos seguidores y fue el origen de una cadena de sabios que se prolongó, a través de Platón y Virgilio (¡Virgilio!) hasta la Edad Media. De hecho, hoy día estaba considerado por los estudiosos como el padre de la numerología medieval, que tan al pie de la letra había seguido Dante Alighieri en la *Divina Comedia*. Y fue él, Pitágoras, quien estableció la famosa clasificación de las matemáticas que se prolongaría por más de dos mil años en el llamado *Quadrivium* de las Ciencias: Aritmética, Geometría, Astronomía y... Música. Sí, música, porque Pitágoras vivía obsesionado por explicar matemáticamente la escala musical, que entonces era un gran misterio para los seres humanos. Estaba convencido de que los intervalos entre las notas de una octava podían ser representados mediante números y trabajó intensamente en este tema durante la mayor parte de su vida. Hasta que un día, según cuenta la leyenda...

—¿Y si alguno de ustedes dos me lo explicara *a mí*? —refunfuñó Glauser-Röist.

Farag se volvió, igual que alguien que despierta de un trance, y miró a la Roca con cierta culpabilidad.

—Los pitagóricos —comenzó a explicarle— fueron los primeros en definir el cosmos como una serie de esferas perfectas que describían órbitas circulares. ¡La teoría de las nueve esferas y los siete planetas en la que se basa el laberinto por el que vinimos, capitán! Fue Pitágoras quien la expuso por primera vez... —se quedó pensativo un instante—. ¿Cómo no me di cuenta antes? Verá, Pitágoras sostenía que los siete planetas, al describir sus órbitas, emitían unos sonidos, las notas musicales, que creaban lo que él llamó la Armonía de las Esferas. Ese sonido, esa música armoniosa no podía ser escuchada por los humanos porque estábamos acostumbrados a ella desde nuestro nacimiento. Es decir, que cada uno de los siete planetas emitía una de las siete notas musicales, del *Do* al *Si*.

—¿Y qué tiene eso que ver con los martillazos que usted ha dado?

—¿Se lo cuentas tú, Ottavia?

Por alguna razón desconocida, yo sentía un nudo en la garganta. Miraba a Farag y sólo quería que siguiera hablando, así que rechacé su oferta con un gesto. La antigua Ottavia había muerto, me dije apesadumbrada. ¿Dónde había quedado mi afán de exhibición intelectual?

—Cierto día —siguió explicando Farag—, mientras Pitágoras paseaba por la calle, escuchó unos golpeteos rítmicos que le llamaron poderosamente la atención. El ruido procedía de una herrería cercana hasta la cual el sabio de Samos se aproximó, atraído por la musicalidad de los golpes de los martillos sobre el yunque. Estuvo allí bastante rato, observando cómo trabajaban los herreros y cómo utilizaban sus herramientas, y se dio cuenta de que el sonido variaba según el tamaño de los martillos.

—Es una leyenda muy conocida —dije yo, haciendo un esfuerzo sobrehumano por aparentar normalidad—, que, incluso, tiene visos de ser cierta, porque, después de aquello, efectivamente, Pitágoras descubrió la relación numérica entre las notas musicales, las mismas notas musicales que emitían los siete planetas al girar alrededor de la Tierra.

El sol apareció, brillante, por detrás de la muralla, iluminando con planos rectos aquel círculo terrestre del que estábamos intentando escapar. Glauser-Röist parecía impresionado.

—Y en esa Tierra —concluyó Farag, contento—, centro de la cosmología pitagórica, es donde ahora nos hallamos. De ahí los símbolos planetarios que encontramos en los círculos anteriores.

—Supongo que ya habrá asimilado que su querida numerología dantesca viene directamente de Pitágoras, ¿no es cierto? —le dije al capitán con ironía.

La Roca me miró, y yo diría que había reverencia en sus ojos de acero.

—¿No comprende, doctora, que todo esto no hace sino aumentar mi convicción de que hemos perdido sabidurías muy hermosas y profundas a lo largo de la historia?

—Pitágoras estaba equivocado, capitán —le recordé—. Para empezar, la Luna no es un planeta, sino un satélite de la Tierra, y, desde luego, ningún astro emite notas musicales mientras sigue su órbita, que, por cierto, no es redonda, sino elíptica.

—¿Está usted segura, doctora?

Farag nos escuchaba con gran atención.

—¿Que si estoy segura, capitán? ¡Por Dios! ¿Es que no recuerda lo que le enseñaron en el colegio?

—De los múltiples caminos posibles —reflexionó—, la humanidad eligió, probablemente, el más triste de todos. ¿No le gustaría creer que existe música en el universo?

—Pues, si quiere que le diga la verdad, a mí me da lo mismo.

—A mí no —declaró y, dándome la espalda, se dirigió

silenciosamente hacia los martillos. ¿Cómo un tipo tan duro podía albergar una sensibilidad tan indulgente?

—Recuerda —me dijo en voz baja Farag— que el Romanticismo nació en Alemania.

—¿Y eso ¿a qué viene? —me incomodé.

—A que, a veces, la fama o la imagen exterior no se corresponde con la verdad. Ya te dije que Glauser-Röist era una buena persona.

—¡Yo nunca he dicho que no lo fuera! —protesté.

Un espantoso martillazo retumbó en ese momento. El capitán había golpeado el yunque con todas sus fuerzas.

—¡Tenemos que encontrar la Armonía de las Esferas! —gritó a pleno pulmón cuando el estruendo disminuyó—. ¿Qué hacen ahí perdiendo el tiempo?

—Creo que ninguno de nosotros tendrá la cabeza en su sitio cuando acabemos con esta historia —me lamenté, observando a la Roca.

—Espero que, al menos, tú sí, *Basíleia*. La tuya es demasiado valiosa.

Al volverme, tropecé con el fondo sonriente de sus ojos azules. ¡Oh, Dios mío...! ¡Qué equivocado estaba Farag! Mi cabeza ya estaba perdida.

—¡Por favor! —insistió el capitán—. ¿Podrían explicarme qué hizo Pitágoras con los malditos martillos?

Boswell se giró hacia él y sonrió.

—Se hizo traer un montón como el que tenemos allí —le relató— y estuvo probándolos sobre un yunque hasta que encontró los que hacían sonar algunas notas de la escala musical. Bueno, en realidad los griegos dividían las notas en *tetracordios* ya que las nuestras, *Do, Re, Mi, Fa, Sol, La, Si*, tienen su origen en la primera sílaba de cada verso de un himno medieval dedicado a san Juan, pero es exactamente lo mismo.

—Yo conocía ese himno —dije—. Pero ahora mismo no me acuerdo.

—¿Y qué más hizo Pitágoras después de encontrar esos martillos? —resopló el capitán.

—Encontró la relación numérica entre el peso de los que tenía y así pudo deducir el peso de los que le faltaban. Se los hizo confeccionar y los siete sonaron como recién afinados.

—Bien, y ¿cuál es esa relación numérica?

Farag y yo nos miramos y, luego, miramos al capitán.

—Ni idea —dije.

—Supongo que lo sabrán los matemáticos y los músicos —se justificó Farag—. Y nosotros no somos ni una cosa ni la otra.

—O sea, que hay que encontrarlos.

—Pues parece que sí. Sólo recuerdo una cosa, pero no estoy seguro de que sea cierta, y es que el martillo que hacía sonar el *Do*, pesaba exactamente el doble del que hacía sonar el *Do* de la octava siguiente.

—Es decir —continué yo—, que el *Do* más agudo lo producía el martillo que pesaba la mitad del que producía el *Do* más grave. Sí, eso también me suena a mí.

—Es una de esas curiosidades históricas que, por lo que tiene de anécdota, siempre se recuerda.

—Siempre se recuerda más o menos —objeté rápidamente—, porque, de no ser por la situación en la que estamos, yo no hubiera vuelto a desenterrarla de mi memoria jamás.

—Bueno, pero el caso es que llevamos tres días aquí dentro y que, si queremos ver de nuevo el mundo, tenemos que hacer uso de la Armonía de las Esferas.

Sólo de pensar que teníamos que hacer retumbar aquellos martillos una y otra vez hasta encontrar los siete que buscábamos, ya me ponía enferma. ¡Con lo que a mí me gustaba el silencio!

Propuse hacer montones distintos de martillos en función de su peso aproximado para empezar con una rápida clasificación, y esta tarea nos llevó más tiempo del que pensábamos porque, en la mayoría de los casos, entre un martillo de, por ejemplo, un kilo y otro de un kilo y doscientos cincuenta gramos o un kilo y medio, las diferencias eran inapreciables. Al menos disfrutábamos de una buena luz, porque el sol seguía ascendiendo hacia lo más alto, pero lo que no teníamos era ni comida ni agua, así que yo me estaba temiendo una hipoglucemia en cualquier momento.

Después de un par de horas, resultó que era más fácil hacer una larga fila de martillos (en realidad, una espiral, porque aquel recinto no daba para muchas alegrías), empezando por el más grande y terminando por el más pequeño, de modo que pudiéramos ir intercalando los que quedaban en función de su volumen. Finalmente lo conseguimos, pero, para entonces, ya estábamos sudando por el esfuerzo y tan sedientos como las arenas del desierto. A partir de aquí la tarea fue mucho más sencilla. Cogimos el martillo más grande y golpeamos suavemente el yunque; luego, elegimos el octavo martillo a partir del primero y también lo hicimos sonar. Como no estábamos muy seguros de que la nota fuera la misma, probamos también con el séptimo y con el noveno, pero con ello sólo conseguimos confundirnos más, así que, tras un largo debate y tras sopesar los martillos, decidimos que, en efecto, nos habíamos equivocado, y que había que intercambiar el octavo por el noveno. De este modo, tras realizar el ajuste en el catálogo, las notas sonaron mejor.

Lamentablemente, el martillo que se suponía que tenía que dar la nota *Re*, el segundo de la espiral, no sonaba a *Re* para nada (todo el mundo sabe cantar la escala musical y a ninguno de los tres nos pareció que el *Do* y el *Re* sonaran como en la musiquilla). Sin embargo, en la segunda octava, la del *Do* conseguido tras el intercambio, el segundo martillo sí sonaba como el *Re* de su correspondiente *Do*, así que algo íbamos avanzando, igual que el día, que pasaba de largo sin que nos diéramos cuenta. Pero tampoco la segunda escala disponía de un *Mi*, o eso nos pareció después de probarlos todos, así que tuvimos que localizar el tercer *Do* y encontrar su *Re* y su *Mi*, que, para variar, no estaba en su sitio, sino un par de lugares más abajo.

Aquello era una locura, no había forma de localizar una octava completa, bien porque la disposición de los martillos era incorrecta, bien porque, sencillamente, los martillos no estaban, así que entre la desesperación, los baquetazos sobre el yunque, el hambre y la sed, a mí me empezó uno de mis habituales dolores de cabeza que no hizo sino aumentar conforme pasaba el tiempo. Pero, por fin, a media tarde, creímos haber completado la escala. Desde luego, casi todas las notas sonaban bien, pero yo no estaba muy segura de que fueran correctas, es decir, que no parecían absolutamente exactas, como si faltaran o sobraran algunos gramos de hierro por alguna parte. No obstante, Farag y el capitán estaban persuadidos de que habíamos cumplido el objetivo.

—Bueno, y ¿por qué no pasa nada? —pregunté.

—¿Qué es lo que tiene que pasar? —me replicó Glauser-Röist.

—Pues que tenemos que salir de aquí, capitán, ¿recuerda?

—Pues nos sentaremos a esperar. Ya nos sacarán.

—¿Por qué no puedo convencerles de que esa escala musical no es del todo correcta?

—Es correcta, *Basíleia*. Eres tú la que te empeñas en lo contrario.

Enfurruñada por el dolor de cabeza y por su tozudez, me dejé caer en el suelo, apoyando la espalda contra el yunque, y me encerré en un silencio tormentoso que prefirieron ignorar. Pero los minutos iban pasando, y luego pasó media hora, y ellos empezaron a poner cara de circunstancias, planteándose si no tendría yo razón.

Con los ojos cerrados y respirando acompasadamente, reflexionaba y me daba cuenta de que aquel rato de descanso nos estaba viniendo bien. Cuando llevas todo el día oyendo ruidos (ruidos que, encima, quieren ser notas musicales), llega un momento en que ya no oyes nada. De manera que, después de que el silencio nos hubiera limpiado a fondo los oídos, a lo mejor Farag y la Roca estarían más dispuestos a cambiar de opinión si volvían a escuchar su maravillosa escala musical.

—Prueben otra vez —les animé, sin levantarme.

Farag no hizo el menor intento de moverse, pero el capitán, irreducible hasta para contradecirse a sí mismo, lo intentó de nuevo. Hizo sonar las siete notas y, con mayor claridad, se percibió un ligero error en el *Fa* de la octava.

—La doctora tenía razón, profesor —admitió la Roca a regañadientes.

—Ya lo he notado —repuso Farag, encogiéndose de hombros y sonriendo.

El capitán dio un rodeo por la espiral hasta localizar los martillos inmediatamente anterior y posterior al *Fa* defectuoso. De nuevo había un error, y de nuevo probó y probó hasta que dio con la herramienta adecuada, la que daba la nota correcta.

—Hágalas sonar todas otra vez, Kaspar —le pidió Farag.

Glauser-Röist golpeó el yunque con los siete martillos definitivos. Estaba anocheciendo. El cielo se deslucía con una luz cálida y dorada, y todo fue armonía y sosiego en el bosque cuando retornó el silencio. Pero tanta armonía y sosiego había, que me di cuenta de que me estaba quedando dormida. A decir verdad, percibí enseguida que no era un sueño natural, que no era mi manera normal de dormirme, y lo supe por esa inmensa lasitud que se apoderó de mi cuerpo y que me introdujo, lentamente, en un oscuro pozo de letargo. Abrí los ojos y vi a Farag con una mirada vidriosa y al capitán apoyado en el yunque, con los dos brazos tensos como sogas, intentando mantenerse en pie. En el aire había un suave aroma a resina. Mis párpados se cerraron de nuevo con un ligero temblor, como si se vieran obligados a caer contra su voluntad. Empecé a soñar inmediatamente. Soñé con mi bisabuelo Giuseppe, que estaba dirigiendo los trabajos de construcción de Villa Salina y eso me sobresaltó. Mi parte consciente, quizá todavía no demasiado vencida, me avisó de que aquello no era real. Entreabrí de nuevo los ojos, con un gran esfuerzo, y, a través de una tenue nube de humo blanquinoso que entraba en el círculo por la parte baja del muro y subía desde el suelo, contemplé cómo Glauser-Röist caía de rodillas, murmurando un soliloquio que no pude comprender. Se agarraba al yunque para no perder el equilibrio y sacudía la cabeza intentando mantenerse despierto.

—Ottavia... —la voz de Farag, que me llamaba, me reanimó lo suficiente para extender mi mano hacia él, aunque no le pude contestar. Las yemas de mis dedos rozaron su brazo e, inmediatamente, su mano buscó la mía. De nuevo unidas, como en el laberinto, nuestras manos fueron mi último recuerdo lúcido.

Y mi primer recuerdo lúcido fue un frío intenso y una potente luz blanca que me enfocaba directamente a los ojos. Como si de mí sólo existiera la esencia de la persona que yo era, sin entidad real, sin pasado, sin recuerdos, incluso sin nombre, volví lentamente a la vida flotando en una burbuja que ascendía dentro de un mar de aceite. Fruncí la frente y noté la rigidez de mis músculos faciales. Tenía la boca tan seca que no podía despegar la lengua del paladar ni separar las mandíbulas.

El ruido del motor de un coche que pasaba muy cerca y la incómoda sensación de frío terminaron de despertarme. Abrí los ojos y, aún sin identidad ni conciencia, observé frente a mí la fachada de una iglesia, una calle iluminada por farolas y un trozo escaso de zona verde que terminaba bajo mis pies. La luz blanca que me enfocaba no era sino una de aquellas altas luces callejeras situada en la acera. Lo mismo hubiera podido tratarse de Nueva York como de Melbourne, y yo, tanto podía ser Ottavia Salina como María Antonieta, reina de Francia. Y entonces recordé. Tomé aire profundamente hasta llenar mis pulmones y, al mismo ritmo que el aire, volvieron el laberinto, las esferas, los martillos y ¡Farag!

Di un salto en el asiento y le busqué con la mirada. Estaba allí mismo, a mi izquierda, profundamente dormido entre el capitán, que también dormía, y yo. Otro coche pasó por la calle con las luces encendidas. El conductor no se fijó en nosotros y, si lo hizo, debió pensar que éramos tres vagabundos que pasaban la noche en un banco del parque. La hierba estaba húmeda de rocío. Me dije que tenía que despertar a los bellos durmientes y averiguar rápidamente dónde estábamos y qué había pasado. Puse la mano en el hombro de Farag y le sacudí suavemente. Al hacerlo, un dolor similar al que sentí al despertar en la Cloaca Máxima de Roma, me acometió en el interior del antebrazo izquierdo. No me hizo falta subir la manga para saber que allí había otro apósito que cubría una nueva escarificación con forma de cruz. Los staurofílakes certificaban, a su peculiar modo, que habíamos superado con éxito la segunda prueba, la del pecado de la envidia.

Farag abrió los ojos. Me miró y sonrió.

—¡Ottavia...! —murmuró, y se pasó la lengua reseca por los labios.

—Despierta, Farag. Estamos fuera.

—¿Hemos salido de...? No me acuerdo. ¡Ah, sí! El yunque y los martillos.

Echó una ojeada a nuestro alrededor, todavía adormilado, y se pasó las palmas de las manos por las hirsutas mejillas.

—¿Dónde estamos?

—No lo sé —le dije, sin quitar la mano de su hombro—. En un parque, creo. Hay que despertar al capitán.

Farag intentó ponerse en pie y no pudo. Su cara expresó sorpresa.

—¿Nos golpearon muy fuerte?

—No, Farag, no nos golpearon. Nos durmieron. Recuerdo un humo blanco.

—¿Humo blanco...?

—Nos drogaron con algo que olía a resina.

—¿Resina? Te aseguro, Ottavia, que no recuerdo nada en absoluto a partir del momento en que Kaspar golpeó el yunque con los siete martillos.

Se quedó en suspenso un instante y, luego, volvió a sonreír, llevándose la mano al antebrazo izquierdo.

—¡Nos han marcado, ¿eh?! —parecía encantando.

—Sí. Pero, ahora, por favor, despierta a la Roca.

—¿La Roca? —se extrañó.

—¡Al capitán! ¡Despierta al capitán!

—¿Le llamas Roca? —se apresuró a preguntar, muy divertido.

—¡Ni se te ocurra decírselo!

—No te preocupes, *Basíleia* —prometió, muerto de risa—. Por mí no lo sabrá.

El pobre Glauser-Röist era, de nuevo, el que estaba en peores condiciones. Hubo que sacudirle bruscamente y darle un par de bofetadas para que se empezara a reanimar. Nos costó mucho devolverle a la vida y dimos gracias de que no pasara por allí en aquel momento ninguna patrulla de la policía porque hubiéramos acabado en la cárcel con toda seguridad.

Para cuando la Roca volvió en sí, el tráfico había empezado a menudear en la calle aunque sólo eran las cinco de la mañana. Tuvimos la gran suerte de que, en la acera, muy cerca de nosotros, había una señal que indicaba la proximidad del Mausoleo de Gala Placidia. Eso nos confirmó que estábamos en Rávena, en el mismo centro de la ciudad. Glauser-Röist, utilizando su teléfono móvil, hizo una llamada y estuvo mucho rato hablando. Cuando colgó, se volvió hacia nosotros, que esperábamos pacientemente, y nos miró con ojos extraños:

—¿Quieren saber algo gracioso? —dijo—. Parece que estamos en los jardines del Museo Nacional, muy cerca del Mausoleo de Gala Placidia y de la basílica de San Vitale, entre la iglesia de Santa Maria Maggiore y aquella que tenemos ahí enfrente.

—¿Y qué tiene eso de gracioso? —pregunté.

—Que aquella que tenemos ahí enfrente es la Iglesia de la Santa Cruz.

En fin, ya estábamos curtidos en este tipo de detalles. Y más que lo estaríamos, me dije.

El tiempo pasaba muy despacio mientras cada uno de nosotros intentaba despejarse a su manera. Yo paseaba de un lado hacia otro, cabizbaja, observando la hierba.

—Por cierto, Kaspar —exclamó de repente Farag—, debería mirar en sus bolsillos, a ver si nos han dejado alguna pista para la siguiente cornisa del purgatorio.

El capitán buscó y, en el bolsillo derecho de su pantalón, como en la prueba anterior, halló una hoja plegada de papel grueso e irregular, de fabricación casera.

ἐρώτησον τὸν ἔχοντα τὰς κλεῖδας· ὁ ἀνοίγων
καὶ κλείσει, καὶ κλείων καὶ οὐδεὶς ἀνοίγει.

—«Pregunta al que tiene las llaves: el que abre y nadie cierra, y cierra y nadie abre» —traduje—. ¿Qué es lo que quieren que hagamos en Jerusalén? —estaba desconcertada.

—Yo no me preocuparía, *Basíleia*. Esa gente conoce perfectamente nuestros movimientos. Ya nos lo harán saber.

Un coche con los faros encendidos se aproximaba rápidamente por la calle.

—De momento, tenemos que salir de aquí —murmuró la Roca, pasándose la mano por el pelo. El pobre aún estaba un poco adormilado.

El vehículo, un Fiat pequeño de color gris claro, se detuvo delante de nosotros y la ventanilla del conductor se deslizó hacia abajo.

—¿Capitán Glauser-Röist? —inquirió un joven clérigo con alzacuellos.

—Soy yo.

El sacerdote tenía cara de haber sido despertado sin demasiados miramientos.

—Vengo del Arzobispado. Soy el padre Iannucci. Tengo que llevarles al aeropuerto de La Spreta. Suban, por favor.

Salió del vehículo para abrirnos amablemente las puertas.

Llegamos al aeródromo en pocos minutos. Era un recinto minúsculo, en absoluto parecido a los grandes aeropuertos de Roma. Incluso el de Palermo parecía enorme al lado de este. El padre Iannucci nos dejó en la entrada y se esfumó con la misma afabilidad con la que había aparecido.

Glauser-Röist interrogó a una solitaria azafata de tierra y la joven, con los ojos aún hinchados por el sueño, nos indicó una zona apartada, junto al Aeroclub Francesco Baracca, en la que se apostaban los aviones privados. De nuevo con el móvil en la mano, Glauser-Röist hizo una llamada al piloto y este le informó de que el Westwind estaba listo para despegar en cuanto embarcásemos. El propio piloto, a través del teléfono, nos fue guiando hasta que encontramos la nave, a poca distancia de las avionetas del Aeroclub, con los motores en marcha y las luces encendidas. Comparada con los mosquitos de alrededor parecía un gigantesco Concorde, pero, en realidad, se trataba de un avión de pequeño tamaño, con cinco ventanillas y, naturalmente, de color blanco. Una joven azafata y un par de pilotos de Alitalia nos esperaban al pie de la escalerilla y, tras saludarnos con cierta frialdad profesional, nos invitaron a subir.

—¿Seguro que este avión puede llegar hasta Jerusalén? —me cuestioné en voz baja, recelosa.

—No vamos a Jerusalén, doctora —pregonó la Roca a pleno pulmón mientras ascendíamos por los escalones—. Aterrizaremos en el aeropuerto de Tel-Aviv y, desde allí, volaremos en helicóptero hasta Jerusalén.

—Pero —insistí—, ¿cree usted que este avioncito podrá cruzar el Mediterráneo?

—Tenemos prioridad en el despegue —dijo, en ese momento, uno de los pilotos al capitán—. Podemos irnos cuando usted quiera.

—Ya —ordenó lacónicamente Glauser-Röist.

La azafata nos enseñó nuestros asientos, indicándonos la ubicación de los chalecos salvavidas y de las puertas de emergencia. La cabina era muy estrecha y de techo muy bajo, pero el espacio estaba perfectamente aprovechado con un par de largos sofás laterales y cuatro sillones al fondo, encarados, tapizados con una piel tan blanca como la nieve.

El avión despegó suavemente a los pocos minutos y el sol, que todavía no iluminaba Italia, inundó con sus primeros rayos el interior de la cabina. ¡Jerusalén!, me dije emocionada, ¡voy a Jerusalén!, ¡a los lugares donde Jesús vivió, predicó y murió para resucitar al tercer día! Era este un viaje que había querido hacer durante toda mi vida, un maravilloso sueño que, por culpa del trabajo, nunca había podido realizar. Y, ahora, inesperadamente, era el propio trabajo el que me llevaba hasta allí. Sentía crecer la emoción en mi interior y, cerrando los ojos, me dejé mecer por el suave renacimiento de mi firme e irrenunciable vocación religiosa. ¿Cómo había permitido que unos sentimientos irracionales traicionaran lo más sagrado de mi vida? En Jerusalén pediría perdón por esa pasajera y absurda locura y allí, en los Lugares más Santos del mundo, sería definitivamente liberada de pasiones ridículas. Pero, además, en Jerusalén había otro asunto muy importante para mí: mi hermano Pierantonio, quien, a esas horas, no podía ni imaginar que me encontraba dentro de un endeble avión volando hacia *sus* dominios. En cuanto pisara tierra —si es que volvía a pisarla—, le llamaría para decirle que estaba en Jerusalén y que clausurara todas sus obligaciones de ese día porque tenía que dedicarme todo su tiempo. ¡Se iba a llevar una buena sorpresa el respetable Custodio!

Tardamos poco menos de seis horas en llegar a Tel-Aviv, durante las cuales la amabilísima azafata se esmeró tanto en hacernos agradable el viaje que, en cuanto la veíamos aparecer de nuevo por el pasillo, nos echábamos a reír. Cada cinco minutos, más o menos, nos ofrecía comida y bebida, música, películas de vídeo o periódicos y revistas. Al final, Glauser-Röist la despachó con un exabrupto y pudimos adormilarnos en paz. ¡Jerusalén, la hermosa y santa Jerusalén! Antes de que acabara ese día, estaría pisando sus calles.

Poco antes de aterrizar, la Roca sacó de la mochila su manoseado ejemplar de la *Divina Comedia*.

—¿No sienten curiosidad por lo que nos espera?

—Yo ya lo sé —dijo Farag—. Una cortina impenetrable de humo.

—¡Humo! —dejé escapar, estupefacta, abriendo los ojos de par en par.

El capitán pasó varias hojas rápidamente. Por las ventanillas entraba una luz radiante.

—Canto XVI del *Purgatorio* —declaró—. Verso 1 y siguientes:

Negror de infierno y de noche
sin estrellas, bajo un mezquino cielo
tenebroso de nubes hasta lo sumo,

no echarían sobre mi rostro un velo tan denso
como aquel humo que nos envolvió,
siendo de tan punzante aspereza,

que no podía siquiera abrir los ojos;
por lo que, sabia y fiel, la escolta mía
vino hacia mí ofreciéndome su hombro.

—¿Dónde nos encerrarán esta vez? —pregunté—. Tendrá que ser algún lugar que puedan llenar con una densa humareda.

—Con nosotros dentro, claro —apuntó Farag.

—Naturalmente —concluí—. Y ¿qué más pasa en la tercera cornisa, capitán? ¿Cómo salen de allí?

—Caminando —repuso este—. No pasa nada más.

—¿Nada más? ¿No les clavan nada ni se caen por un saliente rocoso ni...?

—No, doctora, no pasa nada. Simplemente caminan por la cornisa, se encuentran con las almas de los iracundos que recorren a ciegas el círculo envueltos por el humo, hablan con ellos y, luego, ascienden al siguiente círculo, después de que el ángel limpie de la frente de Dante una nueva «P».

—Y ¿ya está?

—Ya está, ¿no es así, profesor?

Farag hizo un gesto afirmativo con la cabeza.

—Pero hay algunas cosas curiosas —añadió este con su ligero acento árabe—. Por ejemplo, este círculo es el más breve del *Purgatorio*, ya que sólo dura un Canto y medio: el XVI, como ha dicho el capitán, de apenas unas pocas páginas, y un fragmento, corto, del XVII —suspiró y cruzó las piernas—. Y esta es la segunda curiosidad, ya que, contra su costumbre, Dante no hace coincidir el final del círculo con el final del Canto. Es decir, la cornisa de los iracundos comienza en el Canto XVI, como ha dicho el capitán, pero se prolonga... ¿hasta dónde, Kaspar?

—Hasta el verso 79 del Canto XVII. Otra vez el siete y el nueve.

—Y en el verso 79, empieza, sorprendentemente, en mitad de la nada, el cuarto círculo purgatorial, el de los perezosos. Es decir, que tampoco la cuarta cornisa comienza con el principio del siguiente Canto. El florentino, por alguna razón desconocida, fusiona el final de un círculo con el principio del siguiente dentro de un mismo capítulo, cosa que no ha hecho antes en ningún momento.

—¿Y eso significa algo?

—¿Cómo vamos a saberlo, Ottavia? Pero tranquila porque, con toda seguridad, lo descubrirás por ti misma.

—Gracias.

—De nada, *Basíleia*.

Aterrizamos en el aeropuerto internacional Ben Gurion, en Tel-Aviv, alrededor de las doce de la mañana. Un vehículo de la compañía El Al nos llevó hasta el cercano helipuerto, donde subimos a un helicóptero militar israelí que nos trasladó a Jerusalén en apenas veinticinco minutos. En cuanto tomamos tierra, un coche oficial, con los cristales negros, nos condujo velozmente a la Delegación Apostólica.

Lo poco que pude ver durante el trayecto me decepcionó: Jerusalén era como cualquier otra ciudad del mundo, con sus avenidas, su tráfico y sus edificios modernos. Difícilmente se distinguían, en la distancia, algunos minaretes musulmanes apuntando al cielo. Entre la población, totalmente corriente, destacaban, eso sí, los judíos ortodoxos, con sus sombreros negros y sus enroscadas patillas, y decenas de árabes tocados con la *kafía*[30] y el *akal*.[31] Supongo que Farag vio la decepción pintada en mi cara, porque intentó consolarme:

—No te preocupes, *Basíleia*. Esta es la Jerusalén moderna. La ciudad vieja te gustará más.

Yo no veía, como había esperado, ninguna señal evidente del paso de Dios por la tierra. Soñaba con visitar algún día Jerusalén y siempre había estado segura de que, en el preciso momento en que pusiera el pie en un lugar tan especial, percibiría la indudable presencia de Dios. Pero no era así, al menos por el momento. Lo único que de verdad llamaba mi atención era la abigarrada mezcla de arquitecturas orientales y occidentales, y que todas las señalizaciones urbanas estaban en hebreo, árabe e inglés. También despertó mi curiosidad la gran cantidad de militares israelíes que circulaban por las calles armados hasta los dientes. Entonces recordé que Jerusalén era una ciudad endémicamente en guerra, y que no convenía olvidarlo. Los staurofílakes habían vuelto a acertar con la adjudicación del pecado: Jerusalén seguía estando llena de ira, de sangre, de rencor y de muerte. Bien podía Jesús haber elegido otra ciudad para morir y Mahoma otra para ascender al cielo. Habrían salvado muchas vidas humanas y muchas almas que no hubieran conocido el odio.

La gran sorpresa, sin embargo, la recibí en la Delegación Apostólica, un inmenso edificio que, excepto por su tamaño, no se diferenciaba en nada de sus vecinos más cercanos. Nos recibieron en la puerta varios sacerdotes de edades y nacionalidades variadas, encabezados

30. Tela con la que los árabes se cubren la cabeza.
31. Cordón que sujeta la kafía a la cabeza, usualmente de color negro.

por el propio Nuncio Apostólico, Monseñor Pietro Sambi, quien nos condujo, a través de numerosas dependencias, hasta una elegante y moderna sala de reuniones en la que, entre otras altas personalidades, ¡se encontraba mi hermano Pierantonio!

—¡Pequeña Ottavia! —exclamó nada más hube cruzado las puertas, tras el capitán y Monseñor.

Mi hermano se abalanzó hacia mí y nos estrechamos en un largo y emotivo abrazo. Del resto de los asistentes, que eran muchos, brotó un divertido clamor.

—¿Cómo estás, eh? —me preguntó, separándome al fin y mirándome de arriba abajo—. Bueno, aparte de sucia y malherida, quiero decir.

—Cansada —repuse al borde de las lágrimas—, muy cansada, Pierantonio. Pero también muy contenta de verte.

Como siempre, mi hermano tenía un aspecto magnífico, imponente, a pesar de su sencillo hábito franciscano. Pocas veces le había visto ataviado de esa manera porque, cuando venía a casa, vestía ropa seglar.

—¡Te has convertido en todo un personaje, hermanita! Mira cuanta gente importante se ha reunido hoy aquí para conocerte.

Glauser-Röist y Farag estaban siendo presentados a los concurrentes por Monseñor Sambi, así que mi hermano hizo los honores conmigo: el arzobispo de Bagdad y vicepresidente de la Conferencia de Obispos Latinos, Paul Dahdah; el Patriarca de Jerusalén y presidente de la Asamblea de Ordinarios Católicos de Tierra Santa, Su Beatitud Michel Sabbah; el arzobispo de Haifa, el greco-melkita Boutros Mouallem, vicepresidente de la Asamblea de Ordinarios Católicos; el Patriarca ortodoxo de Jerusalén, Diodoros I; el Patriarca ortodoxo armenio, Torkom; el exarca greco-melkita Georges El-Murr... Una verdadera pléyade de los más importantes patriarcas y obispos de Tierra Santa. Tras cada nueva presentación, mi desconcierto aumentaba. ¿Acaso nuestra misión ya no era tan secreta como al principio? ¿Es que no había dicho Su Eminencia el cardenal Sodano que debíamos guardar completo silencio sobre lo que estábamos haciendo y lo que estaba pasando?

Farag se dirigió hacia Pierantonio y lo saludó con afecto mientras que Glauser-Röist se mantuvo a una discreta distancia que no me pasó desapercibida. Ya no me cabía la menor duda de que entre mi hermano y la Roca existía una profunda animadversión por algún motivo desconocido. No obstante, a lo largo de la charla que tuvo lugar a continuación, también pude comprobar que muchos de los presentes se dirigían a la Roca con un cierto temor, y algunos, incluso, con un marcado desprecio. Me prometí a mí misma que ese misterio no iba a quedar sin resolver antes de abandonar Jerusalén.

La reunión fue larga y aburrida. Los Patriarcas y obispos de Tierra Santa pusieron de manifiesto, uno tras otro, su gran preocupación por los robos de *Ligna Crucis*. Según nos contaron, las Iglesias cristianas más pequeñas fueron las primeras en sufrir las sustracciones de los staurofílakes, y eso que, a menudo, sólo contaban con alguna astilla diminuta o con un poco de serrín dentro de un relicario. Lo que había comenzado como un oscuro accidente en un monte perdido de Grecia, me dije sorprendida, se había convertido en un incidente internacional de dimensiones desproporcionadas, como una bola de nieve que no había parado de crecer hasta aplastar a la cristiandad. Todos los presentes estaban sumamente preocupados por las consecuencias que aquello pudiera tener en la opinión pública si el escándalo saltaba a los medios de comunicación, pero yo me preguntaba hasta qué punto podía guardarse silencio cuando tanta gente importante estaba ya enterada del asunto. En realidad, aquella reunión no tenía otro fundamento que la curiosidad de Patriarcas, obispos y delegados por conocernos a nosotros, pues, de todo lo que se dijo, ni Farag, ni el capitán, ni yo sacamos nada provechoso. A lo sumo, el hecho de saber que contábamos con la ayuda de todas aquellas Iglesias para cualquier cosa que necesitáramos. De modo que me aproveché.

—Con el debido respeto —dije en inglés, usando las mismas fórmulas de cortesía que ellos utilizaban—, ¿alguno de ustedes ha oído hablar de alguien que guarda unas llaves aquí, en Jerusalén?

Se miraron entre sí, desconcertados.

—Lo siento, hermana Salina —me respondió Monseñor Sambi—. Creo que no hemos entendido muy bien la pregunta.

—Debemos localizar en esta ciudad —le interrumpió Glauser-Röist, impaciente— a alguien que tiene unas llaves y que, cuando abre lo que sea, nadie puede cerrarlo, y viceversa.

Volvieron a mirarse entre sí con cara de no tener ni la más remota idea de lo que les estábamos hablando.

—¡Pero, Ottavia! —me reprendió mi hermano de muy buen humor, ignorando a la Roca—. ¿Sabes cuántas llaves importantes hay en Tierra Santa? ¡Cada iglesia, basílica, mezquita o sinagoga tiene su propio e histórico muestrario de llaves! Lo que dices no tiene sentido en Jerusalén. Lo siento, pero es, simplemente, ridículo.

—¡Procura tomarte este asunto más en serio, Pierantonio! —por un momento, olvidé dónde estábamos, olvidé que me dirigía al importantísimo Custodio de Tierra Santa en mitad de una asamblea ecuménica de prelados (algunos de los cuales eran similares al Papa en dignidad), y sólo vi a mi hermano mayor tomándose a sorna una cuestión que había estado a punto de acabar con mi vida en tres ocasiones—. Es muy importante localizar «al que tiene las llaves», ¿comprendes? Si hay muchas o hay pocas en Jerusalén, no es el tema. El tema es que, en esta ciudad, hay alguien que tiene unas llaves que nosotros necesitamos.

—Muy bien, hermana Salina —me respondió, y yo me quedé de piedra al ver, por primera vez en mi vida, a Pierantonio con un gesto de respeto y comprensión en su gran cara de príncipe soberano. ¿Acaso la «pequeña Ottavia», de repente, era más importante que el Custodio? ¡Oh, Dios mío, eso sí que era una buena noticia! ¡Tenía poder sobre mi hermano!

—Bien, pues... En fin... —Monseñor Sambi no sabía cómo terminar con aquella insólita disputa familiar en el seno de una reunión tan notable—. Creo que todos los presentes debemos tomar nota de lo que, tanto el capitán Glauser-Röist como la hermana Salina, nos han dicho, y disponer que se inicie la búsqueda de ese portador de las llaves.

Hubo consenso general y el cónclave se disolvió amistosamente en una comida servida por la delegación en el lujoso comedor del edificio. Según me contaron, allí era donde, recientemente, había almorzado en varias ocasiones el Papa durante su viaje a Tierra Santa. No pude evitar una sonrisa irónica al pensar que nosotros llevábamos tres días sin ducharnos y que debíamos oler bastante mal.

Cuando, tras la sobremesa, subimos a las habitaciones que nos habían asignado, descubrí que un par de monjas húngaras ya habían deshecho mi equipaje y dispuesto mis cosas en perfecto orden en el armario, el cuarto de baño y la mesa de trabajo. Pensé que no deberían haberse tomado tantas molestias porque, al día siguiente, probablemente de madrugada (o a cualquier otra hora intempestiva), estaríamos volando hacia Atenas con más magulladuras, heridas y escarificaciones en el cuerpo. Y, pensando precisamente en las escarificaciones, me dirigí al baño, me quité la ropa de cintura para arriba y despegué cuidadosamente los dos apósitos que cubrían la parte interior de mis antebrazos. Allí estaban las marcas, aún enrojecidas e inflamadas —la de

Roma mucho menos que la de Rávena, hecha apenas unas horas antes—; dos bellas cruces que irían conmigo el resto de mi vida, me gustara o no. Ambas tenían unas líneas verdosas profundamente hundidas en la carne, como si hubieran inyectado allí algún extracto de plantas y hierbas. Decidí que no era buena idea sentir aprensión, así que, terminé de desvestirme, me di una buena ducha que me supo a gloria y, una vez seca, con lo que encontré en un armarito sanitario escondido tras la puerta, me hice las curas y me vendé los antebrazos. Afortunadamente, con las mangas largas aquel desaguisado no podía verse.

A media tarde, después de descansar apenas una hora, mi hermano Pierantonio nos propuso acercarnos hasta la ciudad vieja, la antigua Jerusalén, para hacer un breve recorrido turístico. El Nuncio manifestó una cierta preocupación por nuestra seguridad, ya que, apenas unos días antes habían tenido lugar, entre palestinos e israelíes, los enfrentamientos más duros desde el fin de la Intifada. Nosotros, como estábamos tan absortos en nuestros propios problemas, no nos habíamos enterado, pero, por lo visto, en dichos enfrentamientos había habido al menos una decena muertos y más de cuatrocientos heridos. El gobierno de Israel se había visto obligado a entregar tres barrios de Jerusalén —Abu Dis, Azaria y Sauajra— a la Autoridad Palestina con la esperanza de reabrir una vía de negociación y terminar con la revuelta en los territorios autónomos. De manera que la situación era tensa y se temían nuevos atentados en la ciudad, por eso, y también por el cargo que ocupaba Pierantonio, el Nuncio nos instó a utilizar un discreto vehículo de la delegación para trasladarnos hasta la ciudad vieja. También nos proporcionó al mejor de los guías: el padre Murphy Clark, de la Escuela Bíblica de Jerusalén, un hombre grande y gordo como una barrica, con una preciosa barba blanca recortada, que era uno de los mejores especialistas del mundo en arqueología bíblica. Aparcamos el coche, también con cristales ahumados, en las proximidades del Muro de las Lamentaciones y, desde allí, andando, hicimos un viaje en el tiempo y retrocedimos dos mil años de historia.

Yo quería verlo todo y no tenía ojos suficientes para abarcar, de una vez, la inmensa belleza de aquellas callejuelas empedradas, con sus tiendas de camisetas y recuerdos, y su extraña población, vestida a la usanza de las tres culturas de la ciudad. Pero lo más emocionante fue recorrer la Vía Dolorosa, el camino seguido por Jesús en dirección al Gólgota con la cruz a cuestas y la corona de espinas clavada en la frente. ¿Cómo se puede explicar emoción semejante? No hay palabras que lo describan. Pierantonio, que podía leer en mí como en un libro abierto, se rezagó y se puso a mi lado, dejando que el capitán, el padre Clark y Farag nos fuesen marcando el camino. Resultaba evidente que mi hermano no estaba pensando precisamente en rezar el Viacrucis conmigo. En realidad, su idea era sonsacarme el máximo de información acerca de la misión que estábamos realizando.

—Pero, vamos a ver, Pierantonio —protesté—, ¿es que no lo sabes todo ya? ¿Por qué no dejas de hacerme preguntas?

—¡Porque no me cuentas nada! ¡Tengo que sacarte las cosas con sacacorchos!

—Pero ¿qué es lo que quieres sacarme, si puede saberse? ¡No hay nada más!

—Cuéntame lo de las pruebas.

Suspiré y miré al cielo en busca de ayuda.

—No son exactamente pruebas, Pierantonio. Estamos recorriendo una especie de Purgatorio que debe purificar nuestras almas para hacernos dignos de llegar hasta el Paraíso Terrenal staurofílax. Ese es nuestro único objetivo. Una vez que localicemos la Vera Cruz, llamaremos a la policía y ellos se encargarán del resto.

—Pero ¿y lo de Dante? ¡Dios mío, si parece increíble! ¡Cuéntamelo, anda!

Me detuve en seco, en mitad de una procesión de norteamericanos que rezaba las estaciones del Viacrucis, y me volví hacia él.

—Vamos a hacer un trato —le dije muy seria—. Tú me hablas sobre Glauser-Röist y yo te cuento la historia con todo detalle.

La cara de mi hermano se transformó. Juraría que vi un rayo de odio cruzando sus santos ojos. Negó con la cabeza.

—En Palermo me dijiste —insistí— que Glauser-Röist era el hombre más peligroso del Vaticano y, si la memoria no me falla, me preguntaste qué hacía yo trabajando con alguien al que temían cielo y tierra y que era la mano negra de la Iglesia.

Pierantonio se puso nuevamente en marcha, dejándome atrás.

—Si quieres que te cuente la historia de Dante Alighieri y los staurofílakes —le tenté cuando me puse a su lado—, tendrás que hablarme sobre Glauser-Röist. Recuerda que tú mismo me enseñaste cómo conseguir información, incluso por encima de la propia conciencia.

Mi hermano volvió a detenerse en mitad de la Vía Dolorosa.

—¿Quieres saberlo todo sobre el capitán Kaspar Linus Glauser-Röist? —me preguntó desafiante, soltando chispas de ira—. ¡Pues lo vas a saber! Tu querido colega es el encargado de hacer desaparecer todos los trapos sucios de los miembros importantes de la Iglesia. Desde hace unos trece años, Glauser-Röist se dedica a destruir todo cuanto pueda empañar la imagen del Vaticano; y, cuando digo destruir, quiero decir destruir: amenaza, extorsiona, y no me extrañaría nada que incluso hubiera llegado a matar en cumplimiento de su deber. Nadie escapa a la larga mano de Glauser-Röist: periodistas, banqueros, cardenales, políticos, escritores... Si tienes algún secreto en tu vida, Ottavia, más vale que no lo sepa Glauser-Röist. Ten en cuenta que, algún día, podría usarlo en tu contra con absoluta sangre fría y sin sentir la menor lástima por ti.

—¡No será para tanto! —le rebatí, pero no porque pusiera en duda sus afirmaciones, sino porque sabía que así le acicateaba para que continuase hablando.

—¿Qué no? —se indignó. Reanudamos el paseo porque el padre Clark, Farag y la Roca se habían adelantado mucho—. ¿Necesitas pruebas? ¿Recuerdas el «caso Marcinkus»?

Bueno, sí, algo sabía de todo aquello, aunque no mucho. Por costumbre, todo cuanto fuera contra la Iglesia quedaba más o menos alejado de mi vida y de la vida de todos los religiosos y religiosas. No es que no pudiéramos saber —que podíamos—, es que no queríamos; *a priori*, no nos gustaba escuchar este tipo de acusaciones y hacíamos oídos más o menos sordos a los escándalos anticlericales.

—En 1987 los jueces italianos ordenaron el arresto del arzobispo Paul Casimiro Marcinkus, director a la sazón del IOR, el Instituto para las Obras de Religión, también conocido como Banca Vaticana. La acusación, tras siete meses de investigaciones, era por haber llevado fraudulentamente a la bancarrota al Banco Ambrosiano de Milán. Quedó demostrado que el Banco estaba controlado por un grupo de corporaciones extranjeras, con sede en los paraísos fiscales de Panamá y Liechtenstein, que, en realidad, servían de tapadera al IOR y al propio Marcinkus. El Banco Ambrosiano presentaba un «agujero» de más de mil doscientos millones de dólares, de los cuales el Vaticano, tras muchas presiones, sólo devolvió a los acreedores doscientos cincuenta. Es decir, el

Vaticano se «tragó» más de novecientos millones de dólares. ¿Sabes quién fue el encargado de impedir que Marcinkus cayera en manos de la justicia y de echar tierra sobre este turbio asunto?

—¿El capitán Glauser-Röist?

—Tu amigo el capitán consiguió trasladar a Marcinkus al Vaticano con un pasaporte diplomático que impidió que la policía italiana pudiera detenerle. Una vez a salvo, organizó una campaña de despiste de la opinión pública, consiguiendo, no se sabe bien con qué métodos, que algunos periodistas calificaran a Marcinkus de gestor ingenuo, negligente y despistado. Después le hizo desaparecer, organizándole una nueva vida en una pequeña parroquia norteamericana del estado de Arizona, donde permanece hasta el día de hoy.

—Yo no veo nada delictivo en esto, Pierantonio.

—¡No, si él nunca hace nada fuera de la ley! ¡Sólo la ignora! ¿Que un cardenal es detenido en la frontera suiza con una maleta llena de millones que quiere hacer pasar como valija diplomática? Allá va Glauser-Röist para remediar el entuerto. Recoge al cardenal, lo devuelve al Vaticano, consigue que los guardias fronterizos «olviden» el incidente y borra toda huella del asunto hasta conseguir que la misteriosa evasión de divisas no haya existido nunca.

—Sigo diciendo que todavía no encuentro motivos para temer a Glauser-Röist.

Pero Pierantonio estaba lanzado:

—¿Que una editorial italiana publica un libro escandaloso sobre la corrupción en el Vaticano? Glauser-Röist identifica rápidamente al monseñor o monseñores que han traicionado la ley vaticana de silencio, les pone una mordaza en la boca con no se sabe bien qué amenazas, y consigue que la prensa, tras el escándalo incial, entierre completamente el asunto. ¿Quién crees que elabora los informes con los detalles más escabrosos de la vida privada de los miembros de la Curia para que, luego, estos no tengan otro remedio que transigir en silencio con determinados desmanes? ¿Quién crees que entró en primer lugar en el apartamento del comandante de la Guardia Suiza, Aloïs Estermann, la noche en que este, su esposa y el cabo Cédric Tornay, murieron asesinados, supuestamente por los disparos efectuados por el cabo? Kaspar Glauser-Röist. Él fue quien se llevó de allí las pruebas de lo que sucedió realmente y quien se inventó la versión oficial de la «locura transitoria» del cabo, al que la Iglesia llegó a acusar, con rumores en la prensa, de consumidor de drogas y de «desequilibrado lleno de rencor». Él es el único que sabe lo que pasó de verdad aquella noche. ¿Que un prelado del Vaticano organiza una «juerguecita», digamos... subida de tono, y un periodista va a publicarlo y a sacar fotografías escandalosas? No hay de qué preocuparse. El artículo no ve jamás la luz y el periodista cierra la boca para el resto de su vida después de una visita de Glauser-Röist. ¿Por qué? ¡Ya te lo puedes imaginar! Ahora mismo hay un importante prelado de la Iglesia, el arzobispo de Nápoles, que está siendo investigado por la fiscalía judicial de Basilicata, que le acusa de usura, asociación delictiva y apropiación indebida de bienes. Apuéstate lo que quieras a que saldrá absuelto. Por lo que me han contado, tu amigo ya está tomando cartas en el asunto.

Un pensamiento muy siniestro estaba surgiendo en mi mente, un pensamiento que no me gustaba nada y que me causaba una gran desazón.

—¿Y tú qué tienes que ocultar, Pierantonio? No hablarías así del capitán si no hubieras tenido, directamente, algún problema con él.

—¿Yo...? —parecía sorprendido. De repente, toda su ira se había esfumado y era la viva imagen del cordero pascual, pero a mí no podía engañarme.

—Sí, tú. Y no me vengas con el cuento de que sabes

todo eso acerca de Glauser-Röist porque la Iglesia es una gran familia donde todo se comenta.

—¡Hombre, eso también es cierto! Los que estamos dentro de la Iglesia, ocupando determinados puestos, lo sabemos todo de casi todo.

—Puede ser —murmuré mecánicamente, mirando las lejanas nucas de Murphy Clark, la Roca y Farag—; pero a mí no me engañas. Tú has tenido algún problema con el capitán Glauser-Röist y me lo vas a contar ahora mismo.

Mi hermano soltó una carcajada. Un rayo de sol, que se afiló al pasar entre dos nubes, le iluminó directamente la cara.

—¿Y por qué tendría que contarte nada, pequeña Ottavia? ¿Qué podría impulsarme a confesarte pecados que no se pueden revelar y, mucho menos, a una hermana pequeña?

Le miré fríamente, con una sonrisa artificial en los labios.

—Porque, si no lo haces, me voy ahora mismo con Glauser-Röist, le cuento todo lo que me has dicho y le pido que me lo explique él.

—No lo haría —replicó muy ufano. En serio que no le pegaba nada el humilde hábito franciscano—. Un hombre como él jamás hablaría de este tipo de asuntos.

—¿Ah, no...? —Si él estaba jugando fuerte, yo podía ser mucho más fanfarrona—. ¡Capitán! ¡Eh, capitán!

La Roca y Farag se volvieron a mirarme. El padre Murphy giró su inmensa barriga un poco más tarde.

—¡Capitán! ¿Puede venir un momento?

Pierantonio se había puesto lívido.

—Te lo contaré —masculló viendo que Glauser-Röist retrocedía para acercarse hasta nosotros—. ¡Te lo contaré, pero dile que no venga!

—¡Capitán, perdóneme, me he equivocado! ¡Siga adelante, siga! —Y le hice un gesto con la mano indicándole que volviera con los otros.

La Roca se detuvo, me observó detenidamente y luego giró y continuó adelante. Un extraño grupo de seis o siete mujeres vestidas íntegramente de negro nos empujó hacia un lado y nos adelantó. Iban cubiertas con un largo manto que las envolvía desde el cuello hasta los pies y, en la cabeza, llevaban un curioso tocado, una especie de minúsculo sombrerito redondo, caído sobre la frente, que sujetaban con un pañuelo atado alrededor de la cabeza. Por su aspecto, deduje que debían de ser monjas ortodoxas, aunque no pude adivinar a qué Iglesia pertenecían. Lo curioso fue que, casi inmediatamente, nos sobrepasó otro grupo semejante, aunque sin sombrerito y con largos cirios de cera amarilla entre las manos.

—¡Pequeña Ottavia, te estás volviendo muy terca!

—Habla.

Pierantonio se mantuvo silencioso y meditabundo durante bastante tiempo, pero, al final, inspiró profundamente y comenzó:

—¿Recuerdas que te hablé, allá, en casa, de los problemas que tenía con la Santa Sede?

—Lo recuerdo, sí.

—Te hablé de las escuelas, los hospitales, las casas de ancianos, las excavaciones arqueológicas, las casas de acogida de peregrinos, los estudios bíblicos, el restablecimiento del culto católico en Tierra Santa...

—Sí, sí, y me hablaste también de la orden que te había dado el Papa de recuperar el Santo Cenáculo sin facilitarte, a cambio, el dinero necesario.

—Exacto. El tema va por ahí.

—¿Qué has hecho, Pierantonio? —le pregunté, apenada. De pronto, la Vía Dolorosa se había vuelto dolorosa de verdad.

—Bueno... —titubeó—. Tuve que vender algunas cosas.

—¿Qué cosas?

—Algunas de las cosas encontradas en nuestras excavaciones.

—¡Oh, Dios mío, Pierantonio!

—Lo sé, lo sé —afirmó, contrito—. Si te sirve de consuelo, se las vendía al propio Vaticano, a través de un testaferro.

—¿Qué estás diciendo?

—Hay grandes coleccionistas de arte entre los príncipes de la Iglesia. Poco antes de que se inmiscuyera Glauser-Röist, el abogado que trabajaba a mis órdenes en Roma vendió a un prelado, al que tú conoces personalmente porque estuvo mucho tiempo en el Archivo Secreto, un antiguo mosaico del siglo VIII, encontrado en las excavaciones de Banu Ghassan. Pagó casi tres millones de dólares. Creo que ahora lo exhibe en el salón de su casa.

—¡Oh, Dios mío! —gemí. Estaba hundida.

—¿Sabes cuántas cosas buenas hicimos con todo ese dinero, pequeña Ottavia? —Mi hermano no parecía sentirse culpable en absoluto—. Fundamos más hospitales, dimos de comer a mucha más gente, creamos más casas de ancianos y más escuelas para niños. ¿Qué fue lo que hice mal?

—¡Traficaste con obras de arte, Pierantonio!

—¡Pero si se las vendía a ellos! Nada de lo que comercié fue a parar a manos que no estuvieran bendecidas por el sacerdocio, y todo el dinero que gané lo invertí en las necesidades más urgentes de los pobres de Tierra Santa. Algunos de esos príncipes de la Iglesia tienen muchísimo dinero y aquí nos falta de todo... —respiró entrecortadamente y vi reaparecer el odio en su mirada—. Hasta que, un buen día, se presentó en mi despacho tu amigo Glauser-Röist, del que yo ya había oído hablar. Resulta que había estado haciendo averiguaciones y que estaba al tanto de mis actividades. Me prohibió continuar con las ventas, so pena de hacer estallar el escándalo, manchando mi nombre y el nombre de mi Orden. «Tengo recursos para que mañana su cara salga en la foto de portada en los diarios más importantes del mundo», me dijo sin alterarse. Le hablé de los hospitales, los asilos, los comedores públicos, los colegios... Le dio exactamente lo mismo. Ahora, las deudas nos ahogan y no sé cómo voy a resolver esta situación.

¿Qué me había dicho Farag en las catacumbas de Santa Lucía? «Aunque la verdad haga daño, siempre es preferible a la mentira.» Ahora yo me preguntaba si la bondad de mi hermano, aunque hiciera daño, no era preferible a la injusticia. ¿O quizá dudaba porque se trataba de mi hermano y estaba buscando desesperadamente la manera de justificarle? ¿O quizá era que la existencia no estaba formada por bloques blancos o negros, y se trataba, en realidad, de un mosaico multicolor de combinaciones infinitas? ¿No era la vida, acaso, un cúmulo de ambigüedades, de matices intercambiables que intentábamos constreñir en una estructura absurda de normas y dogmas?

Para cuando yo me hacía estas disquisiciones, nuestro pequeño grupo entró, de golpe, nada más doblar una esquina, en la plazuela de la basílica del Santo Sepulcro. Me quedé en suspenso, conmocionada. Allí, frente a mí, se hallaba el lugar donde Jesús fue crucificado. Sentí que las lágrimas subían a mis ojos y que la emoción me desbordaba.

La basílica mandada construir por santa Helena en el lugar donde creyó descubrir la Verdadera Cruz de Cristo era impresionante —ángulos rectos, piedra sólida y milenaria, grandes ventanas enrejadas, torres cuadradas con cubiertas de ladrillo rojo...— y la plaza estaba abarrotada de gente de toda raza y condición. Grupos de turistas se arremolinaban en torno a estrechas cruces de madera y entonaban cantos religiosos en varias lenguas que, al mezclarse en la caja de resonancia que era la plaza, semejaban un zumbido discordante. Allí se encontraban también, en el pórtico, las monjas ortodoxas con las que nos habíamos cruzado en el camino, dando la espalda a otras monjas —estas católicas— vestidas con hábitos claros de falda corta. Muchas mujeres llevaban colgando del cuello, a modo de collares, hermosos rosarios y, algunas otras, los rezaban puestas de rodillas sobre el duro suelo empedrado. Había también muchos sacerdotes católicos y religiosos de las órdenes más diversas, y abundaban las largas barbas pobladas, típicas de los monjes ortodoxos que iban, además, cubiertos con negros gorros tubulares de variados modelos: lisos, adornados con ribetes y puntillas, con un tejadillo en forma de chimenea o, incluso, con una larga toca que colgaba a lo largo de la espalda hasta la cintura. Por encima de todo este caos humano, volaban multitud de palomas blancas que parecían ignorar al gentío, planeando de una cornisa a otra, de una ventana a otra, buscando la mejor vista del espectáculo.

La fachada de la basílica era muy curiosa, con unas puertas gemelas situadas bajo dos ventanas también gemelas de arco apuntado, aunque, extrañamente, la puerta de la derecha aparecía tapiada con grandes sillares. Y el interior... Bueno, el interior era deslumbrante. Como la entrada se efectuaba por un lateral de la nave, no se podía tener una perspectiva completa hasta que no se había avanzado lo suficiente, pero, mientras tanto, la luz de cientos de candiles orientales iluminaba el trayecto. Fue un momento tan emocionante que apenas puedo recordar todo lo que vi. El padre Murphy nos iba explicando detalladamente los pormenores de cada lugar por el que pasábamos. En el atrio, a la entrada, rodeada de candelabros y lámparas, se encontraba la Piedra de la Unción, una gran losa rectangular de caliza roja en la que se suponía que habían puesto el cuerpo de Jesús tras bajarlo de la cruz. La gente, enfervorecida, echaba agua bendita sobre la piedra y luego decenas de manos se lanzaban a humedecer en ella pañuelos y rosarios. No había manera de poder acercarse hasta allí. En el centro de la basílica se hallaba el Catholicón, el lugar donde supuestamente estuvo el Santo Sepulcro, con una fachada cubierta de lamparillas dentro de preciosos globos de plata. Encima de la puerta había tres cuadros que hablaban de la Resurrección de Jesús, cada uno de ellos de un estilo diferente: latino, griego y armenio. Pasando la puerta del Catholicón, se llegaba a un pequeño vestíbulo llamado Capilla del Ángel, porque se suponía que era allí donde este había anunciado la Resurrección a las Santas Mujeres. Tras otra portezuela, se encontraba el Santo Sepulcro propiamente dicho, un recinto pequeño y estrecho en el que se divisaba un banco de mármol que recubría la piedra original en la que fue colocado el cuerpo de Jesús. Me arrodillé un segundo —la afluencia de gente no permitía mucho más—, y salí con menos unción de la que tenía al entrar. El entorno quizá fuera hipnótico y proclive a un cierto tipo de síndrome religioso de Estocolmo, pero el agobio de la multitud me restaba fervor.

Bajando por unas escaleras llegamos al lugar donde santa Helena descubrió las tres cruces, según contaba Santiago de la Vorágine en su *Leyenda dorada*. La cámara era una estancia amplia y vacía, de piedra, en uno de cuyos rincones una barandilla de hierro protegía el punto exacto donde aparecieron las reliquias. El padre Murphy, mesándose la barba, empezó a contarnos la leyenda y de ese modo descubrimos que sabíamos mucho más que uno de los más reputados expertos mundiales. Pero el afable y grueso arqueólogo se dio cuenta pronto de que se hallaba en compañía de expertos, así que, con toda humildad, escuchó algunas de nuestras apreciaciones.

Recorrimos la basílica de arriba abajo —rotonda de la Anástasis incluida— y, durante la visita, Pierantonio y el padre Murphy nos contaron que tanto la comunidad latina, como la greco-ortodoxa y la armenio-ortodoxa eran copropietarias a partes iguales del templo, que se regía por un *statu quo*, es decir, por un frágil acuerdo que, a falta de otra solución mejor, intentaba poner paz entre las Iglesias cristianas de Jerusalén. También los coptos ortodoxos, los sirio-ortodoxos y los etíopes podían oficiar sus ceremonias en la basílica y, por ese motivo, Farag protestó vehementemente, ya que los copto-católicos no gozaban de semejante derecho; pero el padre Murphy le suplicó, medio en broma medio en serio, que no echara más leña al fuego, que no estaban las cosas para nuevos levantamientos populares.

Cuando acabamos el recorrido por la basílica, mi hermano y el padre Murphy nos propusieron continuar nuestra ruta turística visitando otros santos lugares de la ciudad.

—Aún queda algo aquí que no hemos visto —rechacé—. La cripta subterránea.

Pierantonio me miró sin comprender y Murphy Clark esbozó una sonrisa satisfecha.

—¿Cómo conoce usted, doctora, la existencia de la cripta? —preguntó, intrigado.

—Sería muy largo de contar, Murphy —le respondió Farag, quitándome la palabra de la boca—, pero estaríamos muy interesados en verla.

—Va a ser complicado... —murmuró pensativo, volviendo a mesarse la barba—. Esa cripta es propiedad de la Iglesia Ortodoxa Griega y sólo unos pocos sacerdotes católicos, que pueden contarse sobradamente con los dedos de una mano, han conseguido entrar en ella. Acaso su hermano, el Custodio Salina, podría obtener el permiso.

—¡Pero si yo ni siquiera sabía que existía! —alegó mi hermano, desconcertado.

—Yo tampoco la he visto, padre —repuso Murphy—,

pero, como a su hermana, me encantaría poder hacerlo. Pídale autorización al Patriarca ortodoxo de Jerusalén. Con una llamada bastará.

—¿Es absolutamente necesario? —quiso saber mi hermano antes de empezar a pedir favores políticamente comprometidos.

—Te aseguro que sí.

Pierantonio se dirigió a la salida y, resguardándose de la multitud en un rincón del atrio, fuera de las puertas, sacó el teléfono móvil del bolsillo de su hábito. Sólo tardó unos minutos.

—¡Hecho! —nos anunció alegremente a su vuelta—. Vamos a buscar al padre Chrisostomos. ¡No ha sido fácil! Por lo visto se trata de una bóveda secreta, oculta en lo más profundo de la basílica. Tendríais que haber oído las exclamaciones de sorpresa e incredulidad que me han llegado a través del teléfono. ¿Cómo es que conocíais su existencia?

—Es una historia muy larga, Pierantonio.

Mi enardecido hermano se dirigió al primer sacerdote ortodoxo que se le puso por delante y pocos minutos después nos hallábamos frente a un pope de barba grisácea que usaba el gorro modelo «tejadillo de chimenea», idéntico al de los hombres de la Florencia renacentista. El padre Chrisostomos, que llevaba unas gafas sobre el pecho colgando de un hilillo, nos miró absolutamente desconcertado. Su expresión delataba bien a las claras que todavía no se había repuesto de la reciente llamada que le avisaba de nuestra llegada y del motivo de la misma. Pierantonio se adelantó y se presentó a sí mismo utilizando todos sus cargos, que eran más de los que yo conocía, y el padre Chrisostomos le estrechó la mano con respeto, aunque sin variar el gesto de sorpresa que parecía habérsele petrificado en la cara. Luego fuimos presentados los demás y, por fin, el sacerdote ortodoxo dejó salir la angustia que oprimía su sobrecogido corazón:

—No quisiera ser indiscreto, pero ¿podrían explicarme cómo han conocido la existencia de la Cámara?

La Roca le respondió:

—Por unos documentos antiguos que hablaban de su construcción.

—¿Ah, sí? Pues, si no les incomodan mis preguntas, me gustaría saber algo más. El padre Stephanos y yo llevamos toda nuestra vida custodiando las reliquias de la Verdadera Cruz que se conservan en la cripta, pero no teníamos noticias de que esta fuera conocida y de que hubiera documentos que hablaran de su construcción.

Mientras descendíamos, piso tras piso, hacia las profundidades de la tierra, entre Farag, la Roca y yo, fuimos contando lo que sabíamos sobre las cruzadas y la cámara secreta, aunque sin mencionar a los staurofílakes. Por fin, después de bajar cientos de escalones de piedra, llegamos hasta un recinto rectangular aparentemente habilitado como trastero. Cuadros de antiguos patriarcas colgaban de las paredes, muebles cubiertos por fundas de plástico parecían dormir el sueño de los justos, incluso había un viejo hábito ortodoxo, colgado de una percha, inmóvil como un fantasma. Al fondo, una cancela de hierro protegía una segunda puerta de madera que parecía ser nuestro objetivo. Un viejecito de larga barba blanca se levantó de una silla al vernos entrar.

—Padre Stephanos, tenemos invitados —anunció el padre Chrisostomos.

Los dos curas intercambiaron un breve diálogo en voz baja y luego se volvieron hacia nosotros.

—Adelante.

El cura ortodoxo viejecito sacó un manojo de llaves de hierro de entre los pliegues de su sotana, se dirigió hacia la cancela y la abrió muy lentamente, como a cámara lenta. Antes de hacer lo mismo con la puerta de madera, pulsó un interruptor antediluviano situado en el dintel.

Mi sorpresa fue mayúscula cuando, al entrar en la bóveda secreta de los staurofílakes, la cripta construida en torno al año 1000 para proteger la reliquia de la Vera Cruz de la destrucción ordenada por el enloquecido califa Al-Hakem, me encontré con una suerte de barracón militar amueblado como una cocina. Un segundo vistazo, tras reponerme a duras penas de la impresión, me permitió distinguir un pequeño altar en el centro de la estancia en el que se mostraba un bello icono con una imagen de la crucifixión y, delante, un par de cruces de pequeño tamaño que resultaron ser los relicarios que contenían las santas astillas. A mi izquierda, unos viejos armarios metálicos de oficina servían de complemento perfecto para las sillas plegables y las mesas de madera abandonadas por doquier. ¡Si los staurofílakes vieran aquello! Aunque, pensándolo mejor, quizá fuera la forma más inteligente —si es que se trataba de una decisión consciente— de proteger algo tan valioso.

El padre Stephanos y el padre Chrisostomos se santiguaron repetidamente al modo ortodoxo y, luego, con una gran reverencia y respeto nos enseñaron, a través de los cristales de los relicarios, los menudos pedazos de madera de la cruz encontrada por santa Helena. Todos procedimos a besar aquellos objetos, a excepción de la Roca, que nos daba la espalda y permanecía inmóvil como una estatua de sal. El padre Stephanos, al darse cuenta, se acercó despacito hasta él y buscó con la mirada lo que el capitán estaba contemplando con tanto interés.

—Es hermoso, ¿verdad? —dijo en un correctísimo inglés.

Los demás nos acercamos también hasta allí y, ¡oh, sorpresa!, descubrimos un bello Crismón de Constantino pintado sobre una gran tabla de madera oscura que contenía un largo texto griego. La tabla descansaba directamente sobre el suelo y se apoyaba contra la pared.

—Es mi oración preferida. Llevo cincuenta años meditando acerca de ella y, créame, cada día encuentro algún nuevo tesoro en su sencilla sabiduría.

—¿Qué es? —preguntó Farag, agachándose para examinarla mejor.

—Hace unos treinta años, unos expertos ingleses nos dijeron que se trataba de una oración cristiana muy antigua, probablemente del siglo XII o XIII. El penitente que la encargó, o el artista que la realizó, no era griego, porque el texto contiene muchos errores. Los expertos dijeron que probablemente se trataría de algún hereje latino que visitó este lugar y que, en agradecimiento, regaló a la basílica esta hermosa tabla con los pensamientos que le inspiró la Verdadera Cruz.

Me puse en cuclillas junto a Farag y traduje en voz baja las primeras palabras: «Tú que has superado la soberbia y la envidia, supera ahora la ira con paciencia». Me incorporé de un salto y miré significativamente al capitán.

—«Tú que has superado la soberbia y la envidia, supera ahora la ira con paciencia» —repetí en italiano.

El capitán, comprendiendo el mensaje, abrió mucho los ojos. Cualquier aspirante a staurofílax que hubiera superado las pruebas de Roma y Rávena, es decir, las cornisas de la soberbia y la envidia, sabría que aquel mensaje le estaba personalmente dirigido.

—Eso es lo que dice la primera frase, la que está pintada con letras unciales rojas.

El padre Stephanos me miró cariñosamente.

—¿La señorita ha comprendido el sentido de la oración?

—¡Perdón! —me disculpé precipitadamente—. He cambiado de idioma sin darme cuenta. Lo lamento.

—¡Oh, no se preocupe! Me ha alegrado mucho ver la emoción en sus ojos cuando ha leído el texto. Creo que ha captado la importancia de la plegaria.

Farag se puso en pie y los tres intercambiamos significativas miradas de inteligencia; y para que no faltara de nada en aquella escena, a renglón seguido, los tres miramos al padre Stephanos... ¿Padre Stephanos o Stephanos, el staurofílax?

—¿Les interesa? —quiso saber el anciano—. Si les interesa puedo darles un folleto que se imprimió poco después de la visita de los expertos ingleses. Incluye una fotografía completa de la tabla y varias más pequeñas con detalles concretos. Lo malo es que se trata de una publicación un poco antigua y las imágenes son en blanco y negro. Pero la oración viene traducida, aunque —añadió muy sonriente y orgulloso— debo avisarles de que el traductor fui yo —y poniendo cara de emoción, empezó a recitar de memoria—: «Tú que has superado la soberbia y la envidia, supera ahora la ira con paciencia. Igual que la planta crece impetuosa por voluntad del sol, implora a Dios que su luz divina caiga sobre ti desde el cielo. Dice Cristo: no tengas otro miedo sino el temor de los pecados. Cristo os dio comida en grupos de cien y cincuenta hambrientos. Su bendita palabra no dijo grupos de noventa o de dos. Confía, pues, en la justicia como los atenienses y no temas a la tumba. Ten fe en Cristo como la tuvo incluso el malvado recaudador. Tu alma, al igual que los pájaros, corre y vuela hacia Dios. No se lo impidas cometiendo pecados y llegará. Si vences al mal saldrá la luz antes del amanecer. Purifica tu alma inclinándote ante Dios como un humilde suplicante. Con ayuda de la Verdadera Cruz, golpea sin piedad tus apetitos terrenales. Clávate en ella con Jesús con siete clavos y siete golpes. Si lo haces, Cristo, en su Majestad, saldrá a recibirte a la dulce puerta. Que tu paciencia se vea colmada por esta oración. Amén». ¿A que es hermosa?

—Es... bellísima, padre Stephanos —murmuré.

—¡Oh, veo que les ha emocionado! —exclamó, feliz—. ¡Voy a buscar esos folletos y les daré uno a cada uno!

Y con su paso vacilante y lento, salió de la cripta y desapareció.

La tabla era, indiscutiblemente, muy antigua. La madera estaba oscurecida por el humo de los cirios que, durante siglos, habían brillado frente a ella, aunque ahora no tuviera ninguno. Mediría aproximadamente un metro de alto por metro y medio de largo y las letras eran unciales griegas. El texto estaba escrito con tinta negra, aunque en la primera y la última frase las letras aparecían pintadas con un borde rojo. Encima, como un escudo o una seña de identidad, el Crismón del emperador con el travesaño horizontal.

Mi hermano percibió rápidamente que habíamos dado con algo importante. Así que se enzarzó en una conversación banal con el padre Murphy y con el padre Chrisostomos para que Farag, la Roca y yo pudiéramos hablar.

—Esta tabla —observó el capitán— es lo que hemos venido a buscar a Jerusalén.

—El mensaje no puede ser más claro —asintió Farag—. Tendremos que estudiarlo cuidadosamente. El contenido es muy extraño.

—¿Extraño? —exclamé—. ¡Rarísimo! Vamos a quemarnos los ojos intentando comprenderlo.

—¿Y qué me dicen del padre Stephanos? —preguntó la Roca.

—Staurofílax —respondimos Farag y yo a la vez.

—Sí, está claro.

El mencionado padre reapareció con sus folletos en las manos, bien sujetos para que no se le cayeran.

—Recen esta oración todos los días —nos pidió mientras nos los entregaba—, y descubrirán cuánta belleza puede esconderse en sus palabras. No se imaginarían la devoción que puede llegar a inspirar si se recita con paciencia.

Sentí crecer una ira absurda en mi interior contra

aquel cínico staurofílax. Arrinconé la idea de que era un anciano, de que podía no ser miembro de la hermandad, y deseé ardientemente agarrarlo por la sotana y gritarle que dejara de reírse de nosotros porque habíamos estado a punto de morir varias veces por culpa de su extraño fanatismo. Entonces recordé que aquella nueva prueba era, no por casualidad, la de la ira, e intenté sofocar la furia que —estaba segura— el cansancio físico y mental alentaban. Sentí ganas de llorar al darme cuenta de que aquella ruta iniciática estaba meticulosamente calculada por esos endiablados diáconos milenaristas.

Sonámbulos, salimos de aquel recinto llevando con nosotros el cariño del viejo sacerdote y la simpatía y el agradecimiento del padre Chrisostomos, al que habíamos prometido enviar toda la documentación histórica sobre la construcción de la cripta. A esas horas de la tarde, todavía estaban entrando oleadas de turistas en la basílica del Santo Sepulcro.

Nos cedieron un modesto despacho en la delegación para que pudiéramos trabajar sobre el texto de la plegaria. El capitán exigió un equipo informático con acceso a la red y Farag y yo pedimos varios diccionarios de griego clásico y griego bizantino que nos fueron traídos desde la biblioteca de la Escuela Bíblica de Jerusalén. Después de cenar frugalmente, Glauser-Röist se colocó frente al ordenador y empezó a trastearlo. Los ordenadores eran para él como instrumentos musicales que debían estar perfectamente afinados o como potentes motores cuyas piezas debían girar siempre bien engrasadas. Mientras se entretenía en estos quehaceres informáticos, Farag y yo extendimos los folletos sobre la mesa y empezamos a trabajar en la oración.

La traducción del padre Stephanos podía calificarse de meritoria. Su interpretación del texto griego era irreprochable desde el punto de vista del estilo, aunque, gramaticalmente, dejaba algo que desear. Sin embargo, reconocimos que el anciano no hubiera podido hacer otra cosa con un material tan deficitario como el que proporcionaba la plegaria. Resultaba evidente que su autor no dominaba bien la lengua griega: algunos tiempos verbales, aún admitiendo que manejar los verbos griegos es sumamente complicado, estaban mal escritos y algunas palabras estaban mal colocadas en las frases. Lo lógico hubiera sido pensar que, quien redactó aquella oración, había puesto toda su buena voluntad en trasladar sus pensamientos a una lengua que no conocía lo suficiente, impulsado por alguna necesidad social o religiosa, pero sabiendo como sabíamos que se trataba en realidad de un mensaje staurofílax, no podíamos pasar por alto aquellas irregularidades. Lo primero que nos llamó la atención fueron las frases que contenían numerales, en parte porque resultaban absurdas en el contexto y en parte porque estábamos casi seguros de que podía tratarse de algún tipo de clave: «Cristo os dio comida en grupos de cien y cincuenta hambrientos. Su bendita palabra no dijo grupos de noventa o de dos», y también: «Clávate en ella con Jesús con siete clavos y siete golpes». El número siete no podía ser casual —a esas alturas lo teníamos bastante claro—, pero ¿y el número cien, el cincuenta, el noventa y el dos?

Aquella noche no pudimos adelantar mucho. Estábamos tan cansados que apenas podíamos mantener los ojos abiertos. Así que nos fuimos a la cama, convencidos de que, unas cuantas horas de sueño, obrarían maravillas sobre nuestras capacidades intelectuales.

Pero el día siguiente tampoco obtuvimos buenos resultados. Volvimos el texto del revés, lo analizamos palabra por palabra, y, a excepción de las frases primera y

32. Mc. 6, 40.

última, las que venían remarcadas por un borde de color rojo, nada en el cuerpo de la plegaria aludía directamente a las pruebas de los staurofílakes. A última hora de la tarde, sin embargo, averiguamos un dato que sólo entenebreció más las pocas ideas que se nos habían ocurrido: la frase «Cristo os dio comida en grupos de cien y cincuenta hambrientos» no tenía otro sentido que la referencia al pasaje evangélico de la multiplicación de los panes y los peces, en el cual el evangelista Marcos decía textualmente que la multitud «se acomodó en grupos de cien y de cincuenta».[32] O sea, que nos habíamos quedado otra vez con las manos vacías.

El despacho que nos había proporcionado la delegación pronto se quedó pequeño. Los libros de consulta que nos traían de la Escuela Bíblica, las notas, los diccionarios, las hojas impresas de material extraído de Internet, fueron *peccata minuta* en comparación con los paneles que empezamos a utilizar durante el siguiente fin de semana. Farag pensó que quizá veríamos algo —o veríamos más— si trabajábamos sobre una fotografía en formato grande de la oración. El capitán procedió a escanear la imagen del folleto dotándola de la máxima definición, y luego, como hizo con la silueta en papel de Abi-Ruj Iyasus, empezó a imprimir hojas que adhirió sobre una lámina de cartón de las mismas dimensiones que la tabla original. Luego, aquella reproducción fue colocada sobre un trípode de patas largas que ya no cupo en el despacho. Así que el domingo nos trasladamos con todos nuestros enseres a otra estancia más amplia en la que, además, disponíamos de una pizarra grande sobre la que dibujar esquemas o analizar oraciones.

El domingo por la tarde, abandoné a su suerte a mis desgraciados compañeros —la desesperación empezaba a hacer mella en nuestro ánimo— y me dirigí, yo sola, hasta la iglesia de los Franciscanos en la Ciudad Vieja de

Jerusalén. Mi hermano Pierantonio celebraba misa todos los domingos a las seis, y yo no podía perderme algo tan especial estando allí (entre otras cosas porque mi madre me hubiera matado). Como la iglesia de los Franciscanos estaba adosada a los muros de la basílica del Santo Sepulcro, una vez que abandoné el coche de la delegación fuera de las murallas, caminé siguiendo la misma ruta del primer día. Necesitaba pasear tranquilamente, reencontrarme conmigo misma y ¿qué mejor sitio que Jerusalén? Me sentía una auténtica privilegiada por recibir codazos y empujones a lo largo de la Vía Dolorosa.

Según las indicaciones que me había dado Pierantonio por teléfono, la iglesia de los Franciscanos quedaba justo en el lado opuesto a la entrada de la basílica, de modo que no llegué hasta la plaza, sino que me desvié hacia la derecha un par de callejuelas antes. Di un extraño rodeo, completamente sola, para llegar a mi destino.

Escuché misa con devoción y recibí la comunión de manos de Pierantonio, con el que me fui de paseo al finalizar. Hablamos mucho; pude contarle detalladamente toda la historia de los robos de *Ligna Crucis* y los staurofílakes. Y, cuando ya anochecía, se ofreció a acompañarme hasta la delegación apostólica. Regresamos sobre nuestros pasos —vi la Cúpula de la Roca, la mezquita de Al-Aqsa, y muchas otras cosas más— y nos detuvimos en la plaza de la basílica del Santo Sepulcro, atraídos por una pequeña multitud que se congregaba junto a la puerta disparando fotografías y grabando con cámaras de vídeo la clausura de las puertas por ese día.

—¡Es increíble! ¡A la gente le llama la atención cualquier cosa! —ironizó mi hermano—. ¿Y tú, turista? ¿También quieres verlo?

—Eres muy amable —respondí con sarcasmo—, pero no, gracias.

Sin embargo, di un paso en aquella dirección. Supongo que no podía sustraerme al encanto de un anochecer en el corazón cristiano de Jerusalén.

—Por cierto, Ottavia, hay algo que quería comentarte y no había encontrado el momento de hacerlo.

Como en una atracción circense, un hombrecillo menudo, subido a una altísima escalera apoyada contra las puertas, estaba siendo iluminado por los focos y los destellos de las cámaras fotográficas. El hombre se afanaba con la sólida cerradura de hierro.

—Por favor, Pierantonio, no me digas que tienes más asuntos turbios que contarme.

—No, si no tiene nada que ver conmigo. Es sobre Farag.

Me giré bruscamente hacia él. El hombrecillo empezaba a descender por la escalera.

—¿Qué pasa con Farag?

—A decir verdad —empezó mi hermano—, con Farag no pasa nada que no pueda pasar. La que parece tener problemas eres tú.

El corazón se me paró en el pecho y noté que la sangre huía de mi cara.

—No sé de qué estás hablando, Pierantonio.

Unos gritos y un murmullo de alarma salieron del grupo de espectadores. Mi hermano se volvió rápidamente a mirar, pero yo me quedé como estaba, paralizada por las palabras de Pierantonio. Había intentado mantener a raya mis sentimientos, había hecho todo lo posible para no dejar que se traslucieran y hete aquí que Pierantonio me había pillado.

—¿Qué ha pasado, padre Longman? —oí que preguntaba mi hermano. Levanté la mirada del suelo y vi que se dirigía a otro fraile franciscano que se encontraba cerca de nosotros.

—Hola, padre Salina —le saludó el interpelado—. El Guardián de las Llaves se ha caído al bajar por la escalera. Se le ha ido el pie y se ha desplomado. Menos mal que ya estaba cerca del suelo.

Me encontraba tan entumecida por la pena y el susto que tardé unos segundos en reaccionar. Pero, gracias a Dios, mi cerebro volvió a funcionar bien, y una voz subconsciente empezó a repetirme dentro de la cabeza: «El Guardián de las Llaves, el Guardián de las Llaves». Salí de la bruma con grandes dificultades mientras Pierantonio le daba las gracias a su hermano de Orden.

—El hombre de la escalera ha dado un traspiés... Bueno, volvamos a lo nuestro. Me había prometido a mí mismo que hoy hablaría, sin falta, de este asunto contigo. En fin, que, si no me he equivocado, tienes un problema muy serio, hermanita.

—¿Qué te ha dicho exactamente ese fraile de tu Orden?

—No intentes cambiar de tema, Ottavia —me reconvino Pierantonio, muy serio.

—¡Déjate de tonterías! —le increpé—. ¿Qué te ha dicho exactamente?

Mi hermano estaba más que sorprendido por mi súbito cambio de humor.

—Que el portero de la basílica, cuando estaba bajando la escalera, ha dado un traspiés y se ha caído.

—¡No! —grité—. ¡No ha dicho portero!

Alguna luz debió hacerse de pronto en la mente de mi hermano porque el gesto de su cara cambió y vi que había comprendido.

—¡El Guardián de las Llaves! —articuló entre titubeos—. ¡El que tiene las llaves!

—¡Tengo que hablar con ese hombre! —exclamé mientras le dejaba con la palabra en la boca y me abría paso entre los turistas. Alguien que recibe el nombre de «Guardián de las Llaves» de la basílica del Santo Sepulcro de Jerusalén tiene que estar bastante relacionado con aquel «que tiene las llaves: el que abre y nadie cierra, y cierra y nadie abre». Y si no era así, pues bueno; pero había que intentarlo.

Para cuando llegué al centro del corro, el hombrecito ya se había puesto en pie y se estaba sacudiendo la suciedad de la ropa. Como otros muchos árabes que había tenido ocasión de contemplar esos días, iba en camisa y sin corbata, con el cuello abierto y las mangas dobladas, y lucía un fino bigotito sobre el labio superior. Su gesto era de enfado y de rabia contenida.

—¿Es usted al que llaman el «Guardián de las Llaves»? —le pregunté en inglés, un poco azorada.

El hombrecillo me miró con indiferencia.

—Creo que está claro, señora —repuso muy digno y, acto seguido, me dio la espalda y pasó a ocuparse de la escalera, que continuaba apoyada contra las puertas. Sentí que estaba perdiendo una oportunidad única, que no debía dejarlo escapar.

—¡Escuche! —le grité para llamar su atención—. ¡Me dijeron que preguntara *al que tiene las llaves*!

—Me parece muy bien, señora —respondió sin volverse, dando por sentado que yo era una pobre loca. Golpeó un ventanuco disimulado en una de las hojas y este se abrió.

—No lo entiende, señor —insistí, apartando a dos o tres peregrinos que se empeñaban en filmar con sus cámaras cómo la escalera desaparecía por el postigo—. Me dijeron que preguntara al que abre y nadie cierra, y cierra y nadie abre.

El hombre se quedó unos segundos en suspenso y luego se volvió y me miró fijamente. Durante un instante, me observó como el entomólogo que estudia un insecto, y luego, no pudo evitar manifestar su sorpresa:

—¿Una mujer?

—¿Acaso soy la primera?

—No —articuló, después de pensar un poco—. Hubo otras, pero no conmigo.

—Entonces ¿podemos hablar?

—Por supuesto —dijo, pellizcándose el bigote—.

Espéreme aquí mismo dentro de media hora. Si no le importa, ahora debo terminar.

Dejé que continuara su trabajo y volví con Pierantonio, que me esperaba impaciente.

—¿Era él?

—Sí. Me ha citado aquí dentro de media hora. Supongo que quiere verme sin gente alrededor.

—Bueno, pues demos un paseo.

Media hora no era mucho tiempo, pero si lo que mi hermano pretendía era volver sobre el tema de Farag, podía convertirse en una eternidad. Así que, para gastar minutos, le pedí el teléfono móvil y llamé al capitán. La Roca se mostró satisfecho por la noticia del «Guardián de las Llaves», pero también alarmado porque ni Farag ni él podrían llegar a la cita aunque salieran corriendo de la delegación. De manera que empezó a enumerar una larga lista de preguntas para hacerle al Guardián y terminó repitiéndose lamentablemente como un disco rayado, recordándome que hiciera o dijera aquello que acababa de decirme que hiciera o dijera. La verdad es que, después de cuatro días de retraso sobre nuestros planes, haber encontrado una pista tan importante era una luz en medio de la oscuridad. Ahora ya podríamos llevar a cabo la prueba de Jerusalén, fuera la que fuera, y salir hacia Atenas cuanto antes.

De este modo, hablando extensamente con el capitán, conseguí que transcurriera el plazo de tiempo sin que mi hermano tuviera ocasión de hacerme ninguna pregunta comprometida. Cuando, por fin, le devolví el móvil, Pierantonio, sonrió. Estábamos delante de su iglesia, la franciscana.

—Supongo que piensas que ya no podemos hablar sobre tu amigo Farag —me dijo, sujetándome por el codo y dirigiéndome hacia la callejuela empedrada que iba a dar a la Vía Dolorosa.

—Exactamente.

—Sólo quiero ayudarte, pequeña Ottavia. Si lo estás pasando mal, puedes contar conmigo.

—Lo estoy pasando muy mal, Pierantonio —admití, cabizbaja—, pero supongo que todos los religiosos atravesamos alguna vez una crisis de este tipo. No somos seres especiales, ni estamos a salvo de los sentimientos humanos. ¿Acaso a ti no te ha pasado nunca?

—Bueno... —murmuró, mirando en la dirección contraria a mí—. Lo cierto es que sí. Pero hace mucho tiempo de aquello y, al final, a Dios gracias, triunfó mi vocación.

—En eso confío yo, Pierantonio —hubiera querido abrazarle, pero no estábamos en Palermo—. Confío en Dios, y si Él quiere que siga Su llamada, me ayudará.

—Rezaré por ti, hermanita.

Habíamos llegado a la plaza del Santo Sepulcro y el Guardián de las Llaves me esperaba delante de la puerta, tal y como me había dicho. Me acerqué despacito y me planté a pocos pasos de él.

—Repítame la frase, por favor —me pidió amablemente.

—Me dijeron: «Pregunta al que tiene las llaves: el que abre y nadie cierra, y cierra y nadie abre».

—Muy bien, señora. Ahora escuche con atención. El mensaje que tengo para usted es el siguiente: «La séptima y la novena».

—¿«La séptima y la novena»? —repetí, desorientada—. ¿Qué séptima y qué novena? ¿De qué está hablando?

—No lo sé, señora.

—¿No lo sabe?

El hombrecillo se encogió de hombros. Hacía calor aquella noche.

—No, no señora. Yo no sé lo que significa.

—Y, entonces, qué tiene usted que ver con... con los staurofílakes?

—¿Con quién? —Arqueó las cejas y se peinó el flequillo negro con la palma de la mano—. No sé nada de todo eso, discúlpeme. Verá, mi nombre es Jacob Nusseiba. Mují Jacob Nusseiba. Nosotros, los Nusseiba, hemos sido los encargados de abrir y cerrar todos los días las puertas de la basílica del Santo Sepulcro desde el año 637, cuando el califa Omar nos las entregó. Cuando el califa entró en Jerusalén, mi familia formaba parte de su ejército. Para evitar conflictos entre los cristianos, que estaban muy enfrentados unos con otros, nos entregó las llaves a nosotros. Desde entonces, y durante trece siglos, el hijo mayor de cada generación Nusseiba ha sido el Guardián de las Llaves. En algún momento de la historia, a esta larga tradición se unió otra de carácter secreto. Cada padre le dice a su hijo en el momento de pasarle las llaves: «Cuando te pregunten si tú eres el que tiene las llaves, el que abre y nadie cierra y el que cierra y nadie abre, deberás contestar: "La séptima y la novena"». Lo memorizamos y lo decimos desde hace muchos siglos cuando alguien nos pregunta, como ha hecho usted hoy.

La séptima y la novena, de nuevo el siete y el nueve, los números de Dante, pero ¿a qué podían referirse esta vez?

—¿Desea alguna otra cosa, señora? Es tarde...

Agité suavemente la cabeza para salir de mi ensueño y miré al Mují Nusseiba. Aquel hombrecito tenía un árbol genealógico más antiguo que el de muchas casas reales europeas y, sin embargo, por su aspecto, nadie diría que no era el insignificante camarero de un café.

—¿Ha venido mucha gente como yo, preguntándole? Quiero decir...

—La entiendo, la entiendo —se apresuró a responder, haciendo un ademán con la mano para que me callara—. Mi padre me entregó las llaves hace diez años y, desde entonces, he repetido la respuesta diecinueve veces. Con usted, veinte.

—¡Veinte!

—Mi padre la repitió sesenta y siete veces. Creo que se la dijo a cinco mujeres.

La Roca me había dicho que preguntara también por Abi-Ruj Iyasus, pero el Guardián de las Llaves no me dio oportunidad de hacerlo.

—De verdad que lo siento, señora, pero tengo que irme. Me esperan en casa y es muy tarde. Espero haberle sido de ayuda. Qué Alá la proteja.

Y, diciendo esto, desapareció con paso rápido, dejándome con bastantes más interrogantes de los que tenía antes de empezar a hablar con él.

Un brazo sin cuerpo y con un móvil en la mano apareció de pronto frente a mi cara.

—¿Quieres llamar a tus compinches? —me preguntó Pierantonio.

—¿«La séptima y la novena»? —exclamó el capitán dando pasos de gigante de un lado a otro del despacho. Parecía un león enjaulado; llevaba cuatro días encerrado tecleando frases de la plegaria en el ordenador para ver si encontraba correspondencias en algún documento del mundo, y lo único que había conseguido era perderse el encuentro con el Guardián de las Llaves y perder también la poca paciencia que le quedaba escuchando la enigmática indicación que este me había dado—. ¿Está segura de que dijo «La séptima y la novena»?

—Estoy totalmente segura, capitán.

—«La séptima y la novena» —repitió Farag, pensativo—. ¿La séptima prueba y la novena, que no existe? ¿La séptima palabra y la novena de la oración? ¿La séptima y la novena estrofas del círculo de los iracundos? ¿La séptima y la novena sinfonías de Beethoven? ¿La séptima y la novena de algo que desconocemos?

—¿Cuáles son la séptima y la novena estrofas de esta cornisa en Dante?

—Pero ¿no le dije que el cuarto círculo no tenía nada

interesante aparte del humo? —bramó Glauser-Röist, sin detener su desesperado paseo.

Farag cogió de la mesa el ejemplar de la *Divina Comedia* y empezó a buscar el Canto XVI del *Purgatorio*. El capitán le observó con desprecio.

—¿Es que nadie me hace caso? —se lamentó.

—La séptima estrofa del decimosexto Canto —dijo Farag—, del verso 19 al 21, dice así:

> *Agnus Dei, era, pues, como empezaban*
> *todos a un tiempo, y en un tono tan igual*
> *que en completa concordia parecían.*

—¿De qué habla Dante? —quise saber.

—De las almas que se acercan a Virgilio y a él. Como no las pueden ver venir porque están cegados por el humo, saben que se aproximan porque las escuchan cantar el *Agnus Dei*.

—¿El *Agnus Dei*? —voceó la Roca.

—Lo que rezamos durante la Misa mientras el sacerdote parte el Pan: «Cordero de Dios, que quitas el pecado del mundo, ten piedad de nosotros».

—¡Ya les dije que esas estrofas no tenían nada que ver!

Farag bajó de nuevo los ojos al libro:

—La estrofa novena del mismo Canto dice:

> *¿Quién eres tú que cortas nuestro humo,*
> *y de nosotros hablas como si*
> *aún midieses el tiempo por calendas?*

—Las almas se sorprenden de encontrar a alguien vivo en su cornisa —deduje—. Nada interesante.

—No, desde luego —estimó Farag, revisando las estrofas.

Glauser-Röist soltó un bufido de impaciencia.

—¡Ya lo dije! Aquí, lo único importante es el humo y el humo es esta maldita plegaria que no nos deja ver nada.

—¿Qué otras opciones mencionaste, Farag?

—¿Qué opciones?

—Cuando dijiste que la séptima y la novena podían ser estrofas del Canto XVI, también señalaste otras posibilidades.

—¡Ah, sí! Comenté que podían ser las pruebas que estamos realizando, pero, como sólo son siete, esta alternativa queda eliminada. Tampoco creo que se trate de las sinfonías de Beethoven, ¿no? ¡Y bueno, también dije que podían ser la séptima y la novena palabra de la plegaria del padre Stephanos!

—Eso suena bien —declaré, poniéndome en pie y acercándome a la fotografía del panel que reproducía el texto a tamaño natural. Después de cuatro días de trabajar intensamente sobre aquella oración, la había memorizado y no necesitaba mirarla para saber lo que decía: «Tú que has superado la soberbia y la envidia, supera ahora la ira con paciencia. Igual que la planta crece impetuosa por voluntad del sol, implora a Dios que su luz divina caiga sobre ti desde el cielo. Dice Cristo: no tengas otro miedo sino el temor de los pecados. Cristo os dio comida en grupos de cien y cincuenta hambrientos. Su bendita palabra no dijo grupos de noventa o de dos. Confía, pues, en la justicia como los atenienses y no temas a la tumba. Ten fe en Cristo como la tuvo incluso el malvado recaudador. Tu alma, al igual que los pájaros, corre y vuela hacia Dios. No se lo impidas cometiendo pecados y llegará. Si vences al mal saldrá la luz antes del amanecer. Purifica tu alma inclinándote ante Dios como un humilde suplicante. Con ayuda de la Verdadera Cruz, golpea sin piedad tus apetitos terrenales. Clávate en ella con Jesús con siete clavos y siete golpes. Si lo haces, Cristo, en su Majestad, saldrá a recibirte a la dulce puerta. Que tu paciencia se vea colmada por esta oración. Amén». Suspiré... De una cosa no cabía la menor duda: como había dicho Glauser-Röist, era una auténtica cortina de humo.

—Coge el rotulador, Ottavia —me pidió Farag desde su asiento—. Se me está ocurriendo algo.

Le obedecí prestamente porque, cuando Farag tenía una idea, siempre era una buena idea. De modo que, enarbolando el grueso rotulador negro en la mano derecha, me quedé inmóvil como una alumna diligente, a la espera de que el profesor empezara a compartir su sabiduría.

—Bien, supongamos que las dos frases que están escritas a dos tintas tienen, por sí mismas, un significado especial.

—Eso ya lo hemos estudiado varias veces durante esta semana —desaprobó hoscamente la Roca.

—«Tú que has superado la soberbia y la envidia, supera ahora la ira con paciencia.» No cabe duda de que este primer enunciado es una llamada de atención. El aspirante a staurofílax llega hasta la cripta del Santo Sepulcro y, cuando se encuentra frente a los relicarios, descubre la tabla con esa frase que le avisa de que lo que viene a continuación es parte de la prueba que debe superar.

—Lo que no entiendo —murmuré— es cómo los staurofílakes que llegan a Jerusalén pueden averiguar la existencia de esa bóveda secreta y cómo consiguen entrar en ella.

—¿Cuánto tiempo hace que empezamos con las pruebas? —preguntó de pronto la Roca, deteniendo su paseo y apoyándose en el respaldo de su sillón.

—Hace exactamente dos semanas —le respondí—. El domingo, 14 de mayo. Ese día yo estaba en Palermo en el funeral de mi padre y de mi hermano cuando Farag y usted me llamaron por teléfono. Hoy es 28 de mayo, y domingo, de modo que han pasado dos semanas justas.

—Dos semanas, ¿eh? Bueno, pues suponga que, en

lugar de desplazarnos de una ciudad a otra en helicóptero o avión, en lugar de disponer de ordenadores y de Internet, de contar con la inestimable ayuda de sus amplios conocimientos y de los conocimientos de otros que, en sus respectivas ciudades, nos están ayudando, suponga, digo, que uno sólo de nosotros hubiera tenido que hacer todos los desplazamientos a pie o a caballo y averiguar lo de Santa Lucía o lo de Pitágoras. ¿Cuánto cree que hubiera tardado?

—No es lo mismo, Kaspar —protestó el profesor—. Piense que lo que para nosotros son conocimientos históricos desfasados, para alguien de los siglos XII a XVIII eran los contenidos normales de sus estudios. La educación estaba encaminada a conseguir la plenitud, a lograr que una persona fuera, a la vez, pintor, escultor, poeta, arquitecto, astrónomo, músico, matemático, atleta, juglar... ¡Todo al mismo tiempo! Ciencia y arte no estaban separados como lo están ahora. Recuerde a Hildegarda de Bingen, a León Batista Alberti, a Trótula Ruggiero o a Leonardo da Vinci. Cualquier aspirante medieval o renacentista a staurofílax, como Dante Alighieri, estudiaba desde pequeño todas estas cosas que nosotros tenemos que rescatar del baúl de los recuerdos. Dante también era médico, ¿lo sabía?

—Bueno, pero Abi-Ruj Iyasus —objeté—, por mencionar el único caso actual que conocemos, no recibió esa educación clásica de la que hablas. En realidad, no creo que recibiera ningún tipo de educación.

—¿Y cómo estás tan segura?

—Bueno, no lo estoy, pero, siendo de Etiopía, un país en el que la gente se muere de hambre y en el que más de la mitad de la población vive en campos de refugiados...

—No te equivoques, Ottavia —me contradijo Farag—. Etiopía es uno de los países con una historia, una tradición y una cultura que ya las quisieran para sí Europa y América. Antes de atravesar esta catastrófica situación que vive ahora, Etiopía, o Abisinia, fue rica, fuerte, poderosa y, sobre todo, culta, muy culta. Lo que pasa es que las imágenes que nos ofrece hoy día la televisión nos hacen pensar en un país miserable que se pierde en algún lugar remoto de África, pero piensa que la reina de Saba era etíope y que la casa real de ese país se consideraba descendiente del rey Salomón.

—¡Por favor, profesor! —atajó la Roca, de malos modos—. ¡No nos desviemos del asunto! Yo les hice una simple pregunta y ustedes no me han contestado. ¿Cuánto tiempo tardaría en realizar estas pruebas uno solo de nosotros sin contar con ayuda?

—Meses probablemente —le respondí—. Años incluso.

—¡Pues a eso me refiero! Los aspirantes a staurofílakes no tienen prisa. Van de una ciudad a otra, de una prueba a otra disponiendo de todo el tiempo del mundo. Estudian, preguntan, utilizan el cerebro... Si llegan a Jerusalén, lo lógico es que vivan varios meses en esta ciudad hasta...

—Hasta perder la paciencia, que es de lo que se trata —apuntó Farag, con una sonrisa.

—¡Exacto! Pero nosotros no tenemos ese tiempo. En dos semanas hemos completado el Antepurgatorio y los dos primeros círculos.

—Y, con un poco de suerte, Kaspar, si esta noche seguimos trabajando, en unos pocos días habremos resuelto la primera parte del tercer círculo.

Las palabras de Farag sonaron como una llamada de atención, así que yo sujeté de nuevo con fuerza el rotulador y él continuó:

—Estaba diciendo, antes de esta agradable charla, que cuando el aspirante a staurofílax llega hasta la cripta de la Vera Cruz, se encuentra con esa tabla que luce el Crismón constantineano y un par de frases en rojo que llaman su atención, indicándole, la primera de ellas, que se halla, por fin, en la prueba del pecado de la ira y que debe ser paciente para resolverla, muy paciente, ya que la paciencia es la virtud teologal opuesta al pecado capital de la ira. Y la última frase, la que dice «Que tu paciencia se vea colmada por esta oración», le advierte que debe buscar la solución en la propia plegaria, pues ella colmará su búsqueda. De modo que, eliminando las dos frases en rojo, nos queda el cuerpo en negro, y creo que es ahí donde debemos buscar «La séptima y la novena».

—Entonces ¿la séptima y la novena palabras? —pregunté, volviéndome hacia la fotografía.

—Vamos a intentarlo, a falta de otra idea mejor —y Farag miró a la Roca, que no hizo el menor movimiento.

—La séptima palabra es «οταν», *cuando* —dije, encerrándola con un trazo ovalado—, y la novena «ελιος», *sol*.

—*Hótan hó hélios...* —pronunció Boswell con satisfacción—. *Cuando el sol...* ¡Creo que hemos acertado, *Basíleia*! Al menos, tiene sentido.

—No cante victoria tan pronto —le reprendió Glauser-Röist—. Puede haber sonado la flauta por casualidad. Además, esas palabras no coinciden con las de la traducción.

—Ninguna traducción puede coincidir nunca, Kaspar. Pero esas palabras sí concuerdan con la traslación literal, que, en esta primera frase sería «Igual que la planta prospera impetuosa cuando quiere el sol».

—Bueno, suponiendo que sean la séptima y la novena palabra de cada frase —anuncié, para impedir que volvieran a enzarzarse en una discusión—, las siguientes son «κατεδυ» y «εκ», *ponerse* y *desde*.

—¡Ahí tiene la prueba, Kaspar! *Hótan hó hélios katédi ek...* O, lo que es lo mismo, *Cuando el sol se ponga desde...* Es la expresión griega para decir *al anochecer*. ¿Qué les parece?

Yo seguí contando palabras y rodeándolas por círculos hasta que el mensaje completo quedó extraído y destacado del texto de la plegaria:

—«Cuando el sol se ponga —leí textualmente al finalizar— desde el de los cien y noventa dos atenienses tumba hasta el recaudador. Corre y llega antes de amanecer. Como suplicante golpea los siete golpes a la puerta.»

—¡Tiene sentido! —gritó Farag.

—¿Ah, sí? —se burló la Roca—. Pues, venga, aclárémelo, porque yo no lo veo.

Farag, de un salto, se puso a mi lado.

—Al anochecer, desde la tumba de los ciento noventa y dos atenienses hasta el recaudador. Corre y llega antes de amanecer...

—¿Por qué pones los puntos y seguidos como en la plegaria? —aduje—. Si los quitas, la frase funciona mejor.

—Es cierto. Veamos. Al anochecer, humm... Al anochecer, corre desde la tumba de los ciento noventa y dos atenienses hasta el recaudador y llega antes del amanecer. Como suplicante, llama con siete golpes a la puerta. En griego, llamar a la puerta y golpear la puerta es lo mismo.

—Creo que está muy bien. La traducción es correctísima —dije.

—¿Está segura, doctora? Porque yo no entiendo eso de correr desde los ciento noventa y dos atenienses hasta el recaudador. Si no le molesta que lo diga, claro.

—Creo que deberíamos bajar a cenar y continuar más tarde —propuso Farag—. Estamos agotados y nos vendrá bien descansar, reponer fuerzas y pasar la escoba por el cerebro hablando de otras cosas. ¿Qué les parece?

—Estoy de acuerdo —me adherí, entusiasta—. Vamos, capitán. Es hora de parar.

—Bajen ustedes —dijo la Roca—. Yo tengo cosas que hacer.

—¿Por ejemplo? —pregunté, recuperando mi chaqueta del sillón.

—Podría decirle que es asunto mío —me contestó, con tono desagradable—, pero quiero investigar sobre esos atenienses y su recaudador.

Mientras descendíamos hacia el comedor por la escalera, no pude evitar recordar todo lo que mi hermano me había contado sobre el capitán Glauser-Röist. Estuve a punto de comentárselo a Farag, pero pensé que no debía hacerlo, que ese tipo de información no debía circular o, al menos, no a través de mí. Para ciertas cosas, prefería ser una estación término que una de tránsito.

Cuando salí de mis pensamientos, sentados ya a la mesa, los ojos azul turquesa del profesor me contemplaban de tal forma que no pude sostenerle la mirada. Durante toda la cena los estuve esquivando como si quemaran, aunque intenté que mi conversación y mi voz fueran completamente normales. Debo reconocer, sin embargo, que, pese a luchar con todas mis fuerzas, aquella noche le encontré... muy guapo. Sí, ya lo he dicho. Muy atractivo. No sé cómo le caía el pelo sobre la frente, ni cómo gesticulaba, ni cómo sonreía, pero el caso es que tenía algo... ¡Vaya, que estaba guapísimo! Mientras deshacíamos el camino y volvíamos al despacho donde nos esperaba el simpático Glauser-Röist —Farag llevaba un plato para él con algo de cena—, sentí que las piernas me flaqueaban y deseé huir, volver a casa, salir corriendo y no volver a verle nunca más. Cerré los ojos en un intento desesperado por refugiarme en Dios, pero no pude.

—¿Estás bien, *Basíleia*?

—¡Quiero terminar de una vez con esta odiosa aventura y volver a Roma! —exclamé con toda mi alma.

—¡Caramba! —su voz sonaba triste—. ¡Esa respuesta era lo último que me esperaba!

Cuando entramos en el despacho, Glauser-Röist tecleaba velozmente instrucciones al ordenador.

—¿Cómo ha ido, Kaspar?

—Algo tengo... —masculló sin dejar de mirar la pantalla—. Vean esas hojas. Les va a encantar.

Cogí el puñado de papeles que descansaba en la bandeja de salida de la impresora y empecé a leer los títulos: «El túmulo de Maratón», «La ruta original del Maratón», «La carrera de Fidípides», «La ciudad de Pikermi» y, para mi sorpresa, dos páginas en griego, «*Tímbos Maratónos*» y «*Maratonas*».

—¿Qué significa todo esto? —pregunté, alarmada.

—Significa que va a tener que correr el maratón en Grecia, doctora.

—¿Cuarenta y dos kilómetros corriendo? —el tono de mi voz no podía sonar más agudo.

—En realidad, no —dijo la Roca, frunciendo la frente y apretando los labios—. Sólo treinta y nueve. He descubierto que la carrera que se corre hoy día no se corresponde con la que corrió Fidípides en el año 490 antes de nuestra era para anunciar a los atenienses la victoria sobre los persas en las llanuras de Maratón. Según explica el Comité Olímpico Internacional en una de sus páginas web, el trayecto moderno de cuarenta y dos kilómetros se estableció en 1908, en los Juegos Olímpicos de Londres, y es la distancia que existe entre el castillo de Windsor y el estadio de White City, al oeste de la ciudad, donde se celebraron los Juegos. Entre el pueblo de Maratón y la ciudad de Atenas, sólo hay treinta y nueve kilómetros.

—No quisiera ser desagradable —empezó a decir Farag, recuperando el marcado acento árabe que casi había perdido durante las últimas semanas—, pero creo que el tal Fidípides murió nada más dar la buena noticia.

—Sí, pero no por la carrera, profesor, sino por las heridas de la batalla. Al parecer, Fidípides ya había recorrido varias veces los ciento sesenta y seis kilómetros que separan Atenas de Esparta para llevar mensajes de una ciudad a otra.

—Bueno, pero, a ver... ¿Qué tiene que ver todo esto con los ciento noventa y dos atenienses?

—En Maratón existen dos tumbas gigantes, o túmulos —explicó la Roca mientras consultaba las nuevas páginas que salían de la impresora—. Esos túmulos, al parecer, contienen los cadáveres de los que murieron en la famosa batalla: seis mil cuatrocientos persas por un lado, y ciento noventa y dos atenienses por otro. Esas son, además, las cifras que menciona Heródoto. Según eso, debemos partir, al anochecer, desde el túmulo de los atenienses y llegar, antes del amanecer, a la ciudad de Atenas. Lo que sigo sin tener claro es el destino en Atenas: el recaudador.

—O sea, que la resolución de la prueba de Jerusalén es la pista de la prueba de Atenas.

—En efecto, doctora. Por eso Dante funde los dos círculos en mitad del Canto XVII.

—¿Y no van a marcarnos con la cruz?

—No se preocupe por eso. Ya lo harán.

—¡O sea, que nos vamos corriendo a Grecia! —rió Farag.

—En cuanto resolvamos lo del recaudador.

—Me lo temía —rezongué, tomando asiento y leyendo los papeles que aún conservaba en las manos. Conociendo al capitán, no iba a poder despedirme de mi hermano.

—¿Ha probado a buscar la palabra «recaudador» en griego, Kaspar?

—No. El teclado del ordenador no me deja. Tendría que bajar alguna actualización del navegador que me permitiera escribir las búsquedas en otros alfabetos.

Se afanó a la tarea durante un rato, mientras mordisqueaba la cena que le habíamos subido. Farag y yo, entretanto, leímos las páginas impresas sobre la carrera de

Maratón. Yo, que jamás hacía el menor ejercicio físico, que llevaba la vida más sedentaria del mundo y que nunca me había sentido atraída por ningún tipo de deporte, estudiaba ahora con atención los detalles de la histórica carrera que muy pronto iba a tener que afrontar. ¡Pero si no sabía correr!, me repetía, angustiada. ¡Estúpidos staurofílakes! ¿Cómo pretendían que hiciera treinta y nueve kilómetros en una noche? ¡Y a oscuras! ¿Es que creían que cualquiera podía ser Abebe Bikil?[33] Lo más probable es que muriera abandonada en alguna colina solitaria, a la fría luz de la luna, con la única compañía de animales peligrosos. ¿Y todo eso para qué? ¿Para conseguir otra bonita escarificación en mi cuerpo?

Por fin, el capitán anunció que estaba listo para introducir texto griego en los buscadores de Internet que lo admitieran, de modo que me desplacé hasta el ordenador y ocupé su puesto. Era difícil porque las letras latinas que pulsaba no se correspondían exactamente con las letras griegas virtuales que se dibujaban en la pantalla, pero, en poco tiempo, empecé a dominar los trucos y pude manejarme con bastante soltura. No tenía ni idea de lo que estaba haciendo, porque, en cuanto tecleaba καπνικαρειας *(kapnicareías)*, el capitán me quitaba del sillón y volvía a tomar las riendas del ordenador; pero, como seguía necesitándome para saber qué decían las páginas que aparecían en el monitor, acabó pareciendo que estábamos jugando al juego de las sillas.

Como el griego clásico y el bizantino presentan diferencias importantes con respecto al griego moderno, había muchas palabras, o construcciones enteras, que yo no comprendía, así que pedí ayuda a Farag y, entre los dos, intentamos traducir, aproximadamente, lo que salía en pantalla. Por fin, cerca ya de la medianoche, un

33. Atleta etíope, famoso por correr descalzo. Venció en las carreras de maratón de las olimpiadas de Roma (1960) y Tokio (1964).

buscador griego llamado *Hellas*, nos proporcionó una pista que resultó fundamental: una breve nota a pie de página (virtual) nos indicaba que no había encontrado más referencias que las que nos mostraba pero que, por similitud, tenía doce páginas más que también podíamos consultar si queríamos. Naturalmente, aceptamos. Una de reseñas afines era la página de una preciosa iglesita bizantina, situada en el corazón de Atenas, llamada Kapnikaréa. La página explicaba que la iglesia Kapnikaréa era conocida como la iglesia de la Princesa porque se atribuía su fundación a la emperatriz Irene, que reinó en Bizancio entre los años 797 y 802 de nuestra era. Sin embargo, el verdadero fundador había sido un rico recaudador de impuestos sobre bienes inmuebles que había decidido darle el nombre de su lucrativa profesión: *Kapnikaréas*, recaudador.

Origen y destino estaban ya en nuestro poder; sólo nos faltaba viajar a Grecia, a la hermosa ciudad de Atenas, cuna del pensamiento humano. Pero eso lo hicimos al día siguiente, después de que Glauser-Röist se pasara toda la noche colgado al teléfono dando instrucciones, pidiendo información y organizando los próximos días de nuestra vida con la ayuda del Santo Sínodo de la Iglesia de Grecia. Abandonábamos definitivamente el territorio que aún podía considerarse latino y católico para entrar de lleno en el mundo cristiano oriental. Si todo discurría como era de esperar, después de Atenas, la ciudad en la que superaríamos a la carrera el pecado de la pereza, visitaríamos la avara Constantinopla, la glotona Alejandría y la lujuriosa Antioquía.

El vuelo desde Tel-Aviv hasta el aeropuerto Hellinikon de Atenas en el pequeño Westwind de Alitalia duró apenas tres horas, durante las cuales trabajamos tenazmente preparando el cuarto círculo, la cuarta cornisa purgatorial que se encontraba ya a sólo medio camino de la cumbre.

Dante Alighieri, eximido por el tercer ángel de una nueva «P», camina libre del peso del pecado de la ira y se siente mucho más ligero y con ganas de hacer un montón de preguntas a su guía. Como en el círculo anterior, el contenido concreto referente a la prueba era mínimo, destinándose la mitad del Canto XVII y el Canto XVIII completo a dilucidar graves cuestiones relativas al amor. Virgilio le explica a Dante que los tres grandes círculos por los que ya han pasado —soberbia, envidia e ira— son lugares donde se purgan los pecados en los cuales se desea el mal del prójimo, pues los tres están relacionados con la alegría que produce la humillación y el dolor de los demás. Por el contrario, en los tres círculos que aún quedan sobre ellos, en las tres pequeñas cornisas superiores —avaricia, gula y lujuria—, se purgan los pecados en los que sólo se hace daño uno mismo.

> *Mi dulce padre, dime, ¿y qué pecado*
> *se purga en este círculo? Si quedos*
> *están los pies, no lo estén las palabras.*

> *Y él me dijo: «El amor del bien escaso*
> *de sus deberes, aquí se repara;*
> *aquí se arregla el remo perezoso».*

Tras esto, y mientras vagan por la cornisa, vuelven a enzarzarse en otra larga discusión sobre la naturaleza del amor y sus efectos positivos y negativos sobre los hombres y, sólo transcurridos cuarenta y cinco tercetos, después de que Virgilio zanje el argumento hablando del libre albedrío del ser humano, aparece la turba de penitentes perezosos:

y yo, que la razón abierta y llana
tenía ya después de mis preguntas,
divagaba cual hombre adormilado;

mas fue esta soñolencia interrumpida
súbitamente por gentes que a espaldas
nuestras, hacia nosotros caminaban.

[...] Enseguida llegaron, pues corriendo
aquella magna turba se movía,
y dos gritaban llorando delante:

«Corrió María apresurada al monte;[34]
y para sojuzgar Lérida, César
voló a Marsella y luego corrió a España.»

«Raudo, raudo, que el tiempo no se pierda
por poco amor —gritaban los demás—;
que el anhelo de obrar bien torne la gracia.»

Como siempre, el maestro Virgilio pregunta a las almas dónde se encuentra la abertura que da paso a la siguiente cornisa, y una de ellas que, con las demás, pasa corriendo por delante sin detenerse, les anima a que las sigan, pues, siguiéndolas, hallarán el pasaje. Pero los poetas se quedan donde están, contemplando asombrados cómo los espíritus que en vida fueron perezosos, se pierden ahora en la distancia veloces como el viento. Dante, agotado por la caminata de todo el día, se queda profundamente dormido pensando en lo que ha visto y, con este sueño que sirve de transición entre Cantos y círculos, termina la cuarta cornisa del *Purgatorio*.

En el aeropuerto Hellinikon, al que llegamos cerca

---

34. María corrió a visitar a su prima Isabel al saber que esta estaba embarazada.

de las doce del mediodía, nos esperaba el coche oficial de Su Beatitud el Arzobispo de Atenas, Christodoulos Paraskevaides, que nos condujo hasta la puerta del hotel en el que íbamos a alojarnos, el Grande Bretagne, en la mismísima Plateía Syntágmatos, junto al Parlamento griego. El viaje desde el aeropuerto fue largo y la entrada en la ciudad sorprendente. Atenas era como un viejo pueblo de grandes dimensiones que no deseaba desvelar su condición de capital histórica y europea hasta que no se descubría lo más profundo de su corazón. Sólo entonces, con el Partenón saludando al viajero desde lo alto de la Acrópolis, se caía en la cuenta de que aquella era la ciudad de la diosa Atenea, la ciudad de Pericles, Sócrates, Platón y Fidias; la ciudad amada por el emperador romano Adriano y por el poeta inglés lord Byron. Hasta el aire parecía distinto, cargado de aromas inimaginables —aromas de historia, belleza y cultura—, que tornaban invisible lo que de ajado y mustio pudiera tener Atenas.

Un portero con librea de color verde y gorra de plato nos abrió amablemente las puertas del vehículo y se ocupó de nuestros equipajes. El hotel era antiguo y espectacular, con una enorme recepción de mármoles de colores y lámparas de plata. Fuimos recibidos por el director en persona que, como si fuéramos grandes jefes de Estado, nos acompañó deferentemente hasta una sala de reuniones en la primera planta en cuya puerta nos esperaba un nutrido grupo de altos prelados ortodoxos de largas barbas e impresionantes medalleros sobre el pecho. En el interior, cómodamente sentado en un rincón, nos estaba esperando Su Beatitud Christodoulos.

Me sorprendió el buen aspecto y lozanía del Arzobispo, que no tendría más allá de sesenta años y, además, muy bien llevados. Su barba era todavía bastante oscura y su mirada simpática y afable. Se puso en pie en cuanto nos vio y se acercó a nosotros con una amplia sonrisa:

—¡Estoy encantado de recibirles en Grecia! —nos espetó a modo de saludo en un correctísimo italiano—. Deseo que conozcan nuestro profundo agradecimiento por lo que están ustedes haciendo por las Iglesias cristianas.

El Arzobispo Christodoulos, saltándose el protocolo, nos presentó él mismo al resto de los popes presentes, entre los que se encontraba buena parte del Sínodo de la Iglesia de Grecia (fui consciente de mi ignorancia para diferenciar, por las vestiduras y las medallas, los diferentes rangos ortodoxos): Su Eminencia el metropolita de Stagoi y Meteora, Serapheim (tampoco era costumbre, al parecer, mencionar el apellido cuando se ocupaba un alto puesto religioso); el metropolita de Kaisariani, Vyron e Ymittos, Daniel; el metropolita de Mesogaia y Lavreotiki, Agathonikos; Sus Eminencias los metropolitas de Megara y Salamis, de Chalkis, de Thessaliotis y Fanariofarsala, de Mitilene, Eressos y Plomarion, de... En fin, una larga lista de venerables metropolitas, archimandritas y obispos de nombres majestuosos. Si la reunión que mantuvimos en Jerusalén el día de nuestra llegada me había parecido una exageración producto de la curiosidad de los Patriarcas, la de aquella sala en el Grande Bretagne aún me parecía más desmedida. Sin pretenderlo, nos habíamos convertido en héroes.

Entre los presentes había una enorme expectación por lo que estábamos haciendo. A pesar de nuestras reiteradas negativas, el capitán Glauser-Röist se vio finalmente en la obligación de explicar las azarosas aventuras que habíamos vivido hasta entonces, omitiendo, sin embargo, todos los detalles importantes y los relativos a la hermandad de los staurofílakes. No nos fiábamos de nadie y no era una locura pensar que en aquella agradable asamblea pudiera haber algún miembro infiltrado de la secta. Tampoco explicó —y eso que se le solicitó repetidamente— el contenido de la prueba que íbamos a llevar a cabo en Atenas esa misma noche. En el avión, durante el viaje, habíamos comentado la necesidad de mantener el secreto, ya que la inocente intromisión de cualquier curioso podría dar al traste con el objetivo. Quien sí lo conocía, naturalmente, era Su Beatitud Christodoulos, y también alguna otra persona del Sínodo cercana a él, pero nadie más podía saber que al anochecer de aquel día, tres peculiares corredores con más traza de bibliotecarios que de atletas —al menos, dos de ellos—, se dejarían el sudor en el suelo ático para ganar el derecho a seguir jugándose la vida.

Fuimos invitados a una magnífica comida en un salón reservado del hotel y disfruté como una niña de la *taramosaláta*,[35] la *mousaka*,[36] la *souvlákia* con *tzatzíki* —un combinado de pequeños trozos de cerdo asado aderezados con limón, hierbas y aceite de oliva, acompañados por la famosa salsa de yogur, pepino, ajo y menta—, y del original *kléftico*.[37] Mención aparte merecían los panes griegos, incomparables, hechos con pasas, hierbas, verduras, aceitunas o quesos. Y de postre, un poco de *fréska froúta*. ¿Se podía pedir algo más? No hay cocina mejor que la mediterránea y Farag lo demostró comiendo por tres o por cuatro.

Cuando, por fin, quedamos libres de protocolos y los popes barbudos se hubieron marchado tuvimos que ponernos a trabajar a toda prisa porque aún quedaban muchas cosas que hacer. Su Beatitud Christodoulos quiso quedarse con nosotros toda la tarde, viendo cómo preparábamos la prueba y organizábamos la carrera pero, en contra de lo que pudiera parecer, la presencia de tan eminente personaje no resultó un estorbo sino todo

---

35. Puré de huevas de mújol salado y patatas.
36. Especie de lasaña formada por capas de berenjena, patata y carne picada picante cubiertas por salsa bechamel y queso gratinado.
37. Envoltorios de pergamino con pedazos de carne de cabra asada.

lo contrario, porque, en cuanto los miembros del Sínodo y los obispos de la Archidiócesis desaparecieron, Su Beatitud demostró un espíritu jovial, juvenil y deportivo que superaba con mucho al de Farag, el capitán y el mío juntos.

—¡Tengo que prepararme para los Juegos Olímpicos del 2004! —no cesaba de repetir Su Beatitud, orgulloso y encantado de que Atenas hubiera sido elegida como sede olímpica después de Sidney.

Su Beatitud nos contó que los primeros Juegos de la Era Moderna tuvieron lugar en Grecia en abril de 1896, tras más de mil quinientos años sin celebrarse. El ganador de la carrera de maratón fue un pastor griego de 23 años y de apenas un metro sesenta de estatura llamado Spyros Louis. Spyros, considerado desde entonces como un héroe nacional, recorrió la distancia que separaba la localidad de Maratón del estadio olímpico de Atenas en dos horas, cincuenta y ocho minutos y cincuenta segundos.

—Pero ¿era un corredor profesional? —pregunté, interesada. Yo tenía el íntimo convencimiento de que no iba a poder superar aquella prueba y ese convencimiento era algo más que una duda o una inseguridad. Simplemente, sabía que no podría recorrer jamás treinta y nueve kilómetros. Era empírica y cartesianamente imposible.

—¡Oh, no! —respondió Su Beatitud con una ancha sonrisa de orgullo—. Spyros participó en la carrera por pura casualidad. En aquel momento, era soldado del ejército griego y su coronel le animó a participar a última hora. Sí, es cierto que al parecer corría bien, pero no había recibido entrenamiento ni preparación. Simplemente, echó a correr por patriotismo, para que hubiera algún griego corriendo en la más importante de las carreras griegas. ¡No íbamos a dejar que ganara un extranjero!

Spyros no recibió, sin embargo, ninguna medalla de oro por su hazaña porque en aquellas primeras Olimpiadas todavía no se entregaba este galardón a los campeones. Sin embargo, obtuvo una pensión mensual de 100 dracmas para el resto de su vida y pidió, y recibió, una carreta y un caballo para trabajar en el campo.

—Pero ¿saben lo mejor de todo? —añadió orgulloso Su Beatitud—. Cuarenta años más tarde fue el abanderado de la delegación griega en la ceremonia de apertura de los Juegos Olímpicos de Berlín de 1936, y puso una corona de laurel, símbolo de la paz, en las manos de Adolf Hitler.

—Bueno, pero no era atleta, ¿verdad? —insistí.

—No, hermana, no. No era atleta.

—Pues si no era atleta y tardó casi tres horas en recorrer los treinta y nueve kilómetros de la carrera, ¿cuánto podemos tardar nosotros? —quise saber, mirando al capitán.

—No es tan sencillo, doctora.

La Roca abrió una libreta de notas del tamaño de una cartera de bolsillo y fue pasando hojas y más hojas hasta que dio con lo que buscaba.

—Hoy es 29 de mayo —empezó a explicar—, y, según los datos aportados por la Archidiócesis, el sol se pondrá en Atenas a las 20.56 horas. Mañana, 30 de mayo, el sol saldrá a las 6.02 horas. De modo que disponemos de nueve horas y seis minutos para completar la prueba.

—¡Ah, entonces sí! —exclamó Farag, lleno de entusiasmo y, era tanta su animación, que todos nos volvimos, sorprendidos, a mirarlo—. ¿Qué pasa...? ¡Es que creí que no podría realizar esta prueba!

Él, como yo, había guardado hasta ese momento su temor en secreto.

—Yo estoy segura de que no podré.

—¡Oh, venga, Ottavia! ¡Tenemos más de nueve horas!

—¿Y qué? —salté—. Yo no puedo correr durante nueve horas. A decir verdad, no creo que pueda correr ni siquiera durante nueve minutos.

La Roca volvió a pasar hojitas de su libreta.

—Las marcas masculinas de maratón están por debajo de las dos horas y siete minutos, y las femeninas un poco por encima de las dos horas y veinte.

—No podré —repetí, tozuda—. ¿Saben lo que he corrido durante los últimos años? ¡Nada! ¡Nada de nada! ¡Ni siquiera para coger el autobús!

—Voy a darles algunas indicaciones que deben seguir esta noche —continuó la Roca, haciendo oídos sordos a mis quejas—. En primer lugar, eviten cualquier exceso. No se lancen a la carrera como si realmente tuvieran que ganar una maratón. Corran suavemente, sin prisas, economicen movimientos. Zancadas cortas y uniformes, oscilación reducida de los brazos, respiración regular... Cuando tengan que subir alguna colina, háganlo sin esfuerzo, de manera eficiente, con pasos pequeños; cuando tengan que bajarla, desciendan con rapidez pero sin descontrolar el paso. Sostengan el mismo ritmo durante toda la carrera. No suban mucho las rodillas en las zancadas y procuren no inclinarse hacia delante, intenten que el cuerpo esté en ángulo recto con respecto al suelo.

—Pero ¿de qué está hablando? —gruñí.

—Estoy hablando de llegar a Kapnikaréa, ¿recuerda, doctora? ¿O prefiere volver a Roma mañana por la mañana?

—¿Saben lo que hizo Spyros Louis al llegar al kilómetro treinta? —Su Beatitud Christodoulos no estaba por la labor de presenciar una de nuestras disputas—. Como se encontraba muy cansado se detuvo, pidió un vaso grande de vino tinto y se lo bebió de un trago. Luego, inició una remontada espectacular que le hizo volar durante los últimos nueve kilómetros.

Farag soltó una carcajada.

—¡Bueno, ya sabemos lo que tenemos que hacer cuando estemos cansados! ¡Beber un buen vaso de vino!

—No creo que, hoy día, los jueces de una carrera permitan algo así —repliqué, aún enfadada con Glauser-Röist.

—¿Cómo que no? Los corredores pueden beber cualquier cosa, siempre que no den positivo en los controles antidopaje.

—Nosotros tomaremos bebidas isotónicas —anunció la Roca—. La doctora Salina, sobre todo, tendrá que hacerlo muy a menudo para recuperar iones y sales minerales. En caso contrario, sufrirá fuertes calambres en las piernas.

Mantuve la boca cerrada. Prefería mil veces el suelo al rojo vivo de Santa Lucía que aquella dichosa prueba física para la que no estaba preparada.

El capitán abrió una cartera de piel que descansaba sobre la mesa y sacó tres menudas y misteriosas cajas. En aquel momento dieron, en algún reloj cercano, las siete de la tarde.

—Pónganse estos pulsómetros —ordenó el capitán, mostrándonos a Farag y a mí unos extraños relojes—. ¿Cuántos años tiene usted, profesor?

—¡Esta sí que es buena, Kaspar! ¿Y eso a qué viene?

—Hay que programar los pulsómetros para que puedan controlar sus frecuencias cardíacas durante la carrera. Si se exceden, podrían sufrir un colapso o, lo que es peor, un ataque al corazón.

—Yo no pienso excederme —anuncié, despectiva.

—Dígame su edad, profesor, por favor —volvió a pedir la Roca, manipulando uno de los pulsómetros.

—Tengo treinta y ocho años.

—Muy bien, pues entonces habrá que restar treinta y ocho a doscientas veinte pulsaciones máximas.

—¿Y eso? —preguntó, curioso, Su Beatitud Christodoulos.

—Las pulsaciones idóneas para un varón se calculan restando su edad a la frecuencia cardíaca máxima, que es de doscientas veinte. De modo que, el profesor tendrá una frecuencia cardíaca teórica de ciento ochenta y dos pulsaciones. Si superara este número durante la carrera, podría ponerse en peligro. El pulsómetro pitará si lo hace, ¿de acuerdo, profesor?

—De acuerdo —convino Farág, poniéndose la maquinita en la muñeca.

—Dígame su edad, doctora, por favor.

Estaba esperando ese terrible momento. Me daba igual que Su Beatitud Christodoulos y la Roca la supieran, pero me molestaba sobre manera que Farag se enterara de que yo era un año mayor que él. En cualquier caso, no tenía escapatoria.

—Tengo treinta y nueve años.

—Perfecto. —La Roca ni se inmutó—. Las mujeres tienen una frecuencia cardíaca superior a los hombres. Admiten un esfuerzo mayor. De manera que, en su caso, restaremos treinta y nueve de doscientas veintiséis. Su máxima teórica son ciento ochenta y siete pulsaciones, doctora. Sin embargo, como usted lleva una vida muy sedentaria, lo programaremos al sesenta por ciento, es decir, a ciento doce. Aquí tiene su pulsómetro. Recuerde que, si pita, deberá frenar el paso inmediatamente y tranquilizarse, ¿de acuerdo?

—Por supuesto.

—Estos cálculos son aproximados. Cada persona es diferente. Según la preparación de cada uno y su constitución, los límites pueden variar. Así que no se fíen sólo del pulsómetro. Ante la menor señal incierta de sus cuerpos, deténganse y descansen. Bien, ahora vamos con las posibles lesiones.

—¿No podemos saltarnos esta parte? —pregunté, aburrida. Tenía claro que yo no me iba a lesionar, como tampoco iba a hacer que mi pulsómetro pitara. Me iba a limitar a adoptar un paso ligero, lo más ligero que pudiera, y a seguir así hasta que llegara a Atenas.

—No, doctora, no podemos saltarnos esta parte. Es importante. Antes de empezar haremos una serie de ejercicios de calentamiento y algunos estiramientos. La falta de masa muscular en las personas sedentarias es la causa principal de lesiones en los tobillos y las rodillas. En cualquier caso, tenemos la gran suerte de que todo el trayecto discurre por carreteras asfaltadas.

—¿Ah, sí? —le interrumpí—. Creí que la carrera era campo a través.

—¡Apuesto mi pulsómetro a que ya te veías morir en una colina, rodeada de vegetación y animales salvajes! —comentó Farag, aguantándose la risa.

—Pues sí. No creo que sea vergonzoso reconocerlo.

—Todo el recorrido es por carretera, doctora. Además, tampoco podemos perdernos porque hace muchos años que el gobierno griego pintó una raya azul conmemorativa a lo largo de los treinta y nueve kilómetros y, para mayor seguridad, se atraviesan varios pueblos y alguna ciudad, como tendrá ocasión de comprobar. Así que no vamos a abandonar la civilización en ningún momento.

La opción de perderme en el bosque quedaba definitivamente eliminada.

—Si en algún momento notan un fuerte pinchazo muscular que les deja sin aliento, deténganse. La prueba ha terminado para ustedes. Lo más probable es que tengan una rotura fibrilar y, si prosiguen la carrera, los daños pueden ser irreversibles. Si lo que sienten es un dolor normal, aunque intenso, palpen el músculo doloroso y, si está duro como una piedra, deténganse a descansar. Puede ser el principio de una contractura. Háganse un masaje en la dirección del músculo y, cuando puedan, lleven a cabo algunos suaves estiramientos. Si la tensión cede, continúen; si no es así, deténganse. La carrera también ha terminado. Y ahora, por favor —señaló, poniéndose en pie con gesto decidido—, cámbiense de ropa y vámonos. Tomaremos algo durante el camino. Se está haciendo tarde.

Una estrafalaria ropa deportiva me esperaba en mi habitación. No es que fuera ni más ni menos rara que cualquier chándal corriente, pero, al ponérmela, me vi tan ridícula que sentí ganas de enterrarme bajo tierra. Debo reconocer que, cuando me quité los zapatos y me puse las zapatillas blancas de deporte, la cosa mejoró. Y aún mejoró más cuando le añadí un discreto pañuelo de seda que introduje por el cuello de la sudadera. Al final, el conjunto no era demasiado patético y, sin lugar a dudas, resultaba cómodo. Durante los últimos meses no había tenido ocasión de ir a la peluquería, así que el pelo me había crecido lo suficiente como para sujetarlo con un coletero que, aunque quedaba un poco extravagante, al menos me permitía quitarme las greñas de la cara. Me puse el abrigo largo de lana por encima (más por tapar que por frío), y bajé hasta el recibidor del hotel, donde mis compañeros, el portero con librea verde y un chófer del Arzobispado me estaban esperando.

El camino hasta Maratón estuvo lleno de consejos y recomendaciones variadas de última hora. Deduje que el capitán Glauser-Röist no tenía la menor intención de esperarnos ni a Farag ni a mí y, hasta cierto punto, me pareció bien. La idea era que al menos uno de los tres consiguiera llegar a Kapnikaréa antes del amanecer. Era fundamental poder seguir con las pruebas y, para ello, al menos uno de nosotros debía llegar para conseguir la siguiente pista. Aunque ni Farag ni yo obtuviéramos nuestras cruces escarificadas, podríamos seguir colaborando con la Roca en los círculos siguientes.

Las carreteras griegas tenían un algo de camino rural. Ni el tráfico era excesivo ni la amplitud y calidad del firme eran como las de las carreteras italianas. Viajando en aquel vehículo de la Archidiócesis, daba la impresión de que hubiéramos retrocedido diez o quince años en el tiempo. Con todo, Grecia seguía siendo un país maravilloso.

La noche se nos echaba encima cuando, por fin, atravesamos las primeras calles del pueblo de Maratón. Enclavado en un valle rodeado de colinas, Maratón era, sin duda, el lugar ideal para una batalla de la Antigüedad, por su terreno llano y sus amplios espacios. El resto no lo diferenciaba de cualquier pueblo industrial y laborioso de la Europa actual. El chófer nos explicó que, durante la temporada alta, Maratón recibía un tropel de turistas, en particular, deportistas y gentes con ganas de intentar la famosa carrera. A finales de mayo, sin embargo, por allí no se veía a nadie aparte de los lugareños.

El coche se detuvo junto a la acera en un extraño paraje fuera del pueblo, junto a un montículo cubierto de hierba verde y algunas flores. Abandonamos el vehículo sin dejar de mirar el túmulo, conscientes de que aquel era el lugar donde se había producido uno de los hitos más importantes y olvidados de la historia. Si los persas hubieran ganado la batalla de Maratón, si hubieran impuesto su cultura, su religión y su política a los griegos, no existiría, probablemente, nada del mundo que conocíamos hoy. Todo sería de otra manera, ni mejor ni peor, simplemente distinto. Así que aquella lejana batalla bien podía considerarse como el dique que había permitido crecer libremente nuestra cultura. Bajo aquel túmulo estaban, al decir de Heródoto, los ciento noventa y dos atenienses que murieron para que eso fuera posible.

El chófer se despidió de nosotros y se alejó rápidamente, dejándonos solos. Yo había dejado mi abrigo en el vehículo porque hacía un tiempo estupendo.

—¿Cuánto falta, Kaspar? —preguntó Farag, que lucía un extraño modelo de camiseta de manga larga de color blanco y pantalón deportivo corto, azul claro.

Cada uno de nosotros llevaba una pequeña mochila de tela con todo lo necesario para la prueba.

—Son las ocho y media. Está a punto de oscurecer. Demos una vuelta a la colina. —El capitán era el que mejor aspecto tenía, con su magnífico chándal de color rojo y su pinta de atleta de toda la vida.

El túmulo era mucho más grande de lo que parecía a simple vista. Incluso la Roca adquirió las dimensiones de una hormiga cuando llegamos hasta el borde donde comenzaba la hierba. Como el paraje era tan solitario, nos sobresaltó la voz que, en griego moderno y cerrado, nos llamó desde el otro lado de la colina.

—¿Qué diablos ha sido eso? —bramó la Roca.

—Vayamos a ver —propuse, rodeando el túmulo.

Sentados en un banco de piedra, disfrutando del buen clima y de los últimos rayos del sol de la tarde, un grupo de ancianos, con sombreros negros y palos a modo de bastones, nos contemplaba muy divertido. Por supuesto, no entendimos nada de lo que decían, aunque tampoco parecía que fuera esa su intención. Acostumbrados a los turistas, debían pasar muy buenos ratos a costa de los que, como nosotros, llegaban hasta allí disfrazados de corredores dispuestos a emular a Spyros Louis. Las sonrisas burlonas de sus caras curtidas y arrugadas lo decían todo.

—¿Será un comité de staurofílakes? —preguntó Farag, sin dejar de mirarlos.

—Me niego a pensarlo siquiera —suspiré, pero lo cierto era que la idea ya había pasado por mi cabeza—. Nos estamos volviendo paranoicos.

—¿Lo tienen todo preparado? —preguntó el capitán mirando su reloj.

—¿Por qué tanta prisa? Todavía faltan diez minutos.

—Hagamos algunos ejercicios. Empezaremos por unos estiramientos.

A los pocos minutos de haber comenzado aquella

clase de aerobic, las farolas públicas se encendieron. La luz solar era ya tan pobre que apenas se veía nada. Los ancianos seguían observándonos haciendo comentarios jocosos que no podíamos comprender. De vez en cuando, ante alguna de nuestras posturas, estallaban en una estruendosa carcajada que requemaba peligrosamente mi humor.

—Tranquila, Ottavia. Sólo son unos viejos campesinos. Nada más.

—Cuando encontremos al actual Catón pienso decirle unas cuantas cosas sobre sus espías de las pruebas.

Los viejos volvieron a partirse de risa y yo les di la espalda, furiosa.

—Profesor, doctora... Ha llegado el momento. Recuerden que la línea azul comienza en el centro del pueblo, en el lugar donde se inició la carrera olímpica de 1896. Procuren no separarse de mí hasta entonces, ¿de acuerdo? ¿Están preparados?

—No —declaré—. Y no creo que lo esté nunca.

La Roca me miró con gesto de desprecio y Farag se interpuso rápidamente entre ambos.

—Estamos listos, Kaspar. Cuando usted diga.

Todavía permanecimos unos instantes más en silencio y sin movernos, mientras la Roca miraba fijamente su reloj de pulsera. De repente, se volvió, nos hizo una señal con la cabeza e inició una suave marcha que Farag y yo imitamos. El calentamiento no me había servido de nada; me sentía como un pato fuera del agua y cada zancada que daba era un suplicio para mis rodillas, que parecían recibir impactos de un par de toneladas. En fin, me dije con resignación, costara lo que costase había que hacer un buen papel.

Pocos minutos después llegamos al monumento olímpico donde comenzaba la raya azul del suelo. Era un simple muro de piedra blanca delante del cual, apagado, había un sólido antorchero. A partir de ese punto, la carrera comenzaba en serio. Mi reloj marcaba las nueve y cuarto de la noche, hora local. Nos adentramos en la ciudad, siguiendo la línea, y no puede evitar sentir un poco de vergüenza por lo que pensaría la gente al vernos. Pero los habitantes de Maratón no demostraron el menor interés por nosotros; debían de estar acostumbrados a contemplar toda clase de cosas.

A la salida, cuando lo que teníamos delante era la misma rectilínea carretera por la que habíamos venido en coche, el capitán apretó el paso y fue distanciándose de nosotros poco a poco. Yo, por el contrario, empecé a reducir la velocidad hasta casi detenerme. Fiel a mi plan, adopté un paso ligero que no pensaba abandonar en toda la noche. Farag se volvió a mirarme.

—¿Qué te ocurre, *Basíleia*? ¿Por qué te paras?

¿Así que volvía a llamarme *Basíleia*, eh? Desde nuestra llegada a Jerusalén sólo lo había hecho en un par de ocasiones —las había contado— y, desde luego, nunca delante de otras personas, de modo que se había convertido en una palabra clandestina, privada, sólo para mis oídos.

En ese momento mi pulsómetro pitó. Había superado las pulsaciones recomendadas. Y eso que iba despacio.

—¿Estás bien? —balbució Farag, mirándome preocupado.

—Estoy perfectamente. He hecho mis propios cálculos —le dije, deteniendo el pitido del dichoso artilugio— y, a este paso, tardaré unas seis o siete horas en llegar a Atenas.

—¿Estás segura? —preguntó, mirándome receloso.

—No, no del todo, pero una vez, hace muchos años, hice una excursión de dieciséis kilómetros y tardé cuatro horas. Es una simple regla de tres.

—Pero aquí el terreno es distinto. No te olvides de los montes que rodean Maratón. Y, además, la distancia que nos separa de Atenas es equivalente a más de dos veces dieciséis kilómetros.

Me hice una nueva composición de lugar y ya no me sentí tan segura como antes. Recordaba vagamente haber terminado medio muerta después de aquella excursión, así que el panorama no era muy halagüeño. Al mismo tiempo, deseaba con todas mis fuerzas que Farag echara a correr y se alejara de mí, pero él, por lo visto, no tenía la menor intención de dejarme sola aquella noche.

Durante los últimos siete días había forcejeado desesperadamente por concentrarme en lo que estábamos haciendo y por olvidarme de los tontos desequilibrios sentimentales. La visita a Jerusalén y el hecho de ver a Pierantonio me habían ayudado mucho. Sin embargo, notaba que esos sentimientos que me empeñaba en reprimir me producían una profunda amargura que minaba mis fuerzas. Lo que en Rávena había empezado siendo una emoción exultante que había trastornado todos mis sentidos, en Atenas se estaba convirtiendo en un amargo sufrimiento. Se puede luchar contra una enfermedad o contra el destino, pero ¿cómo luchar contra lo que fuera que me empujaba hacia ese hombre fascinante que era Farag Boswell? Así que allí estaba yo, aparentando una frágil entereza que se me venía abajo con cada nueva zancada de la carrera de Maratón.

Aunque la línea azul estaba dibujada sobre el asfalto de la carretera, nosotros, prudentemente, caminábamos por una amplia acera cubierta de árboles. Sin embargo, la acera pronto se terminó y tuvimos que empezar a caminar por el arcén. Afortunadamente, el número de coches que pasaba era cada vez menor —además, íbamos por la derecha, cosa que no debe hacerse porque seguíamos la misma dirección que los vehículos que aparecían a nuestra espalda—, así que el único peligro, si es que puede llamarse así, era la oscuridad. Todavía quedaban algunas farolas delante de algún bar de carretera cercano al pueblo o de alguna casita de los contornos, pero también se iban acabando. Entonces empecé a pensar que quizá fuera buena idea que Farag no se separara de mí.

Para cuando llegamos a la cercana ciudad de Pandeleimonas, estábamos enzarzados en una interesante conversación sobre los emperadores bizantinos y el desconocimiento general que existía en Occidente acerca de ese Imperio Romano que duró hasta el siglo XV. Mi admiración y respeto por la erudición de Farag iba en aumento. Después de una suave y larga ascensión, atravesamos las localidades de Nea Makri y Zoumberi inmersos en la charla, y tanto el tiempo como los kilómetros pasaban sin que nos diéramos cuenta. Jamás me había sentido tan feliz, jamás había tenido la mente tan despierta y motivada, lista para saltar ante el menor reto intelectual, jamás había llegado, en una conversación, tan lejos ni tan profundamente como entonces. En el dormido pueblo de Agios Andreas, tres horas después de iniciar la carrera, Boswell empezó a hablarme de su trabajo en el museo. La noche estaba siendo tan mágica, tan especial y tan bonita que ni siquiera sentía el frío que caía sin piedad sobre los campos oscuros que nos rodeaban. Y de nada servía la pobre luz de la luna menguante, que apenas llegaba hasta la tierra. Sin embargo, no estaba preocupada ni asustada; caminaba totalmente absorta en las palabras de Farag que, mientras alumbraba el suelo frente a nosotros con la linterna, me hablaba apasionadamente de los textos gnósticos en escritura copta encontrados en la antigua Nag Hammadi, en el Alto Egipto. Llevaba varios años trabajando sobre ellos, localizando las fuentes griegas del siglo II en los que estaban basados y cotejando fragmento por fragmento con otros escritos conocidos de escritores coptos gnósticos.

Compartíamos una intensa pasión por nuestros respectivos trabajos, así como un amor profundo por la Antigüedad y sus secretos. Nos sentíamos llamados a desvelarlos, a descubrir lo que, por abandono o beneficio, se había perdido a lo largo de los siglos. Él, sin embargo, no compartía ciertos matices de mi enfoque católico, pero tampoco yo podía estar de acuerdo con esos postulados que profesaba sobre un pintoresco origen gnóstico del cristianismo. Es cierto que se desconocía casi todo lo relativo a los primeros tres siglos de vida de nuestra religión; es cierto también que esas grandes lagunas habían sido rellenadas interesadamente con falsas documentaciones o testimonios manipulados; es cierto que incluso los Evangelios habían sido retocados durante esos primeros siglos para adaptarlos a las corrientes dominantes dentro la Iglesia naciente, haciendo que Jesús incurriera en terribles contradicciones o absurdos que, a costa de oírlos toda la vida, habían terminado por pasarnos desapercibidos; pero lo que yo no podía aceptar de ninguna manera era que todo eso tuviera que salir a la luz pública, que se abrieran las puertas del Vaticano a cualquier estudioso que, como él, no tuviera la fe necesaria para dar un sentido correcto a lo que se pudiera descubrir. Farag me llamó reaccionaria, me llamó retrógrada y no me acusó de usurpadora del patrimonio de la humanidad por puro milagro, pero poco le faltó. Sin embargo, no lo hizo con acritud. La noche pasaba ligera como el viento porque nos reíamos sin parar, nos atacábamos desde nuestros respectivos fortines ideológicos con una mezcla de ternura y afecto que quitaba cualquier hierro a lo que pudiéramos decirnos. Y así, las horas seguían pasando imperceptiblemente.

Mati, Limanaki, Rafina... Estábamos a punto de llegar a Pikermi, el pueblo que marcaba el centro exacto de la carrera de maratón. Ya no había tráfico por la estrecha carretera, ni tampoco rastros del capitán Glauser-Röist. Yo empezaba a sentir un gran cansancio en las piernas y un suave dolor en la parte posterior, en los gemelos, pero me negaba a reconocerlo; además, los pies me ardían dentro de las zapatillas de deporte y, poco después, durante una parada forzosa, descubrí un par de enormes rozaduras que se fueron convirtiendo en llagas a lo largo de la noche.

Seguimos andando una hora más, dos horas más... Y no nos dimos cuenta de que cada vez caminábamos más despacio, de que habíamos convertido la noche en un largo paseo en el cual el tiempo no contaba. Atravesamos Pikermi —cuyas calles estaban cubiertas por una tupida red de cables de luz y teléfono que saltaban de un viejo poste de madera a otro—, dejamos atrás Spata, Palini, Stavros, Paraskevi... Y el reloj seguía imperturbable su marcha sin que cayéramos en la cuenta de que no íbamos a llegar a Atenas antes del amanecer. Estábamos embobados, borrachos de palabras, y no nos enterábamos de nada que no fuera nuestro propio diálogo.

Después de Paraskevi la carretera dibujaba una larga curva hacia la izquierda, curva que abrazaba un frondoso bosque de pinos altísimos, y fue allí precisamente, a unos diez kilómetros de Atenas, cuando el pulsómetro de Farag se disparó.

—¿Estás cansado? —le pregunté, inquieta. No le veía bien la cara, que para mí era apenas un esbozo.

No hubo respuesta.

—¿Farag? —insistí. La maquinita seguía emitiendo la insufrible señal de alarma que, en el silencio que nos rodeaba, sonaba como una sirena de bomberos.

—Tengo algo que decirte... —murmuró, misterioso.

—Pues para ese ruido y dime de qué se trata.

—No puedo...

—¿Cómo que no puedes? —me sorprendí—. Sólo tienes que pulsar el botoncito naranja.

—Quiero decir... —estaba tartamudeando—. Lo que quiero decir...

Le sujeté por la muñeca y detuve el reclamo. De repente me di cuenta de que algo había cambiado. Una vocecita ahogada me avisó de que pisábamos territorio peligroso y me di cuenta de que no quería saber lo que me iba a decir. Permanecí en silencio, muda como una muerta.

—Lo que tengo que...

El pulsómetro volvió a dispararse, pero, esta vez, él mismo lo apagó.

—No puedo decírtelo porque hay tantos impedimentos, tantos obstáculos... —yo contuve la respiración—. Ayúdame, Ottavia.

No me salía la voz. Intenté detenerle, pero me ahogaba. Ahora fue mi odioso pulsómetro el que empezó a sonar. Aquello parecía una sinfonía de pitidos. Lo paré con un esfuerzo sobrehumano y Farag sonrió.

—Sabes lo que intento decirte, ¿verdad?

Mis labios se negaban a abrirse. Lo único que fui capaz de hacer fue desabrochar el pulsómetro de mi muñeca y quitármelo. De no haberlo hecho, se hubiera estado disparando continuamente. Farag, sin dejar de sonreír, me imitó.

—Has tenido una buena idea —dijo—. Yo... Verás, *Basíleia*, esto es muy difícil para mí. En mis anteriores relaciones nunca tuve que... Las cosas funcionaban de otra manera. Pero, contigo... ¡Dios, qué complicado! ¿Por qué no puede ser más sencillo? ¡Tú sabes lo que trato de decirte, *Basíleia*! ¡Ayúdame!

—No puedo ayudarte, Farag —repuse con una voz de ultratumba que incluso a mí me sorprendió.

—Ya, ya...

No volvió a decir nada más, ni yo tampoco. El silencio cayó sobre nosotros y así seguimos hasta que llegamos a Holargos, un pequeño pueblecito que, por sus altos y modernos edificios, anunciaba la cercanía de Atenas.

Creo que nunca he vivido momentos tan amargos y difíciles. La presencia de Dios me impedía aceptar aquella especie de declaración que había intentado hacer Farag, pero mis sentimientos, increíblemente fuertes hacia aquel hombre tan maravilloso, me desgarraban por dentro. Lo peor no era reconocer que le amaba; lo peor era que él también me quería. ¡Hubiera sido tan fácil de haber podido! Pero yo no era libre.

Una exclamación me sobresaltó.

—¡Ottavia! ¡Son las cinco y cuarto de la mañana!

Por un momento no comprendí lo que me estaba diciendo. ¿Las cinco y cuarto? Pues bueno, ¿y qué? Pero, de repente, la luz se hizo en mi cerebro. ¡Las cinco y cuarto! ¡No podríamos llegar a Atenas antes de las seis! ¡Estábamos, por lo menos, a cuatro kilómetros!

—¡Dios mío! —grité—. ¿Qué vamos a hacer?

—¡Correr!

Me cogió de la mano y tiró de mí como un loco, iniciando una carrera salvaje que se detuvo por la fuerza a los pocos metros.

—¡No puedo, Farag! —gemí, dejándome caer sobre la carretera—. Estoy demasiado cansada.

—¡Escúchame, Ottavia! ¡Ponte de pie y corre!

El tono de su voz era autoritario, en absoluto compasivo o cariñoso.

—Me duele mucho la pierna derecha. Debo haberme lastimado algún músculo. No puedo seguirte, Farag. Vete. Corre tú. Yo iré después.

Se agachó hasta ponerse a mi altura y, cogiéndome bruscamente por los hombros, me zarandeó y me clavó la mirada.

—Si no te pones en pie ahora mismo y echas a correr hacia Atenas, voy a decirte lo que antes no te pude decir. Y, si lo hago —se inclinó suavemente hacia mí, de manera que sus labios quedaban a escasos milímetros de mi boca—, te lo diré de tal manera que no podrás volver a sentirte monja durante el resto de tu vida. Elige. Si llegas a Atenas conmigo, no insistiré nunca más.

Sentí unas ganas horribles de llorar, de esconder la cabeza contra su pecho y borrar esas cosas espantosas que acababa de decirme. Él sabía que yo le amaba y, por eso, me daba a elegir entre su amor o mi vocación. Si yo corría, le perdería para siempre; si me quedaba allí, tirada en el asfalto de la carretera, él me besaría y me haría olvidar que había entregado mi vida a Dios. Sentí la angustia más profunda, la pena más negra. Hubiera dado cualquier cosa por no tener que elegir, por no haber conocido nunca a Farag Boswell. Tomé aire hasta que mis pulmones estuvieron a punto de estallar, solté mis hombros de sus manos con un ligero balanceo y, haciendo un esfuerzo sobrehumano —sólo yo sé lo que me costó, y no era ni por el cansancio físico ni por las llagas de los pies—, me incorporé, arreglé mis ropas con gesto decidido y me volví a mirarle. Él seguía en la misma posición, agachado, pero ahora su mirada era infinitamente triste.

—¿Vamos? —le dije.

Me observó durante unos segundos, sin moverse, sin cambiar el gesto de la cara, y, luego, se irguió, trazó una sonrisa falsa en la boca y empezó a caminar.

—Vamos.

No recuerdo mucho de los pueblos que atravesamos, aparte de sus nombres (Halandri y Papagou), pero sé que corría mirando el reloj continuamente, intentando no sentir ni el dolor de mis piernas ni el de mi corazón. En algún momento, el frío del amanecer heló las lágrimas que resbalaban por mi cara. Entramos en Atenas, por la calle Kifissias, diez minutos antes de las seis de la mañana. Por mucho que corriéramos para llegar hasta Kapnikaréa, en el centro de la ciudad, sería imposible cumplir la prueba. Pero eso no nos detuvo, ni eso ni el punzante dolor que yo empecé a sentir en un costado y que me cortaba la respiración. Sudaba copiosamente y tenía la sensación de que iba a desmayarme de un momento a otro. Parecía, además, que tuviera cuchillas clavadas en los pies, pero seguí corriendo porque, si no lo hacía, tendría que enfrentarme con algo que no me sentía capaz de asumir. En realidad, más que correr, huía, huía de Farag y estoy segura de que él lo sabía. Se mantenía junto a mí a pesar de que hubiera podido adelantarme y, quizá, concluir con éxito la prueba de la pereza. Pero no me abandonó y yo, fiel a mi costumbre de sentirme culpable por todo, también me sentí responsable de su fracaso. Aquella hermosa noche, seguramente inolvidable, estaba terminando como una pesadilla.

No sé cuántos kilómetros tendría la gran avenida de Vassilis Sofias, pero a mí me pareció eterna. Los coches circulaban por ella mientras nosotros corríamos a la desesperada sorteando postes, farolas, papeleras, árboles, anuncios publicitarios y bancos de hierro. La hermosa capital del mundo antiguo despertaba a un nuevo día que para nosotros sólo significaba el principio del fin. Vassilis Sofias no se acababa nunca y mi reloj marcaba ya las seis de la mañana. Era demasiado tarde, pero, por mucho que mirara a derecha e izquierda, el sol no se veía por ninguna parte; continuaba siendo tan de noche como una hora antes. ¿Qué estaba pasando?

La línea azul que durante toda la noche había guiado nuestros pasos, se perdió por Vassilis Konstantinou, la travesía que, partiendo de Sofias, llevaba directamente al Estadio Olímpico. Nosotros, sin embargo, continuamos por la avenida, que terminaba en la mismísima Plateía Syntágmatos, la enorme explanada del Parlamento griego, en la misma esquina de nuestro hotel, por cuya puerta pasamos, sin detenernos, como una exhalación. Kapnikaréa se encontraba en medio de la vía Ermou, una de las arterias que nacían en el otro extremo de la plaza. En aquel momento, eran ya las seis y tres minutos.

Los pulmones y el corazón me estallaban, el dolor del costado me estaba matando. Sólo me animaba para seguir la fiel oscuridad nocturna del cielo, esa cubierta negra que no se iluminaba con ningún rayo solar. Mientras continuara de ese modo, habría esperanza. Pero nada más entrar en la peatonal calle Ermou, los músculos de mi pierna derecha decidieron que ya estaba bien de tanto correr y que había que parar. Una punzada aguda me detuvo en seco y llevé mi mano hasta el punto del dolor al tiempo que emitía un gemido. Farag se volvió, raudo como una centella y, sin mediar palabra alguna, comprendió lo que me estaba pasando. Regresó hasta donde yo me encontraba, me pasó el brazo izquierdo por debajo de los hombros y me ayudó a incorporarme. A continuación, con la respiración entrecortada, reanudamos la carrera en esta extraña posición en la cual yo avanzaba un paso con mi pierna sana y descargaba todo mi peso sobre él en el siguiente. Oscilábamos como barcos en una tormenta, pero no nos deteníamos. El reloj indicaba que eran ya las seis y cinco, pero sólo nos quedaban unos trescientos metros para llegar, porque al fondo de Ermou, como una extraña aparición incomprensible, una pequeña iglesia bizantina, medio hundida en la tierra, emergía en el centro de una reducida glorieta.

Doscientos metros... Podía oír la respiración afanosa de Farag. Mi pierna sana empezó también a resentirse de este último y supremo esfuerzo. Ciento cincuenta metros. Las seis y siete minutos. Cada vez avanzábamos más despacio. Estábamos agotados. Ciento veinticinco metros. Con un brusco impulso, Farag me alzó de nuevo y me sujetó más fuerte, cogiéndome la mano que pasaba por detrás de su cuello. Cien metros. Las seis y ocho.

—Ottavia, tienes que aguantar el dolor —farfulló sin aire; las gotas de sudor le caían a mares por la cara y el cuello—. Camina, por favor.

Kapnikaréa nos ofrecía a la vista los muros de piedra de su lado izquierdo. ¡Estábamos tan cerca! Podía ver las pequeñas cupulitas cubiertas de tejas rojas y coronadas por pequeñas cruces. Y yo sin poder respirar, sin poder correr. ¡Aquello era una tortura!

—¡Ottavia, el sol! —gritó Farag.

Ni siquiera lo busqué con la mirada, me bastó con el suave tinte azul oscuro del cielo. Aquellas tres palabras fueron el acicate que necesitaba para sacar fuerzas de donde no las tenía. Un escalofrío me recorrió entera y, al mismo tiempo, sentí tanta rabia contra el sol por fallarme de esa forma que tomé aire y me lancé contra la iglesia. Supongo que hay momentos en la vida en que la obcecación, la tozudez o el orgullo toman el control de nuestros actos y nos obligan a lanzarmos desbocados hacia la consecución de ese único objetivo que ensombrece todo lo que no sea él mismo. Imagino que el origen de esa respuesta desmandada tiene mucho que ver con el instinto de supervivencia, porque actuamos como si nos fuera la vida en ello.

Naturalmente que sentía dolor y que mi cuerpo seguía siendo un guiñapo, pero en mi cerebro se coló la idea fija de que el sol estaba saliendo y ya no pude actuar con cordura. Muy por encima de los impedimentos físicos estaba la obligación de cruzar el umbral de Kapnikaréa.

Así pues, eché a correr como no había corrido en toda la noche y Farag se puso a mi lado justo cuando, tras bajar unos escalones que nos dejaron a la altura de la iglesia, llegamos ante el precioso pórtico que protegía la puerta. Sobre ella, un impresionante mosaico bizantino de la Virgen con el Niño lanzaba destellos a la pobre luz de las farolas; sobre nuestras cabezas, un cielo de brillantes teselas doradas enmarcaba un Crismón constantineano.

—¿Llamamos? —pregunté con voz débil, poniéndome las manos en la cintura y doblándome por la mitad para poder respirar.

—¿A ti qué te parece? —exclamó Farag y, acto seguido, escuché el primero de los siete golpes que propinó furiosamente contra la recia madera. Con el último de ellos, los goznes chirriaron suavemente y la puerta se abrió.

Un joven pope ortodoxo, poseedor de una larga y poblada barba negra, apareció frente a nosotros. Con el ceño fruncido y un gesto adusto, nos dijo algo en griego moderno que no comprendimos. Ante nuestras caras desconcertadas, repitió su frase en inglés:

—La iglesia no abre hasta las ocho.

—Lo sabemos, padre, pero necesitamos entrar. Debemos purificar nuestras almas inclinándonos ante Dios como humildes suplicantes.

Miré a Farag con admiración. ¿Cómo se le habría ocurrido utilizar las palabras de la plegaria de Jerusalén? El joven pope nos examinó de los pies a la cabeza y nuestro lastimoso aspecto pareció conmoverle.

—Siendo así, pasen. Kapnikaréa es toda suya.

No me dejé engañar: aquel muchachito vestido con sotana era un staurofílax. Si hubiera puesto la mano en el fuego, con toda seguridad no me habría quemado. Farag me leyó el pensamiento.

—Por cierto, padre... —pregunté, limpiándome el sudor de la cara con la manga del chándal—. ¿Ha visto por aquí a un amigo nuestro, un corredor como nosotros, muy alto y de pelo rubio?

El cura pareció meditar. Si no hubiera sabido que era un staurofílax, a lo mejor le hubiera creído, pero, pese a ser un buen actor, no consiguió embaucarme.

—No —respondió después de pensarlo mucho—. No recuerdo a nadie de esas características. Pero, pasen, por favor. No se queden en la calle.

Desde ese instante, estábamos a su merced.

La iglesia era preciosa, una de esas maravillas que el

tiempo y la civilización respetan porque no pueden acabar con su belleza sin morir también un poco. Cientos, miles de delgados cirios amarillos ardían en su interior, permitiendo vislumbrar, al fondo, a la derecha, un bello iconostasio que refulgía como el oro.

—Les dejo rezar —dijo, mientras, distraídamente, volvía a condenar la puerta pasando los cerrojos; estábamos prisioneros—. No duden en llamarme si necesitan algo.

Pero ¿qué hubiéramos podido necesitar? Apenas terminó de pronunciar esas amables palabras, un fuerte golpe en la cabeza, propinado por la espalda, me hizo tambalearme y caer desplomada al suelo. No recuerdo nada más. Sólo siento no haber podido ver mejor Kapnikaréa.

Abrí los ojos bajo el glacial resplandor de varios tubos blancos de neón e intenté mover la cabeza porque intuí que había alguien a mi lado, pero el intenso dolor que sentía me lo impidió. Una voz amable de mujer me dijo algunas palabras incomprensibles y volví a perder el conocimiento. Algún tiempo después desperté de nuevo. Varias personas vestidas de blanco se inclinaban sobre mi cama y me examinaban meticulosamente, levantándome los flácidos párpados, tomándome el pulso y movilizándome con suavidad el cuello. Entre brumas, me di cuenta de que un tubo muy fino salía de mi brazo y llegaba hasta una bolsa de plástico llena de un líquido transparente que colgaba de un palo metálico. Pero volví a dormirme y el tiempo siguió pasando. Por fin, al cabo de varias horas, recuperé la conciencia con un sentido más auténtico de la realidad. Debían haberme administrado un montón de drogas porque me encontraba bien, sin dolor, aunque un poco mareada y con el estómago revuelto.

Sentados en unas sillas de plástico verde pegadas a la pared, dos hombres extraños me observaban patibulariamente. Al verme parpadear se pusieron en pie y se acercaron hasta la cabecera de la cama.

—¿Hermana Salina? —preguntó uno de ellos en italiano y, al fijar la vista en él, descubrí que vestía sotana y alzacuellos—. Soy el padre Cardini, Ferruccio Cardini, de la embajada vaticana, y mi acompañante es Su Eminencia del archimandrita Theologos Apostolidis, secretario del Sínodo Permanente de la Iglesia de Grecia. ¿Cómo se encuentra?

—Como si me hubieran golpeado con un mazo en la cabeza, padre. ¿Y mis compañeros, el profesor Boswell y el capitán Glauser-Röist?

—No se preocupe, están bien. Se encuentran en los cuartos inmediatos. Acabamos de verles y ya se están despertando.

—¿Qué lugar es este?

—El *nosokomio* George Gennimatas.

—¿El qué?

—El Hospital General de Atenas, hermana. Unos marineros les encontraron a última hora de la tarde en uno de los muelles de El Pireo[38] y les trajeron al hospital más cercano. Al ver su acreditación diplomática vaticana, el personal de Urgencias se puso en contacto con nosotros.

Un médico alto, moreno y con un enorme bigote turco apareció de repente retirando la cortina de plástico que hacía las funciones de puerta. Se acercó a mi cama y, mientras me tomaba el pulso y me examinaba los ojos y la lengua, se dirigió a Su Eminencia del archimandrita Theologos Apostolidis, quien, a continuación, se dirigió a mí en un correcto inglés.

—El doctor Kalogeropoulos desea saber cómo se encuentra.

38. Puerto de Atenas.

—Bien. Me encuentro bien —respondí, tratando de incorporarme. Ya no tenía el gotero enganchado al brazo.

El médico griego dijo otras palabras y tanto el padre Cardini como el archimandrita Apostolidis se volvieron y se pusieron de cara a la pared. Entonces, el doctor retiró la sábana que me cubría y pude ver que, por toda ropa, llevaba puesto un horrible camisón corto de color salmón claro que dejaba mis piernas al aire. No me extrañé al ver que tenía los pies vendados pero sí al descubrir que también tenía vendados los muslos.

—¿Qué me ha pasado? —pregunté. El padre Cardini repitió mis palabras en griego y el médico respondió con una larga conferencia.

—El doctor Kalogeropoulos dice que tanto usted como sus compañeros presentan unas heridas muy extrañas y dice que han encontrado dentro de ellas una sustancia vegetal clorofilada que no han podido identificar. Pregunta si sabe usted cómo se las han hecho porque, al parecer, les han descubierto otras similares, más antiguas, en los brazos.

—Dígale que no sé nada y que quisiera verlas, padre.

Ante mi petición, el médico retiró los vendajes poniendo muchísimo cuidado y luego, con aquellos dos sacerdotes castigados mirando hacia la pared y yo en camisón y destapada, salió del cuarto. La situación era tan violenta que no me atreví a decir ni media palabra, aunque, afortudamente, el doctor Kalogeropoulos regresó al instante con un espejo que me permitió ver las escarificaciones flexionando las piernas. Ahí estaban: una cruz decussata en la parte posterior del muslo derecho y otra, griega, en el izquierdo. Jerusalén y Atenas grabadas para siempre en mi cuerpo. Debería haberme sentido orgullosa pero, saciada mi curiosidad, mi única obsesión era ver a Farag. Lo malo fue que, en uno de los movimientos del espejo, también vi mi cara reflejada, y me quedé atónita al comprobar que no sólo tenía los ojos hundidos y la piel demacrada, sino que lucía en mi cabeza un exuberante vendaje a modo de turbante musulmán. El doctor Kalogeropoulos, viendo mi expresión de sorpresa, lanzó otra andanada de palabras.

—El doctor dice —me transmitió el padre Cardini— que sus amigos y usted han sido golpeados con algún objeto contundente y que presentan importantes contusiones en el cráneo. Por los resultados de los análisis, piensa que también consumieron alcaloides y quiere que le diga qué sustancias ingirieron.

—¿Es que este médico cree que somos drogadictos o qué?

El padre Cardini no se atrevió a rechistar.

—Dígale al médico que no hemos tomado nada y que no sabemos nada, padre. Que por mucho que nos pregunte no vamos a poder decirle más. Y ahora, si no es mucha molestia, me gustaría ver a mis compañeros.

Y, diciendo esto, me senté en el borde de la cama y bajé las piernas hasta el suelo. Las vendas de los pies me servían divinamente de zapatillas. Al verme, el doctor Kalogeropoulos dejó escapar una exclamación de enojo y, sujetándome por los brazos, intentó volver a acostarme, pero me resistí con todas mis fuerzas y no lo consiguió.

—Padre Cardini, por favor, ¿sería tan amable de decirle al doctor que quiero mi ropa y que voy a quitarme este vendaje de la cabeza?

El sacerdote católico tradujo mis palabras y se produjo un diálogo rápido y agitado.

—No puede ser, hermana. El doctor Kalogeropoulos dice que todavía no está bien y que podría sufrir un colapso.

—¡Dígale al doctor Kalogeropoulos que estoy perfectamente! ¿Conoce usted, padre, la importancia del trabajo que el profesor, el capitán y yo estamos haciendo?

—Aproximadamente, hermana.

—Pues dígale que me entregue mi ropa... ¡Ahora!

Volvió a producirse un irritado cruce de palabras y el facultativo salió de la habitación con muy malos modos. Poco después hizo acto de presencia una joven enfermera que, al entrar, dejó una bolsa de plástico a los pies de la cama sin decir ni media palabra y, luego, se acercó hasta mí y empezó a liberar mi cabeza del turbante. Sentí un inmenso alivio cuando me lo quitó, como si aquellas tiras de gasa hubieran estado comprimiéndome el cerebro. Metí los dedos entre el pelo para airearlo y rocé con las yemas una abultada y dolorosa protuberancia en la parte superior.

Todavía no había terminado de vestirme cuando se oyeron unos golpes en el dintel metálico del vano de la entrada. Yo misma retiré la cortina cuando estuve lista. Farag y el capitán, ataviados con unas batas cortas del mismo color azul desteñido que el ajado camisón hospitalario que exhibían, me miraron sorprendidos desde debajo de sus respectivos turbantes.

—¿Por qué tú estás arreglada y nosotros tenemos estas pintas? —preguntó Farag.

—Porque no sabéis hacer valer vuestra autoridad —repuse, riendo. Volver a verle me hacía sentir muy feliz; el corazón me latía a toda marcha—. ¿Estáis bien?

—Estamos perfectamente, pero esta gente se empeña en tratarnos como a niños.

—¿Quiere ver esto, doctora? —me preguntó Glauser-Röist tendiéndome el familiar pliegue de grueso papel de los staurofílakes. Lo cogí de su mano, con una sonrisa y lo abrí. Esta vez sólo había una palabra: «Αποστολειον», *Apostoleíon*.

—Volvemos a empezar, ¿eh? —dije.

—En cuanto salgamos de aquí —murmuró la Roca echando una mirada torva a su alrededor.

—Pues, entonces, será ya mañana —avisó Farag, metiendo las manos en los bolsillos de la bata—, porque son las once de la noche y no creo que, a estas horas, nos den el alta.

—¿Las once de la noche? —exclamé abriendo los ojos de par en par. Habíamos permanecido inconscientes todo el día.

—Firmaremos el alta voluntaria, o como quiera que se llame en este país —refunfuñó el capitán dirigiéndose hacia las mesas en las que se encontraba el personal sanitario.

Aproveché su ausencia para mirar con libertad a Farag. Estaba ojeroso y, como la barba le llegaba ya hasta el cuello, parecía un original anacoreta rubio del desierto. El recuerdo de lo que había pasado la noche anterior aceleraba aún más mi corazón, si eso era posible, y me hacía sentir dueña de un secreto que sólo él y yo compartíamos. Sin embargo, Farag no parecía recordar nada, su cara era de simpática indiferencia y, en lugar de hablar conmigo, se dirigió inmediatamente a mis acompañantes, dejándome con la palabra en la boca. Me quedé perpleja y preocupada, ¿acaso lo había soñado todo?

No conseguí que hablara conmigo en toda la noche, ni siquiera cuando salimos del hospital y subimos al coche de la embajada vaticana (Su Eminencia Theologos Apostolidis se despidió amablemente de nosotros en la puerta del George Gennimatas y se marchó en su propio vehículo). Así que Farag, o bien se dirigía al capitán o bien al padre Cardini, y, cuando sus ojos tropezaban con los míos, pasaban por encima de mí sin detenerse, como si yo fuera transparente. Si lo que pretendía era hacerme daño, lo estaba consiguiendo, pero no iba a dejar que aquello me destrozara, así que me encerré en el más negro mutismo hasta que llegamos al hotel y, una vez en mi habitación, como no podía sentarme cómodamente por culpa de las escarificaciones, estuve orando tendida en la cama hasta que caí rendida, cerca ya de las tres de la madrugada. Llena de angustia, le pedí a Dios que me ayudara, que me devolviera la certeza de mi vocación religiosa, la tranquila estabilidad de mi vida anterior y me refugié en Su Amor hasta que encontré la paz que necesitaba. Dormí bien, pero mi último pensamiento fue para Farag y también el primero de la mañana siguiente.

Él, sin embargo, no me miró ni una sola vez durante el desayuno, ni tampoco en el viaje hacia el aeropuerto, ni mientras subíamos al Westwind y tomábamos asiento (con mucho cuidado) en los sillones de la cabina de pasajeros que, como un viejo y cálido hogar, empezaba a ser nuestra única referencia estable. Despegamos del aeropuerto Hellinikon alrededor de las diez de la mañana e, inmediatamente, empezaron los paseos de nuestra azafata favorita con sus ofertas de comida, bebida y entretenimientos. El capitán Glauser-Röist, después de pronosticar los más terribles desenlaces para la pobre chica, que resultó llamarse Paola, nos contó, muy satisfecho, que sólo había tardado cuatro horas en recorrer la distancia entre Maratón y Kapnikaréa y que su pulsómetro no se había disparado ni una sola vez. Aunque Farag se rió y le felicitó con un apretón de manos y unos golpes afectuosos en el brazo, yo me sumí en la más completa de las miserias recordando los pitidos del pulsómetro de Farag y del mío en aquellos preciosos momentos que habíamos vivido en la silenciosa carretera de Maratón.

El vuelo entre Atenas y Estambul fue tan corto que apenas nos dio tiempo a preparar el quinto círculo purgatorial. En Constantinopla purgaríamos el pecado de la avaricia y lo haríamos, al decir del florentino, echados en el suelo:

> *Cuando en el quinto círculo hube entrado,*
> *vi por aquel a gentes que lloraban,*
> *tumbados en la tierra boca abajo.*

«Adhaesit pavimento anima mea»[39]
les oí exclamar con tan altos suspiros,
que apenas se entendían las palabras.

—¿Sólo tenemos esto para empezar? —preguntó, escéptico, Farag—. Es muy poco y Estambul es muy grande.

—También tenemos el *Apostoleíon* —le recordó Glauser-Röist, cruzando tranquilamente las piernas como si no sufriera en absoluto el dolor de las cicatrices ni esas molestas agujetas que la carrera de Maratón nos había dejado a los demás como recuerdo—. La Nunciatura vaticana en Ankara y el Patriarcado de Constantinopla están trabajando desde anoche sobre ello. Cuando llegamos al hotel, me puse en contacto con Monseñor Lewis y con el secretario del Patriarca, el padre Kallistos, quien me informó de que el *Apostoleíon* fue la famosa iglesia ortodoxa de los Santos Apóstoles que sirvió de Panteón Real a los emperadores bizantinos hasta el siglo XI. Era el templo más grande después de Santa Sofía. Hoy día, sin embargo, no queda nada de ella. Mehmet II, el conquistador turco que puso fin al imperio bizantino, ordenó su destrucción en el siglo XV.

—¿No queda nada de ella? —me escandalicé—. ¿Y qué pretenden que hagamos? ¿Excavar la ciudad en busca de sus restos arqueológicos?

—No lo sé doctora. Tendremos que investigar. Parece ser que Mehmet II, intentando emular a los emperadores, mandó construir allí mismo su propio mausoleo, la mezquita de Fatih Camii que aún sigue en funcionamiento. Del *Apostoleíon* no queda absolutamente nada. Ni una piedra. Pero habrá que esperar los informes de la Nunciatura y del Patriarcado para saber algo más.

—¿Qué les ha pedido que investiguen?

39. Salmo CXVIII (118), 25: «Mi alma está pegada al suelo».

—Todo, absolutamente todo, doctora: la historia completa de la iglesia con el mayor lujo de detalles, también la de Fatih Camii; los planos, mapas y dibujos de las reconstrucciones, nombres de los arquitectos, objetos, obras de arte, todos los libros que hablen sobre ellas, el ritual de enterramiento de los emperadores, etc. Como verá no he dejado ningún detalle al azar y estoy seguro de que tanto la Nunciatura como el Patriarcado están trabajado a fondo en el tema. El Nuncio apostólico, Monseñor Lewis, me dijo, además, que podíamos contar con la ayuda de uno de los agregados culturales de la embajada italiana, experto en arquitectura bizantina, y el Patriarcado está especialmente ansioso por colaborar con nosotros porque también ha sufrido las fechorías de los staurofílakes: lo poco que quedaba del fragmento de Vera Cruz que el emperador Constantino recibió directamente de su madre, santa Helena, desapareció hace menos de un mes de la iglesia patriarcal de San Jorge, y eso que estaban avisados. Pero el antiguamente poderoso Patriarcado de Constantinopla es hoy día tan pobre que no dispone de recursos para proteger sus reliquias. Al parecer, apenas quedan fieles ortodoxos en Estambul. El proceso de islamización ha sido tan intenso y el nacionalismo se ha vuelto tan violento que, en la actualidad, casi el ciento por ciento de la población es turca y de religión musulmana.

En ese momento, el comandante del Westwind nos comunicó por los altavoces que en menos de media hora aterrizaríamos en el Aeropuerto Internacional Atatürk de Estambul.

—Deberíamos darnos prisa con el texto de Dante —apremió Glauser-Röist, abriendo de nuevo el libro—. ¿Dónde estábamos?

—Acabábamos de empezar —le respondió Farag, ojeando a su vez su propio ejemplar de la *Divina Comedia*—. Dante estaba oyendo recitar a los espíritus de los avariciosos el primer versículo del Salmo 118: «Mi alma está pegada al suelo».

—Bueno, pues, a continuación, Virgilio pide que les indiquen dónde está la entrada que da acceso a la siguiente cornisa.

—Pero ¿a Dante le han quitado ya la marca de la frente? —le interrumpí. Me escocía un poco la cruz decussata del muslo derecho.

—No en todos los círculos Dante menciona explícitamente que los ángeles le vayan borrando las cicatrices de los pecados capitales, pero siempre señala en algún momento que, tras cada nueva subida, se siente más ligero, que camina con más facilidad y, de vez en cuando, recuerda que le han quitado alguna «P». ¿Desea conocer algún detalle más, doctora?

—No, muchas gracias. Puede seguir.

—Continúo... Los avariciosos contestan a los poetas:

Si venís libres de yacer aquí con nosotros,
y queréis pronto hallar el camino,
llevad siempre por fuera la derecha.

—Es decir —interrumpí de nuevo—, que deben ir hacia la derecha, dejando de ese lado el precipicio. —El capitán me miró y afirmó con la cabeza.

Fiel a su costumbre, el florentino se enzarzaba a continuación en una de sus largas conversaciones con alguno de los espíritus, en este caso el del papa Adriano V, calificado por la historia como un gran avaricioso. De repente, caí en la cuenta de que el poeta situaba un gran número de Santos Pontífices entre las almas del *Purgatorio*. ¿Habría igual proporción en el *Infierno*?, me pregunté. En cualquier caso, no cabía la menor duda de que la *Divina Comedia* no era, como se decía tradicionalmente, una obra que ensalzara a la Iglesia Católica; más bien, todo lo contrario.

Cuando volví a prestar atención, el capitán estaba leyendo los primeros tercetos del Canto XX, en los que Dante describe las dificultades que encuentran su maestro y él para caminar por aquella cornisa, pues el suelo está lleno de almas adheridas y llorosas:

> *Eché a andar y mi guía echó a andar por los*
> *lugares libres, siguiendo la roca,*
> *cual pegados de un muro a las almenas;*

> *pues la gente que vierte gota a gota*
> *por los ojos el mal que el mundo llena,*
> *al borde se acercaba demasiado.*

Nos saltamos completamente la parte del Canto en la que espíritus variados van cantando ejemplos de avaricia castigada: el del rey Midas, el del rico romano Craso, etc. De repente, un apocalíptico temblor sacude el suelo del quinto círculo. Dante se espanta pero Virgilio le tranquiliza: «Mientras vayas conmigo, no te asustes». El Canto XXI empezaba con la explicación de tan extraño suceso: un espíritu ha cumplido su castigo, ha sido purificado, y puede, por tanto, poner fin a su permanencia en el Purgatorio. Se trata, en esta feliz ocasión, del alma del poeta napolitano Estacio,[40] quien, consumada su penitencia, se acaba de despegar del suelo. Estacio, que no sabe con quién está hablando, explica a los visitantes que se hizo poeta por su profunda admiración al gran Virgilio y esta confesión, naturalmente, provoca la risa de Dante. Estacio se ofende, sin entender que la hilaridad del florentino está motivada por el hecho de que tiene delante a quien tanto dice haber respetado. Disuelto el enredo, el de Nápoles cae de rodillas ante Virgilio y da comienzo una larga ristra de versos admirativos.

40. Publio Papinio Estacio (50-96 n.e.).

En este punto, nuestro avión empezó a descender tan bruscamente que se me taparon por completo los oídos. La joven Paola hizo acto de presencia para suplicarnos que nos abrochásemos los cinturones y para ofrecernos, por última vez antes de aterrizar, sus exquisitas golosinas. Acepté encantada un vaso del horrible zumo envasado que traía en la bandeja para evitar, bebiendo, que la presión me destrozara los tímpanos. Estaba tan agotada y dolorida que no veía la hora de descargar el peso de mi cuerpo en alguna superficie mullida. Pero, claro, ese lujo oriental no podía permitírmelo a punto de comenzar la quinta prueba del Purgatorio. Quizá los aspirantes a staurofílax estaban mucho más solos que nosotros y no contaban con tanta ayuda, pero disponían de todo el tiempo del mundo para culminar las pruebas y eso, desde mi punto de vista en aquel momento, resultaba de lo más envidiable.

Ni siquiera tuvimos que entrar en el aeropuerto de Estambul: un vehículo con una pequeña bandera vaticana sobre uno de los faros nos recogió al pie de la escalerilla del Westwind y, precedido por dos agentes motorizados de la policía turca, abandonó las inmensas pistas cruzando una puerta lateral en la verja de seguridad. Pasando la palma de la mano por la elegante piel de la tapicería del coche, Farag se admiró de lo mucho que habíamos subido de categoría desde Siracusa.

Yo había visitado Estambul por cuestiones de trabajo —la investigación por la que, en 1992, gané mi primer Premio Getty— unos diez años atrás. Recordaba una ciudad mucho más bonita y entrañable, de modo que la visión de aquellos horribles bloques de apartamentos, semejantes a colmenas de cemento, me sobrecogió. Algo terrible le había pasado a la que fuera capital del imperio turco durante más de quinientos años. Mientras el coche discurría por las calles aledañas al Cuerno de Oro en dirección al barrio del Fhanar en el que se encontraba el Patriarcado de Constantinopla, pude ver que, donde antes había casitas de madera con hermosas celosías pintadas de colores, ahora se arremolinaban grupos de rusos que vendían baratijas y jóvenes turcos que, en lugar del tradicional bigote otomano, lucían pobladas barbas islámicas mientras comían cucuruchos de garbanzos y pistachos. Advertí también con estupor que había aumentado el número de mujeres que usaban el *türban*, el velo negro tradicional sujeto con un alfiler bajo la barbilla.

Constantinopla, la Roma imperial que consiguió sobrevivir hasta el siglo xv, fue la capital más rica y próspera de la historia antigua. Desde el palacio de Blaquerna, situado a orillas del mar de Mármara, los emperadores bizantinos gobernaron un territorio que abarcó desde España hasta el Oriente Próximo, pasando por el norte de África y los Balcanes. Se dice que en Constantinopla podían escucharse todas las lenguas del orbe y recientes excavaciones habían demostrado que, en tiempos de Justiniano y Teodora, había más de ciento sesenta casas de baños dentro de las murallas. Sin embargo, mientras yo recorría sus calles aquel día, sólo podía ver una ciudad empobrecida y de aspecto atrasado.

Si el centro del mundo católico era la Ciudad del Vaticano, espléndida en su belleza, magnificencia y riquezas, el principal centro del mundo ortodoxo era aquel humilde Patriarcado Ecuménico de Constantinopla situado en un barrio pobre y extremadamente nacionalista de los suburbios de Estambul. Las cada vez más frecuentes agresiones integristas que sufría el Patriarcado, habían obligado a levantar a su alrededor una tapia protectora que a duras penas conseguía cumplir con su función. Nadie hubiera podido imaginar jamás que, después de mil quinientos años de gloria y poder, ese sería el final de tan importante trono cristiano.

Mientras los policías turcos detenían sus motos ante

la puerta del Fhanar y se quedaban a la espera, el vehículo de la embajada atravesó el patio central y frenó al pie de la escalinata de uno de los humildes edificios que constituían el antiguo Patriarcado. Un pope de edad avanzada, que resultó ser el padre Kallistos, secretario del Patriarca, salió a recibirnos y nos acompañó hasta las dependencias de Bartolomeos I, donde, según nos dijo, varias personas nos estaban esperando desde primera hora de la mañana.

El despacho de Su Divinísima Santidad era una especie de sala de reuniones en la que la luz del sol entraba con toda su fuerza a través de los cristales de un par de grandes ventanas que daban a la iglesia patriarcal de San Jorge. El águila imperial y la corona, símbolos del antiguo poder, podían verse por todas partes: en los dibujos de las alfombras y tapices que cubrían suelos y paredes, en las hermosas tallas de las mesas y las sillas, en los cuadros y objetos de arte que abarrotaban las superficies... Su Divinísima Santidad era un hombre de estatura considerable y de unos sesenta años que se escondía con timidez detrás de una larguísima barba del color de la nieve. Vestía como un simple pope —con el hábito y el gorrito negro de los Médicis italianos— y usaba unas enormes gafas para la presbicia que parecían haberle caído sobre la nariz por casualidad. Sin embargo, de su porte emanaba tal dignidad que sentí la impresión de hallarme frente a uno de aquellos emperadores bizantinos desaparecidos para siempre.

Junto al Patriarca se hallaba el Nuncio vaticano, Monseñor John Lawrence Lewis, vestido de *clergyman*, que se acercó inmediatamente hasta nosotros para saludarnos e iniciar las presentaciones. Monseñor Lewis guardaba un parecido asombroso con el marido de la reina Isabel de Inglaterra, el duque de Edimburgo: era igual de alto y delgado, igual de ceremonioso y, por encima de todo, igual de calvo y orejudo. Le estaba mirando fascinada, intentando reprimir la risa, cuando una voz femenina me arrancó de mi espejismo:

—Ottavia, querida, ¿no te acuerdas de mí?

La desconocida que se me había acercado mientras Monseñor Lewis nos presentaba al Patriarca era una de esas mujeres que, cruzada la frontera de la mediana edad, se vuelven escandalosamente llamativas por el uso desmedido del maquillaje y las joyas. Con el pelo color castaño claro cayéndole en cascada por encima de los hombros y un elegante y ligero traje de chaqueta azul con minifalda, aquella extraña se mantenía en equilibrio sobre sus finos tacones de aguja mirándome alegremente.

—No, lo siento —dije, segura de no haberla visto en mi vida—. ¿Te conozco?

—¡Ottavia, pero si soy Doria!

—¿Doria...? —musité, confundida. Un vago recuerdo, una nube con la forma de las caras de las hermanas Sciarra, de Catania, empezó a emerger desde el fondo de mi mente—. ¿Doria Sciarra...? ¿La hermana de Concetta...?

—¡Ottavia! —exclamó contenta viendo que la reconocía y lanzándose contra mí para estrecharme fuertemente entre sus brazos (aunque llevando cuidado de no estropearse el maquillaje)—. ¿No es fantástico, Ottavia? ¡Después de tantos años! ¿Cuántos...? ¿Diez, quince...?

—Veinte —dije con desprecio.

¡Y qué cortos me parecían en esos momentos! Si había alguien en el mundo a quien no soportara esa persona era Doria Sciarra, aquella pequeña vanidosa que se empeñaba en sembrar cizaña por donde pasaba y que hacía daño a los demás sin concederle la menor importancia. Tampoco yo era plato de su gusto, así que no entendía a qué venían tantas tonterías y tantos aspavientos. Noté cómo se me nublaba el humor para el resto del día.

—¡Oh, sí! —dijo ella, soñadora. Era tan artificial y estirada como una muñeca Barbie—. ¿No es maravilloso? ¡Quién nos lo iba a decir a nosotras!, ¿verdad? —emitió unas carcajadas juveniles y cantarinas—. ¡Qué vueltas da la vida!

¡Desde luego!, pensé mirándola: aquella chica gorda y morena como un tizón, ahora exhibía un cuerpo anoréxico y un dorado pelo leonino. «Tenemos algunos problemas con los Sciarra de Catania», dijo el recuerdo de la voz de mi cuñado dentro de mi cabeza, y mi hermana Giacoma añadió: «Están invadiendo nuestros mercados y haciéndonos la guerra sucia».

—¡Cuánto siento lo de tu padre y tu hermano, Ottavia! Me lo dijo Concetta hace unas semanas. ¿Cómo está tu madre?

Estuve a punto de contestarle de malos modos, sin embargo me contuve.

—Ya te lo puedes imaginar...

—Es terrible, desde luego. No sabes lo mal que lo pasé cuando murió mi padre hace dos años. Fue espantoso.

—¿Qué haces tú aquí, Doria? —la corté, y debí utilizar un tono de voz bastante seco porque me miró sorprendida. Era la reina de la hipocresía.

—Monseñor Lewis me ha pedido que os ayude. Soy una de las agregadas culturales de la embajada de Italia en Turquía. He venido con Monseñor desde Ankara para echaros una mano.

¡Lo que me faltaba! Doria era «el experto en arquitectura bizantina» que nos había ofrecido el Nuncio y, sin lugar a dudas, estaba al tanto de nuestra misión. Genial.

—Las viejas amigas se han reencontrado, ¿eh? —dijo precisamente Monseñor, apareciendo de repente junto a nosotras—. Es una gran suerte poder contar con su amiga Doria para este trabajo, hermana Salina. ¡Hasta los propios turcos le piden consejo!

—No tanto como deberían, Monseñor —dijo Doria

con una meliflua voz de reproche—. La arquitectura bizantina es más un engorro para ellos que una maravilla digna de conservar.

Monseñor Lewis hizo oídos sordos a las incómodas palabras de Doria y, cogiéndome por el brazo, me arrastró hacia Su Divinísima Santidad Bartolomeos I, quien, viéndome llegar, me alargó la mano con el anillo pastoral para que lo besara. Hice una leve genuflexión y acerqué los labios a la joya, preguntándome cuánto tiempo tendría que soportar la presencia entre nosotros de mi *vieja amiga*. Pero aún fue mucho peor cuando, después de saludar al Patriarca, me giré para buscar con la mirada a mis compañeros y me topé con la imagen de Doria hablando en voz baja con Farag y comiéndoselo con los ojos. El muy tonto parecía no darse cuenta de la actitud carnívora de aquella arpía y respondía sonriente a sus insinuaciones. Un veneno agrio y amarillo como la bilis me llenó el estómago y el corazón.

A continuación, sentados en torno a una gran mesa rectangular en cuyo centro aparecía, taraceado, el escudo del Patriarca (una cruz griega dorada envuelta por un círculo púrpura), celebramos una reunión de trabajo que se prolongó hasta más allá de la hora de la comida. Su Santidad Bartolomeos, con un tono pausado que iba marcando inconscientemente con la mano derecha, empezó explicándonos que la iglesia de los Santos Apóstoles fue erigida por el emperador Constantino en el siglo IV con la idea de convertirla en mausoleo familiar. El emperador murió en Nicomedia en el 337 y su cuerpo fue trasladado a Constantinopla años después e inhumado en el *Apostoleíon*. Su hijo y sucesor, Constancio, llevó también a la iglesia las reliquias de san Lucas Evangelista, san Andrés Apóstol y san Timoteo. Doria le quitó la palabra al Patriarca para decir que, dos siglos después, durante el reinado de Justiniano y Teodora, el templo fue completamente reconstruido por los famosos arquitectos Isidoro de Mileto y Antemio de Talles. Como, tras su erudita intervención, no tenía nada más que añadir, el Patriarca continuó explicándonos que, hasta el siglo XI, muchos emperadores, patriarcas y obispos fueron enterrados allí y que los fieles acudían para venerar los importantes restos de los mártires, los santos y los padres de la Iglesia que poseía el templo. Tras la destrucción del *Apostoleíon*, esas reliquias peregrinaron de un sitio a otro durante siglos hasta que terminaron en la cercana iglesia patriarcal.

—Excepto, claro está —vocalizó despaciosamente Su Santidad—, las que fueron robadas por los cruzados latinos en el siglo XIII: relicarios y vasos de oro y plata con piedras preciosas, iconos, cruces imperiales, paramentos bordados con joyas, etcétera. La mayoría de ellos se encuentran hoy en Roma y en la iglesia de San Marcos de Venecia. El historiador Nicetas Chroniates afirma que los latinos profanaron también las tumbas de los emperadores.

—Por supuesto —añadió Doria, con cara de haber sido personalmente ofendida—, después de semejantes desmanes y de un terremoto ocurrido en 1328, el *Apostoleíon* tuvo que ser reconstruido de nuevo. A finales del siglo XIII el emperador Andrónico II Paleólogo ordenó su restauración, pero nunca volvió a ser lo que era. Expoliado de sus reliquias y objetos de valor, fue abandonado y olvidado hasta la Caída de Constantinopla a mediados del siglo XV. En 1461, Mehmet II ordenó su demolición y levantó en el mismo lugar su propio mausoleo, la llamada Mezquita del Conquistador o Fatih Camii.

Observé que, mientras al otro lado de la mesa el capitán iba perdiendo la paciencia por segundos, a medio camino Farag parecía encantando con la exposición de Doria, asintiendo con la cabeza cuando ella hablaba y sonriendo como un bobo cuando le miraba.

—¿Podrían comentarnos cómo era la iglesia? —preguntó la Roca para ir centrando el tema.

Doria abrió un cuaderno que tenía delante de ella y repartió a derecha e izquierda unas cuantas láminas grandes.

—La planta de la basílica era de cruz griega y tenía cinco enormes cúpulas azules, una en cada extremo de los cuatro brazos y otra más, gigantesca, en el centro. Justo debajo de esta se situaba el altar, que estaba fabricado enteramente de plata y cubierto por un baldaquino de mármol con forma piramidal. Unas filas de columnas a lo largo de los muros interiores formaban una galería en el piso superior llamada *Catechumena*, accesible sólo a través de una escalera de caracol.

—Si no queda nada del templo, ¿cómo sabe usted todo eso? —La Roca, a veces, era maravillosamente suspicaz. Me sentí en deuda con él por poner en tela de juicio los conocimientos de Doria. En ese instante, llegó hasta mis manos la primera de las láminas, que representaba una reconstrucción virtual del *Apostoleíon*, en blanco y negro, con sus cinco cúpulas y sus numerosas ventanas a lo largo y ancho de los muros.

—¡Pero, capitán...! —protestó Doria con un timbre encantadoramente gracioso—. ¡No querrá que le enumere las fuentes!

—Sí, sí quiero —rezongó Glauser-Röist.

—Bueno, pues para empezar le diré que se conservan en la actualidad dos iglesias que fueron construidas imitando al *Apostoleíon*: San Marcos de Venecia y Saint-Front, en Périgeux, Francia. Tenemos, además, las descripciones hechas por Eusebio, Philostorgio, Procopio y Teodoro Anagnostes. Disponemos también de un largo poema del siglo x llamado *Descripción del edificio de los Apóstoles*, compuesto por un tal Constantino de Rodas en honor del emperador Constantino VII Porfirogénito.

—Por cierto... —la corté en seco—, este emperador escribió un magnífico tratado sobre normas de comportamiento cortesano que fue el manual adoptado por las cortes europeas a finales de la Edad Media. ¿Lo has leído, Doria?

—No —dijo suavemente—, no he tenido oportunidad.

—Pues hazlo en cuanto puedas. Es muy interesante.

Como sospechaba, sus lustrosos conocimientos sobre Bizancio se reducían al aspecto arquitectónico. Su cultura no era tan amplia como quería darnos a entender.

—Por supuesto, Ottavia. Pero volviendo a lo que nos interesa —me ignoró por completo a partir de ese momento—, debo decirle, capitán, que dispongo de muchas más fuentes, aunque sería ocioso enumerarlas. De todos modos, si lo desea, estaré encantada de pasarle mis notas.

La Roca rechazó la oferta con un brusco monosílabo y se hundió en su asiento.

—Háblenos de su ubicación, Doria, por favor —pidió sonriente Farag, que se inclinaba sobre la mesa con las manos cruzadas, como un escolar lisonjero.

—¿De la mía? —dijo la muy idiota con una sonrisita, sin dejar de mirarle.

Farag le rió la broma muy a gusto.

—¡No, no, por supuesto! Del *Apostoleíon*.

—¡Ah, ya decía yo! —sentí ganas de levantarme y matarla, pero me contuve—. Por lo que sabemos, Constantino el Grande mandó construir su mausoleo sobre la colina más alta de la ciudad de Constantinopla. Alrededor de esta edificación circular se erigió la primitiva iglesia de los Santos Apóstoles. Luego, con los siglos, el templo fue ampliándose hasta alcanzar las mismas dimensiones que Santa Sofía y, a partir de aquí, comenzó su decadencia. Mehmet II no dejó ningún resto cuando levantó la mezquita.

—¿Podemos visitar Fatih Camii? —quiso saber la Roca.

—Naturalmente —le respondió el Patriarca—. Pero no deben molestar a los fieles musulmanes porque serían expulsados sin contemplaciones.

—¿Las mujeres también podemos entrar? —pregunté con curiosidad. No estaba yo muy versada en cuestiones islámicas.

—Sí —me contestó rápidamente Doria, con una encantadora sonrisa—, pero sólo por las zonas permitidas. Yo iré contigo, Ottavia.

Miré de reojo al capitán y él me respondió con un leve gesto de hombros que venía a significar que no podíamos evitarlo. Si quería venir, vendría.

La segunda lámina llegó hasta mis manos justo en ese momento y vi una soberbia iluminación bizantina en la cual se distinguían perfectamente los colores de las cúpulas y de los muros —dorados y rojos— tal y como debieron ser en su momento de mayor esplendor. Dentro de la iglesia, tan altos como las columnas y los muros, María y los doce Apóstoles contemplaban la Ascensión de Jesús a los cielos. No pude evitar una exclamación admirativa:

—¡Es una miniatura preciosa!

—Pues es tuya, Ottavia —repuso Doria con retintín—. Pertenece a un códice bizantino de 1162 que se encuentra en la Biblioteca Vaticana.

No valía la pena responderle; si pensaba que también iba a sentirme culpable por las rapiñas históricas de la Iglesia Católica, estaba servida.

—Recapacitemos —resolvió Glauser-Röist, echándose hacia delante en el asiento mientras se ajustaba su elegante aunque arrugada chaqueta—. Tenemos una ciudad conocida por ser la más rica y espléndida del mundo antiguo, dueña de innumerables riquezas y tesoros; en esa ciudad debemos purgar, no sabemos cómo, el pecado de la avaricia y debemos hacerlo en una iglesia que ya no existe y que estuvo dedicada a los Apóstoles. ¿Es eso?

—Exactamente eso, Kaspar —convino Farag, acicalándose la barba.

—¿Cuándo desean visitar Fatih Camii? —inquirió Monseñor Lewis.

—Inmediatamente —respondió la Roca—, salvo que la doctora y el profesor Boswell deseen saber algo más.

Ambos denegamos suavemente con la cabeza.

—Muy bien. Pues vámonos.

—¡Pero, capitán...! —¿Por qué se empeñaba Doria en utilizar ese ridículo y agudo soniquete?—. ¡Si es la hora de comer! ¿No está usted de acuerdo conmigo, profesor Boswell, en que deberíamos tomar algo antes de salir?

En serio que iba a matarla.

—Por favor, Doria, llámeme Farag.

Un mar de olas gigantescas estalló en mi interior, desmenuzándome en fragmentos microscópicos y venenosos. ¿Qué estaba pasando allí?

Arrastrando el alma, me encaminé junto al padre Kallistos hacia el comedor del Patriarcado donde un par de ancianas griegas, con las cabezas cubiertas a la turca, nos sirvieron una espléndida comida que apenas pude probar. Doria se había sentado a mi derecha, entre Farag y yo, de modo que tuve que soportar su absurda cháchara mucho más de lo que hubiera deseado. Creo que fue eso lo que me quitó el apetito, a pesar de lo cual, por no llamar la atención, comí un poco de pescado y otro poco de una mezcla de verduras rellenas y pastas picantes que me recordó bastante a la sabrosa *caponatina* siciliana. Aquella coincidencia me llevó a pensar que la comida bien podía considerarse una especie de cultura común a todos los países mediterráneos, pues por todas partes estaba encontrando los mismos ingredientes preparados de manera parecida. En el postre, el Patriarca Ecuménico devoró tres o cuatro pequeños púdines de leche tan blancos como su pelo, y todos los presentes siguieron su ejemplo menos yo, que preferí una suave cuajada de leche de oveja para aliviar mi más que segura indigestión.

Durante el café —dulce, oscuro y con muchos posos—, Doria decidió que ya era hora de soltar un rato a Farag y de entablar conversación conmigo. Mientras los hombres discutían sobre las peculiaridades de los staurofílakes y su increíble historia y organización, mi *amiga* se lanzó en picado sobre nuestros lejanos recuerdos de infancia y me sorprendió con una insaciable curiosidad por los miembros de mi familia. Parecía saber bastante acerca de ellos, pero siempre le faltaba algún detalle para completar el puzzle. Al final, aburrida de ella y de sus obsesivas preguntas, zanjé la conversación de malos modos:

—¿Cómo es posible, Doria, que viviendo en Turquía te mantengas tan informada sobre lo que hacemos los Salina de Palermo?

—Concetta me habla mucho de vosotros por teléfono.

—Pues no lo comprendo, porque entre nuestras familias existe una situación muy tensa en estos momentos.

—Bueno, Ottavia —protestó dulcemente—, nosotras no somos rencorosas. La muerte de nuestro padre nos dolió mucho, pero ya os la hemos perdonado.

¿De qué estaba hablando aquella loca?

—Perdóname, Doria, pero estás diciendo tonterías. ¿Por qué tendríais que perdonarnos a nosotros la muerte de vuestro padre?

—Concetta siempre dice que tu madre hace muy mal ocultándoos a Pierantonio, a Lucia y a ti las actividades de la familia. ¿De verdad no sabes nada, Ottavia?

Su cándida mirada y esa sonrisa sibilina que puso en los labios me indicó que, si yo no lo sabía, ella estaba dispuesta a contármelo. Me sentí tan irritada que opté por beber un largo trago de café y, no sé que tipo de asociación inconsciente de ideas hizo mi cabeza, que, cuando terminé, le solté a bocarrajo una de las habituales frases de mi madre:

—Paso largo y boca corta, Doria.[41]

—¡Vaya! —se sorprendió—. ¡Pero si sabes perfectamente de lo que estamos hablando!

La miré atónita.

—¿Pedirte que te calles es saber de lo que estamos hablando?

—¡Oh, venga, Ottavia! ¡No vengas con niñerías! ¿Cómo puedes ignorar que tu padre era un *campieri*?

¿Por qué la comprendí? No lo sé.

—¡Mi padre no era un *campieri*![42] ¡Estás insultando su memoria y el buen nombre de los Salina!

—Bueno —suspiró, resignada—. No hay nada más absurdo que un ciego que no quiere ver. De todas formas, Pierantonio conoce la verdad.

—Mira, Doria, siempre has sido muy rara, pero creo que te has vuelto definitivamente loca y no voy a consentir que insultes a mi familia.

—¿Los Salina de Palermo? —preguntó muy sonriente—. ¿Los dueños de Cinisi, la empresa de construcción más importante de Sicilia? ¿Los únicos accionistas de Chiementin, que domina en exclusiva el millonario negocio del cemento? ¿Los amos de los yacimientos de piedra de Biliemi, con la que se levantan los edificios públicos? ¿Los propietarios del paquete completo de acciones de la Financiera de Sicilia, que blanquea el dinero negro de la droga y la prostitución? ¿Los poseedores de

41. «Passu longu e vucca curta.» Lema básico de la Omertà, el código de honor de la mafia siciliana. Con esta frase los mafiosos se recuerdan entre ellos la famosa «Ley del Silencio».

42. En lenguaje de la Cosa Nostra, mafioso rural.

casi todas las tierras productivas de la isla, que controlan las flotas de camiones, las redes de distribución y la *seguridad* de los comerciantes y vendedores?... ¿Esos Salina de Palermo? ¿Esa familia?

—¡Somos empresarios!

—¡Naturalmente, querida! ¡Y nosotros, los Sciarra de Catania, también! El problema es que, en Sicilia, hay ciento ochenta y cuatro clanes mafiosos organizados en torno a dos únicas familias: los Sciarra y los Salina, la *Doble S*, como nos llaman las autoridades antimafia. Mi padre, Bernardo Sciarra, fue durante veinte años el *Don*[43] de la isla, hasta que tu padre, un *campieri* leal que jamás había dado problemas, fue adueñándose lentamente de los principales negocios y asesinando a los *capos*[44] más destacados.

—¡Estás loca, Doria! Te suplico, por el amor de Dios, que te calles.

—¿No quieres saber cómo mató tu padre al gran Bernardo Sciarra y como sometió a los *capos* y *campieris* fieles a mi familia?

—¡Cállate, Doria!

—Pues verás, utilizó el mismo método que usamos nosotros para terminar con tu padre y con tu hermano Giuseppe: un supuesto accidente de tráfico.

—¡Mi hermano tenía cuatro hijos! ¿Cómo pudisteis hacer algo así?

—¿Es que todavía no te has enterado, querida Ottavia? ¡Somos la mafia, la Cosa Nostra! ¡El mundo nos pertenece! Nuestros bisabuelos ya eran *mafiosi*. Nosotros matamos, controlamos gobiernos, colocamos bombas, disparamos con Luparas[45] y respetamos la *Omertà*.

43. Jefe más antiguo de los clanes que integran la Cosa Nostra.
44. Jefes de la mafia.
45. Escopetas de doble cañón recortado que utilizan perdigones como munición.

442

Nadie puede saltarse las reglas e ignorar la *vendetta*. Tu padre, Giuseppe Salina, la ignoró y se equivocó. ¿Y sabes lo más gracioso?

La oía mientras apretaba las mandíbulas hasta hacerme daño, mientras intentaba respirar y contener las lágrimas, mientras crispaba los músculos de la cara hasta dibujar una mueca de dolor que a ella parecía encantarle porque sonreía con esa felicidad de los niños cuando reciben un regalo. Mi vida entera se estaba desmoronando. Cerré los ojos porque me escocían y porque el nudo de la garganta me estaba ahogando. Doria era maligna, era la perversidad encarnada, pero quizá yo merecía todo aquello porque me había encerrado en un mundo de sueños para no ver la realidad. Había levantado un castillo en el aire y me había recluido en él de manera que nada pudiera herirme. Y, al final, tanto esfuerzo no había servido para nada.

—Lo más gracioso es que tu padre nunca tuvo el carácter suficiente para ser un *Don*. Él era un *campieri*, y le gustaba ser sólo un *campieri*, pero detrás tenía a alguien que sí disponía de la fuerza y la ambición necesarias para empezar una guerra por el control. ¿Sabes de quién te hablo, querida Ottavia? ¿No...? De tu madre, amiga mía, de tu madre. Filippa Zafferano, la mujer que, en este momento, es... ¡el *Don* de Sicilia!

Y estalló en alegres carcajadas, moviendo las manos en el aire para expresar lo divertida que resultaba la idea. La miré sin parpadear, sin borrar el gesto triste de mi cara, sin hacer otra cosa que tragarme las lágrimas y fruncir los labios. En algún momento de mi vida, me decía, tenía que haber hecho algo terrible para recoger tal cosecha de odio.

—Filippa, tu madre, se siente fuerte y segura en Villa Salina, así que dile que se quede allí dentro, que no salga porque fuera hay muchos peligros.

Y diciendo esto, me dio la espalda, volviéndose hacia

Farag, que hablaba con Su Divinísima Santidad. Mi cuerpo entero estaba paralizado, sin vida. Mi cabeza, por el contrario, era un torbellino de pensamientos: ahora entendía por qué me habían mandado al internado cuando era pequeña (igual que a Pierantonio y a Lucia); ahora entendía por qué mi madre jamás consentía que nosotros tres participáramos de ciertos asuntos familiares; ahora entendía por qué nos había animado siempre a permanecer lo más lejos posible de casa y a llegar a lo más alto dentro de la Iglesia. Todo encajaba perfectamente. Las piezas sueltas de ese rompecabezas que era mi vida tenían ahora su sitio y remataban el cuadro: la ambición de mi madre nos había seleccionado para ser su contrapeso, su garantía tanto espiritual como terrenal. Pierantonio, Lucia y yo éramos sus joyas, su obra, su justificación. En la mentalidad antigua de mi madre cabía perfectamente esa absurda idea compensatoria. Poco importaba que los Salina fueran unos asesinos mientras tres de nosotros estuviéramos cerca de Dios, rezando por los demás y ocupando puestos de responsabilidad o de prestigio dentro de la Iglesia, a modo de espulgo del apellido. Sí, todo eso respondía muy bien a su forma de pensar y de ser. De repente, el gran respeto y la admiración que siempre había sentido por ella se transformaron en una inmensa pena ante lo descomunal de sus pecados. Me hubiera gustado llamarla y hablar con ella, pedirle que me explicara por qué había actuado así, por qué nos había mentido toda la vida a Pierantonio, a Lucia y a mí, por qué había utilizado a mi padre como instrumento de su codicia, por qué tenía otros seis hijos —ahora sólo cinco, pues Giuseppe había muerto— matando, extorsionando y robando, por qué consentía que sus nietos, a los que tanto decía querer, crecieran en ese ambiente, por qué deseaba hasta ese punto ser la cabeza de una organización que iba contra las leyes de Dios y de los hombres. Sin embargo, no podía pedirle esas explicaciones porque, si lo hacía, rápidamente averiguaría cómo había llegado yo a la verdad y la guerra entre los Salina y los Sciarra dejaría demasiados muertos en las cunetas de Sicilia. Se había acabado el tiempo del engaño y, en el fondo, debía reconocer que yo no era tan inocente como me hubiera gustado, ni tampoco Pierantonio, que, con sus negocios sucios dentro de la Iglesia, no hacía otra cosa que seguir la tradición familiar, ni mucho menos la buena de Lucia, siempre tan al margen de todo, tan ajena y cándida. Los tres vivíamos felizmente una mentira en la cual nuestra familia era como de cuento de hadas, una familia perfecta con los armarios llenos de cadáveres.

Estaba tan absorta que no recuerdo haber oído la llamada del capitán Glauser-Röist, pero me puse en pie como una autómata. El que Farag y Doria estuvieran viviendo un flechazo me daba exactamente lo mismo. Nada podía causarme más dolor del que ya sentía, así que, por mí, podían seguir juntos el resto de sus vidas. Me daba igual. Mi mente iba del pasado al presente y del presente al pasado, atando cabos sueltos e hilvanando hebras perdidas. Todo adquiría un nuevo color y todo tenía ahora una explicación.

De repente, me sentía muy sola, como si el mundo entero se hubiera vaciado de gente o como si mis lazos con la vida estuvieran desdibujándose. También mis hermanos me habían mentido. Todos ellos habían guardado silencio y habían seguido el juego decretado por mi madre. No eran, en realidad, esos hermanos en los que yo confiaba ciegamente, ni tampoco formábamos ese grupo indivisible del que tan orgullosos decíamos sentirnos. En realidad, los auténticos hijos de Giuseppe y Filippa eran esos cinco que vivían en Sicilia y que se ocupaban de los negocios familiares; los que vivíamos fuera, engañados, éramos ajenos a la realidad cotidiana de la casa. Giuseppe —que en paz descanse—, Giacoma,

Cesare, Pierluigi, Salvatore y Águeda debían haber sentido siempre que eran unos marginados respecto a nosotros o, por el contrario, unos privilegiados. La confianza entre los nueve hermanos siempre había sido una patraña: tres fueron destinados a la Iglesia, los tres elegidos; otros seis compartieron la suerte y la desgracia, la verdad y la ficción, y mintieron porque la madre lo ordenaba. ¿Y el padre...? ¿Qué pintaba el padre en todo esto?, me pregunté. Y en ese momento comprendí que mi padre, ciertamente, sólo era un *campieri*, un simple *campieri* al que le gustaba su odioso trabajo y que actuaba al dictado de su mujer, la gran Filippa Zafferano. Todo encajaba. Así de simple.

—¿Doctora? ¿Se encuentra bien, doctora Salina?

De mis ojos se borraron las imágenes familiares que estaba viendo con la mente y de la bruma surgió la cara de la Roca. Nos encontrábamos en el vestíbulo del Patriarcado y no guardaba conciencia de cómo había llegado hasta allí. El capitán, al que había estado viendo todos los días durante los últimos tres meses, me resultaba, sin embargo, totalmente extraño, tan extraño como Doria antes de decirme su nombre. Sabía que le conocía, pero nada en su cara me daba una pista de su identidad. Algunas partes de mi cerebro habían sufrido un cortocircuito y ya no funcionaban, así que estaba tan perdida como una recién nacida.

—Doctora Salina, por favor —insistió zarandeándome por los brazos—, ¿quiere decirme qué demonios le pasa?

—Necesito llamar a casa.

—¿Que necesita qué? —se espantó—. Los demás ya están en el coche, esperándonos.

—Necesito llamar a casa —repetí mecánicamente, mientras notaba cómo los ojos se me inundaban de lágrimas—. Por favor, por favor...

Glauser-Röist me observó en tensión un par de segundos y debió concluir que resultaría más rápido dejarme llamar que esperar a que se me pasara el disgusto o tener una discusión conmigo. Me soltó de golpe, se aproximó al padre Kallistos y al Patriarca, que se habían quedado al otro lado de las puertas de cristal, y les explicó que necesitábamos llamar a Italia. Les vi intercambiar frases una y otra vez hasta que el capitán regresó a mi lado con cara de pocos amigos.

—Puede llamar desde el teléfono que hay en ese despacho de ahí detrás, pero tenga cuidado con lo que dice porque las líneas están pinchadas por el gobierno turco.

Me daba igual. Sólo quería oír la voz de mi madre para terminar de una vez con esa odiosa sensación de desamparo y soledad que se me estaba enroscando en el alma. Algo me decía que si hablaba con ella, aunque sólo fuera medio minuto, podría recuperar la cordura y volver a poner los pies en el suelo. De modo que, tras cerrar la puerta, me apoderé del teléfono, marqué el prefijo internacional más los nueve dígitos del número de casa, y esperé la señal de comunicación.

Descolgó Matteo, el más serio y lacónico de mis sobrinos, uno de los hijos de Giuseppe y Rosalia. Como era habitual en él, no demostró la menor alegría al reconocerme (nunca lo hacía). Le pedí que me pasara con la abuela y me dijo que esperase porque estaba ocupada. Fue entonces cuando me di cuenta de que también los niños estaban involucrados. Con toda seguridad, les habrían dicho miles de veces que, cuando llamara el tío Pierantonio, la tía Lucia o la tía Ottavia no debían dar explicaciones sobre lo que estaba haciendo nadie de la casa, o que, cuando estuviéramos presentes, no había que preguntar o comentar sobre tal o cual cosa. Volví a sentir el vértigo de la hipocresía, la soledad y esa extraña impresión de desamparo que me roía por dentro.

—¿Eres tú, Ottavia? —la voz de mi madre sonaba feliz, encantada de recibir mi llamada—. ¿Cómo estás, cariño? ¿Dónde estás?

—Hola, mamá —no conseguía sacar la voz del cuerpo.

—¡Tu hermano Pierantonio me dijo que habías pasado unos días con él en Jerusalén!

—Sí.

—¿Cómo le encontraste? ¿Bien?

—Sí, mamá —dije intentando fingir un tono de voz alegre.

Mi madre se rió.

—Bueno, bueno, ¿y tú? ¡No me has dicho dónde estás!

—Cierto, mamá. Estoy en Estambul, en Turquía. Oye, mamá, había pensado... quería comentarte... Verás, mamá, cuando todo esto termine, probablemente dejaré mi trabajo en el Vaticano.

No sé por qué dije eso. Ni siquiera lo había pensado antes. ¿Quizá por hacerle daño, por devolverle parte del dolor? Se hizo el silencio al otro lado de la línea.

—¿Y eso? —preguntó al fin, con una voz gélida.

¿Cómo explicárselo? Era una idea tan ridícula, tan absurda, que parecía una verdadera locura. Sin embargo, en ese momento, salir del Vaticano representaba una liberación para mí.

—Estoy cansada, mamá. Creo que me vendría bien un retiro en alguna de las casas que mi Orden tiene en el campo. Hay una en la provincia de Connaught, en Irlanda, donde podría encargarme de los archivos y las bibliotecas de varios monasterios de la zona. Necesito paz, mamá, paz, silencio y mucha oración.

Le costó algunos segundos reaccionar y, cuando lo hizo, sacó su tono más despectivo.

—¡Venga, Ottavia, no digas tonterías! ¡No vas a renunciar a tu puesto en el Vaticano! ¿Quieres darme un disgusto? ¡Ya tengo demasiados problemas! Todavía están muy recientes las muertes de tu padre y de tu hermano Giuseppe. ¿Por qué me dices estas cosas, hija? Bueno, ya está, no se hable más del asunto. No vas a dejar el Vaticano.

—¿Y qué pasaría si lo hiciera, mamá? Creo que la decisión es mía.

Era una decisión mía, de eso no cabía duda, pero, desde luego, también era un asunto de mi madre.

—¡Se acabó! Pero, bueno, ¿tú te has propuesto darme un disgusto? ¿Qué te pasa, Ottavia?

—En realidad nada, mamá.

—Bueno, pues venga, ponte a trabajar y no pienses más en bobadas. Llámame otro día, ¿vale, cariño? Sabes que siempre me gusta oírte.

—Sí, mamá.

Cuando subí al coche tenía de nuevo los pies firmemente anclados al suelo y calma interior. Sabía que no podría olvidar el asunto ni por un segundo porque mi mente funcionaba por impulsos obsesivos, pero, al menos, sería capaz de afrontar mi situación actual sin perder la razón. No obstante, había algo más que también sabía y que, por mucho que me doliera y por mucho que lo negara, era inevitable: yo ya no volvería nunca a ser la misma. Se había producido una penosa fractura en mi vida, una grieta que me escindía en dos partes irreconciliables y que me alejaba para siempre de mis raíces.

El coche que utilizamos para ir hasta Fatih Camii no fue el de la Nunciatura vaticana. Por discreción, tanto Monseñor Lewis como el capitán pensaron que sería mucho mejor utilizar un coche del Patriarcado sin marcas exteriores. Sólo Doria vino con nosotros y fue ella quien condujo el vehículo hasta la Mezquita del Conquistador, llevándonos velozmente a lo largo del Cuerno de Oro y del bulevar Atatürk. La mezquita, que apareció de golpe frente a nuestros ojos al fondo del Bozdogan Kemeri (el Acueducto de Valente), era enorme, sólida y austera, con unos altísimos minaretes llenos de balcones, una gran cúpula central —alrededor de la cual se multiplicaban las semicúpulas— y una miríada de fieles que iban y venían por la explanada delantera, bordeada por madrasas y edificios religiosos.

Doria, a quien no miré ni dirigí la palabra durante el trayecto —ella tampoco lo hizo—, detuvo el coche en un aparcamiento situado en el extremo de la plaza y, como unos turistas más de los muchos que rondaban por allí, nos encaminamos hacia la entrada. Noté que Farag se iba retrasando poco a poco hasta ponerse a mi lado, dejando a Doria con el capitán, pero, como no tenía fuerzas para soportar su presencia, apreté el paso y me resguardé junto a la Roca, el único que, por su frialdad, parecía dispuesto a dejarme tranquila. No tenía ganas de hablar con nadie.

Atravesamos el umbral y nos encontramos en un patio porticado de grandes dimensiones en el que había árboles y un templete central que parecía un kiosco de prensa pero que, en realidad, era la fuente de las abluciones. Las columnas del atrio eran también colosales y no dejó de llamarme la atención el hecho de que, pese a ser una edificación musulmana, todo el complejo tuviera un marcado aire neoclásico. Pero esta impresión desapareció por completo cuando, tras descalzarnos y cubrirnos (Doria y yo) con unos grandes velos negros que nos entregó un viejo portero encargado de vigilar la moralidad de los turistas despistados, entramos en el interior de la mezquita. Dejé de respirar ante tanta belleza y tanto esplendor. Mehmet II, realmente, se había construido un mausoleo digno del conquistador de Constantinopla: preciosas alfombras rojas cubrían enteramente el suelo de una superficie que bien podría compararse con la de San Pedro del Vaticano; vidrieras de variados colores cubrían las ventanas que, inteligentemente dispuestas en los cimborrios de las cúpulas y en los encuentros de las tres alturas, dejaban pasar una poderosa luz horizontal que llenaba el espacio. Los arcos y las bóvedas saltaban a la vista por sus llamativas dovelas rojas y blancas, y en cada pechina, fuera grande o pequeña, un vistoso medallón azul contenía luminosas inscripciones caligráficas del Corán. Por si todo esto no era bastante, una malla de cables sostenía, a media altura, un enjambre de lámparas de oro y plata.

Las galerías de las mujeres estaban situadas en el primer piso y, por un momento, temí que el portero nos obligara a permanecer allí mientras Farag y el capitán recorrían el recinto. Pero, por fortuna, no fue así. Doria y yo, sin hablarnos, pudimos movernos a nuestras anchas por la gran mezquita porque, al parecer, las turistas extranjeras gozábamos de ciertos privilegios que no poseían las mujeres musulmanas.

Durante más de una hora deambulamos arriba y abajo, revisándolo e inspeccionándolo todo, para, al final, no encontrar absolutamente nada. Empezamos por la *qibla*, el muro del templo que se orienta hacia La Meca, en cuyo centro, excavado en la piedra, se sitúa el *mihrab*, el lugar más sagrado del edificio, una especie de nicho que señala exactamente la dirección. Examinar la *maxura* fue mucho más complejo, pues es una zona cercada frente a la *qibla* donde se encuentra el púlpito para el imán. Después nos separamos y Farag tuvo la inmensa paciencia y la habilidad de estudiar las incontables lámparas colgantes sin llamar la atención, y yo, todas y cada una de las columnas de los tres pisos, galería de mujeres incluida. Por su parte, el capitán, que se agarraba a su mochila de salvamento como si nos fuera a sobrevenir una desgracia en cualquier momento, además de analizar los motivos tejidos en las inmensas alfombras, revisó también los bancos y las piezas de madera, así como el sencillo sarcófago que guardaba los restos de Mehmet II, y Doria los vitrales y las puertas. Al final, sólo nos quedaba desnudar las losas del suelo, pero eso resultaba imposible.

Para cuando estábamos terminando nuestra inspección, la Mezquita del Conquistador se había quedado prácticamente vacía, a excepción de algunos ancianos que dormitaban junto a las pilastras. Sin embargo, aquel silencio sólo era la calma que precedía a la tormenta. El grito del muecín a través de los altavoces, llamando a la oración desde el alminar de la mezquita, nos sobresaltó y nos miramos unos a otros desconcertados. El capitán nos hizo una seña para que nos reuniéramos con él junto a la puerta y saliéramos de allí cuanto antes, pero apenas tuvimos tiempo de agruparnos porque, en oleadas surgidas de la nada, cientos de fieles empezaron a entrar en el templo, disponiéndose en filas perfectamente ordenadas y paralelas para comenzar la oración de media tarde.

—Es la *adhan* —dijo Doria, a quien la marea humana, al parecer, empujaba inevitablemente contra el costado de Farag—, la llamada a la oración.

La ilah illa Allah wa Muhammad rasul Allah, seguía recintado a gritos la voz amplificada del muecín, «No hay otro Dios sino Allah y Mahoma es su profeta».

—Vámonos de aquí —dictaminó la Roca, haciendo de ariete con su cuerpo para abrirnos paso a través de la corriente.

Con enormes dificultades conseguimos llegar hasta el patio descubierto, el *sahn*, y lo hicimos justo en el último momento pues, antes de que hubiéramos podido recuperar nuestro calzado, la mezquita se había llenado por completo.

—Mañana será otro día —declaró animosamente Farag, mirando alrededor con una sonrisa.

—Vamos —dijo Doria—, os llevaré al hotel y podréis descansar. Llamaré a Monseñor Lewis para que manden vuestro equipaje desde el aeropuerto.

—¿Aún está en el avión? —pregunté, muy sorprendida, e inmediatamente lamenté haberme dirigido a ella aunque fuera con aquella simple pregunta.

—Yo ordené que no lo desembarcaran —puntualizó Glauser-Röist—, por si resolvíamos la prueba a lo largo del día de hoy.

—Me temo que eso no va a ser posible, Kaspar.

—Si queréis —continuó Doria, exhibiendo su mejor sonrisa y retirándose el velo de la cabeza—, esta noche os llevaré a cenar a uno de los mejores sitios de Estambul. Un lugar divertidísimo donde podréis ver una auténtica danza del vientre.

—Antes de irnos deberíamos examinar este patio —atajé, malhumorada.

Era tan extraña aquella reunión nuestra... El único enlace posible de comunicación entre los cuatro era la Roca, que no tenía ni idea de lo que estaba pasando entre sus tropas.

—¡Pero ahora están rezando! —protestó Doria—. Se enojarán con nosotros. Mejor volvemos mañana.

Glauser-Röist me miró.

—No. La doctora tiene razón. Examinemos este lugar. Si lo hacemos discretamente, no molestaremos a nadie.

—Alguien debería vigilar al portero mientras lo hacemos —propuso Farag—. No nos quita los ojos de encima.

—Será el staurofílax que vigila la prueba —ironicé.

La estúpida de Doria se volvió hacia él rauda como una flecha.

—¿En serio? —exclamó casi en un grito—. ¡Un staurofílax!

—¡Doria, por favor! —la increpé—. ¡Esto no es un juego! ¡Deja de mirarle!

El portero, un anciano de barba rala y con la cabeza cubierta por un gorrito blanco que parecía una cáscara de huevo, frunció el ceño sin dejar de observarnos desde la puerta.

—Vaya usted, Doria —dispuso la Roca—. Hable con él, devuélvale los velos y distráigale todo lo que pueda.

Con una sonrisa malvada en los labios le entregué a Doria mi *türban* y me quedé con Farag y el capitán. ¡Cuántas veces habíamos jugado juntas de pequeñas, pensé viéndola marchar, y, por suerte, qué vidas tan distintas habíamos terminando teniendo!

—Dividámonos —dijo Glauser-Röist en cuanto Doria estuvo lo bastante lejos—. Que cada uno examine un tercio del patio. Usted, doctora, no se acerque a la fuente de las abluciones. Podría provocar una revolución. Nosotros nos encargaremos.

De modo que me dejaron sola y se fueron directamente hacia el *sabial*, la fuente con forma de kiosco de prensa. La sección que me tocó en el reparto, en el extremo izquierdo del limitado espacio libre, no presentaba el menor interés. El suelo era de piedra, los árboles eran de tronco estilizado, y los muros que separaban el recinto de la calle no tenían nada llamativo. Merodeando perezosamente por debajo del pórtico, me entretuve observando a Doria, que estaba enzarzada en una tonta discusión con el portero de la mezquita. El anciano la miraba como si fuera idiota —que lo era— o la encarnación de diablo —que también lo era—, y parecía más que dispuesto a echarla de allí con cajas destempladas. A saber qué majadería le estaría diciendo al pobre hombre para que este pareciera tan alterado.

Sin embargo, no tuve tiempo de averiguarlo, pues la mano de Farag me sujetó por el brazo y me obligó a girarme hacia él, que, con una sonrisa encantadora en los labios, me hizo señas con los ojos para que mirara en dirección al capitán.

—Lo hemos localizado —susurró sin dejar de sonreír—. Hay que darse prisa.

Dando un tranquilo paseo, nos dirigimos hacia el lado del *sabial* en el que se hallaba Glauser-Röist.

—¿Qué habéis encontrado? —pregunté, sonriendo a mi vez, mientras nos acercábamos.

—Un Crismón constantineano.

—¿En una fuente musulmana para las abluciones? —me pasmé—. Eso es imposible.

Antes de las cinco oraciones diarias que prescribe el Corán, los musulmanes deben realizar un complejo ritual de abluciones que consiste en lavarse la cara, las orejas, el pelo, las manos, los brazos hasta el codo, los tobillos y los pies. A tal efecto, en todas las mezquitas del mundo existe una fuente en la entrada por la que deben pasar los fieles antes de entrar en el *haram*, o sala de oración.

—Está perfectamente disimulado —me explicó Farag—. Es como un rompecabezas cuyas piezas hubieran sido desordenadas y colocadas en el fondo de la fuente.

—¿El fondo de la fuente?

—Hay doce grifos y el agua cae a un desaguadero de piedra cuyo fondo son las piezas de nuestro Crismón. Eso quiere decir que la clave está en el *sabial*. El capitán sigue investigando. Tenemos que darnos mucha prisa porque Doria no va a poder entretener eternamente al portero, así que observa con rapidez y aléjate cuanto antes.

Seguí punto por punto las indicaciones de Farag, cruzando una mirada de inteligencia con el capitán en cuanto estuve lo bastante cerca. Tenían razón en sus apreciaciones. El centro de la fuente era un cilindro de piedra del que salían doce grifos de cobre bajo los cuales había un desaguadero de poco menos de un metro de ancho, rodeado por un pequeño pretil. Allí, al fondo, casi ocultos por el agua sucia que había quedado estancada después de las recientes y masivas abluciones, podían verse los sillares de piedra con los relieves desgastados en los que se adivinaba perfectamente —una vez que se sabía lo que había que buscar— las partes inconexas de un Crismón constantineano. Muy bien, me dije frunciendo los labios, ¿dónde estaba el truco? ¿Qué había que hacer ahora? A pesar de que estaba advertida del peligro que suponía mi presencia junto al *sabial*, no me di cuenta de que, con un gesto inconsciente, acababa de abrir uno de los grifos y, aunque no provoqué ningún cataclismo cósmico, ese gesto me dio una idea que, desde luego, no dudé en poner en práctica: quitándome los zapatos ante los ojos horrorizados de Farag y del capitán, me metí en el canal del desaguadero para comprobar si lo que había que hacer era pisar las piedras. Obviamente, no sirvió para nada, pero, como el fondo estaba muy resbaladizo, al dar un paso atrás para salir patiné y choqué de costado contra el grifo que tenía delante. Lo curioso fue que el grifo se dobló hacia arriba sin romperse, dejando al descubierto un muelle que delataba que habíamos dado con algo. Farag y el capitán, viendo el resorte, decidieron imitarme y se metieron, con zapatos y todo, en el canalón, propinando empellones a todos los grifos como si se hubieran vuelto locos. Por extraño que parezca, desde que yo entré en el agua hasta que los doce grifos estuvieron levantados y el suelo se abrió bajo nuestros pies, no pudo pasar más de medio minuto como máximo, y, sin embargo, sólo puedo recordar la escena como vivida a cámara lenta.

Las doce piedras del fondo de la fuente cedieron bajo nuestro peso igual que una dentadura que recibe un puñetazo, dejándonos caer al vacío y volviendo a colocarse en su sitio mientras, al hundirnos, veíamos cómo se alejaba la luz y desaparecía. En otro momento de mi vida (como cuando caímos desde la cripta de Santa María in Cosmedín hasta la Cloaca Máxima) habría chillado como una loca y braceado en el aire intentando agarrarme a lo que fuera, pero a estas alturas, en el quinto círculo del purgatorio, ya sabía que cualquier cosa era posible y ni siquiera me asusté. Cuando entré de golpe y con gran estruendo en un fondo de agua que me acogió blandamente, lo único que me sobresaltó fue lo helada que estaba. Retuve el aire en los pulmones y, cuando cesó la inmersión, sacudí los pies para impulsarme hacia arriba y sacar la cabeza. Aquel sitio, además de oler fatal, estaba oscuro como la boca de un lobo. Oí chapoteos cerca de mí.

—¿Farag...? ¿Capitán...? —El eco me devolvió mi voz multiplicada.

—¡Ottavia! —gritó Boswell a mi derecha—. ¡Ottavia! ¿Dónde estás?

Un nuevo chapoteo y alguien escupió agua por la boca cerca de mí.

—¿Capitán?

—¡Maldita sea! ¡Malditos sean todos los staurofílakes del demonio! —bramó Glauser-Röist con voz potente—. ¡Me he mojado la ropa!

No pude evitar soltar una carcajada mientras batía las piernas para mantenerme a flote.

—¡Esta sí que es buena! —exclamé—. ¿Y qué vamos a hacer ahora, capitán? ¡Tiene usted la ropa mojada! ¡Qué catástrofe!

—¡Terrible, terrible! —resopló Farag.

—¡Pueden reírse todo lo que quieran, pero estoy harto de esos tipos!

—Ah, pues yo no —señalé.

En ese momento, la Roca encendió la linterna.

—¿Dónde estamos? —preguntó Farag nada más hacerse la luz y descubrir que nos hallábamos en un tanque de piedra lleno de un líquido turbio. Lo bueno de vivir aventuras como esta y de sumergirte, cabeza y todo, en una solución usada para lavar cientos de pies sudorosos, es que los problemas de la vida real, esos que duelen de verdad, se acallan y desaparecen. Lo inmediato absorbe todos los recursos físicos y psíquicos y, en este caso, lo inmediato era no vomitar o sentir picores por todo el cuerpo, sin olvidar las infecciones que tanta suciedad podía provocarme en las heridas de los pies

—las que me había dejado el maratón de Atenas—, y en las numerosas escarificaciones de mi cuerpo.

—Es una especie de mar de los Sargazos, aunque aquí, en lugar de algas, hay hongos.

¡Cómo había cambiado yo, Dios mío! Farag se rió.

—¡Doctora, por favor! ¡Deje de decir asquerosidades! —tronó la Roca—. ¡Busquemos la forma de salir, rápido!

—Pues enfoque las paredes con la linterna, a ver si vemos algo.

Los muros de piedra de aquella cisterna estaban llenos de grandes manchas de musgo negro separadas por gruesas líneas de suciedad que señalaban las diferentes alturas que había alcanzado el agua durante los últimos quinientos o mil años. Pero, aparte de la humedad y la capa de vegetación, allí no se veía nada que pudiera ayudarnos a escalar las paredes. Por otra parte, la distancia que mediaba hasta el desaguadero del *sabial* era tan enorme que hubiera sido imposible llegar hasta allá arriba sin caer de nuevo varias veces en aquel perfumado estanque. Si existía alguna salida, concluimos, estaba debajo de nosotros.

—Más que purgar la avaricia —murmuró Farag—, parece que purguemos el orgullo con este baño de humildad.

—Aún no hemos terminado, profesor —silabeó la Roca.

—Sólo tenemos una linterna —dije yo, que ya empezaba a notar el cansancio en las piernas—, de modo que, si tenemos que sumergirnos, deberíamos hacerlo juntos.

—Se equivoca, doctora, tenemos tres linternas. Ahora mismo le doy la suya.

Buscó en su húmeda mochila hasta que la extrajo con grandes dificultades y, luego, le entregó otra a Farag. Con tanta luz, aquel lugar dejó de ser siniestro y asqueroso para quedarse solamente en asqueroso. Preferí no pensar demasiado porque noté una pequeña arcada y no estaba por la labor de añadir más suciedad al agua.

—¿Listos? —preguntó la Roca y, sin más preámbulo, tomó aire, hinchó los carrillos y se hundió en la sopa.

—Vamos, Ottavia —me animó Farag, mirándome con ojos sonrientes, los mismos con los que había estado observando estúpidamente a Doria durante todo el día. Si estaba intentando reducir distancias, había topado con la persona más terca de la tierra. Sin responderle ni darme por enterada de sus palabras, llené mis pulmones con el aire infecto de la cisterna y me sumergí en pos del capitán. El agua era tan cenagosa que la linterna de Glauser-Röist apenas era un punto visible de luz algunos metros más abajo. Farag venía detrás de mí, iluminando los muros del tanque, pero allí no se veían más que largas ramas de musgo blanco que se balanceaban con la agitación que provocaba nuestro paso.

Naturalmente, fui la primera en quedarme sin aire, así que tuve que ascender rápidamente hasta la superficie. A costa de respirar dando grandes bocanadas como un pez, acabé por no notar el olor del tanque. Cada cierto tiempo, uno de nosotros giraba sobre sí mismo y comenzaba la ascensión pero, en las sucesivas inmersiones, el descenso era mucho más rápido porque ya nadábamos por zonas conocidas. Aunque el agua estaba cada vez más helada, era maravillosa la sensación de deslizarse suavemente, cabeza abajo, en medio de un silencio total. En un momento dado, Farag chocó accidentalmente conmigo y noté sus piernas pegadas a las mías durante unos segundos. El gesto de su cara era de divertida disculpa cuando nos iluminó con su linterna, pero yo me mantuve seria y me alejé de él, no sin conservar, contra mi voluntad, la sensación de aquel frugal contacto que había hecho que el agua ya no me pareciera tan fría.

Por fin, aproximadamente a unos quince metros de profundidad, al borde de la extenuación y con una presión terrible en los oídos, descubrimos la enorme boca redonda de un canal de conducción. Ascendimos para descansar unos minutos y tomar aire y, cuando estuvimos listos, buceamos rápidamente hacia la boca y entramos por ella. Por un segundo, el pensamiento de que aquel conducto podía no terminar antes de quedarme sin aire, me angustió. Además, yo nadaba entre el capitán, que iba delante, y Farag, que me seguía, de modo que estaba atrapada. Oré pidiendo ayuda y me concentré en rezar el Padrenuestro para evitar que los nervios me hicieran consumir el poco oxígeno que me quedaba. Pero, cuando ya creía que de verdad había llegado mi hora e imaginaba a Farag destrozado por mi muerte, el conducto se acabó y, sobre nuestras cabezas, a lo lejos, divisé una superficie líquida y transparente que dejaba pasar el reflejo de la luz. Con el corazón a punto de estallar, me lancé hacia arriba controlando el espasmo instintivo de respirar que mi cuerpo se obstinaba en llevar a cabo. Por fin, como una baliza que salta en el aire, saqué más de medio cuerpo del agua y boqueé.

Jadeaba como una locomotora y me costaba recuperar el control de mi cuerpo agarrotado por el frío, pero, por fin, empecé a ser consciente del lugar al que habíamos llegado. Por la ley de los vasos comunicantes, a la fuerza debíamos encontrarnos a la misma altura que en la cisterna, sin embargo el paisaje era completamente distinto: una amplia explanada que se deslizaba hasta el agua como una playa de piedra, ocupaba la mitad de aquella descomunal gruta iluminada por decenas de antorchas hincadas en las paredes. Pero, sin duda, lo más extraordinario era el gigantesco Crismón cincelado en la roca y orlado de teas que podía divisarse al fondo.

—¡Dios mío! —escuché decir a Farag, profundamente impresionado.

—Parece una catedral dedicada al dios Monograma —comentó el capitán.

—No cabe duda de que nos estaban esperando —susurré—. Miren las antorchas.

El silencio del lugar, roto solamente por los lejanos chasquidos del fuego, volvía más abrumadora, si cabe, la sensación de encontrarnos en un recinto sagrado. Empezamos a bracear muy despacio hacia la orilla. Fue muy agradable sentir otra vez el suelo bajo los pies y salir del agua caminando, aunque fuera descalza. Estaba tan helada que el aire de la gruta me pareció cálido y, mientras intentaba escurrirme el agua de la falda (no había encontrado otro día mejor para ponérmela), eché una ojeada distraída al lugar. El corazón se me paró cuando descubrí, de pronto, que estaba siendo minuciosamente observada por Farag, a poca distancia de mí. Sus ojos tenían un brillo muy especial, distinto, como si su mirada desprendiera fuego. Me puse tensa y le di la espalda, pero su imagen se quedó grabada en mis retinas.

—¡Fíjense! —exclamó la Roca señalando con el dedo—. ¡La entrada de una cueva debajo del Crismón! ¡Adelante, doctora!

—¡Pero bueno...! ¿Por qué siempre tengo que abrir yo la marcha? —protesté no sin cierta aprensión.

—Es usted una mujer valiente —añadió con una sonrisa, para darme ánimos.

—No lo veo claro, capitán.

Pero obedecí y emprendí el camino porque sabía que, más allá de aquella entrada, nos esperaba la auténtica prueba de los staurofílakes. Caminando con precaución —iba sin zapatos—, me puse a darle vueltas a cómo habría resuelto Dante Alighieri lo de la cisterna. Un hombre tan serio y tan severo como él, tan circunspecto, debía haberse enfadado muchísimo después de la décima inmersión en aquel agua repugnante. ¿Alguien había imaginado alguna vez a Dante nadando? Una actividad así no parecía casar en absoluto con su imagen y, sin embargo, no cabía ninguna duda de que lo había hecho.

El trecho de caverna que tuvimos que franquear no era muy grande, unos doscientos o trescientos metros a lo sumo, pero los recorrí con los cinco sentidos alerta porque no convenía fiarse de quienes encienden decenas de antorchas y se marchan sin despedirse. De sobra había aprendido con los guardianes de las pruebas anteriores que ninguno era persona de confianza.

Por fin advertimos una luz al final del túnel. Cuando llegamos hasta allí, vimos un enorme espacio circular, una especie de circo romano, cubierto por una cúpula de piedra que se elevaba muy arriba por encima de nuestras cabezas. En el centro exacto de aquel recinto, un solitario sarcófago de pórfido —rojo como la sangre y capaz de albergar a una familia entera— descansaba sobre cuatro hermosos leones blancos de tamaño natural que, pese a su temible apariencia, parecían estar pidiéndonos a gritos que nos acercáramos hasta ellos para examinar su carga.

—¡Vaya sitio! —farfulló Farag, y sus palabras fueron coronadas por un ruido ensordecedor que nos hizo girar de golpe, espantados, ciento ochenta grados. Una verja de hierro había caído desde lo alto y había clausurado la cueva.

—¡Pues sí que estamos bien! —exclamé, indignada—. ¡Con esta gente no hay manera!

—Deje de protestar, doctora, y concéntrese en lo que tenemos que hacer.

Sin darme cuenta, miré a Farag, buscando su complicidad y, de repente, el velo con el que había ocultado mis sentimientos se levantó y un caudal de emociones me sacudió como una descarga eléctrica. El profesor Boswell tenía el pelo pegado a la cara, la barba húmeda y sus ojos estaban hundidos y cercados por un halo negro que me preocupó. A pesar de todo, le encontré muy guapo y le sentí tan mío como si le hubiera amado durante toda mi vida, como si siempre hubiera estado a su lado, cogida de su mano, pegada a su cuerpo, fundida con él. Una conmoción inexplicable me sacudió entera. ¿Por qué ciertas imágenes mentales tienen el poder de hacer temblar la tierra? Jamás había experimentado nada parecido y lo que más me sorprendía eran los cambios constantes de temperatura que, según los pensamientos, experimentaba mi cuerpo. Aquello no podía seguir así, me dije, y, preocupada, me cuestioné si no habría llegado al extremo de confundir ambición con vocación, si no habría estado llamando entrega y amor a lo que sólo era un trabajo y una forma de vida. En el fondo, casi sería lo mejor, porque sólo esa equivocación podría justificar ante mi conciencia lo que sentía por aquel hombre guapo e inteligente y, de igual modo, disculpar un hipotético abandono de la vida religiosa... ¡Pero, bueno! ¿En qué estaba pensando? ¿Es que no le había visto tontear todo el día con Doria Sciarra...? Le eché una última mirada despectiva y me volví de espaldas justo cuando él empezaba a sonreírme, así que o bien pensó que me había vuelto loca o que todo había sido un espejismo. Sintiendo un dolor agudo en el corazón, abrasándome a fuego lento, caminé hacia el sarcófago seguida por la Roca. Como si no tuviera bastante con mi familia y con lo que estábamos pasando, yo, encima, me buscaba más problemas. ¿Es que no podría concederme nunca un poco de paz?

En torno al círculo de mármol que formaba el suelo de aquella sala, y a esa misma altura, se distribuían doce extrañas cavidades con forma de bóveda de cañón. Si no hubiéramos estado en manos de una secta cristiana como los staurofílakes, habría jurado que se trataba de unos siniestros *bothroi*, aberturas en la pared por las que se vertían las libaciones para los muertos y en las que se degollaban las víctimas para los dioses infernales. No eran excesivamente grandes, más bien parecían madrigueras de pequeñas alimañas, perfectamente distribuidas y dispuestas, y tenían, sobre el arco, unos extraños grabados a los que, en un primer momento, no presté demasiada atención. Entre ellas, colgadas de antorcheros de hierro, resplandecían las teas.

Los impresionantes leones que soportaban el gigantesco sarcófago estaban cincelados en mármol blanco. Según me acercaba al féretro, mi asombro iba en aumento, pues no sólo tenía sus lados admirablemente labrados con increíbles escenas en altorrelieve, sino que todos sus adornos e incrustaciones eran de oro puro, incluso las dos argollas, gruesas como mi puño, que, en teoría al menos, deberían servir para mover aquel mazacote. También las garras de los leones, sus ojos y sus dientes eran de dicho metal precioso, e igualmente las molduras de la cubierta y los motivos en forma de hojas de laurel que enmarcaban las tallas del pórfido. Se trataba, sin duda, de un sarcófago digno de un rey y, cuando estuve lo bastante cerca —la cubierta, o lauda, quedaba por encima de mi cabeza—, confirmé mis sospechas al examinar la escena representada en uno de sus lados: dividido en dos niveles, en el inferior se veía una muchedumbre que elevaba suplicante las manos hacia una destacada figura central que vestía los ropajes imperiales bizantinos. Esta figura repartía puñados de monedas y estaba flanqueada por importantes dignatarios de la corte y funcionarios de alto nivel.

Di un rodeo para situarme a los pies del féretro y vi, esculpido, un medallón con la misma figura imperial, a caballo, escoltada por otras dos figuras mucho más pequeñas que portaban coronas, palmas y escudos. Incrédula, observé que la cabeza de aquel emperador aparecía rodeada por el nimbo de los santos y que los escudos llevaban tallado en su interior el Monograma de Constantino. Sin poderme creer la absurda idea que estaba empezando a brotar en mi cerebro, continué con el rodeo para colocarme frente al otro gran lateral. La escena allí descrita era la de un Cristo Pantocrátor sentado en su trono ante el cual el mencionado monarca hacía *proskinesis*, es decir, llevaba a cabo el acto tradicional de homenaje a los emperadores bizantinos que consistía en arrodillarse y tocar el suelo con la frente extendiendo las manos en ademán de súplica. De nuevo la figura tenía la cabeza nimbada y los rasgos de su cara eran los mismos que en las dos escenas anteriores, así que estaba claro que todas representaban al mismo emperador y que los restos de ese emperador estaban contenidos en aquella cápsula de piedra.

—¡Caramba, esto es increíble! —dijo en ese momento la voz de Farag a mi espalda y, luego, soltó un largo silbido de admiración—. Ottavia, ¿a que no sabes quién es este viejo Hércules alado con cara de mal genio?

—¿Qué dices, Farag? —repuse, molesta, volviéndome hacia él. Sobre la boca de uno de los *bothroi*, el Hércules del que hablaba Farag se empeñaba en lanzar soplidos por la boca mientras sujetaba a una joven doncella entre los brazos.

—¡Es Bóreas! ¿No lo reconoces? La personificación del frío viento del norte. Mira cómo sopla a través de la caracola y cómo la nieve cubre sus cabellos.

—¿Por qué estás tan seguro? —le increpé acercándome, pero obtuve la respuesta al leer la cartela que había debajo de la figura: «Βορεας.»—. Vale, no me lo digas, ya lo sé.

—Y aquel de allí enfrente es Noto, seguro —dijo mientras se apresuraba a comprobarlo—. En efecto, Noto, el viento cálido y lluvioso del sur.

—O sea, que cada una de esas doce cavidades semicirculares tiene un viento en la parte superior —comentó la Roca sin moverse del sitio.

En efecto, allí estaban los doce hijos del temible Eolo, adorados en la Antigüedad como dioses por ser la manifestación más poderosa de la Naturaleza. Para los griegos, y no sólo para ellos, los vientos eran las divinidades que mudaban las estaciones favoreciendo la vida, las que formaban las nubes y provocaban las tempestades, las que movían los mares y enviaban las lluvias, y era cosa de ellas, además, que los rayos del sol calentaran la tierra o la quemaran. Pero, por si esto no era suficiente, tomaron conciencia de que el ser humano se extinguía si el viento no entraba en su cuerpo a través de la respiración, de modo que de estos dioses dependía enteramente la vida.

Siguiendo el sentido de las agujas del reloj, podía verse, en primer lugar, al viejo Bóreas en toda su rudeza, tal y como lo había descrito Farag; a continuación a Helespontio —simbolizado por una tormenta—; luego a Afeliotes —un campo lleno de frutas y grano—; al benéfico Euro —«el viento bueno» del este, «el que fluye bien», que aparecía como un hombre de edad madura con una incipiente calvicie—; a Euronoto; a Noto —el viento del sur, presentado como un joven cuyas alas goteaban rocío—; a Libanoto; a Libs —un adolescente imberbe de hinchados carrillos que portaba un *aphlaston*—;[46] al joven Zéfiro, el viento del oeste, quien, junto con su amante, la ninfa Cloris, derramaba flores sobre su negro *bothros*; a Argestes —mostrado como una estrella—; a Trascias, coronado de nubes; y, por último, al horrible Aparctias, con su cara barbuda y su ceño fruncido. Entre estos dos, se hallaba la boca condenada de la caverna por la que habíamos llegado hasta allí.

Los cuatro vientos cardinales, Bóreas, Euro, Noto y Zéfiro, estaban representados por las figuras más grandes y acabadas; los demás, por figuras menores y de inferior calidad. La belleza de las imágenes, de nuevo de factura bizantina, era comparable a la de los relieves del suelo de la Cloaca Máxima, aquellos que hablaban de la soberbia. Sin duda el artista había sido el mismo y era

46. Popa curvada de las naves.

una pena que su nombre no hubiera quedado registrado para la historia, pues su trabajo estaba a la altura de los mejores. Era posible, incluso —aunque eso habría que estudiarlo—, que sólo hubiera trabajado para la hermandad, lo que confería un valor exclusivo y añadido a su obra.

—¿Y el sarcófago? —preguntó de pronto Glauser-Röist, abandonando el examen de los vientos.

—Es impresionante, ¿verdad? —murmuré, acercándome—. Las dimensiones son descomunales. Observe, capitán, que la lauda queda a la altura de su cabeza.

—Pero ¿quién está enterrado dentro?

—No estoy segura. Necesito examinar el altorrelieve del lateral superior.

Farag se aproximó también a la mole de pórfido, observándola con curiosidad. Yo me dirigí hacia la cabecera para contemplar el último de los grabados antes de atreverme a aventurar la delirante hipótesis que tenía en la cabeza. Pero todas mis dudas se vinieron abajo en cuanto reconocí el perfil clásico que aparecía delicadamente tallado en el *lauraton* de la roca púrpura: rodeado por una corona de laurel, podía distinguirse el mismo rostro de ojos elevados y cuello de toro que aparecía en los *solidus*, la pieza de oro conocida actualmente entre los historiadores como el dólar medieval, la poderosa moneda creada en el siglo IV por el emperador Constantino el Grande.

—¡No es posible! —gritó Farag, haciéndome dar un brinco—. ¡Ottavia no vas a creerte lo que pone aquí!

Busqué inútilmente a Farag con la mirada, intentando localizar el origen de su voz, pero no lo conseguí hasta que su siguiente grito, justo encima de mí, me hizo levantar la cabeza. Allá arriba, a cuatro patas sobre la lauda del sarcófago, estaba el mismísimo profesor Boswell, con los ojos abiertos de par en par y un rictus de estupor en la cara.

—¡Ottavia, te juro que no me vas a creer! —seguía gritando—. ¡Te juro que no me vas a creer pero es cierto, Ottavia!

—¡Deje de decir tonterías, profesor! —vibró la voz del capitán a mi derecha—. ¿Quiere hacer el favor de explicarse?

Pero Farag siguió ignorándole y mirándome a mí con cara de loco.

—¡*Basíleia*, te lo aseguro, es increíble! ¿Sabes lo que pone aquí encima? ¿Sabes lo que pone?

Mi corazón se disparó al oír que, de nuevo, me llamaba *Basíleia*.

—Si no me lo dices —vacilé, tragando saliva—, dudo que pueda adivinarlo, aunque tengo una ligera sospecha.

—¡No, no, no la tienes! ¡Imposible! ¡Ni en un millón de años averiguarías el nombre del muerto que está aquí dentro!

—¿Cuánto te apuestas? —le dije, burlona.

—¡Lo que quieras! —exclamó muy convencido—. ¡Pero no subas mucho la oferta porque vas a perder!

—El emperador Constantino el Grande —afirmé—, hijo de la emperatriz santa Helena, la que descubrió la Vera Cruz.

Su cara reflejó una sorpresa mayúscula. Se quedó en suspenso unos segundos y luego balbució:

—¿Cómo lo has adivinado?

—Por las escenas grabadas en el pórfido. Una de ellas exhibe la cara del emperador.

—¡Menos mal que no apostamos nada!

Según Farag, en la lauda, además del Crismón del emperador, había una sencilla inscripción que rezaba *Konstantinos enesti*, es decir, «Constantino está aquí». Aquel era el descubrimiento más grande de la historia, el hallazgo más importante de cuantos se habían producido en los últimos siglos. En algún momento, entre el año 1000 y el 1400, la tumba de Constantino se perdió para siempre bajo el polvo de las sandalias de los cruzados, los persas o los árabes. Sin embargo, nosotros, ahora, nos encontrábamos junto al sarcófago del primer emperador cristiano, del fundador de Constantinopla, y esto venía a demostrar, una vez más, que los staurofílakes estuvieron siempre dispuestos a salvar cualquier cosa que tuviera que ver con la Vera Cruz. En cuanto esta dichosa alegoría del Purgatorio estuviera resuelta y tras terminar, como pensaba, con mis muchos años de trabajo en el Archivo Secreto, me encerraría en la casa irlandesa de Connaught y prepararía una serie de artículos sobre la Verdadera Cruz, los staurofílakes, Dante Alighieri, santa Helena y Constantino el Grande, y daría a conocer al mundo entero el emplazamiento de los importantes restos del emperador. No albergaba la menor duda de que ganaría todos los premios académicos conocidos y eso me ayudaría mucho a restañar mi vanidad, herida tras dejar el todopoderoso Vaticano.

—No creo que el emperador Constantino esté ahí dentro —declaró la Roca de improviso. Farag y yo nos quedamos atónitos mirándole—. ¿No entienden que es imposible? Un personaje tan significativo no ha podido terminar sus días formando parte de las pruebas iniciáticas de una secta de ladrones.

—¡Venga, Kaspar, no sea escéptico! —repuso Farag, iniciando el descenso—. Estas cosas pasan. En Egipto, por ejemplo, cada día se descubren nuevos yacimientos arqueológicos con las cosas más inverosími... ¡Eh! ¿Qué es esto? —exclamó de pronto. La lauda del sarcófago había iniciado un lento desplazamiento y estaba a punto de tirarlo al suelo, empujándole por el cuello.

—¡Salta, Farag! —le urgí—. ¡Déjate caer!

—¿Qué ha hecho, profesor? —bramó la Roca.

—Nada, Kaspar, se lo aseguro —declaró Boswell dando un atrevido salto con pirueta hasta las losas de mármol—. Sólo he apoyado los pies en las argollas de oro para bajar mejor.

—Pues está claro que esa era la forma de abrir el sarcófago —murmuré, mientras la plancha de pórfido terminaba su deslizamiento con un áspero chasquido.

Usando como estribo una de las cabezas de león y sujetándose al borde del sepulcro, Glauser-Röist se impulsó hacia arriba para echar una ojeada.

—¿Qué ve, capitán? —pregunté llena de curiosidad. Juraría que fue en aquel momento cuando comenzó el ruido de las aspas, pero no estoy completamente segura.

—Un muerto.

Farag levantó los ojos al cielo con gesto de resignación y siguió a la Roca en su ascenso utilizando el león contiguo.

—Deberías ver esto, Ottavia —me dijo muy sonriente.

No lo pensé dos veces. Tirando sin miramientos de la chaqueta del capitán, conseguí que bajara y que me dejara el sitio y, con un supremo esfuerzo deportivo, alcancé la altura precisa para contemplar el increíble cuadro que se ofreció ante mis ojos: igual que esas muñecas rusas que contienen otras muñecas más pequeñas y estas, a su vez, otras más, el gigantesco sarcófago incluía varios ataúdes hasta llegar al que acogía de verdad el cuerpo del emperador. Todos tenían una lámina de cristal por cubierta, de modo que podían contemplarse los restos de Constantino con bastante facilidad. Por supuesto, decir que *aquello* era Constantino el Grande resultaba una gran temeridad porque, aparte de poseer una calavera como la de cualquiera, sólo los adornos imperiales delataban su alto linaje. Ahora bien, aquella vulgar calavera portaba una *stemma*[47] de oro cuajada de joyas que cortaba el aliento y, para mayor asombro, estaba adornada

47. Corona imperial.

con bellísimos *catatheistae*[48] que nacían desde debajo de la *toufa*.[49] El resto del esqueleto estaba cubierto por un impresionante *skaramangion*[50] que se sujetaba con una fíbula sobre el hombro derecho y que estaba íntegramente bordado en oro y plata, con cenefas de amatistas, rubíes y esmeraldas, y ribeteado de perlas, a cual más extraordinaria. Al cuello llevaba un *loros*[51] y al cinto una ajada *akakia*,[52] imprescindible para cualquier emperador bizantino que se preciara de tal.

—Es Constantino —afirmó Farag con voz débil.

—Supongo que sí...

—Cuando publiquemos todo esto, *Basíleia*, nos vamos a hacer muy famosos.

Giré la cabeza hacia él rápidamente.

—¿Cómo que cuando publiquemos todo esto? —me indigné muchísimo, y de repente comprendí que ambos teníamos el mismo derecho a explotar científicamente aquel descubrimiento y que debería compartir la gloria con Farag y Glauser-Röist—. ¿Usted también quiere publicarlo, capitán? —le pregunté, mirándole desde arriba.

—Por supuesto, doctora. ¿Acaso creía que todo esto sería exclusivamente suyo?

Farag soltó una risita y se dejó caer al suelo.

—No se lo tome a mal, Kaspar. La doctora Salina tiene la cabeza dura pero su corazón es de oro.

Iba a contestarle como se merecía, cuando, de súbito,

48. Ornamentos que colgaban de la corona imperial.
49. Diadema imperial que podía llevar una cresta de plumas de pavo real.
50. Túnica que formaba parte de los atributos imperiales bizantinos.
51. Estola enjoyada que sólo podían usar los emperadores y las personas de rango imperial.
52. Bolsa de seda llena de polvo que formaba parte de los atributos imperiales.

el tenue ruido que había empezado apenas unos minutos antes se convirtió en un fragor semejante al de muchas aspas de molino movidas furiosamente por el viento. Esta imagen, al fin y al cabo, no era tan descabellada, porque una inesperada corriente de aire que surgió de los *bothroi* me arremolinó la falda y me empujó contra el sarcófago.

—Pero ¿qué está pasando? —me enfadé.

—Me temo que empieza la fiesta, doctora.

—Sujétate fuerte, Ottavia.

Antes de que Farag hubiera terminado de hablar, la racha de aire se había convertido en una ventisca e, inmediatamente, en un huracán. Las antorchas se apagaron de golpe y nos quedamos a oscuras.

—¡Los vientos! —gritó Farag, asiéndose con fuerza al borde del sarcófago.

El capitán Glauser-Röist, al que el aire había pillado al descubierto, encendió su linterna y se tapó los ojos con el brazo mientras trataba de llegar hasta nosotros, apenas a dos o tres metros de distancia. Pero los remolinos eran tan violentos que le resultaba imposible avanzar.

Yo, como Farag, me aferraba también al borde del sarcófago para impedir que aquel ciclón demencial me arrastrara hasta el suelo, pero pronto me di cuenta de que no iba a tardar mucho en soltarme porque me dolían los dedos de tanto apretar la piedra y ya no me quedaban fuerzas.

La velocidad de los vientos aumentaba sin cesar, haciendo que me llorasen los ojos y que me rodasen ríos de lágrimas por las mejillas, pero no era eso lo peor; lo peor empezó cuando cada uno de los hijos de Eolo añadió a su corriente el pequeño detalle por el que también era conocido: Bóreas, Aparctias y Helespontio se fueron enfriando paulatinamente hasta alcanzar una temperatura gélida insoportable. Trascias y Argestes no llegaron a tanto, pero en su caudal empezaron a aparecer gotas de agua que, por efecto del frío se fueron cuajando y se convirtieron en granizo, pareciendo que nos disparaban desde algún lado con una escopeta de perdigones. Llegó un momento que el dolor era tan insoportable que mis manos se soltaron, por fin, del sarcófago y fui a dar con el cuerpo en tierra, a la cual, como decía Dante —y ahora sus palabras se volvían meridianamente claras— me quedé adherida mientras mis ojos seguían llorando por efecto del furioso aire, seco y áspero, de Afeliotes y Euro. Pero si Trascias y Argeste escupían granizo, Euronoto, Noto y Libanoto empezaron a exhalar rabiosas bocanadas ardientes que derretían el hielo y quemaban la piel. Recuerdo que en aquellos momentos eché de menos los pantalones, porque la lluvia de granizo me hacía un daño horrible en las piernas y el calor de Noto me las estaba abrasando. Trataba de cubrirme la cara con los brazos, pero el aire se colaba por los agujeros y me dificultaba la respiración. Pensé que, por encima de todo, necesitaba acercarme a Farag, pero no tenía ni idea de cómo hacerlo y tampoco podía mirar para ver dónde se encontraba porque resultaba imposible despegarse del suelo o mover siquiera un brazo o una pierna, así que lo llamé, gritando con todas mis fuerzas. Sin embargo, el estruendo era tan ensordecedor, que ni siquiera yo conseguí escuchar el sonido de mi propia voz. Aquello era el fin. ¿Cómo se suponía que íbamos a salir de allí? Era completamente imposible.

Al principio sólo noté un roce contra el tobillo que me pasó desapercibido. Luego, el roce se transformó en una mano que me agarró con fuerza y que fue usando mi pierna de asidero para ir reptando lentamente hasta mi cara. No me cupo la menor duda de que se trataba de Farag, pues el capitán nunca se hubiera atrevido a tocarme de aquella manera y, además, la última vez que le había visto, estaba delante de mí y no detrás. De modo que, dentro de lo angustiosa que resultaba la situación, hubo algo que me ayudó a mantener la esperanza y a no perder la cabeza... aunque a lo mejor sí la perdí un poco, porque, cuando las piernas se terminaron, el tacto de la mano desapareció para convertirse en un brazo que me rodeó la cintura y en un cuerpo que se pegó al mío y que siguió subiendo, dibujando la línea de mi costado. Debo reconocer que, aunque estaba a punto de volverme loca por las ráfagas de viento congelado e incandescente y por los terribles puyazos del pedrisco, aquel largo instante que tardó Farag en llegar hasta mi cara, fue uno de los más turbadores de mi vida. Y lo más extraño era que todas aquellas nuevas sensaciones que deberían haberme hecho sentir no ya culpable sino culpabilísima, me convertían en una persona libre y feliz, como si por fin emprendiera un viaje largamente postergado. Ni siquiera me inquietaba tener que responder ante Dios por estos sentimientos, como si tuviera claro que Él estaba conforme.

En cuanto Farag se puso a mi altura, pegó los labios a mi oreja y pronunció unos sonidos inconexos que no pude comprender. Los repitió una y otra vez hasta que, uniendo fragmentos con mucha imaginación, conseguí formar las palabras «Zéfiro» y «Dante». Me puse a pensar en Zéfiro, el viento del oeste, el que tira flores en compañía de su amante, la joven Cloris; Zéfiro, el viento elogiado en los grandes poemas de la Antigüedad por ser como una brisa ligera y suave que empieza con la primavera —sonaba cursi, pero lo había leído en alguna parte, seguramente en Plinio—; Zéfiro, el viento del ocaso, del poniente, del día que termina, del invierno que termina... Que termina. A lo mejor era eso lo que intentaba decirme Farag. El fin de aquella pesadilla, la salida. Zéfiro era la salida. Pero ¿cómo llegar? ¡Si no podía mover ni un dedo!, y, además, ¿dónde estaba el *bothros* de Zéfiro? Había perdido por completo la orientación. Y, de repente, recordé:

> *Si venís libres de yacer aquí con nosotros,*
> *y queréis pronto hallar el camino,*
> *llevad siempre por fuera la derecha.*

¡El terceto de Dante! ¡Eso era lo que quería decirme Farag, que recordara las palabras de Dante! Exprimí mi memoria para recordar lo que habíamos leído en el avión aquella mañana:

> *Eché a andar y mi guía echó a andar por los*
> *lugares libres, siguiendo la roca,*
> *cual pegados de un muro a las almenas.*

¡Había que llegar al muro, a la pared! Y, una vez allí, pegados a la roca, avanzar siempre hacia la derecha hasta llegar a Zéfiro, el viento suave y templado que nos libraría del huracán y de los balines de hielo y que, quizá, nos permitiría salir.

Haciendo un gran esfuerzo, con mi mano cogí la mano de Farag y la apreté para que supiera que le había comprendido y, no sé muy bien cómo, ayudándonos el uno al otro, avanzamos lentamente, como serpientes aplastadas por una bota, sin dejar de llorar y de abrir la boca para atrapar un aire difícil de respirar. Tardamos mucho tiempo en ganar el muro y tuvimos que ir esquivando los furiosos tifones que salían por los *bothroi*, zigzagueando en busca de ángulos muertos que nos permitieran movernos un poco mejor. En más de una ocasión pensé que no íbamos a conseguirlo, que era un esfuerzo inútil, pero, por fin, chocamos contra la roca y supe que teníamos una oportunidad. Ahora sólo me preocupaba Glauser-Röist. Si conseguíamos ponernos en pie y, como decía Dante, pegarnos a la pared, quizá lograríamos verle gracias a la luz de la linterna.

Pero alzarse del suelo no era tan sencillo. Como niños que empiezan a caminar y se cogen a los muebles para incorporarse, tuvimos que clavar los dedos en los resquicios más inverosímiles para pasar de reptiles a bípedos, y aún eso con muchos problemas. Sin embargo, el poeta florentino había dejado sus pistas muy bien puestas, porque, en cuanto logramos adherirnos a la pared, la fuerza de los vientos dejó de aplastarnos y pudimos respirar mejor. No es que hubiera calma, ni mucho menos, pero las aberturas de los *bothroi* estaban dispuestas de tal forma que los cañones de aire se neutralizaban unos a otros, creando unos diminutos recodos parcialmente libres marcados por los antorcheros.

Pero si moverse y respirar era difícil, abrir los ojos era angustioso, pues se secaban en cuestión de segundos y pinchaban como si llevaran alfileres. Y, aunque las lágrimas nos caían a litros, hasta los párpados se negaban a deslizarse sobre las córneas resecas. Sin embargo, había que localizar a Glauser-Röist como fuera, así que le eché valor (y dolor) y no paré hasta que le divisé al otro extremo de la gruta, entre Trascias y Aparctias, pegado al muro como una sombra, con la cabeza ladeada y los ojos cerrados. Llamarle era inútil, porque no nos hubiera oído, así que debíamos llegar hasta él. Como nosotros nos encontrábamos entre Euronoto y Noto, iniciamos el ascenso hacia el norte, hacia Bóreas, siguiendo las indicaciones de Dante de caminar siempre hacia la derecha. Lamentablemente, el capitán, que no debía recordar las pistas de la *Divina Comedia*, en lugar de avanzar hacia Zéfiro en la misma dirección, se aproximaba hacia nosotros, echándose al suelo cada vez que tenía que pasar por delante de uno de los vientos para impedir que la tromba le lanzara por los aires contra el sarcófago.

Yo estaba agotada. Si no hubiera sido por la mano de Farag, probablemente nunca hubiese conseguido salir de allí; y ese cansancio que me impulsaba a quedarme en el suelo cada vez que teníamos que tumbarnos para atravesar un *bothros*, se volvía más y más acusado con cada metro que adelantábamos.

Por fin, nos encontramos con el capitán a la altura de Helespontio y, por todo gesto, los tres fundimos nuestras manos en un estrecho y emocionado apretón que fue más elocuente que cualquier palabra que hubiéramos podido decirnos. El problema comenzó cuando Farag quiso reanudar el paso para seguir avanzando hacia Zéfiro. Por increíble que pueda resultar, Glauser-Röist se negó en redondo a desandar el camino, haciendo barrera con su cuerpo para impedírnoslo tercamente. Vi a Farag acercarse al oído del capitán y gritarle con toda su alma, pero el otro seguía diciendo que no con la cabeza y señalando con el dedo en dirección contraria. Farag volvió a intentarlo una y otra vez, pero la Roca, tan Roca como siempre, continuaba denegando y empujando a Farag hacia mí, que iba la última y que tenía a Afeliotes a menos de medio metro de mis piernas.

No hubo manera de convencerle. Por más que gritamos, gesticulamos e intentamos avanzar hacia la derecha, el capitán se opuso tenazmente, obligándonos, al final, a obedecerle. No se me ocurría qué cosa terrible podría pasar si no hacíamos lo que decía Dante, pero preferí no pensar en ello mientras iniciábamos el camino de vuelta hacia Euronoto. Mi desesperación y la de Farag se reflejaban en nuestras caras cuando nos mirábamos. El capitán se equivocaba, pero ¿cómo hacérselo comprender?

Tardamos aproximadamente media hora en cruzar los cinco vientos que nos separaban de Zéfiro y mi agotamiento era ya tan extremo que soñaba con que, al final de la prueba —si es que habíamos acertado con la solución—, los staurofílakes nos durmieran dulcemente con aquella nube de humo blanquinoso que habían utilizado en el laberinto de Rávena. Me daba rabia estar tan cansada y pensaba con envidia en la fortaleza física del capitán y en la resistencia natural de Farag. Otra cosa que tendría que proponerme cuando todo aquello terminara sería hacer un poco de gimnasia. No podía escudarme en los géneros diciendo que las mujeres éramos más débiles que los hombres (una campesina rusa nunca será más débil que un oficinista chino); la culpa de aquel cansancio era totalmente mía, por llevar una vida tan sedentaria.

Por fin arribamos al ángulo muerto entre Libs y Zéfiro. Suspiré con alivio, dibujando una sonrisa en mi cara y, como era la primera de la fila, me tocó acercarme hasta la guarida del viento que, supuestamente, era suave como una brisa y templado como un día de primavera. Acerqué muy despacio la mano derecha hacia la cavidad, temiendo verla salir despedida lejos de mí, y mi corazón estalló de júbilo cuando comprobé que, a pesar de que Zéfiro era un poco más violento de lo que afirmaban los poetas, su vehemencia no tenía nada que ver con la de sus once hermanos. Ni quemaba ni enfriaba, ni tampoco escupía escarcha o granizo, y mi mano extendida ondulaba en sus rizos como si la hubiera sacado por la ventanilla de un coche en marcha. ¡Habíamos encontrado la salida!

Zéfiro me succionó y me salvó la vida. Caí como un saco de piedras sobre su suelo cuando me introduje por el estrecho *bothros* y respiré sin agobios su aire manso y fino que llegó hasta mis pulmones como un perfume. La verdad es que me hubiera quedado allí un buen rato, sin moverme, pero tenía que seguir avanzando para permitir que Farag y el capitán pudieran entrar detrás de mí. Estuve segura de que lo habían hecho en cuanto escuché los gritos furiosos que Farag le lanzaba a Glauser-Röist:

—¡Se puede saber por qué demonios nos ha hecho recorrer tres cuartas partes de la gruta! —bramaba, indignado—. ¡Estábamos casi al lado de Zéfiro cuando le encontramos! ¿No recuerda que Dante decía que había que ir hacia la derecha?

—¡Cállese! —le replicó Glauser-Röist, autoritario—. ¡Eso es lo que hice!

—¿Está loco? ¿No ve que hemos caminado en el sentido de las agujas del reloj? ¿No distingue la derecha de la izquierda?

—¡Por favor! —exclamé, viendo que los ánimos estaban realmente alterados—. ¡Hemos salido y estamos bien! ¡Por favor!

—¡Escuche, profesor Boswell! —tronó la Roca—. ¿Qué decía Dante? Decía que había que llevar siempre por fuera la derecha.

—¡La derecha, Kaspar! ¡La derecha, no la izquierda! ¿Aún no lo comprende?

—¡La derecha por fuera, profesor! ¡El que no lo comprende es usted!

Fruncí el ceño. ¿La derecha por fuera? En ese caso, tenía la razón la Roca. Dante y Virgilio avanzaban por la cornisa de una montaña y su derecha daba, obviamente, al precipicio, al vacío. Pero nosotros caminábamos pegados a una pared, de modo que nuestra derecha era el centro de la gruta, nuestro lado libre era el interior, no el exterior como en el caso de Dante. De todos modos, habíamos llegado a Zéfiro, aunque por el otro lado habríamos tardado menos.

—¡Por el otro lado no habríamos llegado nunca, doctora!

—Pero ¿qué tontería está diciendo? —me sublevé.

—¡Veo que ambos han olvidado a Trascias y Argestes, que eran, casualmente, los dos últimos vientos que había que atravesar antes de llegar a Zéfiro por el otro lado!

El silencio se hizo en aquel corredor abovedado, pues ni Farag ni yo fuimos capaces de contradecirle. El capitán nos había salvado de una buena o, en el mejor de los casos, de andar y desandar inútilmente un camino agotador. Jamás hubiéramos podido cruzar Trascias y Argestes, los vientos que descargaban enormes andanadas de granizo.

—¿Lo comprenden ya o tengo que volver a explicárselo?

Tenía razón. Tenía toda la razón del mundo, y así se lo dije. Farag no tuvo reparos en pedirle disculpas en todas las lenguas que conocía, y, de hecho, empezó por el copto y luego siguió con el griego, el latín, el árabe, el turco, el hebreo, el francés, el inglés y el italiano. Al final, acabamos riéndonos y la tensión se disolvió. La Roca era un héroe y se lo dijimos.

—Déjense de tonterías y avancemos por este agujero.

—¿Por qué tengo que ir yo siempre delante? —refunfuñé de nuevo, harta de tal honor.

—Doctora, por favor...

—Ottavia...

Y ya no hubo nada más que hablar, naturalmente.

A gatas, sujetando mi linterna entre dos botones de la blusa, inicié la marcha, lamentando de nuevo haberme puesto falda aquel día. Me pareció revivir el mal rato del túnel de las catacumbas de Santa Lucía, cuando llevaba, como ahora, a Farag detrás, y me prometí a mí misma que, si salíamos de allí, las tiraría todas a la basura sin contemplaciones.

La verdad es que me costaba gatear, que no podía con mi alma, y por eso me alegré infinitamente cuando un suave aroma a resina me llegó hasta la nariz.

—Creo que vamos a tener suerte —dije—. Esta vez nos libramos del golpe.

—¿Qué dices, *Basíleia*?

—Que nos duermen. ¿No hueles a resina?

—No.

—Bueno, no importa. De todos modos, me despido. Te veré cuando nos despertemos.

—*Basíleia*...

Yo ya empezaba a notar un leve sopor y me encantaba.

—¿Sí?

—Lo que te dije en el maratón era mentira.

—¿Lo que me dijiste en el maratón?

Ahí estaba el humo blanco, el bendito humo blanco que, como un buen somnífero, me iba a proporcionar unas maravillosas horas de sueño reparador. Me detuve y me tumbé en el suelo. Que los staurofílakes hicieran lo que quisiesen con mi cuerpo, me daba exactamente lo mismo; yo sólo deseaba dormir.

—Sí, aquello de que si te ponías en pie y corrías hasta Atenas conmigo, no insistiría nunca más.

Sonreí. Era el hombre más romántico del mundo. Me hubiera gustado volverme. Pero no, mejor dormir. Además, la Roca estaba escuchándolo todo.

—¿Era mentira? —La sonrisa subió también a mis ojos, ahora entornados por el sueño.

—Totalmente mentira. Tenía que avisarte. ¿Te parece mal?

—¡Oh, no! Me parece muy bien. Estoy de acuerdo contigo.

—Vale, pues luego te veo —murmuró—. Kaspar, ¿usted también se duerme?

—No —masculló con voz amodorrada—. Su conversación es muy interesante.

¡Dios mío!, pensé. Y me adormecí.

6

Los gritos de unos niños que jugaban me despertaron. El sol de mediodía caía sobre mí como un chorro de luz. Parpadeé, tosí y me incorporé lanzando gemidos. Estaba tendida boca abajo sobre una alfombra de maleza. El olor era insoportable, un olor a basuras acumuladas durante años y fermentadas por el calor de Oriente. Los niños seguían chillando y diciendo palabras en turco, pero su sonido se alejaba de mí como si ellos o yo nos estuviéramos desplazando.

Conseguí sentarme sobre la hierba y abrí los ojos. Me encontraba en un patio en el que se veían restos de mampostería bizantina mezclados con cúmulos de basuras sobre los que sobrevolaban nubes de moscas azules tan grandes como elefantes. A mi izquierda, un taller de coches de aspecto más bien siniestro emitía ruidos de sierra mecánica y de soplete. Me sentía sucia. Sucia y descalza.

Frente a mí, Farag y el capitán permanecían echados sobre el suelo con la cara hundida en la hierba. Sonreí al ver a Farag, y me dio un tonto vuelco el estómago.

—¿Así que era mentira? —musité acercándome a él y mirándole sin poder borrar la sonrisa de mi cara. Le aparté las mechas de pelo de la frente y me entretuve observando las pequeñas rayas que tenía marcadas en la piel. Eran las huellas del tiempo que no había pasado conmigo, esos treinta y tantos años largos en los que, incomprensiblemente, había tenido una vida propia lejos de mí. Había vivido, soñado, trabajado, respirado, reído e, incluso, amado, sin sospechar que, al final del camino, yo le estaba esperando. Tampoco yo lo sabía, desde luego. Pero ahí estábamos, y no dejaba de resultar milagroso que alguien como Farag Boswell se hubiera fijado en alguien como yo, que ni en sueños poseía ese atractivo físico que a él le sobraba por todas partes. Desde luego, la belleza física no lo era todo pero, en fin, algo tenía que ver, y aunque eso era algo que jamás me había preocupado, en ese momento hubiera deseado ser guapa y atractiva para que, al despertar, se quedara totalmente deslumbrado.

Suspiré y, luego, me reí bajito. No era cuestión de pedir más milagros. Habría que conformarse. Miré a mi alrededor y no vi a nadie. Nadie me veía, así que me incliné muy despacio para, antes de que se despertara, darle un pequeño beso en aquellas líneas de la frente.

—Doctora... ¿Se encuentra bien, doctora Salina? ¿Y el profesor Boswell?

Me llevé el susto más grande de mi vida. Con el corazón latiéndome a mil por hora y la cara encendida, me incorporé como si tuviera un muelle en la espalda.

—¿Capitán? ¿Está usted bien? —le pregunté, alejándome de Farag, que seguía dormido.

—¿Dónde estamos?

—Eso quisiera saber yo.

—Hay que despertar al profesor. Él habla turco.

Se apoyó en las manos e inició el gesto de una flexión para levantar el cuerpo, pero un rictus de dolor le paralizó a medio camino.

—¿Dónde demonios nos han marcado esta vez? —rezongó.

¡La escarificación! Inconscientemente me llevé la mano

a la espalda por encima del hombro, a las cervicales, y sólo entonces sentí las familiares punzadas.

—Creo que hemos recibido la primera de las tres cruces que van sobre la columna.

—¡Pues esta duele!

¿Cómo no me había dado cuenta? El dolor de mi escarificación se hizo repentinamente intenso.

—Sí, sí que duele —convine—. Creo que duele más que las anteriores.

—Ya se pasará... Tenemos que despertar al profesor.

No lo pensó dos veces y empezó a sacudirlo sin misericordia. Farag gimió.

—¿Ottavia? —preguntó sin abrir los ojos.

—Lo siento, profesor —refunfuñó la Roca—. No soy la doctora Salina. Soy el capitán Glauser-Röist.

Farag sonrió.

—No es exactamente lo mismo. ¿Y Ottavia?

—Estoy aquí —dije cogiéndole la mano. Él abrió los ojos y me miró.

—Perdonen que les moleste —le dijo de malos modos el capitán—, pero tenemos que volver al Patriarcado.

—¿Ha buscado ya en su ropa, capitán? —le pregunté sin dejar de mirar a Farag y sin dejar de sonreírle—. La pista para la prueba de Alejandría es importante.

Glauser-Röist volvió rápidamente del revés todos los bolsillos de sus pantalones y su chaqueta.

—¡Aquí está! —exclamó satisfecho, alzando el habitual pliego de papel.

—Veámoslo —propuso Farag, incorporándose sin soltarme la mano—. ¿Nos han marcado en la espalda? —preguntó de pronto, muy sorprendido.

—En las cervicales —le confirmé.

—¡Vaya, pues esta vez sí que duele!

El capitán, que ya había mirado lo que decía el papel, se lo tendió.

—Si no suelta la mano de la doctora, le costará mucho verlo.

Farag se rió y me acarició rápidamente los dedos antes de liberarme.

—Espero que no le moleste, Kaspar.

—A mí no me molesta nada, profesor —afirmó la Roca, muy serio—. La doctora Salina ya es adulta y sabe lo que hace. Supongo que arreglará su situación con la Iglesia cuanto antes.

—No se preocupe, capitán —le aclaré—. No me olvido ni por un momento de que todavía soy monja. Este asunto es privado pero, como le conozco, sé que se quedará más tranquilo si le digo que soy consciente de los problemas.

El pobre era tan obtuso para ciertas cosas que preferí tranquilizarle.

Farag, que examinaba el papel, se había quedado con la boca abierta.

—¡Yo sé lo que es esto! —dejó escapar muy alterado.

—Tiene que conocerlo, profesor. La siguiente prueba es en Alejandría.

—¡No, no! —negó frenéticamente con la cabeza—. ¡No lo había visto mi vida! Pero podría localizarlo si estuviéramos allí.

—¿De qué habláis? —quise saber, arrancando el papel de las manos de Farag. Esta vez no era un texto lo que había en aquella superficie rugosa, sino un dibujo bastante tosco hecho con carboncillo. En él se distinguía perfectamente la forma de una serpiente barbuda ceñida con las coronas faraónicas del Alto y el Bajo Egipto sobre las cuales aparecía un medallón con la cabeza de Medusa. De los anillos del animal, enredados como un nudo marinero, emergía el tirso de Dioniso, el dios griego de la vegetación y el vino, y el caduceo de Hermes, el dios mensajero—. ¿Qué es esto?

—No lo sé —me respondió Farag—, pero no nos

será difícil averiguarlo. En el Museo tenemos un catálogo informatizado de los restos arqueológicos de la ciudad —se acercó a mí y, mirando por encima de mi hombro, señaló el dibujo con el dedo—. Hubiera jurado que podía reconocer casi cualquier obra alejandrina con los ojos cerrados y, sin embargo, aunque el aspecto me resulta familiar, no consigo recordar esta figura. ¿Ves la mezcla de estilos? ¿Ves el caduceo de Hermes y las coronas de los faraones? La serpiente barbuda es un símbolo romano. Esta combinación tan estrafalaria es característica de Alejandría.

—Profesor, si no le importa, ¿podría acercarse a ese taller y preguntar dónde demonios estamos? —volvió a interrumpirnos la Roca—. Y pregunte si tienen teléfono. Mi móvil se estropeó con el agua de la cisterna.

Farag sonrió.

—Tranquilo, Kaspar. Yo me encargo.

—Este es el número del Patriarcado —añadió Glauser-Röist, entregándole, abierta, su pequeña agenda—. Dígale al padre Kallistos dónde estamos y pídale que vengan a buscarnos.

A mí no me hacía ninguna gracia que Farag caminara tan decidido hacia aquel antro de chatarra y desapareciera en su interior, pero no tardó ni cinco minutos en regresar y, cuando lo hizo, traía en la cara una amplia sonrisa.

—Ya he hablado con el Patriarcado, capitán —gritó mientras volvía—. Vendrán enseguida. Estamos en los restos de lo que fue el Gran Palacio de Justiniano.

—¿El Gran Palacio de Justiniano... esto? —dije con aprensión, mirando alrededor.

—Exacto, *Basíleia*. Nos encontramos en el barrio de Zeyrek, en la parte vieja de la ciudad, y este patio es todo lo que queda del palacio imperial de Justiniano y Teodora.

Se puso a mi lado y me cogió la mano.

—No lo puedo entender, Farag —murmuré, apesadumbrada—. ¿Cómo permiten que las cosas lleguen hasta este extremo?

—Para los turcos, los restos bizantinos no tienen el mismo valor que tienen para nosotros, *Basíleia*. Ellos no comprenden más religión que la suya, con todas las implicaciones culturales y sociales que eso conlleva. Conservan sus mezquitas, pero ¿por qué conservar las iglesias de una religión extraña? Este es un país pobre que no puede preocuparse por un pasado que desconoce y que no le interesa.

—¡Pero es cultura, historia! —me enfurecí—. ¡Es futuro!

—Aquí la gente sobrevive como puede —rehusó—. Las viejas iglesias se convierten en casas y los viejos palacios en talleres y, cuando se vengan abajo, buscarán otras iglesias y otros palacios en los que instalar su hogar o su negocio. Tienen una mentalidad distinta a la nuestra. Sencillamente, ¿por qué conservar si se puede reutilizar? Agradezcamos que han preservado Santa Sofía.

—En cuanto llegue el coche del Patriarcado, iremos directamente al aeropuerto —anunció lacónicamente Glauser-Röist.

Me sobresalté.

—¿Así? ¿Desde aquí? ¿Sin cambiarnos de ropa ni ducharnos?

—Ya lo haremos en Alejandría. Sólo son tres horas de viaje y podemos asearnos en el Westwind. ¿O prefiere tener que explicar lo que hemos descubierto ahí abajo?

Era obvio que no, así que no puse más objeciones.

—Espero que no haya demasiados problemas para que yo pueda volver a Egipto... —murmuró preocupado Farag. La última vez que había salido de su país lo había hecho como sospechoso del robo de un manuscrito en el monasterio de Santa Catalina del Sinaí y había tenido que escapar con pasaporte diplomático de la Santa Sede por la frontera israelí.

—No se preocupe, profesor —le tranquilizó la Roca—, el Códice Iyasus ya ha sido devuelto oficialmente al monasterio de donde lo tomamos prestado.

—¡Prestado! —exclamé con sorna—. ¡Menudo eufemismo!

—Llámelo como quiera, doctora, pero lo que importa es que el Códice ha vuelto a la biblioteca de Santa Catalina y que tanto la Iglesia Católica como las Iglesias Ortodoxas han presentado al abad las oportunas disculpas y explicaciones. El arzobispo Damianos ha retirado la denuncia y, por lo tanto, profesor, es usted completamente libre de volver a su casa y a su trabajo.

Durante unos minutos, en aquel vertedero sólo pudo escucharse el zumbido de las moscas y el chirrido de la sierra mecánica. Farag no daba crédito a sus oídos. Estaba enfadándose lentamente, concienzudamente, como una caldera que se enciende y empieza a ganar presión. El capitán permanecía tranquilo pero a mí me temblaban las piernas porque sabía que, aunque Farag era dueño de un carácter afable, las personas como él aguantaban hasta un límite, pasado el cual podían volverse realmente violentas. Por fin, como me temía, Boswell se adelantó furioso hacia Glauser-Röist y se detuvo a pocos centímetros de su cara.

—¿Desde cuándo está el Códice en Santa Catalina? —masculló, con los dientes apretados.

—Desde la semana pasada. Hubo que hacer una copia del manuscrito y devolverle su aspecto original. Les recuerdo en qué condiciones lo dejamos, descuadernado y con las hojas sueltas. Luego, a través del Patriarca copto-católico de su Iglesia y del Patriarca de Jerusalén, Su Beatitud Michel Sabbah, se iniciaron las conversaciones con el arzobispo Damianos. Su Patriarca, Stephano II Ghattas, habló también con el director del Museo

Grecorromano de Alejandría y, desde ayer, se encuentra usted en situación de permiso especial indefinido. Creí que le gustaría saberlo.

Farag se deshinchó como un globo. Incrédulo, me miró y miró a Glauser-Röist varias veces antes de ser capaz de articular palabra.

—¿Puedo volver a casa...? —tartamudeó—. ¿Puedo volver al museo...?

—No, al museo todavía no. Pero a su casa volverá esta misma tarde. ¿Le parece bien?

¿Por qué estaba tan emocionado ante la posibilidad de volver a Alejandría y de recuperar su trabajo en el Museo Grecorromano? ¿Acaso no me había dicho que ser copto en Egipto era ser un paria? ¿Acaso la guerrilla islámica no había matado, el año anterior, a su hermano pequeño, a su cuñada y a su sobrino de cinco meses a la salida de la iglesia? Todo eso me lo había contado él la primera vez que cenamos juntos.

—¡Oh, Dios mío! —exclamó estirándose y levantando los brazos al cielo como los corredores cuando llegan victoriosos a la meta—. ¡Esta noche estaré en casa!

Mientras se explayaba en una larga perorata sobre lo mucho que me iba a gustar Alejandría y lo contento que se pondría su padre cuando le viera y cuando me conociera, el coche del Patriarcado pasó por una de las calles aledañas y nos recogió, por fin, en el lado opuesto del vertedero. Tardé una eternidad en llegar hasta él, porque el suelo estaba lleno de peligrosos y afilados desperdicios que hubieran podido cortarme los pies, pero, cuando me senté en su interior con un largo suspiro de alivió, descubrí que había sido un hermoso paseo por un camino de rosas: a mi lado, en la parte trasera del vehículo que conducía el chófer del Patriarca, se encontraba la experta en arquitectura bizantina Doria Sciarra.

El capitán tomó asiento junto al conductor y yo, intencionadamente, hice que Farag entrara por la otra puerta para que también él se sentara junto a Doria, que quedó aprisionada entre ambos. Me mostré encantadora con ella, como si nada de lo ocurrido el día anterior hubiera tenido la menor importancia. Me alegré, sin embargo, cuando la vi arrugar la nariz por el olor que despedíamos. Estaba ofendida porque mientras ella entretenía al portero de Fatih Camii, nosotros habíamos desaparecido y la habíamos dejado sola. Cuando volvió al patio y no pudo encontrarnos por ninguna parte, se fue caminando hasta el coche y estuvo esperando hasta que anocheció. Sólo entonces, preocupada y sola, regresó al Patriarcado. Quiso que le contáramos todo lo que nos había pasado, pero esquivamos sus preguntas con respuestas anodinas, hablándole superficialmente de lo dura que había sido la prueba y de los terribles dolores y torturas que habíamos padecido, provocando de esta manera que perdiera el interés. ¿Cómo íbamos a contarle que habíamos hecho el descubrimiento más grande de la historia?

Farag se comportó con ella igual de encantador que el día anterior, pero sin seguirle el juego. No respondió ni una sola vez a sus tonterías e insinuaciones y yo me sentí muy tranquila al comprobar que, por mi parte, estaba perfectamente en paz conmigo misma: en paz en lo relativo a Farag y en paz con Doria, que había deseado herirme y sólo lo había podido conseguir fugazmente. Su deseo quedaría en ridícula tentativa si yo no permitía que lograra su objetivo. De modo que sonreí, charlé y bromeé como si el día anterior hubiera sido un día cualquiera y no el día en que mi mundo se había venido abajo para volverse a levantar, en el último minuto, de la mano de Farag. Ahora él era lo único que me importaba y Doria ya no era nadie.

Cuando el coche del Patriarcado nos dejó frente al enorme hangar donde permanecía el Westwind, me despedí de mi vieja amiga con un par de besos en las mejillas a pesar de su discreto conato de evasión; nunca sabré si fue porque estaba desorientada y se sentía culpable o por el olor que yo emanaba, pero el caso fue que la besé a la fuerza, de manera encantadora, y que le di las gracias «por todo» repetidamente. Farag y el capitán se limitaron a estrecharle la mano y ella huyó en el vehículo patriarcal para no volver a aparecer nunca más.

—¿Qué te dijo Doria ayer que te cambió la cara después de la comida? —me preguntó Farag mientras subíamos por la escalerilla.

—Ya te lo contaré más adelante —repuse—. ¿Cómo es que no te acercaste a mí si te diste cuenta de lo mal que estaba?

—No podía —me explicó mientras saludaba a Paola y al resto de la tripulación—. Estaba atrapado en mi propia trampa.

—¿Qué trampa? —me extrañé. Glauser-Röist se había quedado hablando con el piloto mientras nosotros ocupábamos nuestros asientos habituales. Pensé que debería asearme un poco antes de dejarme caer en aquella pulcra tapicería blanca, pero sentía una gran curiosidad por lo que me estaba diciendo Farag y no quería que llegara Glauser-Röist antes de que terminara.

—Bueno... La de Doria, ya sabes.

En sus ojos brillaba una sonrisa burlona que no comprendí.

—No, no lo sé. ¿De qué trampa de Doria estás hablando?

—¡Bueno, Ottavia, no te pongas tan seria! —bromeó—. ¡A fin de cuentas salió bien!

—Espero que no sea lo que estoy pensando, Farag —le advertí, muy seria.

—Me temo que sí, *Basíleia*. Tenía que hacer algo para que reaccionaras. ¿No estás contenta?

—¡Contenta! Pero ¿cómo quieres que esté contenta? ¡Me hiciste pasar un infierno!

Farag estalló en carcajadas como un niño feliz.

—¡Esa era la idea, *Basíleia*! ¡Dios mío, pero si en Atenas creí que lo tenía todo perdido! No quieras saber lo mal que lo pasé cuando te pusiste en pie en aquella carretera y me dijiste «¿Vamos?». En aquel momento, mirándote, supe que, para convencer a una mujer tan terca como tú, tenía que usar una bomba nuclear. Y Doria resultó perfecta, ¿no es cierto? Lo malo es que, después de cañonearte, ni siquiera me mirabas y, si lo hacías, era con... —la Roca hizo acto de presencia—. Luego seguiré.

—No es necesario —repliqué muy digna, levantándome y sacando el neceser de la bolsa—. Eres un tramposo.

—¡Pues claro! —exclamó, divertido—. Y otras muchas cosas también.

La Roca se dejó caer en su sillón y le oí resoplar.

—Voy a asearme un poco —anuncié sin volverme.

—Acuérdese de que tiene que estar sentada aquí cuando vayamos a despegar.

—No se preocupe.

Tardamos unas tres horas en llegar al aeropuerto de Alejandría. Durante el viaje comimos, hablamos, nos reímos y Farag y yo casi organizamos un motín cuando el capitán, sacando la *Divina Comedia* de su mochila, nos propuso preparar el siguiente círculo del Purgatorio. A pesar de encontrarme fresca y descansada después de casi doce horas de sueño, me sentía mentalmente exhausta. Si hubiera sido posible, habría pedido unas vacaciones y me habría ido con Farag al último rincón del mundo, a algún lugar donde nada ni nadie me recordara la vida que iba dejando atrás. Después, quizá convertida ya en otra persona, hubiera estado más dispuesta a terminar las pruebas que faltaban para llegar hasta el dichoso Paraíso Terrenal. Tenía la extraña sensación de haber soltado amarras sin disponer de otro muelle en el que atracar. Mi casa era ahora aquel avión; mi familia,

Farag y el capitán Glauser-Röist; mi trabajo, la caza de aquellos sorprendentes ladrones de reliquias que cruzaban los siglos como quien cruza una calle... Recordar Sicilia me hacía daño, me entristecía, y sabía que jamás volvería al piso de la Piazza delle Vaschette. ¿Qué haría cuando todo esto terminara? Menos mal que tenía a ese tramposo sin escrúpulos de Farag Boswell, pensé mirándole. Estaba segura de que me amaba y de que estaría a mi lado hasta que reconstruyera mi vida. Él era ahora lo único que quería.

Alrededor de las cinco de la tarde, el comandante de la nave anunció por los altavoces que estábamos a punto de aterrizar en el aeropuerto Al Nouzha. El tiempo era soleado y la temperatura alcanzaba los treinta grados en las pistas.

—¡Ya estamos en casa! —exclamó Farag alborozado.

No hubo manera de mantenerlo en el asiento mientras tomábamos tierra, y eso que la pobre Paola se lo suplicó cien veces. Pero él quería ver su ciudad, quería llegar antes que el avión y por nada del mundo hubiera consentido que alguien se lo impidiera.

Ni en mis más extraños sueños hubiera imaginado que Alejandría se convertiría en un lugar especial porque terminaría enamorándome de un hombre de allí. Por supuesto, había leído a Lawrence Durrell y a Konstantinos Kavafis y sabía, como cualquiera, algunas curiosidades sobre la ciudad fundada por Alejandro Magno en el año 332 antes de nuestra era: había oído hablar de su famosa Biblioteca, que llegó a albergar más de medio millón de volúmenes sobre todos los ámbitos del conocimiento humano; también de su Faro, que fue una de las Siete Maravillas del Mundo y que guiaba a los cientos de mercantes que entraban en su puerto, el más grande de la Antigüedad clásica; sabía que, durante siglos, había sido, no sólo la capital de Egipto y del Mediterráneo, sino también la capital literaria y científica más importante del mundo, y que sus palacios, mansiones y templos eran admirados por su elegancia y riqueza. Fue en Alejandría donde Eratóstenes midió la circunferencia de la Tierra, donde Euclides sistematizó la geometría y donde Galeno escribió sus obras de medicina, y fue asimismo en Alejandría donde se amaron Marco Antonio y Cleopatra. El propio Farag Boswell era un claro ejemplo de lo que había sido Alejandría hasta no hacía demasiado tiempo: descendiente de ingleses, judíos, coptos e italianos, acumulaba una mezcla de culturas y de rasgos que le conferían, al menos para mí, una condición única y maravillosa.

—¿Vamos a tener comité de bienvenida, capitán? —pregunté a la Roca, que se había pasado un buen rato hablando desde el teléfono del avión.

—Por supuesto, doctora. Nos recogerá un vehículo del Patriarcado greco-ortodoxo de Alejandría, en cuya sede nos reuniremos con el Patriarca, Petros VII, con Su Beatitud Stephanos II Ghattas y con Su Santidad el Papa Shenouda III, líder de la Iglesia copto-ortodoxa. Está confirmada también la presencia de nuestro viejo amigo el arzobispo Damianos, abad de Santa Catalina del Sinaí.

—Esto empieza a parecer una fiesta... —gruñí—. ¿Sabe una cosa, capitán? Jamás hubiera creído que existiera tal cantidad de Papas, Santidades y Beatitudes. En este momento mi cabeza es un revoltijo de Santos Pontífices.

—¡Y los que no va a conocer, doctora! —replicó con ironía, cruzando las piernas—. Para los ortodoxos todos los apóstoles eran iguales y tenían la misma autoridad a la hora de gobernar a su grey.

—Lo sé, pero me resulta difícil equipararlos al Papa de Roma porque, como católica, he sido educada en la creencia de que sólo hay un sucesor legítimo de Pedro.

—Hace mucho tiempo que aprendí que todo es relativo —me explicó en uno de esos raros arranques suyos de confianza—. Todo es relativo, todo es temporal y todo es mudable. Quizá por eso busco la estabilidad.

—¿Usted? —me sorprendí.

—¿Qué le pasa, doctora? ¿No puede creer que alguien como yo sea humano? No soy tan malo como le dijo su hermano Pierantonio.

Enmudecí porque me había pillado con las manos en el tarro de las galletas.

—Siempre hay una explicación para lo que hacemos y para lo que somos —prosiguió—. Y, si no, mírese usted misma.

—¿También sabe lo de mi familia? —musité, bajando la cabeza, e inmediatamente me di cuenta de que no quería hablar de aquello con nadie y mucho menos con Glauser-Röist.

—¡Naturalmente! —dijo soltando una de sus también raras carcajadas—. Ya lo sabía cuando la conocí a usted en el despacho de Monseñor Tournier. Como también sabía que era hermana de Pierantonio Salina, el Custodio de Tierra Santa. Ese es mi trabajo, ¿recuerda? Yo lo sé todo y lo vigilo todo. Alguien tiene que hacer el trabajo sucio y me tocó a mí. No me gusta, no me gusta nada, pero ya estoy acostumbrado. No es usted la única que va a dar un giro a su vida. Algún día, yo también me marcharé y viviré tranquilo en una pequeña casa de madera junto al lago Leman, dedicándome a lo que de verdad me gusta: cuidar la tierra, probar nuevos cultivos y sistemas de producción. ¿Sabe que estudié ingeniería agrícola en la Universidad de Zurich antes de convertirme en militar y guardia suizo? Esa era mi verdadera vocación, pero mi familia tenía otros planes para mí y no siempre es fácil escapar a lo que te inculcan desde pequeño.

Permanecí en silencio unos minutos, mirando por la ventanilla y pensando en las palabras del capitán.

—¿Por qué creemos que vivimos nuestras vidas —dije, al fin—, cuando son nuestras vidas las que nos viven a nosotros?

—Eso es cierto —repuso, arreglándose el mugriento remate del pantalón—. Pero siempre tenemos la oportunidad de cambiar. Usted ya lo está haciendo y yo también lo haré, se lo aseguro. Nunca es tarde para nada. Voy a confesarle un secreto, doctora, y espero que sepa mantenerlo: este va a ser mi último trabajo para el Vaticano.

Le miré y le sonreí. Acabábamos de sellar un pacto de amistad.

Cruzamos las calles de Alejandría dentro del coche del Patriarca Petros VII, una limusina negra de fabricación italiana, con Farag absolutamente silencioso en el asiento delantero, mirando sin cesar a su alrededor. Yo me sentía un poco triste porque pensaba que estar allí, en Alejandría, de alguna manera le alejaba de mí, así que empecé a tomarle manía a la ciudad.

El vehículo circulaba por unas grandes y modernas avenidas, colapsadas de tráfico, que pasaban junto a playas interminables de arena dorada. En realidad, la Alejandría que contemplaba tenía poco que ver con la que había imaginado en mi mente. ¿Dónde estaban los palacios y los templos? ¿Dónde Marco Antonio y Cleopatra? ¿Dónde el anciano poeta Kavafis que recorría Alejandría al caer la tarde apoyado en su bastón? Podría haberme encontrado en Nueva York si no fuera por los ropajes árabes de las gentes que paseaban por las aceras.

Cuando abandonamos las playas y nos adentramos en el corazón de la ciudad, el caos del tráfico aumentó hasta lo indecible. En una calle estrecha, de una sola dirección, nuestro vehículo quedó atrapado entre la fila de coches que nos seguía y una incomprensible fila que venía de frente. Farag y el chófer cruzaron algunas frases en árabe y este último, abriendo la portezuela, salió y empezó a gritar. Supongo que la idea era que los que venían en dirección contraria retrocedieran para dejarnos avanzar, pero, en lugar de eso, dio comienzo una violenta discusión entre los conductores. Por supuesto, no había un solo guardia urbano en varios kilómetros a la redonda.

Pasado algún tiempo, Farag abandonó también el vehículo, habló con nuestro chófer y volvió. Pero, en lugar de regresar a su asiento, se dirigió al maletero, lo abrió y sacó su maleta y la mía.

—Vamos, Ottavia —me dijo asomando la cara por la ventanilla—. Mi padre vive a dos calles de aquí.

—¡Un momento! —dejó escapar el capitán con cara de pocos amigos—. ¡Suba al coche, profesor! ¡Nos están esperando!

—Le esperan a usted, Kaspar —dijo Farag abriendo mi puerta—. ¡Todas estas reuniones con los Patriarcas son estúpidas! Cuando termine, llámeme a mi móvil. Aquí, en Egipto, vuelve a estar activo, y el vicario de Su Beatitud Stephanos, Monseñor Kolta, tiene mi número y el de mi padre. ¡Vamos, *Basíleia*!

—¡Profesor Boswell! —exclamó la Roca, muy enojado—. ¡No puede llevarse a la doctora Salina!

—¿Ah, no? Bueno, pues recuérdemelo esta noche. Le esperamos a cenar a las nueve en punto. No se retrase.

Y, diciendo esto, echamos los dos a correr como fugitivos, alejándonos del coche y del capitán Glauser-Röist, que, al parecer, tuvo que disculparnos repetidamente ante tan importantes autoridades religiosas. El octogenario Patriarca Stephanos II Ghattas fue quien más preguntó por Farag, al que conocía desde pequeño, y desde luego no se tragó en absoluto las torpes excusas que pronunció el capitán.

Nosotros, en cuanto abandonamos el coche, corrimos cargados con nuestros equipajes por una callejuela que desembocaba en la avenida Tareek El Gueish. Farag llevaba las dos maletas y yo su bolsa de mano y la mía.

No podía evitar reírme a carcajadas mientras escapábamos a toda velocidad. Me sentía feliz, libre como una quinceañera que empieza a saltarse las normas. De todos modos, y como no tenía quince años, me alegré enormemente de haberme puesto un par de cómodos zapatos porque, de no llevarlos, habría dado con mis huesos en el suelo. En cuanto doblamos la primera esquina, redujimos la velocidad y caminamos tranquilamente recuperando el aliento. Según me explicó Farag, aquel era el distrito de Saba Facna, en una de cuyas calles su padre tenía un edificio de tres pisos.

—Él vive en la planta inferior y yo en la superior.

—¿Vamos a tu casa, entonces? —me inquieté.

—¡Naturalmente, *Basíleia*! Dije lo de mi padre por no escandalizar a Glauser-Röist.

—¡Pero es que yo también me escandalizo! —hablaba entrecortadamente porque aún me faltaba el aire.

—Tranquila, *Basíleia*. Iremos primero a casa de mi padre y luego subiremos a la mía para ducharnos, curarnos las escarificaciones, ponernos ropa limpia y preparar la cena.

—Lo estás haciendo a propósito, ¿verdad, Farag? —le increpé, deteniéndome en mitad de la calle—. Quieres asustarme.

—¿Asustarte...? —se extrañó—. ¿De qué tienes miedo? —Se inclinó sobre mi cara y temí que me besara allí mismo, pero, por fortuna, estábamos en un país árabe—. No te preocupes, *Basíleia* —sonreí al oírle; había tartamudeado—, lo comprendo. Te aseguro que, aunque me cueste la vida, no debes temer que pase... nada. No te doy una total garantía, por supuesto, pero haré todo lo posible. ¿De acuerdo?

Estaba tan guapo allí, parado en mitad de la calle, mirándome fijamente con esos ojos azul oscuro, que temí estar yendo contra mis auténticos deseos. Pero... ¿qué deseos? ¡Oh, Dios mío, todo aquello era tan nuevo para mí! ¡Yo debería haber vivido esas cosas veinte años atrás! Llevaba un retraso tan grande que temí estar haciendo el ridículo, o hacerlo más adelante, cuando... ¡Señor!

—¡Vamos a casa de tu padre ahora mismo! —exclamé, angustiada.

—Espero que arregles pronto tus asuntos con la Iglesia, como dice Glauser-Röist. Va a ser muy duro estar a tu lado sabiendo que eres intocable.

Estuve a punto de decirle que era tan intocable como me dictara mi conciencia, pero me callé. Aunque, por arte de magia, fuera libre de mi condición religiosa desde ese mismo momento, no por ello estaría preparada para romper el segundo de mis votos sin haberme desligado antes de los compromisos que tenía con Dios y con mi Orden.

—Vamos, Farag —dije con una sonrisa y pensé que hubiera dado cualquier cosa por besarle.

—¿Por qué me habré tenido que enamorar de una monja? —dijo a voz en grito en mitad de la calle, aunque, por suerte, utilizó el griego clásico—. ¡Con la cantidad de mujeres guapas que hay en Alejandría!

Volver a su casa lo había transformado. Era un hombre distinto al que yo conocía.

—Vamos, Farag —repetí con paciencia, sin borrar la sonrisa de mi cara. Sabía que tenía por delante unas semanas terribles.

La calle donde se encontraba la casa de la familia Boswell era un pasaje de edificios antiguos con elegantes fachadas de estilo inglés. Era oscura y fresca, y estaba prohibida al tráfico, pero eso no impedía que los carromatos y las bicicletas transitaran por ella libremente, sorteando a los tranquilos viandantes. A pesar de este aire europeo, las puertas y ventanas de las casas lucían armoniosos arabescos con decoraciones de hojas y flores. Era una calle bonita y la gente parecía agradable.

Farag, visiblemente emocionado, sacó el llavín del

bolsillo y abrió la cancela. Un vago aroma a hierbabuena salió por el vano. El portal era amplio y sombrío, muy al gusto de un país tan caluroso como Egipto y no se veía un ascensor por ninguna parte.

—No hagas ruido, *Basíleia* —me susurró Farag—. Quiero sorprender a mi padre.

Subimos silenciosamente la breve escalera y nos detuvimos frente a una gran puerta de madera con entrepaños de cristal esmerilado. El timbre estaba en el montante, a la altura de nuestras cabezas.

—Tengo llave —me explicó, pulsándolo—, pero quiero ver su cara.

El timbrazo se escuchó a varios kilómetros a la redonda y, mientras su eco seguía doblando aún en mis oídos, unos furiosos ladridos se fueron acercando desde el interior.

—Es *Tara* —musitó Farag muy sonriente—. Era de mi madre... Le encantaba *Lo que el viento se llevó* —añadió a modo de disculpa, adivinando lo que yo pensaba. Y lo que yo pensaba era que el nombre de la perra resultaba rematadamente cursi. No dije nada, por supuesto; al fin y al cabo, nombres peores de animales había oído a lo largo de mi vida. La gente, para estas cosas, siempre se vuelve un poco redicha.

Cuando la hoja de madera se abrió lentamente, divisé a un hombre alto y delgado, de unos setenta años, con el pelo blanco y los ojos —de un intenso color azul oscuro—, tamizados por los cristales de unas seductoras gafas bifocales. Era tan guapo como su hijo, y, de hecho, parecía una fotografía de Farag tomada en el futuro: los mismos rasgos judíos, la misma piel oscura, la misma expresión en el rostro... Comprendí que la madre de Farag lo hubiera abandonado todo por un hombre así y experimenté una lejana complicidad con ella por estar viviendo algo muy parecido.

El abrazo de Farag y su padre fue largo y emotivo. La

perra, una desafortunada mezcla de yorkshire y scottish terrier, ladraba desesperada alrededor de ambos dando saltos en el aire igual que una liebre. Butros Boswell besaba una y otra vez el cabello claro de su hijo como si todos y cada uno de los días que Farag había pasado lejos hubieran sido una tortura para él. También murmuraba, en árabe, palabras de alegría e, incluso, me pareció que se le llenaban los ojos de lágrimas. Cuando por fin se separaron, ambos se volvieron hacia mí:

—Papá, te presento a la doctora Ottavia Salina.

—Farag me ha hablado mucho de usted estos últimos meses, doctora —dijo en un perfecto italiano al tiempo que me estrechaba la mano—. Pase, por favor.

Seguidos por *Tara* que, encantada con las caricias de Farag, movía la cola frenéticamente, entramos en el recibidor de la amplia vivienda. Había libros por todas partes, incluso apilados sobre el aparador de la entrada y abundaban también las viejas fotografías familiares en el pasillo y por las habitaciones. La decoración era una mezcla abigarrada de objetos y muebles ingleses, vieneses, italianos, árabes y franceses: un jarrón de Lalique por aquí, una tetera de plata repujada por allá, un *trumeau* inglés de principios de siglo, una caja de madera taraceada con incrustaciones de nácar, un juego de vasos árabes, unas sillas de madera curvada en volutas alrededor de un antiguo velador sobre el que se veía un tablero de ajedrez con figurillas de marfil... Pero lo que más llamó mi atención fueron los cuadros colgados en las paredes del salón. Al descubrir mi interés, Butros Boswell se puso a mi lado y me explicó, no sin cierta dosis de orgullo, la identidad de todos aquellos personajes.

—Este es mi abuelo, Kenneth Boswell, el descubridor de Oxirrinco. Puede verlo también en esta vieja fotografía en blanco y negro junto a sus colegas Bernard Grenfell y Arthur Hunt en 1895, durante las primeras excavaciones. Y esta de aquí... —añadió señalando el cuadro siguiente desde el que nos observaba una hermosísima mujer ataviada con un elegante vestido de cóctel y unos larguísimos guantes negros que le llegaban casi hasta los hombros—. Esta era su esposa, Esther Hopasha, mi abuela, una de las judías más bellas de Alejandría.

Ariel Boswell, el hijo de ambos, y su mujer, Miriam, una egipcia copta de piel oscura y pelo teñido con henna, también colgaban de las paredes del salón, pero el lugar principal era para el retrato de una joven no demasiado hermosa pero con unos graciosos y chispeantes ojos que transmitían unas infinitas ganas de vivir.

—Esta era mi esposa, doctora Salina, la madre de Farag, Rita Luchese. —Su rostro se ensombreció—. Murió hace cinco años.

—Papá —resopló Farag, que cargaba a *Tara* en los brazos—. Tenemos que subir a mi casa para dejar el equipaje.

—¿Cenaréis aquí esta noche? —quiso saber Butros.

—Cenaremos arriba, con el capitán Glauser-Röist. He pensado comprar algo en Mercure.

—Muy bien —repuso Butros—. Entonces ya te veré, hijo. No te vayas de Alejandría sin despedirte.

—Tú también estás invitado, papá —exclamó Farag, lanzando a *Tara* por los aires. La perra, que debía pesar bastante, cayó al suelo de modo impecable y, sin dudarlo un minuto, se vino directa hacia mí. Tenía unos ojos grandes y una mirada inteligente, y todo su pelo era de color canela excepto en el cuello y en el pecho, donde lucía una gran mancha blanca. Le pasé la mano por la cabeza con cierta aprensión y ella, tomando impulso, se incorporó y apoyó las patas delanteras en mi estómago.

—Espero que no le importe, doctora —observó Butros, sonriendo—. Es su manera de decir que usted le gusta.

—Tu padre es encantador —le dije a Farag cuando ya

estábamos a punto de llegar al rellano de su casa, en el tercer piso. Nos habíamos despedido de él hasta la hora de la cena.

—Lo sé —repuso, abriendo y empujando la puerta.

—¿Quién vive en el piso de en medio?

—Ahora nadie —me explicó Farag, adentrándose en el oscuro interior y soltando las maletas en el suelo—. Antes vivía mi hermano Juhanna con su mujer, Zoé, y su hijo.

—Todavía me cuesta creer lo que me contaste. Fue terrible lo que les pasó.

—Es mejor no recordarlo —dijo, quitándome las bolsas de las manos y cerrando la puerta tras de mí—. Hay otras cosas que debemos hacer.

Y sí, las había. Es verdad. Pero entre ellas no estaba encender la luz ni abrir las celosías ni tampoco conocer la casa. Nunca hubiera sospechado que me resultaría tan difícil, tan terriblemente difícil mantener mi segundo voto. Sabía que había un límite, pero yo... yo no tenía ni idea de lo sencillo que resultaba de cruzar. No lo hice, sin embargo. Pero no lo hice porque, en el último momento, luchando atormentadamente contra mis propios instintos y sentimientos, recordé que debía cumplir una promesa. Era absurdo, era una locura, era lo más ridículo del mundo, lo sabía. Pero, por alguna razón, debía ser fiel al compromiso que aún tenía con Dios, con mi Orden y con la Iglesia. Fue espantoso separarme de los labios de Farag, del cuerpo de Farag, de la ternura y la pasión de Farag. Fue como romperme en mil pedazos.

—Me aseguraste... Me aseguraste que me ayudarías —le dije mientras, con las manos, le apartaba de mí.

—No puedo, Ottavia.

—Farag, por favor —le supliqué—. ¡Ayúdame! ¡Te quiero tanto!

Se quedó en suspenso, inmóvil como una estatua durante unos segundos. Luego se inclinó hacia mí y me besó.

—Te amo, *Basíleia* —dijo alejándose—. Esperaré.

—Te prometo que esta misma noche llamaré a Roma —le dije, poniéndole la mano sobre la barbuda mejilla—. Hablaré con la hermana Sarolli, la subdirectora de mi Orden y le explicaré la situación.

—Hazlo, por favor —susurró, besándome de nuevo—. Por favor.

—Te lo prometo —repetí—. Esta misma noche.

Mientras yo me duchaba, me cambiaba el apósito de la escarificación de las cervicales (esta vez, una cruz ebrancada) y me ponía ropa limpia, Farag, obedeciendo mis órdenes, abrió puertas y ventanas, quitó el polvo de los muebles y preparó su casa para recibir visitas. Después, intercambiamos los lugares, y él, que ya había encargado la cena por teléfono al restaurante del cercano hotel Mercure, se metió en el cuarto de baño —no sin invitarme a acompañarle, por supuesto— y me dejó libre en aquel lugar desconocido para que curioseara a mis anchas. Hipócritamente, le pregunté si había algo que no quería que fisgara.

—La casa es tuya, *Basíleia*. Mira lo que quieras —dijo antes de desaparecer.

Y así lo hice. Si creía que yo no tenía dotes de espía estaba muy equivocado porque en la media hora que tardó en salir no dejé títere con cabeza. La casa de Farag, de paredes lisas y blancas y suelos de terrazo claro, sólo tenía dos habitaciones pero, como en todas las casas antiguas, las dimensiones eran tremendas. Una de ellas, muy austera, con una gran cama en el centro, era la suya; la otra, situada en el otro extremo de la vivienda, tenía dos camas más pequeñas y parecía no servir para otra cosa que para almacenar libros, docenas de libros, cientos de libros y revistas de historia, arqueología y paleografía. El salón, con un gran sofá y varios sillones de tapicería color crema, ocupaba el mismo espacio que el resto de la casa —cocina y despacho incluidos—, de modo que, en uno de sus lados, se había dispuesto una gran mesa de comedor de madera oscura. El resto del mobiliario era también del mismo material y tono: camas, armarios, librerías, mesas, cómodas, vitrinas... Debían gustarle mucho los cojines, porque, en la gama que va del cobrizo al blanco, los tenía por todas partes. Otra cosa eran las fotografías, tan abundantes como en la casa de abajo: Farag con su padre, con su madre, con su hermano, con su cuñada, con su sobrino, de nuevo con su padre y volvemos a empezar. Descubrí varias en las que se le veía, de pequeño, con los compañeros de clase, otras con los compañeros y amigos de universidad, y otras más con dos amigos que se repetían bastante. Pero las fotografías de viajes por el mundo eran, unívocamente, con chicas muy atractivas que se renovaban continuamente. Es decir, las fotografías tomadas en Roma, por ejemplo, mostraban a Farag bastante joven con una chica de nariz picuda y pelo rubio; las de París, con una morena de graciosa sonrisa; las de Londres, con una mujer oriental de pelo corto y negro; las de Amsterdam, con una escultural modelo de dientes perfectos; las de... En fin, ¿para qué seguir? Terminé por darme cuenta de que me había enamorado de Casanova o, lo que es peor, de un sinvergüenza de marca mayor. Y eso que no lo parecía.

Me dejé caer, desolada, en el sofá y abracé uno de los cojines mientras miraba el cielo del anochecer por los ventanales. Dudé seriamente si hacer esa llamada a la hermana Sarolli. Todavía estaba a tiempo de echarme atrás y refugiarme en la casa de Connaught. En ese momento, sonó la musiquilla del móvil de Farag, que descansaba sobre una de las librerías pequeñas que había en el pasillo, junto a la puerta del baño.

—¡Ottavia! —gritó Casanova—. ¡Cógelo! ¡Debe ser el capitán!

No le contesté. Me limité a pulsar el botón verde del

teléfono y a saludar a la Roca, que parecía disgustado.

—¿Ha terminado ya la reunión, capitán? ¿Cómo ha ido?

—Como siempre.

—Pues salga de allí y véngase con nosotros. La cena ya está casi preparada. —Por la cuenta que me traía, esperaba que los del restaurante se dieran prisa.

—¿Dónde va a dormir usted esta noche, doctora? —me preguntó a bocajarro.

—Pues... —vacilé—. No lo había pensado. ¿Dónde dormirá usted?

—¿El profesor tiene habitaciones suficientes para los tres?

—Sí. Tiene dos habitaciones y tres camas.

—Aquí, en el Patriarcado, también hay sitio. Quieren saber qué vamos a hacer.

—¿Necesitamos ordenadores o alguna otra cosa para preparar la prueba?

—¿Es que el profesor no tiene? —preguntó Glauser-Röist, muy sorprendido, entendiendo al revés mi pregunta.

—Sí, tiene uno en su despacho, pero no sé si estará conectado a la red.

—¡Sí lo está! —gritó Casanova, que, al parecer, seguía punto por punto nuestra conversación—. ¡Tengo conexión a Internet y acceso a la base de datos del museo!

—Dice que sí tiene, capitán —repetí.

—Pues decida usted, doctora. —Y me pareció percibir un cierto tono de desconfianza en su voz. Supongo que se sentía inseguro.

—Véngase, capitán. Aquí estaremos más cómodos. ¿Cuál es la dirección de esta casa, Farag? —pregunté a mi príncipe sin corona a través de la puerta.

—¡El 33 de Moharrem Bey, último piso!

—Ya lo ha oído, capitán.

—Dentro de media hora estaré ahí —dijo, y colgó sin despedirse.

Afortunadamente, el repartidor del restaurante Mercure llegó antes que la Roca, así que arreglamos la mesa con rapidez para seguir haciendo creer al capitán que la habíamos preparado nosotros.

—¿No prefieres llamar a la hermana Sarolli antes de que llegue Kaspar? —me preguntó Farag mientras sacábamos de la cocina los vasos y la copas. No se me ocurrió qué decir, así que me mantuve callada. Pero él insistió—. Ottavia, ¿no vas a llamar a la hermana Sarolli?

—¡Pues no lo sé, Farag! ¡No lo tengo claro! —exploté.

—Pero ¿qué dices? —se sorprendió—. ¿Me he perdido algo?

Si le explicaba el motivo, seguramente se reiría de mí. No dejaba de ser ridículo sentir aquellos celos absurdos, pero es que tampoco tenía claro que fueran celos. En realidad, se trataba más de un agravio comparativo: mientras que yo no tenía a nadie en mi pasado y era como un piso a estrenar, él coleccionaba un surtido variado de ex amantes y parecía una habitación de hotel con derecho a cocina. Por muchas vueltas que le diera y por más balances que hiciera, yo salía perdiendo.

Algo debió notarme en la cara porque, dejando sobre la mesa lo que llevaba, se acercó a mí y me rodeó los hombros con sus brazos.

—¿Qué pasa, *Basíleia*? ¿Vamos a empezar ya a tener secretos?

—¡De eso se trata! —clamé, extendiendo un dedo acusador hacia el grupo de fotografías de viajes—. ¿Has estado casado? Porque, sí es así... —dejé la amenaza en el aire.

—No he estado casado nunca —balbuceó—. ¿A qué viene esto?

Continué señalando acusadoramente las fotografías,

pero, para mi desesperación e incredulidad, él seguía sin comprender.

—¡Dios mío, Farag! ¿Es que no lo entiendes? ¡Ha habido demasiadas mujeres en tu vida!

—¡Ah, bueno! —suspiró—. ¡No sabía que te referías a eso! —Entonces, reaccionó—. ¡Pero, vamos a ver, Ottavia! No esperarías en serio que me hubiera mantenido virgen hasta los treinta y nueve años. —Fue tan amable de añadir uno para igualarse conmigo.

—¿Por qué no? ¡Yo lo he hecho!

Si esperaba unas excusas o que me rebatiera con aquello de que yo era monja, me quedé con las ganas, porque todo lo que hizo fue tirarse en el sofá, cuan largo era, riéndose a carcajadas como un loco. Cuando vi que no se le pasaba el ataque y que tenía la cara congestionada y totalmente mojada de lágrimas, cogí mi orgullo herido y me fui con él hacia la habitación donde estaba mi equipaje. Pero no pude llegar, porque, a grandes zancadas, el profesor Boswell me alcanzó por el pasillo y me acorraló contra la pared.

—No seas tonta, *Basíleia* —dijo entre hipos, intentando todavía aguantarse la risa—. Sólo te lo diré una vez y espero que te quede claro: haz esa llamada a Italia, despídete de la hermana Sarolli y de la Venturosa Virgen María y borra de tu mente a todas las mujeres que haya podido haber en mi vida. No sentí por ninguna lo que siento por ti. Esta es la primera vez que estoy seguro de lo que siento y lo que siento es que te amo como no he amado a nadie antes. —Se inclinó despacito y me besó—. Mientras hablas con Sarolli, quitaré de enmedio todas esas fotografías y las haré desaparecer, ¿vale?

—Vale.

—Entonces, vale —asintió cabeceando, rozando su nariz con la mía—. Tienes cinco segundos. Coge el maldito teléfono de una maldita vez.

—Ya hablas como Glauser-Röist.

—Creo que empiezo a comprenderle.

Continué mi camino hacia la habitación bajo la inquisitiva mirada de Farag. Prefería hablar desde allí, a solas y tranquilamente, antes que tenerle pegado a mí como una sombra, pendiente de mis palabras. Cuando escuchaba ya la señal de comunicación con la casa central de mi Orden en Roma, oí también el timbre de la puerta. El capitán acababa de llegar y Butros subió poco después.

Fue una conversación bastante difícil la que mantuve con la hermana Giulia Sarolli. Utilizó el mismo tono despectivo que cuando me anunció que había sido desterrada a Irlanda, lejos de mi comunidad y de mi familia. Por más que insistía, no conseguía que me explicara cuáles eran los pasos que tenía que dar para dejar la Orden. Se obcecaba en repetirme, una y otra vez, que la parte jurídica del asunto no era importante, que lo único que importaba era el espíritu, la donación que yo había hecho de mi vida.

—Esa donación, hermana Salina —me decía—, es una donación de amor, de un amor que trata de superar los propios egoísmos abriéndose a los demás. Para eso está la vida en comunidad, y el ideal al que todas las hermanas aspiramos es a poder decir como san Pablo «tengo libertad para hacer esto o aquello pero también tengo libertad para no hacer lo que yo quiera sino lo que los demás esperan de mí». ¿Lo comprende?

—Lo comprendo, hermana Sarolli, pero le he dado muchas vueltas y estoy segura de que no podría volver a ser feliz si continuase con la vida religiosa.

—¡Pero esa vida consiste en seguir a Cristo! —Giulia Sarolli no podía entender que yo renunciara voluntariamente a tan alta meta y hablaba como si cualquier otra opción no fuera digna de tenerse en consideración—. Usted fue llamada por Dios, ¿cómo puede hacer oídos sordos a la voz de Nuestro Señor?

—No se trata de eso, hermana. Comprendo que sea

difícil de entender, pero las cosas no son siempre tan sencillas.

—No se habrá enamorado de un hombre, ¿verdad? —preguntó con voz tétrica, después de unos segundos de silencio.

—Me temo que sí.

El silencio persistió algunos segundos más.

—Usted hizo unos votos —recalcó acusadoramente.

—No los he incumplido, hermana. Por eso quiero que usted me explique qué debo hacer exactamente para reintegrarme en la vida seglar.

Pero tampoco esta vez hubo suerte. Sarolli no entendía, o no quería entender, que cuando ciertas cosas llegan a su fin, no hay camino de retorno. Así que siguió intentando convencerme de que debía recapacitar un poco más antes de adoptar una decisión tan grave. Sabía que aquella conversación telefónica sería larga, pero no sospeché que tanto.

—Debe confiar en que Dios la sigue llamando —me repetía.

—Escuche, hermana —le dije, molesta y cansada—. Dios, seguramente, me sigue llamando, pero yo la estoy llamando a usted desde Egipto y usted tampoco me responde, así que estamos en las mismas. Por favor, ¡dígame de una vez qué debo hacer para dejar la Orden!

La subdirectora enmudeció, pero debió darse cuenta de que, puesto que no había nada que hacer, ya era hora de quitarme de en medio:

—El próximo mes de diciembre, cuando hable usted con la Superiora de su comunidad para la revisión anual, dígale que no quiere renovar los votos el siguiente Cuarto Domingo de Pascua y ya está.

—Pero ¿qué dice? —me espanté—. ¿Hasta la revisión anual? Hermana Sarolli, esa solución ya la conocía. Le estoy preguntando qué debo hacer para dejar la Orden ahora.

La oí suspirar a través del cable telefónico. También escuché la lejana sirena de una ambulancia que debía estar pasando por debajo del despacho de la hermana Sarolli, allá en Roma.

—Necesita usted una dispensa del obispo —gruñó—. Le recuerdo que no hace ni un mes que renovó sus votos.

Una pequeña luz se encendió al final del túnel.

—No, hermana Sarolli, no renové los votos.

—¿Qué dice? —se sobresaltó.

—El Cuarto Domingo de Pascua fue el 14 de mayo, y ese día tuve que ir a Sicilia, al funeral de mi padre y de mi hermano, que murieron en un accidente... de tráfico.

—¿Y no los renovó tampoco al domingo siguiente? ¿No llegó a firmar el papel?

—La misión que estoy llevando a cabo para el Vaticano no me lo permitió. Hice, eso sí, una renovación *in pectore*.

La oí abrir y cerrar cajones y revolver papeles. Luego, tapó el micrófono con la mano y la escuché decir algo a alguien que se encontraba cerca. Yo empezaba a sufrir por lo que le iba a costar a Farag aquella larga llamada internacional. Al cabo de un tiempo, al parecer convencida por fin de la verdad de mis palabras, con voz resignada me dio la noticia:

—Legalmente, hermana, no tiene usted que hacer nada. Otra cosa es su contrición ante Dios. Eso es personal y lo asumirá en soledad. Lo correcto sería, en cualquier caso, que enviara usted una carta a la directora general comunicando su decisión y otra a la superiora de su comunidad, que es la hermana Margherita. Esas cartas quedarán archivadas en su expediente y, desde ese mismo momento, daremos por terminada su pertenencia a esta Orden.

—¿Así de sencillo? ¿Estoy fuera? ¿Ya está? —no podía creer lo que oía.

—Lo estará en cuanto recibamos esas cartas. Si no

quiere nada más, hermana... —su voz vaciló al pronunciar esta última palabra.

—¿Y mi sueldo? ¿Empezaré a recibirlo íntegro y directamente desde el Vaticano?

—No se preocupe por eso. Lo arreglaremos todo en cuanto recibamos esas cartas. De todos modos, recuerde que su contrato con el Vaticano se fundamenta en su condición de religiosa. Me temo que tendrá que arreglar este asunto con el Prefecto del Archivo Secreto, el Reverendo Padre Guglielmo Ramondino. Y creo que es bastante probable que tenga que buscarse otro empleo.

—Ya lo sabía. Gracias por todo, hermana Sarolli. Enviaré esas cartas lo antes posible.

Colgué el teléfono y me invadió el vértigo. Tenía un precipicio frente a mí y el lado opuesto estaba demasiado lejos para dar un salto y alcanzarlo. Retroceder, sin embargo, no era posible y, desde luego, tampoco lo deseaba. Suspiré y eché una ojeada a la habitación de Farag. Cuando mi madre lo supiera no le daría un ataque al corazón, no; le darían dos o tres por lo menos y no podía ni imaginar la reacción de mis hermanos. Quizá Pierantonio fuera el único capaz de comprenderlo. Yo sólo quería estar con Farag el resto de mi vida pero el espíritu práctico de los Salina me impulsaba a sopesar cualquier eventualidad: a pesar de todos los pesares, volver a Palermo era una opción real. Allí siempre tendría un lugar en el que cobijarme. También tendría que buscar trabajo, aunque eso no me preocupaba porque, con mi historial profesional, mis premios y mis publicaciones, no resultaría muy difícil. Y ese trabajo, naturalmente, también determinaría el lugar donde tendría que vivir. Volví a suspirar. El miedo no entraba en la partida, no estaba permitido. De una manera u otra, saldría adelante y encontraría la forma de cruzar el precipicio.

La puerta de la habitación se abrió despacito y la barba de Farag apareció por el resquicio.

—¿Cómo ha ido? —preguntó—. Hemos oído en el otro teléfono que habías colgado.

—No te lo vas a creer —repuse enarcando las cejas—. Soy libre.

Farag abrió la boca de par en par y así la dejó, solidificándose en ese gesto como una estatua de sal. Yo me puse en pie y avancé hacia él.

—Vamos a cenar. Luego te lo contaré con detalle.

—Pero, pero... ¿ya no eres monja? —balbució.

—Técnicamente, no —le expliqué, empujándole hacia el pasillo—. Moralmente, sí. Por lo menos hasta que envíe mi renuncia por escrito. Pero vamos a cenar, por favor, que la comida estará fría y me siento culpable por tu padre y por el capitán.

—¡Ya no es monja! —gritó cuando entramos en el salón-comedor. Butros sonrió, bajando la cabeza, expresando así una íntima alegría que debía estar muy relacionada con la de su hijo, y la Roca, con los ojos entornados, se quedó mirándome fijamente durante un buen rato.

La cena transcurrió en un ambiente muy agradable. Mi nueva vida no podía haber empezado mejor y comprendí, al margen de toda duda, por qué los staurofílakes habían elegido Alejandría para purgar el pecado de la gula. Hubiera sido difícil encontrar platos más suculentos ni mejor condimentados que aquellos típicamente alejandrinos. Antes del *baba ghannoug*, el puré de berenjenas hecho con tahine[53] y zumo de limón, y del *hummus bi tahine*, puré de garbanzos con el mismo aliño, probamos un surtido de ensaladas a cual más sabrosa y elaborada, acompañadas por una buena cantidad de queso y de *fuul* (unas enormes judías de color marrón). Según nos explicó Butros, los alejandrinos eran herederos directos de las cocinas romana y bizanti-

53. Salsa o pasta blanca hecha de sésamo.

na, pero habían sabido añadir, además, lo mejor de la comida árabe. No había guiso sin especias, y el aceite de oliva, la miel, el laurel, el yogur, los ajos, el tomillo, la pimienta negra, el sésamo y la canela no faltaban nunca en sus platos.

Tuve ocasión de comprobarlo. Desde el pan, esas sabrosas *aish* u hogazas preparadas con distintas harinas que acompañaban a los purés, hasta el *gambari*, unas deliciosas gambas gigantes con salsa de ajo que me dejaron con las frustradas ganas de chuparme los dedos, todo lo que comimos aquella noche estaba francamente delicioso. Hasta Glauser-Röist parecía más que encantado con la cena que nos estaba ofreciendo Farag y ni por un momento se tragó el cuento de que nosotros hubiéramos preparado aquellas maravillas culinarias. Butros siguió contándonos que, para él, los platos más sabrosos eran los de carne, aunque, salvo el delicioso *hamam* —pichones rellenos de trigo verde y asados a fuego lento—, no había ninguno más sobre la mesa. Sin embargo, nos dijo, los guisos de cordero eran los más apreciados por los propios egipcios y por los extranjeros, y los pescados, siempre frescos y bien condimentados, no se quedaban atrás.

Glauser-Röist se bebió un par de botellas medianas de cerveza de la marca egipcia Stella y el padre de Farag le superó en una más.

—¿Sabían que la cerveza se inventó en el Antiguo Egipto? —dijo—. No hay nada mejor que tomar un buen vaso de cerveza antes de irse a la cama. Ayuda a conciliar el sueño y es un relajante natural.

A pesar de ello, Farag y yo sólo bebimos agua mineral y *karkadé* frío, un refresco de color rojo intenso y sabor ácido hecho con la flor del hibisco y que los egipcios en general toman abusivamente durante todo el día junto con el *shai nana*, el té negro de fuerte sabor que acompañan con hojas de menta.

Lo peor, sin embargo, fueron los postres. Y digo lo peor porque no había manera de parar. Los alejandrinos, fieles a su tradición bizantina, eran, como los griegos, grandes amantes del dulce, y Farag, alejandrino de pro, había hecho un pedido de pasteles, hojaldres y pastas más adecuado a las necesidades de un ejército hambriento que a las de cuatro personas ya saciadas por una buena comida: *om ali*,[54] *konafa*,[55] *baklaoua*[56] y *ashura*,[57] un postre típico que los musulmanes consumían especialmente el décimo día del mes de moharram, pero que Farag y su padre degustaban con glotonería a la primera ocasión que se les presentaba. Glauser-Röist y yo intercambiamos discretas miradas de sorpresa ante la inaudita capacidad de la familia Boswell para consumir dulces sin orden, número ni medida.

—No parece que te asuste la diabetes, Farag —bromeé.

—Ni la diabetes, ni el sobrepeso, ni la hipertensión arterial —articuló con dificultad, engullendo un gran pedazo de *konafa*—. ¡Echaba de menos la buena comida!

—Alejandría ostenta el terrible privilegio... —empezó a recitar tétricamente la Roca, y el padre de Farag, escuchándole, se quedó con los ojos muy abiertos y el bocado a medio masticar—... de ser conocida por practicar perversamente el pecado de la gula.

—¿Qué ha dicho usted, capitán Glauser-Röist? —preguntó, incrédulo, después de tragar su *baklaoua* con la ayuda de un rápido sorbo de cerveza.

—Tranquilo, papá —sonrió Farag—. Kaspar no está loco. Sólo ha gastado una broma de las suyas.

54. Mezcla de pasta de leche, nueces, pasas y coco.
55. Hojaldre con miel.
56. Gulash (hojaldre) con azúcar, pistacho y coco.
57. Pastas de trigo machacado, leche, frutos secos, pasas y agua de rosas.

Pero no, no era una broma. También a mí, no sé por qué, me habían venido a la cabeza las palabras del mensaje de los Catones sobre aquella ciudad y su culpa.

—Tengo entendido —dijo de pronto la Roca, cambiando de tema—, que en los países árabes, el acceso a Internet está restringido. ¿En Egipto también?

Butros plegó meticulosamente su servilleta y la dejó sobre la mesa antes de responder (Farag seguía comiendo *konafa*).

—Ese es un tema muy serio, capitán —anunció, con la frente fruncida por profundas arrugas de preocupación—. Que sepamos, aquí en Egipto no padecemos restricciones como en Arabia Saudí e Irán, países que filtran y restringen los accesos de sus ciudadanos a miles de páginas de la red. Arabia Saudí, por ejemplo, tiene un centro de alta tecnología en las afueras de Riad desde donde controla todas las páginas visitadas por sus ciudadanos[58] y, diariamente, bloquea cientos de nuevas direcciones que, según el gobierno, van contra la religión, contra la moral y contra la familia real saudí. Aunque peor es el caso de Irak y Siria, donde Internet está completamente prohibido.

—Pero tú, ¿por qué te preocupas, papá? Apenas sabes manejar el ordenador y en Egipto no tenemos esos problemas.

Butros miró a su hijo como si no lo conociera.

—Un gobierno no puede espiar a su propio pueblo, hijo, ni actuar como carcelero o censor de la opinión y la libertad de su gente. Y mucho menos puede hacerlo una religión, sea la que sea. El infierno del que hablan los libros no está en la otra vida, Farag; está aquí, a este lado, y lo forjan tanto los hombres que se dicen intér-

58. Artículo de Douglas Jehl publicado en *The New York Times* y reproducido por *El País*, sección Sociedad, en su edición del lunes, 22 de marzo de 1999.

pretes de la palabra de Dios, como los gobiernos que restringen las libertades de sus ciudadanos. Piensa en lo que fue nuestra ciudad y piensa en lo que es ahora, y recuerda a tu hermano Juhanna, a Zoe y al pequeño Simón.

—No me olvido de ellos, papá.

—Busca un país donde puedas ser libre, hijo mío —siguió diciendo Butros, dirigiéndose a Farag como si ni el capitán ni yo estuviéramos delante—. Busca ese país y vete de Alejandría.

—¡Pero qué estás diciendo, papá! —Farag había puesto las dos manos sobre la mesa y tenía los nudillos blancos por la fuerza que hacía contra la madera.

—¡Vete de Alejandría, Farag! Si te quedases aquí yo no podría vivir tranquilo. ¡Márchate! Deja tu trabajo en el museo y cierra esta casa. Y no te preocupes por mí —se apresuró a decir, mirándome a mí y sonriendo con divertida malicia—. En cuanto encontréis ese lugar, venderé esta casa y compraré otra allá donde estéis.

—¿Dejaría usted Alejandría, Butros? —le pregunté, sonriendo a mi vez.

—Las muertes de mi hijo Juhanna y de mi nieto sellaron mi ruptura con esta ciudad. —Su gesto amable apenas lograba ocultar el intenso dolor que sentía—. Alejandría fue gloriosa durante miles de años. Hoy, para los no musulmanes, sólo es peligrosa. Ya no quedan judíos, ni griegos, ni europeos... Todos han huido y sólo vienen como turistas. ¿Por qué tendríamos que seguir nosotros aquí? —De nuevo miró a su hijo con amargura—. Prométeme que te irás, Farag.

—Lo había pensado, papá —admitió Farag, mirándome de reojo—. Pero me siento tan feliz desde que he vuelto que me cuesta mucho hacerte esa promesa.

Butros se volvió hacia mí.

—¿Sabe que si Farag se quedara en Alejandría podría morir a manos de la *Gema'a al-Islamiyya*, Ottavia?

Yo me mantuve en silencio. Quizá Butros estaba demasiado obsesionado, pero sus palabras calaron dentro de mí y se lo hice saber a Farag con la mirada.

—Está bien, papá —dijo él, al fin, resignadamente—. Tienes mi palabra. No volveré a Alejandría.

—Busca un buen país, hijo, y un buen trabajo. Yo me encargaré de tus cosas.

Después de esta última frase, nos quedamos todos callados. Jamás hubiera imaginado que se pudiera vivir con tanto miedo y pensé con tristeza en la gente de Sicilia amenazada por familias como la de Doria y la mía. ¿Por qué el mundo podía ser un lugar tan horrible? ¿Por qué Dios permitía que pasaran estas cosas? Había estado metida en una campana de cristal y ya era hora de enfrentarme a la realidad.

—¿Qué les parece si trabajamos un poco? —propuso la Roca, dejando su servilleta sobre la mesa.

Sacudí la cabeza como quien despierta de un sueño y le miré sorprendida.

—¿Trabajar?

—Sí, doctora, trabajar. Son... —miró su reloj de pulsera—, las once de la noche. Aún podemos aprovechar un par de horas. ¿Qué le parece, profesor?

Farag reaccionó con la misma torpeza que yo.

—¡Bien, bien, Kaspar! —asintió titubeante—. Supongo que no tendremos ningún problema para acceder a la base de datos del museo. Espero que no hayan borrado mis claves de usuario.

Entre los cuatro recogimos la mesa y dejamos la cocina arreglada en un momento. Luego, como no era probable que tuviéramos ocasión de volver a verle antes de irnos, Butros se despidió de su hijo y de mí con unos fuertes y cariñosos abrazos y estrechó con afecto la mano que le tendió el capitán.

—Lleven mucho cuidado —nos pidió mientras bajaba el primer tramo de escalera.

—No te preocupes, papá.

Farag ocupó su sillón de trabajo en el despacho y encendió el ordenador, mientras la Roca quitaba una pila de revistas de encima de una silla y la acercaba hasta la máquina. Yo, que no tenía ninguna gana de acordarme de los staurofílakes, me puse a curiosear los libros de las estanterías.

—Muy bien, aquí estamos —oí que decía Farag—. «Introduzca su nombre de usuario.» *Kenneth* —reveló en voz alta—. «Introduzca su clave de acceso.» *Oxirrinco*. Fantástico, las ha aceptado. Estamos dentro —le anunció.

—¿Puede buscar imágenes?

—No, en realidad no. Pero puedo buscar textos concretos y acceder a las imágenes relacionadas. Buscaré «serpiente barbuda».

—¿En qué idioma haces las búsquedas? —le pregunté sin volverme.

—En árabe y en inglés —me explicó—, pero suelo usar el inglés porque me resulta más cómodo con este teclado en caracteres latinos. Tengo otro en árabe dentro de aquella vitrina —la señaló con el dedo—, pero no lo uso casi nunca.

—¿Puedo verlo?

—Por supuesto.

Mientras ellos se lanzaban a la caza y captura de serpientes barbudas, yo saqué de un rincón el teclado en árabe. Nunca había visto una cosa tan extraña y me hizo muchísima gracia.

Era, naturalmente, igual que los nuestros, pero en lugar del alfabeto latino, presentaba los caracteres árabes en las teclas.

—¿De verdad sabes escribir con esto?

—Sí. No es tan complicado. Lo más difícil es cambiar la configuración del ordenador y de los programas, por eso trabajo siempre en inglés.

—¿Qué dice ahí, profesor? —inquirió la Roca sin quitar los ojos del monitor.

—¿Dónde? A ver... Ah, sí, esa es la colección de imágenes de serpientes barbudas que hay en el museo.

—Perfecto. Adelante.

Se enfrascaron en la contemplación de fotografías de reptiles y culebras esculpidas o pintadas en los objetos artísticos pertenecientes a los fondos del Museo Grecorromano. Después de bastante tiempo llegaron a la conclusión de que ninguna de aquellas imágenes guardaba relación con el dibujo de los staurofílakes, así que empezaron de nuevo.

—Quizá no esté aquí —aventuró Farag, un tanto inseguro—. Nosotros sólo abarcamos seiscientos años de historia, contando desde el 300 antes de nuesta era. Puede que sea posterior.

—Los elementos del dibujo son grecorromanos, Farag —apunté mientras hojeaba una revista de arquelogía egipcia—, así que entran, a la fuerza, en ese lapso de tiempo.

—Ya, pero no hay nada por aquí, y eso es bastante extraño.

Decidieron consultar también los catálogos generales de arte alejandrino, elaborados por el museo para el gobierno de la ciudad y disponibles en la base de datos. Aquí tuvieron algo más de suerte. Sin ser exacta, encontraron una serpiente barbuda investida con las coronas faraónicas del Alto y el Bajo Egipto que se parecía bastante a la de nuestro dibujo.

—¿En qué yacimiento se encuentra esta obra, profesor? —preguntó la Roca que estaba pendiente de la copia que salía en esos momentos por la impresora.

—Oh, en... las Catacumbas de Kom el-Shoqafa.

—¿Kom el-Shoqafa...? Creo que acabo de ver algo sobre eso por aquí —dije volviendo sobre mis pasos para inspeccionar las tres inestables columnas de ejemplares atrasados de la revista *National Geographic*. Recordaba lo de «Shoqafa» porque me había sonado a *konafa*, el enorme hojaldre con miel que había engullido Farag.

—No te preocupes, *Basíleia*. No creo que Kom el-Shoqafa tenga nada que ver con la prueba.

—¿Y eso por qué, profesor? —preguntó la Roca fríamente.

—Porque yo he trabajado allí, Kaspar. Fui el director de las excavaciones realizadas en 1998 y conozco el recinto. Si hubiera visto la imagen reproducida en el dibujo de los staurofílakes lo recordaría.

—Pero te resultó familiar —comenté, mientras seguía buscando la revista.

—Por la mezcla de estilos, *Basíleia*.

A pesar de la hora que era, reanudaron con inusitada energía el examen del catálogo de arte alejandrino de los últimos mil cuatrocientos años. Parecían no cansarse nunca y, por fin, al mismo tiempo que yo daba con el ejemplar del *National Geographic* que estaba buscando, ellos tropezaron con un segundo dato importante: un medallón que guardaba en su interior una cabeza de Medusa. Por la exclamación del capitán, que no hacía otra cosa que cotejar el manoseado dibujo a carboncillo con lo que salía en pantalla, supe que habían hecho un hallazgo significativo.

—Es idéntico, profesor —dijo—. Observe y verá.

—¿Una medusa de estilo helenístico tardío? ¡Es un motivo bastante común, Kaspar!

—¡Sí, pero esta es exacta! ¿Dónde se encuentra ese relieve?

—Déjeme ver... Humm, en las Catacumbas de Kom el-Shoqafa —dijo muy sorprendido—. ¡Qué curioso! No recordaba...

—¿Tampoco recuerdas el tirso del dios del vino? —le pregunté, levantando en el aire la revista, abierta por la página en la que se veía una reproducción ampliada—. Porque este de aquí es idéntico al que sale de los anillos de ese repugnante animal y también está en Kom el-Shoqafa.

El capitán se levantó rápidamente de su asiento y me quitó el ejemplar de las manos.

—Es el mismo, no cabe duda —sentenció.

—El lugar es Kom el-Shoqafa —afirmé muy convencida.

—¡Pero eso no es posible! —objetó Farag, indignado—. La prueba de los staurofílakes no puede ser allí porque ese recinto funerario era totalmente desconocido hasta que, en 1900, el suelo se hundió de repente bajo las patas de un pobre borrico que pasaba en ese momento por la calle. ¡Nadie sabía que aquel lugar existía y no se ha encontrado ninguna otra entrada! Estuvo perdido y olvidado durante más de quince siglos.

—Como el mausoleo de Constantino, Farag —le recordé.

Me miró fijamente desde el otro lado del monitor. Estaba echado hacia atrás en su asiento y mordisqueaba la punta de un bolígrafo con un rictus enojado en la cara. Sabía que yo tenía razón, pero se negaba a reconocer que él estaba equivocado.

—¿Qué quiere decir Kom el-Shoqafa? —pregunté.

—Se le puso ese nombre cuando fue descubierto en 1900. Significa «montón de cascotes».

—¡Pues vaya ocurrencia! —repuse, sonriendo.

—Kom el-Shoqafa era un cementerio subterráneo de tres pisos, el primero de los cuales estaba dedicado exclusivamente a la celebración de banquetes funerarios. Se le llamó así porque se encontraron miles de fragmentos de vasijas y platos.

—Mire, profesor —apuntó la Roca, volviendo a ocupar su asiento pero sin devolverme el *National Geographic*—, usted dirá lo que quiera, pero hasta eso de los banquetes y las vajillas parece estar relacionado con la prueba de la gula.

—Es cierto —apunté yo.

—Conozco esas catacumbas como la palma de mi mano y les aseguro que no puede ser el lugar que buscamos. Piensen que fueron excavadas en la roca del subsuelo y que han sido exploradas en su totalidad. Esta coincidencia con ciertos detalles del dibujo no resulta significativa porque existen cientos de esculturas, dibujos y relieves por todas partes. En el segundo piso, por ejemplo, hay grandes reproducciones de los muertos que están enterrados en los nichos y sarcófagos. Les aseguro que impresiona.

—¿Y el tercer piso? —quise saber, curiosa, intentando reprimir un bostezo.

—También estaba dedicado a los enterramientos. El problema es que en la actualidad se encuentra parcialmente inundado por aguas subterráneas. De todos modos, les aseguro que ha sido estudiado a fondo y que no esconde ninguna sorpresa.

El capitán se puso en pie mirando su reloj.

—¿A qué hora se pueden empezar a visitar esas catacumbas?

—Si no recuerdo mal, se abren al público a las nueve y media de la mañana.

—Pues vayamos a descansar. A las nueve y media en punto tenemos que estar allí.

Farag me miró desolado.

—¿Quieres que escribamos ahora esas cartas para tu Orden, Ottavia?

Yo me encontraba bastante cansada, sin duda por todas las emociones nuevas que me había deparado ese primer día del mes de junio y del resto de mi vida. Le miré tristemente y denegué con la cabeza.

—Mañana, Farag. Mañana las escribiremos, cuando estemos en el avión camino de Antioquía.

Lo que yo no sabía era que ya no volveríamos a subir al Westwind nunca más.

A las nueve y media en punto, tal y como dijo Glauser-Röist, estábamos en la entrada de las Catacumbas de Kom el-Shoqafa. Un autobús de turistas japoneses acababa de detenerse frente a aquella extraña casa de forma redonda y techo bajo. Nos encontrábamos en Karmouz, un barrio extremadamente pobre por cuyas estrechas callejuelas circulaban numerosos carros tirados por asnos. No era de extrañar, pues, que uno de esos pobres animales hubiera sido el descubridor de tan destacado monumento arqueológico. Las moscas sobrevolaban nuestras cabezas en nubes compactas y ruidosas y se posaban sobre nuestros brazos desnudos y sobre nuestras caras con una insistencia repulsiva. A los japoneses no parecían molestarles en absoluto las visitas corporales de esos insectos, pero a mí me estaban poniendo de los nervios y observaba con envidia cómo los borricos conseguían espantarlas con eficaces golpes de cola.

Quince minutos después de la hora, un viejo funcionario municipal que, por la edad, ya debería estar disfrutando de una merecida jubilación, se acercó parsimoniosamente hasta la puerta y la abrió como si no viera a las cincuenta o sesenta personas que esperábamos en la entrada. Ocupó una sillita de enea tras una mesa en la que tenía varios talonarios de billetes y, mascullando un desabrido *Ahlan wasahlan,*[59] hizo un gesto con la mano para que nos fuéramos acercando de uno en uno. El guía del grupo japonés intentó colarse, pero el capitán, que mediría medio metro más que él, le puso la mano en el hombro y lo detuvo en seco con unas educadas palabras en inglés.

59. Saludo árabe.

Farag, por ser egipcio, sólo tuvo que pagar cincuenta piastras. El funcionario no le reconoció, a pesar de que sólo hacía dos años que había estado trabajando allí, y él tampoco se dio a conocer. Glauser-Röist y yo, como extranjeros que éramos, abonamos doce libras egipcias cada uno.

Nada más penetrar en el interior de la casa, encontramos un agujero en el suelo por el que descendía una larga escalera de caracol excavada en la roca que dejaba un peligroso hueco en el centro. Iniciamos la bajada pisando cuidadosamente los peldaños.

—A finales del siglo II —nos explicó Farag—, cuando Kom el-Shoqafa era un cementerio muy activo, los cuerpos eran deslizados con cuerdas a través de esta abertura.

El primer tramo de aquella escalera desembocaba en una especie de vestíbulo con un suelo de piedra caliza perfectamente nivelado. Allí podían verse —mal, pues la iluminación era muy deficiente— dos bancos labrados en la pared y decorados con incrustaciones de conchas marinas. Este vestíbulo, a su vez, se abría a una gran rotonda en cuyo centro se habían tallado seis columnas con capiteles en forma de papiro. Por todas partes, como había dicho Farag, podían verse extraños relieves en los que la mezcla de motivos egipcios, griegos y romanos guardaba un parecido asombroso con las extrañas *Monna Lisa* de Duchamp, Warhol o Botero. Las salas para los banquetes funerarios eran tan numerosas que formaban un verdadero laberinto de galerías. Podía imaginar un día cualquiera en aquel lugar, allá por el siglo I de nuestra era, con todas aquellas cámaras llenas de familias y amigos, sentados sobre los cojines que colocaban en los asientos de piedra, celebrando, a la luz de las antorchas, festines en honor de sus muertos. ¡Qué mentalidad tan distinta la pagana de la cristiana!

—Al principio —siguió contándonos Farag—, estas

catacumbas debieron pertenecer a una sola familia, pero, con el tiempo, seguramente las adquirió alguna corporación que las convirtió en un lugar de enterramiento masivo. Eso explicaría por qué hay tantas cámaras funerarias y tantas salas de banquetes.

A un lado podía verse una enorme grieta en la roca abierta por un derrumbamiento.

—Lo que hay al otro lado es el llamado Salón de Caracalla. En él se encontraron huesos humanos mezclados con huesos de caballos —pasó la palma de la mano por el borde de la brecha como si fuera el propietario de todo aquello, y siguió hablando—. En el año 215, el emperador Caracalla se encontraba en Alejandría y, sin motivo aparente, ordenó que se hiciera una leva de hombres jóvenes y fuertes. Después de pasar revista a las nuevas tropas, mandó que hombres y caballos fueran asesinados.[60]

Desde la rotonda, un nuevo tramo de escalera de caracol descendía hasta el segundo nivel. Si en el primero la luz era insuficiente, en este apenas podía vislumbrarse otra cosa que no fueran las espeluznantes siluetas de las estatuas, a tamaño natural, de los muertos. La Roca, sin pensárselo dos veces, sacó su linterna de la mochila y la encendió. Estábamos completamente solos; el tropel de turistas japoneses se había quedado arriba. En el nuevo vestíbulo, dos enormes pilares, coronados por capiteles con decoración de papiros y lotos, flanqueaban un friso en el que se veían dos halcones escoltando un sol alado. Talladas en la pared, dos figuras fantasmagóricas, un hombre y una mujer también de tamaño natural, nos observaban con sus ojos vacíos. El cuerpo del hombre era idéntico al de las figuras del Egipto antiguo: hierático y con dos pies izquierdos; su cabeza, sin embargo, era

60. Historia Augusta, *Antonino Caracalla*, por Elio Esparciano (13, 6, 2-4).

de factura griega helenística, con un rostro muy bello y sumamente expresivo. La mujer, por su parte, lucía un rebuscado peinado romano sobre otro impasible cuerpo egipcio.

—Creemos que eran los ocupantes de aquellos dos nichos —indicó Farag, señalando las profundidades de un largo pasillo.

El tamaño de las cámaras mortuorias era impresionante y sorprendían por su lujo y su peculiar decoración. Al lado de una puerta vimos un dios Anubis, con cabeza de chacal, y, al otro, un dios-cocodrilo —Sobek, dios del Nilo—, ambos ataviados con lorigas de legionario romano, espadas cortas, lanzas y escudos. Encontramos el medallón con la cabeza de Medusa en el interior de una cámara que contenía tres gigantescos sarcófagos, y también la vara de Dionisos, tallada en el lateral de uno de ellos. Alrededor de esta cámara circulaba un pasadizo lleno de nichos, cada uno de los cuales, según nos dijo Farag, tenía espacio para albergar hasta tres momias.

—Pero no estarán todavía ahí dentro, ¿verdad? —pregunté con aprensión.

—No, *Basíleia*. Casi todos los nichos fueron despojados de su contenido antes de 1900. Ya sabes que en Europa, hasta bien entrado el siglo XIX, el polvo de momia se consideraba un medicamento excelente para todo tipo de males y se pagaba a precio de oro.

—Luego no es cierto que no hubiera otra entrada además de la principal —comentó la Roca.

—Jamás ha sido encontrada —le repuso, molesto, Farag.

—Si por un afortunado derrumbamiento —insistió la Roca— encontraron el Salón de Caracalla, ¿por qué no puede haber otras cámaras sin descubrir?

—¡Aquí hay algo! —dije, mirando un recodo en la pared. Acababa de descubrir a nuestra famosa serpiente barbuda.

—Bueno, ya sólo falta el *kerykeion*[61] de Hermes —dijo Farag, aproximándose.

—El caduceo, ¿verdad? —preguntó el capitán—. Me recuerda más a los médicos y a las farmacias que a los mensajeros.

—Porque Asclepio, el dios griego de la medicina, llevaba una vara similar aunque con una única serpiente. Una confusión ha llevado a los médicos a adoptar el símbolo de Hermes.

—Vamos a tener que bajar al tercer nivel —dije encaminándome hacia la escalera de caracol—, porque me temo que aquí no vamos a encontrar más.

—El tercer nivel está cerrado, *Basíleia*. Las galerías están inundadas. Cuando yo trabajaba aquí ya nos resultaba muy difícil estudiar ese último piso.

—¿A qué estamos esperando, pues? —manifestó la Roca, siguiéndome.

La escalera para bajar hasta lo más profundo de las catacumbas de Kom el-Shoqafa estaba, efectivamente, cerrada por una cadenita de la que colgaba un cartel metálico prohibiendo el paso en árabe y en inglés, de modo que el capitán, valiente explorador ajeno a todo convencionalismo, la arrancó de la pared e inició el descenso con los gruñidos de Farag Boswell como música de fondo. Sobre nuestras cabezas, una avanzadilla del grupo japonés se había animado a bajar al segundo nivel.

En un momento dado, cuando aún no había pisado el último escalón, noté que había metido el pie en un charco de líquido templado.

—El que avisa no es traidor —se burló Farag.

La antesala de aquel piso era bastante más grande que los dos vestíbulos superiores y, en ella, el agua nos

61. Caduceo. Vara coronada por dos alas y con dos serpientes entrelazadas. Era el símbolo del dios Hermes, mensajero de los dioses.

llegaba hasta la cintura. Empecé a pensar que quizá Farag tenía razón.

—¿Saben de qué me estoy acordando? —pregunté en tono de broma.

—Seguro que de lo mismo que yo —repuso él rápidamente—. ¿No es como haber vuelto a la cisterna de Constantinopla?

—En realidad, no era eso —repliqué—. Estaba pensado que, esta vez, no hemos leído el texto del sexto círculo de Dante.

—No lo habrán leído ustedes —me espetó despectivamente Glauser-Röist—, porque yo sí lo hice.

Casanova y yo nos miramos con gesto culpable.

—Pues cuéntenos algo, Kaspar, para que sepamos de qué va esto.

—La prueba del sexto círculo es mucho más sencilla que las anteriores —comenzó a explicarnos la Roca mientras nos adentrábamos por las galerías. Había un intenso hedor a descomposición y el agua era tan turbia como en el tanque de Constantinopla, pero, afortunadamente, en esta ocasión su color blanquecino se debía a la piedra caliza y no al sudor de cientos de pies fervorosos—. Dante aprovecha la forma cónica de la montaña del Purgatorio para ir reduciendo las dimensiones de las cornisas y la magnitud de los castigos.

—¡Dios le oiga! —exclamé, llena de esperanza.

Los relieves de este tercer nivel eran tan originales como los del primero y el segundo. Los alejandrinos de la Edad de Oro no tenían problemas religiosos ni creencias excluyentes: tanto les daba dejar sus restos en unas catacumbas puestas bajo la advocación de Osiris pero decoradas con relieves de Dionisos; un eclecticismo bien entendido que fue la base de su próspera sociedad. Lamentablemente, todo eso terminó cuando el cristianismo primitivo, un culto que rechazaba violentamente a los demás, se convirtió en la religión oficial del imperio bizantino.

—El sexto círculo abarca los Cantos XXII, XXIII y XXIV —siguió contándonos la Roca—. Las almas de los glotones dan vueltas sin cesar a la cornisa, en la que hay, uno en el extremo opuesto del otro, dos manzanos cuyas copas tienen forma de cono invertido.

—Eso se parece mucho a la planta egipcia del papiro —apuntó Farag.

—Cierto, profesor. Podría tomarse como una alusión velada a Alejandría. En cualquier caso, de esas copas cuelgan abundantes y apetitosos frutos que no pueden ser alcanzados por los penitentes. Pero, además, sobre ellas cae un exquisito licor que tampoco pueden beber, de modo que dan vueltas a la cornisa con los ojos hundidos y el semblante pálido por el hambre y la sed.

—Dante encontrará, como siempre, a montones de viejos amigos y conocidos, ¿no es cierto? —pregunté, y, al mismo tiempo me pareció descubrir la figura del caduceo al fondo de una cámara—. Vamos por ahí —señalé—. Creo que he visto algo.

—Pero ¿cómo termina la prueba? —insistió Farag al capitán.

—Un ángel de color rojo, llameante como el fuego —concluyó la Roca—, les indica la subida a la séptima y última cornisa, y borra de la frente de Dante la marca del pecado de la gula.

—¿Y ya está? —pregunté, luchando contra el agua para avanzar más deprisa hacia el muro en el que, ahora sí, veía claramente el gran caduceo de Hermes.

—Ya está. El asunto se simplifica, doctora.

—No sabe lo que daría, capitán, para que eso fuera cierto en este momento.

—Lo mismo que daría yo, supongo.

—¡El *kerykeion*! —dejó escapar Farag, poniendo las manos encima de la figura como un devoto judío sobre el Muro de las Lamentaciones—. Pues yo juraría que esto no estaba aquí hace dos años.

—Venga, venga, profesor... —le reconvino la Roca—. No sea tan orgulloso. Admita que puede haberlo olvidado.

—¡Que no, Kaspar, que no! Hay demasiadas cámaras para recordarlas todas, es verdad, pero un símbolo así me hubiera llamado la atención.

—Lo habrán puesto ahora para nosotros —ironicé.

—¿No les parece curioso que encontrásemos las reproducciones de la Medusa, de la serpiente y del tirso en el segundo piso y la del caduceo en el tercero, a bastante distancia de las demás?

La Roca y yo nos quedamos pensativos.

—¡Un momento! ¿Qué les dije, eh? —profirió Farag enseñándonos las palmas de las manos; las tenía llenas de barro.

—El muro se deshace —añadió la Roca, perplejo, introduciendo la mano y sacando un puñado de pastosa argamasa.

—¡Es un tabique falso! ¡Ya lo sabía yo! —dijo Farag, y empezó a derribarlo con tal furia que terminó, como un niño, manchándose de fango hasta las cejas. Cuando, jadeante y sudoroso, terminó de abrir un gran agujero en el muro, le pasé varias veces la mano mojada por la cara para adecentarle un poco. Él parecía feliz.

—¡Qué listos somos, *Basíleia*! —repetía, dejándose limpiar el emplasto de pelos que tenía por barba.

—Vengan a ver esto —dijo la voz de la Roca desde el otro lado del falso tabique.

La vigorosa luz de la linterna de Glauser-Röist nos ofreció un espectáculo soberbio: a un nivel más bajo que el nuestro, una enorme sala hipóstila, cuyas numerosas columnas de estilo bizantino formaban largos túneles abovedados, aparecía sumergida hasta media altura en un manso lago negro que rielaba bajo el foco del capitán igual que el mar nocturno bajo la luz de la luna.

—No se queden ahí —nos llamó la Roca—. Métanse conmigo en este depósito de petróleo.

Afortunadamente, el petróleo sólo era agua retenida en un estanque oscuro en el que empezaba a dibujarse la mancha blanquecina del agua que pasaba suavemente desde las catacumbas. Sorteamos lo que quedaba del muro de argamasa y bajamos cuatro grandes escalones.

—Al fondo de la sala hay una puerta —dijo el capitán—. Vamos hacia allá.

Con el agua al cuello, avanzamos en silencio por uno de aquellos anchos corredores por los que hubiera podido navegar sin problemas una barca de pesca. No cabía duda de que habíamos dado con una vieja cisterna de la ciudad, un antiguo depósito en el que los alejandrinos conservarían agua potable para cuando, anualmente, el Nilo bajara hasta el delta arrastrando el légamo rojo del sur, la famosa plaga de sangre que mandó Yahveh para liberar al pueblo judío de la esclavitud en Egipto.

Al acercarnos al recio muro de sillares en el que se encontraba la puerta, tropezamos con el primero de otros cuatro escalones que, al ascenderlos, nos sacaron del agua. No nos sorprendió encontrar un Crismón de Constantino labrado en la hoja de madera; antes bien, nos hubiera sorprendido mucho no encontrarlo. Así que, con toda confianza, el capitán empuñó el asidero de hierro y empujó. Nos quedamos sin reacción cuando nos encontramos, de pronto, frente a una sala de banquetes funerarios idéntica a las muchas que había en el primer piso de Kom el-Shoqafa.

—¿Qué demonios es esto? —tronó la voz de Glauser-Röist al ver los bancos de piedra cubiertos por blandos cojines adamascados y una mesa central llena de exquisitas viandas.

Farag y yo le apartamos a un lado y entramos. Varias antorchas iluminaban la cámara, que tenía las paredes y los suelos guarecidos por preciosos tapices y alfombras, y, aunque no se veía otra puerta por ninguna parte, alguien acababa de salir de allí a toda prisa porque la comida humeaba en los platos, recién servidos, y las copas de alabastro rebosaban de vino, agua y *karkadé*.

—¡Esto no me gusta! —siguió rugiendo la Roca, muy enfadado—. ¡Si se trata de un banquete funerario estamos listos!

Al oírle me entró miedo. De pronto, sin que supiera muy bien por qué, percibí algo siniestro en aquella cámara tan delicadamente dispuesta, llena de los aromas que desprendían los exquisitos platos de carne, legumbres y verduras.

—¡Oh..., no! —balbució Farag a mi espalda—. ¡No!

Me giré rauda como un rayo, alarmada por el timbre angustiado de su voz y le descubrí con el pecho al aire, sujetando convulsivamente cada uno de los lados de la camisa. Su torso estaba lleno de unos extrañas trazos negros, gruesos y largos como dedos, que se movían.

—¡Dios santo! —chillé—. ¡Sanguijuelas!

Poseído por un brío frenético, Glauser-Röist dejó la linterna sobre una esquina de la mesa y se arrancó los botones de la camisa. Su pecho, como el de Farag, aparecía cubierto por quince o veinte de aquellos repugnantes gusanos que engordaban a ojos vista gracias a la sangre caliente de la que se estaban alimentando.

—¡Ottavia! ¡Quítate la ropa!

Hubiera sido divertido hacer un chiste fácil, pero la cosa no estaba para bromas. Mientras me desabrochaba la blusa con manos temblorosas, al borde de un ataque de nervios, Farag y el capitán se habían quitado también los pantalones. Ambos tenían las piernas bastante peludas, pero eso no parecía molestar a las sanguijuelas que, en número incontable, se habían adherido a su piel. Por desgracia, también mi cuerpo estaba lleno de aquellos repugnantes animales. Con el asco oprimiéndome la garganta y revolviéndome el estómago, tendí la mano hacia uno de los nueve o diez que tenía en el vientre, lo cogí —era blando y húmedo como la gelatina y de tacto rugoso— y tiré de él.

—¡No lo haga, doctora! —me gritó Glauser-Röist. No sentí ningún dolor (tampoco lo había sentido cuando aquellos bichos me mordieron), pero, por más que estiré, no conseguí que me soltara. Su boca redonda era una ventosa y debía ejercer una succión muy fuerte—. Sólo se pueden quitar con fuego.

—¿Qué dice? —me angustié; las lágrimas me rodaban por las mejillas de puro asco y desesperación—. ¡Nos quemaremos!

Pero la Roca ya se había subido sobre uno de los bancos y, estirándose todo lo largo que era, había cogido una antorcha. Le vi venir hacia mí con gesto decidido y una mirada fanática en los ojos que me hizo retroceder, espantada. Experimenté una incontenible arcada cuando, al chocar contra el muro, sentí que aplastaba una masa viscosa y elástica de gusanos que me succionaban la sangre por la espalda. No pude controlarme y vomité sobre aquellas preciosas alfombras, pero, antes de que hubiera tenido tiempo de recuperarme, Glauser-Röist aplicaba la llama contra mi cuerpo y los animales empezaban a desprenderse como fruta madura. El problema era que me estaba quemando y el dolor era tan intenso que no podía resistirlo. Mis gritos se convirtieron en alaridos cuando la Roca aplicó la antorcha por segunda vez.

Mientras tanto, las sanguijuelas del cuerpo de Farag y del capitán seguían engordando. Se redondeaban e hinchaban por la cabeza, donde tenían la ventosa, pero la parte inferior, la cola, seguía fina y delgada como una lombriz. No sabía cuánta sangre podían tragar aquellos bichos pero, con la cantidad que se nos había pegado, debíamos estar perdiendo mucha.

—¡Deje la antorcha, capitán! —gritó Farag de reprente, apareciendo por detrás de la Roca con una copa de alabastro en la mano—. ¡Voy a intentarlo con esto!

Metió los dedos en la copa y los sacó húmedos de un líquido que olía a vinagre, y, acto seguido, impregnó con él una de las sanguijuelas que yo tenía en el muslo. El animal se retorció como un demonio bajo el agua bendita y se soltó de mi piel.

—¡En la mesa hay vino, vinagre y sal! ¡Mézclelo y rocíese como acabo de hacer con Ottavia!

Conforme Farag mojaba a los animalillos con aquel revulsivo, estos me abandonaban y caían inertes al suelo. Di gracias a Dios por aquella solución porque las zonas de mi cuerpo donde la Roca había aplicado la antorcha me dolían como si me hubieran clavado cuchillos. Pero, si las quemaduras dolían, ¿por qué no dolía la mordedura de las sanguijuelas? No sentía ningún dolor, no notaba su presencia, ni siquiera percibía que me estuvieran desangrando. Sólo me enfermaba la visión de nuestros cuerpos sembrados de lombrices negras.

Glauser-Röist, en lugar de aplicarse la mezcla él mismo, en cuanto la tuvo preparada se aproximó a Farag y le fue despegando, uno a uno, los gusanos que tenía en la espalda, unos gusanos que estaban ya tan gordos como ratas. Pero eran demasiados. El suelo estaba lleno de aquellos bichos que se estremecían pesadamente por la gran cantidad de sangre que habían ingerido y, sin embargo, no parecía que su número disminuyera sobre nuestra piel. Cuando uno de ellos se desprendía, en el centro de la marca enrojecida que dejaba la ventosa se veían tres cortes en forma de estrella (idéntica a la de la marca Mercedes Benz) de los cuales seguía manando la sangre en abundancia; o sea, que, además de succionar, también mordían y disponían para ello de tres afiladas hileras de dientes.

—Sería mejor la antorcha, profesor —comentó la Roca—. Tengo entendido que la mordedura de la sanguijuela sangra durante mucho tiempo. El fuego lo impediría. Además, recuerde el sexto círculo de Dante: el ángel que indicaba la salida era rojo y llameante.

—No, Kaspar, créame. Conozco a estos bichos. He visto sanguijuelas desde que era pequeño. Hay muchas en Alejandría, tanto en la playa como en las riberas del Mareotis,[62] y no hay manera de cortar la hemorragia. Su saliva lleva un anestésico muy fuerte y un potente anticoagulante. La herida sangra unas doce horas —Farag tenía el ceño fruncido y estaba concentrado mientras hablaba, arrancándome un gusano detrás de otro—. Tendríamos que provocarnos unas quemaduras muy profundas para atajar la sangría y, además, ¿íbamos a cauterizarnos todo el cuerpo...? Lo único que podemos hacer es quitarnos de encima a estos bichos cuanto antes porque pueden tragar hasta diez veces su peso.

Yo tenía mucha sed. De repente sentía la boca seca y no podía dejar de mirar el agua y el *karkadé* que había sobre la mesa. El capitán, que conservaba aún las cincuenta o sesenta sanguijuelas que le habían mordido en la cisterna, se acercó inseguro hasta las copas y, cogiéndolas con pulso tembloroso, nos entregó una a Farag y otra a mí. Luego, bebió también del agua como un camello sediento, incapaz de controlarse. Farag eliminó el último de los gusanos que había en mi cuerpo y empezó a socorrer a Glauser-Röist, que, blanco como el papel, se tambaleaba sobre sus piernas igual que un borracho. Me apoyé, mareada, contra el suave tapiz de la pared y noté enseguida como se empapaba y se volvía pringoso. Hubiera dado cualquier cosa por poder beber más, pero la misma deshidratación y la terrible debilidad que me inmovilizaba no me lo permitieron. Incontables hilillos

---

62. Lago del norte de Egipto, en la parte occidental del delta del Nilo. Alejandría está situada en la franja de terreno que hay entre él y el Mediterráneo.

de sangre fluían de mis heridas en forma de estrella. Era un fluir imparable, que formaba charquitos dentro de mis zapatos y alrededor de ellos, en el suelo.

—¡Bebe, Ottavia! —escuché decir a Farag desde muy lejos—. ¡Bebe, amor mío, bebe!

Su voz era casi inaudible pero en los labios noté de nuevo el borde de una copa. Me zumbaban los oídos; oía las notas interminables de cientos de ocarinas. Recuerdo haber entreabierto los ojos justo antes de caer inconsciente al suelo: el capitán, lleno de gusanos, yacía desvanecido junto a uno de los bancos de piedra, y Farag, frente a mí, estaba pálido y ojeroso, con las mejillas y los ojos hundidos, y su imagen anhelante y borrosa fue mi último recuerdo.

Estuvimos muy débiles durante una semana. Los hombres que nos cuidaban se esforzaban por hacernos beber mucho líquido y comer unas gachas que sabían a puré de verduras. Aún así, nos costó bastante recuperarnos de aquella salvaje pérdida de sangre. Mis períodos de inconsciencia eran prolongados y recuerdo haber vivido largos delirios y extrañas alucinaciones en las que las cosas más absurdas eran lógicas y posibles. Cuando los hombres nos daban de comer o de beber, abría levemente los ojos y veía un techo de cañas a través de las cuales se filtraban los rayos del sol. No estaba segura de si aquella imagen era real o formaba parte de mis desvaríos pero, en cualquier caso, yo no era yo, así que daba igual.

El segundo o tercer día —no podría precisarlo—, me di cuenta de que estábamos en un barco. Las oscilaciones y el ruido del agua contra el casco, cerca de mi cabeza, dejaron de formar parte sólo de mis pesadillas. También por aquellos días recuerdo haber buscado a Farag con la mirada y haberlo encontrado junto a mí, desvanecido, pero no tenía fuerzas para incorporarme y aproximarme a él. En mis sueños le veía iluminado por una luz anaranjada y le oía decir con voz triste: «Vosotros, al menos, tenéis el consuelo de creer que dentro de poco empezaréis una nueva vida. Yo dormiré para siempre». Estiraba mis brazos hacia él para cogerle, para pedirle que no me abandonara, que no se fuera, que volviera conmigo, pero él, sonriendo con nostalgia, me decía: «Durante bastante tiempo tuve miedo de la muerte, pero no me consentí la debilidad de creer en un Dios para ahorrarme ese temor. Después, descubrí que, al acostarme cada noche y dormir, también estaba muriendo un poco. El proceso es el mismo, ¿no lo sabías? ¿Recuerdas la mitología griega? Los hermanos gemelos, Hýpnos, el sueño, y Thánatos, la muerte, hijos de la Noche... ¿te acuerdas?». Su imagen se convertía entonces en el perfil borroso que había visto antes de desvanecerme en la sala de banquetes funerarios de Kom el-Shoqafa.

Debimos estar muy cerca de no despertar jamás pero, mientras el agua y la cerveza que nos daban de continuo y las gachas, que pronto empezaron a llevar trozos de pescado desmenuzado, cumplían su saludable función en nuestros débiles cuerpos, el barco atracó una noche cerca de la playa y los hombres, cargándonos a hombros envueltos en lienzos, nos sacaron de aquella cabina y nos transportaron, por tierra, hasta el carro de un vendedor de *shai nana*. Aspiré el fuerte olor a té negro y a menta, y vi la luna, de eso estoy segura, y era una luna creciente en un interminable cielo estrellado.

Cuando, después de aquello, volví a recuperar la conciencia, estábamos otra vez dentro de un barco, pero uno diferente, más grande y con menos oscilaciones. Me erguí a pesar de que me costó un trabajo sobrehumano porque tenía que ver a Farag y saber qué estaba pasando: rodeados de sogas, velas viejas y montañas de redes que olían a pescado podrido, él y el capitán yacían a mi lado profundamente dormidos, cubiertos hasta el cuello —como yo—, por una fina tela de lino amarillento que les protegía de las moscas. Aquel esfuerzo fue demasiado agotador para mi endeble cuerpo y caí de nuevo sobre el jergón, más débil que antes. La voz de uno de aquellos hombres que cuidaban de nosotros gritó algo desde la cubierta en una lengua que no sonó como el árabe pero que no pude reconocer. Antes de volver a dormirme creí escuchar algo parecido a «Nubiya» o «Nubia», pero era imposible estar segura.

Después de muchas y breves vigilias en las que jamás coincidía despierta ni con Farag ni con la Roca, llegué a la conclusión de que la comida que nos daban contenía algo más que pescado, verduras y trigo. Aquella forma de dormir no era normal y ya estábamos bastante restablecidos físicamente como para permanecer aletargados durante tantas horas. Me daba miedo, sin embargo, dejar de comer, así que seguía tragando aquellas gachas y bebiendo aquella cerveza cuando me las traían los hombres del barco, unos hombres que, por cierto, también eran bastante peculiares. Por toda indumentaria vestían, sobre sus pieles morenas, unos taparrabos que destacaban extrañamente por su inmaculada blancura y que, bajo los efectos de las drogas, me hacían delirar reviviendo la Transfiguración de Jesús en el monte Tabor, cuando sus ropas adquirieron una blancura fulgurante y un brillo intenso mientras se oía una voz desde el cielo que decía: «Este es mi hijo muy amado en quien Yo me complazco. Escuchadle». Los hombres cubrían, además, sus cabezas con unos finos pañuelos, también blancos, que sujetaban con un lazo en la nuca dejando colgar las puntas sobre la espalda. Hablaban muy poco entre ellos y, cuando lo hacían, usaban un extraño lenguaje del que no conseguía entender nada. Si alguna vez era yo quien, farfullando, se dirigía a ellos, para pedirles algo o para ver si aún era capaz de articular alguna palabra, me respondían agitando las manos en el aire, en sentido negativo, y repetían con una sonrisa: «¡Guiiz, guiiz!». Siempre se mostraban amables y me trataban con mucha consideración, dándome de comer o de beber con una delicadeza digna de la mejor madre. Sin embargo, no eran staurofílakes porque sus cuerpos estaban libres de escarificaciones. El día que me di cuenta de este detalle, no sé muy bien cómo, tuve que tranquilizarme diciéndome que si hubieran sido bandidos o terroristas ya nos habrían matado y que, en definitiva, todo aquello debía responder a los retorcidos planes de la hermandad. ¿Cómo, si no, habíamos llegado hasta sus manos desde Kom el-Shoqafa?

Cambiamos de embarcación cinco veces —siempre por la noche—, antes de realizar un tramo largo por tierra, adormilados en la parte trasera de un viejo camión que transportaba madera. No nos despegamos, sin embargo, de la orilla del río, pues al otro lado, a poca distancia detrás de la cadena oscura de palmeras, se vislumbraba la inmensidad vacía y fría del desierto. Recuerdo haber pensado que estábamos remontando el Nilo hacia el sur, y que esos periódicos cambios nocturnos de barco sólo tenían sentido si se trataba de superar las peligrosas cataratas que fragmentaban su cauce. De ser cierta mi suposición, a aquellas alturas debíamos hallarnos, como mínimo, en Sudán. Pero, entonces, ¿y la prueba de Antioquía? Si viajábamos hacia el sur nos estábamos alejando de nuestro siguiente destino.

Por fin, un día, dejaron de drogarnos. Me desperté definitivamente cuando sentí los labios de Farag sobre los míos. No abrí los ojos. Me dejé mecer por la dulce sensación del sueño y de sus besos.

—*Basíleia...*

—Estoy despierta, amor mío —musité.

El azul marino de sus ojos me atravesó como un rayo cuando levanté los párpados. Estaba demacrado, pero seguía tan guapo como siempre. Y creo que no exagero si digo que olía peor que una de aquellas sucias redes de pesca que había junto a nosotros.

—Cuánto tiempo sin oírte, *Basíleia* —murmuró sin dejar de besarme—. ¡Estabas siempre tan dormida!

—Nos han estado drogando, Farag.

—Lo sé, mi amor, pero no nos han hecho daño. Y eso es lo importante.

—¿Cómo te encuentras? —le pregunté, separándome de él y acariciándole la cara. Su barba rubia ya tenía más de un palmo de longitud.

—Perfectamente. Estos tipos se harían ricos si comercializaran las drogas que usan para las pruebas.

Sólo entonces me di cuenta de que las paredes de aquel nuevo y lujoso camarote parecían estar hechas de papel y que dejaban pasar tanto la luz como los ruidos de fuera.

—¿Y la Roca?

—Ahí le tienes —me indicó con un gesto del mentón, señalando hacia la pared de enfrente—. Sigue durmiendo. Pero no creo que tarde mucho en despertarse. Algo está a punto de pasar y nos quieren despiertos.

Aún no había terminado de hablar, cuando la cortinilla de lino que cubría uno de los lados de aquel compartimiento se plegó para dejar paso a los hombres que habían estado cuidando de nosotros. Curiosamente, aunque era capaz de reconocerlos, sólo entonces me parecía estar viéndolos de verdad, como si en todas las ocasiones anteriores mi vista hubiera estado nublada por sombras. Eran altos y delgados, casi esqueléticos, y todos lucían una tupida barba corta que les confería un fiero aspecto.

—*Ahlan wasahlan* —dijo el que parecía encabezar el grupo, cruzando las flacas piernas morenas antes de dejarse caer con un movimiento ágil y natural a nuestro lado. Los demás permanecieron firmes.

Farag contestó al saludo e iniciaron una prolija conversación en árabe.

—¿Estás preparada para una sorpresa, Ottavia? —me preguntó, de pronto, Farag, mirándome con ojos desconcertados.

—No —dije sentándome, dejando las piernas bajo el lienzo. Estaba vestida sólo con una corta túnica blanca y mi dignidad me prohibía el exhibicionismo. Pero entonces caí en la cuenta de que alguno de aquellos silenciosos tipos debía haber estado limpiando las partes más íntimas de mi cuerpo durante esos días y quise morir.

—Bueno, pues lo lamento pero te lo tengo que contar —prosiguió Farag sin darse cuenta del brusco cambio del color de mi cara—. Este buen hombre es el capitán Mulugeta Mariam y los otros son los miembros de su tripulación. Este barco, el... ¿*Neway*? —preguntó, inseguro, mirando al tal Mulugeta, que asintió impertérrito con la cabeza—, es uno de los muchos que posee a lo largo del Nilo para transporte de mercancías y pasajeros entre Egipto y, como él la llama, Abisinia. O sea, Etiopía.

Yo iba abriendo los ojos de par en par conforme Farag me contaba todas aquellas cosas.

—Desde hace cientos de años, su pueblo, los anuak de Antioch, en la región de Gambela, cerca del lago Tana, en Abisinia, recoge pasajeros dormidos en el Delta del Nilo y los transporta hasta su aldea...

—¿Quién se los entrega? —le interrumpí.

Farag repitió mi pregunta en árabe y el capitán Mariam respondió lacónicamente:

—*Starofilas*.

Nos quedamos en suspenso, mirándonos sobrecogidos.

—Pregúntale —balbuceé— qué harán con nosotros cuando lleguemos.

Se produjo un nuevo intercambio de palabras y, por fin, Farag me miró:

—Dice que tendremos que superar una prueba que forma parte de la tradición de los anuak desde que Dios les entregó la tierra y el Nilo. Si morimos, quemarán nuestros cuerpos en una pira y entregarán las cenizas al viento y, si sobrevivimos...

—¿Qué? —me asusté.

—*Starofilas* —concluyó, imitando tenebrosamente la forma de hablar de Mariam.

Aturdida, no supe hacer otra cosa que mover la cabeza de un lado a otro y pasarme las manos por el pelo, que estaba sucio y hecho una pieza en la que no podía meter los dedos.

—Pero... Pero se suponía que nosotros sólo debíamos descubrir dónde estaba el Paraíso Terrenal para capturar a los ladrones —era el miedo el que hablaba por mi boca—. ¿Cómo vamos a avisar a la policía si nos tienen prisioneros?

—Todo encaja, *Basíleia*, piénsalo. Los staurofílakes no podían dejar que saliéramos libres del séptimo círculo. Ni nosotros ni ninguno de los supuestos aspirantes. Es muy fácil cambiar de opinión o dejarse comprar o traicionar un ideal en el último momento, cuando la meta está al alcance de la mano. Ante un peligro así, ¿qué pueden hacer ellos? Es obvio, ¿no? Debimos sospechar que la última cornisa iba a ser diferente a las otras. En nuestro caso, además, ¿qué iban a hacer...? ¿Dejarnos superar la prueba y entregarnos la pista definitiva para que llegáramos por nuestros propios medios hasta el Paraíso Terrenal? Hubiera bastado, como dices tú, con comunicar a las autoridades la situación del escondite para que un ejército completo cayera sobre ellos. Y no son tontos.

Mulugeta Mariam nos miraba sin entender una palabra de lo que decíamos, pero no parecía estar en absoluto impresionado. Como si hubiera vivido aquella situación infinidad de veces, se mantenía tranquilo y firme. Por fin, ante nuestro prolongado silencio, soltó una larga retahíla de palabras que Farag escuchó atentamente.

—Dice el capitán que ya no falta mucho para llegar a la aldea de Antioch y que por eso nos han despertado. Por lo visto, hace unos días que dejamos el Nilo y entramos en uno de sus afluentes, el Atbara, que, según este buen hombre, pertenece, como el Nilo, a los anuak.

—Pero ¿cómo hemos llegado hasta Etiopía? —chillé—. ¿Es que ya no hay fronteras entre los países? ¿Ya no hay policía aduanera?

—Cruzan las fronteras por la noche y son expertos en navegación con falucas, las embarcaciones a vela típicas del Nilo que pueden pasar silenciosamente junto a los puestos de policía sin despertar sospechas. Supongo que también harán uso de los sobornos y cosas así. En estos lugares es una práctica normal —murmuró, pinzándose el labio inferior.

Yo casi no podía respirar.

—¿Y dónde se supone que estamos exactamente? —conseguí articular a duras penas. Tenía la sensación de encontrarme perdida en algún punto inexplorado de la inmensidad del globo planetario.

—Nunca había oído hablar de los anuak ni de una aldea llamada Antioch, pero sí sé dónde está el lago Tana, en el que nace el gran Nilo Azul,[63] y te aseguro que no es precisamente una zona ni civilizada ni de fácil acceso. Olvídate de que estás a punto de entrar en el siglo XXI. Retrocede unos mil años y te acercarás más a la verdad.

---

63. El Nilo se forma por la confluencia en Jartum, capital de Sudán, del Nilo Blanco y el Nilo Azul. El Nilo Blanco nace en el África central y aporta sólo el 22% del caudal, mientras que el Nilo Azul nace en el lago Tana, en la meseta etiópica, y aporta el 78% restante.

Ya no podía abrir más los ojos, que me dolían de tenerlos tanto tiempo de par en par, pero no hubiera podido cambiar ese gesto de mi cara ni aunque hubiera querido.

—¿Qué demonios está diciendo, profesor? —gruñó la Roca, removiéndose como un niño bajo la frazada—. ¿Qué demonios se supone que está diciendo? —repitió, indignado.

Mulugeta, Farag y yo le miramos mientras el pobre intentaba espabilarse dando grandes cabezazos contra el aire caliente y las moscas de la cabina.

—Que estamos en Etiopía, Kaspar —dijo, tendiéndole una mano para ayudarle a incorporarse, una mano que el capitán, sin embargo, rechazó—. Según el capitán Mariam, hace varios días que cruzamos la frontera sudanesa y estamos a punto de llegar a Antioch, la ciudad de la siguiente prueba.

—¡Maldita sea! —gruñó, pasándose las palmas de las manos por la cara, intentando salir del sopor. También él estaba pidiendo a gritos una buena cuchilla de afeitar—. Pero ¿no teníamos que ir a Antioquía?

—Bueno... Eso pensábamos —repuse yo, tan perpleja como él—. Pero no se trataba de la antigua Antioquía, en Turquía, sino de una aldea etíope llamada Antioch.

—Por si no lo saben —suspiró Farag, más resignado que nosotros a este giro inesperado de los acontecimientos—, Antioquía y Antioch es lo mismo. Son las dos formas correctas del nombre. Y hay varias ciudades llamadas Antioquía o Antioch en el mundo. Lo que yo no sabía era que una de ellas se encontraba en Abisinia.

—Ya me parecía raro —comenté, pasándome la mano por el pelo áspero—, que nos hicieran viajar desde Turquía a Egipto y, luego, volver otra vez a Turquía. Era un tirabuzón muy extraño para un peregrino medieval que debía hacer el camino a pie o a caballo.

—Pues ya tienes la explicación, *Basíleia* —declaró Farag, estrechando la mano del capitán Mulugeta, que se despedía de nosotros para seguir encargándose de la navegación—. Y ahora, ¿qué tal si salimos de aquí, respiramos aire puro y nos refrescamos en el río?

—Me parece una idea excelente —convine, poniéndome en pie—. ¡Huelo fatal!

—A ver... —quiso comprobar Farag, acercándose hasta mí.

—¡Vade retro, Satanás! —grité, escapándome por la cortinilla de lino hacia el exterior.

La Roca murmuró algo relativo al círculo de la lujuria que, en mi precipitación, no llegué a entender. Mariam nos aseguró que no correríamos peligro si nos zambullíamos en las aguas azules del Atbara, así que nos lanzamos desde la cubierta y yo sentí renacer todos mis músculos y también mi pobre y aturdido cerebro. El agua estaba fresca y parecía limpia, pero la Roca nos recomendó que no bebiéramos ni un sorbo, porque la malaria, el cólera y el tifus eran enfermedades endémicas en la mayoría de los países africanos. Nadie lo hubiera dicho contemplando aquel curso suave y transparente, pero, por si acaso, le obedecimos al pie de la letra. El aire era tan puro que parecía que nos saneaba por dentro y el cielo tenía un color azul tan increíblemente perfecto que, mirándolo, entraban ganas de volar. Las dos riberas, separadas por una buena distancia, aparecían cubiertas hasta la misma orilla por una verde espesura de la que sobresalían muchos árboles altos y frondosos llenos de pájaros que volaban en bandadas de una copa a otra. Por todo sonido, sólo se oían sus graznidos y sus trinos, y, sobrando, el eco de nuestros chapoteos y voces en el río. Era todo tan hermoso que hubiera jurado que podía oír, en el viento, un grandioso coro de voces cantando al ritmo del aire y de la corriente del río, combinando notas musicales según la armonía del cielo y del agua.

Aunque no me quité la dalmática blanca para echarme al agua, la prenda flotaba a mi alrededor y tanto me hubiera dado no llevarla. De todos modos, como Farag y la Roca sí que se habían quitado las suyas, preferí dejármela puesta aunque no cumpliera su cometido. Si los hombres del barco, que en aquel momento arriaban y sujetaban al doble mástil el velamen triangular de la nave, me veían desde su altura como Dios me trajo al mundo, me daba igual, pues no debía ser la primera vez y, además, tampoco parecían muy interesados. «¡Cómo has cambiado, Ottavia!», me dije condescendiente, nadando como una sirena de un lado a otro. Yo, una monja que me había pasado toda la vida encerrada, estudiando o trabajando bajo tierra en los sótanos del Archivo Secreto Vaticano, entre pergaminos, papiros y códices antiguos, ahora flotaba, braceaba y me sumergía en las aguas de un río de vida en medio de una naturaleza salvaje, y, lo mejor de todo: a pocos metros de mí, podía ver la cabeza del hombre al que amaba con toda mi alma y que me devoraba con los ojos sin osar acercarse. «¡Cómo has cambiado, Ottavia!»

Para que mi felicidad hubiera sido completa, sólo me hubiese hecho falta un poco de gel y de champú; tuve que conformarme, sin embargo, con una pastilla de jabón de glicerina que la Roca había sacado de su impagable mochila de salvamento y que tanto los staurofílakes como los anuak habían respetado. Cuando, después del chapuzón, subimos a bordo, nuestras ropas nos esperaban limpias y plegadas —aunque no planchadas— en el interior del infecto camarote. Me sentí como una reina cuando, ya vestida y limpia, los hombres pusieron en mis manos un plato con un sabroso y enorme pescado que acababa de salir del río y de pasar por el fuego.

Aquella tarde nos sentamos en cubierta con el capitán Mulugeta Mariam, quien nos informó de que llegaríamos a Antioch esa misma noche. No era hombre de muchas palabras, pero las pocas que decía tenían la virtud de ponerme nerviosa:

—Nos pide que recemos mucho antes de empezar la prueba —tradujo Farag—, porque su pueblo sufre cada vez que un santo o una santa tienen que ser incinerados.

—¿Qué santos? —preguntó la Roca, que no lo había pillado.

—Nosotros, Kaspar, nosotros somos los santos. Los aspirantes a staurofílakes.

—Mire a ver si puede sonsacarle información sobre esos ladrones de reliquias.

—Ya lo he intentado —objetó Farag—, pero este hombre piensa que está cumpliendo una misión sagrada y antes se dejaría matar que traicionar a los staurofílakes.

—*Starofilas* —pronunció con reverencia el capitán Mariam. Luego nos miró y le preguntó algo a Farag, que soltó una carcajada.

—Quiere saber cosas sobre usted, Kaspar.

—¿Sobre mí? —se extrañó la Roca.

Mulugeta continuó hablando. No hubiera podido precisar su edad ni siquiera por esa mancha canosa que tenía en la barba. Su rostro parecía joven y su piel negra brillaba, tersa como el metal, bajo la luz del sol, pero había un no sé qué de anciano en su mirada que se acusaba con esa delgadez extrema de su cuerpo.

—Dice que usted es dos veces santo.

No puede evitar que se me escapara una carcajada.

—¡Está loco! —gruñó la Roca con un bufido.

—Y quiere saber qué hacía usted antes de ser santo.

Farag y yo intentábamos, sin éxito, contener las agonías de la risa.

—¡Dígale que soy soldado y que de santo no tengo ni un pelo! —tronó.

Mulugeta protestó airadamente cuando Farag, haciendo un esfuerzo, le tradujo las palabras de Glauser-

Röist. Al oír lo que decía, Farag se quedó inmóvil de golpe.

—Quítese la camisa, Kaspar.

—¿Pero es que también usted se ha vuelto loco, profesor? —bramó indignado. Yo estaba sorprendida por el cambio de actitud de Farag—. ¡Quítesela usted, hombre!

—¡Por favor, Kaspar! ¡Hágame caso!

La Roca, tan sorprendido como yo, empezó a desabrocharse los botones. Farag se inclinó hacia él de una manera muy extraña y, apoyando su mano izquierda en el hombro del capitán, le dobló hacia el suelo para mirarle la espalda.

—Fíjate en esto, Ottavia. Mariam dice que Glauser-Röist es dos veces santo porque los staurofílakes lo han marcado con... esto —y puso el dedo índice sobre las vértebras dorsales del capitán, que parecía un toro a punto de embestir.

—¿Qué tonterías está diciendo, profesor?

En el centro exacto de la espalda de la Roca, podía verse con total claridad una escarificación en forma de pluma, en lugar de la cruz habitual.

—¿Qué te han grabado a ti, Farag? —pregunté incorporándome para levantarle la camisa. Al contrario que la Roca, Farag tenía, bajo los troncos de la cruz ebrancada que nos habían escarificado en Constantinopla, la esperada cruz ansata egipcia sobre las dorsales. Igual que en el cuerpo de Abi-Ruj Iyasus.

—¡Abi-Ruj Iyasus era etíope! —dejé escapar fascinada por mi súbito descubrimiento.

—Cierto —dijo la Roca, más calmado después de volver a cubrirse—. Y estamos en Etiopía.

—¿Estará aquí el Paraíso Terrenal? —aduje, pensativa—. ¿Será Etiopía el origen y el final del misterio?

—Ya no falta mucho para que lo averigüemos —comentó Farag, arrugándome la blusa en la nuca—. Tú también tienes una cruz ansata. En realidad, esta cruz es el símbolo *anj* del lenguaje jeroglífico egipcio, el símbolo que representa la vida.

Su mano acariciaba mi escarificación (innecesaria y agradablemente, debo añadir), mientras yo...

—¡Pues claro! —exclamó de pronto—. ¡La pluma de avestruz! ¡Eso es lo que lleva usted en las dorsales, Kaspar! Nosotros, en Alejandría, hemos sido marcados con una cruz ansata que es, en origen, un jeroglífico egipcio. Usted ha sido marcado con otro, la pluma de avestruz, la pluma de Maat, cuyo significado es la justicia.

—¿Maat...? ¿La justicia? —vaciló la Roca.

—Maat es la regla eterna que rige el universo —explicó Farag, exaltado—. Es la precisión, la verdad, el orden y la rectitud. La principal obligación de los faraones egipcios era hacer que Maat se cumpliera para que no reinara el desorden y la iniquidad. Su símbolo jeroglífico era la pluma de avestruz. Esa pluma se ponía en uno de los platillos de la balanza de Osiris durante el juicio del alma. En el otro, se ponía el corazón del muerto, que debía ser tan ligero como la pluma de Maat para poder tener derecho a la inmortalidad.

—¿Y me han tatuado todo eso en la espalda? —articuló, estupefacto, la Roca.

—No, Kaspar. Sólo el jeroglífico de la pluma de Maat —le tranquilizó Farag, quien sin embargo, frunció el ceño para añadir—: El capitán Mariam asegura que por eso es usted dos veces santo. O sea, más santo que nosotros, que no la llevamos.

—Todo esto es muy raro —dije, preocupada. Farag, sin embargo, se rió.

—¿Más raro que todo lo que nos ha pasado hasta ahora? ¡Vamos, *Basíleia*!

Pero la pluma de Maat no estaba tampoco en el cuerpo de Abi-Ruj Iyasus y yo sabía que el capitán —militar de carrera, policía y mano negra del Vaticano—, era el único de nosotros que, efectivamente, entrañaba un peligro real para los staurofílakes. ¿No era inquietante que, precisamente él, hubiera sido marcado con un jeroglífico que simbolizaba la *justicia*?

No conseguí librarme de esta sospecha ni siquiera mientras preparábamos el último círculo del Purgatorio con ayuda de la *Divina Comedia* y el barco, el *Neway*, se acercaba lentamente hasta el embarcadero de Antioch, un sencillo muelle de palos en la orilla derecha del Atbara.

Como nosotros tres, Dante, Virgilio y el poeta napolitano Estacio, que se les había unido en el ascenso hacia el Paraíso Terrenal, se aproximaban a su último destino. Caía la noche y debían darse prisa para llegar al séptimo círculo, el de los lujuriosos, antes de que oscureciera:

> *Ya habíamos llegado al último tormento*
> *y nos dirigíamos hacia la derecha,*
> *cuando nos llamó la atención otro cuidado.*

> *Aquí disparaba el muro llamaradas,*
> *y por la cornisa soplaba un viento de lo alto*
> *que las rechazaba y alejaba de él;*

> *y por eso convenía andar*
> *por el lado de afuera y de uno en uno;*
> *y yo temía el fuego o la caída.*

Virgilio suplica reiteradamente a su pupilo que vigile mucho donde pone los pies al caminar porque el menor error podría resultar fatal. Dante, sin embargo, haciendo caso omiso de la recomendación, al oír unas voces que cantan un himno suplicando pureza, se vuelve y descubre un numeroso grupo de almas que avanza entre las llamas. Una de ellas, cómo no, le dirige la palabra y le pregunta cómo es que la luz del sol no le atraviesa:

No sólo a mí aprovechará tu respuesta;
pues mayor sed tienen estos de ella
que de agua fresca la India o la Etiopía.

—¡Esto es demasiado! —exclamó Farag, al oír el último verso.

—La verdad es que sí —convine.

—¿Cómo no lo vimos antes? ¿Cómo no lo sospechamos cuando leímos el *Purgatorio* completo en Roma?

—Cuando usted lo leyó, profesor, ¿hubiera podido imaginar ni por un momento en qué consistían las siete pruebas? —quiso saber la Roca—. Es absurdo hacerse ahora esa pregunta. ¿Y si hubiera sido la India en lugar de Etiopía? Dante contaba lo que podía, se arriesgaba porque sabía que tenía una buena historia y era ambicioso, pero no era un loco y no quería correr riesgos inútiles.

—De todas manera le mataron —repuse con sorna.

—Sí, pero él no deseaba llegar hasta ahí, por eso disimulaba los datos.

Al fondo, donde convergían las dos orillas del Atbara, empezaba a divisarse la aldea de Antioch y su embarcadero. Un tibio rayo de sol crepuscular me calentaba el hombro derecho y me dio un doloroso vuelco el estómago cuando vi las densas columnas de humo que, desde la aldea, se elevaban hasta el cielo. Hubiera deseado que el *Neway* diera la vuelta, pero ya era demasiado tarde.

Mientras el alma de aquel lujurioso (que luego resultaba ser el poeta Guido Guinizzelli, miembro, como el mismo Dante, de la sociedad secreta de los Fidei d'Amore), pregunta a nuestro héroe por qué interrumpe la luz del sol, otro grupo de espíritus se aproxima en dirección contraria caminando por el sendero ardiente. Escuchando lo que dicen ambos grupos, que se besan y se hacen muchas fiestas al encontrarse, Dante deduce que unos son los lujuriosos heterosexuales y otros los lujuriosos homosexuales. Contra su costumbre, les consuela muchísimo —quizá por sentirse benevolente hacia este pecado o porque resulta que la mayoría de los que allí se encuentran son literatos como él—, recordándoles que les falta muy poco para alcanzar la paz y el perdón de Dios, porque el cielo está lleno de amor.

Nada más empezar el Canto XXVII, con el día prácticamente acabado, los tres viajeros llegan a un punto en el que todo el sendero está ardiendo en llamas. Se les aparece, entonces, un ángel de Dios, muy alegre, que les anima a atravesarlas y Dante, horrorizado, se tapa la cara con los brazos y se siente «como aquel al que meten en la fosa». Virgilio, sin embargo, viéndole tan asustado, le tranquiliza:

> *Hacia mí se volvieron mis buenos*
> *escoltas y me dijo Virgilio: «Hijo,*
> *puede aquí haber tormento, mas no muerte.*

> *Cree ciertamente que si en lo profundo*
> *de esta llama aun mil años estuvieras,*
> *no te podría ni quitar un pelo».*

—Eso también servirá para nosotros, ¿verdad? —interrumpí, esperanzada.

—No adelantes acontecimientos, *Basíleia*.

La Roca, sin inmutarse, siguió leyendo cómo Dante, despavorido, permanecía reacio frente a las llamas sin atreverse a dar un paso.

> *Delante de mí Virgilio entró en el fuego,*
> *pidiendo a Estacio que tras de mí viniese,*
> *que en el camino había ido siempre en medio.*

Al estar dentro, en el vidrio hirviendo
me hubiera echado para refrescarme,
pues tan desmesurado era el ardor.

Y por reconfortarme el dulce padre,
me hablaba de Beatriz mientras andaba:
«Ya me parece ver sus ojos».

Siguiendo el sonido de una voz que canta desde fuera «Bienaventurados los limpios de corazón», y que es la del último ángel guardián —el cual, apareciéndose en forma de luz cegadora entre las llamas, borra la última «P» de la frente de Dante—, consiguen salir del fuego y se encuentran justo frente a la subida al Paraíso Terrenal. Así que, contentos y felices, inician el ascenso. Sin embargo, mientras suben, cae definitivamente la noche y tienen que tenderse en los escalones porque, como les advirtieron al principio, la montaña del Purgatorio no permite el ascenso nocturno. Tumbado allí, en aquella grada, Dante ve un cielo lleno de estrellas, «mayores y más claras de lo acostumbrado» y, contemplándolas, se queda profundamente dormido.

El *Neway* había virado en dirección al muelle de Antioch, donde la gente del pueblo, unas cien personas vestidas de blanco de los pies a la cabeza —túnicas, velos, pañuelos y taparrabos—, lanzaban gritos de bienvenida y daban saltos o agitaban los brazos en el aire. Parecía que el regreso de Mulugeta Mariam y sus marineros era motivo de una gran alegría. La aldea estaba formada por treinta o cuarenta casas de adobe apiñadas alrededor del embarcadero, con los muros pintados de vivos colores y techumbres de caña. Es cierto que todas lucían tubos negros que, a modo de chimenea, atravesaban los carrizos, pero las grandes humaredas que yo había visto cuando aún estábamos a bastante distancia nacían en algún lugar situado detrás de la propia aldea, entre esta y el bosque, y ahora parecían realmente enormes, semejantes a brazos de titanes que pugnaran por tocar el cielo.

Estábamos a punto de atracar, pero Glauser-Röist no parecía dispuesto a dejar el libro.

—Capitán, ya hemos llegado —le avisé, aprovechando una de sus cortas inhalaciones de aire.

—¿Sabe usted a qué va a tener que enfrentarse exactamente en este pueblo, doctora? —me preguntó desafiante.

Los gritos de los niños, las mujeres y los hombres de Antioch se oían justo al otro lado del casco de la nave.

—No, no exactamente.

—Muy bien, pues sigamos leyendo. No deberíamos salir de este barco sin tener todos los datos.

Pero ya no había más datos. Habíamos terminado de verdad.

A modo de conclusión, Dante Alighieri cuenta, no sin cierta melancólica belleza en sus palabras, cómo se despierta al amanecer del día siguiente y ve a Virgilio y a Estacio ya levantados, esperándole para terminar de subir las escaleras que le conducirán al Paraíso Terrenal. Su maestro le dice:

> *El dulce fruto que por tantas ramas*
> *buscando va el afán de los mortales,*
> *hoy logrará saciar toda tu hambre.*

Dante se precipita hacia arriba, impaciente, y, cuando, por fin, llega al último peldaño y contempla el sol, los arbustos y las flores del Paraíso Terrenal, su querido maestro se despide de él para siempre:

> *El fuego temporal, el fuego eterno*
> *has visto, hijo; y has llegado a un sitio*
> *en el que yo, por mí mismo, ya no veo.*

Te he conducido con ingenio y arte;
tu voluntad es ahora tu guía: fuera estás
de los caminos escarpados y estrechos.

No esperes ya mis palabras, ni consejos;
libre, sano y recto es tu albedrío,
y sería una falta no obrar como él te dicte.

Así pues, ensalzándote, yo te corono y te mitro.

—Se acabó —anunció la Roca, cerrando el libro. Parecía un poco menos Roca de lo normal, como si acabara de despedirse para siempre de un viejo amigo. Durante los últimos meses, Dante, el mejor poeta italiano de todos los tiempos, había formado parte esencial de nuestras vidas y aquel verso último y huidizo nos dejaba, bruscamente, un poco más solos.

—Creo que aquí muere la vía de este tren... —musitó Farag—. Tengo la sensación de que Dante nos abandona y me siento como huérfano.

—Bueno, él llegó al Paraíso Terrenal. Logró su objetivo, alcanzó la gloria y la corona de laurel. Nosotros —dije olfateando el intenso olor a humo— todavía tenemos que pasar la última prueba.

—Tiene razón, doctora. ¡Vámonos! —ordenó Glauser-Röist, poniéndose en pie de un salto. Pero le vi acariciar a escondidas la cubierta de su manoseado ejemplar de la *Divina Comedia* antes de dejarlo caer en el interior de la mochila.

La aldea de Antioch nos recibió con una gran algarabía. Nada más vernos aparecer en cubierta, los gritos de alegría, las palmas y los vítores se volvieron ensordecedores.

—¿No será un pueblo de caníbales que ve llegar su cena?

—¡Farag, no me pongas nerviosa!

El capitán Mulugeta Mariam, como anfitrión de la fiesta y responsable de la buena travesía, franqueaba, igual que una estrella de Hollywood, el estrecho pasillo abierto por la multitud entre aclamaciones, besos, empujones y abrazos. Detrás, caminaba el capitán Glauser-Röist, a quien los niños anuak miraban desde abajo con sonrisas temerosas y ojos de admiración. Era tan rubio y tan alto que difícilmente habrían tenido ocasión de ver en sus cortas vidas un ejemplar masculino tan impresionante. Las mujeres se fijaban más en mí, muertas de curiosidad. No debíamos ser muchas las santas que llegábamos por el Atbara dispuestas a pasar la última prueba del Purgatorio y eso les confería un cierto orgullo de género que también se reflejaba en sus miradas. Los ojos azul oscuro de Farag no dejaron de causar estragos. Una jovencita de no más de catorce o quince años, empujada por sus amigas de la misma edad que la rodeaban muertas de risa, se acercó hasta él y le tironeó de la barba. Casanova soltó una carcajada, absolutamente encantado.

—¿Ves lo que te pasa por no afeitarte? —le dije en voz baja.

—¡Creo que no volveré a afeitarme nunca!

Con el codo derecho le propiné un ligero golpe en las costillas que no hizo otra cosa que aumentar su regocijo... ¡Qué castigo!

El jefe de la aldea, Berehanu Bekela, un hombre de enormes orejas colgantes y dientes gigantescos, nos dio la bienvenida con todos los honores. Formaba parte de ellos colocarnos ceremoniosamente varios pañuelos blancos alrededor del cuello hasta formar una gruesa y cálida estola, muy apropiada para aquella temperatura. Después, siguiendo la recta que dibujaba el muelle, nos llevaron hasta el centro mismo de la explanada de tierra en torno a la cual se agrupaban las casas, profusamente iluminadas por antorchas atadas a largos palos clavados en el suelo. Una vez allí, Berehanu gritó algunas palabras incomprensibles y la gente estalló en aclamaciones desenfrenadas que sólo terminaron cuando el jefe levantó las manos en el aire.

En pocos segundos, la explanada pasó a estar llena de taburetes, alfombrillas y cojines y todos ocuparon sus lugares dispuestos a atacar las montañas de comida que salían en bandejas de madera de las casas cercanas. Dejaron de prestarnos atención para concentrarse en aquellos montoncitos de carne que se servían sobre grandes hojas verdes, a modo de platos vegetales.

Berehanu Bekela y su familia tuvieron la deferencia de servirnos con sus propias manos lo que fuera que teníamos que comer —a mí aquello sólo me parecía un revoltijo de carne cruda—, y nos miraban espectantes para ver qué hacíamos.

—¡*Injera, injera!* —decía una preciosa niña de unos tres años de edad que se había sentado a mi lado.

Mulugeta habló con Farag y este nos miró al capitán y a mí con gesto serio.

—Debemos comernos esto aunque nos muramos de asco. Si no lo hacemos, insultaríamos gravemente al jefe y a todo el pueblo.

—¡Mira, no digas sandeces! —estallé—. ¡No pienso comer carne cruda!

—No discutas, *Basíleia*, y come.

—Pero ¿cómo voy a comer estos pedazos de no sé qué? —proferí con aprensión, cogiendo entre los dedos algo que parecía un tubo de plástico de color negro.

—¡Coma! —masculló entre dientes Glauser-Röist, metiéndose un puñado de aquello en la boca.

La fiesta subía de tono conforme la cerveza embotellada corría como el Atbara entre la gente del pueblo. La niñita seguía mirándome fijamente y fueron sus grandes ojos negros los que me animaron a separar los labios temblorosos y a llevar hasta ellos, muy despacio, una pizca de carne cruda. Aguantándome las arcadas, masti-qué como pude y tragué casi entero un pedazo de riñón de antílope. Después engullí un trozo de estómago, que me pareció elástico y de sabor más suave que el riñón. Para terminar, engullí de una pieza una tajada pequeña de hígado aún caliente que me manchó de sangre la bar-billa y las comisuras de los labios. A los etíopes, por lo visto, les encantaban aquellas delicias; para mí fue la peor experiencia de mi vida, uno de esos momentos que jamás consigues olvidar por muchos años que pasen. Me bebí de un trago una de aquellas botellas de cerveza y hubiera agotado la siguiente si Farag no me lo hubiera impedido sujetándome la muñeca.

La fiesta continuó todavía mucho más tiempo. Cuando acabó la comida, un grupo de jovencitas, entre las que se encontraba aquella que había tirado de la bar-ba a Farag, entró en el círculo y comenzó una danza muy curiosa en la que no paraban de mover los hom-bros. ¡Era increíble! Jamás hubiera imaginado que po-dían moverse así, a esa rabiosa velocidad y de aquella prodigiosa manera, como si estuvieran descoyuntados. La música era un simple ritmo marcado por un tambor, al que luego se le añadió otro, y después otro y otro más hasta que la cadencia se volvió hipnótica, y entre eso y la cerveza, yo ya no tenía la cabeza en su sitio. La niña, que, al parecer, había decidido adoptarme, se levantó del suelo y se sentó entre mis piernas cruzadas como si yo fuera un cómodo asiento y ella una pequeña reina. Me hacía gracia verla sujetarse y arreglarse cuidadosamente el velo que le cubría la cabeza, tan largo que le llegaba hasta la cintura, de modo que, al final, era yo quien, una y otra vez, se lo volvía a colocar en el sitio porque no ha-bía manera de que aquel lino blanco se quedara quieto sobre su pelo negro y rizado. Al final, cuando las baila-rinas desaparecieron, apoyó la espalda en mi estómago y se acomodó como si, de verdad, me hubiera convertido en un trono. Y entonces, el recuerdo de mi sobrina Isabella se me clavó como un dardo en el corazón. ¡Cuánto hubiera deseado tenerla conmigo como tenía a aquella niña! En mitad de una aldea perdida de Etiopía, bajo la luz de la luna creciente y de las antorchas, mi mente voló hasta Palermo y supe que volvería a casa, que tendría que volver antes o después para tratar de cambiar las cosas, y, aunque no lo iba a conseguir, mi conciencia me pedía que les diera una última oportunidad antes de marcharme para siempre. Este arraigado sentido de pertenencia al clan que mi madre me había inculcado, tan tribal como el de los anuak, me impedía soltar amarras por las bravas a pesar de saber, como sabía, qué tipo de lamentable familia me había tocado en suerte.

Berehanu Bekela, en cuanto los tambores callaron y las bailarinas abandonaron la escena, se encaminó pausadamente hacia el centro de la plaza en medio del silencio más profundo. Hasta los niños dejaron de moverse nerviosos y corrieron junto a sus madres para quedarse allí, quietos y callados. La ocasión era solemne y a mí la taquicardia se me disparó porque algo me decía que la auténtica fiesta estaba a punto de empezar.

Berehanu soltó un largo discurso que, según nos explicó Farag en susurros, trataba sobre la antiquísima relación de los anuak con los staurofílakes. Las traducciones simultáneas de Mulugeta y Farag dejaban mucho que desear, pero no podíamos pedir que nos cambiaran los intérpretes por otros mejores, de modo que la Roca y yo tuvimos que conformarnos con las frases a medias y las medias palabras:

—Los *starofilas* —decía Berehanu— llegaron por el Atbara hace cientos de años en grandes barcos... los anuak la palabra de Dios. Aquellos hombres de... la fe y nos enseñaron a mover las piedras, a labrar... a fabricar cerveza y a construir barcos y casas.

—¿Estás seguro de que ha dicho eso? —susurré.

—Sí, y no me interrumpas, que no oigo a Mariam.

—Pues, entonces, no entiendo por qué compran cerveza embotellada, la verdad.

—¡Calla, Ottavia!

—Los *starofilas* nos hicieron cristianos —continuó el jefe— y nos enseñaron todo lo que sabemos. Sólo nos pidieron a cambio... su secreto y que trajéramos a los santos desde Egipto hasta Antioch. Los anuak hemos... que dio Mulualem Bekela en nombre de nuestro pueblo. Hoy, tres santos... por las aguas del Atbara, el río que Dios entregó a... somos responsables de... y los *starofilas* esperan que cumplamos con nuestro deber.

Súbitamente, la gente estalló en una ovación atronadora y un piquete de quince o veinte hombres jóvenes se puso en pie y emprendió una loca carrera a través de las casas, desapareciendo en la oscuridad.

—Vayan, pues, los hombres a preparar el camino de los santos —tradujo Farag con retraso.

Todo el mundo había empezado a bailar al ritmo de los tambores y, en mitad de la fiesta, unas manos nos cogieron a Farag, a la Roca y a mí y nos separaron, llevándonos a casas distintas para prepararnos de cara a la ceremonia que venía a continuación. Las mujeres que me habían raptado, me quitaron las sandalias y los pantalones y luego la blusa y la ropa interior, dejándome completamente desnuda. Después me rociaron con agua que asperjaron sobre mi cuerpo con un haz de ramas y, a continuación, me secaron con lienzos de lino. Hicieron desaparecer mi ropa, así que tuve que conformarme con una camisa —por supuesto, blanca— que, por suerte, me llegaba hasta las rodillas, y se negaron a devolverme mi calzado, de modo que, cuando me sacaron de la casa, caminaba como si pisara alfileres. No me consoló mucho descubrir que Farag y la Roca tenían el mismo triste aspecto que yo. Me sorprendió, sin embargo, mi propia reacción ante la visión de Farag, y es que todavía no estaba acostumbrada a las desconcertantes reacciones de mis hormonas: los ojos se me quedaron pegados a su piel morena, iluminada por las antorchas, a sus manos, de dedos largos y suaves que retiraban de la cara las greñas rubias, a su cuerpo, alto y esbelto, y, cuando, por fin, nuestras miradas se encontraron, mi estómago se encogió en un nudo doloroso. ¿Qué le habían puesto a aquella dichosa carne cruda de la cena?

Entre aclamaciones y golpes de tambor, nos condujeron por las callejas oscuras hacia el lugar de las grandes humaredas, del que ahora salía un inquietante resplandor púrpura. El cielo de la noche estaba lleno de estrellas y, contemplándolas con esa aguda percepción que propicia el miedo, observé que eran mucho «mayores y más claras de lo acostumbrado», tal y como había notado Dante mientras estaba tumbado en las escaleras que subían al Paraíso Terrenal. Farag me cogió la mano para tranquilizarme y me la apretó suavemente, pero el temor había hecho mella en mi ánimo por culpa de tanto preparativo y tanto tambor, y me sentía como Jesús camino del Calvario con la cruz a cuestas. ¿Con la llamada Vera Cruz, aquella que los staurofílakes estaban recuperando a pedacitos? No, ciertamente no. Pero por ella, aunque fuera falsa, estábamos allí y yo sentía cómo me temblaban las piernas, me sudaba el cuerpo y me rechinaban los dientes.

Por fin llegamos a una nueva explanada alrededor de la cual el pueblo de Antioch permanecía de pie y silencioso. Varias hogueras inmensas agotaban sus últimos troncos con grandes chisporroteos mientras los jóvenes que habían salido corriendo al final del discurso de Berehanu Bekela extendían en el suelo una gruesa rueda de ascuas con la ayuda de unas lanzas largas y afiladas. Golpeando las brasas con esas lanzas, rompían los pedazos más grandes y alisaban la superficie, que tendría unos veinte centímetros de espesor por unos cuatro o cinco metros de longitud desde el interior hasta el exterior. Habían dejado, sin embargo, un pasillo sin cubrir, una especie de porción por la que se podía llegar hasta el centro y, cuando Mulugeta Mariam le dirigió unas palabras a Farag, no me hizo falta la traducción para saber exactamente lo que le estaba diciendo: Mulugeta era, en aquel momento, el alegre ángel de Dios que se aparece a Dante en el séptimo círculo y le indica que debe entrar en el pasillo de fuego.

Apreté con más fuerza la mano de Farag y apoyé la mejilla en su hombro, tan asustada que apenas podía respirar. Me sentía, en efecto, «como aquel al que meten en la fosa».

—¡Ánimo, amor mío! —me susurró él valientemente, hundiendo la nariz en mi pelo y besándolo con suavidad.

—¡Tengo tanto miedo, Farag! —lloré, cerrando los ojos y provocando, de esta manera, que se desbordara un lago de lágrimas.

—Escucha, cariño, saldremos de esta como hemos salido de todas las pruebas anteriores. ¡No te asustes, Ottavia! —pero yo estaba inconsolable, no podía parar el martilleo de mis dientes—. ¡Recuerda que siempre hay una solución, *Basíleia*, amor mío!

Contemplando aquella inmensa rueda de fuego, sin embargo, esa solución parecía más una fantasía que una certidumbre. Podía admitir que había infringido, en mayor o menor grado, los seis pecados capitales anteriores en algún momento de mi vida, pero de ninguna manera estaba dispuesta a aceptar que tuviera que morir por el pecado de la lujuria, del cual era completamente inocente hasta ese mismo día. Y, además, si moría en el fuego, jamás tendría ocasión de pecar como Dios manda contra el sexto mandamiento, cometiendo, con Farag, esos famosos actos impuros de los que tanto hablaba la gente.

—¡No quiero morir! —le gemí, estrechándome contra él.

Glauser-Röist, silenciosamente, se había aproximado a nosotros por la espalda:

—«Hijo —recitó—, puede aquí haber tormento, mas no muerte. Cree ciertamente que si en lo profundo de esta llama aun mil años estuvieras, no te podría ni quitar un pelo.»

—¡Oh, vamos, capitán! —chillé con acritud.

Mulugeta Mariam insistió. No podíamos quedarnos ahí toda la noche; debíamos cruzar aquel pasillo.

Caminé como el condenado que avanza hacia la horca, ayudada por el brazo firme de Farag, que me sujetaba. A dos metros del tapiz de ascuas el calor era ya tan insoportable que notaba cómo se me abrasaba la piel. En cuanto pisamos el corredor que llevaba al centro, sentí, literalmente, que me incineraba y que mi sangre iba a entrar en ebullición. Era inaguantable. Las barbas de la Roca y de Farag ondulaban suavemente, inflamadas por el aire caliente, y había un rumor ahogado que salía de aquel lago rojo y chispeante.

Por fin llegamos al centro y, no bien lo hubimos hecho, el grupo de hombres jóvenes que había preparado todo aquello cubrió el camino con otro cúmulo de rescoldos que removieron, juntaron y alisaron usando de nuevo las lanzas. Acorralados como animales, Farag, la Roca y yo mirábamos aturdidos el lejano círculo que formaban los anuak, a varios metros de distancia del anillo de brasas. Parecían fantasmas impasibles, jueces sin piedad iluminados por un resplandor infernal. Nadie se movía, nadie respiraba, y menos que ellos, nosotros, que sentíamos el aire ardiente en los pulmones.

De pronto, un canto extraño surgió de la multitud, una primitiva cadencia que, al principio, los crujidos de la madera al rojo vivo no me permitieron percibir con claridad. Era una sola frase musical, siempre la misma, que repetían incansablemente como una letanía, lenta y meditadamente. Los brazos de Farag, que me rodeaban el cuello por la espalda, se tensaron como cables de acero y la Roca se removió inquieto sobre sus pies desnudos. Un grito, emitido por Mulugeta Mariam, nos devolvió a la realidad. Farag dijo:

—Tenemos que cruzar el fuego. Si no lo hacemos, nos matarán.

—¡Qué! —exclamé, horrorizada—. ¿Matarnos...? ¡Eso no nos lo habían dicho! ¡Pero si es imposible caminar por encima de *eso*! —y miré la capa de ascuas que se estaba poniendo ligeramente negra por la parte de encima.

—Piensen, por favor —suplicó la Roca—. Si sólo se trata de echar a correr, lo haré ahora mismo, aunque termine muerto, con quemaduras de tercer grado por todo el cuerpo. Pero antes de suicidarme, quiero saber con certeza que no existe ninguna otra posibilidad, que no hay nada en sus cerebros que pueda ayudarnos.

Giré el cuello para mirar la cara de Farag, que también se había inclinado un poco para mirarme a mí y, así, observándonos, nuestros cerebros repasaron en décimas de segundo todas las enseñanzas que habíamos acumulado a lo largo de la vida. Pero no, no guardábamos la menor referencia a extrañas caminatas sobre el fuego. Lo confirmaron nuestros rostros que, al poco, reflejaron una total decepción.

—Lo siento, Kaspar... —se disculpó Farag. Sudábamos copiosamente y el sudor se evaporaba de inmediato. No necesitábamos la ayuda de los anuak para morir; nos moriríamos solos, deshidratados, si seguíamos allí.

—Sólo tenemos el texto de Dante —musité apesadumbrada—, pero no recuerdo nada que pueda ayudarnos.

Un agudo silbido cortó el aire y una lanza, una de las que habían usado para distribuir las brasas, se clavó limpiamente entre mis pies. Creí que mi corazón no volvería a latir.

—¡Dios! —gritó Farag, hecho una fiera—. ¡Dejadla en paz! ¡Disparadnos a nosotros!

El canto monótono que emitía la muchedumbre se hizo más fuerte y se escuchó con mayor claridad. Me pareció que cantaban en griego, pero pensé que era una alucinación.

—El texto de Dante —repitió la Roca, pensativo—. Quizá esté ahí.

—Pero cuando Dante entra en el fuego, capitán, sólo dice que se hubiera echado en vidrio hirviendo con tal de refrescarse.

—Es cierto...

Se oyó otro silbido que se acercaba peligrosamente y el capitán se quedó con la frase a medio terminar. Una nueva jabalina se había clavado en el suelo, esta vez en el pequeño hueco que formaban nuestros tres pares de indefensos pies. Farag se volvió loco, gritando en árabe un montón de insultos que, afortunadamente, no comprendí.

—¡Aún no quieren matarnos! —dijo, al fin, muy exaltado—. ¡Si quisieran ya lo habrían hecho! ¡Sólo están incitándonos a empezar!

La frase musical subió de intensidad. Las voces de los anuak podían escucharse ahora nítidamente: *Macárioi hoi kazaroí ti kardia.*

—¡«Bienaventurados los limpios de corazón»! —exclamé—. ¡Están cantando en griego!

—Eso es también lo que cantaba el ángel mientras Dante, Virgilio y Estacio están dentro del fuego, ¿no es verdad, Kaspar? —preguntó Farag, y, como la Roca, que había perdido el habla con la segunda pica, asintiera con la cabeza, se animó a seguir—. ¡La solución tiene que estar en los tercetos dantescos! ¡Ayúdenos, Kaspar! ¿Qué dice Dante del fuego?

—Pues... Pues... —la Roca titubeaba—. ¡No dice nada, demonios! ¡Nada! —estalló, desesperado—. ¡Lo único que aparta el fuego es el viento!

—¿El viento? —Farag frunció el ceño, intentando recordar.

—«Aquí disparaba el muro llamaradas, y por la cornisa soplaba un viento de lo alto que las rechazaba y alejaba de él» —recordó.

Una extraña imagen mental con aspecto de dibujo animado se formó en mi cabeza: un pie que caía velozmente desde lo alto cortando el aire.

—Un viento que sopla desde lo alto... —murmuró Farag, pensativo, y, en ese momento, otra lanza rompió el fulgor rojizo de las brasas para venir a hincarse justo delante de los dedos del pie derecho del dos veces santo, que dio un respingo de casi un metro de altitud.

—¡Malditos sean! —bramó.

—¡Escúchenme! —gritó Farag, muy excitado—. ¡Lo tengo, ya sé cómo hacerlo!

Macárioi hoi kazaroí ti kardia, repetía una y otra vez, fuerte y grave, el pueblo de Antioch.

—¡Si caminamos pisando muy fuerte, pero muy, muy fuerte, crearemos una bolsa de aire en la planta de los pies y cortaremos durante unos segundos la combustión! El viento que sopla desde lo alto, rechaza las llamas y las aleja. ¡Eso es lo que estaba diciéndonos Dante!

La Roca permaneció inmóvil, intentando que la idea adquiriera sentido en su dura cabeza. Pero yo lo comprendí enseguida, se trataba de un simple juego de física aplicada: si el pie caía desde lo alto con mucha fuerza y chocaba contra las brasas durante un brevísimo espacio de tiempo, el aire acumulado en la planta y retenido por el zapato de fuego que se formaba alrededor de la piel, impediría las quemaduras. Pero, para conseguir eso, se debía pisar con muchísima fuerza, como había dicho

Farag, y con rapidez, sin distraerse ni perder el ritmo, porque, en ese caso, nada podría impedir que la piel quedara calcinada y las ascuas devoraran la carne en un santiamén. Era muy arriesgado, desde luego, pero también era lo único que se ajustaba a las indicaciones de Dante Alighieri y, por descontado, la única idea que teníamos. Además, el tiempo se había acabado. Lo anunció a gritos Mulugeta Mariam desde su lugar al lado del jefe Berehanu Bekela.

—También hay que llevar mucho cuidado para no caer —añadió la Roca, que había comprendido, por fin, lo que decía Farag—. «Y yo temía el fuego o la caída», dice Dante. No lo olviden. Si el dolor o cualquier otra cosa les hiciera flaquear y perdieran pie, se quemarían enteros.

—¡Yo lo haré primero! —indicó Farag, inclinándose hacia mí y dándome un beso en los labios que también sirvió para acallar mis protestas—. No digas nada, *Basíleia* —me susurró al oído, para que la Roca no lo oyera. Y añadió—: Te amo, te amo, te amo, te amo, te amo...

Lo estuvo repitiendo sin cesar hasta que me hizo sonreír y, entonces, de pronto, me soltó y se lanzó al fuego, gritando:

—¡Mira, *Basíleia*, y no repitas mis errores!

—¡Dios mío! —chillé histérica, lanzando los brazos hacia él abrumada por una angustia que me mataba—. ¡No, Farag, no!

—¡Tranquilícese, doctora! —se apresuró a decirme la Roca, mientras me sujetaba por los hombros.

La figura de Farag era un puro destello rojizo que avanzaba, pisando rítmicamente y con decisión, sobre el fuego. No pude seguir mirando. Escondí la cara en el pecho de la Roca, que me abrazó, y lloré como no había llorado nunca, con tales sollozos y espasmos, con tal dolor y congoja, que no pude oír al capitán Glauser-Röist cuando gritó:

—¡Está fuera, doctora! ¡Lo ha conseguido! ¡Doctora Salina! —Noté que me zarandeaba como si yo fuera una muñeca de trapo—. ¡Mire, doctora Salina, mire! ¡Está fuera!

Levanté la cabeza, sin entender muy bien lo que decía el capitán, y vi a Farag que, con el brazo levantado en el aire, me hacía señas desde el otro lado.

—¡Está vivo, Dios mío! —chillé—. ¡Gracias, Señor, gracias! ¡Estás vivo, Farag!

—¡Ottavia! —gritaba él y, en ese momento, le vi desplomarse en el suelo, sin sentido.

—¡Se ha quemado! —voceé—. ¡Se ha quemado!

—¡Vamos, doctora! ¡Ahora nos toca a nosotros!

—¿Qué dice? —balbucí, pero, antes de que me diera cuenta de lo que estaba pasando, la Roca me había cogido de la mano y tiraba de mí para llevarme hacia el fuego. Mi instinto de supervivencia se rebeló y frené clavando los pies firmemente en la tierra.

—¡Así mismo tiene que pisar! —me dijo Glauser-Röist, sin que se le viera vacilar por mi brusca parada. Supongo que la cercanía de las brasas me hizo reaccionar, porque levanté el pie y lo hundí en ellas con toda mi fuerza.

La vida se detuvo. El mundo cesó su eterno giro y la Naturaleza calló. Entré silenciosamente en una especie de túnel blanco en el que pude comprobar por mí misma que Einstein tenía razón al decir que el espacio y el tiempo son relativos. Miré mis pies y vi uno de ellos hundido ligeramente en unas piedras blancas y frías, y el otro ascendiendo a cámara lenta para dar el siguiente paso. El tiempo se había dilatado, se había estirado permitiéndome contemplar sin prisas aquel extraño paseo. Mi segundo pie cayó como una bomba sobre los guijarros, haciéndolos saltar por los aires, pero ya el primero había iniciado su calmoso ascenso y podía ver cómo mis dedos se extendían, cómo la planta de mi pie se ensanchaba para ofrecer más resistencia al lecho pedregoso. Ahora descendía muy despacio pero, lo hacía de tal manera, que, al chocar, provocaba otro gigantesco terremoto. Sonreí. Sonreí porque volaba, ya que, un segundo antes de que golpease la superficie, el otro pie se había alzado del suelo dejándome suspendida en el aire.

No pude borrar el regocijo de mi cara durante todo el tiempo que duró aquella increíble experiencia. Fueron sólo diez pasos, pero los diez pasos más largos de mi vida, y también los más sorprendentes. Bruscamente, sin embargo, el túnel blanco se acabó y entré en la realidad cayendo de golpe al suelo, impelida por el aire. Los tambores sonaban, los gritos eran ensordecedores, la tierra se adhería a mis manos y a mis piernas y me arañaba. No vi a Farag por ninguna parte, ni tampoco a Glauser-Röist, aunque me pareció que, como a mí, en algún lugar cercano cubrían a alguien con un gran lienzo blanco y lo llevaban en volandas hacia alguna parte. Convertida en un rollo de lino, cientos de manos me sostenían en el aire en medio de un griterío atronador. Después, me dejaron caer en una superficie mullida y me desenrollaron. Estaba muy aturdida, completamente pringosa de mi propio sudor y exhausta como no lo había estado nunca antes. Además, tenía un frío terrible y tiritaba muchísimo, sintiéndome al borde mismo de la congelación. Pero, a pesar de ello, me pareció notar que las dos mujeres que me ofrecían un gran vaso de agua no eran anuaks de Antioch. Para empezar, porque eran rubias y de piel transparente y una de ellas tenía, además, los ojos verdes.

Después de beber aquel líquido, que realmente no sabía a agua, me dormí profundamente y ya no recuerdo nada más.

Me fui desprendiendo lentamente de las redes del sueño, abandonando muy despacio el profundo letargo en el que me había sumido tras la terrible experiencia de la rueda de fuego. Me sentía relajada, a gusto, con una increíble sensación de bienestar. El primero de mis sentidos en despertar fue el del olfato. Un agradable aroma a lavanda me avisó de que no me encontraba en la aldea de Antioch. Medio dormida, sonreí por el placer que me producía esa fragancia familiar.

El segundo sentido en activarse fue el del oído. Escuché voces femeninas a mi alrededor, voces que hablaban en susurros, quedamente, como no queriendo turbar mi sueño. Sin embargo, y aún sin abrir los ojos, presté atención y me llevé una sorpresa extraordinaria al darme cuenta de que, ¡oh, deseo imposible!, por primera vez en mi larga vida de estudiosa del griego bizantino tenía el inmenso honor de escucharlo como lengua viva.

—Deberíamos despertarla —musitaba una de las voces.

—Aún no, Zauditu —le respondió otra—. Y haz el favor de salir de aquí sin hacer más ruido.

—Pero Tafari me ha dicho que los otros dos ya están comiendo.

—Muy bien, que coman. Esta muchacha seguirá durmiendo todo el tiempo que quiera.

Por supuesto, abrí los ojos de golpe, y así recuperé la vista, el tercero de mis cinco sentidos. Como estaba tumbada de lado, mirando hacia la pared, lo primero que vi fue una agradable cenefa de flautistas y bailarines pintada al fresco sobre el muro liso. Los colores eran brillantes e intensos, con magníficos detalles en oro, y abundaban el tostado y el malva. O me había muerto y estaba en una especie de cielo, o seguía soñando pese a tener los ojos abiertos. De repente, lo supe: estaba en el Paraíso Terrenal.

—¿Ves...? —dijo la voz de aquella que quería dejarme dormir—. ¡Tú y tu palabrería! ¡Ya la has despertado!

Yo no había movido ni un músculo de mi cuerpo y estaba dándoles la espalda. ¿Cómo sabían que las estaba oyendo? Una de ellas se inclinó sobre mí.

—*Hygieia*,[64] Ottavia.

Giré la cabeza muy despacio hasta que me encontré frente a frente con un rostro femenino de mediana edad, piel blanca y pelo canoso recogido en un moño. Sus ojos eran verdes y por eso la reconocí: era una de aquellas mujeres que me habían dado de beber en la aldea de Antioch. Su boca lucía una bonita sonrisa que le formaba arrugas junto a los ojos y los labios.

—¿Cómo te encuentras? —me preguntó.

Fui a abrir la boca pero entonces me di cuenta de que jamás había usado el griego bizantino, de modo que tuve que hacer una rápida translación de una lengua que sólo conocía en dos dimensiones —escrita en papel— a una lengua que se podía vocalizar y pronunciar con sonidos. Cuando intenté decir algo, me di cuenta de lo mal que la hablaba.

—Muy bien, gracias —dije titubeando e interrumpiéndome en cada sílaba—. ¿Dónde estoy?

La mujer se echó hacia atrás, incorporándose, para

64. Saludo griego que significa «¡Salud!».

permitir que me sentara en la cama. Mi cuarto sentido, el tacto, descubrió entonces que las sábanas en las que estaba envuelta eran de una seda finísima, más suaves y tenues que el raso o el tafetán. Prácticamente resbalaba dentro de ellas al moverme.

—En Stauros, la capital de *Parádeisos*.[65] Y esta estancia —dijo mirando a su alrededor— es uno de los cuartos de invitados del *basíleion*[66] de Catón.

—Así pues —concluí—, me encuentro en el Paraíso Terrenal de los staurofílakes.

La mujer sonrió y la otra, más joven, que se escondía detrás de ella, también lo hizo. Ambas vestían unas amplias túnicas blancas sujetas por fíbulas en los hombros y ceñidas por cintas en el talle. La blancura de estas prendas no tenía parangón con la de las ropas de los anuak, que hubieran pasado por grises y mugrientas a su lado. Todo era bello en aquel lugar, de una belleza exquisita que no podía dejar indiferente. Los vasos de alabastro que descansaban sobre una de las magníficas mesas de madera eran tan perfectos que refulgían con la luz de las incontables velas que iluminaban el cuarto, cuyos suelos, además, estaban cubiertos por alfombras de vivos colores. Había flores por todas partes, extrañamente grandes y hermosas, pero lo más desconcertante era que las paredes estaban completamente revestidas de pinturas murales al estilo romano, con hermosas escenas de lo que parecía la vida cotidiana del Imperio Bizantino en el siglo XIII o XIV de nuestra era.

—Mi nombre es Haidé —me dijo la mujer de ojos verdes—. Si quieres, puedes quedarte un rato más en la cama y disfrutar de la decoración, que, por lo que veo, te gusta mucho.

—¡Me encanta! —afirmé, llena de entusiasmo. Todo

65. Paraíso, en griego.
66. Palacio, en griego.

el lujo, todo el buen gusto y el arte bizantinos se hallaban reunidos en aquella estancia y era la ocasión perfecta para estudiar de primera mano lo que sólo había podido conjeturar examinando reproducciones espurias en los libros—. Sin embargo —añadí—, preferiría ver a mis compañeros —mi amplio vocabulario en aquella lengua, del que siempre me había sentido tan orgullosa, me resultaba ahora amargamente escaso, así que dije «compatriotas» —*simpatriótes*— en lugar de «compañeros». Pero ellas parecieron entenderme.

—El *didáskalos*[67] Boswell y el *protospatharios*[68] Glauser-Röist están comiendo con Catón y los veinticuatro shastas.

—¿Shastas? —repetí muy sorprendida. Shasta era una palabra de origen sánscrito que significaba «sabio» y «venerable».

—Los shastas son... —Haidé pareció dudar antes de encontrar los términos adecuados para explicarle a una neófita como yo un concepto tan complejo como el que el cargo tenía para los staurofílakes— ... ayudantes de Catón, aunque no es exactamente ese su cometido. Sería mejor que fueras paciente en el aprendizaje, joven Ottavia. No tengas tanta prisa. En *Parádeisos* hay tiempo.

Mientras me decía estas cosas, Zauditu, la chica que antes hablaba tanto y que ahora permanecía silenciosa, había abierto unas puertas en la pared y había sacado de un armario disimulado por los murales una túnica idéntica a las que ellas llevaban, dejándola sobre una hermosa silla de madera tallada que era una auténtica obra de arte. Después, había abierto también un cajón escondido bajo el tablero de una de las mesas y había extraído un estuche que dejó con cuidado sobre mis rodillas, cu-

---

67. Profesor, en griego.
68. Grado militar bizantino equivalente a capitán.

biertas aún por las sábanas. Para mi sorpresa, en el estuche, decorado con esmaltes, había una increíble colección de broches de oro y piedras preciosas que valían una fortuna, tanto por los materiales como por la talla y el diseño, claramente bizantinos. El orfebre que había trabajado aquellas maravillas tenía que ser un artista de primera categoría.

—Elige uno o dos, como quieras —dijo tímidamente Zauditu.

¿Cómo elegir entre objetos tan bellos, cuando yo, además, no usaba jamás ningún tipo de joya o complemento?

—No, no. Gracias —me excusé con una sonrisa.

—¿No te gustan? —se sorprendió.

—¡Oh, sí, por supuesto! Pero no estoy acostumbrada a llevar objetos tan caros.

Había estado a punto de decirle que era monja y que había hecho voto de pobreza, pero recordé a tiempo que eso ya era cosa del pasado.

Zauditu se volvió hacia Haidé, desconcertada, pero Haidé no estaba prestando atención. Hablaba tranquilamente con alguien que se encontraba al otro lado de la puerta, así que Zauditu recogió la caja y la dejó sobre la mesa más cercana. En ese momento se empezó a escuchar el suave sonido de una lira que interpretaba una melodía festiva.

—Es Tafari, el mejor *liroktipos*[69] de Stauros —dijo Zauditu con orgullo.

Haidé regresaba con pasos lánguidos. Más tarde descubriría que esa era la forma habitual de andar de todos los habitantes de *Parádeisos*, tanto de los de Stauros, como de los de Crucis, Edém y Lignum.

—Espero que te guste esta música —comentó Haidé.

—Mucho —repuse. En ese momento me di cuenta

___

69. El que hace sonar la lira.

de que no tenía ni idea de qué día era. Con tanto lío, había perdido la noción del tiempo.

—Hoy es dieciocho de junio —me respondió Haidé—. Día del Señor.

¡Domingo, dieciocho de junio! Habíamos tardado tres meses en llegar hasta allí y llevábamos más de quince días desaparecidos.

—No quiere fíbulas —nos interrumpió Zauditu, muy preocupada—. ¿Cómo va a sujetarse el *himatión*?[70]

—¿No quieres fíbulas? —se asombró Haidé—. ¡Pero eso no es posible, Ottavia!

—Son... Son demasiado... Yo nunca llevo cosas así, no tengo costumbre.

—¿Y cómo piensas sujetarte el *himatión*, si puede saberse?

—¿No tenéis algo más sencillo? ¿Alfileres, agujas...? —no tenía ni idea de cómo se decía «imperdibles».

Haidé y Zauditu se miraron entre sí, confundidas.

—El *himatión* sólo se lleva con fíbulas —me anunció Haidé, por fin—. Se sujeta de manera distinta si prefieres sólo una o las dos, pero no es normal prenderlo al hombro con alfileres. No aguantarían tus movimientos ni el peso de la tela y acabarían desgarrándola.

—¡Pero es que esas fíbulas son demasiado ostentosas!

—¿Ese es tu problema? —preguntó Zauditu, con cara de entender cada vez menos.

—Bueno, Ottavia, no te preocupes por eso —atajó Haidé—. Después hablaremos. Ahora elige las fíbulas y las sandalias, y vayamos al comedor. Mandé aviso con Ras para que te esperaran. Creo que el *didáskalos* Boswell está impaciente por verte.

¡Y yo por verle a él! Así que salté de la cama, escogí un par de fíbulas de entre las más bonitas —una, con una

70. Túnica, en griego.

cabeza de león cuyos ojos eran dos increíbles rubíes y otra, parecida a un camafeo, que representaba un salto de agua—, y empecé a quitarme, por la cabeza, el largo camisón con el que había estado durmiendo.

—¡Mi pelo! —exclamé en italiano, paralizada súbitamente por la impresión.

—¿Qué dices? —preguntó Zauditu.

—¡Mi pelo, mi pelo! —repetí, dejando caer de nuevo la prenda sobre mi cuerpo y buscando un espejo en el que mirarme. Había uno de cuerpo entero, enmarcado en plata, colgado de una de las paredes laterales, muy cerca de la puerta. Corrí hacia él y la sangre se me heló en las venas al ver mi cabeza tan rapada como la de uno de esos enfermos oncológicos que pierden el cabello por la quimioterapia. Incrédula, me llevé las manos al cráneo y lo palpé, buscando inútilmente unos mechones inexistentes. Al hacerlo, noté algo en las yemas de los dedos al mismo tiempo que sentía un agudo dolor, de modo que doblé ligeramente el cuello hacia abajo y allí estaba: en la parte superior, en el centro mismo, tenía escarificada, como Abi-Ruj Iyasus, una letra sigma mayúscula.

Todavía en estado catatónico, incapaz de reaccionar a las palabras de consuelo de Haidé y Zauditu, volví a levantarme la camisa y me la quité, quedándome desnuda frente a mi propia imagen. Otras seis letras griegas mayúsculas estaban repartidas por mi cuerpo: en el brazo derecho, una tau; en el izquierdo una ípsilon; sobre el corazón, entre ambos pechos, una alfa; en el abdomen una rho; en el muslo derecho, una ómicron; y en el izquierdo, otra sigma como la de la cabeza. Si le añadíamos las cruces que había obtenido en las pruebas y el gran Crismón de Constantino que aparecía sobre mi ombligo, teníamos la imagen de una pobre enferma mental que se había lacerado el cuerpo.

De pronto, Haidé apareció, desnuda también, a mi

lado en el espejo y, un instante después, lo hizo igualmente Zauditu. Ambas tenían las mismas marcas que
yo, aunque ya cicatrizadas desde hacía mucho tiempo.
Su gesto generoso merecía alguna reacción por mi parte.

—Se me pasará... —balbucí, al borde de las lágrimas.

—Tu cuerpo no ha sufrido —me explicó Haidé, muy
serena—. Siempre se comprueba que el sueño es profundo antes de abrir la piel. Míranos a nosotras. ¿Tan
horribles estamos?

—Yo creo que son unas señales muy bellas —observó Zauditu, sonriente—. A mí me encantan las del cuerpo
de Tafari y a él le gustan mucho las mías. ¿Ves esta?
—añadió señalando la letra alfa entre sus pechos—. Observa con que delicadeza la hicieron, sus bordes son perfectos, suaves y torneados.

—Y piensa que esas letras —prosiguió Haidé— for-
man la palabra Stauros, que irá siempre contigo vayas
donde vayas. Es una palabra importante y, por tanto,
son unas letras importantes. Recuerda cuánto te ha costado conseguirlas y siéntete orgullosa de ellas.

Me ayudaron a vestirme, pero yo no podía dejar de
pensar en mi cuerpo, lleno de escarificaciones, ni en mi
cabeza rapada. ¿Qué diría Farag?

—Quizá te tranquilice saber que el *didáskalos* y el
protospatharios están igual que tú —comentó Zauditu—. Pero a ellos no parece que les haya disgustado.

—¡Ellos son hombres! —protesté mientras Haidé
me anudaba el lazo en la cintura.

Ambas intercambiaron una mirada de inteligencia e
intentaron disimular el gesto de paciente resignación de
sus caras.

—Quizá te cueste algo de tiempo, Ottavia, pero
aprenderás que establecer esas diferencias es una tontería. Y, ahora, vámonos. Te están esperando.

Opté por callar y seguirlas fuera de la habitación, no
sin sorprenderme de lo modernos que parecían los stau-

rofílakes. Tras la puerta, comenzaba un amplio corredor vestido con tapices, sillones y mesas que daba a un patio central lleno de flores en el que se veía una hermosa fuente que lanzaba al aire grandes chorros de agua. Aunque intenté asomarme para ver el cielo, sólo pude divisar unas extrañas sombras negras a una distancia tan descomunal que no fui capaz de estimar la altura. Y entonces me di cuenta de que allí no llegaba la luz del verdadero sol, de que no había sol por ninguna parte y de que lo que fuera que nos iluminaba no era en modo alguno natural.

Atravesamos otros muchos corredores parecidos al primero, con más y más patios ajardinados ornamentados con surtidores de agua de efectos casi increíbles. El sonido era relajante, como el de un riachuelo que se despeña en su camino, pero yo me estaba poniendo nerviosa porque, si me fijaba en todo cuanto me rodeaba, mil señales inquietantes me indicaban que había algo muy extraño en aquel lugar.

—¿Dónde se encuentra exactamente *Parádeisos*? —pregunté a mis silenciosas guías, que caminaban sin prisas delante de mí, asomándose de vez en cuando a los patios, arreglando el tapete de una mesa o atusándose el pelo. Una sonora carcajada fue la respuesta que obtuve.

—¡Qué pregunta! —dejó escapar, regocijada, Zauditu.

—¿Dónde supones que puede estar? —se sintió obligada a añadir Haidé, con el mismo tono que emplearía para responder a un niña pequeña.

—¿En Etiopía? —aventuré.

—¿A ti qué te parece, eh? —respondió ella, como si la solución fuera tan obvia que sobrara la pregunta.

Mis guías y maestras se detuvieron frente a unas puertas de impresionante tamaño y de más impresionante factura que abrieron de par en par sin la menor consideración. Al otro lado, una sala enorme, tan profusamente decorada como todo lo que había visto hasta entonces en aquel *basíleion*, exhibía en su centro una colosal mesa circular que trajo a mi memoria la leyenda de la tabla redonda del rey Arturo.

Farag Boswell, el *didáskalos* más calvo que había visto en mi vida, se puso en pie de un salto en cuanto me vio entrar —el resto de los asistentes a la comida también lo hizo, aunque más tranquilamente— y, extendiendo los brazos, echó a correr hacia mí tropezando con los faldones de su túnica. Le vi venir con un nudo en la garganta y me olvidé de todo lo que me rodeaba. Le habían rasurado la cabeza, es cierto, pero su barba rubia seguía tan larga como antes. Me estreché contra él sintiendo que me faltaba el aire, notando su cuerpo cálido pegado al mío y aspirando su olor —no el de su *himatión*, que olía suavemente a sándalo, sino el de la piel de su cuello, que reconocía—. Estábamos en el lugar más raro del mundo, pero abrazada a Farag volvía a sentirme segura.

—¿Estás bien? ¿Estás bien? —repetía, angustiado, sin aflojar el abrazo mientras me besaba como un loco.

Yo reía y lloraba a la vez, arrastrada por los sentimientos. Sujetándole por las manos, me separé un poco para mirarle. ¡Qué pinta tan rara tenía! Calvo, con barba y vestido con una túnica blanca que le llegaba hasta los pies, hasta Butros hubiera tenido problemas para reconocerle.

—Profesor, por favor —dijo una voz anciana que reverberó en el vacío—. Trae a la doctora Salina.

Cruzando la sala bajo un círculo de miradas cordiales, Farag y yo nos fuimos acercando a un viejecito encorvado que en nada se diferenciaba de los demás como no fuera por su avanzada edad, pues ni sus ropas ni su posición en la mesa delataban que se trataba, ni más ni menos, que de Catón CCLVII. Cuando adiviné quién era, un sentimiento de respeto y temor se apoderó de mí, al mismo tiempo que el asombro y la curiosidad me llevaron a examinarle con detalle mientras la distancia entre nosotros se reducía metro a metro. Catón CCLVII era un anciano de complexión y estatura medianas que descargaba sobre un delicado bastón el peso de su abrumadora vejez. Un ligero temblor, producto de la debilidad de sus rodillas y músculos, le sacudía el cuerpo de arriba abajo sin hacerle perder por ello ni un ápice de su solemne dignidad. A lo largo de mi vida había visto pergaminos y papiros menos arrugados que su piel, a punto de resquebrajarse por los mil puntos en que las estrías se solapaban y cruzaban, y, sin embargo, la singular expresión de agudeza que mostraba su semblante y esa brillante mirada gris que parecía infinitamente inteligente, me impresionaron hasta tal punto que tentada estuve de empezar con las reverencias y genuflexiones que tan a menudo tenía que realizar en el Vaticano.

—*Hygieia*, doctora Salina —dijo con la misma voz débil y trémula con la que había hablado antes. Se expresaba en un inglés perfecto—. Estoy encantado de conocerte al fin. No te imaginas el interés con el que he seguido estas pruebas.

¿Cuántos años podía tener aquel hombre? ¿Mil...? ¿Mil millones...? Parecía llevar en su frente el peso de la eternidad, como si hubiera nacido cuando aún las aguas cubrían el planeta. Muy despacio, me tendió una mano temblorosa con la palma hacia arriba y los dedos ligeramente doblados, esperando que yo le diera la mía y, cuando lo hice, se la llevó a los labios con un ademán galante que me cautivó.

Sólo entonces vi a la Roca —tan serio y circunspecto como siempre—, de pie detrás de Catón. A pesar de su gesto grave, presentaba una traza mucho mejor que Farag y yo porque a él, que tenía el pelo casi blanco y lo llevaba siempre muy corto, ni siquiera se le notaba que le hubieran rapado la cabeza.

—Por favor, doctora, toma asiento junto al profesor

—dijo entonces Catón CCLVII—. Tengo muchas ganas de charlar con vosotros y nada mejor que una buena comida para disfrutar de la conversación.

Catón fue el primero en sentarse y, tras él, lo hicieron los veinticuatro shastas. Uno tras otro fueron saliendo sirvientes con bandejas y carritos llenos de comida a través de varias puertas disimuladas, de nuevo, por las pinturas al fresco.

—En primer lugar, permitidme que os presente a los shastas de *Parádeisos*, los hombres y mujeres que se esfuerzan cada día por hacer de este lugar lo que a nosotros nos gusta que sea. Empezando por la derecha desde la puerta, se encuentra el joven Gete, traductor de lengua sumeria; a continuación, Ahmose, la mejor constructora de sillas de Stauros; a su lado, Shakeb, uno de los profesores de la escuela de los Opuestos; después, Mirsgana, la encargada de las aguas; Hosni, *kabidários*[71]...

Y siguió con las presentaciones hasta completar los veinticuatro: Neferu, Katebet, Asrat, Hagos, Tamirat... Todos ellos vestían exactamente igual y sonreían de la misma manera cuando eran mencionados, inclinando la cabeza a modo de saludo y asentimiento. Pero lo que más me llamó la atención fue que, a pesar de esos curiosos nombres, una tercera parte de ellos eran tan rubios como Glauser-Röist, o, si no, pelirrojos, castaños, morenos..., y sus rasgos podían ser tan variados como razas y pueblos hay en el mundo. Mientras tanto, los sirvientes iban dejando parsimoniosamente sobre la mesa gran cantidad de platos en los que no se advertía por ningún lado la presencia de carne. Y casi todos con cantidades ridículas, como si la comida fuera más un adorno —la presentación era magnífica— que un alimento.

Acabados los saludos y las ceremonias, Catón dio inicio al banquete y resultó que todos los presentes te-

71. Tallador de piedras preciosas.

nían cientos de preguntas sobre cómo habíamos conseguido pasar las pruebas y lo que habíamos sentido en ellas. Sin embargo, no estábamos tan interesados en satisfacer su curiosidad como en que ellos satisficieran la nuestra. Es más, la Roca parecía una caldera a punto de estallar, hasta el punto de que, incluso, me pareció ver el humo saliendo por sus orejas. Finalmente, cuando el murmullo había alcanzado cotas bastante altas y las preguntas caían sobre nosotros como gotas de lluvia, el capitán estalló:

—¡Lamento recordarles que el profesor, la doctora y yo no somos aspirantes a staurofílakes! ¡Hemos venido a detenerles!

El silencio que se hizo en la sala fue impresionante. Sólo Catón tuvo la presencia de ánimo suficiente para salvar la situación.

—Deberías calmarte, Kaspar —le dijo tranquilamente—. Si quieres detenernos, hazlo más tarde, pero ahora no puedes estropear con semejantes bravatas una comida tan agradable como esta. ¿Alguno de los presentes, acaso, te ha hablado mal?

Me quedé petrificada. Nadie le hablaba así a la Roca. Al menos, yo no lo había visto nunca. Ahora, sin duda, se levantaría hecho una fiera y tiraría la tabla redonda por los aires. Pero, para mi sorpresa, Glauser-Röist miró alrededor y permaneció quieto. Farag y yo nos cogimos la mano por debajo de la mesa.

—Lamento mi comportamiento —dijo de improviso el capitán sin bajar la mirada—. Es imperdonable. Lo siento.

El murmullo se reanudó de inmediato como si nada hubiera pasado y Catón se enzarzó en una charla en voz baja con el capitán que, aunque sin mostrar la menor señal de indecisión, parecía escucharle atentamente. Pese a su edad, Catón CCLVII conservaba una personalidad indudablemente poderosa y carismática.

El shasta que se llamaba Ufa y que era domador de caballos, se dirigió a Farag y a mí para permitir que la Roca y Catón pudieran hablar en privado.

—¿Por qué os habéis cogido las manos por debajo de la mesa? —El *didáskalos* y yo nos quedamos petrificados: ¿cómo lo había sabido?—. ¿Es cierto que, durante las pruebas, os habéis enamorado? —preguntó en griego bizantino con la mayor ingenuidad del mundo, como si sus preguntas no fueran una injustificable intromisión. Varias cabezas se volvieron para prestar atención a nuestra respuesta.

—Eh... Sí, bueno... En realidad... —tartamudeó Farag.

—¿Sí o no? —quiso saber otro, el que se llamaba Teodros. Más cabezas se giraron.

—No creo que Ottavia y Farag estén acostumbrados a este tipo de preguntas —atajó Mirsgana, «la encargada de las aguas».

—¿Por qué no? —se extrañó Ufa.

—No son de aquí, ¿recuerdas? Son de *fuera* —e hizo con la cabeza un gesto hacia arriba que no me pasó desapercibido.

—¿Qué os parecería empezar a contarnos cosas a cerca de vosotros y de *Parádeisos*? —propuse imitando la ingenuidad de Ufa—. Por ejemplo: dónde se encuentra exactamente este sitio, por qué habéis robado los fragmentos de Vera Cruz, cómo pensáis impedir que os pongamos en manos de la policía... —suspiré—. Ya sabéis, este tipo de chismes.

Uno de los sirvientes que, en ese momento estaba llenándome la copa de vino, me interrumpió:

—Son muchas preguntas para responderlas en un momento.

—¿No sentías tú curiosidad, Candace, el día que despertaste en Stauros? —le replicó Teodros.

—¡Hace ya tanto de eso! —repuso este mientras servía también a Farag. Empecé a darme cuenta de que los que yo había considerado sirvientes, en realidad no eran tales, o, al menos, no lo eran en el sentido habitual. Todos ellos vestían exactamente igual que Catón, los shastas y nosotros, y, además, participaban en las conversaciones con toda tranquilidad.

—Candace nació en Noruega —me explicó Ufa—, y llegó aquí hace quince o veinte años, ¿no es así, Candace? —este asintió, pasando un paño seco por la embocadura de la jarra—. Fue shasta de Alimentos hasta el año pasado, y ahora ha elegido las cocinas del *basíleion*.

—Encantada de conocerte, Candace —me apresuré a decir. Farag me imitó.

—Lo mismo digo... Pero insisto, creedme: si deseáis conocer el auténtico *Parádeisos* debéis empezar por pasear por sus calles y no por hacer preguntas.

Y, diciendo esto, se alejó en dirección a las puertas.

—Quizá Candace tenga razón —comenté, reanudando la conversación y cogiendo la copa entre mis manos—, pero pasear por las calles de las ciudades de *Parádeisos* no va a aclararnos dónde se encuentra exactamente este sitio, por qué habéis robado los fragmentos de la Vera Cruz y cómo pensáis impedir que os pongamos en manos de la policía.

Los shastas que se habían unido a esta conversación se hicieron más numerosos y también los que prestaban oído a lo que se decían, en privado, la Roca y Catón. La mesa había terminado dividida en dos sectores independientes.

A la espera de las respuestas, que tardaban en llegar, me llevé el vaso a los labios y bebí un sorbo de vino.

—*Parádeisos* está en el lugar más seguro del mundo —dijo Mirsgana al fin—, la Madera no la hemos robado, puesto que siempre ha sido nuestra, y en cuanto a lo de la policía, creo que no nos preocupa demasiado —los demás hicieron gestos de asentimiento—. Las siete pruebas son la única puerta de entrada en *Parádeisos* y las personas que las superan suelen reunir una serie de cualidades que, de por sí, las incapacitan para hacer daño gratuita e inútilmente. Vosotros tres, por ejemplo, tampoco podríais. En realidad —añadió muy divertida—, nadie lo ha hecho nunca, y eso que existimos desde hace más de mil seiscientos años.

—¿Y qué me dices de Dante Alighieri? —le espetó Farag sin miramientos.

—¿Qué pasa con él? —preguntó Ufa.

—Le matasteis —afirmó Farag.

—¿Nosotros...? —preguntaron, atónitas, varias voces a la vez.

—Nosotros no le matamos —aseguró Gete, el joven traductor de sumerio—. Era uno de los nuestros. En la historia de *Parádeisos*, Dante Alighieri es una figura principal.

Yo no podía creer lo que estaba oyendo. O eran unos mentirosos redomados o la teoría de Glauser-Röist se desmoronaba como un castillo de naipes, y no podía desmoronarse porque, sencillamente, nos había conducido hasta allí. O sea, que...

—Pasó muchos años en *Parádeisos* —añadió Teodros—. Iba y venía. De hecho, el *Convivio* y *De vulgari eloquentia* empezó a escribirlos aquí en el verano de 1304, y la idea para la *Commedia*, a la que luego el editor Ludovico Dolce añadió el adjetivo de «Divina» en 1555, surgió durante una serie de conversaciones con Catón LXXXI y los shastas de aquella época durante la primavera de 1306, poco antes de volver a la península italiana.

—Pero él contó toda la historia de las pruebas y dejó abierto el camino para que la gente pudiera descubrir este lugar —señaló Farag.

—Naturalmente —replicó Mirsgana, con una gran sonrisa—. Cuando nos escondimos en *Parádeisos*, en el año 1220, durante la época de Catón LXXVII, el número de los nuestros empezó a disminuir. Los únicos aspirantes a entrar en la hermandad procedían de asociaciones como Fede Santa, Massenie du Saint Graal, cátaros, Minnesänger, Fidei d'Amore y, en menor medida, de Órdenes Militares como la templaria, la hospitalaria de San Juan o la teutónica. El problema de quién protegería la Cruz en el futuro comenzó a ser realmente alarmante.

—Por ese motivo —prosiguió Gete—, se encargó a Dante Alighieri que escribiera la *Commedia*. ¿Lo entendéis ya?

—Era una manera de que la gente capaz de ver más allá de lo evidente —apuntó Ufa—, la gente que no se conforma y que prefiere mirar debajo de las piedras, pudiera llegar hasta aquí.

—¿Y sus miedos a salir de Rávena después de publicar el *Purgatorio*? ¿Y esos años en los que no se sabe nada de él? —preguntó Farag.

—Eran miedos políticos —le dijo Mirsgana—. No olvides que Dante participó activamente en las guerras entre los güelfos y los gibelinos y que fue mandatario de Florencia por el partido de los güelfos blancos, enfrentado al de los güelfos negros, y que se opuso siempre a la política militar de Bonifacio VIII, del que fue un gran enemigo por la vergonzosa corrupción de su papado. Realmente su vida corrió peligro en múltiples ocasiones.

—¿Quieres decir que lo mató la Iglesia Católica el día de la Vera Cruz? —inquirí, sarcástica.

—En realidad, ni lo mató la Iglesia ni estamos seguros de que muriera exactamente el día de la Vera Cruz. Lo cierto es que falleció la noche del 13 al 14 de septiembre —explicó Teodros—. A nosotros nos gustaría que hubiera sido de verdad el 14, porque sería una hermosa coincidencia, una coincidencia casi milagrosa, pero no hay ninguna certeza documental que lo pruebe. Y, en cuanto a eso de que fue asesinado, estáis muy equivocados. Su amigo Guido Novello le envió como embajador a Venecia y, a su vuelta, atravesando las lagunas de la costa adriática, enfermó de paludismo. Nosotros no tuvimos nada que ver.

—Pues no deja de ser sospechoso —observó Farag con recelo.

Se hizo de nuevo un silencio aplastante en nuestro grupo de conversación.

—¿Sabéis lo que es la belleza? —nos preguntó, de pronto, el hasta entonces mudo y atento Shakeb, profesor de la inexplicable escuela de los Opuestos. Farag y yo le miramos, sin comprender. Tenía la cara redonda y unos grandes ojos negros muy expresivos; en sus manos regordetas lucía varios anillos que lanzaban espectaculares chispazos de luz—. ¿Podéis ver cómo tiembla la llama de la vela más corta del antorchero de oro que hay sobre la cabeza de Catón?

El antorchero al que se refería era apenas un punto luminoso en la distancia. ¿Cómo íbamos a distinguir la vela más corta y, en ella, la llama temblorosa?

—¿Podéis percibir el olor de la mermelada de col que llega desde las cocinas? —continuó—. ¿Notáis el intenso aroma picante que despide la mejorana que le han puesto y el aliento ácido de las hojas de ruibarbo que la cubren en los cuencos?

Francamente, estábamos desconcertados. ¿De qué estaba hablando? ¿Cómo íbamos a oler algo semejante? Sin mover la cabeza ni bajar la mirada, intenté, infructuosamente, adivinar los ingredientes que componían el exquisito plato que tenía bajo la nariz, pero sólo pude recordar —y porque acababa de tragar un bocado— que sus sabores eran muy concentrados, mucho más intensos y naturales de lo normal.

—No sé adónde quieres llegar... —le dijo Farag a Shakeb.

—¿Podrías decirme tú, *didáskalos*, cuántos instrumentos interpretan la música que acompaña nuestra comida?

¿Música...? ¿Qué música?, pensé, y en ese momento me di cuenta de que, en efecto, una bella melodía sonaba de fondo desde que nos habíamos sentado a la mesa. No la había oído porque no había prestado atención y porque sonaba muy suave y queda, pero hubiera sido imposible de todo punto distinguir los instrumentos musicales que la ejecutaban.

—¿O cómo suena esa gota de sudor —continuó impertérrito— que resbala en este mismo momento por la espalda de Ottavia?

Me sobresalté. ¿Qué estaba diciendo aquel loco? Pero mi boca quedó sellada porque, cuando él lo dijo, advertí que, en efecto, por la tensión nerviosa y la excitación, una minúscula gota de transpiración se precipitaba a lo largo de mi columna vertebral aprovechando el espacio entre mi piel y la tela del *himatión*.

—¿Qué está pasando aquí? —exclamé, sumida en el desconcierto.

—Y tú, Ottavia, dime —el hombre de los anillos era implacable—: ¿a qué ritmo está latiendo tu corazón? Yo te lo diré: a este... —y empezó a golpear la mesa con dos dedos, haciendo coincidir perfectamente sus toques con las palpitaciones que yo sentía en el centro del pecho—. ¿Y cómo huele el vino que has bebido? ¿Has notado que lleva especias, que su textura es ligeramente mantecosa y que deja en la boca un sabor denso y seco, como de madera?

Yo era de Sicilia, la mayor región vinícola de Italia, y en mi familia teníamos viñedos y bebíamos vino en las comidas, pero jamás me había fijado en nada de todo eso.

—Si no sois capaces de percibir lo que os rodea ni de sentir las cosas que os pasan —concluyó con tono amable pero claramente firme—, si no disfrutáis de la belleza porque no podéis ni siquiera descubrirla, y si sabéis menos que los niños más pequeños de mi escuela, no pretendáis estar en posesión de la verdad ni os permitáis recelar de quienes os han acogido con afecto.

—Vamos, vamos, Shakeb —dijo Mirsgana, volviendo a salir en nuestra defensa—. Eso ha estado bien, pero ya es suficiente. Acaban de llegar. Hay que ser pacientes.

Shakeb modificó rápidamente su semblante, mostrando un cierto arrepentimiento.

—Perdonadme —rogó—. Mirsgana tiene razón. Pero acusarnos de asesinar a Dante ha sido una impertinencia por vuestra parte.

Aquella gente no tenía pelos en la lengua.

Farag, por su parte, estaba tenso y reconcentrado. Siguiendo la línea iniciada por Shakeb, me daba la impresión de oír los engranajes de su cerebro girando a toda velocidad.

—Discúlpame, Shakeb, por lo que voy a decir —soltó al fin con una voz sin inflexiones—, pero, aún aceptando como posible que puedas ver esa pequeña llama que dijiste u oler los aromas de la mermelada de col que llegan desde la cocina, me resisto a aceptar que oigas los latidos del corazón de Ottavia o el resbalar de una gota de sudor por su espalda. No es que dude de ti, pero...

—Bueno —le interrumpió Ufa, quitándole la réplica a Shakeb—, en realidad todos oímos cómo se deslizaba la gota y ahora mismo podemos oír también los latidos de vuestros corazones, igual que podemos saber por vuestra voz lo nerviosos que estáis o cómo se digieren los alimentos en vuestros estómagos.

Mi incredulidad no podía ser mayor y mi intranquilidad aumentó ante la sola idea de que algo así fuera cierto.

—No..., no es posible —vacilé.

—¿Quieres una prueba? —ofreció amablemente Gete.

—Por supuesto —repuso Farag con aspereza.

—Yo te la daré —declaró, de pronto, Ahmose, la

constructora de sillas, que no había intervenido hasta entonces—. Candace —dijo en susurros, como si hablara al oído del sirviente que nos había recomendado pasear por *Parádeisos*. Miré por todas partes, pero Candace no estaba en la sala en aquel momento—. Candace, por favor, ¿podrías traer un poco de ese pastel de flores de saúco que acabáis de sacar del horno? —se quedó en suspenso unos segundos y, luego, sonrió con satisfacción—. Candace ha contestado: «Enseguida, Ahmose».

—¡Ya...! —dejó escapar un desdeñoso Farag. Un desdeñoso Farag que tuvo que tragarse su desdén cuando, casi inmediatamente, Candace apareció por una de las puertas trayendo en las manos un plato con una especie de pudín blanco que no podía ser otra cosa que lo que le había pedido Ahmose.

—Aquí tienes el pastel de flores de saúco, Ahmose —comentó—. Lo he preparado pensando en ti. Ya he guardado un trozo para llevar a casa más tarde.

—Gracias, Candace —respuso ella con una sonrisa de felicidad. No cabía la menor duda de que vivían juntos.

—No lo entiendo —siguió recelando mi desconfiado *didáskalos*—. De verdad que no lo entiendo.

—No lo entiendes... aún, pero empiezas a aceptarlo —señaló Ufa, alzando con alegría su copa de vino en el aire—. ¡Brindemos por todas las cosas hermosas que vais a aprender en *Parádeisos*!

Los miembros de nuestro grupo levantaron sus copas y brindaron con entusiasmo. Los del grupo de la Roca y Catón ni se movieron, fascinados por lo que fuera que estaban oyendo.

Shakeb tenía razón. El vino olía maravillosamente a especias y su sabor era denso y seco como la madera. Un minuto después de haber brindado, todavía conservaba en mis papilas el recuerdo de su suave textura mantecosa. Una frase de John Ruskin[72] me vino entonces a la mente: «El conocimiento de la belleza es el verdadero camino y el primer peldaño hacia la comprensión de las cosas que son buenas». La copa de la que bebí era de cristal esmerilado con relieves de hojas de acanto en forma de cenefas.

Aquella tarde fuimos de paseo por Stauros acompañados por Ufa, Mirsgana, Gete y una tal Khutenptah, la shasta de los cultivos, que había congeniado muy bien con el capitán Glauser-Röist y que venía con nosotros para enseñarnos los invernaderos y el sistema de producción agrícola. La Roca, como ingeniero agrónomo que era, se mostraba sumamente interesado en este aspecto de la vida de *Parádeisos*.

Cuando salimos del *basíleion* de Catón después de comer, atravesando de nuevo numerosas salas y patios, nuestros guías, que se expresaban en inglés, nos aclararon el misterio de la ausencia de sol.

—Mirad hacia arriba —nos indicó Mirsgana.

Y arriba no había cielo. Stauros estaba ubicada en una gigantesca gruta subterránea cuyas dimensiones colosales quedaban delimitadas por unas paredes que no se veían y un techo que no se vislumbraba. Si cientos de máquinas excavadoras como las que habían abierto bajo el mar el túnel del Canal de la Mancha, hubieran trabajado sin descanso durante un siglo, ni así hubiesen sido capaces de abrir en el fondo de la tierra un espacio como el que ocupaba Stauros, con una superficie similar a la de Roma y Nueva York juntas y una altura superior a la del Empire State Building. Pero Stauros sólo era la capital de *Parádeisos*. Otras tres ciudades se levantaban en otras tantas grutas de parecido tamaño y un complejo sistema

72. Escritor y crítico de arte inglés (1819-1900).

de corredores y galerías descomunales mantenía comunicados los cuatro núcleos urbanos.

—*Parádeisos* es un maravilloso capricho de la Naturaleza —nos explicó Ufa, que estaba empeñado en llevarnos a las cuadras donde trabajaba como domador de caballos—, el resultado de las terribles erupciones volcánicas que hubo en el pleistoceno. Las corrientes de agua caliente que circulaban por aquí disolvieron la piedra caliza dejando sólo la roca de lava. Este fue el lugar que encontraron nuestros hermanos en el siglo XIII. ¿Podéis creer que, después de siete siglos, aún no hemos terminado de explorar todo el complejo? Y eso que desde que tenemos luz eléctrica vamos mucho más deprisa. ¡*Parádeisos* es grandioso!

—Habladnos de cómo ilumináis Stauros —pidió Farag, que caminaba a mi lado cogiéndome de la mano. Las calles de la ciudad tenían las calzadas empedradas y por ellas circulaban jinetes a caballo y carros tirados por estos mismos animales, que parecían ser la única fuerza motriz disponible. A modo de aceras, hermosos mosaicos de brillantes teselas dibujaban paisajes de la Naturaleza o escenas variadas de músicos, artesanos y vida cotidiana, todo al más puro estilo bizantino. Varios staurofílakes barrían los suelos y recogían los desperdicios con unas curiosas palas mecánicas.

—Stauros tiene más de trescientas calles —dijo Mirsgana, saludando con la mano a una mujer que miraba desde la ventana de un primer piso; las casas estaban hechas de la misma roca volcánica que formaba la gruta, pero las cornisas y apliques añadidos, los dibujos y colores de las fachadas, les conferían un aire delicado, extravagante o distinguido, según el gusto de los propietarios—. Dentro de la ciudad hay siete lagos, todos navegables, bautizados por los primeros pobladores con los nombres de las siete virtudes, las cardinales y las teologales, que se oponen a los siete pecados capitales.

—Y esos lagos, especialmente el Templanza y el Paciencia, están llenos de peces ciegos y de crustáceos albinos —apuntó Khutenptah, la cual, curiosamente, me resultaba muy familiar y no hacía más que mirarla para averiguar por qué. Mi memoria era excelente, así que, con seguridad, la había visto antes, fuera de *Parádeisos*. Era muy guapa, con el pelo y los ojos negros, y unos rasgos clásicos (nariz fina incluida) que me martilleaban en el cerebro.

—Tenemos también —siguió Mirsgana— un precioso río, el *Kolos*,[73] que brota de las profundidades, un poco antes de Lignum, y que atraviesa nuestras cuatro ciudades, formando en Stauros el lago Caridad. El *Kolos* es el que nos proporciona la energía para iluminar *Parádeisos*. Hace cuarenta años compramos unas antiguas turbinas, esas máquinas con ruedas hidráulicas que, cuando pasa el agua, se mueven y generan electricidad. No conozco muy bien este tema —se disculpó—, así que no puedo deciros mucho más. Sólo sé que tenemos corriente y que allá arriba —dijo señalando la inmensa bóveda—, aunque no se vean, hay cables de cobre que llegan a distintos puntos de Stauros.

—Pero el *basíleion* de Catón estaba iluminado con velas —objeté.

—Nuestras máquinas no tienen la potencia necesaria para dar luz a todas las viviendas, aunque tampoco lo deseamos. Con alumbrar la ciudad y los espacios abiertos es suficiente. ¿Has echado en falta más luz en algún momento? Los artesanos de *Parádeisos* desarrollaron, durante los siglos de oscuridad, unas velas de gran intensidad luminosa. Además, nuestra visión, como habéis comprobado, es magnífica.

—¿Por qué? —saltó Farag precipitadamente—. ¿Por qué es tan buena vuestra visión?

73. Truncado, en griego.

—Eso —le indicó Gete— lo comprenderás cuando visitemos las escuelas.

—¿Tenéis escuelas para mejorar la vista? —preguntó la Roca, admirado.

—Dentro de nuestro sistema educativo, los sentidos, y todo cuanto se relaciona con ellos, son una parte fundamental. ¿Cómo, si no, podrían los niños estudiar la Naturaleza, experimentar, sacar conclusiones propias y comprobarlas? Sería como pedirle a un ciego que dibujara mapas. Los staurofílakes que llegaron aquí hace siete siglos tuvieron que enfrentarse a pruebas durísimas que les llevaron a desarrollar unas técnicas muy útiles para mejorar sus condiciones de vida y supervivencia.

—Los primeros pobladores descubrieron que los peces habían perdido sus ojos y los crustáceos su color porque no los necesitaban en las oscuras aguas de *Parádeisos* —señaló Khutenptah, con una leve sonrisa—. De igual modo se dieron cuenta de que algunas especies de aves que anidaban en los riscos no utilizaban los ojos para volar por los túneles y las galerías porque habían desarrollado, como los murciélagos, unos sistemas propios de visión. Entonces decidieron estudiar a fondo la fauna de este sitio y llegaron a interesantes conclusiones que, mediante una serie de ejercicios muy sencillos descubiertos con la práctica, adaptaron a los seres humanos. Eso es lo que hoy empiezan haciendo los niños en las escuelas y también los que, como vosotros, llegan nuevos a *Parádeisos*... Siempre que queráis, naturalmente.

—¿Pero es posible? —insistí—. ¿Es posible aguzar la vista o el oído realizando una serie de ejercicios?

—Naturalmente. No es un aprendizaje rápido, desde luego, pero sí muy efectivo. ¿Cómo crees que pudo Leonardo da Vinci estudiar y describir hasta el menor detalle del vuelo de las aves para tratar de aplicar esos conocimientos al diseño de sus máquinas voladoras?

Tenía una vista parecida a la nuestra y lo consiguió mediante un adiestramiento visual que él mismo ideó.

Mientras que fuera, en la superficie, habíamos fabricado máquinas que suplían nuestras carencias sensoriales (microscopios, telescopios, amplificadores de sonido, altavoces, ordenadores...), abajo, en *Parádeisos* habían trabajado durante siglos para perfeccionar sus facultades, afinándolas y desarrollándolas a imitación de la Naturaleza. Y ese logro, como las pruebas del *Purgatorio*, les había abierto las puertas a una nueva forma de entender la vida, el mundo, la belleza y todo cuanto les rodeaba. Arriba éramos ricos en tecnología, pero abajo eran ricos en espíritu. Así pues, quedaba aclarado el misterio de los inexplicables robos de los *Ligna Crucis*, unos robos llevados a cabo a la perfección, sin huellas, sin violencia y sin vestigios de ninguna clase: ¿qué tipo de vigilancia podría impedir que un staurofílax, con sus capacidades sensoriales hiperdesarrolladas, cogiera lo que quisiera del lugar más protegido del mundo?

Cruzando calles en las que el tráfico de calesas y de carretas discurría plácidamente, y atravesando plazas y jardines en los que la gente se divertía haciendo malabarismos con pelotas y mazas —actividad que también formaba parte de sus extraños adiestramientos, en este caso para favorecer el ambidextrismo—, llegamos hasta la ribera del *Kolos*, que no tendría menos de sesenta o setenta metros de anchura y cuyas orillas de rocas irregulares habían sido reforzadas con antepechos tallados con flores y palmas. Apoyé la mano en el barandal mientras contemplaba los barcos que navegaban por sus negras aguas y me pareció que mis dedos resbalaban como si hubieran tocado una mancha de aceite. Pero no era así. La palma de mi mano estaba limpia y sólo había sido el efecto causado por un bruñido espectacular. Entonces recordé aquel sillar de piedra que resbalaba por el estrecho túnel de las catacumbas de Santa Lucía como si estuviera engrasado.

Canoas y piraguas se deslizaban por las quietas aguas del *Kolos* con una, dos y hasta tres personas empuñando los remos, pero los barcos más llamativos eran los de transporte de mercancías, que parecían grandes y gruesas rosquillas de cuya barriga salían, como de los barcos griegos y romanos, hasta tres filas de remos de palas cortas y anchas. Aquellas naves, nos explicó Ufa, eran el principal medio de transporte de personas y bienes entre Stauros, Lignum, Edém y Crucis. Stauros era la capital y la ciudad más grande, con casi cincuenta mil habitantes, y Crucis la más pequeña, con veinte mil.

—Pero ¿cómo es que aún utilizáis remeros? —pregunté escandalizada. Y, además, ¿quiénes eran aquellos pobres seres que, condenados a galeras, tenían que pasar su vida en las tripas de una oscura embarcación, sudorosos, mal alimentados y enfermos.

—¿Por qué no? —se extrañaron los cuatro.

—¡Es inhumano! —bramó la Roca, tan escandalizado como Farag y yo.

—¿Inhumano? ¡Es un trabajo muy solicitado! —dijo Gete mirando los barcos con melancolía—. Yo sólo pude disfrutar de un permiso de tres meses.

—Remar es un trabajo muy divertido —se apresuró a explicar Mirsgana al ver nuestras caras de asombro—. Los jóvenes, chicos y chicas, están deseando obtener una plaza en un barco de transporte y hay tantas demandas que, para que todos puedan ser remeros, se conceden licencias de tres meses, como ha dicho Gete.

—Tendríais que probarlo —añadió él, sin abandonar la mirada nostálgica—. El ritmo y los diferentes estilos de las paladas que impulsan la embarcación, los movimientos sincronizados, el esfuerzo común, la camaradería... Con el remo muy bien sujeto entre las manos, hay que echarse hacia delante, flexionando las piernas, y luego coger impulso hacia atrás. Es una secuencia preciosa que proporciona una fuerza increíble en los hombros, espalda y piernas. Y, además, se conoce a mucha gente nueva y se fortalecen los lazos de amistad entre las cuatro ciudades.

Valía la pena, me dije, no volver a abrir la boca durante aquel recorrido turístico. Las miradas que intercambié con Farag y el capitán Glauser-Röist me indicaron que estaban pensando lo mismo que yo. Allí todos parecían felices de hacer las cosas que hacían, hasta las más duras y desagradables. ¿O, tal vez, es que no eran tan duras ni tan desagradables después de todo? ¿No serían otros motivos bien distintos —opinión social, poder adquisitivo...— los que las convertían en tales?

Caminamos a lo largo del hermoso paseo que limitaba con el río contemplando cómo la gente se bañaba alegremente en la orilla. Al parecer, como la totalidad del complejo de grutas que formaban *Parádeisos*, esas aguas oscuras mantenían una temperatura constante de veinticuatro o veinticinco grados. La experiencia adquirida en el asunto de los remeros me hizo callar y no preguntar cómo era posible que algunos de aquellos nadadores alcanzaran y superaran a muchas de las piraguas que se deslizaban impulsadas por la fuerza de dos o tres personas. Era tanto lo que había que aprender, había tantas cosas interesantes en *Parádeisos* que estuve segura de que ni Farag, ni la Roca ni yo podríamos denunciar jamás a aquella gente. Los staurofílakes tenían razón cuando decían que seríamos tan incapaces de hacerles daño gratuita e inútilmente como todos los que habían pasado por allí antes que nosotros. ¿Cómo íbamos a permitir que entraran en aquel lugar hordas de policías uniformados para poner fin a una cultura semejante? Sin contar con que luego, las distintas Iglesias pelearían entre ellas por adjudicarse la propiedad de lo que había sido y de lo que quedara de la hermandad o por convertir aquel lugar en centro de curiosidad religiosa o de peregrinación. Los staurofílakes y su mundo desaparecerían para siempre, después de mil seiscientos años de historia, y se convertirían en foco de atracción masiva para periodistas, antropólogos e historiadores de todas partes. Si habían robado la Cruz, sólo tenían que devolverla. Nosotros, y estaba segura de pensar igual que la Roca y Farag, jamás les denunciaríamos.

Nuestro paseo continuaba plácidamente. Stauros contaba con numerosos teatros, salas de conciertos, salas de exposiciones, centros de juegos y entretenimiento, museos (de historia natural, de arqueología, de artes plásticas...), bibliotecas... En estas encontré, durante los siguientes días y para mi incredulidad, manuscritos originales de Arquímedes, Pitágoras, Aristóteles, Platón, Tácito, Cicerón, Virgilio... Además de primeras ediciones de la *Astronómica* de Manilio, *La medicina* de Celso, la *Historia natural* de Plinio y otros sorprendentes incunables. Cerca de doscientos mil volúmenes se concentraban en aquellas «Salas de la Vida», como las llamaban los staurofílakes, y, lo más curioso: una gran mayoría en *Parádeisos* podían leer los textos en sus versiones originales porque el estudio de lenguas, muertas o vivas, era una de sus aficiones favoritas.

—El arte y la cultura aumentan la armonía, la tolerancia y la comprensión entre las personas —dijo Gete—. Y esto es algo que sólo ahora estáis empezando a comprender ahí arriba.

En las cuadras de Ufa, las más grandes de las cinco que había en las inmediaciones de Stauros, los caballos, yeguas y potrillos campaban a sus anchas por el recinto. En el guadarnés había cientos de ronzales y bridas de todas clases, e infinidad de sillas de montar (todas de un cuero magníficamente repujado) con extrañas cinchas de colores y estribos de madera. Ufa nos invitó a frutos secos y a *posca*, una bebida que ellos tomaban continuamente hecha a base de agua, vinagre y huevos.

Según nos dijeron, la equitación eran uno de los (muchos) deportes favoritos de *Parádeisos*. El salto —al trote y al galope—, se consideraba un arte superior. Los jinetes que dominaban esta práctica eran muy admirados por la gente. También hacían carreras o pruebas de habilidad a caballo a lo largo de las galerías y había un juego muy popular, el *Iysóporta*,[74] que era el preferido de los niños. Pero el trabajo de Ufa, y su pasión, era, en concreto, la doma.

—El caballo es un animal muy inteligente —nos dijo con convicción, pasando la mano suavemente por los cuartos traseros de un potrillo que se había acercado mansamente hasta nosotros—. Basta con enseñarle a comprender las señales de las piernas, las manos y la voz para que se identifique con el pensamiento de su jinete. Aquí no necesitamos ni espuelas ni fustas.

Luego, mientras la tarde iba pasando, se extendió en una larga explicación sobre la necesidad de descartar de entrada el adiestramiento para el salto de caballos que no hubieran sido previamente amaestrados —significara eso lo que significase—, y su interés, desde que era shasta, por introducir la doma en las escuelas, ya que, dijo, era la mejor manera de conocer los movimientos naturales del animal antes de empezar a montarlo o a guiarlo.

Mirsgana, afortunadamente, le interrumpió de manera discreta y le recordó que Khutenptah había venido con nosotros para enseñarnos el sistema de cultivos y

74. Juego muy popular en Bizancio. Dos equipos de jinetes a caballo, separados por una línea divisoria, tenían que capturarse mutuamente en cuanto una piedra, marcada por un lado, era lanzada al aire. Esa piedra decidía qué equipo salía el primero en persecución del otro.

que ya se estaba haciendo tarde. Ufa nos ofreció los mejores caballos de sus cuadras pero, como yo no sabía montar, nos dio a Farag y a mí una pequeña calesa con la que pudimos seguir a los demás hasta una zona alejada de Stauros en la que había hectáreas y más hectáreas de huertos perfectamente parcelados. Durante el trayecto, Farag y yo pudimos, por fin, estar un rato a solas, pero no se nos ocurrió perder el tiempo comentando las extrañas cosas que estábamos viendo. Teníamos necesidad el uno del otro y recuerdo haber pasado todo aquel viaje bromeando y riendo. En realidad, descubrimos que los coches de caballos eran mucho más seguros que los de motor por la sencilla razón de que podías dejar de mirar el camino durante un buen rato sin que pasara nada.

Khutenptah nos mostró sus dominios con el mismo orgullo con que Ufa nos había enseñado los suyos. Era hermoso verla pasear, embelesada, entre filas de hortalizas, plantas de forraje, cereales y todo tipo de flores. Glauser-Röist la seguía con la mirada, absorto en sus palabras.

—La roca volcánica —decía— brinda una excelente oxigenación a las raíces, además de ser un sustrato limpio y libre de parásitos, bacterias y hongos. En Stauros hemos dedicado más de trescientos estadios[75] a la agricultura; las otras ciudades disponen de más porque han aprovechado algunas galerías. Puesto que *Parádeisos* carece de suelo cultivable, los primeros pobladores tenían que salir al exterior para comprar alimentos o bien se los procuraban a través de los anuak, con el consiguiente riesgo de ser descubiertos. De manera que estudiaron en profundidad el sistema empleado por los babilonios para crear sus maravillosos jardines colgantes y descubrieron que la tierra no es necesaria...

75. El estadio equivalía, en Bizancio, a 1/8 de la milla romana, es decir, a unos 185 metros.

Sólo entonces presté atención a lo que Khutenptah estaba diciendo. Farag y yo seguíamos enzarzados en nuestra propia conversación, ajenos a los demás, y no me había dado cuenta de que, efectivamente, no era tierra lo que pisábamos, sino roca. Todos los productos que brotaban en *Parádeisos* lo hacían dentro de grandes y alargadas vasijas de barro que contenían únicamente piedras.

—Con los desechos orgánicos que produce la ciudad —seguía explicando Khutenptah—, elaboramos los nutrientes para las plantas y se los proporcionamos en el agua.

—Es lo que arriba se conoce como cultivos hidropónicos —comentó Glauser-Röist examinando detenidamente las hojas verdes de un arbusto y alejándose, al fin, con gesto satisfecho—. Todo tiene un aspecto magnífico —sentenció—, pero ¿y la luz? El sol es necesario para la fotosíntesis.

—También sirve la luz eléctrica. Además, la favorecemos agregando ciertos minerales y resinas azucaradas al nutriente.

—Eso no es posible —objetó la Roca, acariciando la raíces de un manzano.

—Entoces, *protospatharios* —dijo ella muy tranquila—, ten por seguro que, en este momento, sufres una alucinación y no estás tocando nada.

Él retiró la mano velozmente y, ¡oh, milagro!, exhibió una de sus escasas sonrisas, aunque esta era amplia y luminosa, absolutamente nueva. Y justo entonces recordé de qué conocía a Khutenptah. No, no la había visto nunca antes, pero en la casa que Glauser-Röist tenía en el Lungotévere dei Tebaldi, en Roma, había dos fotografías de una chica que era idéntica a ella. ¡Por eso estaba la Roca tan deslumbrado! Khutenptah debía recordarle a la otra. El caso es que ambos se enredaron en una complicada conversación sobre resinas azucaradas de uso agrícola y, de igual modo que Farag y yo, muy descortésmente, nos manteníamos algo apartados, ellos acabaron dejando de lado a Ufa, Mirsgana y Gete.

Por fin, muy avanzada la tarde, volvimos a Stauros. La gente paseaba después de un largo día de trabajo y los parques estaban llenos de niños gritones, de observadores silenciosos, de grupos de jóvenes y de malabaristas. Nada les gustaba más que lanzar cosas al aire y recogerlas. El malabarismo les ayudaba a ser ambidextros y ser ambidextros los convertía en fantásticos malabaristas. No sé si ellos lo sabían o si lo habrían intuido, pero usar indistintamente ambas manos para todo tipo de actividades potenciaba el desarrollo simultáneo de los dos hemisferios cerebrales, aumentando de este modo las capacidades artísticas e intelectuales.

Por fin, Mirsgana, Gete, Ufa y Khutenptah nos condujeron misteriosamente hacia el último lugar que íbamos a visitar antes de regresar al *basíleion* para la cena. Se negaron a darnos ninguna explicación pese a nuestros ruegos y, al final, la Roca, Farag y yo, decidimos que lo más práctico y divertido era ser discípulos obedientes y mudos.

Las calles rebosaban de caótica vitalidad. Stauros era una ciudad sin prisas ni tensión, pero vibraba con las pulsaciones de un perfecto ecosistema. Las gentes —esos staurofílakes a los que tanto habíamos perseguido— nos miraban con expectación porque sabían quiénes éramos y nos sonreían y saludaban amistosamente desde las ventanas, los carruajes o las aceras de bellos mosaicos. El mundo al revés, recuerdo haber pensado. ¿O no? Apreté muy fuerte la mano de Farag porque sentí que habían cambiado tantas cosas y que yo había cambiado también tanto que necesitaba sujetarme a algo firme y seguro.

Cuando la calesa dobló una esquina y entró de golpe en una inmensa plaza en la que, al fondo, detrás de una zona de jardines, se veía un edificio descomunal de seis o siete pisos de altura, cuya fachada estaba constelada de vidrieras de colores y cuyas numerosas torres puntiagudas acababan en afilados pináculos, supe que habíamos llegado realmente al final de nuestro camino, al final del largo camino que de manera tan irreflexiva habíamos iniciado meses atrás.

—El Templo de la Cruz —anunció solemnemente Ufa, pendiente de nuestra reacción.

Creo que de todos los momentos vividos hasta entonces, ese fue el más emocionante y el más grandioso. Ninguno de los tres podía apartar los ojos de aquel templo, paralizados por la emoción de haber alcanzado, finalmente, la última etapa de nuestro viaje. Estaba segura de que ni siquiera el capitán albergaba la intención de reclamar la reliquia en nombre de unos intereses que ya no nos importaban, pero haber llegado hasta el corazón del Paraíso Terrenal, después de tantos esfuerzos, angustias y miedos, con la única compañía de Virgilio y Dante Alighieri, era algo demasiado importante como para dejar escapar una sola migaja de sentimientos y sensaciones.

Entramos en el templo sobrecogidos por la grandiosidad del lugar, brillantemente iluminado por millones de cirios que doraban los mosaicos y las bóvedas, el oro y la plata, el azul de la cúpula. No era una iglesia al uso; su decoración y condiciones la convertían en realmente excepcional, mezcla de estilos bizantino y copto, a medio camino entre la sencillez y el exceso oriental.

—Tomad —nos dijo Ufa, tendiéndonos unos paños blancos—. Cubríos la cabeza. Aquí se debe mostrar el máximo respeto.

Parecidos a los *türban* de las mujeres otomanas, aquellos grandes velos se ponían sobre el cabello dejando caer sus extremos, sin anudar, por delante de los hombros. Se trataba de una antigua forma de respeto religioso que, en Occidente, había sido abandonada hacía mucho tiempo. Lo curioso era que aquí también los hombres entraban en el templo con el *türban* blanco sobre la cabeza. Es más, todos los que se hallaban en el interior, niños incluidos, iban respetuosamente cubiertos con un velo blanco.

Y, de repente, avanzando por aquella inmensa nave, la vi: en el extremo opuesto a la entrada se veía una oquedad en el muro y, en ella, una hermosa Cruz de madera colgada en posición vertical. Había gente sentada en los bancos, frente a ella, o sobre alfombras en el suelo —al estilo musulmán—, gente que rezaba en voz alta o que oraba en silencio, gente que parecía estar ensayando autos sacramentales, y gente menuda, niños, que, por grupos de edad, ejecutaban recién aprendidas genuflexiones. Era una forma bastante peculiar de entender la religión y, más que la religión, el espacio religioso, pero los staurofílakes ya nos habían sorprendido bastante y estábamos curados de espanto. Sin embargo, frente a nosotros se encontraba la Vera Cruz, reconstruida por completo como señal inequívoca de que ellos seguían siendo ellos y siempre lo serían.

—Está hecha de madera de pino —nos contó Mirsgana con voz afable, consciente de la emoción que nos embargaba—. El madero vertical mide casi cinco metros, el travesaño horizontal dos metros y medio, y pesa unos setenta y cinco kilos.

—¿Por qué adoráis tanto la Cruz y no al Crucificado? —se me ocurrió preguntar de pronto.

—¡Naturalmente que adoramos a Jesús! —dijo Khutenptah, sin perder su tono extremadamente amable—. Pero la Cruz es, además, el símbolo de nuestro origen y el símbolo del mundo que hemos construido con esfuerzo. De la Madera de esa Cruz está hecha nuestra carne.

—Discúlpame, Khutenptah —musitó Farag—, pero no te entiendo.

—¿Crees de verdad que esta es la Cruz en la que murió Cristo? —le preguntó Ufa.

—Bueno, no... En realidad, no —titubeó, pero su inseguridad no era tanto porque dudara ni por un momento de la falsedad evidente de la Cruz como por no ofender, en todo caso, la fe y las creencias de los staurofílakes que nos acompañaban.

—Pues sí lo es —afirmó Khutenptah, muy segura—. Esta es la Vera Cruz, la auténtica Madera Santa. Tu fe es pobre, *didáskalos*, deberías orar más.

—Esta Cruz —dijo Mirsgana, señalándola—, fue descubierta por santa Helena, madre del emperador Constantino, en el año 326. Nosotros, la Hermandad de los Staurofílakes, nacimos, para protegerla, en el año 341.

—Así fue, es verdad —dijo Ufa muy satisfecho—. El día primero del mes de septiembre del año 341.

—¿Y por qué habéis robado ahora los *Ligna Crucis* de todo el mundo? —preguntó la Roca, molesto—. ¿Por qué en este momento?

—No los hemos robado, *protospatharios* —le respondió Khutenptah—. Eran nuestros. La seguridad de la Vera Cruz nos fue encomendada a nosotros. Muchos staurofílakes murieron para protegerla. Nuestra existencia adquiere sentido en ella. Cuando nos ocultamos en *Parádeisos* teníamos el pedazo más grande de la madera. El resto, permanecía diseminado por iglesias y templos en fragmentos más o menos grandes; a veces sólo en pequeñas astillas.

—Han pasado siete siglos —declaró Gete—. Ya era hora de recuperarla y devolverle su pasada integridad.

—¿Por qué no los devolvéis? —pregunté, esperanzada—. Si lo hiciérais dejaríais de correr peligro. Pensad que muchas iglesias fundaban la devoción de sus fieles en el fragmento de Vera Cruz que poseían —exclamé.

—¿De veras, Ottavia...? —inquirió, escéptica Mirsgana—. Nadie hacía caso ya de los *Ligna Crucis*. En Notre Dame de París, en San Pedro del Vaticano o en la iglesia de Santa Croce in Gerusalemme, por ejemplo, los habían relegado a sus respectivos museos de curiosidades, a los que llaman tesoros o colecciones, y en los que hay que pagar para entrar. Cientos de voces cristianas se alzan para proclamar la falsedad de estos objetos y tampoco los fieles están ya muy interesados en ellos. La fe en las santas reliquias ha decaído mucho en los últimos años. Nosotros sólo deseábamos completar el trozo de Santo Leño que teníamos, una tercera parte del *stipes*, el madero vertical, pero, al darnos cuenta de lo fácil que nos resultaría conseguir también todo lo demás, no lo pensamos dos veces y la recuperamos completa.

—Es nuestra —repitió, tozudo, el joven traductor de sumerio—. Esta Cruz es nuestra. No la hemos robado.

—¿Y cómo organizasteis una... recuperación a tan gran escala desde aquí abajo? —preguntó Farag—. Los *Ligna Crucis* estaban muy repartidos, e, incluso, después de los primeros ro... recuperaciones, muy bien custodiados.

—¿Conocisteis al sacristán de Santa Lucía —empezó a decir Ufa—, al padre Bonuomo de Santa María in Cosmedín, a los monjes de San Constantino Acanzzo, al padre Stephanos de la basílica del Santo Sepulcro, a los popes de Kapnikaréa y al vendedor de entradas de las catacumbas de Kom el-Shoqafa...?

Farag, la Roca y yo nos miramos. Nuestras sospechas habían resultado ciertas.

—Todos ellos son staurofílakes —siguió diciendo el domador de caballos—. Muchos de nosotros optamos por vivir fuera de *Parádeisos* para cumplir determinadas misiones o por motivos particulares. Estar aquí abajo no es obligatorio, desde luego, pero se considera la máxima gloria y el mayor honor para un staurofílax que entrega su vida a la Cruz.

—Hay muchos staurofílakes por todo el mundo —comentó Gete, divertido—. Más de los que podáis suponer. Van y vienen, pasan temporadas con nosotros y luego vuelven a sus casas. Como hacía Dante Alighieri, por ejemplo.

—Siempre ha habido uno o dos de los nuestros cerca de cada fragmento o astilla de la Vera Cruz —concluyó la encargada de las aguas—, así que, en realidad, la operación resultó muy fácil.

Ufa, Khutenptah, Mirsgana y Gete se miraron, satisfechos, y, luego, recordando dónde se encontraban, se arrodillaron devotamente delante de la Vera Cruz —impresionante por sus grandes dimensiones y por la cuidada forma de exposición— y, con mucho fervor y recogimiento, realizaron durante un rato una serie de complicadas reverencias y postraciones, murmurando antiguas letanías del ritual bizantino.

Mientras tanto, la presencia de Dios se hizo fuerte en mi corazón. Me hallaba en una iglesia y, fuera como fuese, hay lugares que son sagrados y que elevan el espíritu y acercan a Dios. Me arrodillé y empecé una sencilla oración de gracias por haber llegado hasta allí y por haberlo hecho, los tres, sanos y salvos. Le pedí a Dios que bendijese mi amor por Farag y le prometí que nunca abandonaría mi fe. No sabía qué iba a ser de nosotros ni qué planes tenían los staurofílakes, pero, mientras estuviera en *Parádeisos*, acudiría todos los días a rezar a ese magnífico templo en cuyo ábside pendía de hilos invisibles la Verdadera Cruz de Jesucristo. Yo sabía que no era la auténtica, que no era la cruz en la que murió Jesús, porque la crucifixión era un castigo muy común y, cuando Él murió en el Gólgota, las cruces se utilizaban una y otra vez hasta que quedaban inservibles y, luego, comidas por la carcoma, acababan como leña en las hogueras de los soldados. De modo que esa cruz que tenía delante de mí no era la Verdadera Cruz de Cristo, pero sí la cruz que encontró santa Helena en el año 326 bajo un templo de Venus en una colina de Jerusalén; sí era la cruz que, en pedazos, había recibido la adoración y el amor de millones de personas a lo largo de los siglos; sí era la cruz que había dado origen a los staurofílakes; y, desde luego, sí era la cruz que me había unido a Farag, al pagano Farag, al maravilloso Farag.

Llegando de nuevo al *basíleion* de Catón para la cena, las luces que iluminaban *Parádeisos* menguaron de intensidad, provocando un falso anochecer que, no por eso, era menos hermoso. Todo el mundo regresaba plácidamente a sus casas y nuestros acompañantes se despidieron de nosotros ante la gran puerta de acceso al *basíleion*, que siempre permanecía abierta.

Glauser-Röist y Khutenptah quedaron para encontrarse a la mañana siguiente, poco después de que iluminaran la ciudad a la hora prima, en la zona de los cultivos, de modo que Ufa le dejó el caballo al capitán para que pudiera desplazarse hasta allí. La Roca, al parecer, había quedado muy impresionado por el asunto de las resinas azucaradas —y yo diría que también por la bella Khutenptah— y quería estudiar a fondo el asunto. O eso dijo, al menos. Gete se ofreció a mostrarnos a Farag y a mí nuevos aspectos y lugares de *Parádeisos* que no habíamos visto aquel primer día. Así que, en realidad, sólo nos despedimos de Ufa y de Mirsgana, aunque con la promesa de pasar a visitarlos.

La cena fue mucho más tranquila que la comida. En una pieza distinta, más pequeña y acogedora que la inmensa sala del mediodía, el anciano Catón CCLVII ejerció de nuevo como anfitrión con la única compañía de la shasta Ahmose —que resultó ser, además de constructora de sillas, una de sus hijas—, y de Darius, el shasta de la Administración y canonarca[76] del Templo de la Cruz. Candace fue nuevamente el sirviente que atendió nuestra mesa, y la música, una melodía que me recordó las cancioncillas populares del medievo, volvía a sonar como acompañamiento de fondo.

Mientras se desarrollaba la conversación, que fue intensa y complicada, procuré poner en práctica las cosas que había aprendido al mediodía sobre los sabores y los olores. Me di cuenta de que para distinguir tantos detalles y disfrutar de ellos había que comer y beber muy despacio, tan despacio como lo hacían los staurofílakes. Pero lo que para ellos resultaba fácil por la práctica, a mí me costaba un esfuerzo sobrehumano, porque estaba acostumbrada a masticar deprisa y a tragar de golpe. Me encantó una bebida nueva que nos ofrecieron y que sólo se tomaba por la noche, a la hora de la cena: el *eukrás*, una decocción de pimienta, comino y anís realmente deliciosa.

Catón CCLVII quería conocer nuestros planes para el futuro y nos interrogó a fondo a este respecto. Farag y yo teníamos muy claro que queríamos volver a la superficie, pero la Roca, incomprensiblemente, vacilaba.

—Me gustaría quedarme un poco más —dijo con gesto inseguro—. Hay muchas cosas que aprender aquí abajo.

—Pero, capitán —me alarmé—, ¡no podemos volver sin usted! ¿No recuerda que la mitad de las Iglesias del mundo está esperando noticias nuestras?

—Kaspar, tiene que regresar con nosotros —insistió Farag, muy serio—. Usted trabaja para el Vaticano. Tiene que dar la cara.

76. El canonarca era el monje encargado, en los monasterios bizantinos y ortodoxos, de dirigir la salmodia en la iglesia y de llamar a los monjes a la oración golpeando un madero.

—¿Y vais a descubrirnos? —preguntó con dulzura Catón.

Aquello era muy serio. Estábamos en un aprieto y lo sabíamos. ¿Cómo íbamos a respetar el secreto de los staurofílakes si, en cuanto regresáramos, seríamos acribillados a preguntas por Monseñor Tournier y el cardenal Sodano? No podíamos brotar de la tierra como si nada y decir que habíamos estado jugando a las cartas desde que desaparecimos en Alejandría diecisiete días atrás.

—Por supuesto que no, Catón —se apresuró a decir Farag—. Pero tendréis que ayudarnos a montar una historia que resulte convincente.

Catón, Ahmose y Darius rieron, como si eso fuera lo más fácil del mundo.

—Yo me encargaré, profesor —dijo, súbitamente, la Roca—. Recuerde que esa es mi especialidad. El mismo Vaticano se encargó de enseñarme.

—Vuelva con nosotros, capitán —le rogué, fijando la mirada en sus ojos grises.

Pero la evocación de su trabajo en el Vaticano parecía haberle servido de acicate para desear aún más quedarse en *Parádeisos*. Su expresión de firmeza se volvió más acusada.

—De momento, no, doctora —declaró, negando también con la cabeza—. No tengo ganas de seguir limpiando la suciedad de la Iglesia. Jamás me gustó hacerlo y ya es hora de cambiar de oficio. La vida me está dando una oportunidad y sería un imbécil si la desaprovechara. No voy a hacerlo. Así que me quedo, por lo menos una temporada. No hay nada fuera que me interese y me apetece pasar unos meses trabajando en los cultivos con Khutenptah.

—¿Y qué vamos a decir? ¿Cómo explicaremos su desaparición? —pregunté angustiada.

—Digan que he muerto —repuso sin vacilar.

—¡Usted se ha vuelto loco, Kaspar! —exclamó Farag, muy enfadado. Catón, Ahmose y Darius escuchaban atentamente nuestra conversación sin intervenir.

—Les daré una coartada perfecta que les pondrá a salvo de los interrogatorios de las Iglesias y que me permitirá volver dentro de unos meses sin levantar sospechas.

—Podemos ayudarte, *protospatharios* —le dijo Ahmose—. Llevamos muchos siglos haciendo este tipo de cosas.

—¿Tu voluntad de quedarte un tiempo es firme, Kaspar? —quiso saber Catón, paladeando una cucharada de trigo molido con canela, almíbar y ciruelas pasas.

—Es firme, Catón —respondió Glauser-Röist—. No digo que esté convencido de vuestras ideas ni de vuestras creencias, pero os agradecería que me permitiérais descansar aquí, en *Parádeisos*. Necesito pensar qué tipo de vida quiero para mi futuro.

—No debiste hacer aquello que tanto te desagradaba.

—Tú no lo entiendes, Catón —protestó la Roca, sin borrar su gesto de determinación—. Arriba, la gente no siempre trabaja en lo que más le gusta. Más bien todo lo contrario. Mi fe en Dios es fuerte y eso me mantuvo durante los años que trabajé para la Iglesia, una Iglesia que ha olvidado el Evangelio y que, para no perder sus privilegios, miente, engaña y es capaz de interpretar las palabras de Jesús a su conveniencia. No, no deseo volver.

—Puedes quedarte con nosotros todo el tiempo que quieras, Kaspar Glauser-Röist —declaró Catón, solemnemente—. Y vosotros, Ottavia y Farag, podéis marcharos cuando queráis. Dadnos, eso sí, unos días para organizar vuestra partida y, luego, podréis volver a la superficie. Siempre seréis bienvenidos a *Parádeisos*. Esta es vuestra casa, pues, a fin de cuentas, y por si no lo habéis pensado, sois staurofílakes. Las marcas de vuestros cuerpos lo atestiguan. Os proporcionaremos contactos en el exterior para que podáis comunicaros con nosotros. Y, ahora, con vuestro permiso, me retiro a orar y a dormir. Mis muchos años ya no me dejan trasnochar demasiado —explicó sonriendo.

Catón CCLVII desapareció por la puerta caminando lentamente con ayuda de su bastón. Su hija Ahmose, le dio un beso antes de que se marchara y, luego, volvió a reunirse con nosotros.

—No tengáis miedo —dijo Darius, observando nuestras caras, las de Farag, la Roca y la mía—. Sé que estáis preocupados y es lógico. Las Iglesias cristianas son huesos duros de roer. Pero con la ayuda de Dios, todo saldrá bien.

En ese momento apareció Candace con una bandeja llena de copas de vino. Ahmose sonrió.

—¡Sabía que nos traerías un poco del mejor vino de *Parádeisos*! —exclamó.

Darius alargó la mano rápidamente. Era un hombre de unos cincuenta y tantos años, de pelo canoso y escaso y con orejas muy pequeñas, tan pequeñas que apenas se le veían.

—Brindemos —empezó a decir cuando todos tuvimos nuestra copa de hermoso alabastro entre las manos—. Brindemos por el *protospatharios*, para que sea feliz entre nosotros, y por Ottavia Salina y Farag Boswell, para que sean felices aunque estén lejos de nosotros.

Todos sonreímos y levantamos los vasos.

Haidé y Zauditu me habían preparado la habitación y me esperaban dando los últimos retoques a las flores y a la ropa. Todo estaba precioso y la luz de las pocas velas encendidas le daba un aire mágico a la habitación.

—¿Deseas algo más, Ottavia? —me preguntó Haidé.

—No, no, gracias —contesté intentanto disimular mi nerviosismo. Farag me había preguntado, mientras abandonábamos el comedor, si podía venir a mi cuarto en cuanto nos hubieran dejado tranquilos. No tuve que responderle. Mi sonrisa le contestó. ¿Para qué seguir esperando? Todo había sido culminado y yo sólo deseaba estar con él. Muchas veces, mientras le miraba, me pasaba por la cabeza la tonta idea de que si tuviera más de una vida aún me faltaría tiempo para estar a su lado, de modo que ¿por qué esperar? Sin saber muy bien cómo, de repente ciertas cosas se revelan evidentes, y pasar la noche con Farag era una de ellas. Sabía que si no lo hacía me reprocharía mi miedo durante mucho tiempo y ya no podría sentirme tan segura de la nueva Ottavia. Estaba absolutamente enamorada de él, absolutamente ciega, y quizá por eso no veía nada malo en lo que pensaba hacer. Treinta y nueve años de castidad y abstinencia habían sido suficientes. Dios lo comprendería.

—Creo que el *didáskalos* está impaciente por venir —dijo la indiscreta Zauditu—. Está dando vueltas en su habitación como un león enjaulado.

La habitación de Farag estaba al otro lado del corredor.

—¡Zauditu! —la regañó Haidé—. Perdónala, Ottavia. Es demasiado joven para comprender que arriba tenéis otras costumbres.

Yo sonreí. No podía hacer otra cosa, ni siquiera podía hablar. Sólo quería que se marcharan y que llegara Farag. Ambas se dirigieron, por fin, hacia la puerta.

—Buenas noches, Ottavia —musitaron muy sonrientes, desapareciendo.

Fui lentamente hacia el espejo y me miré. No estaba en mi mejor momento ni tenía mi mejor aspecto. Mi cabeza parecía una bola de billar y mis cejas flotaban como islas en un mar lampiño. Pero mis ojos estaban brillantes y una sonrisa tonta, que no conseguía borrar, se había apoderado de mis labios. Me sentía feliz. *Parádeisos* era un lugar incomparable, muy atrasado en lo material pero muy adelantado en otros muchos aspectos. Allí desconocían la prisa, la angustia, la lucha diaria por sobrevivir en un mundo lleno de peligros. La vida discurría con placidez y sabían apreciar lo que tenían. Me hubiera gustado llevarme de *Parádeisos* esa maravillosa capacidad para disfrutar de todo, por insignificante que fuera, y pensaba empezar con la parte práctica esa misma noche.

Tenía miedo. Mi corazón latía tan fuerte que parecía que se me iba a salir por la boca. Me golpeaba en el pecho como un animalillo asustado. «No lo hagas, Ottavia, no lo hagas», me susurraba una voz en la cabeza. Todavía estaba a tiempo de echarme atrás. ¿Por qué tenía que ser esa noche? ¿Por qué no mañana o a la vuelta a la superficie? ¿Por qué no esperar hasta recibir la bendición de la Iglesia?

—¿Por qué no dejarlo para siempre y no hacerlo nunca? —me dije a mí misma en voz alta, con tono de reproche.

«Vamos, Ottavia», intenté animarme. «Estás deseándolo, te mueres por hacerlo, ¿qué temes?» Mi corazón latió aún más fuerte y el sudor empezó a correr por mi cuerpo. Lo que faltaba. Sin saberlo, toda mi vida había sido una lenta espera de ese momento y, ahora, después de desatar tantos lazos, de vivir tantas cosas, de dejar atrás la estrecha armadura en la que había metido mi cuerpo en algún momento del pasado, ahora tenía la gran suerte de haber encontrado al hombre más maravilloso del mundo que, además, estaba deseando apoderarse de mí y entregarme su amor. ¿Por qué estaba tan asustada? Farag me había hecho libre y había esperado con infinita dulzura hasta que yo había roto con mi vida anterior. Cuando me besaba, en sus labios había una firme promesa, un sentimiento tan intenso de pasión que me arrastraba hacia lugares desconocidos como un barco en una tormenta. Si podía perderme en sus labios, ¿cómo no iba a hacerlo en su cuerpo?

Sonaron tres golpecitos discretos en la puerta.

—Pasa —le dije, divertida y nerviosa—. No hace falta que seas tan cauteloso. Si quieren oírnos, nos oirán.

—Tienes razón —convino él, muy azorado, entrando en mi cuarto—. Es que no consigo recordar que pueden leernos el pensamiento.

—¡Tanto como eso...! —repuse yendo hacia él y echándole los brazos al cuello. Farag estaba tan nervioso como yo, podía notarlo en sus ojos, que parpadeaban sin cesar y en su voz, que temblaba.

Me besó muy despacito.

—¿Estás completamente segura de que quieres que me quede? —me preguntó atolondrado. ¿Dónde estaba Casanova?

—Claro que quiero que te quedes —afirmé, besándole de nuevo—. Quiero que te quedes conmigo toda la noche. Todas las noches.

Perdí la noción del tiempo y también perdí mi corazón, que se fundió para siempre con el suyo. Dejé de ser yo, dejé de ser la Ottavia Salina que había existido hasta ese momento, para convertirme en un resplandor interminable de pasión y amor. Me dejé llevar hasta la cama aunque no recuerdo cómo, porque el sabor de su boca era tan intenso que me pareció que era el sabor mismo de la vida, concentrada para mí en los labios de Farag Boswell.

La noche pasaba y yo, unida a su cuerpo, fundida piel con piel en un destello interminable de eternidad, convertida en un río de sensaciones que, como las mareas, pasaban de la ternura más suave a la locura más furiosa, descubrí que aquello que yo estaba haciendo no podía ser esa cosa tan terrible que todas las religiones, inexplicablemente, habían condenado a lo largo de los siglos. ¿Estaban locos o qué? ¿Por qué tenía que ser malo descubrir que la plenitud y la absoluta felicidad eran posibles en este mundo? Su cuerpo, fuerte y espigado, se convirtió en todo lo que deseaba. Sentí que me transformaba en alguien nuevo y palpitante que ya para siempre esperaría esos momentos de infinito amor e infinita locura. Al principio, la inseguridad me atenazó con cuerdas invisibles, pero después, con la piel sudorosa y el corazón a punto de rompérseme en pedazos, me di cuenta de que en aquella cama no sólo estábamos Farag y yo, sino que también se movían conmigo, aprisionándome, los falsos tabúes y las ridículas hipocresías en las que me habían educado. Fue un pensamiento fugaz pero importante. Desnuda, me puse de rodillas sobre las sábanas y miré a Farag que, fatigado y feliz, me miró con curiosidad.

—¿Sabes lo qué te digo, Farag?

—No —repuso soltando una risa callada—, pero me espero cualquier cosa.

—Hacer el amor es lo más maravilloso del mundo —afirmé convencida; él volvió a reír quedamente.

—Me alegro de que lo hayas descubierto —susurró, cogiéndome de las manos y atrayéndome hacia él, pero me zafé y, sentándome sobre sus piernas, le acaricié el pecho. ¿Qué me había dicho Glauser-Röist, al principio de la investigación, acerca de que, en las tribus primitivas de África y entre los jóvenes modernos, las escarificaciones tenían un alto componente erótico y que eran un reclamo sexual? Pasando los dedos por las líneas del cuerpo de Farag, me dije que era muy posible que hubiera algo de verdad en ello.

—¿Sabes que ya no concibo la vida sin ti? Sé que suena cursi y todo eso, pero es la verdad.

—Bueno, pues tranquila porque ahora estamos empatados.

¡Estaba tan guapo desnudo!

—¿Te has dado cuenta de cuánto te amo? —musité, agachándome para besarle de nuevo.

—¿Y tú? —repuso—. ¿Te has dado cuenta tú de cuánto te amo yo?

—No, no me he enterado. Vuelve a decírmelo.

Se incorporó y, cogiéndome por la cintura, me besó una y otra vez hasta que el deseo renació tan poderosamente como al principio. Volvió la magia y nuestros cuerpos se interpretaron de nuevo el uno al otro y se unieron con la misma intensidad. La noche se hizo corta y el nuevo día nos encontró despiertos y sin haber dormido.

Las dos semanas que pasamos en *Parádeisos* acumulamos sueño atrasado para los dos meses siguientes.

El decimotercer día de nuestra estancia en el país de los staurofílakes, a la vuelta de una visita por Edén y Crucis —en Lignum ya habíamos estado un par de veces—, fuimos requeridos en el *basíleion* de Catón para recibir las instrucciones finales antes de nuestra marcha. Los preparativos habían corrido a cargo de una comisión de shastas en la que también había participado Glauser-Röist cuando los cultivos hidropónicos y la bella Khutenptah le habían dejado algo de tiempo libre.

Fuimos conducidos a través de unos corredores por los que hasta entonces no habíamos pasado y llegamos a una enorme sala rectangular de techos altísimos, en la cual, divididos en dos filas a ambos lados de la pieza, los shastas nos estaban esperando. Al frente, bajo unas pinturas al fresco en las que se veía al staurofílax Dionisios de Dara, vestido de importante dignatario musulmán, llamando a la puerta de la humilde casa de Nikephoros Panteugenos con la reliquia de la Vera Cruz en las manos, estaba Catón CCLVII, apoyado, como siempre, en su delgado bastón. Su mirada era de satisfacción y orgullo.

—Pasad, pasad... —nos dijo al vernos vacilar en la puerta—. Ya hemos terminado de organizar los últimos detalles. Kaspar, siéntate aquí conmigo, por favor. Y vosotros, Ottavia y Farag, ocupad esos asientos que hemos puesto en el centro.

La Roca se apresuró a colocarse al lado de Catón, recogiéndose el *himatión* como un verdadero staurofílax. Era digno de ver cómo se había integrado aquel antiguo capitán de la Guardia Suiza en la vida cotidiana de *Parádeisos*. Lo asimilaba todo con tanta rapidez que pronto podría hacerse pasar en todo por uno de ellos. Yo ya le había comentado a Farag que la influencia de Khutenptah no era ajena a este fenómeno pero él, terco como una mula, seguía diciendo que lo que le pasaba al capitán era que estaba borrando el pasado e inventándose un futuro, es decir, estrenando una nueva vida. Fuera como fuese, el caso es que la Roca estaba empezando a parecer un staurofílax con denominación de origen y que, además de ocuparse de Khutenptah, de los cultivos y de colaborar en la organización de nuestra marcha, asistía también a las clases primarias de las ramas educativas que se impartían en *Parádeisos*.

—Saldréis de aquí mañana por la mañana, a la hora prima —empezó a explicarnos Catón. Vi a Mirsgana sentada a mi derecha, en la segunda fila, y la saludé. Ella me devolvió el saludo—. De ese modo descubriréis el emplazamiento exacto de *Parádeisos* —añadió con una sonrisa—. Un grupo de anuaks os estarán esperando y os conducirán hasta Antioch, donde embarcaréis de nuevo con el capitán Mulugeta Mariam para recorrer en sentido contrario el camino que hicisteis hasta llegar aquí. Mariam seguirá el Nilo hacia el delta y os dejará en un lugar seguro cerca de Alejandría. A partir de ese momento, no deberéis mencionar este lugar más que entre vosotros dos y nunca en presencia de otras personas. Habla tú ahora, Teodros.

Teodros, que estaba sentado en la primera fila de la izquierda, se puso en pie.

—El último contacto de los nuevos staurofílakes —¿hablaba de nosotros?— con las Iglesias cristianas se produjo en el Patriarcado de Alejandría el día 1 de junio de este año, hace exactamente un mes. Desde ese momento, en el exterior no saben nada de Kaspar, Ottavia y Farag. Según los informes que nos han llegado, el recinto de las catacumbas de Kom el-Shoqafa ha sido examinado a fondo por la policía egipcia que, obviamente, no ha encontrado nada. Por eso, en la actualidad, las Iglesias están a punto de enviar otro equipo de investigadores que utilizarán la información obtenida por Kaspar, Ottavia y Farag para reanudar el camino desde donde ellos lo dejaron. Será un intento inútil, por supuesto —apuntó Teodros, muy ufano—, pero lo que ellos tres hicieron —dijo señalando primero a la Roca y luego a nosotros dos— nos obliga a suspender las pruebas de los aspirantes hasta que podamos reanudarlas de manera segura.

—¿Por qué no las cambiamos o, simplemente, las suprimimos? —preguntó alguien a nuestra espalda.

—Hay que respetar las tradiciones, Sisýgambis —dijo Catón, levantando la cabeza y volviéndola a bajar para apoyarla otra vez en la palma de la mano.

—De modo, que durante los próximos diez o quince años no habrá más pruebas —siguió diciendo Teodros—. Ya se han enviado los mensajes oportunos para que los hermanos del exterior borren todas las huellas y estén alerta ante posibles interrogatorios. Las puertas hacia *Parádeisos* están siendo selladas. Sólo falta el subterfugio que utilizarán Ottavia y Farag para volver al exterior, pero de eso os hablará Shakeb.

El joven Shakeb, el de las manos regordetas llenas de anillos, se puso en pie dos asientos más allá de Mirsgana mientras Teodros volvía a ocupar su lugar, recogiéndose los faldones del *himatión* con un gesto elegante.

—Ottavia, Farag... —dijo, dirigiéndose directamente a nosotros. Pese a su cara redonda, era realmente guapo, con esos grandes ojos negros tan vivos y expresivos—. Cuando volváis a Alejandría habrá pasado un mes y medio desde vuestra desaparición. Hay que explicar, pues, dónde habéis estado y qué habéis hecho durante ese tiempo y, naturalmente, qué le ha ocurrido al capitán Glauser-Röist.

La expectación se palpaba en la sala. Todo el mundo quería saber qué mentira sería la que tendríamos que defender Farag y yo contra viento y marea para salvaguardar su pequeño mundo. Nosotros también estábamos preocupados.

—Los hermanos de Alejandría han comenzado a excavar en las catacumbas de Kom el-Shoqafa un falso túnel que termina en un rincón apartado del lago Mareotis, cerca del antiguo Caesarium. Vosotros diréis que fuisteis raptados en el tercer nivel de Kom el-Shoqafa, que os golpearon y que perdisteis el conocimiento, pero que antes pudisteis ver el acceso al pasadizo. Os facilitaremos un mapa muy sencillo que os ayudará a situarlo. Diréis que despertasteis en un lugar llamado Farafrah, que es el nombre de un oasis del desierto egipcio de muy difícil acceso. Diréis que el capitán no despertó, que los hombres que os habían raptado os dijeron que había muerto mientras le escarificaban las cruces y letras que vosotros lleváis en el cuerpo, pero que no os dejaron ver el cadáver, con lo que dejamos la puerta abierta a su posible retorno dentro de unos meses. Describiréis el lugar como un poblado muy parecido al del pueblo de Antioch y así no incurriréis en contradicciones. Como el oasis de Farafrah no se parece ni remotamente a esta aldea, los llevaréis a una gran confusión. No deis nombres, sólo el del beduino que os llevaba la comida tres veces al día a la celda donde os mantuvieron encerrados: Bahari. Este nombre es lo suficientemente común en

Egipto para que no sirva en absoluto de pista y, como descripción del tal Bahari, podéis dar la del jefe Berehanu Bekela, aunque recordad que su piel tiene que ser más clara —tomó aire y siguió—. Después de que los malvados staurofílakes os mantuvieran retenidos en la celda durante todo ese tiempo —aquí las risas estallaron y se formó un gran alboroto—, y después de que os amenazaran repetidamente con mataros en cualquier momento, por fin, tal día como hoy, 1 de julio, os volvieron a dejar inconscientes y os abandonaron cerca de la boca del túnel del lago Mareotis con la advertencia de que no dijerais ni una sola palabra de lo ocurrido. Vosotros, por supuesto, no deseáis seguir con la investigación, de modo que, en cuanto cesen los interrogatorios, buscaros un lugar discreto para vivir, lo más alejado posible de Roma o, mejor aún, de Italia, y desapareced. Nosotros vigilaremos de cerca para que no os pase nada.

—Tendremos que buscar trabajo —comenté—, así que...

—En lo que respecta a este asunto, nosotros, los staurofílakes, queremos haceros un regalo de despedida —me interrumpió Catón en ese momento, levantando la mano. Farag y yo vimos que la Roca nos lanzaba una misteriosa sonrisa—. Antes dije que hay que saber respetar las tradiciones, y es cierto, pero también hay que saber renunciar a ellas o cambiarlas. Durante las pruebas de los siete pecados capitales, tal y como suele pasarles a todos cuantos las llevan a cabo, vosotros, Ottavia y Farag, alterasteis vuestras vidas de manera definitiva e irreversible. Trabajos, países, compromisos religiosos, creencias, formas de pensar... Todo saltó por los aires para permitiros llegar hasta aquí. Ahora no os queda casi nada ahí afuera, pero estáis dispuestos a volver para construiros la vida que deseáis tener. Farag aún podría recuperar su trabajo en el Museo Grecorromano de Alejandría, pero Ottavia no tiene ninguna posibilidad de volver a pisar el Hipogeo vaticano. Cuenta, sin embargo, con un historial académico que le abrirá fácilmente muchas puertas, pero... ¿Y si os regalásemos algo que os permitiera poder elegir con absoluta libertad vuestro futuro?

Noté la presión de la mano de Farag en la mía y recuerdo que los músculos de mi cuello se tensaron de pura ansiedad. La Roca nos sonreía tanto que se le veían las dos hileras de dientes.

—La expiación del pecado de la avaricia que tiene lugar en Constantinopla va a cambiar de ubicación. Pediremos a los hermanos de esa ciudad que, durante los próximos años y sin modificar su contenido, organicen la prueba de los vientos en otro lugar de la ciudad para que vosotros podáis *descubrir* el mausoleo y los restos del emperador Constantino el Grande. Este es nuestro regalo de despedida. Esperamos que os guste.

Farag y yo nos quedamos en suspenso unos segundos y, luego, muy despacio, giramos las cabezas desconcertados y nos miramos. Yo fui la primera en saltar: di un brinco de alegría tan grande que arrastré al *didáskalos* conmigo y no le arranqué la mano de milagro. Había renunciado a Constantino desde el mismo momento en que conocí a los staurofílakes y, además, sorprendentemente, me había olvidado por completo de él: todo sucedía tan rápido que mi mente tenía que borrar el minuto anterior para hacer sitio al minuto siguiente y me estaban pasando demasiadas cosas interesantes como para perder el tiempo recordando a Constantino. De modo que, cuando Catón dijo que nos regalaba el descubrimiento del mausoleo con las reliquias del emperador, el cielo se abrió súbitamente ante mí y supe que Farag y yo acabábamos de recibir el futuro en una bandeja de oro.

Nos abrazamos, nos besamos, abrazamos y besamos a la Roca y de aquella sala de importantes asambleas pasamos al gran comedor del *basíleion*, donde Candace y sus acólitos habían preparado un auténtico festín para los sentidos.

La música sonó hasta altas horas de la madrugada, los bailes se prolongaron más allá de lo prudente, pero cuando, alegres por el alcohol y la fiesta, los shastas, los sirvientes del *basíleion* y nosotros nos lanzamos a las calles de Stauros dispuestos a darnos un baño en las aguas del cálido *Kolos* —Catón se había retirado horas antes a sus habitaciones—, descubrimos que la gente salía de sus casas y se sumaba a la fiesta con un entusiasmo aún mayor que el nuestro. Las luces se encendieron de nuevo y aparecieron niños y malabaristas por todas partes. La hora prima llegó cuando el jolgorio alcanzaba su máximo apogeo, pero la Roca y Khutenptah nos avisaron de que teníamos que partir, que los anuak ya habían llegado y que no podíamos esperar más.

Nos despedimos de cientos de personas a las que no conocíamos, dimos besos a diestro y siniestro y acabamos sin saber a quién besábamos. Al final, de nuevo Khutenptah y la Roca, con ayuda de Ufa, Mirsgana, Gete, Ahmose y Haidé, nos arrancaron de los brazos de los staurofílakes y nos sacaron de la fiesta.

Todo estaba preparado. Una calesa con nuestras escasas pertenencias nos esperaba en la entrada del *basíleion*. Ufa subió al pescante porque iba a ser nuestro cochero y Farag y yo subimos en la parte de atrás sin soltar las manos del capitán Glauser-Röist.

—Cuídate mucho, Kaspar —le dije tuteándole por primera vez, a punto de soltar las lágrimas—. Ha sido un placer conocerte y trabajar contigo.

—No mientas, doctora —masculló él, ocultando una sonrisa—. Tuvimos muchos problemas al principio, ¿te acuerdas?

De repente, hablando de recuerdos, me vino a la cabeza algo que debía preguntarle. No podía marcharme sin saberlo.

—Kaspar, por cierto —dije nerviosa—, ¿los trajes de la Guardia Suiza los diseñó Miguel Ángel? ¿Qué sabes tú de eso?

Era importante. Se trataba de una vieja e insatisfecha curiosidad que ya no tendría oportunidad de zanjar por mí misma. La Roca soltó una carcajada.

—No los diseñó Miguel Ángel, doctora, ni tampoco Rafael, como alguien ha dicho. Pero este es uno de los secretos mejor guardados del Vaticano así que no debes ir contando por ahí lo que voy a decirte.

¡Por fin! ¡Tantos años esperando!

—Esos llamativos trajes de ceremonia los diseñó, en realidad, una desconocida sastresa del Vaticano a principios de este siglo, en 1914. El entonces papa, Benedicto XV, quería que sus soldados llevasen una indumentaria original, así que le pidió a la sastresa que imaginase un nuevo uniforme de gala. La mujer, por lo visto, se inspiró en algunos cuadros de Rafael donde aparecen ropajes de colores llamativos y mangas acuchilladas, muy a la moda en la Francia del siglo XVI.

Me quedé callada unos segundos, impactada por la decepción, mirando al capitán como si acabara de clavarme un puñal.

—Entonces... —vacilé—, ¿no los diseñó Miguel Ángel?

Glauser-Röist volvió a reír.

—No, doctora, no los diseñó Miguel Ángel. Los diseñó una mujer en 1914.

Quizá había bebido demasiado y dormido poco, pero sentí rabia y fruncí el ceño.

—¡Pues más valía que no me lo hubieras dicho! —exclamé, irritada.

—¿Y ahora por qué se enfada? —preguntó soprendido Glauser-Röist—. ¡Pero si hace un momento estaba diciéndome que había sido un placer conocerme y trabajar conmigo!

—¿Sabes cómo te llama en privado, Kaspar? —soltó de pronto Judas-Farag. Le di un pisotón que hubiera hecho temblar a un elefante, pero él ni se inmutó—. Te llama «la Roca».

—¡Traidor! —exclamé, mirándole hoscamente.

—No importa, doctora —se rió Glauser-Röist—. Yo siempre te he llamado... No, mejor no te lo digo.

—¡Capitán Glauser-Röist! —exclamé, pero, en ese preciso instante, Ufa alzó las riendas y las dejó caer sobre los cuartos de los caballos. Tuve que sujetarme a Farag para no caer—. ¡Dígamelo! —grité mientras nos alejábamos.

—¡Adiós, Kaspar! —voceó Farag, agitando un brazo en el aire mientras que con el otro me empujaba hacia el asiento.

—¡Adiós!

—¡Capitán Glauser-Röist, dígamelo! —seguí gritando inútilmente mientras la calesa se alejaba del *basíleion*. Al final, vencida y humillada, me senté junto a Farag con gesto compungido.

—Tendremos que volver algún día para que lo averigües —me dijo él, consolándome.

—Sí, y para que le mate —afirmé—. Siempre dije que era un tipo muy desagradable. ¿Cómo se habrá atrevido a ponerme un mote...? ¡A mí!

EPÍLOGO

Han pasado cinco años desde nuestra partida de *Parádeisos*, cinco años durante los cuales —tal y como estaba previsto— fuimos interrogados por las distintas policías de los países por los que habíamos pasado y por los encargados de la seguridad de varias Iglesias cristianas, en especial por el sustituto de la Roca, un tal Gottfried Spitteler, capitán también de la Guardia Suiza, que no se tragó ni una sola palabra de nuestra historia y que acabó convirtiéndose en nuestra sombra. Nos quedamos unos meses en Roma, el tiempo imprescindible para que pusieran fin a la investigación y para que yo ultimara mis asuntos con el Vaticano y con mi Orden. Después viajamos a Palermo y estuvimos con mi familia unos días, pero la cosa no funcionó bien y nos marchamos antes de lo previsto: aunque, en apariencia, todos seguíamos siendo los mismos de antes, el abismo que mediaba ahora entre nosotros era insalvable. Decidí que lo único que podía hacer era alejarme de ellos, situarme a esa distancia de seguridad a partir de la cual dejarían de doler. Tras aquello regresamos a Roma para coger un avión con destino a Egipto. Butros, pese a sus reticencias, nos recibió con los brazos abiertos y, pocos días más tarde, Farag regresó a su trabajo en el Museo Grecorromano de Alejandría. Queríamos llamar la atención lo menos posible, adoptando, como nos habían recomendado los staurofílakes, una vida tranquila y previsible.

Los meses pasaron y, mientras tanto, yo me dediqué a estudiar. Me apropié del despacho de Farag y me puse en contacto con antiguos conocidos y amigos del mundo académico que empezaron a enviarme inmediatamente ofertas de trabajo. Sólo acepté, sin embargo, aquellas investigaciones, publicaciones y estudios que podía llevar a cabo desde casa, desde Alejandría, y que, por tanto, no me obligaban a alejarme de Farag. Empecé a aprender también árabe y copto, y me apasioné por el lenguaje jeroglífico egipcio.

Hemos sido felices aquí desde el principio, completamente felices, y mentiría si dijera lo contrario, pero durante los primeros meses la presencia constante a nuestro alrededor del dichoso Gottfried Spitteler, que dejó Roma tras nosotros y alquiló una casa en el mismísimo distrito de Saba Facna, justo al lado de casa, se convirtió en una auténtica pesadilla. Al cabo de un tiempo, sin embargo, descubrimos que el truco estaba en no hacerle caso, en ignorarle como si fuera invisible, y pronto hará un año que desapareció por completo de nuestras vidas. Debió volver a Roma, a los barracones de la Guardia Suiza, convencido al fin —o no— de que la historia del Oasis de Farafrah era cierta.

Un día, al poco de instalarnos en la calle Moharrem Bey, recibimos una curiosa visita. Se trataba de un comerciante de animales que nos traía un hermoso gato «regalo de la Roca», según rezaba la escueta nota que le acompañaba. Aún no he conseguido comprender por qué Glauser-Röist nos envió este gato de enormes orejas puntiagudas y piel marrón jaspeada de oscuro. El comerciante nos dijo a Farag y a mí, que contemplábamos al animal con ojos aprensivos, que se trataba de un valioso ejemplar de raza abisinia. Desde entonces, este incan-

sable bicho deambula por la casa como si fuera el propietario y ha conquistado el corazón del *didáskalos* (que
no el mío) con sus juegos y sus demandas de afecto. Le
pusimos de nombre *Roca*, en recuerdo de Glauser-Röist
y, a veces, entre *Tara*, la perra de Butros, y *Roca*, el gato
de Farag, tengo la sensación de vivir en un zoológico.

Recientemente hemos empezado a preparar nuestro
viaje a Turquía. Hace ya cinco años que salimos de *Parádeisos* y aún no hemos ido a recoger nuestro «regalo».
Ya es hora de hacerlo. Estamos planificando la manera
de llegar *accidentalmente* hasta el mausoleo de Constantino sin tener que pasar por la fuente de las abluciones
de Fatih Camii. Este proyecto acaparaba todo nuestro
interés hasta esta mañana, cuando el mismo mercader
que nos entregó a *Roca*, el gato, nos ha traído —¡por
fin!— un sobre con una larga carta del capitán Glauser-
Röist, escrita de su propio puño y letra. Como Farag estaba trabajando, me puse los zapatos y la chaqueta y me
fui al museo para leerla con él. ¡Hacía tanto tiempo que
no sabíamos nada de Glauser-Röist!

La Roca, sin embargo, por lo que se desprende de su
misiva, está muy al tanto de todo lo que hemos hecho
nosotros. Sabe que aún no hemos ido a Constantinopla,
así que nos recomienda no esperar mucho más «porque
las cosas ya están completamente tranquilas» y nos co-
munica que hace casi cinco años que vive con Khutenptah. Por desgracia, el anciano Catón ha muerto. Catón
CCLVII dejó este mundo hace ahora unos quince días y
el nuevo Catón, el que hace el número doscientos cincuenta y ocho de la lista, ya ha sido elegido y será acla-
mado oficialmente dentro de un mes en el Templo de la
Cruz, en Stauros. La Roca se extiende en mil millones
de súplicas para que acudamos ese día a *Parádeisos* porque, según él, Catón CCLVIII estaría mucho más que
encantado y mucho más que feliz de contar con nuestra presencia. Ese día, añade, tiene que ser el más com-

pleto de la vida de Catón CCLVIII y no lo será si nosotros no acudimos a la ceremonia.

He levantado la mirada del papel —el mismo tipo de papel grueso y áspero en el que los staurofílakes nos entregaban las pistas para las pruebas— y he mirado interrogativamente a Farag.

—¡Pues sí que tiene interés sea quien sea! —he observado, muy extrañada—. ¿Quién será el nuevo...? ¿Ufa, Teodros, Candace...?

—Mira la firma —me ha dicho Farag, tartamudeando, con los ojos abiertos de par en par y una sonrisita burlona en los labios.

La carta del capitán Glauser-Röist, escrita por el capitán Glauser-Röist y con el nombre del capitán Glauser-Röist en el sobre, iba firmada por Catón CCLVIII.

ESTE LIBRO HA SIDO IMPRESO
EN LOS TALLERES DE
LITOGRAFIA ROSÉS, S. A.
PROGRÉS, 54-60. GAVÀ (BARCELONA)

Miniartist

Oscar Roman Galeria.

Pedro Coronel
Tamayo
Juan Soriano
Marcela cadena pintora
Tomas Pineda
Rosendo